eclipsi

ALFAGUARA

ALFAGUARA

www.alfaguarainfantilyjuvenil.com

Título Original: ECLIPSE
Publicat d'acord amb Little, Brown and Company (Inc.),
New York, New York, USA

Els personatges i fets relatats en aquest llibre són ficticis. Qualsevol semblança amb persones reals, vives o difuntes, és pura coincidència i no intencionada per part de l'autora.

Sisena edició: febrer de 2009

ISBN: 978-84-204-7387-1
Depòsit legal: M-5.998-2009
Printed in Spain - Imprès a Espanya per
Huertas, S. A., Fuenlabrada (Madrid).

eclipsi

STEPHENIE MEYER

ALFAGUARA

Al meu marit, en Pancho, per la seva paciència,
amor, amistat, sentit de l'humor i la bona predisposició
per menjar fora de casa.
I també als meus fills, en Gabe, en Seth i l'Eli,
per permetre'm sentir la mena d'amor
pel qual la gent mor sense dubtar.

FOC I GEL

Uns diuen que el món finarà amb foc;
d'altres diuen que amb gel.
Jo, que conec de l'amor el joc,
estic amb els que aposten pel foc.
Però si el món perís dos cops,
crec que conec l'odi de soca a rel
per saber que amb gel, l'arrasament
és també fort
i suficient.

Robert Frost

Pròleg

Tots els nostres intents de fugir havien estat infructuosos.

Amb el cor en un puny, vaig observar com s'afanyava a defensar-me. La seva intensa concentració no mostrava ni un pessic de dubte, tot i que el superaven en nombre. Sabia que no podia esperar cap mena d'ajuda, ja que, en aquell precís moment, el més probable era que els membres de la seva família estiguessin lluitant per la seva vida de la mateixa manera que ell ho feia per les nostres.

Algun dia arribaria a saber el resultat de l'altra baralla? Esbrinaria qui havia guanyat i qui havia perdut? Viuria prou per assabentar-me'n?

No semblava que hi hagués bones perspectives.

El desig ferotge de cobrar-se la meva vida lluïa en uns ulls negres que vigilaven estretament, a l'espera que es produís el més petit descuit per part del meu protector, i si això passava, jo moriria, amb tota certesa.

Lluny, molt lluny, en algun lloc del bosc fred, un llop va udolar.

Ultimàtum

~~Bella,~~

~~No sé per què t'entossudeixes a enviar notes a en Billy a través d'en Charlie com si estiguéssim a l'escola. Si volgués parlar amb tu, ja hauria contestat la~~

~~Ja vas prendre la teva decisió, oi que sí? No pots tenir tot el que~~

~~Quina part d'«enemics mortals» és la que et resulta tan complicada de~~ ~~Mira, ja sé que m'estic comportant com un estúpid, però és que no veig cap altra manera No podem ser amics si et passes tota l'estona amb aquesta colla de~~

~~Simplement, ho passo pitjor quan penso massa en tu, així que no m'escriguis més~~

Bé, jo també et trobo a faltar. Molt. Encara que això no canvia res. Ho sento.

Jacob

Els dits van lliscar per la pàgina, i vaig sentir les marques del paper, allà on ell havia premut el bolígraf amb tanta força que quasi l'havia estripat. Podia imaginar-me'l mentre escrivia, el veia gargotejant aquelles paraules plenes d'ira amb la seva lletra tosca, apunyalant una línia rere l'altra quan sentia que les paraules que feia servir no reflectien la seva voluntat, potser fins i tot va partir el bolígraf en dos amb aquella seva grapa; això explicaria les taques de tinta. M'imaginava la seva frustració, el veia arrufar el nas i les celles negres. Si hagués estat allà, se m'hagués escapat el riure. Tindràs una hemorràgia cerebral, Jacob, li hauria dit. Simplement, escup-ho.

Tot i que la darrera cosa que em venia de gust fer en aquells moments, en rellegir les paraules que ja gairebé havia memoritzat, era posar-me a riure. No em va sorprendre la resposta que va escriure a la meva nota de súplica, que li havia fet a mans a en Billy a través d'en Charlie, just com fèiem a l'institut, tal com ell havia remarcat. Coneixia en essència el contingut de la seva rèplica fins i tot abans d'obrir-la.

El que em resultava sorprenent era com m'arribaven a ferir cada una de les línies ratllades, com si els extrems de les lletres estiguessin rematats amb ganivets. Més encara, darrere de cada inici violent, s'arrossegava un immens pou de sofriment; la pena d'en Jacob em dolia més que la meva pròpia.

Mentre reflexionava sobre tot allò, vaig captar l'inconfusible olor d'alguna cosa que es cremava a la cuina. A qualsevol altra llar no hauria preocupat a ningú que cuinés algú que no fos jo. Però a casa, si no cuinava jo...

Em vaig ficar el paper arrugat a la butxaca del darrere dels pantalons i vaig saltar escales avall en un temps rècord.

El pot de salsa d'espaguetis que en Charlie havia posat al microones a penes havia fet una volta quan vaig obrir la porta i el vaig treure.

—Què he fet malament? —va demanar en Charlie.

—Se suposa que primer has de treure la tapa, pare. El metall fa malbé els microones.

La vaig retirar precipitadament mentre parlava; vaig abocar la meitat de la salsa en un bol per posar en el microones i vaig tornar el pot a la nevera; vaig ajustar el temps i en prémer el botó es va engegar.

En Charlie va observar aquest procediment amb els llavis premuts.

—Els espaguetis els he fet bé, almenys?

Vaig mirar dins la cassola del fogó, origen de la pudor que m'havia alertat.

—Estarien millor si els haguessis remenat —vaig replicar amb veu dolça.

Vaig trobar una cullera i vaig intentar desenganxar la massa estovada i recremada del fons.

En Charlie va sospirar.

—Bé, es pot saber què pretens? —li vaig preguntar.

Va plegar els braços damunt del pit i va mirar la pluja que queia a torrentades a través de les finestres del darrere.

—No sé de què em parles —va grunyir.

Estava perplexa. Com era que el pare s'havia posat a cuinar? I a què es devia aquella actitud tan sorruda? L'Edward encara no havia arribat. Generalment, el meu pare es reservava per al meu xicot aquest tipus d'actitud, fent tots els possibles per deixar-li ben clara l'acusació de persona *non grata* amb cada una de les seves postures i gestos. Els esforços d'en Charlie eren del tot innecessaris, ja que l'Edward coneixia amb exactitud l'opinió del meu pare sense necessitat de cap posada en escena.

Vaig continuar rumiant sobre el terme «xicot» amb aquella tensió habitual mentre remenava el menjar. No era la paraula correcta, en absolut. Es necessitava un terme molt més expressiu per indicar un compromís etern, però paraules com «destí» i «fat» sonaven molt malament quan les introduïes en una conversa qualsevol.

L'Edward tenia una altra paraula al cap, i aquest mot era l'origen de la tensió que jo sentia. Només de pensar-la petava de dents.

Promesa. Ecs. La simple idea em feia esgarrifar.

—M'he perdut res? Des de quan ets tu qui fa el sopar? —vaig preguntar a en Charlie. El grum de pasta borbollava a l'aigua bullent mentre la intentava deixatar—. O més aviat hauria de dir «qui intenta fer» el sopar?

En Charlie va arronsar les espatlles.

—Cap llei no em prohibeix cuinar a casa meva.

—Tu sabràs —li vaig replicar fent una ganyota mentre mirava la insígnia cosida a la seva jaqueta de cuir.

—Ja. Aquesta ha estat bona.

Va treure's la jaqueta amb un encongiment d'espatlles perquè la meva mirada li havia recordat que encara la duia posada, i la va enforcar en el penjador on guardava els seus trastos. El cinturó de l'arma era al seu lloc, ja que feia unes quantes setmanes que no havia tingut la necessitat de dur-lo a comissaria. No hi havia hagut més desaparicions inquietants que preocupessin a la petita ciutat de Forks, Washington, i ningú més no havia vist cap d'aquells gegantescos i misteriosos llops als boscos de sempre, humits a causa d'una pluja obstinada...

Vaig punxar els espaguetis en silenci, suposant que en Charlie aniria d'una banda a l'altra fins que em parlés, quan li semblés oportú, d'allò que el tenia tan nerviós. El meu pare no era home de gaires paraules i l'esforç d'organitzar un sopar, amb les estovalles posades i tot plegat, em va deixar ben clar que un nombre poc freqüent de paraules li estava rondant pel cap.

Vaig mirar el rellotge de forma rutinària, cosa que solia fer a aquelles hores cada pocs minuts. Em quedava menys de mitja hora per anar-me'n.

Les tardes eren la pitjor part del dia, per mi. Des que el meu antic i millor amic, en Jacob Black, l'home llop, havia xerrat que estava anant en moto d'amagat —una traïció que havia ideat per aconseguir que el meu pare no em deixés sortir i així no pogués anar amb el meu xicot, l'Edward Cullen, el vampir— només em permetien veure l'Edward des de les set fins a dos quarts de deu de la nit, sempre dins dels límits de les parets de casa i sota la supervisora mirada indefectiblement rondinaire del meu pare.

En realitat, en Charlie s'havia limitat a augmentar un càstig previ, una mica menys estricte, que m'havia guanyat per una desaparició de tres dies sense explicació i l'episodi del salt d'un penyasegat.

De totes maneres, continuava veient l'Edward a l'institut, perquè no hi havia res que el meu progenitor pogués fer-hi en contra. I a més a més, l'Edward passava quasi totes les nits a la meva habitació, tot i que en Charlie no ho sabia. La seva habilitat per escalar amb facilitat i silenciosament fins la meva finestra en el segon pis era gairebé tan útil com la seva capacitat de llegir la ment del meu pare.

Per això, només podia estar amb el meu xicot a la tarda, i això era suficient per tenir-me impacient i perquè les hores passessin a poc a poc. Aguantava el meu càstig sense ni una queixa, ja que, d'una banda, m'ho havia guanyat, i de l'altra, no suportava la idea de fer mal al meu pare si m'escapava, i més ara, que aviat hi hauria una separació molt més permanent, de la qual ell no en sabia res, però que ja estava tan propera en els meus plans.

El meu pare va seure a taula amb un gruny i va desplegar el diari humit que hi havia; al cap d'uns segons feia petar la llengua, disgustat.

—No sé per què llegeixes les notícies, pare. L'únic que aconsegueixes és fastiguejar-te.

Em va ignorar, rondinant-li al paper que tenia entre les mans.

—És per això que tothom vol viure en una ciutat petita. És terrible!

—I ara què tenen de dolent les ciutats grans?

—Seattle està fent una cursa aviam si es converteix en la capital del crim del país. En les darreres dues setmanes hi ha hagut cinc homicidis sense resoldre. Pots imaginar què és viure amb això?

—Crec que Phoenix es troba bastant més amunt pel que fa al llistó d'homicidis, pare, i jo sí que he viscut amb això —i mai no havia estat tan a prop de convertir-me en víctima quan em vaig mudar a aquesta petita ciutat, tan segura. De fet, encara tenia bastants perills sotjant-me a cada moment… La cullera em va tremolar, agitant l'aigua.

—Bé, doncs no hi ha diners que puguin pagar-ho tot —va comentar en Charlie.

Volia deixar córrer la discussió i vaig seure per servir el sopar; amb un ganivet de carn vaig haver de tallar una ració d'espaguetis per a en Charlie i una altra per a mi, mentre ell em mirava amb expressió avergonyida. El pare va cobrir la ració amb salsa i es posà a menjar. Jo també volia dissimular aquell engrut com fos, així que vaig seguir el seu exemple sense gaire entusiasme. Vam menjar en silenci uns instants. En Charlie encara repassava les notícies, així que vaig agafar el meu malmès exemplar de *Cims borrascosos* d'on l'havia deixat després d'esmorzar i em vaig perdre a l'Anglaterra del canvi de segle, mentre esperava que en algun moment ell comencés a parlar.

Estava just a la part del retorn d'en Heathcliff quan en Charlie es va aclarir la gola i llençà el diari a terra.

—Tens raó —va admetre—. Tenia un motiu per fer això —va moure la forquilla d'un costat cap a un altre del plat, entre la pasta gomosa—. Volia parlar amb tu.

Vaig deixar el llibre a una banda. Tenia les tapes tan vençudes que es va quedar obert sobre la taula.

—Només calia que m'ho diguessis.

Va assentir i arrufà les celles.

—Ja. Ho recordaré per a la propera vegada. He pensat que estaries contenta de no haver de fer el sopar.

Em vaig posar a riure.

—Doncs ha funcionat. Les teves habilitats culinàries m'han deixat de pedra. Què vols, pare?

—Bé, té a veure amb en Jacob.

L'expressió del meu rostre va endurir-se de cop.

—Què passa amb ell? —vaig preguntar amb els llavis premuts.

—Sé que encara esteu enfadats pel que et va fer, però va actuar correctament. Estava sent responsable.

—Responsable —vaig repetir amb to mordaç mentre girava els ulls en blanc—. Bé, d'acord, i què passa amb ell?

Aquesta pregunta que havia formulat de manera casual se'm repetia dins la ment de manera menys trivial. Què passa amb en Jacob? Què en faria d'ell? El meu antic millor amic que ara era... què? El meu enemic? Això em treia de polleguera.

El rostre d'en Charlie va tornar-se caut de sobte.

—No et posis furiosa amb mi, d'acord?

—Furiosa?

—És que també té a veure amb l'Edward.

Se'm van fer els ulls petits.

La veu d'en Charlie va tornar-se brusca.

—L'he deixat entrar a casa, no?

—Ho has fet —vaig admetre—, però durant petites estones. És clar, també m'has deixat sortir una mica de tant en tant —vaig continuar, de broma; sabia que estava castigada fins que s'acabés el curs—. La veritat és que m'he portat força bé darrerament.

—Bé, doncs més o menys anava per aquí...

I aleshores la cara d'en Charlie es va desplegar amb un somriure inesperat i em va picar l'ullet; per uns moments va semblar vint anys més jove. Una obscura i llunyana possibilitat es va deixar caure amb aquell somriure, però no em vaig voler fer il·lusions.

—M'estic fent un embolic, pare. Estem parlant d'en Jacob, de l'Edward o del meu càstig?

El somriure va brillar de nou.

—Una mica de cada cosa.

—I com es relacionen entre si? —vaig preguntar amb cautela.

—D'acord —va sospirar mentre alçava les mans simulant rendir-se—. Crec que et mereixes la llibertat condicional per bon comportament. Et queixes sorprenentment poc per ser una adolescent.

Vaig alçar les celles i el to de veu alhora.

—De debò? Puc sortir?

A què venia tot això? M'havia resignat a estar sota arrest domiciliari fins que madurés definitivament i l'Edward no havia detectat cap canvi en els pensaments d'en Charlie...

El meu pare va aixecar un dit.

—Però amb una condició.

El meu entusiasme va caure en picat.

—Fantàstic —vaig remugar.

—Bella, això és més una petició que una ordre, d'acord? Ets lliure, però espero que utilitzis aquesta llibertat de forma... assenyada.

—I això què vol dir?

De nou va sospirar.

—Sé que en tens prou de passar tot el teu temps en companyia de l'Edward...

—També veig l'Alice —el vaig interrompre. La germana de l'Edward no tenia unes hores limitades de visita, ja que entrava i sortia quan volia. En Charlie feia el que ella volia.

—És cert —va afirmar—, però també tens altres amics a més dels Cullen, Bella. O almenys en tenies.

Ens vam mirar fixament l'un a l'altre durant un llarg interval de temps.

—Quan va ser l'últim cop que vas veure l'Angela Weber? —em va increpar.

—El divendres a l'hora de dinar —vaig contestar-li instantàniament.

Abans que tornés l'Edward, els meus amics s'havien dividit en dos grups. A mi m'agradava pensar-hi amb els termes de «bons» contra «dolents». També amb «nosaltres» i «ells». Els bons eren l'Angela, el seu xicot en Ben Cheney i en Mike Newton; tots m'havien perdonat generosament per haver embogit quan l'Edward se'n va anar. La Lauren Mallory era el nucli dels dolents, dels «ells», i tota la resta, inclosa la meva primera amiga de Forks, la Jessica Stanley, semblaven feliços de portar al dia la seva agenda anti-Bella.

La línia divisòria s'havia tornat fins i tot més nítida un cop l'Edward va tornar a l'institut, un retorn que s'havia cobrat el seu tribut amb l'amistat d'en Mike, tot i que l'Angela continuava indestructiblement lleial i en Ben seguia la seva estela.

A pesar de l'aversió natural que la majoria dels humans sentia vers els Cullen, l'Angela s'asseia de manera diligent al costat de l'Alice cada dia a l'hora de dinar. Després d'unes quantes setmanes, l'Angela fins i tot semblava que s'hi trobés còmoda. Era difícil no caure sota l'embruix dels Cullen, quan se'ls donava l'oportunitat de ser encantadors.

—Fora de l'escola? —em va preguntar en Charlie, atrapant de nou la meva atenció.

—No he pogut veure a ningú fora de l'escola, pare. Estic castigada, recordes? I l'Angela també té parella, sempre està amb en

Ben. Si realment estic lliure —vaig afegir, accentuant el meu escepticisme—, potser podrem sortir tots quatre.

—D'acord, però aleshores... —va dubtar—. En Jake i tu semblàveu molt units, i ara...

El vaig tallar.

—Vols anar al gra, pare? Quina és la teva condició, en realitat?

—No crec que t'hagis de desfer de tots els teus amics pel teu xicot, Bella —va etzibar-me amb duresa—. No està bé i tinc la impressió que la teva vida seria més equilibrada si t'envoltessis de més gent. El que va passar el setembre... —jo em vaig estremir—. Bé —va continuar, a la defensiva—, allò no hauria passat si haguessis tingut una vida a part de l'Edward Cullen.

—No va ser exactament així —vaig murmurar.

—Potser sí, potser no.

—Quina és la condició? —vaig recordar-li.

—Que usis la teva nova llibertat per veure't també amb altres amics. Que mantinguis l'equilibri.

Vaig assentir amb lentitud.

—L'equilibri és bo, però, aleshores, he de cobrir alguna quota específica de temps amb ells?

Va fer una ganyota i va moure el cap.

—No vull que això es compliqui innecessàriament. Simplement, no oblidis els teus amics...

Aquest era un dilema amb el qual jo ja havia començat a lluitar. Els meus amics. Gent a qui, per la seva pròpia seguretat, no hauria de tornar a veure després de la graduació.

Així que, quina era la millor estratègia? Passar el temps amb ells mentre pogués, o començar ja la separació, per anar-la fent gradual? La segona opció em posava la pell de gallina.

—... especialment, en Jacob —va afegir en Charlie abans que els meus pensaments avancessin més.

I aquest era un dilema encara més gran que l'anterior. Vaig trigar uns moments a trobar les paraules adequades.

—En Jacob..., això pot ser difícil.

—Els Black pràcticament són la nostra família, Bella —va dir, sever i paternal a la vegada—. I en Jacob ha estat molt, molt amic teu.

—Ja ho sé.

—No el trobes a faltar gens ni mica? —va preguntar en Charlie, frustrat.

Se'm va escanyar la gola de sobte; vaig haver d'aclarir-me-la un parell de cops abans de contestar.

—Sí, és clar que el trobo a faltar —vaig admetre, encara mirant a terra—. El trobo a faltar molt.

—I doncs, on és el problema?

Això no l'hi podia explicar. Anava en contra les normes de la gent corrent —corrent, com en Charlie i jo mateixa— conèixer el món clandestí ple de criatures mítiques i monstres que existien en secret al nostre voltant. Jo sabia tot el que s'havia de saber sobre aquest món, i això m'havia causat massa problemes. No tenia la més petita intenció de posar en Charlie en el mateix compromís.

—Amb en Jacob hi ha... un inconvenient —vaig contestar lentament—. Té a veure amb el mateix concepte d'amistat. Vull dir... L'amistat no sembla que sigui suficient per en Jake —vaig eludir els detalls certs, però insignificants, a penes transcendents comparats amb el fet que la bandada de licantrops d'en Jacob odiava ferotgement la família de vampirs de l'Edward, i per extensió, a mi, que estava del tot decidida a pertànyer-hi. Això no era res que es pogués dir en una nota, i ell no responia a les meves trucades. De totes maneres, el meu pla de veure'm amb l'home llop en persona tampoc no havia agradat gens als vampirs.

—L'Edward no està d'acord a tenir una mica de competència sana? —la veu d'en Charlie s'havia tornat sarcàstica.

Li vaig llançar una sinistra mirada.

—No hi ha competència que valgui.

—Estàs ferint els sentiments d'en Jake evitant-lo d'aquesta manera. Ell preferiria, primer de tot, que fóssiu amics.

—Ah, sóc jo qui el defuig? Estic segura que en Jake no vol que siguem amics de cap de les maneres —les paraules em cremaven els llavis—. D'on l'has tret aquesta idea?

En Charlie semblava avergonyit.

—El tema ha sortit com aquell qui res mentre parlava amb en Billy...

—En Billy i tu xafardegeu com dos avis —em vaig queixar, enfadada, alhora que enfonsava el ganivet als espaguetis congelats del plat.

—En Billy està preocupat per en Jacob —va contestar en Charlie—. En Jake ho està passant força malament... Sembla deprimit.

Vaig fer un gest de dolor, sense treure els ulls del plat.

—I abans, tu solies mostrar-te tan feliç després de passar tot un dia amb en Jake... —va sospirar en Charlie.

—Ara sóc feliç —vaig remugar ferotgement entre dents.

El contrast entre les meves paraules i el to de la veu va trencar la tensió. En Charlie es va posar a riure sorollosament, i jo també.

—D'acord, d'acord —vaig assentir—. Equilibri.

—I en Jacob —va insistir ell.

—Ho intentaré.

—Bé. Busca aquest equilibri, Bella. Ah, i mira, tens correu —va dir en Charlie tancant l'assumpte sense cap mena de subtilesa—. Està al costat de la cuina.

No em vaig moure, però els meus pensaments rondinaven i es retorçaven a l'entorn del nom «Jacob». Segurament seria un correu per llençar; havia rebut un paquet de la meva mare el dia anterior i no esperava res més.

En Charlie va enretirar la cadira i ja dempeus va fer un estirament. Va agafar el seu plat i el va dur a la pica, però abans d'obrir l'aixeta per netejar-lo, em va fer a mans un sobre gruixut. La carta va lliscar per la taula i em va donar un cop al colze.

—Ah, gràcies —vaig murmurar, sorpresa per la seva actitud subjugadora. Aleshores vaig veure el remitent; la carta venia de la Universitat del sud-est d'Alaska—. Que ràpid! Em pensava que també m'havia passat el termini de lliurament.

En Charlie va riure entre dents.

Vaig donar la volta al sobre i vaig alçar la mirada cap al meu pare.

—Està obert.

—Tenia curiositat.

—Em deixa de pedra, xèrif. Això és un crim federal.

—Au vinga, llegeix-la.

Amb la carta hi havia un formulari plegat amb els cursos.

—Felicitats —va dir abans que hi pogués fer un cop d'ull—. La teva primera acceptació.

—Gràcies, pare.

—Hem de parlar de la teva matrícula. Tinc uns quants diners estalviats...

—Ei, ei, res d'això. No tocaré el capital de la teva jubilació, pare. Tinc el meu fons universitari.

Bé, almenys el que en quedava, que no era gaire. En Charlie va fer una ganyota.

—Aquests llocs són força cars, Bella. Vull ajudar-te. No has d'anar a Alaska, tan lluny, només perquè sigui més barat.

Però no era més barat, precisament. La qüestió és que estava prou lluny, i que a Juneau hi havia una mitjana de tres-cents vint-i-un dies l'any de cel encapotat. El primer era un requeriment meu; el segon, de l'Edward.

—Ja ho tinc decidit. A més a més, hi ha un munt d'ajuts financers, per allà. És fàcil aconseguir crèdits.

Esperava que aquella mentida no fos massa evident. La veritat és que encara no havia estudiat com m'ho faria.

—Així que... —va començar en Charlie, i després va prémer els llavis i mirà a una altra banda.

—Així que, què?

—Res. Només que... —va arrufar les celles—. Només em preguntava... quins deuen ser els plans de l'Edward per a l'any que ve.

—Ah.

—I doncs?

Tres trucs ràpids a la porta em van salvar. En Charlie va girar els ulls en blanc mentre murmurava alguna cosa com «fot el camp».

—Entra! —vaig cridar tot saltant de la cadira i ignorant el meu pare per anar a rebre l'Edward.

Vaig obrir la porta d'una estirada, amb una precipitació ridícula, i allà hi era ell, el meu miracle particular.

El temps no havia aconseguit immunitzar-me contra la perfecció del seu rostre i estava segura que mai no sabria valorar prou tots els seus aspectes. Vaig acariciar-li amb els ulls els seus trets pàl·lids: la duresa de la mandíbula quadrada, la suau corba dels llavis carnosos, torçats ara amb un somriure, la línia recta del seu nas, l'angle agut dels pòmuls, la suavitat marmòria del front, en part enfosquida amb un ble de cabells bronzins, molls de pluja...

Vaig deixar els ulls per últim, perquè sabia que perdria el fil dels pensaments quan m'hi submergís. Eren grans, càlids, d'un líquid color daurat, emmarcats per unes pestanyes espesses i negres. Abocar-me a les seves ninetes sempre em feia sentir d'una manera especial, com si els meus ossos es tornessin esponjosos. També em vaig notar lleument marejada, però potser això es devia al fet que m'havia oblidat de continuar respirant. Una altra vegada.

Era un rostre pel qual qualsevol model del món hauria donat la seva ànima; però és clar, sens dubte aquest seria el preu a pagar: l'ànima.

No. No m'ho podia creure. Em sentia culpable només de pensar-ho i en aquell moment m'alegrava de ser —em passava sovint— l'única persona els pensaments de la qual constituïen un misteri per a l'Edward.

Li vaig agafar la mà i, quan els seus dits freds van trobar-se amb els meus, vaig sospirar. El seu tacte em duia un alleujament estrany, com si estigués adolorida i el mal m'hagués passat de sobte.

—Ei —vaig somriure una mica per compensar-lo d'aquesta rebuda tan freda. Ell va alçar els nostres dits enllaçats per acariciar-me la galta amb el dors de la mà.

—Com ha anat la tarda?

—Lenta.

—Sí, per a mi també.

Em va alçar el canell fins el seu rostre, amb les nostres mans encara unides. Va tancar els ulls mentre em resseguia la pell amb el nas, i va somriure dolçament sense obrir-los. Com havia comentat alguna vegada, gaudint de l'aroma, però sense tastar el vi.

Sabia que l'olor de la meva sang, més dolça per a ell que la de qualsevol altra persona, era realment com si a un alcohòlic se li oferís vi en comptes d'aigua, i li causava un dolor real per la set ardent que li provocava; però això no semblava que ara l'acovardís, com sí que havia passat al principi. A penes podia intuir l'esforç herculi que encobria aquest gest tan senzill.

M'entristia que es veiés sotmès a aquesta prova tan dura. Em consolava pensant que aquest dolor no havia de durar gaire més temps.

Vaig sentir que en Charlie s'acostava, fent soroll amb els peus; era la seva manera habitual d'expressar l'enuig que li produïa la visita. Els ulls de l'Edward van obrir-se de cop i va deixar caure les mans, tot i que es va mantenir aferrat a mi.

—Bona tarda, Charlie —l'Edward es comportava sempre amb una educació perfecta, encara que el pare no s'ho mereixés.

El meu pare va fer un gruny i després es quedà allà dempeus, amb el braços plegats al pit. Últimament estava duent la seva idea de la supervisió paternal fins a extrems insospitats.

—He portat un altre joc de formularis —em va dir l'Edward, ensenyant-me un sobre gruixut de paper manila de color crema. Duia un rotlle de segells com un anell enrotllat en el dit petit.

Vaig gemegar. Però, és que encara quedava alguna facultat que no m'hagués obligat a sol·licitar? I com és que aconseguia trobar tots aquells buits legals en els terminis? L'any ja estava molt avançat.

Somrigué com si realment em pogués llegir els pensaments, ja que aquests es devien mostrar igual de clars en el meu rostre.

—Encara ens queden algunes dates obertes, i hi ha certs llocs que estarien encantats de fer excepcions.

Podia imaginar-me les motivacions que hi devia haver al darrere d'aquestes excepcions. I també la quantitat de dòlars involucrada.

L'Edward es va posar a riure en veure'm l'expressió.

—Anem? —em va preguntar mentre m'empenyia cap a la taula de la cuina.

En Charlie va emmurriar-se i ens va seguir, encara que difícilment podia queixar-se de l'activitat prevista a l'agenda d'aquella nit. Ja feia un munt de dies que em fastiguejava perquè prengués una decisió sobre la universitat.

Ràpidament vaig netejar la taula mentre l'Edward organitzava una pila impressionant de formularis. Va arquejar una cella quan vaig posar *Cims borrascosos* al marbre de la cuina. Sabia el que estava pensant, però en Charlie va intervenir abans que pogués fer cap comentari.

—Parlant de sol·licituds d'universitats, noi —va dir amb el seu to més esquerp; sempre intentava evitar dirigir-se directament a l'Edward, però quan ho feia, li empitjorava l'humor—. La Bella i jo estàvem parlant del proper any. Ja has decidit on continuaràs els estudis?

L'Edward li va somriure i va respondre amb veu amable.

—Encara no. He rebut unes quantes cartes d'acceptació, però encara estic valorant les meves opcions.

—On t'han acceptat? —va pressionar ell.

—Syracuse… Harvard… Dartmouth… i avui he rebut la de la Universitat del sud-est d'Alaska.

L'Edward va girar el rostre lleument a un costat per picar-me l'ullet. Jo vaig ofegar el riure.

—Harvard? Dartmouth? —va preguntar en Charlie, incapaç d'ocultar la sorpresa—. Vaja, això està molt bé, però que molt bé. Però la Universitat d'Alaska… realment no la tindràs en compte si pots accedir a aquestes universitats tan fantàstiques. Vull dir que el teu pare no voldrà pas que tu…

—A en Carlisle sempre li semblen bé les meves decisions, siguin quines siguin —li va contestar ell amb serenitat.

—Mm.

—Saps què, Edward? —vaig preguntar amb veu alegre, seguint-li el joc.

—Què, Bella?

Vaig assenyalar el sobre gruixut que descansava damunt del marbre de la cuina.

—Jo també acabo de rebre la meva acceptació de la Universitat d'Alaska!

—Felicitats! —va dibuixar un gran somriure—. Quina coincidència!

En Charlie va afilar la mirada i la va passejar ara a l'un ara a l'altra.

—Fantàstic —va murmurar al cap d'un minut—. Me'n vaig a veure el partit, Bella. Recorda, a dos quarts de deu.

Aquest era sempre el seu comentari final.

—Això…, pare, recordes la conversa que acabem de tenir sobre la meva llibertat...?

Ell va sospirar.

—D'acord. Està bé, a dos quarts d'onze. El toc de queda continua en vigor les nits que a l'endemà tinguis institut.

—La Bella ja no està castigada? —va preguntar l'Edward. Jo sabia que ell no estava realment sorprès, però no vaig poder detectar cap nota falsa en el seu sobtat entusiasme de veu.

—Amb una condició —va corregir en Charlie entre dents—. Però tu no n'has de fer res.

Vaig dirigir una seriosa mirada al meu pare, però ell no em va veure.

—És bo saber-ho —va replicar l'Edward—. L'Alice té moltes ganes de tenir una companya per anar a comprar i estic segur que a la Bella li encantarà una mica d'ambient urbà —em va somriure.

Però en Charlie va grunyir «no!», i el seu rostre es va tornar porpra.

—Pare! Però, quin problema hi ha?

Ell va fer un esforç per separar les mandíbules.

—No vull que vagis a Seattle, per ara.

—Què?

—Ja et vaig explicar aquella història del diari. Hi ha una banda que mata tothom qui se'ls posa al davant, a Seattle, i vull que te'n mantinguis lluny, em sents?

Vaig girar els ulls en blanc.

—Pare, hi ha més probabilitats que em mati un llamp. Per un dia que vagi a Seattle no em…

—D'acord, Charlie —va intervenir l'Edward, interrompentme—. En realitat, no em referia a Seattle, sinó a Portland. No la duria a Seattle de cap de les maneres. Naturalment que no.

Me'l vaig mirar incrèdula, però tenia el diari d'en Charlie a les mans i llegia la pàgina principal amb molt d'interès.

Potser estava intentant calmar el meu pare. La idea d'estar en perill fins i tot entre els més mortífers dels humans en companyia de l'Alice o de l'Edward era completament delirant.

Va funcionar. En Charlie va mirar l'Edward un instant més i després va arronsar-se d'espatlles.

—D'acord.

I se'n va anar cap al menjador fent grans gambades, quasi amb pressa, potser per no espatllar la seva típica sortida teatral.

Vaig esperar que encengués el televisor, per tal que no em pogués sentir.

—Però què...? —vaig començar a preguntar.

—Espera —va dir l'Edward, sense aixecar la mirada del paper. La tenia clavada a la pàgina quan va empènyer el primer formulari direcció a mi—. Crec que pots fer servir els mateixos escrits per a aquest. Tenen les mateixes preguntes.

Podria ser que en Charlie ens estigués escoltant, per la qual cosa vaig sospirar i em vaig posar a omplir la mateixa informació de sempre: nom, adreça, estat civil… Al cap d'uns minuts el vaig mirar. L'Edward observava a través de la finestra amb un gest pensatiu. Quan vaig tornar a inclinar el cap sobre la feina, em vaig adonar de seguida del nom de la facultat.

Vaig bufar mentre apartava els papers a un costat.

—Bella?

—Això no és seriós, Edward. Dartmouth?

L'Edward va agafar el formulari descartat i me'l va posar amablement al davant.

—Crec que New Hampshire et podria agradar —va comentar—. Hi ha un munt de cursos complementaris per a mi a les nits i els boscos estan apropiadament a prop per a un excursionista entusiasta, i plens de fauna salvatge.

Va compondre el somriure murri que jo no podia resistir. Vaig inspirar fort pel nas.

—Deixaré que em tornis els diners, si això et fa feliç —em va prometre—. Si vols, puc fins i tot carregar-te els interessos.

—Com si em poguessin admetre en alguna d'aquestes universitats sense el pagament d'un autèntic suborn! També serà part del préstec? La nova ala Cullen de la biblioteca? Aix. Per què estem discutint una altra vegada sobre el mateix?

—Sisplau, tu simplement omple el formulari, d'acord, Bella? Lliurar la sol·licitud no et farà cap mal.

Se'm va afluixar la mandíbula.

—Com ho saps? Jo no penso igual.

Vaig estirar les mans per agafar els papers del costat, pensant d'arrugar-los convenientment i llençar-los a la paperera, però no hi eren. La taula era buida. Vaig mirar l'Edward. No semblava que s'hagués mogut, però potser ja tenia el formulari guardat dins la seva jaqueta.

—Què estàs fent? —li vaig demanar.

—Rubrico amb la teva firma tan bé com tu, i ja has omplert les dades.

—T'estàs passant, saps? —vaig murmurar, per si de cas en Charlie no estava prou concentrat en el partit—. No ompliré cap més sol·licitud. M'han acceptat a Alaska i gairebé puc pagar-me la matrícula del primer semestre. És una coartada tan bona com qualsevol altra. No cal llençar tants diners, tant és quant sigui, no cal.

Una expressió adolorida se li va estendre al rostre.

—Bella…

—No comencis. Estic d'acord a guardar les maneres pel bé d'en Charlie, però tots dos sabem que no estaré en condicions d'anar a la facultat la propera tardor. Ni d'estar enlloc on hi hagi gent.

Els meus coneixements sobre els primers anys d'un vampir eren bastant superficials. L'Edward mai no s'havia esplaiat gaire sobre els detalls, ja que no era el seu tema preferit, però m'havia fet a la idea que no eren precisament uns temps idíl·lics. L'autocontrol era, segons sembla, una habilitat que s'adquiria amb els anys. Totes les relacions es mantenien per correspondència, a través del correu de la facultat.

—Em pensava que el moment no estava del tot decidit —em va recordar l'Edward amb suavitat—. Pots gaudir d'un semestre o dos d'universitat. Hi ha un munt d'experiències humanes que encara no has viscut.

—Les tindré després.

—Després ja no seran experiències humanes. No hi ha una segona oportunitat per ser humà, Bella.

Vaig sospirar.

—Has de ser raonable respecte la data, Edward. És massa arriscat per prendre'ns-ho a la lleugera.

—Encara no hi ha cap perill —va insistir ell.

El vaig fulminar amb la mirada. No hi havia cap perill? Segur. Només hi havia una sàdica vampira que intentava venjar la mort del seu company amb la meva, preferiblement amb un mètode lent i tortuós. A qui li preocupava la Victoria? I és clar, també hi havia els Vulturis, la família reial dels vampirs amb el seu petit exèrcit de guerrers, que insistien perquè el meu cor deixés de bategar un dia o altre en un futur proper, només perquè no estava permès que els humans coneguessin la seva existència. Fantàstic. No hi havia cap raó per deixar-se endur pel pànic.

Fins i tot amb l'Alice mantenint la vigilància —l'Edward confiava en les seves imprecises visions del futur per avisar-nos a temps— era de bojos córrer el risc.

A més a més, aquesta discussió ja l'havia guanyada feia dies. La data per a la meva transformació, de manera provisional, s'havia situat per després de la graduació a l'institut, d'aquí a unes quantes setmanes.

Una forta punxada de malestar em va travessar l'estómac quan em vaig adonar del poc temps que em quedava. Era evident que necessitava fer aquests canvis, sobretot perquè representaven la clau per a allò que jo estimava més en aquest món, però també era totalment conscient d'en Charlie, assegut a l'altra habitació, gaudint del seu partit, com qualsevol altra nit. I de la meva mare, la Renée, allà a l'assolellada Florida, que encara ara em suplicava que passés l'estiu amb ella i el seu nou marit a la platja. I d'en Jacob que, a diferència dels meus pares, ell sí que sabia exactament el que passaria quan jo desaparegués a alguna universitat llunyana. Fins i tot encara que ells no sospitessin res durant força temps, o mentre jo pogués evitar les seves visites amb excuses sobre el preu dels viatges, les meves obligacions amb els estudis o alguna malaltia, en Jacob sabria la veritat.

Durant un primer moment, la idea de la repulsió que inspiraria en Jacob va sobreposar-se a qualsevol altra pena.

—Bella —va murmurar l'Edward, amb el rostre convuls en llegir-me l'aflicció—, no hi ha cap pressa. No deixaré que ningú et faci mal. Pots agafar-te tot el temps que vulguis.

—Vull afanyar-me —vaig murmurar, somrient dèbilment, i intentant fer un acudit—. Jo també vull ser un monstre.

Va prémer la mandíbula i amb les dents serrades em va dir:

—No tens ni idea del que estàs dient.

De cop, va posar el diari humit damunt la taula, entre nosaltres. Amb el dit va assenyalar l'encapçalament de la pàgina principal.

EL NOMBRE DE VÍCTIMES MORTALS S'ELEVA. LA POLICIA TEM QUE SIGUIN BANDES CRIMINALS.

—I això què té a veure amb el que estem parlant?

—Els monstres no són cosa de riure, Bella.

Vaig mirar el titular un cop més, i després em vaig girar cara a la seva expressió endurida.

—És un… vampir qui ha fet això? —vaig murmurar.

Ell va somriure amb un punt d'alegria. La seva veu ara era baixa i freda.

—Et sorprendries, Bella, de saber les vegades que els de la meva espècie som l'origen dels horrors que apareixen a les teves notícies humanes. Són fàcils de reconèixer quan saps on mirar. Aquesta informació indica que un vampir que s'acaba de transformar està perdut per Seattle. Assedegat de sang, salvatge i descontrolat, tal i com ho vam ser tots.

Vaig refugiar la mirada un altre cop en el diari, evitant-li els ulls.

—Hem estat vigilant la situació des de fa unes quantes setmanes. Hi ha tots els indicis, les desaparicions insòlites, sempre de nit, els escassos cadàvers recuperats, la manca de més evidències... Sí, un neòfit. I sembla que ningú no es fa responsable d'ell —va inspirar amb força—. Bé, no és el nostre problema. Ni tan sols podem aturar-nos-hi a pensar fins que no es trobi més a prop de casa nostra. Això passa sempre. L'existència de monstres no deixa de tenir conseqüències monstruoses.

Vaig intentar no fixar-me en els noms del diari, però ressaltaven entre la resta de la lletra impresa com si estiguessin en negreta. Cinc persones a les quals se'ls havia acabat la vida, i amb les famílies que els ploraven la mort. Una cosa és considerar un assassinat abstracte i l'altra veure els noms i els cognoms de les víctimes. Maureen Gardiner, Geoffrey Campbell, Grace Razi, Michelle O'Connell, Ronald Albrook. Gent que tenia pares, fills, amics, animals domèstics, feines, esperances, plans, records i un futur...

—A mi no em passarà —vaig murmurar, quasi per a mi mateixa—. Tu no deixaràs que em passi. Viurem a l'Antàrtida.

L'Edward va bufar, dissipant la tensió.

—Pingüins. Meravellós.

Em vaig posar a riure amb una mena de tremolor al cos, i vaig tirar el diari a terra, de manera que no pogués veure aquells noms; va caure amb un so sord. Sens dubte, l'Edward hauria tingut en compte les possibilitats de caça. Ell i la seva família «vegetariana» —tots compromesos amb la protecció de la vida humana— preferien el sabor dels gran depredadors per satisfer les necessitats de la seva dieta.

—Doncs Alaska, tal i com havíem planejat. Però ens aniria millor algun lloc més lluny que Juneau, algun lloc amb óssos en abundància.

—Millor —va consentir ell—. També hi ha óssos polars. Són molt ferotges. I hi abunden els llops.

Se'm va quedar la boca oberta i vaig expirar tot l'aire de cop, violentament.

—Què hi ha de dolent? —em va preguntar. Abans que pogués recuperar-me, va comprendre la confusió i tot el seu cos se li va posar rígid—. Vaja, oblida't dels llops, aleshores, si et repugna la idea —la seva veu sonava forçada, formal, i tenia les espatlles rígides.

—Era el meu millor amic, Edward —vaig xiuxiuejar. Em dolia utilitzar el temps passat—. És clar que em desagrada la idea.

—Perdona la meva falta de consideració —va dir, encara amb un to massa formal—. No ho hauria d'haver suggerit.

—No et preocupis.

Em vaig mirar les mans, dos punys tancats sobre la taula.

Vam estar asseguts en silenci durant un moment, i després el seu dit fred va resseguir-me la barbeta, alçant-me el rostre. La seva expressió ara era molt més dolça.

—Ho sento. De debò.

—Ja ho sé. Sé que no és el mateix. No hauria d'haver reaccionat d'aquesta manera. Només és que... bé, estava pensant just en en Jacob abans que vinguessis —vaig dubtar. Els seus ulls lleonats semblava que s'enfosquissin una mica sempre que sentia el nom d'en Jacob. La meva veu va tornar-se suplicant en resposta—. En Charlie diu que en Jacob s'ho està passant molt malament. Se sent molt dolgut i... és per culpa meva.

—Tu no has fet res dolent, Bella.

Vaig fer un llarg glop d'aire.

—He de fer les coses millor, Edward. Li ho dec. I de totes maneres, és una de les condicions d'en Charlie...

El seu rostre va canviar mentre parlava, endurint-se de nou, tornant-se com el d'una estàtua.

—Ja saps que no cal ni discutir que vagis amb un licantrop sense cap mena de protecció, Bella. I el tractat es trencaria si algú de nosaltres travessés les seves terres. Vols que comencem una guerra?

—És clar que no!

—Doncs no cal que ho discutim més —va deixar caure una mà i va mirar cap a una altra banda, buscant canviar de tema. Els seus ulls van aturar-se en algun lloc rere meu i va somriure, tot i que continuava mirant amb cautela—. M'alegra que en Charlie et deixi sortir. Tens realment la necessitat de visitar una llibreria. No em puc creure que et tornis a llegir *Cims borrascosos*. Però és que encara no te'l saps de memòria?

—No tothom té memòria fotogràfica —li vaig contestar, amb cortesia.

—Memòria fotogràfica o no, em costa de creure que t'agradi. Els personatges són gent horrible que es dedica a arruïnar la vida dels altres. No entenc com és que s'ha posat en Heathcliff i la Cathy a l'alçada de parelles com en Romeu i la Julieta o l'Elizabeth Bennet i en Darcy. No és una història d'amor, sinó d'odi.

—Tu tens problemes seriosos amb els clàssics —vaig replicar.

—Potser és perquè no m'impressiona l'antiguitat de les coses —va somriure, evidentment satisfet de pensar que havia aconseguit distreure'm—. Però de veritat, seriosament, per què el llegeixes una vegada i una altra? —se li va omplir la mirada de vitalitat, encesa per un sobtat interès, intentant, de nou, desxifrar la intricada complexitat de la meva ment. Va inclinar-se al llarg de la taula per bressar-me el rostre amb la mà—. Què té que t'interessi tant?

La seva sincera curiositat va desarmar-me.

—No n'estic segura —li vaig respondre, lluitant per mantenir la coherència mentre la seva mirada, de forma involuntària, em dispersava els pensaments—. Crec que té a veure amb el concepte de l'inevitable. El fet que res no pugui separar-los, ni l'egoisme d'ella, ni la maldat d'ell, o fins i tot la mort, al final...

Es va quedar pensatiu mentre sospesava les meves paraules. Al cap d'un moment va somriure amb ganes de broma.

—Continuo pensant que la història seria millor si algun d'ells posseís alguna qualitat que els redimís. Espero que tu tinguis més sentit comú, abans d'enamorar-te d'una cosa tan... maligna.

—Ja és una mica tard per considerar de qui enamorar-me —li vaig remarcar—. Però fins i tot sense la necessitat de l'advertència, crec que me n'he sortit prou bé.

Ell va riure en silenci.

—M'alegra que pensis això.

—Bé, i jo espero que siguis prou llest per mantenir-me lluny d'algú tan egoista. La Catherine és realment l'origen de tots els problemes, no en Heathcliff.

—Estaré en guàrdia —em va prometre.

Vaig sospirar. En sabia molt de distreure'm.

Vaig posar la mà sobre la seva per sostenir-la contra la meva galta.

—Necessito veure en Jacob.

Va tancar els ulls.

—No.

—En realitat no és tan perillós —li vaig dir, en to de súplica—. Abans solia estar-me tot el dia a La Push, amb tots ells, i no em va passar mai res.

Però aquí vaig tenir una relliscada. La veu em va fallar al final, en adonar-me que estava mentint. No era cert que no hagués passat res. Un record va il·luminar-me la ment, el d'un home llop gris, arraulit abans de saltar, amb les seves dents, esmolades com dagues, dirigides a mi..., i els palmells de les mans em van començar a suar amb el ressò del pànic gravat a la memòria.

L'Edward va sentir com se m'accelerava el cor i va assentir com si jo hagués reconegut la mentida en veu alta.

—Els licantrops són inestables. Algunes vegades, la gent que està a prop d'ells acaba ferida. Altres vegades, fins i tot arriben a morir.

Ho volia negar, però una altra imatge va aturar la meva refutació. En la ment se'm va presentar el rostre de l'Emily Young, que una vegada havia estat bell, i ara estava marcat per tres cicatrius fosques que arrancaven del costat de l'ull dret i li havien deformat la boca per convertir-la en una ganyota torta per sempre més.

Ell va esperar, triomfant però trist, que jo recobrés la veu.

—No els coneixes —va murmurar.

—Els conec millor del que et penses, Bella. Jo era aquí la darrera vegada.

—La darrera vegada?

—Feia setanta anys que ens creuàvem amb els homes llop. Ens acabàvem d'establir a prop de Hoquiam. Va ser abans que arribessin l'Alice i en Jasper. Els sobrepassàvem en nombre, però això no els hauria frenat a l'hora de lluitar si no hagués estat per en Carlisle. Se les va enginyar per convèncer l'Ephraim Black del fet que la coexistència era possible i per aquest motiu vam fer el pacte.

El nom del besavi d'en Jacob va sorprendre'm.

—Crèiem que el seu llinatge havia mort amb l'Ephraim —va xiuxiuejar l'Edward, i sonava quasi com si estigués parlant amb si mateix—, que la mutació genètica que permetia la transformació havia desaparegut amb ell —va interrompre's i em mirà acusadorament—. Però la teva mala sort sembla que creixi dia a dia. Te n'adones que la teva atracció insaciable per tot allò que sigui letal ha estat suficientment forta com per fer tornar de l'extinció un ramat de cànids mutants? Sens dubte, si poguéssim embotellar la teva mala fortuna, tindríem entre mans una arma de destrucció massiva.

Vaig passar d'ell i de les seves ganes de prendre'm el pèl. M'havia cridat molt l'atenció aquella suposició seva: ho deia seriosament?

—Però jo no els he fet tornar, no te n'adones?

—Adonar-me de què?

—La meva pèssima sort no té res a veure amb tot això. Els licantrops han tornat quan ho han fet els vampirs.

L'Edward em va clavar la mirada, amb el cos immòbil de la sorpresa.

—En Jacob em va dir que la presència de la teva família ho va precipitar tot. Em pensava que ho sabies...

Va estrènyer els ulls.

—I això és el que pensen?

—Edward, atén-te als fets. Vau venir fa setanta anys i van aparèixer els licantrops; ara torneu i apareixen de nou. No veus que no és cap coincidència?

Va pestanyejar i la seva mirada va relaxar-se.

—Aquesta teoria li semblarà molt interessant, a en Carlisle.

—Teoria —vaig respondre amb mala cara.

Va quedar-se en silenci un moment, mirant la pluja sense veure-la, a través de la finestra. Vaig suposar que estaria ponderant el fet que fos la presència de la seva família la que estigués convertint els locals en llops gegants.

—Interessant, tot i que no canviï res —va murmurar al cap d'un moment—. La situació continua tal com està.

Vaig traduir-ho amb bastant facilitat: res d'amics licantrops.

Sabia que havia de ser pacient amb l'Edward. La qüestió no estava en el fet que fos desenraonat, sinó que simplement no ho entenia. No tenia ni idea de tot el que jo li devia a en Jacob Black, la vida diverses vegades i, potser també, el meu seny.

No en volia parlar amb ningú, d'aquell temps erm i estèril, i encara menys amb ell, que amb la seva fugida només havia intentat defensar-me, salvar-me la vida. No el podia considerar culpable de totes aquelles estupideses que jo havia comès en absència seva, o del dolor que havia patit.

Però ell sí.

Per això havia d'anar amb molt de compte quan posés paraules a les idees.

Em vaig aixecar i vaig caminar al voltant de la taula. Em va obrir els braços i jo vaig asseure'm a la seva falda, arraulint-me dins la seva abraçada freda i pètria. Li mirava les mans mentre parlava.

—Sisplau, escolta'm només un minut. Això que et diré és molt més important que el caprici de no voler desprendre'm d'un vell amic. En Jacob està patint —la meva veu va tremolar en pronunciar la paraula—. No puc deixar d'ajudar-lo just ara que em necessita, simplement perquè no és humà el cent per cent del temps. Va estar al meu costat quan jo m'havia convertit també en... alguna cosa no del tot humana. No en tens ni idea, de com va ser... —vaig dubtar, perquè els braços de l'Edward s'havien posat rígids entorn meu, amb els punys closos i els tendons que ressaltaven—. Si en Jacob no m'hagués ajudat... No estic segura de què t'haguessis trobat quan vas tornar. Li dec molt més del que et penses, Edward.

Vaig alçar el rostre amb cautela per mirar-lo. Tenia els ulls tancats i la mandíbula tensa.

—No em perdonaré mai haver-te abandonat —va xiuxiuejar—, encara que visqui cent mil anys.

Vaig prémer amb la mà el seu rostre fred i em vaig esperar fins que va sospirar i va alçar les parpelles.

—Només pretenies fer el més correcte. I estic segura que hauria funcionat amb algú menys sonat que jo. A més, ara ets aquí i això és l'únic que compta.

—Si no me n'hagués anat no tindries la necessitat d'arriscar la teva vida per consolar un gos.

Em vaig estremir. Estava acostumada amb en Jacob i els seus comentaris despectius —xuclasang, sangonera, paràsit—, però aquest em va sonar molt més dur en sortir d'aquella veu vellutada.

—No sé com dir-ho de forma adequada —va comentar l'Edward, i el to era melangiós—. Suposo que fins i tot et sonarà cruel, però ja he estat a punt de perdre't en el passat. Ara sé què se sent en aquest cas i no toleraré que t'exposis a cap mena de perill.

—En aquest assumpte has de confiar en mi. Estaré bé.

El dolor va tornar a aflorar en el seu rostre.

—Sisplau, Bella —va murmurar.

Vaig fixar la mirada en els seus ulls daurats, sobtadament plens de foc.

—Sisplau, què?

—Sisplau, fes-ho per mi. Sisplau, fes un esforç conscient per mantenir-te fora de perill. Jo faig tot el que puc, però necessitaria una mica d'ajuda.

—M'ho prendré seriosament —vaig respondre en veu baixa.

—És que realment no te n'adones de com n'ets d'important per mi? Tens idea de com t'estimo?

Em va prémer més fort contra el seu pit dur, acomodant el meu cap sota la seva barbeta. Vaig prémer els llavis contra el seu coll, fred com la neu.

—El que sí que sé és com t'estimo jo —vaig replicar.

—Això és comparar un arbre amb tot un bosc.

Vaig girar els ulls en blanc, però ell no em podia veure.

—Impossible.

Em va fer un petó a la coroneta i va sospirar.

—Res d'homes llop.

—Per aquí no hi passo. He de veure en Jacob.

—Aleshores t'hauré d'aturar.

Sonava completament confiat en el fet que això no seria cap problema per ell.

Jo estava convençuda que tenia raó.

—Bé, això ja ho veurem —vaig fatxendejar de totes maneres—. Encara és el meu amic.

Sentia la nota d'en Jacob a la butxaca, com si de sobte pesés tres quilos. Podia sentir les seves paraules amb la seva pròpia veu, i semblava que estigués d'acord amb l'Edward, cosa que en realitat no passaria mai.

«Això no canvia res. Ho sento».

Evasió

Era estrany, però em sentia optimista mentre caminava des de la classe d'Espanyol fins a la cafeteria, i no es devia pas al fet que anés agafada amb l'ésser més perfecte del planeta, encara que, sens dubte, això també comptava.

Potser es devia al fet que la meva sentència s'havia acomplert i tornava a ser una dona lliure de nou.

O potser no tenia a veure del tot amb mi. Més aviat podia ser l'atmosfera de llibertat que es respirava a tot el campus. A l'institut se li acabava la corda, i en concret per als veterans, hi havia una emoció evident a l'aire.

Teníem la llibertat tan a prop que quasi podíem tocar-la, degustar-la. Hi havia senyals pertot arreu. Els pòsters s'encobrien els uns als altres a les parets de la cafeteria i les papereres s'atapeïen amb un desplegament acolorit de fulletons que vessaven: notes que recordaven comprar l'anuari i targetes de graduació; terminis per encarregar togues, birrets i borles per a la graduació; plecs d'arguments en paper fosforescent dels de tercer que feien campanya per als representants de classe; ominosos anuncis adornats amb roses per al ball de fi de curs. El gran ball era al final de la setmana següent, però li havia fet prometre a l'Edward fermament que no em faria passar per allò una altra vegada. Al cap i a la fi, jo ja havia tingut aquella experiència humana.

No, segurament el que em feia sentir tan lleugera era la meva recent llibertat personal. El final del curs no em resultava tan plaent com ho semblava ser per a la resta d'estudiants. En realitat, quan hi pensava em venien basques. De totes maneres intentava no pensar-hi.

Però era difícil esquivar un tema tan d'actualitat com la graduació.

—Heu enviat ja les vostres targetes de graduació? —va preguntar l'Angela quan l'Edward i jo vam seure a la taula. En comptes de l'habitual pentinat llis, s'havia recollit els cabells marró clar en una improvisada cua, i hi havia una brillantor trastocada en la seva mirada.

L'Alice i en Ben eren allà, un a cada costat de l'Angela. En Ben estava concentrat llegint un còmic, amb les ulleres lliscant-li pel seu nas diminut. L'Alice va mirar de dalt a baix el meu insuls conjunt de texans i samarreta, de manera que em va cohibir. Probablement ja estava ordint un altre dels seus canvis d'imatge. Vaig sospirar. Per a ella, la meva actitud indiferent davant la moda li era una espina clavada. Si pogués, em vestiria cada dia —i potser fins i tot diverses vegades al dia— com si fos una nina de paper en tres dimensions i de mida gegant.

—No —vaig contestar a l'Angela—. No en tinc cap necessitat, sincerament. La Renée ja sap que em graduo. I a qui més ho hauria de dir?

—I tu, Alice?

Ella va somriure.

—Tot controlat.

—Quina sort —va sospirar l'Angela—. La meva mare té cosins a milers, i espera que escrigui les targetes una a una. Em quedaré sense mà. No ho puc retardar més i només de pensar-ho...

—Jo t'ajudaré —em vaig oferir—. Si no t'importa la meva mala lletra.

Segur que a en Charlie això li agradaria. De cua d'ull vaig veure com l'Edward somreia. A ell també li agradava la idea, segur, que jo complís les condicions d'en Charlie sense implicar cap home llop.

L'Angela semblava alleujada.

—Ets un encant. Passaré per casa teva quan vulguis.

—La veritat és que preferiria venir jo a la teva, si et va bé. Estic farta d'estar a casa. En Charlie anit em va aixecar el càstig —vaig somriure àmpliament mentre anunciava la bona notícia.

—De debò? —em va preguntar l'Angela, amb els seus amables ulls castanys de sempre, il·luminats per una dolça excitació—. Em pensava que havies dit que era per a tota la vida.

—A mi encara em sorprèn més que a tu. Estava convençuda que, almenys, hauria d'acabar l'institut abans que em deixés lliure.

—Vaja, això és fantàstic, Bella! Hem de sortir per celebrar-ho.

—No et pots imaginar que bé que sona, això.

—I què podríem fer? —va cavil·lar l'Alice, amb el seu rostre il·luminant-se davant les diverses possibilitats. Les idees de l'Alice generalment eren massa grandioses per a mi, i a les seves pupil·les hi vaig llegir just això, com entrava en acció la seva tendència a dur les coses massa lluny.

—Sigui el que sigui el que estàs pensant, Alice, dubto que pugui gaudir de tanta llibertat.

—Si estàs lliure, n'estàs, oi? —va insistir ella.

—Estic segura que així i tot hi ha límits, com per exemple, les fronteres dels Estats Units.

L'Angela i en Ben es van posar a riure, però l'Alice va fer una ganyota, realment disgustada.

—Així doncs, què farem aquesta nit? —va tornar a insistir.

—Res. Mira, li donem un parell de dies per comprovar que no és cap conya. A més a més, de totes maneres, estem entre setmana.

—Aleshores, ho celebrem aquest cap de setmana —l'entusiasme de l'Alice era irrefrenable.

—Segur —vaig respondre, amb la intenció de calmar-la. Jo sabia que no faria res massa desgavellat; amb en Charlie era més fiable prendre's les coses amb serenitat. Donar-li l'oportunitat d'apreciar com n'era de madura i digna la confiança que m'havia tornat abans de demanar-li cap favor.

L'Angela i l'Alice van començar a parlar avaluant diferents possibilitats; en Ben va unir-se a la conversa, apartant els còmics a un costat. La meva atenció va dispersar-se. Em sorprenia veure que el tema de la meva llibertat de sobte no em semblava tan gratificant com m'ho era feia tan sols uns minuts. Quan van començar a discutir sobre quines coses podíem fer a Port Angeles o potser a Hoquiam, em vaig començar a sentir contrariada.

No vaig trigar gaire a descobrir la font de la meva agitació.

Des que em vaig acomiadar d'en Jacob Black en el bosc del costat de casa, m'aclaparava la invasió persistent i incòmoda d'una imatge mental concreta. S'introduïa en els meus pensaments de tant en tant, com la irritant alarma d'un rellotge programat per sonar cada mitja hora, omplint-me el cap amb la imatge d'en Jacob contreta per la pena. Era el darrer record que tenia d'ell.

Quan la pesada visió em va tornar a envair, vaig saber exactament per què no em sentia satisfeta amb la meva llibertat. Perquè era incompleta.

Sí, sens dubte, jo podia anar a qualsevol lloc, excepte a La Push, per veure en Jacob. Vaig arrufar les celles. Hi havia d'haver alguna mena de terreny intermedi.

—Alice? Alice!

La veu de l'Angela em va treure del somni. Sacsejava enèrgicament la mà davant del rostre de l'Alice, inexpressiu i amb la mirada en trànsit. L'Alice tenia aquella expressió que jo coneixia tan bé, una expressió capaç d'enviar una ràfega de pànic a través del meu cos. La seva mirada absent em va dir que estava veient alguna cosa molt diferent, però tan o més real que l'escena mundana que es desenvolupava al menjador que ens rodejava. Alguna cosa que estava a punt de succeir, molt aviat. Vaig sentir com la sang m'abandonava el rostre.

Aleshores l'Edward va riure, un so relaxat, molt natural. L'Angela i en Ben van girar-se per mirar-lo, però jo tenia els ulls clavats en l'Alice, que va sobresaltar-se de cop, com si algú li hagués donat un cop de peu per sota la taula.

—Què, t'has ben clapat, no, Alice? —va burlar-se l'Edward.

L'Alice va tornar en si.

—Ho sento, suposo que m'he endormiscat.

—Fer una migdiadeta és millor que enfrontar-se a dues hores més de classe —va comentar en Ben.

L'Alice va submergir-se de nou a la conversa molt més animada que abans, potser, fins i tot, excessivament animada; aleshores, vaig veure com clavava els ulls en els de l'Edward, tan sols un instant, i com després es tornaven a fixar en l'Angela abans que ningú se n'adonés. L'Edward semblava tranquil mentre joguinejava absort amb un ble dels meus cabells.

Vaig esperar amb ansietat l'ocasió de preguntar-li en què consistia la visió de la seva germana, però la tarda va transcórrer sense que tinguéssim ni un minut per a nosaltres sols...

... la qual cosa em va semblar estranya, fins i tot deliberada. Després d'esmorzar, l'Edward va caminar al costat d'en Ben per parlar d'uns deures que jo sabia que ja havia acabat. Després, entre classe i classe sempre ens trobàvem amb algú, tot i que el més normal hauria estat que estiguéssim uns minuts sols, com solia passar sempre. Quan va sonar el darrer timbre, l'Edward va escollir conversar amb en Mike Newton, de tots els que estàvem per allà, compassant el seu pas amb el d'en Mike mentre ell anava cap a l'aparcament. Jo els seguia, deixant que ell em remolqués.

Vaig escoltar, plena de confusió, com en Mike contestava les insualment amables preguntes de l'Edward. Segons semblava, en Mike havia tingut problemes amb el cotxe.

—... així que l'únic que vaig fer va ser canviar la bateria —deia en aquells moments. Anava mirant alternativament i amb cautela el rostre de l'Edward i el terra. El pobre Mike estava tan desconcertat com jo mateixa.

—I no seran els cables? —va suggerir l'Edward.

—Podria ser. La veritat és que no en tinc ni idea, de cotxes —va admetre en Mike—. Necessito que algú hi faci un cop d'ull, però no em puc permetre de dur-lo a Dowling.

Vaig obrir la boca per suggerir el meu mecànic, però la vaig tancar de cop. El meu mecànic estava molt ocupat aquells dies, perdut per algun lloc en forma de llop gegant.

—Jo sí que hi entenc una mica. Si vols hi puc fer una ullada —li va oferir l'Edward—. Quan deixi l'Alice i la Bella a casa.

En Mike i jo vam mirar-nos l'Edward amb un pam de nas.

—Eh... gràcies —va murmurar en Mike quan va recobrar-se—. Però me n'he d'anar a treballar. Potser un altre dia.

—Quan vulguis.

—Fins després —en Mike va pujar al seu cotxe, sacsejant el cap incrèdul.

El Volvo de l'Edward, amb l'Alice a dins, estava a només dos cotxes del d'en Mike.

—De què va tot això? —vaig barbotejar mentre l'Edward m'obria la porta del copilot.

—Només intentava ajudar-lo —va respondre l'Edward.

I en aquells moments, l'Alice, que s'esperava en el seient de darrere, va començar a balbucejar a tota velocitat.

—Realment no ets tan bon mecànic, Edward. Seria millor que permetessis a la Rosalie que hi fes un cop d'ull aquesta nit, si vols quedar bé amb en Mike; que no li piqui per demanar-te ajuda, ja saps. Encara que el realment divertit seria veure-li la cara si fos la Rosalie qui s'hi oferís... Bé, potser no és gaire bona idea, tenint en compte que se suposa que està a l'altra banda del país, a la universitat. Cert, seria una mala idea. De totes maneres, crec que ja te les arreglaràs amb el cotxe d'en Mike. Total, l'únic que et supera és la posta a punt d'un bon cotxe esportiu italià, perquè requereix molta precisió. I parlant d'Itàlia i dels esportius que hi vaig robar, encara em deus un Porsche groc. I no sé si vull esperar a Nadal per tenir-lo...

Després d'un minut ja no vaig escoltar-la més, deixant que la seva veu ràpida es convertís en un zumzeig de fons mentre em carregava de paciència.

Tenia la impressió que l'Edward estava intentant evitar les meves preguntes. Fantàstic. De totes maneres, aviat estaríem sols. Només era qüestió de temps.

També ell semblava adonar-se de l'assumpte. Va deixar l'Alice al començament de l'accés a la finca dels Cullen, tot i que arribats a aquest punt, vaig pensar que la duria fins la porta i després l'acompanyaria a dins.

Quan l'Alice va baixar del cotxe, li va dirigir una mirada perspicaç. L'Edward semblava completament relaxat.

—Ens veiem després —li va dir; i llavors, encara que molt lleugerament, va assentir amb el cap.

L' Alice va tombar-se i desaparegué entre els arbres.

Estava tranquil quan va fer mitja volta amb el cotxe i va conduir fins a Forks. Jo em vaig esperar, preguntant-me si trauria el tema ell mateix. No ho va fer, i això em posà nerviosa. Què coi havia vist l'Alice a l'hora d'esmorzar? Alguna cosa que no em volia explicar, així que vaig intentar pensar en una raó per mantenir el secret. Potser valia més que em preparés abans de preguntar res. No volia perdre els nervis i que es pensés que no ho sabria portar, fos el que fos.

Així que vam continuar en silenci fins que vam arribar a la part posterior de casa en Charlie.

—Aquesta nit no tens gaires deures —va comentar ell.

—Ahà —vaig assentir.

—Creus que em deixarà tornar a entrar?

—No li ha fet res que em vinguessis a buscar per anar a l'institut.

Malgrat tot, estava segura que en Charlie es posaria fet una fera si quan arribava a casa s'hi trobava l'Edward. Potser era una bona idea preparar un sopar suculent.

Un cop dins, vaig enfilar les escales seguida per l'Edward. Va estirar-se al llit, i va mirar per la finestra sense veure res, completament alliè als meus nervis.

Vaig deixar la bossa i vaig encendre l'ordinador. Tenia pendent un correu electrònic de la meva mare i a ella li agafava un atac de pànic quan trigava massa a contestar. Vaig picar amb els dits sobre la taula, mentre esperava que el meu decrèpit ordinador comencés a engegar-se alenant; picava l'escriptori de manera alterada, mostrant l'ansietat.

De sobte vaig sentir els seus dits damunt dels meus, per mantenir-me'ls quiets.

—Sembla que estàs una mica nerviosa avui, no? —va murmurar, rere meu.

Em vaig girar i en mirar-lo per deixar-li anar una resposta sarcàstica, el seu rostre se m'encarava més a prop del que esperava. Els ulls li brillaven de passió a pocs centímetres dels meus, i li notava l'alè fred contra els meus llavis oberts. De cop vaig poder sentir el seu gust a la llengua.

Ja no recordava l'enginyosa resposta que li havia estat a punt de dir. Amb prou feines podia recordar el meu nom.

Ni tan sols va donar-me l'oportunitat de recuperar-me.

Si fos per mi, em passaria les vint-i-quatre hores del dia besant l'Edward. No havia experimentat mai res en tota la meva vida comparable a la sensació que em produïen els seus llavis freds, tan durs com el marbre, però sempre tan dolços, en lliscar damunt dels meus.

Generalment, no em deixava besar-lo tant com volia.

Així que em vaig sorprendre una mica quan els seus dits s'enredaren amb els cabells, subjectant el meu rostre contra el seu. Tenia els braços fermament agafats entorn del seu coll, i hagués desitjat ser més forta per assegurar-me que podria mantenir-lo presoner així per sempre. Va fer lliscar una mà per la meva esquena, prement-me contra el seu pit petri encara amb més força. Malgrat els jerseis, la seva pell era tan freda que em va fer tremolar, tot i que més aviat era un estremiment de plaer, de felicitat, raó per la qual va deixar-me anar de seguida.

Ja sabia que tenia aproximadament tres segons abans que sospirés i m'apartés amb destresa, dient que ja havia arriscat prou la meva vida per tota la tarda. Vaig intentar aprofitar al màxim els meus darrers segons i em vaig aferrar a ell, emmotllant-me a la forma del seu cos. Vaig resseguir-li el llavi inferior amb la llengua; era tan perfecte i suau com si estigués polit i el sabor...

Va apartar la meva cara de la seva, trencant l'abraçada ferotge amb facilitat, probablement, sense adonar-se que jo estava utilitzant tota la meva força.

Va riure entre dents un cop, amb un so baix i ronc. Li brillaven els ulls d'excitació, amb aquella fogositat que era capaç de disciplinar amb tanta rigidesa.

—Ai, Bella —va sospirar.

—Se suposa que me n'hauria de penedir, però no ho faré.

—I a mi no se m'hauria de posar bé que no estiguessis penedida, però tampoc no puc. Potser serà millor que segui al llit.

Vaig exhalar, una mica marejada.

—Si creus que és necessari...

Ell va esbossar aquell típic somriure murri i va escapolir-se dels meus braços.

Vaig sacsejar el cap unes quantes vegades, intentant aclarir-me i em vaig girar a l'ordinador. S'havia escalfat i ja començava a brunzir; bé, més que brunzir, semblava que grunyís.

—Dóna records a la Renée de part meva.

—Cap problema.

Vaig llegir ràpidament el correu de la Renée, movent el cap d'un cantó a l'altre davant d'algunes de les seves excentricitats. Estava tan divertida com horroritzada, exactament igual que quan vaig llegir el seu primer correu. Era molt propi de la meva mare oblidar-se de la por que li feien les altures, fins que es veia fermament lligada a un paracaigudes i a un instructor de vol. Estava una mica enfadada amb en Phil, amb qui ja duia dos anys de casats, per haver-li-ho permès. Jo hauria tingut cura d'ella, encara que només fos perquè la coneixia millor.

Em vaig recordar a mi mateixa que havia de deixar que fessin el seu camí, donar-los temps. Has de permetre que visquin la seva vida...

Havia passat la major part del temps tenint cura de la Renée, intentant amb paciència de dissuadir-la dels seus plans més esbojarrats, aguantant amb un somriure aquells que no aconseguia evitar. Sempre havia estat comprensiva amb la mare perquè em divertia molt, i fins i tot havia arribat a ser una mica condescendent amb ella. Observava els seus errors i reia per dins. La boja de la Renée.

No m'assemblava gens a la meva mare. Més aviat era introspectiva i cautelosa, una noia responsable i madura. Almenys així era com jo em veia a mi mateixa, aquesta era la persona que jo coneixia.

Amb la sang revoltada corrent-me pel cervell a causa dels petons de l'Edward, no podia evitar pensar en l'error més gran de la meva mare. Tan ximple i romàntica per casar-se, a penes acabat l'institut, amb un home a qui amb prou feines coneixia, i poc després, al cap d'un any, portant-me a mi al món. Ella sempre m'assegurava que no se'n penedia en absolut, que jo era el millor regal que la vida li havia donat mai. I malgrat tot, no parava d'insistir una vegada i una altra dient que la gent llesta es pren el matrimoni seriosament. Que la gent madura va a la facultat i acaba una carrera abans d'implicar-se profundament en una relació. La Renée sabia que jo no seria tan irreflexiva, ximpleta i capsigrany com ella...

Vaig serrar les dents i em vaig concentrar a respondre el missatge.

Vaig rellegir l'acomiadament i aleshores vaig recordar per què no havia volgut respondre-li abans.

«No m'has explicat res d'en Jacob des de fa força temps» —havia escrit—. «Què n'és d'ell?».

Segur que en Charlie li devia haver insinuat alguna cosa.

Vaig sospirar, i teclejant amb rapidesa vaig introduir la resposta entre dos paràgrafs menys conflictius.

Suposo que en Jacob està bé. Fa molt que no el veig; ara sol passar-se tot el temps amb la seva colla d'amics de La Push.

Amb un somriure irònic vaig afegir la salutació de l'Edward i vaig clicar a la pestanya «Enviar».

No m'havia adonat que ell estava dret i en silenci rere meu fins que vaig apagar l'ordinador i em vaig apartar de la taula. L'anava a renyar per haver estat llegint per sobre la meva espatlla, quan vaig veure que no em feia cas. Examinava una caixa negra aixafada d'on sobresortien, per un dels angles, fils elèctrics retorçats, de manera que no semblava que hagués de funcionar gaire bé, fos el que fos. Al cap d'un moment, vaig reconèixer l'estèreo pel cotxe que l'Emmett, la Rosalie i en Jasper m'havien regalat pel meu aniversari. Se m'havien oblidat aquells regals, que s'amagaven sota una gruixuda capa de pols al terra de l'armari.

—Què li vas fer? —va preguntar, amb la veu carregada d'horror.

—No volia sortir del quadre.

—I per això el vas haver de torturar?

—Ja saps que jo i aquests trastos no ens portem gaire bé. No li vaig fer mal a consciència.

Va sacsejar el cap, amb el rostre ocult sota una màscara de falsa tragèdia.

—El vas assassinar!

Vaig arronsar les espatlles.

—Si tu ho dius...

—Feriràs els seus sentiments si algun dia ho arriben a veure —va continuar—. Potser ha estat una bona idea que no hagis pogut sortir de casa en tot aquest temps. He de reemplaçar-lo abans no se n'adonin.

—Gràcies, però no em fa falta per a res, una rampoina tan fatxenda.

—No és per tu que la instal·laré de nou.

Vaig sospirar.

—No es pot dir que en gaudissis gaire dels regals de l'any passat —digué amb veu contrariada. De sobte va començar a ventar-se amb un rectangle de paper rígid.

No vaig contestar, tement que em tremolés la veu. No m'agradava recordar el meu desastrós divuitè aniversari, amb totes les conseqüències a llarg termini, i em sorprenia que el tragués ara. Per a ell, era un tema encara més delicat que per a mi.

—Te n'adones que estan a punt de caducar? —em va preguntar, ensenyant-me el paper que tenia entre mans. Era un altre dels regals, un val per a bitllets d'avió que l'Esme i en Carlisle m'havien regalat perquè pogués anar a Florida a visitar la Renée.

Vaig inspirar profundament i vaig respondre amb veu indiferent.

—No. La veritat és que me n'havia oblidat completament.

La seva expressió mostrava un aspecte acuradament alegre i positiu. No mostrava cap mena d'emoció quan va continuar.

—Bé, encara tens temps. Ja que ets lliure i no tenim plans per aquest cap de setmana, perquè no vols anar al ball de graduació... —va somriure obertament—, per què no celebrem així la teva llibertat?

Vaig empassar aire, sorpresa.

—Anar a Florida?

—No vas dir que tenies permís per moure't dins del territori dels Estats Units?

El vaig mirar fixament, amb suspicàcia, intentant veure on volia anar a parar.

—I doncs? —va insistir—. Anem a veure la Renée o no?

—En Charlie no em deixaria mai.

—No pot impedir-te que visitis la teva mare. És ella qui té la custòdia.

—No la té ningú la meva custòdia. Sóc prou adulta.

El seu somriure va llampeguejar, brillant.

—Exactament.

Vaig rumiar-ho un minut abans de decidir que no valia la pena barallar-nos per això. En Charlie es posaria furiós, no perquè anés a veure la Renée, sinó perquè l'Edward m'hi acompanyaria. En

Charlie no em parlaria durant mesos i probablement acabaria castigada una altra vegada. Era molt més intel·ligent que ni ho provéssim. Potser al cap de vàries setmanes, com a regal de graduació o alguna cosa així.

Però la idea de tornar a veure la meva mare, ara, i no d'aquí a unes setmanes, era difícil de resistir. Havia passat molt de temps des del darrer cop que ens havíem vist, i molt més encara des que l'havia vist en una situació agradable. L'últim cop que vaig estar amb ella a Phoenix, m'havia passat tot el temps en un llit d'hospital. I l'últim cop que ella m'havia visitat jo estava més o menys catatònica. No eren precisament els millors records que li podia deixar.

I potser, si veia com n'era de feliç amb l'Edward, li diria al pare que s'ho agafés amb una mica més de calma.

L'Edward va inspeccionar-me el rostre mentre deliberava.

Vaig sospirar.

—Aquest cap de setmana no hi podem anar.

—Per què no?

—No em vull barallar amb en Charlie. No tan aviat, després que m'hagi perdonat.

Va alçar les celles a la vegada.

—Aquest cap de setmana em sembla perfecte —va murmurar.

Vaig moure el cap.

—En una altra ocasió.

—No ets l'única que s'ha passat tot aquest temps atrapada en aquesta casa, saps? —va arrufar les celles.

La sospita va tornar. No solia comportar-se així. Ell mai no es posava tan tossut ni tan egoista. Sabia que pretenia alguna cosa.

—Tu pots anar on vulguis —li vaig remarcar.

—El món sencer no em ve de gust sense tu —vaig posar els ulls en blanc davant l'exageració evident—. Parlo seriosament —va insistir.

—Doncs comencem amb el món exterior de mica en mica, d'acord? Per exemple, podem anar a Port Angeles a veure una pel·lícula...

Ell va grunyir.

—Tant és. Ja en parlarem més tard.

—No hi ha res a parlar.

Va encongir les espatlles.

—Així que vinga, tema nou —vaig continuar jo. Quasi se m'havia oblidat el que em preocupava des de l'esmorzar. Era aquesta la seva intenció?—. Què ha vist l'Alice, aquest matí?

Mentre parlava mantenia la mirada clavada en el seu rostre, mesurant la reacció.

La seva expressió a penes va alterar-se; només va moure lleugerament les ninetes color topazi.

—Ha vist en Jasper en un lloc estrany, en algun lloc del sudoest, creu ella, a prop de la seva... antiga família, però ell no tenia intencions conscients de tornar —va sospirar—. Això la té preocupada.

—Oh —allò no era el que jo esperava, per res, però és clar, tenia sentit que l'Alice estigués vigilant el futur d'en Jasper. Era el seu company de l'ànima, la seva autèntica mitja taronja..., encara que la seva relació no anava ni la meitat de bé que la de l'Emmett i la Rosalie—. I per què no m'ho havies dit abans?

—No era conscient que te n'haguessis adonat —va respondre—. De totes maneres té poca importància.

Amb tristesa vaig veure que la meva imaginació en aquells moments estava fora de control. Havia pres una tarda perfectament normal i l'havia retorçat fins que semblés que l'Edward s'entossudia a ocultar-me alguna cosa. Necessitava teràpia.

Vam baixar les escales per fer els deures a la cuina, només per si en Charlie tornava d'hora. L'Edward va acabar de seguida, i a mi em va costar un esforç enorme fer els de Càlcul, fins que vaig decidir que havia arribat l'hora de preparar el sopar pel pare. L'Edward em va ajudar, posant cares estranyes davant dels aliments crus, ja que el menjar humà li resultava fastigós. Vaig fer filet Stroganoff amb la recepta de l'àvia paterna, perquè li volia fer la pilota. No era la meva preferida, però segur que a en Charlie li agradaria...

Va arribar de bon humor a casa. Fins i tot va prescindir de la rutina de mostrar-se groller amb l'Edward.

Ell no va voler acompanyar-nos a taula, tal i com feia sempre. Va sentir-se el so de les notícies del telenotícies nocturn des del saló, tot i que dubtava que l'Edward hi parés atenció de veritat.

Després d'enviar coll avall tres racions, en Charlie va posar els peus damunt una cadira desocupada i va picar-se satisfet l'estómac ple.

—Ha estat magnífic, Bella.

—M'alegro que t'hagi agradat. Com ha anat la feina?

Havia estat tan concentrat menjant que no m'havia estat possible començar cap conversa.

—Bastant tranquil. Bé, en realitat, una tranquil·litat de mort. En Mark i jo hem estat jugant a cartes quasi tota la tarda —va admetre amb un somriure—. L'he guanyat, dinou mans a set. I després he estat xerrant força estona amb en Billy per telèfon.

Vaig intentar no variar l'expressió.

—Com està?

—Bé, bé. Li molesten una mica les articulacions.

—Oh. Quina murga.

—Sí noia. Ens ha convidat a visitar-lo aquest cap de setmana. També havia pensat a convidar els Clearwater i els Uley. Una mena de festa de finals...

—Ahà —aquesta va ser la meva resposta genial, però, quina altra cosa podia dir? Sabia que no se'm permetia assistir a una festa de licantrops, ni amb vigilància paterna. Em vaig preguntar si a l'Edward li preocuparia que en Charlie es deixés caure per La Push. O potser suposava que, com que el meu pare estaria tot el temps amb en Billy, que era només humà, no estaria en perill.

Em vaig aixecar i vaig apilar plats sense mirar-lo. Els vaig col·locar a la pica i vaig obrir l'aixeta. L'Edward va aparèixer silenciosament i agafà un drap per assecar.

Sospirant, en Charlie va deixar el tema, de moment, perquè m'imaginava que el tornaria a treure quan estiguéssim sols. Va aixecar-se amb esforç i es dirigí camí al televisor, exactament igual que qualsevol altra nit.

—Charlie —va apel·lar-lo l'Edward, en to de conversa.

En Charlie va aturar-se enmig de la petita cuina.

—Sí?

—T'ha dit la Bella que pel seu aniversari els meus pares li van regalar uns bitllets d'avió, per poder anar a veure la Renée?

Em va caure el plat que estava fregant. Va saltar de la pica i es va estavellar sorollosament a terra. No va trencar-se, però va esquitxar tota la cuina, i a nosaltres tres, amb aigua sabonosa. En Charlie ni tan sols va adonar-se'n.

—Bella? —va preguntar amb la sorpresa a la veu.

Vaig mantenir els ulls fixos al plat mentre l'agafava.

—Ah, sí, és cert.

En Charlie va empassar saliva sorollosament i aleshores va abaixar una mica les parpelles en girar-se cap a l'Edward.

—No, no me n'havia dit res.

—Ja —va murmurar l'Edward.

—Hi ha cap raó per haver tret el tema ara? —va preguntar en Charlie amb veu dura.

L'Edward va arronsar les espatlles.

—Estan a punt de caducar. Crec que l'Esme podria sentir-se ferida si la Bella no utilitza el regal..., tot i que ella no ha dit pas res, d'això.

Vaig mirar l'Edward, incrèdula.

En Charlie va pensar durant un minut.

—Probablement sigui una bona idea que vagis a visitar la teva mare, Bella. A ella li encantarà. Malgrat tot, em sorprèn que no me n'hagis dit res.

—Me n'he oblidat —vaig admetre.

Ell va arrufar les celles.

—T'has oblidat que tens uns bitllets d'avió?

—Ahà —vaig fer distretament, i em vaig girar a l'aigüera.

—Crec que has dit que estan a punt de caducar, Edward —va continuar en Charlie—. Quants bitllets li van regalar els teus pares?

—Un per a ella..., i un altre per a mi.

El plat que em va caure ara va espetegar a la pica, però no va fer gaire soroll. Vaig sentir sense esforç la bufada del pare. La sang em va pujar a la cara, impulsada per la irritació i el disgust. Per què feia això, l'Edward? Morta de por, vaig mirar fixament les bombolles de sabó.

—Ni parlar-ne! —va bramar en Charlie mot a mot, en ple atac d'ira.

—Per què? —va preguntar l'Edward, amb la veu saturada d'una innocent sorpresa—. Acabes de dir que seria una gran idea que anés a veure la seva mare.

En Charlie va ignorar-lo.

—Amb ell no aniràs enlloc, senyoreta! —va udolar. Em vaig girar bruscament en el moment que alçava un dit amenaçador.

La ira em va inundar automàticament, una reacció instintiva al seu to de veu.

—No sóc cap nena, pare. A més, ja no estic castigada, recordes?

—Oh, ja ho crec que sí. Des d'ara mateix.

—Però, per què?

—Perquè ho dic jo.

—T'hauré de recordar que ja tinc la majoria d'edat legal, Charlie?

—Mentre estiguis a casa meva, compliràs les meves normes!

La mirada se'm va gelar.

—Si ho vols així... Desitges que em mudi aquesta nit, o em donaràs alguns dies perquè em pugui fer les maletes?

El rostre d'en Charlie es va posar d'un color vermell encès. Em vaig sentir fatal per haver jugat la carta d'anar-me'n de casa. Vaig inspirar profundament per intentar posar-hi un to més raonable.

—Jo he assumit sense queixar-me els errors que he comès, pare, però no estic disposada a carregar-me amb els teus prejudicis.

En Charlie va rondinar, però no va aconseguir dir res coherent.

—Tu ja saps que jo sé que tinc tot el dret del món a veure la mare aquest cap de setmana. Digues, amb franquesa, si tindries cap objecció al viatge si me n'anés amb l'Alice o l'Angela.

—Són noies —va rugir, assentint.

—Et molestaria si me n'anés amb en Jacob?

Vaig escollir en Jacob només perquè sabia que el meu pare el preferia, però ràpidament vaig desitjar no haver-ho fet; l'Edward va serrar les dents amb un cruixit ben audible.

El meu pare va lluitar per recompondre's abans de respondre.

—Sí —em va dir amb una veu poc convençuda—. També em molestaria.

—Ets un maleït mentider, pare.

—Bella…

—No és com si me n'anés a Las Vegas per convertir-me en corista o alguna cosa així. Només vaig a veure la mare —li vaig recordar—. Ella té tanta autoritat sobre mi com tu —em va llançar una mirada fulminant—. O és que qüestiones la capacitat de la mare per tenir cura de mi? —en Charlie va estremir-se davant l'amenaça implícita a la pregunta—. Crec que preferiràs que no li'n doni notícia, d'això —li vaig dir.

—Ni et passi pel cap —em va advertir—. Aquesta situació no em fa gens feliç, Bella.

—No tens cap motiu per enfadar-te.

Ell va girar els ulls en blanc, però semblava que la tempesta ja havia passat.

Em vaig tombar per destapar l'aigüera.

—Ja he fet els deures, el teu sopar, he rentat els plats i no estic castigada, així que me'n vaig. Tornaré abans de dos quarts d'onze.

—On vas? —el seu rostre, que gairebé havia tornat a la normalitat, es va posar un altre cop de color vermell brillant.

—No n'estic segura —vaig admetre—, de totes maneres estarem en un radi d'uns tres quilòmetres, d'acord?

Va remugar alguna cosa que no va sonar exactament com una aprovació, però se'n va anar de la cuina a gambades. Com és lògic, el sentiment de culpa va aparèixer de bracet amb la sensació de victòria.

—Sortirem? —va preguntar l'Edward, en veu baixa, però entusiasta.

Em vaig girar per fulminar-lo amb la mirada.

—Sí, tinc quatre coses a dir-te, a soles.

Ell no va semblar gaire aprensiu amb la idea, almenys no tant com vaig pensar que estaria.

Vaig esperar fins a estar sols al seu cotxe.

—De què va, això? —li vaig exigir saber.

—Sé que vols anar a veure la teva mare, Bella. En parles en somnis. I a més, sembla que amb preocupació.

—Això he fet?

Ell va assentir.

—Però el cert és que et comportes d'una manera molt covarda amb en Charlie, així que he intervingut per al teu bé.

—Intervingut? M'has llançat als taurons!

Va girar els ulls en blanc.

—No crec que hagis estat en perill en cap moment.

—Ja et vaig dir que no em venia de gust enfrontar-me amb en Charlie.

—Ningú ha dit que ho hagis de fer.

Li vaig llançar una altra mirada furibunda.

—No puc evitar-ho quan es posa tan sergent. Deu ser que els meus instints naturals d'adolescent em sobrepassen.

Ell va riure entre dents.

—Bé, però això no és culpa meva.

Em vaig quedar mirant-lo fixament, especulant. Va semblar que ell no se n'adonava, ja que el seu rostre estava serè mentre mirava pel vidre de davant. Hi havia alguna cosa que no quadrava, però no ho vaig aconseguir veure. O potser era la meva imaginació una altra vegada, que anava per lliure com havia fet durant tota la tarda.

—Aquesta necessitat urgent d'anar a Florida té a veure amb la festa d'aquest cap de setmana a casa en Billy?

Va deixar caure la mandíbula.

—Res en absolut. No m'importa si ets aquí o a qualsevol altra part del món; de totes maneres, no aniries a la festa.

Es comportava igual que en Charlie moments abans, com si estiguessin tractant amb una criatura malcriada. Vaig prémer fort les dents per no haver de cridar. No em volia barallar amb ell també.

Va sospirar i quan va tornar a parlar el seu to de veu era càlid i vellutat.

—Bé, i què vols fer aquesta nit? —em va preguntar.

—Podem anar a casa teva? Fa molt de temps que no veig l'Esme.

Ell va somriure.

—A ella li encantarà, sobretot quan sàpiga què farem aquest cap de setmana.

Vaig deixar anar un gruny, en veure'm vençuda.

No ens vam quedar fins gaire tard, tal i com havia promès. I no em va sorprendre veure els llums encara encesos quan vam aparcar davant de casa. Vaig imaginar que en Charlie m'estaria esperant per fer-me quatre crits.

—Serà millor que no entris —vaig advertir a l'Edward—. Només aconseguiràs empitjorar les coses.

—Té la ment relativament calmada —va bromejar ell. La seva expressió va fer qüestionar-me si hi havia alguna gràcia addicional que jo m'estava perdent. Tenia les comissures dels llavis torçades, lluitant per no somriure.

—Et veuré després —vaig murmurar amb desànim.

Ell va riure i em va fer un petó a la coroneta.

—Tornaré quan en Charlie ja estigui roncant.

El televisor anava a tot volum quan vaig entrar. Per un moment vaig considerar la idea de passar de puntetes.

—Pots venir, Bella? —va cridar-me en Charlie, aixafant-me el pla.

Vaig arrossegar els peus les cinc passes necessàries per entrar al menjador.

—Què vols, pare?

—T'ho has passat bé, aquesta nit? —em va preguntar. Se'l veia incòmode. Vaig buscar un significat ocult a les seves paraules abans de contestar-li.

—Sí —vaig dir, no gaire convençuda.

—Què heu fet?

Vaig arronsar les espatlles.

—Hem sortit amb l'Alice i en Jasper. L'Edward ha desafiat l'Alice als escacs i jo he jugat amb en Jasper. He perdut.

Vaig somriure. Veure l'Alice i l'Edward jugar als escacs era una de les coses més divertides que havia vist mai. S'asseien allà, immòbils, mirant fixament el tauler, mentre l'Alice intentava preveure els moviments que ell anava a fer, i ell intentava escollir aquelles jugades que ella faria en resposta sense que les rumiés abans. El joc es desenvolupava en gran part a les seves ments i crec que a penes havien mogut dos peons quan l'Alice, de sobte, li va tombar el rei i ell va rendir-se. Tot el procés va transcórrer en poc més de tres minuts.

En Charlie va prémer el botó de silenci del televisor, fet inusual.

—Mira, hi ha una cosa que necessito dir-te.

Va arrufar les celles i em va semblar que estava veritablement incòmode. Vaig seure, quieta i esperant. Les nostres mirades van trobar-se un instant abans que ell clavés els ulls a terra. No deia res.

—Bé, de què es tracta?

Va sospirar.

—Això no està fet per a mi. No sé ni per on començar...

Vaig esperar-me més.

—Està bé, Bella. Aquesta és la qüestió —va aixecar-se del sofà i va caminar de costat a costat del menjador, sense deixar de mirar-se els peus tota l'estona—. Sembla que l'Edward i tu aneu força seriosament, i hi ha algunes coses amb les quals has d'anar amb molt de compte. Ja sé que ets prou adulta, però encara ets jove,

Bella, i hi ha un munt de coses importants que has de saber quan tu... bé, quan et veus físicament implicada amb...

—Oh no, sisplau, sisplau, no! —li vaig suplicar, saltant del seient—. Sisplau, no em diguis que intentes tenir una xerrada sobre sexe amb mi, Charlie.

Ell va mirar el terra fixament.

—Sóc el teu pare i tinc les meves responsabilitats. I recorda que jo em sento tan incòmode com tu en aquesta situació.

—No crec que això sigui humanament possible. De totes maneres, la mare t'ha passat al davant, almenys fa deu anys. Te'n pots deslliurar.

—Fa deu anys tu no tenies xicot —va remugar de mala gana. No tenia cap dubte que s'estava barallant amb el desig de deixar el tema. Tots dos estàvem drets, contemplant-nos els peus per evitar haver-nos de mirar a la cara.

—No crec que en essència hagi canviat gaire —vaig murmurar, tan vermella com ell. Això ultrapassava el setè cercle de l'infern; i ho empitjorava el fet que l'Edward sabia el que m'esperava. Ara no em sorprenia gens que estigués tan segur de tot en el cotxe.

—Només digue'm que tots dos esteu sent responsables —va suplicar-me en Charlie, desitjant amb tota claredat que s'obrís un forat al terra i que se l'empassés.

—No et preocupis, pare, no és com t'imagines.

—No és que desconfiï de tu, Bella; però estic segur que no m'explicaràs res d'això, i a més saps que en realitat jo tampoc no ho vull sentir. De totes maneres, intentaré prendre-m'ho amb una actitud oberta, ja sé que els temps han canviat.

Vaig riure, incòmoda.

—Potser els temps han canviat, però l'Edward és una mica fet a l'antiga. No t'has de preocupar de res.

En Charlie va sospirar.

—Ja ho crec que sí —va murmurar.

—Uix —vaig grunyir—. Realment m'agradaria que no m'obliguessis a dir-te això en veu alta, pare. De veritat. Però bé... Encara sóc verge i no tinc plans immediats per canviar aquesta circumstància.

Tots dos ens moríem de vergonya, però en Charlie em va tranquil·litzar. Semblava que em creia.

—Me'n puc anar al llit? Sisplau.

—Un minut —va afegir.

—Au vinga va, pare! T'ho demano sisplau!

—La part compromesa ja ha passat, t'ho prometo —em va assegurar.

Em vaig aventurar a mirar-lo i em vaig sentir agraïda en veure que semblava més relaxat, i que el seu rostre havia recuperat el to natural. Va enfonsar-se en el sofà, sospirant amb alleujament en veure que ja s'havia acabat la xerrada sobre sexe.

—I ara què passa?

—Només volia saber com va tot allò de l'equilibri.

—Oh. Bé, suposo. Avui l'Angela i jo hem fet plans. L'ajudaré amb les seves targetes de graduació. Per a noies, res més.

—Això està bé. I què passa amb en Jake?

Vaig sospirar.

—Això encara no ho he resolt, pare.

—Doncs continua intentant-ho, Bella. Sé que faràs les coses bé. Ets uns bona persona.

Fantàstic. Aleshores, era una mala persona si no aconseguia solucionar els problemes amb en Jake? Això era un cop baix.

—Entesos, molt bé —m'hi vaig mostrar d'acord. Aquesta resposta automàtica quasi em va fer somriure, ja que era una rèplica que se m'havia enganxat d'en Jacob. Fins i tot estava utilitzant el mateix to condescendent que ell solia usar amb el seu pare.

En Charlie va fer un ampli somriure i va tornar a connectar el so del televisor. Va deixar-se caure damunt dels coixins, complagut per la feina duta a terme aquella nit. Al cap d'un moment ja estava immers de nou en el partit.

—Bona nit, Bella.

—Fins demà! —vaig acomiadar-me, i vaig saltar cap a les escales.

Feia estona que l'Edward se n'havia anat i el més probable és que tornés quan el meu pare ja se n'hagués anat a dormir. Segurament, estaria de caça o fent el que fos per passar l'estona, així que no tenia cap pressa per posar-me el pijama i ficar-me al llit. No em sentia amb humor per estar sola, però sens dubte tampoc no baixaria les escales per estar una estona en companyia del pare, per si de cas hi havia algun altre assumpte relatiu al tema de l'educació sexual que s'hagués oblidat de comentar-me; em vaig estremir.

Així que, gràcies a en Charlie, estava nerviosa i plena d'angoixa. Ja havia fet els deures i no estava prou assossegada per posar-me a llegir o simplement escoltar música. Vaig pensar a trucar a la Renée per informar-la de la visita, però aleshores em vaig adonar que a Florida eren tres hores més tard i que devia estar dormint.

Podria trucar a l'Angela, vaig suposar.

Però de sobte vaig adonar-me que no era amb l'Angela amb qui volia o necessitava parlar.

Vaig mirar fixament cap al rectangle obscur de la finestra, mossegant-me el llavi. No sé quanta estona m'hi vaig passar, considerant els pros i els contres; els pros: fer les coses bé amb en Jacob, tornant a veure el meu millor amic, comportant-me com una bona persona; i els contres, provocar que l'Edward s'enfadés amb mi. Vaig trigar uns deu minuts de reflexió a decidir que els pros eren més vàlids que els contres. A l'Edward només li preocupava la meva seguretat i jo sabia que realment en aquest sentit no hi havia cap problema.

El telèfon no seria de cap ajuda; en Jacob s'havia negat a respondre les meves trucades des del retorn de l'Edward. A més, jo necessitava veure'l, veure'l somriure de nou, de la manera com ho feia sempre. Si volia aconseguir una mica de pau espiritual, devia reemplaçar aquell darrer record del seu rostre deformat i retorçat pel dolor.

Disposava d'una hora aproximadament. Podia córrer fins La Push i tornar abans que l'Edward descobrís el moviment. Ja havia passat el toc de queda, però segur que a en Charlie no li faria res mentre no tingués a veure amb l'Edward. Només hi havia una manera de comprovar-ho.

Vaig agafar la jaqueta i em posava les mànigues mentre baixava escales avall.

En Charlie va apartar la mirada del partit, suspicaç a l'instant.

—Et fa res que vagi a veure en Jake aquesta nit? —li vaig preguntar, quasi sense alè—. No trigaré gaire.

Tan aviat com vaig pronunciar el nom d'en Jake, el rostre d'en Charlie va relaxar-se instantàniament amb un somriure petulant. No semblava gens sorprès del fet que el seu sermó hagués estat tan efectiu.

—No res, Bella. Cap problema. Triga tot el que vulguis.

—Gràcies, pare —li vaig dir mentre sortia disparada cap a la porta.

Com qualsevol fugitiu, no vaig poder evitar mirar diverses vegades per sobre l'espatlla mentre anava cap al cotxe, però la nit era tan fosca que realment no feia falta observar tant. Vaig haver de situar-me palpant el lateral del cotxe fins arribar a trobar el pany.

Amb prou feines em començava a habituar a la foscor quan vaig introduir les claus al contacte. Vaig girar-les cap a l'esquerra, però en comptes de roncar sorollosament, el motor només va emetre un simple clic. Ho vaig tornar a intentar amb els mateixos resultats.

I aleshores, una petita porció de la meva visió perifèrica em va fer saltar.

—Aahh! —vaig ofegar un crit en veure que no estava sola.

L'Edward seia al meu costat, molt quiet, un punt brillant a la foscor, i només movia les mans fent girar una vegada i una altra un misteriós objecte negre. Mentre parlava se'l mirava.

—M'ha trucat l'Alice —va xiuxiuejar.

Alice! Maleït sigui. M'havia oblidat de considerar-la. Ell li devia demanar que em vigilés.

—S'ha posat molt nerviosa quan el teu futur ha desaparegut sobtadament no fa ni cinc minuts.

Les meves pupil·les, dilatades per la sorpresa, es van fer encara més grans.

—Ella no pot visualitzar els licantrops, ja saps —em va explicar en veu baixa—. Te n'havies oblidat? Quan decideixes mesclar el teu destí amb el seu, tu també desapareixes. Suposo que això no ho sabies, però crec que pots entendre per què em fa sentir una mica... angoixat? L'Alice t'ha vist desaparèixer i ella no podia dirme si ja havies vingut a casa o no. El teu futur s'ha perdut amb ells.

»Ignorem per què passa això. Potser es tracta d'una defensa natural innata —ara parlava com si ho fes amb si mateix, encara observant la peça del motor del meu cotxe que feia girar amb els dits—. Això no sembla del tot creïble, sobretot si es considera que jo no tinc cap problema per llegir-los la ment, als homes llop. Almenys les dels Black. La teoria d'en Carlisle diu que succeeix perquè les seves vides estan molt constretes per les seves transformacions. Són més una reacció involuntària que una decisió. Són tan completament imprevisibles que alteren tot el que els rodeja. En el moment que canvien d'una forma a una altra, en realitat, ni tan sols existeixen. El futur no els afecta.

Vaig escoltar les seves cavil·lacions sumida en un silenci sepulcral.

—T'arreglaré el cotxe a temps per anar a l'institut en cas que vulguis conduir-lo tu mateixa —em va assegurar al cap d'un minut.

Amb els llavis premuts, vaig treure les claus i vaig fer un salt per sortir del cotxe.

—Tanca la finestra si no vols que entri aquesta nit. Ho entendré —va murmurar just abans que jo donés un cop de porta.

Vaig entrar a casa també amb un cop de porta i picant fort de peus en caminar.

—Passa res? —va demanar en Charlie des del sofà.

—El cotxe no arranca —vaig remugar.

—Vols que hi faci una ullada?

—No, ja ho intentaré demà.

—Vols agafar el meu cotxe?

Se suposava que jo no podia conduir el cotxe patrulla de la policia. En Charlie devia estar sincerament desesperat perquè jo anés a La Push. Probablement tan desesperat com jo.

—No. Estic cansada —vaig grunyir—. Bona nit.

Vaig enfilar escales amunt directa a la finestra. Vaig empènyer el metall amb rudesa i es va tancar de cop, fent que els vidres tremolessin.

Vaig mirar fixament el cristall trèmul i fosc una bona estona, fins que la reverberació va desaparèixer del tot. A continuació, vaig sospirar, i vaig obrir la finestra tant com fos possible.

Raons

El cel estava tan cobert de núvols que no hi havia manera de saber si el sol ja s'havia post. Em trobava bastant desorientada després d'un vol tan llarg, en direcció a l'oest, com si anéssim a caçar un sol que semblava immòbil penjat del cel; per més estrany que semblés, el temps era inestable. Em va sobtar el moment que el bosc va cedir el pas als primers edificis, senyal que ja érem prop de casa.

—Fa molta estona que no dius res —va observar l'Edward, un cop al cotxe—. T'has marejat a l'avió?

—No, em trobo bé.

—T'ha entristit acomiadar-te?

—Crec que estic més alleujada que trista.

Va alçar una cella. Sabia que era inútil i innecessari, per més que odiés admetre-ho, demanar-li que mantingués els ulls clavats a la carretera.

—La Renée és bastant més... perceptiva que en Charlie en molts sentits. M'estava posant nerviosa.

L'Edward va riure.

—La teva mare té una ment molt interessant: gairebé infantil, però molt perspicaç. Veu les coses diferent de l'altra gent.

Perspicaç. Era una bona definició de la mare, almenys quan parava atenció a les coses. Gran part del temps la Renée estava tan aclaparada pel que passava a la seva pròpia vida que amb prou feines s'adonava de res més, però aquest cap de setmana m'havia dedicat tota la seva atenció.

En Phil estava ocupat, ja que l'equip de beisbol de l'institut que entrenava havia arribat a la ronda final, i el fet de trobar-se sola amb l'Edward i amb mi havia intensificat l'interès de la Renée. Va començar a observar des de la primera abraçada i un cop passats els primers xiscles d'alegria; i mentre observava, els seus enormes ulls blaus van passar de la perplexitat a l'interès.

Aquell matí havíem anat a passejar per la platja. Volia ensenyar-me totes les coses boniques del lloc on tenia la seva nova llar, amb l'esperança que el sol aconseguís atraure'm i llevar-me de Forks. També volia parlar a soles amb mi i aquell passeig facilitava les coses. L'Edward s'havia inventat uns deures de l'institut com a excusa per quedar-se a casa la resta del dia.

Vaig reviure la conversa mentalment...

La Renée i jo vam deambular per la vorera, procurant mantenir-nos a recer de les ombres de les escasses palmeres. Tot i que era aviat, la calor es feia abrasadora. L'aire estava tan impregnat d'humitat que el simple fet d'inspirar i exhalar suposava un esforç per als meus pulmons.

—Bella? —em va preguntar, mirant al lluny, sobre l'arena, a les onades que trencaven suaument mentre parlava.

—Què passa, mare?

Ella va sospirar al temps que evitava la meva mirada.

—Em preocupa…

—Hi ha res que vagi malament? —vaig preguntar, sobtadament angoixada—. En què et puc ajudar?

—No sóc jo —va sacsejar el cap—. Em preocupes tu... i l'Edward.

La Renée finalment em va mirar, amb una expressió de disculpa a la cara.

—Oh —vaig murmurar, fixant-me en una parella que corria i que en aquells moments ens passava de llarg, xops de suor.

—Aneu molt més seriosament del que em pensava —va continuar ella.

Vaig arrufar les celles, revisant amb rapidesa la meva ment els darrers dos dies. L'Edward i jo a penes ens havíem tocat, almenys davant seu. Em vaig preguntar si la Renée també em deixaria anar un sermó sobre la responsabilitat. No m'importava que fos de la mateixa manera que amb en Charlie, perquè no m'avergonyia parlar de sexe amb la meva mare. Al cap i a la fi, en els darrers deu anys havia estat jo qui la sermonejava una vegada i una altra.

—Hi ha alguna cosa... estranya en la manera com esteu junts —va murmurar ella, amb el front arrugat damunt d'una expressió preocupada—. Et mira d'una manera... tan... protectora. És com si estigués disposat a interposar-se davant d'una bala o alguna cosa semblant per salvar-te.

Vaig riure, tot i que encara no em sentia capaç d'enfrontar-me a la seva mirada.

—I això és dolent?

—No —ella va arrugar el front mentre lluitava per trobar les paraules adequades—. Simplement és diferent. Ell sent alguna cosa molt intensa per tu... i molt delicada. Tinc la impressió de no comprendre del tot la vostra relació. És com si em perdés algun secret.

—Crec que estàs imaginant massa coses, mare —vaig afanyar-me a respondre, esforçant-me per parlar-li amb tota la naturalitat malgrat que se m'havia regirat l'estómac. Havia oblidat quantes coses era capaç de veure la mare. Hi havia un punt en la seva comprensió senzilla del món que la feia capaç de prescindir de tot allò que era accessori i anar al gra, directa a la veritat de les coses. Abans, això no havia estat mai cap problema. Fins ara, no hi havia hagut cap secret que li volgués ocultar.

—I no és només ell —va prémer els llavis amb un gest defensiu—. M'agradaria que poguessis veure la manera com et mous al seu costat.

—Què vols dir?

—La manera com camines, com si ell fos el centre del món per a tu i tu ni te n'adonessis. Quan ell es desplaça, encara que només sigui una mica, tu ajustes automàticament la teva posició a la seva. És com si fóssiu imants, o la força de la gravetat. Ets el seu satèl·lit... o alguna cosa així. Mai no havia vist res igual.

Va tancar la boca i mirà a terra.

—No m'ho diguis —li vaig contestar de broma, forçant un somriure—. Estàs llegint novel·les de misteri un altre cop, oi que sí? O aquesta vegada és ciència-ficció?

La Renée va avergonyir-se adquirint un delicat color rosat.

—Això no té res a veure.

—Has trobat un bon títol?

—Bé, sí, n'hi ha un, però això ara no importa. En realitat estem parlant de tu.

—No hauries de sortir de la novel·la romàntica, mare. Ja saps que flipes de seguida.

Les comissures dels llavis van elevar-se-li.

—Estic dient ximpleries, oi?

No vaig poder respondre res durant menys d'un segon. La Renée era tan influenciable. Alguns cops anava bé, perquè no totes les seves idees eren pràctiques, però em dolia veure com s'havia deixat arrossegar tan ràpidament per la meva concessió, especialment tenint en compte que aquesta vegada tenia més raó que un sant.

Va alçar els ulls i jo vaig controlar la meva expressió.

—Potser no són ximpleries, potser és perquè sóc mare —va posar-se a riure i va fer un gest que abraçava la sorra blanca i l'aigua blava—. I tot això no és suficient per aconseguir que tornis amb la ximpleta de ta mare?

Vaig passar-me la mà pel front amb dramatisme i després vaig fer veure que em retorçava els cabells per escórrer la suor.

—T'acabes acostumant a la humitat —em va prometre.

—També a la pluja —vaig contraatacar.

Em va donar un cop de colze juganer i m'agafà la mà mentre anàvem cap al cotxe.

Deixant de banda la preocupació per mi, semblava bastant feliç. Contenta. Encara mirava en Phil amb cara d'enamorada i això em consolava. Segurament la seva vida era plena i satisfactòria. Segurament no em trobava tant a faltar, fins i tot ara...

Els dits gelats de l'Edward van lliscar per la meva galta. Li vaig tornar la mirada parpellejant, de tornada al present. Va inclinar-se damunt meu i em va fer un petó al front.

—Hem arribat a casa, Bella Dorment. Hora de despertar-se.

Ens havíem aturat davant la casa d'en Charlie, que havia aparcat el cotxe patrulla a l'entrada i mantenia encès el llum de la porxada. Mentre observava la casa, vaig veure com s'alçava la cortina a la finestra del menjador, projectant una línia de llum groga sobre la gespa fosca.

Vaig sospirar. Sens dubte, en Charlie estava esperant per llançar-se damunt meu.

L'Edward devia d'estar pensant el mateix, perquè la seva expressió s'havia tornat rígida i el cap semblava ser lluny quan va obrir la porta del cotxe.

—Pinta malament?

—En Charlie està més o menys calmat —em va prometre l'Edward amb una veu neutra, sense mostrar ni el més lleu indici d'humor—. T'ha trobat a faltar.

Vaig estrènyer els ulls, plena de dubtes. Si era així, per què l'Edward estava tan tens, com si s'acostés a una batalla?

La meva bossa era petita, però ell va insistir a dur-la fins a casa. El pare va obrir-nos la porta.

—Benvinguda a casa, filla! —va cridar en Charlie com si ho pensés realment—. Com t'ha anat per Jacksonville?

—Humit. I ple de cuques.

—I la Renée no t'ha venut les excel·lències de la Universitat de Florida?

—Ho ha intentat, però, francament, prefereixo beure aigua abans que respirar-la.

En Charlie va mirar l'Edward fit a fit.

—T'ho has passat bé?

—Sí —va contestar amb veu serena—. La Renée ha estat molt hospitalària.

—Daixonses…, hum, molt bé. M'alegro que et divertissis —en Charlie va apartar la mirada de l'Edward i em va fer una sobtada abraçada.

—Impressionant —li vaig xiuxiuejar a l'orella.

Es va posar a riure amb un ronc sord.

—Realment t'he trobat a faltar, Bella. Quan no hi ets el menjar és repugnant.

—Vet aquí... —li vaig respondre mentre deixava anar la seva abraçada.

—Podries trucar a en Jacob primer de tot? M'està fastiguejant cada cinc minuts des de les sis del matí. Li he promès que li trucaries abans que et posessis a desfer l'equipatge.

No vaig haver de mirar l'Edward per advertir la rigidesa de la seva postura o la fredor de la seva expressió. Així que era això el que l'amoïnava?

—En Jacob vol parlar amb mi?

—Jo diria que amb tota la seva ànima. No ha volgut dir-me de què anava, només m'ha dit que és important.

El telèfon va tornar a sonar, estrident i apressant.

—Deu ser ell una altra vegada, m'hi jugo la propera paga —va murmurar en Charlie.

—Ja l'agafo jo —vaig dir mentre m'afanyava cap a la cuina.

L'Edward em va seguir mentre en Charlie desapareixia cap al menjador.

Vaig agafar l'auricular a mig truc i em vaig tombar de cara a la paret.

—Digui?

—Has tornat —digué en Jacob.

La seva aspra veu familiar em va fer sentir un intens enyor. Mil records em van assaltar a la ment, mesclant-se: una platja rocosa sembrada de troncs que suraven a la deriva, un garatge fabricat amb plàstics, refrescos calents en una bossa de paper, una habitació minúscula amb un canapè tronat i igualment petit. El goig brillant en els seus obscurs ulls enfonsats, la calor febrosa de la seva gran mà agafant-me la meva, el llampegueig de les seves dents blanques contra la pell fosca, el seu rostre distès en aquell ampli somriure que havia estat com la clau d'una porta secreta, on només hi tenen accés els esperits afins.

Vaig sentir una mena d'anhel per la persona i el lloc que m'havien protegit al llarg de la meva nit més fosca.

Em vaig aclarir el nus que tenia a la gola.

—Sí —vaig contestar.

—Per què no m'has trucat? —va exigir en Jacob.

El seu to malhumorat em va fer enfadar.

—Perquè fa exactament quatre segons que he arribat i la teva trucada ha interromput el moment que en Charlie em deia que havies estat trucant.

—Oh. Ho sento.

—Ja. I digues, per què emprenyes el meu pare?

—Necessito parlar amb tu.

—Segur, però això ja ho sabia. Continua.

Hi va haver una petita pausa.

—Aniràs a classe, demà?

Vaig fer una ganyota, incapaç de veure on volia anar a parar.

—Clar que hi aniré, per què no ho havia de fer?

—Ni idea. Només era curiositat.

Una altra pausa.

—I de què vols parlar, Jake?

Va dubtar.

—Suposo que de res en especial. Només... tenia ganes de sentir-te la veu.

—Sí..., ja ho entenc... M'alegro tant que m'hagis trucat, Jake. Jo... —però no sabia què més dir. M'hagués agradat dir-li que anava cap a La Push immediatament, però no podia.

—Me n'he d'anar —va amollar de sobte.

—Què?

—De seguida que pugui et truco, d'acord?

—Però Jake...

Ja havia penjat. Vaig escoltar el to d'escolta amb incredulitat.

—Quines presses —vaig murmurar.

—Va tot bé? —preguntà l'Edward amb veu baixa i cautelosa.

Em vaig girar lentament per acarar-m'hi. La seva expressió era totalment tranquil·la i inescrutable.

—No ho sé. Em pregunto de què va tot això —no tenia sentit que en Jacob hagués estat molestant en Charlie tot el dia només per preguntar-me si l'endemà aniria a l'institut. I si volia sentir la meva veu, per què havia penjat d'aquella manera?

—Tens més probabilitats d'endevinar-ho tu que jo —va comentar l'Edward, amb l'ombra d'un somriure que li estirava la comissura dels llavis.

—Ja —vaig mormolar. Era cert. Coneixia en Jake a fons. Segur que les seves raons no serien tan complicades d'entendre.

Amb els pensaments a quilòmetres de distància —a uns vint-i-cinc quilòmetres seguint la carretera fins a La Push—, vaig començar a reunir els ingredients necessaris de la nevera per preparar el sopar d'en Charlie. L'Edward es recolzà contra el marbre de la cuina i jo amb prou feines era conscient de la manera com em mirava, però estava massa inquieta per preocupar-me també pel que podria copsar-li en la mirada.

La pregunta de l'institut tenia la pinta de ser clau per entendre l'assumpte. Això era en realitat l'única cosa que en Jake havia preguntat. I ell devia estar buscant una resposta a alguna qüestió, o no hauria molestat en Charlie amb tanta persistència.

Malgrat tot, per què li preocupava la meva assistència a classe?

Vaig intentar abordar el tema d'una manera lògica. Així que, si jo l'endemà hagués faltat a l'institut, quin problema hauria suposat per a en Jacob? En Charlie s'havia empipat quan va saber que em perdria un dia de classe, tan a prop del final de curs, però el vaig convèncer que faltar un divendres no suposaria cap destorb als meus estudis. A en Jake això tant li era.

El meu cervell no semblava estar disposat a col·laborar amb cap aportació especialment brillant. Potser era que passava per alt alguna peça vital d'informació.

Què podia haver passat els darrers tres dies que fos tan important com perquè en Jacob interrompés la seva negativa a respondre les meves trucades i volgués posar-se en contacte amb mi de seguida? Quina diferència suposaven aquells tres dies?

Em vaig quedar glaçada al mig de la cuina. El paquet d'hamburgueses congelades que duia em va relliscar de les mans atordides. Vaig trigar un llarg segon a evitar el cop que s'haguessin donat contra el terra.

L'Edward va agafar-lo i el va deixar sobre el marbre. Els seus braços van envoltar-me ràpidament i em va enganxar els llavis a l'orella.

—Va tot bé, Bella?

Vaig sacsejar el cap, atordida.

Tres dies ho podrien canviar tot.

No havia estat pensant sobre la impossibilitat d'anar a l'institut, per no poder estar a prop de la gent, un cop travessats els dolorosos tres dies de la conversió? Aquests tres dies m'alliberarien de la mortalitat, de manera que podria compartir l'eternitat amb l'Edward, una conversió que em faria presonera definitivament de la meva pròpia set.

I si en Charlie havia dit a en Billy que jo havia desaparegut durant tres dies? En Billy havia arribat per si sol a l'evident conclusió? El que en Jacob m'havia preguntat realment era si continuava sent humana? S'estava assegurant, de fet, que el tractat amb els homes llop no s'hagués trencat, i que cap dels Cullen no s'hagués atrevit a mossegar cap ésser humà...? Mossegar, no matar...

Però és que ell creia honradament que jo tornaria a casa si fos el cas?

L'Edward va sacsejar-me.

—Bella? —em va preguntar, ara ple d'una autèntica angoixa.

—Crec... crec que simplement estava fent una comprovació —vaig remugar entre dents—. Volia assegurar-se que continuo sent humana, era això el que volia.

L'Edward va posar-se rígid i un xiuxiueig ronc va ressonar-me a l'orella.

—Ens n'haurem d'anar —vaig mormolar—. Abans d'hora. D'aquesta manera no es trencarà el tractat. I no podrem tornar mai més.

Els seus braços van endurir-se al meu entorn.

—Ja ho sé.

—Ehem —en Charlie va aclarir-se la gola sorollosament darrere nostre.

Jo vaig fer un salt i després em vaig deixar anar dels braços de l'Edward, vermella. Ell va recolzar-se al marbre. Tenia les parpelles avall, però li vaig poder veure la preocupació i la ira.

—Si no vols fer el sopar, puc trucar i demanar una pizza —va insinuar en Charlie.

—No, està bé, ja he començat.

—D'acord —va comentar ell. Va acomodar-se contra el marc de la porta, amb els braços plegats.

Amb un sospir em vaig posar a treballar, intentant ignorar l'audiència.

—Si et demano que facis una cosa, confiaràs en mi? —em va preguntar l'Edward, amb un deix afilat en la seva veu vellutada.

Ja gairebé érem a l'institut. Ell havia estat relaxat i va bromejar fins no feia ni dos segons; ara, de sobte, aferrava amb força el volant i intentava controlar la força per no trencar-lo a trossos.

Vaig clavar els ulls en la seva expressió plena d'ansietat, amb la mirada distant com si escoltés veus llunyanes.

El pols se'm va desbocar per efecte de la seva tensió, però vaig respondre amb cautela.

—Depèn.

Va entrar amb el cotxe a l'aparcament de l'institut.

—Ja em temia que diries això.

—Què vols que faci, Edward?

—Vull que et quedis al cotxe —va aparcar al lloc de sempre i va apagar el motor mentre parlava—. Vull que t'esperis aquí fins que et vingui a buscar.

—Però, per què?

Aleshores el vaig veure. Hauria estat difícil no distingir-lo, tant com sobresortia de la resta d'estudiants, fins i tot encara que no hagués estat reclinat contra la seva moto negra, mal aparcada a la vorera.

—Oh.

El rostre d'en Jacob era la màscara tranquil·la que jo coneixia tan bé. Era la cara que solia posar quan estava decidit a mantenir les seves emocions sota control. S'assemblava a en Sam, el licantrop més gran, líder de la bandada dels *quileute,* però en Jacob mai no podria imitar la serenitat perfecta d'en Sam.

Havia oblidat com em molestava aquell rostre. Havia conegut en Sam prou bé abans que arribessin els Cullen, fins i tot m'agradava, tot i que mai no aconseguia treure'm de sobre el ressentiment que experimentava quan en Jacob imitava la seva expressió. No era el meu Jacob quan la duia posada. Era la cara d'un estrany.

—Anit et vas precipitar a arribar a una conclusió equivocada —va murmurar l'Edward—. Et va preguntar per l'institut perquè sabia que jo seria on fossis tu. Buscava un lloc segur per parlar amb mi. Un escenari amb testimonis.

Així que jo havia interpretat malament les raons per les quals en Jacob em trucava. El problema radicava en el fet que em faltava informació, per exemple, per quins set sous en Jacob volia parlar amb l'Edward.

—No em quedaré al cotxe —vaig replicar.

L'Edward va grunyir fluix.

—Clar que no. Bé, doncs acabem d'una vegada.

El rostre d'en Jacob va endurir-se a mesura que avançàvem cap a ell, agafats de les mans.

Vaig notar també els altres rostres, els dels companys de classe. Vaig adonar-me com feien uns ulls com taronges quan es fixaven en els dos metres de còrpora d'en Jacob, la complexió del qual era impròpia d'un noi amb poc més de disset anys. Vaig veure com li escrutaven la seva samarreta de màniga curta, negra i ajustada, en un dia tan fred com el que feia, malgrat l'estació, els texans estripats i tacats de greix i la moto lacada negra on es repenjava. Les mirades, però, no s'aturaven al seu rostre, per algun motiu es retiraven immediatament. També vaig constatar la distància que mantenien amb ell, una bombolla d'espai que ningú no gosava creuar.

Amb certa sorpresa, vaig veure que en Jacob els semblava perillós. Que estrany.

L'Edward va aturar-se a uns quants metres de distància d'en Jacob. Coneixia clarament la incomoditat que li representava que jo estigués tan a prop d'un licantrop. Va prémer-me suaument la mà i se'm va posar una mica al davant per ocultar-me amb el seu cos.

—Podries haver-nos trucat —va començar l'Edward amb la veu dura com l'acer.

—Ho sento —va respondre en Jacob, fent una ganyota de menyspreu—. No tinc sangoneres a l'agenda.

—També hauríem pogut parlar prop de casa la Bella —la mandíbula d'en Jacob va contraure's i va arrufar les celles sense contestar—. Aquest no és el millor lloc, Jacob. Podem discutir després?

—D'acord. Passaré per la teva cripta quan s'acabin les classes —va bufar en Jacob—. Quin mal hi ha de parlar aquí?

L'Edward va mirar intencionadament al voltant, escrutant els testimonis que es trobaven a prou distància per sentir la conversa. Uns quants ronsejaven a la vorera amb els ulls brillants d'expectació, exactament igual que si esperessin una baralla que alleugerís el tedi d'un altre dilluns al matí. Vaig veure com en Tyler Crowley donava un petit cop de colze a l'Austin Marks i tots dos interrompien el trajecte a l'aula.

—Ja sé què has vingut a dir —va recordar l'Edward a en Jacob en veu tan baixa que amb prou feines ho podia sentir—. Missatge rebut. Considera'ns advertits.

L'Edward em va mirar un segon fugaç amb preocupació.

—Advertits? —li vaig preguntar sense entendre res—. De què estàs parlant?

—No li has dit res, a ella? —va demanar en Jacob, amb els ulls que li feien pampallugues—. Què? Que potser tens por que es posi de part nostra?

—Sisplau, deixa-ho córrer, Jacob —va intervenir l'Edward, amb la veu calmada.

—Per què? —va desafiar-lo en Jacob.

Vaig arrufar les celles, confosa.

—Què és el que no sé, Edward?

Ell va limitar-se a mirar en Jacob com si no m'hagués sentit.

—Jake?

En Jacob va alçar una cella en direcció a mi.

—No t'ha dit que aquell... germà gegant que té va creuar la línia el dissabte a la nit? —va preguntar, amb un to ple de sarcasme. Aleshores va mirar l'Edward—. En Paul tenia tot el dret de...

—Era terra de ningú! —va remugar l'Edward.

—No és cert!

En Jacob estava traient fum clarament. Li tremolaven les mans. Va moure el cap i va inspirar profundament dues vegades.

—L'Emmett i en Paul? —vaig xiuxiuejar. En Paul era el membre més inestable de la bandada d'en Jacob. Ell va ser qui va perdre el control el dia del bosc i el record d'aquell llop gris grunyint se'm va reviscolar a la ment—. Què ha passat? Que s'han enfrontat? —la meva veu va alçar-se amb una nota de terror—. Per què? Està ferit en Paul?

—No hi va haver cap lluita —va aclarir l'Edward amb tranquil·litat, només a mi—. Ningú no en va sortir ferit. No passis ànsia.

En Jacob ens mirava amb un gest d'incredulitat.

—No li has explicat res en absolut, oi que no? Aquesta és la manera com la mantens apartada? Per això ella no sap...

—Vés-te'n ara mateix —l'Edward va tallar-lo a mitja frase i el seu rostre es va tornar de sobte intimidador, realment terrorífic. Durant un segon va semblar un... un vampir. Va mirar en Jacob amb una aversió oberta i sanguinària.

En Jacob va arquejar les celles, però no va fer cap altre moviment.

—Per què no li has dit res?

Van enfrontar-se en silenci, durant una bona estona. Al voltant van començar a reunir-se més estudiants, com en Tyler i l'Austin. Vaig veure en Mike al costat d'en Ben, amb la mà recolzada a la seva espatlla, com si el retingués.

En aquell silenci mortal, tots els detalls van encaixar sobtadament amb un rampell d'intuïció.

Alguna cosa que l'Edward no volia que sabés.

Alguna cosa que en Jacob no m'hagués ocultat.

Alguna cosa havia provocat que els Cullen i els licantrops rondessin junts pel bosc amb una proximitat perillosa.

Alguna cosa havia fet que l'Edward insistís perquè jo creués el país en avió.

Alguna cosa que l'Alice havia visualitzat la setmana passada, una visió sobre la qual l'Edward m'havia mentit.

Alguna cosa que jo havia estat esperant de totes maneres.

Alguna cosa que sabia que tornaria a passar, encara que desitgés amb totes les meves forces que no fos així. És que no s'acabaria mai?

Vaig sentir el ràpid esbufec escanyat de l'aire que em sortia d'entre els llavis, però no vaig poder-ho evitar. Semblava com si l'edifici de l'institut tremolés, com si hi hagués un terratrèmol, però jo sabia que era la meva pròpia agitació el que causava la il·lusió.

—Ella ha tornat a buscar-me —vaig xerrotejar amb la veu estrangulada.

La Victoria no es rendiria mai, fins que no em veiés morta. Repetiria el mateix patró una vegada i una altra —fintar i escapar, fintar i escapar— fins que trobés una bretxa entre els meus defensors.

Potser tindria sort. Potser els Vulturis vindrien a buscar-me primer ja que, almenys, ells em matarien més ràpidament.

L'Edward em va prémer contra el seu cos, posant-se de manera que s'interposava entre en Jacob i jo, i em va acariciar amb les mans neguitoses.

—No passa res —em va xiuxiuejar—. No passa res. No deixaré que se t'acosti, no passa res.

Després, va girar-se i mirà en Jacob.

—Respon això la teva pregunta, gos merdós?

—No creus que la Bella té dret a saber-ho? —va reptar-lo en Jacob—. És la seva vida.

L'Edward va mantenir la veu molt baixa. Fins i tot en Tyler, que intentava acostar-s'hi pas a pas, va ser incapaç de sentir-lo.

—Per què ha de tenir por si mai no ha estat en perill?

—Millor espantada que ignorant.

Vaig intentar recobrar les maneres, però tenia els ulls negats en llàgrimes. Podia imaginar-la rere les parpelles, podia veure el rostre de la Victoria, els seus llavis retrets damunt les dents, les pupil·les de color carmesí brillant amb l'obsessió de la venjança; ella responsabilitzava l'Edward de la mort del seu amor, en James, i no pararia fins arrabassar-li també el d'ell.

L'Edward va repassar les llàgrimes de la meva galta amb la punta del dit.

—Realment creus que ferir-la és millor que protegir-la? —va murmurar.

—Ella és més forta del que et penses —va replicar en Jacob—. I ho ha passat força pitjor.

De sobte el rostre d'en Jacob va canviar i va clavar els ulls en l'Edward amb una expressió estranya, calculadora. Va afilar la mirada com si intentés resoldre mentalment un difícil problema de matemàtiques.

Vaig sentir que l'Edward s'encongia. Vaig mirar-li les faccions, que es van crispar amb un sentiment que només podia ser dolor. Per un moment espantós, vaig recordar una tarda a Itàlia, en aquella macabra estança de la torreta dels Vulturis, on la Jane havia torturat l'Edward amb aquell maligne do que posseïa, cremant-lo simplement amb el poder mental...

El record em va ajudar a recuperar-me de l'imminent atac d'histèria i va posar les coses en perspectiva, ja que preferia que em matés la Victoria cent vegades abans que veure'l patir d'aquella manera un altre cop.

—Que divertit —va comentar en Jacob, rient a cor què vols mentre observava el rostre de l'Edward...

... que va fer un altre gest de dolor, però va aconseguir suavitzar l'expressió amb un petit esforç, tot i que no podia ocultar l'agonia que estava patint.

Vaig mirar fixament, amb un pam d'ulls, primer la ganyota de l'Edward i després l'aire despectiu d'en Jacob.

—Què li estàs fent? —vaig inquirir.

—No és res, Bella —em va assegurar l'Edward en veu baixa—. Només que en Jacob té molt bona memòria, això és tot.

L'al·ludit va esbossar un gran somriure i l'Edward va estremir-se de nou.

—Ja n'hi ha prou! Sigui el sigui que estiguis fent.

—D'acord, si tu ho vols —en Jacob va arronsar les espatlles—. Tot i que és culpa seva si no li agraden els meus records.

Li vaig clavar la mirada i ell em va tornar un somriure despietat, com un marrec que s'ha vist atrapat fent alguna cosa que sap que no ha de fer per algú que sap que no el pot castigar.

—El director ve cap aquí per fer fora els rondaires del recinte de l'institut —em va murmurar l'Edward—. Vés a classe de Literatura, Bella, no vull que t'hi vegis implicada.

—És una mica sobreprotector, oi que sí? —va comentar en Jacob dirigint-se'm només a mi—. Una mica d'agitació fa que la vida sigui divertida. Deixa'm endevinar, oi que no tens permís per divertir-te?

L'Edward el va fulminar amb la mirada i els seus llavis es van retreure lleument damunt les dents.

—Tu tanca la boca, Jacob —li vaig dir.

Ell es va posar a riure.

—Això sona a negativa. Escolta, si algun cop vols tornar a viure la vida, vine'm a veure. Encara tinc la teva moto al garatge.

Aquesta notícia em va distreure.

—Se suposava que l'havies d'haver venut. Vas prometre a en Charlie que ho faries.

Vaig suplicar al meu pare que es vengués, en consideració d'en Jacob. Al cap i a la fi, ell havia invertit setmanes de feina amb totes dues motos i es mereixia alguna mena de compensació, ja que si hagués sigut per en Charlie, hauria llençat la moto a un contenidor. I probablement després hi hauria calat foc.

—Ah, sí, és clar. Com si ho pogués fer. És teva, no meva. De totes maneres, la conservaré fins que vulguis que te la torni.

Un petit indici del somriure que jo recordava va joguinejar amb lleugeresa a les comissures dels seus llavis.

—Jake...

Va inclinar-se endavant, amb el rostre sobtadament ple d'interès, sense ni gota de sarcasme.

—Crec que fins ara no ho he fet gaire bé, ja saps, sobre això de no tornar-nos a veure com a amics. Potser podríem arreglar-ho, almenys per part meva. Vine a visitar-me algun dia.

Em sentia plenament conscient de l'Edward, abraçat encara a tot el meu cos, protegint-me, i immòbil com una pedra. Vaig llançar-li una mirada al rostre, que continuava tranquil i pacient.

—Això, jo... no ho sé, Jake.

En Jacob va abandonar completament la seva aparença hostil. Era com si s'hagués oblidat que hi havia l'Edward, o almenys com si estigués disposat a actuar així.

—Et trobo a faltar cada dia del món, Bella. Les coses ja no són iguals sense tu.

—Ja ho sé, Jake, i ho sento molt, jo només...

Ell va moure el cap i va sospirar.

—Ja ho sé. Al cap i a la fi, tant és, oi? Suposo que sobreviuré o el que sigui. A qui li fan falta els amics? —va fer una ganyota de dolor, intentant dissimular-la sota un lleu matís de bravesa.

El sofriment d'en Jacob sempre havia disparat el meu costat protector. No era del tot racional, ja que ell difícilment necessitava el tipus de protecció física que jo li podia proporcionar, però els meus braços, fermament atrapats sota els de l'Edward, desitjaven encerclar-li la cintura, gran i càlida, amb una silenciosa promesa d'acceptació i consol.

Els braços protectors de l'Edward s'havien convertit en una presó.

—Vinga, tothom a classe —una veu severa va ressonar a la nostra esquena—. Posi's en marxa, senyor Crowley.

—Vés a l'escola, Jake —vaig xiuxiuejar, nerviosa, en el moment de reconèixer la veu del director. En Jacob anava a l'escola dels *quileute,* a la reserva índia, però es podia veure embolicat en problemes per violació de la propietat, o alguna cosa semblant.

L'Edward em va deixar anar, tot i que em va agafar la mà i continuà interposant el seu cos entre nosaltres.

El senyor Greene va avançar a través del cercle d'espectadors, amb les celles protuberants com núvols de tempesta sobre els ulls enxiquits.

—He dit que prou! —va amenaçar—. Castigaré a tothom qui em trobi aquí quan acabi de comptar fins a tres.

La concurrència va dissoldre's abans que cridés el primer número.

—Ah, senyor Cullen. Què passa aquí? Cap problema?

—Cap, senyor Greene. Ja anàvem cap a classe.

—Excel·lent. Crec que no conec el seu amic —el director va llançar una mirada fulminant a en Jacob—. És un estudiant del centre?

El senyor Greene va examinar en Jacob i vaig percebre com arribava a la mateixa conclusió que tothom: perillós. Un xaval problemàtic.

—No —va respondre en Jacob, amb una rialleta de suficiència en els seus llavis molsuts.

—Aleshores li suggereixo que se'n vagi del recinte de l'escola ràpidament, jovenet, abans que truqui a la policia.

La rialleta d'en Jacob va convertir-se en un somriure en tota regla, i vaig saber que s'estava imaginant en Charlie detenint-lo, però la seva expressió era massa amarga, massa plena de burla per satisfer-me. No era aquell somriure el que jo esperava veure.

En Jacob va respondre: «Sí, senyor», i va esbossar una salutació militar abans d'enfilar-se a la moto i fer anar el pedal d'engegada a la mateixa vorera. El motor va roncar i després les rodes grinyolaren quan les va fer girar en una volta tancada. En Jacob va perdre's de vista en pocs segons.

El senyor Greene va carrisquejar les dents mentre observava l'escena.

—Senyor Cullen, espero que parli amb el seu amic perquè no torni a envair el recinte privat.

—No és amic meu, senyor Greene, però li faré arribar l'advertència.

El senyor Greene va prémer els llavis. L'expedient acadèmic irreprotxable de l'Edward i la seva trajectòria impecable jugaven clarament a favor seu en la valoració del senyor Greene respecte l'incident.

—Ja ho veig. Si té cap problema, estaré encantat de...

—No s'ha de preocupar de res, senyor Greene. No hi ha cap problema.

—Així ho espero. Bé, doncs, cap a classe. Vostè també, senyoreta Swan.

L'Edward va assentir i em va empènyer amb rapidesa cap a l'edifici on hi havia l'aula de Literatura.

—Estàs bé per anar a classe? —em va xiuxiuejar quan deixàvem el director enrere.

—Sí —vaig murmurar, encara que no estava segura de dir la veritat.

Ara bé, com em sentia jo no era la qüestió més important. Necessitava parlar amb l'Edward el més aviat possible, i la classe de Literatura no era el lloc ideal per a la conversa que tenia en ment.

Però no hi havia gaire més opcions, mentre tinguéssim el senyor Greene just darrere nostre.

Vam arribar a l'aula una mica tard, i vam seure ràpidament als nostres llocs. El senyor Berty estava recitant un poema de Frost. Va fer cas omís a la nostra entrada, amb la finalitat que no es trenqués el ritme de la declamació.

Vaig arrancar una pàgina en blanc de la llibreta i vaig començar a escriure, amb una cal·ligrafia més il·legible del normal degut als nervis que duia a sobre.

Digues, què ha passat? I no em vinguis del pal protector, sisplau.

Vaig passar la nota a l'Edward. Ell va sospirar i va començar a escriure. Va estar-hi menys temps que jo, tot i que va omplir un paràgraf sencer amb la seva cal·ligrafia personal abans de fer-me lliscar el paper per tornar-me'l.

L'Alice va veure tornar la Victoria. Et vaig treure de la ciutat com a simple precaució, tot i que no hi havia ni una possibilitat que s'acostés a tu de cap manera. L'Emmett i en Jasper van estar a punt d'atrapar-la, però ella té un gran instint per fugir. Va escapar-se just per la línia que marca la frontera amb els licantrops d'una forma tan precisa com si l'hagués vist en un mapa. Tampoc no va ajudar-hi gaire que les capacitats de l'Alice es veiessin anul·lades per la implicació dels quileute. Per ser just he d'admetre que els quileute també la podien haver atrapat si nosaltres no ens hi haguéssim ficat pel mig. El gran llop gris va pensar que l'Emmett havia traspassat la línia i es va posar a la defensiva. Sens dubte, la Rosalie va entrar en acció i tothom va abandonar la caça per defensar els seus companys. En Carlisle i en Jasper van aconseguir calmar la situació abans que se'ns escapés de les mans. Però la Victoria ja havia fugit. Això és tot.

Vaig arrugar el front mentre llegia el seu escrit. Tothom havia participat a l'assumpte, l'Emmett, en Jasper, l'Alice, la Rosalie i en Carlisle. Potser fins i tot l'Esme, encara que ell no l'hagués mencionat. I a més en Paul, i la resta de la banda dels *quileute.* No hagués estat difícil convertir allò en una lluita generalitzada, que hauria enfrontat la meva futura família amb els meus vells amics. I qualsevol d'ells n'hauria pogut sortir ferit. Vaig suposar que els llops haurien estat més en perill, però imaginar-me la petita Alice al costat d'algun d'aquells licantrops gegants, lluitant...

Se'm va posar la pell de gallina.

Amb molta cura, vaig esborrar el paràgraf amb la goma i vaig escriure a la part superior:

I què passa amb en Charlie? La Victoria podria anar-lo a buscar.

L'Edward estava negant amb el cap fins i tot abans que ho acabés d'escriure; era obvi que intentava treure importància al perill que podia suposar per en Charlie. Va allargar-me la mà, però vaig ignorar-lo per continuar escrivint:

No pots saber què passa per la ment de la Victoria, senzillament perquè no hi eres. Anar a Florida va ser una mala idea.

Va arrabassar-me el paper de les mans:

No volia que marxessis sola. Amb la sort que tens no haurien trobat la caixa negra.

Això no era el que jo volia dir en absolut. Ni tan sols m'havia passat pel cap anar-me'n sense ell. Em referia al fet que hauria estat millor si ens haguéssim quedat aquí tots dos. Però la seva resposta em va distreure i em va molestar una mica. Com si jo no pogués volar a través del país sense provocar un accident d'avió. Sí, molt divertit.

Suposem que la meva mala sort fes caure l'avió. Què hi haguessis pogut fer, tu?

Per què s'hauria d'estavellar?

Ara intentava dissimular un somriure.

Els pilots podien estar borratxos.

Fàcil. Pilotaria l'avió.

Clar. Vaig serrar les dents i ho vaig tornar a intentar.

Exploten els dos motors i caiem en una espiral mortal fins a terra.

Esperaria que estiguéssim prou a prop de terra, t'agafaria ben fort, donaria un cop de peu a la paret i saltaríem. Després, correríem fins a l'escena de l'accident i trontollaríem com els dos afortunats supervivents de la història.

El vaig mirar sense paraules.

—Què? —va xiuxiuejar.

Vaig sacsejar el cap, intimidada.

—Res —vaig articular les paraules sense pronunciar-les en veu alta.

Vaig donar per acabada la desconcertant conversa i només vaig escriure una línia més.

La pròxima vegada m'ho expliques.

Sabia que hi hauria una altra vegada. L'esquema es repetiria fins que algú perdés.

L'Edward em va mirar als ulls durant una bona estona. Em vaig preguntar quin aspecte devia tenir jo, ja que em notava la cara freda, com si la sang no m'arribés a les galtes. Encara tenia les pestanyes humides.

Va sospirar i va assentir una sola vegada.

Gràcies.

El paper em va desaparèixer de les mans. Vaig alçar la mirada, parpellejant de sorpresa, i em vaig trobar el senyor Berty que avançava entre les taules.

—Guarda alguna cosa que m'hagi de donar, senyor Cullen?

L'Edward va alçar una mirada innocent i va posar el full damunt la seva carpeta.

—Les meves notes? —va preguntar, amb un to ple de confusió.

El senyor Berty va observar les anotacions: una perfecta transcripció de la lliçó, sens dubte, i se'n va anar arrufant les celles.

Més tard, a classe de Càlcul, l'única en què no estava amb l'Edward, vaig sentir la xafarderia.

—Aposto a favor de l'indi gros —deia algú.

Vaig mirar furtivament i vaig veure en Tyler, en Mike, l'Austin, i en Ben amb els caps inclinats i junts, conversant molt interessats.

—D'acord —va xiuxiuejar en Mike—. Heu vist la mida d'aquest paio, el tal Jacob? Crec que hauria vençut en Cullen —en Mike semblava encantat amb la idea.

—No ho crec —va dissentir en Ben—. L'Edward té alguna cosa. Sempre està tan... segur de si mateix. Tinc la sensació que més val anar amb compte, amb ell.

—Estic amb en Ben —va admetre en Tyler—. A més, si algú es fiqués amb l'Edward, ja sabeu que apareixerien tots aquells germans enormes que té...

—Heu anat a La Push darrerament? —va preguntar en Mike—. La Lauren i jo vam anar a la platja fa un parell de setmanes i creieume, els amics d'en Jacob són tan descomunals com ell.

—Uf —va intervenir en Tyler—. Sort que tot ha acabat sense que la sang arribés al riu. Tant de bo no sapiguem mai com podria haver acabat tot plegat.

—Doncs si hi hagués batussa, no m'importaria veure-ho —va dir l'Austin—. Potser hi hauríem de treure el cap.

En Mike va esbossar una ampli somriure.

—Algú està d'humor per apostar?

—Deu per en Jacob —va proposar l'Austin ràpidament.

—Deu per en Cullen —va replicar en Tyler.

—Deu per l'Edward —va imitar en Ben.

—Aposto per en Jacob —va intervenir en Mike.

—Bé, nois, i algú sap de què anava l'assumpte? —va preguntar-se l'Austin—. Això podria afectar les possibilitats.

—Puc fer-me'n una idea —va apuntar en Mike, i aleshores va llançar una mirada en direcció a mi, igual que en Ben i en Tyler. Vaig deduir per les seves expressions que cap d'ells no s'havia adonat fins ara que estava a una distància que m'era fàcil sentir-los. Van apartar la mirada ràpidament, removent els papers de damunt els pupitres.

—Mantinc l'aposta per en Jacob —va mussitar en Mike entre dents.

Naturaleses

Estava sent una setmana terrible.

Jo sabia que no havia canviat res substancial. D'acord, la Victòria no s'havia rendit, però, és que potser esperava que ho fes? La seva reaparició només m'havia confirmat el que ja sabia. No tenia cap motiu per espantar-me com si fos una novetat.

Això, en teoria. Perquè no sentir el pànic és molt més fàcil de dir que de fer.

Quedaven poques setmanes per a la graduació, però em preguntava si no era una mica estúpid quedar-me asseguda, dèbil i acomodada, esperant el proper desastre. Semblava massa perillós continuar sent humana, com si estigués atraient conscientment el perill. Una persona amb la meva sort havia de ser una mica menys vulnerable.

Però ningú no m'escoltaria.

En Carlisle havia dit:

—Som set, Bella, i amb l'Alice de part nostra, dubto que la Victoria ens pugui sorprendre amb la guàrdia baixa. Penso que és important, pel bé d'en Charlie, que seguim el pla original.

L'Esme havia postil·lat:

—No deixarem que et passi mai res, nina. Ja ho saps. Sisplau, no pateixis —i em va fer un petó al front.

L'Emmett continuà:

—Estic molt content que l'Edward no t'hagi matat. Tot és molt més divertit amb tu per aquí.

La Rosalie l'havia mirat amb cara de pocs amics.

L'Alice havia posat els ulls en blanc i després afegí:

—Em sento ofesa. Oi que no estàs preocupada per això? Oi que no?

—Si no n'hi havia per tant, per què va dur-me a Florida, l'Edward? —vaig demanar.

—Però no te n'adones encara, Bella, que l'Edward sempre tendeix a reaccionar de manera exagerada?

En Jasper, silenciosament, havia esborrat tot el pànic i la tensió del meu cos amb la seva curiosa habilitat per controlar les atmosferes emocionals. Em vaig sentir més tranquil·la i vaig deixar que em convencessin que la meva petició desesperada era innecessària.

Però és clar, tota aquella calma va desaparèixer en el moment en què l'Edward i jo vam sortir de l'habitació.

Així que l'acord consistia a acceptar que el millor que podia fer era oblidar-me del fet que un vampir sonat volia caçar-me per matar-me. I ocupar-me dels meus assumptes.

Ho vaig intentar. I de manera sorprenent, hi havia altres coses quasi tan interessants en les quals concentrar-me, com per exemple el meu rang dins la llista d'espècies amenaçades...

Perquè la resposta de l'Edward havia estat la més frustrant de totes.

—Això és entre tu i en Carlisle —va dir—. Clar que jo estaria encantat que fos entre tu i jo en el moment que tu volguessis, però ja coneixes la meva condició —i va fer un somriure angelical.

Aix. Clar que sabia quina era la seva condició. L'Edward m'havia promès que seria ell mateix qui em convertiria quan jo volgués... sempre i quan abans em casés amb ell.

Algunes vegades em preguntava si només simulava la incapacitat de llegir-me la ment. Com havia arribat a trobar l'única condició que tindria problemes per acceptar? El requisit precís que m'obligaria a prendre'm les coses amb més calma.

Havia estat una setmana dolentíssima en conjunt, i aquell dia, el pitjor de tots.

Quan l'Edward s'absentava sempre eren dies dolents. L'Alice no havia vist res fora de l'habitual aquell cap de setmana, per la qual cosa vaig insistir que aprofités l'oportunitat per anar amb els seus germans de cacera. Sabia com l'avorria caçar preses properes, tan fàcils.

—Vés i diverteix-te —vaig instar-lo—. Caça uns quants pumes per mi.

Mai no admetria davant seu com duia de malament la separació, ja que em tornaven de nou els malsons de l'època que va abandonar-me. Si ell ho haguera sabut, s'hagués sentit fatal i li hauria fet por deixar-me sola, encara que fos amb una raó de pes. Així havia estat al principi, quan vam tornar d'Itàlia. Els seus ulls daurats s'havien tornat negres i patia més del normal per culpa de la set. Per això posava cara de valenta i feia de tot, menys treure'l a empentes de casa, cada cop que l'Emmett i en Jasper volien anar-se'n.

Així i tot, a vegades tenia la sensació que ell veia dins meu. Almenys una mica. Aquell matí, havia trobat una nota al coixí.

Tornaré tan aviat que no tindràs temps de trobar-me a faltar. Tingues cura del meu cor... l'he deixat amb tu.

Així que ara tenia tot un dissabte sencer sense res a fer, tret del meu torn del matí a la botiga d'articles esportius dels Newton, per distreure'm. I és clar, aquella promesa reconfortant de l'Alice.

—Caçaré a prop d'aquí. Si em necessites, estic només a quinze minuts. Estaré pendent per si tens problemes.

Traducció: no intentis res divertit només perquè l'Edward no hi sigui.

Certament, l'Alice era tan capaç de fotre'm el cotxe com l'Edward.

Ho vaig intentar mirar pel cantó positiu. Després de la feina, havia fet plans amb l'Angela per ajudar-la amb les seves targetes de graduació, així que ja estaria prou distreta. I en Charlie estava d'un humor excel·lent degut a l'absència del meu xicot, així que convenia gaudir-ne mentre durés. L'Alice passaria la nit amb mi si jo, patèticament, li ho demanava, i l'endemà l'Edward ja seria amb mi de nou. Sobreviuria.

No volia arribar a treballar ridículament d'hora, i vaig esmorzar mastegant molt a poc a poc cada cullerada de cereals Cheerio. Aleshores, un cop vaig haver rentat els plats, vaig col·locar els imants de la nevera en una línia perfecta. Potser estava desenvolupant un trastorn obsessiu compulsiu.

Els dos últims imants, un parell d'útils peces rodones i negres, que eren les meves preferides perquè podien subjectar deu fulls de paper a la nevera, no volien cooperar amb la meva fixació. Tenien polaritats inverses; cada cop que intentava posar-les en fila, en col·locar la darrera, l'altra saltava fora de lloc.

Per algun motiu —una mania latent, potser—, això em treia de polleguera. Per què no podien comportar-se com era degut? D'una forma tan estúpida com tossuda, les vaig continuar alineant com si esperés una sobtada rendició. En podria haver posat una més amunt, però sentia que això equivalia a perdre. Finalment, més desesperada pel meu comportament que pels imants, vaig agafar-los de la nevera i els vaig sostenir junts, un a cada mà.

Em va costar una mica, ja que eren prou forts per presentar batalla, però vaig aconseguir que coexistissin un al costat de l'altre.

—Ja ho veieu —això de parlar als objectes inanimats no podia ser cap bon símptoma—. No passa res, oi que no?

Vaig estar-me allà quieta durant un segon, incapaç d'admetre que no tindria cap èxit a llarg termini contra els principis científics. Aleshores, amb un sospir, vaig tornar a col·locar els imants a la nevera, a un pam de distància.

—No cal ser tan inflexible —vaig murmurar.

Encara era molt d'hora, però vaig decidir que el millor seria sortir de casa abans que els objectes inanimats comencessin a respondre'm.

Quan vaig arribar a la botiga, en Mike passava l'escombra metòdicament pels passadissos mentre la seva mare condicionava de nou el mostrador. Els vaig trobar a mitja discussió, i no van adonar-se que jo ja era allà.

—Però és l'únic moment en què en Tyler hi pot anar —es queixava en Mike—. Vas dir que després de la graduació...

—Doncs haureu d'esperar-vos —va replicar la senyora Newton bruscament—. En Tyler i tu ja podeu començar a pensar en una altra cosa. No aniràs a Seattle fins que la policia solucioni el que està passant, sigui el que sigui. Ja sé que la Betty Crowley ha dit el mateix a en Tyler, així que ara no em diguis que jo sóc la dolenta de la pel·lícula. Oh, bon dia, Bella —va dir-me en adonar-se'n que havia entrat, alegrant el to ràpidament—. Has arribat d'hora.

La Karen Newton era l'última persona que et podries imaginar treballant en un establiment de roba d'esports de muntanya. Duia els cabells rossos perfectament clenxinats i recollits en un elegant monyo al clatell, les ungles de les mans pintades per un professional, igual que les dels peus, visibles a través de les sandàlies de tires i talons alts que no s'assemblaven de res a tot el que la botiga oferia, especialment al prestatge de les botes de muntanya.

—No hi havia trànsit —vaig bromejar mentre agafava l'horrible armilla taronja fosforescent de sota el mostrador. Em sorprenia que la senyora Newton estigués tan preocupada pels fets de Seattle com en Charlie. Em pensava que només era ell qui s'ho prenia tan a la valenta.

—Daixonses… eh…

La senyora Newton va dubtar un moment, joguinejant incòmoda amb el paquet de fulletons publicitaris que estava col·locant al costat de la caixa enregistradora.

Ja tenia una mà sobre l'armilla, però vaig aturar-me. Coneixia aquella mirada.

Quan vaig fer saber als Newton que aquell estiu no treballaria al seu establiment, deixant-los plantats a la temporada de més feina, van començar a ensenyar les tasques a la Katie Marshall perquè ocupés el meu lloc. Realment no podien permetre's dos sous a la vegada, així que quan es preveia un dia tranquil...

—T'anava a trucar —va continuar la senyora Newton—. No crec que tinguem gaire feina. Crec que ens les podrem arreglar en Mike i jo. Sento que t'hagis hagut d'aixecar d'hora i conduir fins aquí.

En un dia normal, aquest gir dels esdeveniments m'hauria fet saltar d'alegria, però avui... precisament avui...

—D'acord —vaig sospirar. Se'm van abaixar les espatlles. I ara què faria?

—Això no està bé, mare —va replicar en Mike—. Si la Bella vol treballar...

—No, no passa res, senyora Newton. De veritat, Mike. Tinc exàmens finals i he d'estudiar… —no volia ser una font de discòrdia familiar quan ja els havia sorprès discutint.

—Gràcies, Bella. Mike, t'has deixat el passadís quatre. Daixò, Bella, et fa res llençar aquests fulletons al contenidor quan te'n vagis? Li vaig dir a la noia que els va deixar aquí que els posaria al mostrador, però és que no tinc més espai.

—Sí, cap problema.

Vaig guardar l'armilla i amb els fulletons sota el braç vaig sortir de nou a fora. Queia una pluja fina.

El contenidor estava a l'altra banda de la botiga dels Newton, a prop d'on se suposava que el treballadors havíem d'aparcar. Vaig caminar cap allà sense una direcció precisa, malhumorada, donant cops de peu a les pedres. Estava a punt de llençar el plec de papers groc brillant a les deixalles quan el títol imprès en negreta a la part superior em va cridar l'atenció. Va ser especialment una paraula, la que em va cridar l'atenció.

Vaig agafar els papers amb les dues mans mentre mirava la imatge de sota el títol. Se'm va fer un nus a la gola.

SALVEM EL LLOP
DE LA PENÍNSULA D'OLYMPIC

Sota les paraules hi havia un dibuix detallat d'un llop davant d'un avet, amb el cap enrere cridant a la lluna. Era una imatge desconcertant; alguna cosa en la postura queixosa del llop el feia semblar desemparat. Com si estigués udolant de pena.

I després em vaig posar a córrer cap al cotxe, amb els fulletons a la mà, subjectats amb fermesa.

Quinze minuts, això era tot el que tenia, però seria suficient. Només hi havia quinze minuts fins a La Push, i segurament creuaria la frontera pocs minuts abans d'arribar al poble.

El cotxe va arrancar sense cap problema.

L'Alice no em podria veure fer això perquè no ho havia planejat. Una decisió sobtada, aquesta era la clau!, i podria treure'n profit si aconseguia moure'm amb prou rapidesa.

Amb les presses, vaig llençar els papers humits al seient del passatger, on es van escampar amb un desordre brillant, cent títols en negreta, cent llops negres udolant a la lluna, retallats contra el fons groc.

Anava a tota pastilla per l'autopista molla, amb els netejaparabrises al màxim i sense fer cas als roncs del vell motor. Com a molt podia agafar els noranta per hora, i vaig resar perquè fos suficient.

No tenia ni idea d'on era la frontera, però vaig començar a sentir-me més segura quan vaig passar les primeres cases als afores de La Push. Segur que l'Alice no tenia permès arribar fins aquí.

La trucaria quan arribés a casa de l'Angela a la tarda, em vaig dir, per fer-li saber que estava bé. No hi havia cap motiu perquè es preocupés. No necessitava enfadar-se amb mi, perquè l'Edward ja ho estaria per tots dos quan tornessin.

El meu cotxe ja panteixava quan els frens van grinyolar davant la casa familiar d'un color roig pàl·lid. Se'm va fer un altre nus a la gola en mirar aquell petit lloc que un dia havia estat el meu refugi. Havia passat tant temps des d'aleshores.

Abans que pogués aturar el motor, en Jacob ja era a la porta, amb el rostre trasmudat per la sorpresa.

En el silenci sobtat que hi va haver després que el ronc del motor s'aturés, vaig sentir la seva respiració escanyada.

—Bella?

—Hola, Jake!

—Bella! —va cridar com a resposta, i el somriure que havia estat esperant va travessar-li el rostre com el sol en un dia ennuvolat. El llampegueig de les dents contrastava amb la seva pell rogenca—. No m'ho puc creure!

Va córrer fins el cotxe, em va treure en braços a través de la porta oberta, i ens vam posar a saltar com nens.

—Com has arribat fins aquí?

—M'he escapat!

—Impressionant!

—Hola, Bella! —en Billy va impulsar la seva cadira fins a l'entrada per veure a què es devia tanta commoció.

—Hola, Bil...!

I en aquells moments em vaig quedar sense alè. En Jacob m'havia sepultat en una abraçada gegant, tan forta, que no podia respirar i feia voltes en cercle.

—Eii, és fantàstic tenir-te aquí!

—No puc... respirar —vaig esbufegar.

Ell va riure i em deixà a terra.

—Benvinguda de nou, Bella —em digué amb un somriure.

I la manera com ho va dir em va sonar com un «benvinguda a casa».

Vam començar a caminar, massa nerviosos davant la perspectiva de quedar-nos asseguts dins de casa. En Jacob caminava pràcticament saltant i li vaig haver de recordar unes quantes vegades que les meves cames no feien tres metres.

Mentrestant, vaig sentir com em transformava en una altra versió de mi mateixa, la que era quan estava amb en Jacob. Una mica més jove, i també més irresponsable. Algú que faria, en ocasions, coses realment estúpides sense motiu aparent.

La nostra eufòria va durar els primers temes de conversa que vam abordar: què estàvem fent, què volíem fer, quanta estona tenia i què m'havia dut allà. Quan li vaig explicar la imatge del fulletó, de forma vacil·lant, la seva sorollosa rialla va fer eco entre els arbres.

Però aleshores, quan vam passar per darrera la botiga i travessàrem els matolls espessos que rodejaven l'extrem més llunyà de First Beach, vam arribar a la part més difícil de la conversa. De seguida vam haver de parlar de les raons de la nostra llarga separació i vaig observar com el rostre del meu amic s'enduria fins a formar la màscara afligida que m'era tan familiar.

—Bé, i de què va tot això en realitat? —em va preguntar en Jacob, apartant del camí un tros de fusta amb un cop de peu excessivament fort. Saltà damunt la sorra i va estampar-se contra les roques—. O sigui, que des de l'última vegada que... bé, abans, ja saps... —lluitava per trobar les paraules. Va aspirar una bona glopada d'aire i ho intentà de nou—. El que vull dir és que... simplement tot ha tornat al mateix lloc que abans que ell se n'anés? L'hi has perdonat tot?

Ja també vaig inspirar amb força.

—No hi havia res a disculpar.

M'hauria agradat saltar-me tota aquella part, les traïcions i les acusacions, però sabia que havíem de parlar de tot això abans que fóssim capaços d'arribar a qualsevol altre lloc.

El rostre d'en Jacob va crispar-se com si acabés de llepar una llimona.

—Desitjaria que en Sam t'hagués fet una foto quan et vam trobar aquella nit de setembre. Seria la prova A.

—No estem jutjant a ningú.

—Doncs potser ho hauríem de fer.

—Ni tan sols tu no el culparies per haver-se'n anat, si coneguessis els seus motius.

Em va mirar fixament durant uns instants.

—Està bé —em va reptar amb aflicció—. Sorprèn-me.

La seva hostilitat em queia a sobre, em cremava la pell. Em dolia que estigués enfadat amb mi. Em va recordar aquella tarda grisa i depriment, ja feia molt de temps, quan, complint ordres d'en Sam, em va dir que no podíem continuar sent amics. Vaig trigar uns moments a recobrar les maneres.

—L'Edward em va deixar la tardor passada perquè creia que jo no havia de sortir amb vampirs. Va pensar que seria millor per mi si ell se n'anava.

En Jacob va trigar a reaccionar. Va lluitar amb si mateix durant uns minuts. El que fos que tenia planejat dir, clarament, havia deixat de tenir sentit. M'alegrava que no sabés el que havia precipitat la decisió de l'Edward. Em podia imaginar què hauria pensat d'haver sabut que en Jasper va intentar matar-me.

—Però va tornar, no? —va xiuxiuejar en Jacob—.Sembla que li costi atenir-se a les seves pròpies decisions.

—Si ho recordes bé, vaig ser jo qui el va anar a buscar i el va fer tornar.

En Jacob em va mirar amb fixesa durant un moment i després em va donar l'esquena. Va relaxar el rostre i la seva veu s'havia tranquil·litzat quan va tornar a parlar.

—Això és cert, però la història no la sabia. Què va passar?

Jo dubtava i em vaig mossegar el llavi.

—És un secret? —la seva veu es va tornar burleta—. No m'ho pots dir?

—No —vaig respondre bruscament—. A més, és una història realment llarga.

Ell va somriure amb arrogància, es va girar i es posà a caminar per la platja, esperant que el seguís.

No em feia gens de gràcia estar amb ell si es comportava d'aquella manera. El vaig seguir automàticament, sense saber si no seria millor fer mitja volta i deixar-lo. Tot i que m'hauria d'enfrontar amb l'Alice quan tornés a casa... Així que pensant-ho bé, en realitat no tenia tanta pressa.

En Jacob va arribar fins a un enorme tronc, que m'era familiar; un arbre sencer amb arrels i tot, blanquejat i profundament enterrat a la sorra. D'alguna manera, era el nostre arbre.

Va seure en aquell banc natural i va donar uns copets al seu costat perquè m'hi assegués.

—No m'importa que les històries siguin llargues. Hi ha acció?

Vaig posar els ulls en blanc mentre seia al seu costat.

—Sí que n'hi ha —vaig concedir.

—No hi pot haver por de veritat si no hi ha una mica d'acció.

—Por! —vaig burlar-me—. M'escoltaràs o et passaràs tota l'estona interrompent-me amb comentaris grollers sobre els meus amics?

Amb un gest va fer veure que passava cremallera pels llavis, i que no els podia separar. Vaig intentar no somriure, però no ho vaig aconseguir.

—He de començar amb coses que van passar quan tu hi eres —vaig decidir mentre intentava organitzar mentalment les històries abans de començar.

En Jacob va alçar una mà.

—Endavant. Està bé —va afegir ell—. De tot el que va passar aleshores no vaig entendre res.

—Ah, d'acord, molt bé; és una mica complicat, així que para atenció. Sabies que l'Alice té visions?

Vaig interpretar el gest del front com a resposta afirmativa, ja que als homes llop no els impressionava que fos veritat la llegenda dels poders sobrenaturals dels vampirs, així que vaig procedir amb el relat de la meva cursa a través d'Itàlia per rescatar l'Edward.

Vaig intentar resumir al màxim possible, sense deixar-me res essencial. Al mateix temps, em vaig esforçar a interpretar les reaccions d'en Jacob, però el seu rostre era inescrutable mentre li explicava que l'Alice havia vist els plans de l'Edward per suïcidar-se quan va sentir que jo havia mort. Alguns cops en Jacob semblava abstret en els seus pensaments, tant que ni tan sols estava segura que m'escoltés. Només em va interrompre un cop.

—L'endevina xuclasang no ens pot veure? —va repetir, al seu rostre hi havia una expressió ferotge i plena d'alegria—. De debò? Això és magnífic!

Vaig serrar les dents i ens vam quedar asseguts en silenci, amb la seva cara expectant mentre esperava que continués. El vaig mirar fixament fins que va adonar-se del seu error.

—Oops! —va exclamar—. Ho sento —i va tancar la cremallera dels llavis un altre cop.

La seva expressió va ser més fàcil de comprendre quan vam arribar a la part dels Vulturis. Va serrar les dents, als braços se li va posar la pell de gallina i se li van agitar les ales del nas. No vaig entrar en detalls, però li vaig explicar que l'Edward ens havia tret del problema, sense revelar-li la promesa que havíem hagut de fer ni la visita que estàvem esperant. En Jacob no necessitava conèixer els meus malsons.

—Ara ja saps tota la història —vaig concloure—. És el teu torn de paraula. Què ha passat aquest cap de setmana mentre jo era amb la meva mare?

Sabia que en Jacob em proporcionaria més detalls que l'Edward. No temia espantar-me. Va inclinar-se endavant, animat.

—L'Embry, en Quil i jo estàvem de patrulla el dissabte a la nit, un passeig rutinari, quan de sobte ens va sortir inesperadament d'enlloc, bum!, una pista fresca, que no tenia ni un quart d'hora —va alçar els braços per fer el gest de l'explosió—. En Sam volia que l'esperéssim, però jo ignorava que tu te n'havies anat i no sabia si les teves sangoneres ens estaven vigilant o no. Així que vam sortir disparats a perseguir-la, però va creuar la línia del tractat abans que poguéssim atrapar-la. Ens vam dispersar per la línia esperant que tornés a creuar-la. Va ser molt frustrant, t'ho juro —va moure el cap, i els cabells, que li havien crescut molt des que se'ls havia rapat en unir-se a la bandada, li van tapar la cara—. Vam anar massa al sud i els Cullen la van perseguir fins on érem, però només a uns quants quilòmetres al nord de la nostra posició. Hauria sigut una emboscada perfecta si haguéssim sabut on esperar.

Va moure el cap, fent una ganyota.

—Aleshores la cosa es va posar perillosa. En Sam i els altres van seguir-li el rastre abans que arribéssim, però ella anava d'un costat a un altre de la línia, i l'aquelarre en ple estava a l'altra banda. El gran, ...com es diu?

—Emmett.

—Aquest, bé, doncs ell va arremetre contra ella, però, que ràpida que és, la pèl-roja! Va volar rere seu i quasi s'estavella contra en Paul. I ja saps, en Paul... bé, ja el coneixes.

—Sí.

—Se'n va anar de l'olla. No puc dir que el culpi, tenia el xuclasang aquell just a sobre. Així que va saltar... Ei, no em miris així. El vampir era al nostre territori.

Vaig intentar recompondre l'expressió perquè continués parlant. Tenia les ungles clavades als palmells de les mans amb la tensió de la història als dits, fins i tot sabent que havia acabat bé.

—De totes maneres, en Paul va fallar i aquell vampir va tornar al seu territori, però aleshores, daixonses, la, eh, bé, la rossa...

L'expressió d'en Jacob era una mescla còmica de disgust i admiració rebeca mentre intentava trobar una paraula per descriure la germana de l'Edward.

—La Rosalie.

—Com es digui. S'havia tornat realment territorial, així que en Sam i jo ens vam quedar enrere per cobrir els flancs d'en Paul. Aleshores el seu líder i l'altre masclet ros...

—En Carlisle i en Jasper.

Em va mirar exasperat.

—Ja saps que tant me fa com es diguin. Doncs això, en Carlisle va parlar amb en Sam per intentar calmar els ànims. I va ser força estrany perquè la veritat és que tothom es va tranquil·litzar molt ràpidament. Crec que va ser aquest altre que dius, que ens va fer una cosa rara al cap, però encara que sabéssim el que feia, no podíem deixar de sentir-nos tranquils.

—Ah, sí, ja sé què devíeu sentir.

—Realment cabrejats, així és com vam sentir-nos. Només que no estàs del tot enfadat, al final —va moure el cap, confós—. Així que en Sam i el vampir líder van acordar que la prioritat era la Victoria i vam tornar a la seva recerca. En Carlisle va donar-nos la pista de manera que vam poder seguir el rastre correcte, però aleshores va agafar el camí dels penya-segats just al nord del territori dels *makah,* on la frontera discorre enganxada a la costa durant uns quants quilòmetres. Així que es va ficar a l'aigua un altre cop. Els dos vampirs ens van demanar permís per perseguir-la, però els el vam denegar, com és lògic.

—Fantàstic. Vull dir que el vostre comportament em sembla estúpid, però estic contenta. L'Emmett no és mai prou prudent. En podria haver sortit ferit.

En Jacob va bufar.

—Així que el teu vampir et va dir que els vam atacar sense raó i que el seu aquelarre, totalment innocent...

—No —el vaig interrompre—. L'Edward em va explicar la mateixa història, però sense tants detalls.

—Ah —va dir en Jacob entre dents, i es va inclinar per agafar una pedra entre els milions de còdols que teníem als peus. Amb un gir casual, la va llançar ben bé cent metres enllà, cap a l'aigua de la badia—. Bé, ella tornarà, suposo. Ja l'atraparem en una altra ocasió.

Vaig arronsar les espatlles; ja ho creia que tornaria, però segur que l'Edward m'ho explicaria, la propera vegada? No, no n'estava segura. Havia de mantenir l'Alice sota vigilància per detectar-li els símptomes que indicaven que el patró de comportament es repetia...

En Jacob va semblar que no s'adonés de la meva reacció. Estava sumit en la contemplació de les onades amb els llavis grossos ben premuts i una expressió pensativa a la cara.

—En què estàs pensant? —li vaig preguntar al cap d'una bona estona de silenci.

—Dono voltes al que m'has dit fa una estona. Quan l'endevina et va veure saltar del penya-segat i va pensar que et volies suïcidar, i com a partir d'aleshores tot es va descontrolar... Te n'adones que si t'haguessis limitat a esperar-me, com se suposa que havies de fer, aleshores la xucl... l'Alice no t'hauria pogut veure saltar? No hauria canviat res. Probablement, tots dos estaríem ara al garatge, com qualsevol altre dissabte. No hi hauria cap vampir a Forks i tu i jo... —va deixar que la veu se li apagués, perdut en els pensaments.

Era desconcertant la forma que tenia de veure la situació, como si fos bo que no hi haguessin vampirs a Forks. El cor em va començar a bategar arrítmicament davant el buit que suggeria la imatge.

—L'Edward hagués tornat de totes maneres.

—N'estàs segura? —em va preguntar un altre cop, recuperant la seva actitud bel·ligerant en el moment que vaig pronunciar el nom de l'Edward.

—Estar separats… no ens va bé a cap dels dos.

Va començar a dir alguna cosa, una cosa violenta a jutjar per l'expressió, però va emmudir de cop, va alenar i tornà a començar.

—Sabies que en Sam està molt enfadat amb tu?

—Amb mi? —vaig trigar un segon a entendre-ho—. Ah, ja. Creu que s'haurien mantingut apartats si jo no estigués aquí.

—No. No és per això.

—Quin és el problema, doncs?

En Jacob va inclinar-se per agafar una altra pedra. La va fer girar una vegada i una altra entre els dits. No li treia l'ull de sobre mentre parlava en veu baixa.

—Quan en Sam va veure... en quin estat estaves al principi, quan en Billy els va explicar que en Charlie estava preocupat perquè no milloraves i llavors, quan vas començar a saltar pels penya-segats...

Vaig posar mala cara. Ningú no em permetria oblidar mai aquells episodis?

En Jacob em va mirar fit a fit.

—Ens vam pensar que tu eres l'única persona en el món que tenia les mateixes raons per odiar els Cullen que ell. En Sam se sent... traït perquè els vas deixar entrar a la teva vida un altre cop, com si no t'haguessin fet mai mal.

No em vaig creure ni per un segon que en Sam fos l'únic que se sentia d'aquesta manera, i per tant, el to àcid de la meva resposta anava dirigit a tots dos.

—Doncs ja li pots dir a en Sam que se'n vagi a la...

—Mira això —en Jacob em va interrompre assenyalant-me una àliga en el moment que es llançava en picat a l'oceà des d'una alçada increïble. En el darrer minut va recuperar el control, i només les seves urpes van fregar la superfície de les ones, a penes un instant. Després va tornar a alçar el vol, amb les ales tenses per l'esforç de carregar amb el pes del peix enorme que acabava de pescar—. Ho veus pertot arreu —va dir amb veu sobtadament distant—. La naturalesa segueix el seu curs, caçador i presa, el cercle infinit de la vida i la mort.

No entenia el sentit del sermó de la naturalesa; vaig suposar que només volia canviar el tema de la conversa, però aleshores va tornar a mirar-me amb un negre humor als ulls.

—I per descomptat, no veuràs el peix intentant besar l'àliga. No ho veuràs mai —va somriure amb una ganyota burleta.

Li vaig tornar el somriure, un somriure estirat, perquè encara tenia el sabor àcid a la boca.

—Potser el peix ho està intentant —vaig suggerir—. És difícil de saber el que pensa un peix. Les àligues són uns ocells bastant atractius, ja saps.

—Tot es redueix a això? —la seva veu va tornar-se aguda—. A tenir un bon aspecte?

—No siguis estúpid, Jacob.

—Doncs, és pels diners? —va insistir.

—Fantàstic —vaig murmurar, aixecant-me de l'arbre—. M'afalaga que pensis això de mi —li vaig girar l'esquena i me'n vaig anar.

—Au, vinga, no et posis així —estava just darrere meu; em va agafar per la cintura i em va fer fer mitja volta—. Ho dic seriosament!, intento entendre't perquè estic en blanc.

Va arrufar les celles, enfadat, i els seus ulls van enfosquir-se encastats entre ombres.

—L'estimo. I no perquè sigui guapo o ric! —li vaig escopir les paraules a la cara—. Preferiria que no fos ni una cosa ni l'altra. Fins i tot et diria que això podria ser un motiu per obrir una esquerda entre nosaltres, però no és així, perquè sempre és la persona més encantadora, generosa, brillant i decent que m'he trobat mai. És clar que l'estimo. Per què és tan difícil d'entendre?

—És impossible d'entendre.

—Sisplau, Jacob, aleshores il·lumina'm —vaig buscar que el sarcasme fluís dens—. Quina és la raó vàlida per estimar algú? Com que dius que ho estic fent malament...

—Crec que el millor lloc, per començar, seria mirant dins la teva pròpia espècie. Això sol funcionar.

—Això és... fastigós! —vaig respondre bruscament—. Suposo, doncs, que hauria d'estar boja per en Mike Newton, no?

En Jacob va estremir-se i es va mossegar el llavi inferior. Vaig poder veure que les meves paraules l'havien ferit, però jo estava massa enfadada per sentir-me malament.

Em va deixar anar el canell i va plegar els braços, girant-se per mirar a l'oceà.

—Jo sóc humà —va xiuxiuejar, amb veu quasi inaudible.

—No ets tan humà com en Mike —vaig continuar sense pietat—. Segueixes pensant que és la raó més important?

—No és el mateix —en Jacob no va apartar els ulls de les ones grises—. Jo no he escollit això.

Em vaig posar a riure, incrèdula.

—I creus que l'Edward sí? Ell no sabia el que li estava passant més que tu. Ell no ho va escollir, tampoc.

En Jacob va moure el cap endavant i endarrere amb un gest ràpid i curt.

—Saps, Jacob?, és terrible per part teva que pretenguis sentir-te moralment superior, tenint en compte que ets un licantrop.

—No és el mateix —va repetir ell, mirant-me amb el front arrugat.

—No veig per què no. Podries ser una mica més comprensiu amb els Cullen. No tens ni idea de com en són de bons, però bons de veritat, Jacob.

Les arrugues del front van marcar-se més profundament.

—No haurien d'existir. La seva existència va contra natura.

El vaig mirar fixament durant una bona estona, amb una cella alçada, plena d'incredulitat. Va passar un temps abans no va adonar-se'n.

—Què?

—Parlant de les coses antinaturals... —vaig insinuar.

—Bella —va dir-me, en veu baixa, i una mica diferent. Envellida. Vaig veure que, de sobte, semblava molt més gran que jo, com un pare o un professor—. Jo ja vaig néixer tal com sóc. Forma part de la meva naturalesa, de la meva família, del que som tots com a tribu, és la raó per la qual encara estem aquí. A part d'això —va abaixar la vista per mirar-me, amb les seves pupil·les fosques, inescrutables—, continuo sent humà.

Em va agafar la mà i la va prémer contra el seu pit ardent com la febre. A través de la samarreta, vaig poder sentir el ràpid batec del seu cor al palmell de la mà.

—Els humans normals no llancen motos per on sigui, com fas tu.

Va somriure lleugerament, una mitja rialla.

—Els humans normals fugen dels monstres, Bella. I mai no he proclamat ser normal. Només humà.

Continuar enfadada amb en Jacob m'era molt cansat. Vaig començar a somriure mentre retirava la mà del seu pit.

—La veritat és que em sembles del tot humà —vaig concedir—. Almenys de moment.

—Em sento humà.

Va mirar al lluny, i girà el rostre. Li va tremolar el llavi inferior i se'l va mossegar amb força.

—Oh, Jake —vaig murmurar al temps que li buscava la mà.

Aquesta era la raó per la qual estava aquí. Aquesta era la raó per la qual no m'importava quedar-me, fos quina fos la recepció que m'esperava en tornar. Perquè sota tota aquella ira i aquell sarcasme, en Jacob patia. Just ara, ho estava veient als seus ulls. No sabia com ajudar-lo, però sabia que ho havia d'intentar. No era per tot el que li devia, sinó perquè la seva pena també em dolia a mi. En Jacob s'havia convertit en part de mi i res no ho podria canviar.

Imprimació

—Et trobes bé, Jake? En Charlie va dir que ho havies passat malament. No has millorat gens?

—No estic tan malament —va contestar.

Va agafar-me la mà, però evitant de mirar-me. Va caminar a poc a poc de tornada a la plataforma de fusta flotant sense apartar la vista dels colors cristal·lins de l'arc iris, empenyent-me suaument per mantenir-me al seu costat. Vaig seure un altre cop al nostre arbre, però ell va ajaçar-se sobre el terra rocós i humit en comptes d'acomodar-se amb mi. Em vaig preguntar si ho feia per poder amagar el rostre més fàcilment. No em va deixar anar la mà.

Vaig començar a xerrotejar en silenci.

—Ha passat molt de temps des que vaig ser aquí. Probablement, m'hauré perdut un munt de coses. Com estan en Sam i l'Emily? I l'Embry? Com s'ho va prendre en Quil...?

Em vaig interrompre a mitja frase en recordar que el tema de l'amic d'en Jacob era una mica espinós.

—Ah, en Quil —en Jacob va sospirar.

Aleshores, havia passat: en Quil es devia haver incorporat a la bandada.

—Ho sento —em vaig disculpar entre dents.

—No se t'acudeixi de dir-li res —va grunyir en Jacob, per sorpresa meva.

—Què vols dir?

—En Quil no busca compassió, més aviat tot el contrari. Està tan content que no hi cap a la pell. És feliç.

No hi vaig veure cap sentit. Tots els altres licantrops s'havien entristit davant la perspectiva que els seus amics compartissin el mateix destí.

—Com?

En Jacob va inclinar el cap i el va tirar enrere per mirar-me. Va esbossar un somriure amb els ulls en blanc.

—Ell considera que això és la cosa més guapa que li ha passat mai. En part es deu al fet que finalment sap de què va la pel·lícula, però també l'entusiasma haver recuperat els seus amics i estar ficat al rotllo—en Jacob va bufar—. Suposo que no m'hauria de sorprendre, és molt típic d'ell.

—Li agrada?

—La veritat…? A quasi tots els agrada —va admetre en Jacob amb veu pausada—. Sens dubte té avantatges: la velocitat, la llibertat, la força, el sentit de... família. En Sam i jo som els únics que sentim una veritable aflicció, i ell va fer el trànsit fa molt de temps, per la qual cosa ara l'únic que es queixa sóc jo.

El meu amic va riure's de si mateix.

—Per què en Sam i tu sou diferents? En tot cas, què li passa, a en Sam? Quin és el seu problema?

Volia saber massa coses i vaig formular les preguntes massa seguides, sense deixar-li espai per respondre. En Jacob es va posar a riure.

—És una llarga història.

—Jo te n'he explicat una de bastant llarga. A més, no tinc cap pressa a tornar —li vaig contestar al temps que feia una ganyota, només de pensar en l'embolic en què em posaria quan tornés.

Ell va alçar els ulls immediatament en considerar el doble sentit de les meves paraules.

—S'enfadarà amb tu?

—Sí —vaig admetre—. No suporta que faci coses que considera… arriscades.

—Com anar perduda amb licantrops?

—Exacte.

En Jacob va arronsar les espatlles.

—Doncs no tornis. Queda't i dormiré al sofà.

—Quina gran idea! —vaig rondinar amb ironia—. En aquest cas em vindrà a buscar.

El meu amic es va enravenar i esbossà un somriure feréstec.

—Ho faria?

—Si temés trobar-me ferida o alguna cosa així…, probablement.

—La perspectiva que et quedis m'agrada cada vegada més.

—Jacob, sisplau, saps que això em consumeix de veritat.

—El què?

—Que us pugueu matar l'un a l'altre! —vaig protestar—. Em tornaré boja. Per què no us podeu comportar d'una manera civilitzada?

—Està disposat a matar-me? —em va preguntar ell amb el gest sorrut, sense fer cas a la meva ira.

—No tant com sembla que n'estàs tu —vaig pensar que li estava cridant massa—. Almenys, ell és capaç de comportar-se com un adult en aquest tema. Sap que em fa mal a mi si et fereix a tu, i per això no ho faria mai. Això sembla que no t'importi gens!

—Clar, naturalment —va mussitar—. Estic convençut que és tot un pacifista.

—Prou!

Amb una estrebada vaig deixar-li anar la mà i li vaig apartar el cap del meu costat. Després, em vaig abraçar les cames contra el pit, tan fort com vaig poder.

Vaig llançar una mirada fulminant a l'horitzó. Treia espurnes.

En Jacob va romandre immòbil durant uns minuts i al final es va aixecar del terra per asseure's al meu costat. Em va passar el braç per les espatlles.

—Ho sento —va disculpar-se amb un fil de veu—. Intentaré comportar-me.

No li vaig respondre.

—Encara vols saber allò d'en Sam? —em va proposar.

Vaig arronsar-me d'espatlles.

—És una llarga història, com t'he dit, i també molt estranya. Aquesta nova vida té massa coses estranyes i no he tingut prou temps per explicar-te'n ni la meitat; la història d'en Sam..., bé, no sé ni si t'ho sabré explicar correctament.

Les seves paraules em van picar la curiositat a pesar del meu disgust.

—T'escolto —vaig respondre amb fredor.

Vaig llucar la seva boca de reüll; en somriure va corbar amunt la comissura dels llavis.

—Va ser molt més dur per a en Sam que per als altres, ja que en ser el primer, estava sol, i ningú no li podia explicar què passava. El seu avi va morir abans que ell nasqués i el seu pare no hi era mai, per tant no hi havia ningú capaç de reconèixer els símptomes. La primera vegada que va transformar-se va arribar a pensar que s'havia tornat boig. Van passar dues setmanes abans que es calmés prou per recuperar el seu estat anterior.

»No pots recordar res d'això perquè va succeir abans que vinguessis a Forks. La mare d'en Sam i la Leah Clearwater van mobilitzar els guardaboscos i la policia perquè el busquessin. Es pensaven que havia tingut un accident o alguna cosa per l'estil...

—La Leah? —vaig inquirir, sorpresa. La Leah era la filla d'en Harry i només de sentir el seu nom em vaig omplir de pietat.

En Harry Clearwater, l'amic de tota la vida d'en Charlie, havia mort d'un atac de cor la primavera passada.

La veu del meu amic va canviar, va endurir-se.

—Sí. Ella i en Sam van ser parella, a l'escola. Van començar a sortir quan ell era un principiant. La Leah es va tornar boja quan va desaparèixer.

—Però ell i l'Emily...

—Ja hi arribarem, aquí... Forma part de la història —em va interrompre. Va inspirar molt lentament i va expirar de cop.

Suposava que era estúpid per part meva pensar que en Sam no havia estimat una altra dona que no fos l'Emily. La majoria de gent s'enamora molts cops al llarg de la vida. Només era que, veient-los junts, no me'ls podia imaginar amb una altra persona. La manera com la mirava, bé, em recordava les pupil·les de l'Edward quan m'observava.

—En Sam va tornar després de la seva transformació —va prosseguir—, però no podia revelar a ningú on havia estat tot aquell temps, i els rumors es van disparar. La majoria deia que no havia estat en bon lloc. Una tarda, en Sam va entrar corrents a casa i es trobà per casualitat el vell Quil Ateara, l'avi d'en Quil, que havia anat a visitar la senyora Uley. Al vell li va estar a punt d'agafar apoplexia quan en Sam li va estrènyer la mà.

El meu amic va interrompre la història i es va posar a riure.

—Per què?

En Jacob va posar el palmell de la mà a la meva galta i em va girar la cara perquè el mirés. S'havia inclinat sobre meu i tenia els seus ulls a escassos centímetres dels meus. El seu palmell em cremava la pell, com quan tenia febre.

—D'acord —vaig respondre. Era incòmode tenir la seva cara a tan escassa distància i la seva mà damunt la meva pell—. A en Sam li havia pujat la temperatura.

En Jacob va riure un cop més.

—Tocar la mà d'en Sam era com posar-la damunt d'una estufa.

El tenia tan a prop que podia sentir el frec del seu alè. Vaig alçar el rostre amb tranquil·litat i li vaig apartar la mà, però vaig entrellaçar els dits amb els seus per no ferir-li els sentiments. Va somriure i es tirà enrere, desanimat per la meva pretesa despreocupació.

—Aleshores, l'Ateara va córrer de seguida a veure els ancians —va continuar en Jacob—, ja que eren els únics que encara ho recordaven. Eren els que ho sabien. De fet, el senyor Ateara, en Billy i en Harry havien vist els seus avis transformar-se. Quan el vell Quil els ho va contar, els ancians van reunir-se en secret amb en Sam i li ho van explicar tot.

»Quan ho va comprendre, tot va resultar més fàcil, i finalment va deixar d'estar sol. Eren conscients que, tot i que cap altre jove no era prou gran, ell no seria l'únic que es veuria afectat pel retorn dels Cullen —en Jacob va pronunciar el cognom dels seus enemics amb un involuntari ressentiment—. D'aquesta manera, en Sam va esperar que els altres ens uníssim a ell...

—Els Cullen no en tenien ni idea —vaig replicar amb un mormol—. Ni tan sols es creien que encara hi havia homes llop a la zona. Ignoraven que la seva arribada us faria canviar.

—Això no altera el fet que ho fessin.

—Recorda'm que no t'agafi tírria.

—Creus que puc mostrar la mateixa indulgència que tu? No tots podem ser sants ni màrtirs.

—Creix una mica, Jacob.

—Què més voldria —va remugar en veu baixa.

El vaig estudiar amb la mirada mentre intentava descobrir el significat de la seva resposta.

—Què?

Ell va riure entre dents.

—És una de les peculiaritats que et vaig comentar...

—No… No pots créixer? —el vaig mirar, sense entendre res—. És això? No envelleixes? És un acudit?

—No —va serrar els llavis en pronunciar la o.

Vaig notar que em quedava blanca i se'm van omplir els llagrimals per la ràbia que sentia. Vaig prémer les dents, que van carrisquejar ostensiblement.

—Què he dit, Bella?

Em vaig posar dempeus amb els punys closos i el cos tremolós.

—Tu… no… envelleixes —vaig remugar entre dents.

En Jacob em va posar la mà a l'espatlla i em va atraure amb delicadesa per intentar fer-me seure.

—Cap de nosaltres no envelleix. Què coi et passa?

—És que sóc l'única que es convertirà en una vella? —parlava a crits mentre alçava els braços. Una minúscula part de mi era conscient que feia el ridícul, però el meu cantó racional es veia completament superat per l'irracional—. Maleït sigui! En quina mena de món vivim! No és just!

—Tranquil·litza't, Bella.

—Tanca la boca, Jacob. Tu, tanca la boca! Això és molt injust!

—De debò estàs donant cops de peu a terra? Em pensava que això només ho feien les noies de la tele.

Vaig llançar un gruny patètic.

—No és tan dolent com et penses. Seu i t'ho explico.

—Prefereixo quedar-me dreta.

Va posar els ulls en blanc.

—Molt bé, com vulguis, però escolta... Envelliré... algun dia.

—Aclareix-m'ho.

Va donar copets a l'arbre. El vaig fulminar amb la mirada durant uns segons, però després vaig seure. El meu mal humor es va esvanir amb la mateixa rapidesa amb què havia arribat i em vaig calmar suficientment per comprendre que estava fent el ridícul.

—Quan tinguem el control suficient per deixar-ho... —va començar en Jacob—. Tornarem a envellir quan deixem de transformar-nos durant un llarg període de temps. No serà fàcil —va moure el cap, de sobte dubitatiu—. Necessitarem molt de temps per aconseguir dominar-nos, crec. Ni tan sols en Sam no ho domina. Naturalment, la presència d'un enorme aquelarre de vampirs allà dalt, a l'altre costat de la carretera, no hi ajuda gaire. Però ara que la tribu necessita protectors no ens passa pel cap ni intentar autodominar-nos, i no cal que pateixis en va perquè físicament, almenys, ja sóc més gran que tu.

—A què et refereixes?

—Mira'm, Bella. Aparento setze anys?

Vaig contemplar el seu cos colossal de dalt a baix amb plena objectivitat i ho vaig admetre:

—No exactament.

—No del tot… encara. Ens haurem desenvolupat completament d'aquí a pocs mesos, quan s'activin els nostres gens licantrops. Faré una bona estirada —va fer una ganyota—. Físicament aparentaré al voltant d'uns vint-i-cinc anys, més o menys... Ja no et posaràs histèrica perquè ets més gran que jo durant almenys set anys.

«Uns vint-i-cinc, més o menys». Em vaig fer un embolic davant aquesta perspectiva, però recordava l'anterior estirada del meu amic, recordava haver-lo vist créixer i adquirir corpulència. Recordava que cada dia tenia un aspecte diferent. Vaig moure el cap, presa del vertigen.

—Bé, vols sentir la història d'en Sam o prefereixes continuar cridant per coses que no entenc?

Vaig respirar profundament.

—Perdona. No m'agraden els comentaris relatius a l'edat. És com posar el dit a la nafra.

En Jacob va tancar els ulls. Tenia l'aspecte de qui intenta reprendre el fil de la història.

Ja que no volia parlar de l'assumpte veritablement delicat, els meus plans pel futur, ni dels tractats que aquests plans podrien trencar, el vaig apuntar per ajudar-lo a continuar.

—Has dit dir que a en Sam tot li va resultar més fàcil un cop va entendre la seva situació després de trobar-se amb en Billy, en Harry i el senyor Ateara. També m'has explicat que la licantropia té coses bones... —vaig vacil·lar uns instants—. Aleshores, per què en Sam ho avorreix tant? Per què li agradaria que jo ho detestés?

En Jacob va sospirar.

—Això és el més estrany.

—Bé, jo estic a favor de les coses rares.

—Sí, ja ho sé —em va dedicar un somriure burleta—. Bé, tens raó. Un cop en Sam va estar al cas del que li passava, quasi tot va recuperar la normalitat i la seva vida va tornar a ser la de sempre. Bé, potser no va ser una existència normal, però sí millor —l'expressió d'en Jacob es va tensar com si hagués de tocar un tema dolorós—. En Sam no ho podia explicar a la Leah. Se suposa que no ho podem dir a ningú inadequat i ell es posava en perill si es quedava a prop de la seva estimada. Per això l'enganyava, com jo vaig fer amb tu. La Leah s'enfadava quan ell no li explicava on havia estat ni a on anava de nit ni per què estava tan fatigat, però a la seva manera s'entenien, ho van intentar. S'estimaven de veritat.

—Ella ho va descobrir? Va ser això el que va passar?

Ell va negar amb el cap.

—No, aquest no va ser el problema. Un cap de setmana, l'Emily Young va venir de la reserva dels *makah* per visitar la seva cosina Leah.

—L'Emily és cosina de la Leah? —vaig preguntar amb la veu trencada.

—Són cosines segones, però molt properes. De petites semblaven germanes.

—És… terrible… Com va poder, en Sam... —la meva veu es va anar apagant mentre continuava movent el cap.

—No el jutgis encara. Algú t'ha parlat de... Has sentit a parlar de la imprimació?

—Imprimació? —vaig repetir aquesta expressió tan poc familiar—. No, què significa?

—És una d'aquestes coses singulars amb les quals ens hem de trobar, encara que no a tothom li passa. De fet, és l'excepció, no la regla. Llavors, en Sam ja havia sentit a parlar de totes aquelles històries que nosaltres ens preníem com a llegendes, i sabia en què consistia, però ni de bon tros...

—Què és? —vaig abordar.

La mirada d'en Jacob va abstraure's en la immensitat de l'oceà.

—En Sam estimava la Leah, però no l'hi va importar gens quan va veure l'Emily. A vegades, sense saber exactament per què, trobem les nostres parelles d'aquesta manera —em va mirar fugaçment tot posant-se vermell—. Em refereixo a les ànimes bessones.

—De quina manera? Amor a primera vista? —em vaig burlar.

Ell no somreia i en els seus ulls foscos hi vaig llegir una crítica a la meva reacció.

—És una mica més fort que això. Més... contundent.

—Perdó —vaig murmurar—. Ho dius seriosament, oi?

—Sí.

—Amor a primera vista però amb més força? —a la meva veu encara hi havia una nota d'incredulitat, i ell ho podia percebre.

—No és fàcil d'explicar. De totes maneres, tant és —va arronsar les espatlles—. Volies saber què va passar perquè en Sam odiés els vampirs, per què la seva presència el va transformar i va fer que es detestés a si mateix. Doncs va ser això el que va passar, que li va trencar el cor a la Leah. Va trencar totes les promeses que li havia fet. En Sam ha de veure l'acusació a la cara de la Leah cada dia, amb la certesa que ella té raó.

Va emmudir de cop, com si hagués parlat més del compte.

— I l'Emily com ho va portar, sent com era tan propera a la Leah…?

En Sam i l'Emily estaven fets l'un per l'altra, eren dues peces perfectament compenetrades, formades per encaixar l'una en l'altra. Tot i així, com s'ho feia l'Emily per superar el fet que el seu estimat hagués pertanyut a una altra, una dona que havia estat quasi la seva germana?

—Va enfadar-se molt en un primer moment, però és difícil resistir-se a aquest nivell de compromís i adoració —en Jacob va sospirar—. Aleshores, en Sam li ho va poder explicat tot. No et lliga cap regla quan trobes la teva mitja taronja. Saps com van ferir l'Emily?

—Sí.

La història oficial a Forks era que un ós l'havia atacat i ferit, però ja estava al cas de la veritat.

«Els licantrops són inestables», havia dit l'Edward. «La gent que està a prop d'ells acaba ferida».

—Bé, per estrany que sembli, va ser la solució a tots els seus problemes. En Sam estava tan horroritzat i sentia tant menyspreu cap a si mateix, tant odi pel que havia fet, que s'hauria llançat sota les rodes d'un autobús si això l'hagués fet sentir millor. I ho podria haver fet només per escapar dels seus propis actes. Estava desolat… Aleshores, sense saber gaire bé com, ella el va reconfortar, i després…

En Jacob no va verbalitzar el fil dels seus pensaments, però vaig notar que la història prenia un caire massa personal per compartir-la

—Pobra Emily —vaig dir en un murmuri—. Pobre Sam. Pobra Leah...

—Sí, la Leah va ser qui en va sortir més mal parada —va coincidir ell—. És valenta. Serà la dama d'honor.

Vaig contemplar fixament la silueta retallada de les roques que emergien de l'oceà com dits a les vores del dic sud; mentrestant, intentava trobar sentit a tot allò sense que ell apartés els ulls del meu rostre, a l'espera que jo digués alguna cosa.

—A tu t'ha passat això de l'amor a primera vista? —vaig demanar per fi, sense desviar la mirada de l'horitzó.

—No —va replicar vivament—. Només els ha passat a en Sam i a en Jared.

—Hum —vaig fer mentre fingia un interès mínim, determinat per la cortesia; però em vaig treure un pes de sobre.

M'intentava explicar a mi mateixa aquesta reacció meva. M'alegrava que en Jacob no afirmés l'existència de cap mística connexió licantropa entre nosaltres dos. La nostra relació ja era prou confosa en el seu estat actual. No necessitava cap element sobrenatural afegit als que ja havia d'atendre.

Ell s'estava callat, i el silenci era una mica incòmode. La intuïció em deia que no volia sentir el que estava pensant, i per trencar el seu mutisme vaig preguntar:

—Com li va anar, a en Jared?

—Normal, sense res a destacar. Era la seva companya de pupitre. S'havia assegut al seu costat un any i amb prou feines l'havia mirada dos cops. Aleshores, de sobte, ell va canviar, la va tornar a mirar i ja no va poder treure-li els ulls de sobre. La Kim en va quedar encantada, ja que estava boja per ell. En el seu diari, havia enllaçat el cognom d'en Jared al d'ella pertot arreu.

Va riure amb sorna.

—T'ho va dir en Jared? No ho havia d'haver fet.

En Jacob va mossegar-se el llavi.

—Suposo que no hauria de riure-me'n, però ho trobo divertit.

—I quina ànima bessona!

Ell va sospirar.

—En Jared no em va comentar res d'això a posta. Ja t'ho vaig explicar, recordes?

—Ah, sí. Sou capaços de sentir els pensaments dels altres membres de la bandada, però només quan sou llops, no és així?

—Exacte. Igual que el teu xuclasang —va fer una ganyota.

—L'Edward —el vaig corregir.

—D'acord. Per això conec tan bé els sentiments d'en Sam. No és el mateix que si ens ho hagués explicat en cas de poder escollir. De fet, tots nosaltres ho odiem —de cop, la seva veu va carregar-se d'aflicció—. No tenir privacitat ni secrets és atroç. Tot el que t'avergonyeix queda exposat a ulls de tothom.

Va arronsar les espatlles.

—Té pinta de ser terrible —vaig murmurar.

—És útil quan hem de coordinar-nos —va replicar de mal grat—, un cop de tant en tant. El cas d'en Laurent va ser divertit. I si els Cullen no s'haguessin interposat en el nostre camí aquest darrer dissabte... Ai! —va rondinar—. Podíem haver-la atrapat!

Va tancar els punys amb ràbia.

Em vaig estremir. Per molt que em preocupés que en Jasper o l'Emmett no en sortissin ferits, no era res en comparació amb el pànic que em produïa només de pensar que en Jacob es llançaria contra la Victoria. L'Emmett i en Jasper eren dos éssers indestructibles, però ell continuava sent una criatura de sang calenta i en comparació, encara era un humà, un mortal. La idea que en Jacob s'enfrontés a la Victoria, amb la seva brillant cabellera descabellada al voltant d'un rostre estranyament felí, em posava la pell de gallina.

En Jacob va alçar la mirada per estudiar-me amb un gest curiós.

—Però, de totes maneres, a tu no et passa això, sempre? L'Edward no et llegeix el pensament?

—Oh, no, mai no entra a la meva ment. Tot i que ja li agradaria.

L'expressió del seu rostre va reflectir perplexitat.

—No pot llegir-me la ment —li vaig explicar amb un petit matís de petulància a la veu, fruit del costum—. Sóc l'única excepció, però n'ignorem el motiu.

—Que estrany! —va comentar en Jacob.

—Sí —la suficiència va desaparèixer—. Probablement, això significa que em falta un bull —vaig admetre.

—Sempre he sabut que no estàs bé de la closca —va murmurar ell.

—Gràcies.

De sobte, els raigs del sol van obrir-se pas entre els núvols i vaig haver d'abaixar les parpelles per no encegar-me amb la resplendor del mar. Tot va canviar de color: l'aigua va passar del gris al blau; els arbres d'un verd oliva apagat a un to jade espurnejant; els còdols brillaven com joies amb tots els colors de l'arc iris.

Vam pestanyejar uns instants abans les pupil·les no s'habituessin a l'augment de lluminositat. Només se sentia el ronc apagat de les ones, que ressonaven pels quatre cantons del dic, el suau cruixir de les roques quan es fregaven sota l'impuls de l'oceà i els crits de les gavines al cel. Era molt tranquil.

En Jacob va acomodar-se més a prop meu, tant, que es va recolzar contra el meu braç i, com que estava cremant, de seguida vaig haver de moure les espatlles per treure'm la jaqueta impermeable. Va proferir un ronc gutural de satisfacció i va recolzar la galta sobre la meva coroneta. El sol m'escalfava la pell, però no tant com en Jacob. Em preguntava, despreocupadament, quan trigaria a sortir encès cames ajudeu-me.

—En què penses? —va xiuxiuejar.

—En el sol.

—Hum. És agradable.

—I tu, en què penses?

—Recordava aquella pel·lícula que em vas dur a veure —va riure entre dents—. I en Mike Newton vomitant pertot arreu.

Jo també em vaig pixar de riure, sorpresa per com el temps altera els records. Aquell solia ser un dels més estressants i confosos, ja que durant aquella nit van canviar moltes coses, i ara era capaç de riure-me'n. Va ser la darrera vetllada que en Jacob i jo vam passar junts abans que ell sabés la veritat del seu llinatge. Allà acabava la memòria humana. Ara, per més estrany que semblés, s'havia convertit en un record agradable.

—Trobo a faltar la facilitat amb què passava tot... la senzillesa —va reconèixer—. M'alegra tenir bona capacitat per recordar.

Va sospirar.

Les seves paraules van activar els meus propis records i em vaig enravenar, presa d'una sobtada tensió. Ell ho va percebre i preguntà:

—Què passa?

—Sobre aquesta excel·lent memòria teva... —em vaig apartar per poder llegir l'expressió del seu rostre i vaig demanar—, t'importaria dir-me què pensaves el dilluns al matí? Les teves reflexions van molestar l'Edward —el verb «molestar» no era precisament el més adequat, però volia obtenir una resposta, per la qual cosa vaig pensar que era millor no començar amb massa duresa.

En comprendre-ho, el rostre d'en Jacob va animar-se i va esclatar a riure.

—Pensava en tu. A ell no li va fer ni mica de gràcia, oi?

—En mi? En què exactament?

En Jacob tornava a riure a cor què vols, però aquesta vegada amb un matís de duresa.

—Recordava el teu aspecte la nit que en Sam va trobar-te. És com si hagués estat allà, ja que ho he vist a la seva ment. Aquest record és el que sempre escomet en Sam, ja ho saps, i després vaig recordar la teva imatge la primera vegada que vas venir de visita a casa. Segur que no en tens ni idea de com n'estaves de confosa, Bella. Vas trigar setmanes a tornar a tenir una aparença humana. Sempre recordo que t'abraçaves el cos com si el tinguessis a bocins i volguessis mantenir-lo unit amb els braços —se li van crispar les faccions i va moure el cap—. M'és difícil recordar la teva tristesa d'aleshores, però no és culpa meva. M'imagino que per ell deu ser encara més dur, i vaig pensar que l'Edward hauria de revisar el que havia fet.

Li vaig pegar un cop a l'espatlla amb tal força que em vaig fer mal a la mà.

—No ho tornis a fer mai més, Jacob Black! Promet-m'ho!

—Ni parlar-ne. Feia mesos que no m'ho passava tan bé.

—A costa meva, Jake...

—Va, Bella, controla't. Quan el tornaré a veure? No hi donis més voltes.

Em vaig posar dreta. Ell em va agafar la mà quan vaig intentar allunyar-me. Vaig fer una estrebada per deixar-me anar.

—Me'n vaig, Jacob.

—No te'n vagis, encara no —va protestar; la pressió de la seva mà entorn la meva va augmentar—. Disculpa, i... D'acord. No ho tornaré a fer. T'ho prometo.

Vaig sospirar.

—Gràcies, Jake.

—Vinga, tornem a casa —digué impacient.

—En realitat, crec que me n'hauria d'anar. L'Angela Weber m'està esperant i sé que l'Alice està preocupada. No vull inquietar-la massa.

—Però si acabes d'arribar!

—Això és el que sembla —vaig admetre.

Vaig alçar la vista amunt per mirar el sol, sense saber que ja el tenia exactament a sobre el cap. Com podia haver transcorregut el temps tan de pressa?

Les seves celles van enfonsar-se damunt dels ulls.

—No sé quan et tornaré a veure —va afegir amb una ferida a la veu.

—Tornaré la propera vegada que ell se'n vagi —li vaig prometre de manera impulsiva.

—Anar-se'n? —en Jacob va posar els ulls en blanc—. És un bon eufemisme per descriure la seva conducta. Maleïts paràsits!

—No vindré mai més si ets incapaç de ser agradable! —vaig amenaçar mentre feia estrebades a la mà perquè me la deixés anar. Va negar-se a deixar-me marxar.

—Va, no t'enfadis —va replicar mentre esbossava un gest burleta—. Ha sigut una reacció instintiva.

—T'hauràs de ficar una cosa al cap si vols que torni, d'acord? —va esperar—. Mira, no em preocupa qui sigui un vampir ni qui un licantrop —li vaig explicar—. És irrellevant. Tu ets en Jacob, ell és l'Edward i jo, la Bella. Tota la resta no importa.

Va abaixar les parpelles.

—Però jo sóc un licantrop —va replicar de mala gana—, i ell, un vampir —va afegir amb una obstinada repugnància.

—I jo sóc virgo! —vaig cridar, exasperada.

Va arquejar les celles i sospesà la meva expressió ple de curiositat. Al final va arronsar les espatlles.

—Si de debò ets capaç de veure-ho així...

—És clar que puc.

—D'acord. Bella i Jacob. Res de virgos estranys per aquí.

Em va dedicar un somriure, el gest càlid que tant havia enyorat. Vaig sentir que un altre somriure de resposta s'estenia per les meves galtes.

—T'he trobat molt a faltar, Jake —vaig admetre sense pensar-m'ho.

—Jo també —el seu somriure es va fer més ampli. Clarament, hi havia felicitat en la seva mirada, i aquest cop sense ni un pessic d'ira ni d'aflicció—. Més del que et penses. Et tornaré a veure aviat?

—De seguida que pugui —li vaig prometre.

Suïssa

Mentre conduïa cap a casa no parava gaire atenció a la superfície molla de la carretera, que resplendia amb el sol. Reflexionava sobre el torrent d'informació que en Jacob havia compartit amb mi en un intent de treure'n l'aigua clara i aconseguir que tot tingués sentit. Em sentia més lleugera, malgrat l'aclaparament. No és que veure somriure en Jacob de nou i haver discutit sobre tots els secrets hagués arreglat res, però posava les coses més fàcils. Havia fet bé d'anar-hi. En Jacob em necessitava i, òbviament, no hi havia cap perill, vaig pensar mentre estrenyia els ulls per no quedar-me cega.

El cotxe va aparèixer del no-res. Un instant abans, en el mirall retrovisor no hi havia res més que una calçada lluent i després, de sobte, tenia enganxat a darrere un Volvo platejat i espurnejant sota el sol.

—Ai, merda —vaig queixar-me.

Considerava la possibilitat d'apropar-me a la vorera i parar, però era massa covarda per enfrontar-m'hi en aquell mateix moment. Volia preparar-me, i tenir en Charlie a prop com a guardaespatlles. Això, almenys, l'obligaria a no alçar la veu.

El Volvo va continuar a escassos centímetres rere meu. Vaig mantenir els ulls fixos a la carretera.

Vaig conduir fins a casa de l'Angela completament esporuguida; no vaig permetre que els meus ulls es trobessin amb els seus, que semblava que haguessin obert una bretxa roent en el retrovisor.

Em va seguir fins que vaig trepitjar el fre davant la casa dels Weber. Ell no va aturar-se i jo no vaig alçar la mirada quan va passar pel meu costat per evitar de veure-li l'expressió del rostre; quan va haver desaparegut, vaig sallar de pressa i corrents el petit tros de vorera fins a la porta de l'Angela.

En Ben va obrir-me abans que jo deixés de tustar la porta. Tenia la impressió que encara el duia enganxat a darrere.

—Hola, Bella! —va exclamar, sorprès.

—Hola, Ben. Eh... que hi és l'Angela?

Em preguntava si la meva amiga s'hauria oblidat dels nostres plans i em vaig acollonir davant la perspectiva de tornar d'hora a casa.

—Clar —digué en Ben just abans que ella aparegués al capdamunt de les escales i em cridés:

—Bella!

En Ben va fer un cop d'ull al meu voltant quan vam sentir els espetecs d'un cotxe al carrer, però aquest so no em va espantar perquè no s'assemblava gens al roncar suau del Volvo. El vehicle avançava a batzegades fins que va aturar-se al mig d'una forta explosió del tub d'escapament. Aquesta devia ser la visita que en Ben estava esperant.

—Ja ve l'Austin —va anunciar en Ben quan l'Angela es va acostar.

El so d'una botzina va ressonar a tot el carrer.

—Ens veiem després —li va prometre en Ben—. Ja et trobo a faltar.

Li va passar el braç al voltant del coll i la va atraure per poderla besar amb entusiasme. Un segon després, l'Austin va fer sonar la botzina un altre cop.

—Adéu, Ang, t'estimo! —va cridar en Ben mentre passava corrents pel meu costat.

L'Angela va balancejar-se amb les galtes lleument vermelles, però es va recuperar i l'acomiadà amb la mà fins que els vam perdre de vista. Aleshores es va girar cap a mi i em va somriure amb penediment.

—T'agraeixo amb tota l'ànima aquest favor, Bella —digué—. No només evites que les meves mans pateixin unes ferides irreparables, sinó que a més m'estalvies dues hores d'una pel·lícula d'arts marcials sense argument i mal doblada.

—M'encanta ajudar.

Ja no tenia tanta por i podia respirar amb més regularitat. Allà tot era molt normal i corrent i, per més estrany que sembli, els senzills problemes humans de l'Angela em tranquil·litzaven. Era magnífic saber que la vida és normal a qualsevol racó.

—On és la teva família?

—Els meus pares han dut els bessons a un aniversari a Port Angeles. Encara no em crec que m'ajudis en això. En Ben ha simulat una tendinitis.

Va fer una ganyota.

—No em fa res, de veritat —li vaig assegurar, fins que vaig entrar a la seva habitació i vaig veure les piles de sobres que ens esperaven—. Bufa! —vaig exclamar, sorpresa.

L'Angela es va girar per mirar-me amb la disculpa gravada a la cara. Ara entenia per què ho havia anat posposant i per què en Ben havia buscat una excusa.

—Em pensava que exageraves —vaig admetre.

—Què més voldria! N'estàs segura de voler-ho fer?

—Anem per feina. Disposo de tot el dia.

L'Angela va dividir un munt i col·locà l'agenda d'adreces sobre l'escriptori, entre totes dues. Ens vam concentrar en la feina durant una bona estona durant la qual només se sentia el frec sord de les plomes damunt del paper.

—Què fa l'Edward aquesta nit? —em va preguntar al cap d'uns minuts.

La punta de la meva ploma va enfonsar-se en el revers del sobre.

—Passa el cap de setmana a ca l'Emmett. Se suposa que sortiran d'excursió.

—Ho dius com si no n'estiguessis segura.

Vaig arronsar les espatlles.

—Ets afortunada. L'Edward té germans per anar a acampar i a caminar. No sé què faria si en Ben no tingués l'Austin per fer totes aquestes coses de nois.

—Sí. Les activitats a l'aire lliure no estan fetes per mi, la veritat, i no hi ha manera que jo li pugui seguir el ritme.

L'Angela va riure.

—Jo també prefereixo quedar-me a casa.

Ella va concentrar-se en el munt de sobres durant un minut i jo vaig escriure unes quatre adreces més. Amb l'Angela mai no tenia la urgència d'haver d'omplir una pausa amb xerrameca insulsa. Igual que en Charlie, ella se sentia a gust amb el silenci, però, igual que el meu pare, en ocasions també era massa observadora.

—Va tot bé? —em va demanar, ara en veu baixa—. Sembles... angoixada.

Vaig somriure, avergonyida.

—Tan evident, és?

—En realitat no.

El més probable és que estigués mentint per fer-me sentir millor.

—No me n'has de parlar pas si no et ve de gust —em va assegurar—. T'escoltaré si penses que et pot ajudar.

Vaig estar a punt de dir: «Gràcies, gràcies, però no». Al cap i a la fi, hi havia molts secrets que havia de mantenir ocults. El cert és que jo no podia parlar dels meus problemes amb cap ésser humà. Anava contra les regles.

I tot i així, tenia el desig sobtat i irrefrenable de fer precisament això. Volia parlar amb una amiga normal, humana. Em venia de gust queixar-me una mica, com qualsevol altra adolescent. Necessitava que els meus problemes fossin més senzills. Seria fantàstic comptar amb algú alliè a tot aquell embull de vampirs i homes llop per posar les coses en justa perspectiva. Algú imparcial.

—M'ocuparé dels meus assumptes —em va prometre l'Angela; va somriure i dirigí la mirada cap a les lletres que estava escrivint en aquells moments.

—No —vaig replicar—, tens raó, estic preocupada. Es tracta de... l'Edward.

—Què passa?

Que fàcil que resultava parlar amb ella! Quan formulava una pregunta com aquesta, estava segura que no ho feia per curiositat o xafarderia, com hauria passat amb la Jessica. A ella li interessava la raó de la meva inquietud.

—S'ha enfadat amb mi.

—És difícil d'imaginar —em va respondre—. Per què s'ha enfadat?

Vaig sospirar.

—Recordes en Jacob Black?

—Ah —es va limitar a dir.

—Exacte.

—Està gelós.

—No, gelós no... —no hauria d'haver dit ni piu. No sabia com explicar-l'hi correctament, però, de totes maneres, volia continuar parlant. No m'havia adonat de com necessitava mantenir una conversa humana—. Suposo que l'Edward creu que en Jacob és... una mala influència per a mi. Diu que és... perillós. Ja saps quants problemes he tingut aquests últims mesos... Però això és ridícul...

Em va sorprendre que l'Angela negués amb el cap.

—Què? —vaig voler saber.

—Bella, he vist com et mira en Jacob Black. M'hi jugo el que vulguis que el problema de fons és la gelosia.

—No és aquesta la relació que tinc amb en Jacob.

—Per part teva, potser no, però per la seva...

Vaig arrufar les celles.

—Ell coneix els meus sentiments. Li he explicat tot.

—L'Edward només és humà, Bella, i reaccionarà com qualsevol altre noi.

Vaig fer una ganyota. No podia respondre això. L'Angela em va acariciar la mà.

—Ho superarà.

—Això espero. En Jake està passant moments difícils i em necessita.

—Tu i ell sou molt amics, oi?

—Com si fóssim germans —vaig admetre.

—I a l'Edward no li fa gens de gràcia... Ha de ser dur. Em pregunto com s'ho faria en Ben en una situació semblant —va dirse en veu alta.

Vaig esbossar mig somriure.

—Probablement, com qualsevol altre noi.

Ella va riure obertament.

—Probablement.

Aleshores, va canviar de tema. L'Angela no era gens manefla i va semblar percebre que jo no volia —ni podia— afegir res més.

—Ahir em van assignar un col·legi major. És el més allunyat del campus, naturalment.

—En Ben ja sap quin li ha tocat?

—En el més proper. Tota la sort, per a ell. I tu? Has decidit on aniràs?

Vaig apartar la mirada mentre em concentrava en el traç barroer de la meva lletra. La idea que en Ben i l'Angela estiguessin a la Universitat de Washington em va despistar durant un instant. Marxarien a Seattle en qüestió de pocs mesos. Seria segur? Amenaçaria l'Edward d'instal·lar-se en una altra banda? Hi hauria per llavors un altre lloc, una nova ciutat que s'estremís davant d'uns titulars de premsa propis d'una pel·lícula de terror?

Seria culpa meva, alguna d'aquelles notícies?

Vaig intentar desterrar de la meva ment aquesta preocupació i vaig respondre la seva pregunta una mica tard.

—Crec que a la Universitat d'Alaska, a Juneau.

—Alaska? De debò? —vaig percebre la nota de sorpresa a la seva veu—. Vull dir... És fantàstic!, només que m'imaginava que escolliries un altre destí més... càlid.

Vaig riure una mica sense apartar els ulls del sobre.

—Sí. És cert que l'estada a Forks ha canviat la meva perspectiva de la vida.

—I l'Edward?

La menció del seu nom em va provocar un pessigolleig a l'estómac, però la vaig mirar i li vaig somriure.

—Alaska tampoc no és massa fred per a l'Edward.

Ella em va tornar el somriure.

—Evidentment que no —i vaig sospirar—. Està molt lluny. No podràs venir gaire sovint. Et trobaré a faltar. M'escriuràs algun correu?

Em va aclaparar una onada de tristesa continguda. Potser era un error intimar massa amb l'Angela, ara, però, no seria encara més trist perdre's aquestes darreres oportunitats? Vaig arraconar aquests pensaments llòbrecs i vaig poder respondre amb malícia:

—Si és que puc tornar a escriure després d'això...

Vaig assenyalar amb el cap el munt de sobres que ja havia preparat.

Totes dues vam riure, i a partir d'aquest moment va ser més fàcil xerrar despreocupadament sobre classes i assignatures. Tot el que havia de fer era no pensar-hi. De totes maneres, hi havia coses més urgents per les quals m'havia de preocupar.

També la vaig ajudar a posar segells, ja que em feia pànic marxar.

—Com va la mà? —em va demanar.

Vaig flexionar els dits.

—Crec que es recuperarà… algun dia.

Algú va tancar de cop la porta d'entrada en el pis de baix. Totes dues vam alçar la vista de la feina.

—Ang? —va cridar en Ben.

Vaig intentar somriure, però em van tremolar els llavis.

—Suposo que això em dóna peu a marxar de l'escenari.

—Si no vols no, tot i que probablement em descriurà la pel·lícula amb tot luxe de detalls.

—Tant és, en Charlie es deu preguntar on sóc.

—Gràcies per ajudar-me.

—La veritat és que m'ho he passat bé. Hauríem de fer coses semblants de tant en tant. És molt agradable tenir un temps només per les noies.

—Sens dubte.

Va sonar un lleu cop a la porta de l'habitació.

—Entra, Ben —va convidar l'Angela.

Em vaig incorporar i vaig estirar tot el cos.

—Hola, Bella. Has sobreviscut! —va saludar-me en Ben de passada mentre ocupava el meu lloc al costat de l'Angela. Va observar el que havíem fet—. Bona feina. És una llàstima que no me n'hagueu deixat cap per fer, jo hauria... —va deixar la frase en suspens i el fil dels seus pensaments per reprendre'l amb entusiasme—. No em puc creure que t'hagis perdut la pel·lícula! Era genial. La seqüència final de la baralla tenia una coreografia al·lucinant. El xaval aquell, bé, l'hauries de veure per saber a què em refereixo...

L'Angela va mirar-me, exasperada.

—Ens veiem a l'Institut —em vaig acomiadar, i un riure nerviós va escapar-se'm dels llavis.

Ella va sospirar i digué:

—A reveure.

Estava nerviosa mentre recorria la distància que em separava del cotxe, però el carrer estava desert. Tota l'estona del trajecte mirava amb inquietud per tots els miralls sense veure cap rastre del cotxe platejat.

El vehicle tampoc no era davant de casa, tot i que això no volia dir res.

—Bella? —em va cridar en Charlie quan vaig obrir la porta d'entrada.

—Hola, pare.

El vaig trobar al menjador, assegut davant el televisor.

—I bé, com ha anat el dia?

—Bé —vaig respondre. L'hi podia explicar tot, ja que igualment ho sabria de seguida a través d'en Billy. A més, el faria feliç—. No em necessitaven a la feina, i me n'he anat a La Push.

El seu rostre no va reflectir cap sorpresa. En Billy i ell ja devien haver parlat.

—Com està en Jacob? —va preguntar en Charlie, fingint indiferència.

—Perfectament —vaig contestar, amb aire despreocupat.

—Has anat a casa els Weber?

—Sí. Hem acabat d'escriure totes les adreces en els sobres.

—Això està bé —va respondre en Charlie amb un ampli somriure. Estava sorprenentment concentrat, principalment perquè hi havia un partit en joc—. M'alegro que avui hagis passat unes hores amb els teus amics.

—Jo també.

Sense presses vaig anar a la cuina a buscar alguna feina per sentir-me ocupada. Per desgràcia, en Charlie ja havia rentat els plats de l'esmorzar. Vaig aturar-me allà durant uns minuts, contemplant el brillant requadre de llum que el sol dibuixava a terra, però sabia que no ho podia ajornar indefinidament.

—Pujo a estudiar —vaig anunciar amb desànim mentre enfilava les escales.

—Fins ara —va acomiadar-se en Charlie a la meva esquena.

Si sobrevisc, vaig pensar.

Un cop amb la porta tancada dins l'habitació, vaig girar-me per revisar-ho tot.

Ell era allà, naturalment, al costat de la finestra, reclinat a la paret més llunyana a mi, amagat entre les ombres. El seu rostre era sever i mantenia una postura tensa. Em va contemplar sense moure els llavis.

Em vaig acollonir mentre esperava una diatriba verbal que no es va produir. Va limitar-se a mirar-me, és possible que massa enfadat per articular cap paraula.

—Hola —va saludar finalment.

El seu rostre semblava cisellat en pedra. Vaig comptar mentalment fins a cent, però no es va produir cap canvi.

—Daixò... Bé, segueixo viva —vaig començar. Va brollar un ronc del seu pit, però l'expressió no va alterar-se—. No m'ha passat res —vaig insistir arronsant les espatlles.

Va moure's. Tancà els ulls i es va prémer el pont del nas amb dos dits de la mà dreta.

—Bella —va murmurar—, et fas la més petita idea de què m'ha anat que no creués la línia? Saps que he estat a punt de violar el tractat per venir-te a buscar? Saps què significa, això?

Vaig ofegar un crit i ell va alçar les parpelles, descobrint unes pupil·les dures i fredes com la nit.

—No pots fer-ho! —vaig replicar massa fort. Em vaig esforçar per controlar el volum de la meva veu perquè en Charlie no em sentís, però desitjava cridar cada paraula—. Ho utilitzarien com a pretext per barallar-se, estarien encantats, Edward. No l'has de trencar mai, el pacte!

—Potser no són els únics que tenen ganes d'enfrontar-se.

—No comencis —el vaig tallar bruscament—. Vau fer un tractat per respectar-lo.

—Si ell t'hagués fet mal...

—Ja n'hi ha prou! —vaig interrompre'l—. No t'has de preocupar. En Jacob no és perillós.

—Bella... —va girar els ulls en blanc—. Tu no ets precisament la persona més adequada per jutjar si és perniciós o no.

—Sé que no m'he de preocupar per en Jake, i tu tampoc.

Va prémer la mandíbula amb un carrisqueig de dents alhora que deixava caure els punys crispats. S'estava repenjat a la paret. Vaig odiar l'espai que ens separava, així que...

... vaig inspirar profundament i vaig creuar l'habitació. No va reaccionar quan el vaig abraçar. La seva pell estava especialment gelada en comparació amb la calor dels raigs d'un sol vespertí que es filtrava a dolls per la finestra. Ell també semblava glacial, gèlid, a la seva manera.

—Sento haver-te preocupat —vaig dir entre dents.

Va sospirar i es va relaxar una mica mentre m'encerclava la cintura amb els braços.

—«Preocupat» és fer curt —va murmurar—. Ha sigut un dia molt llarg.

—Se suposava que no ho havies de saber —li vaig recordar—. Pensava que estaries més temps caçant.

Vaig alçar la vista per contemplar-li les ninetes, a la defensiva, i aleshores vaig veure que estaven massa fosques, cosa que no havia vist amb la tensió del moment. Els cercles al voltant dels ulls eren d'un color morat fosc.

Vaig arrufar les celles amb un gest de desaprovació.

—He tornat quan l'Alice ha vist que desapareixies —em va explicar.

—No ho hauries d'haver fet —vaig arrufar més les celles—. Ara hauràs de tornar-hi un altre cop.

—Puc esperar.

—Això és ridícul, és a dir, sé que ella no em pot veure amb en Jacob, però tu hauries d'haver sabut...

—Però no ho sé —em va interrompre—, i no pots pretendre que et deixi...

—Oh, sí, és clar que puc —vaig aturar-lo—. Això és exactament el que espero...

—No tornarà a passar.

—Això és veritat! La propera vegada no reaccionaràs d'aquesta manera tan exagerada...

—... perquè no hi haurà una propera vegada...

—Jo entenc les teves absències, encara que no m'agradin.

—No és el mateix. Jo no poso en risc la meva vida.

—Jo tampoc.

—Els homes llop comporten un risc.

—Discrepo.

—No estic negociant, Bella.

—Jo tampoc.

Va cloure els punys un altre cop. Vaig sentir-los clavats a l'esquena.

—De debò que tot això és degut a la meva seguretat? —les paraules se'm van escapar sense pensar.

—Què vols dir? —em va demanar.

—Tu no estàs… —ara, la teoria de l'Angela semblava més estúpida. M'era difícil acabar la frase—. Vull dir, em coneixes prou bé per no estar gelós, oi?

Vaig arquejar una cella.

—Hauria d'estar-ne?

—No és cap broma.

—Això és fàcil. No hi ha res ni mica de graciós, en tot aquest merder.

Vaig arrufar les celles amb recel.

—O és que es tracta d'una altra cosa? No ho sé, alguna bestiesa de l'estil «els vampirs i els licantrops són enemics de tota la vida». Si això és fruit de la testosterona…

Els seus ulls van encendre's.

—Només ho faig per tu. L'únic que em preocupa és la teva seguretat.

No ho vaig dubtar en veure-li el neguit a la cara.

—D'acord —vaig sospirar—. Ho crec, però vull que sàpigues una cosa. A mi no m'hi fiquis, els malentesos ridículs de la vostra enemistat és cosa vostra. Sóc un país neutral. Sóc Suïssa. Em nego a veure'm afectada per disputes territorials entre criatures mítiques. En Jacob és la meva família. Tu ets... Bé, no exactament l'amor de la meva vida, perquè espero poder-te estimar molt més que una vida... L'amor de la meva existència. Tant me fa qui és un vampir i qui un home llop. Si l'Angela es convertís en bruixa, ella també formaria part d'aquest grup.

Em va mirar amb els ulls mig tancats.

—Suïssa —va repetir de nou amb èmfasi.

Em va fer una ganyota, però després va sospirar.

—Bella… —va començar, però s'aturà i va arrufar el nas desagradosament.

—I ara què passa?

—Bé, no t'ofenguis, però fas pudor de gos... —em digué.

Després va esbossar un d'aquells somriures murris tan propis d'ell, que m'indicava que la discussió s'havia acabat. De moment.

L'Edward va haver de recuperar l'expedició de caça que s'havia perdut, per la qual cosa va absentar-se el divendres a la nit amb en Jasper, l'Emmett i en Carlisle, a una reserva en el nord de Califòrnia on s'havien trobat amb problemes a causa d'un puma.

No havíem arribat a cap acord en l'assumpte dels homes llop, però no vaig tenir cap remordiment i vaig trucar a en Jake durant el breu interval que l'Edward duia el Volvo a casa, abans que tornés a la finestra de la meva habitació, per dir-li que el dissabte hi aniria un altre cop. No pensava anar-hi d'amagat. L'Edward coneixia la meva manera de pensar i faria que en Jacob em vingués a buscar si se'm tornava a espatllar el cotxe. Forks era neutral, com Suïssa i com jo.

Per això no vaig sospitar quan l'Alice, en comptes de l'Edward, m'esperava amb el Volvo a la sortida de la feina. La porta de l'acompanyant estava oberta i una música desconeguda sacsejava el marc cada cop que sonaven els contrabaixos.

—Hola, Alice —vaig cridar per fer-me sentir mentre entrava—. On és el teu germà?

Ella corejava la cançó una octava més alta que la melodia, amb la qual s'entrellaçava fins a aconseguir una intricada harmonia. Va assentir amb el cap, ignorant la meva pregunta tot concentrant-se amb la música.

Vaig tancar la porta amb un cop i em vaig posar les mans a les orelles. Ella va somriure i va abaixar el volum fins reduir-lo al nivell de la música ambient. També va abaixar els pestells de seguretat i va prémer el gas a fons.

—Què passa? —vaig preguntar; començava a sentir-me inquieta—. On és l'Edward?

Va arronsar-se d'espatlles.

—Se n'han anat ben d'hora.

—Vaja.

Vaig intentar controlar l'absurd sentiment de decepció. Si ha sortit d'hora, tornarà abans, vaig obligar-me a recordar.

—Han marxat tots els nois, així que... farem una festa de pijames! —va anunciar amb una cantarella.

—Una festa de pijames? —vaig repetir.

La sospita, finalment va prendre forma.

—No et fa il·lusió? —va refilar.

Els meus ulls van trobar-se amb els seus, molt animats, durant un instant llarg.

—M'estàs raptant, oi?

Ella va posar-se a riure i va assentir.

—Fins el dissabte. L'Esme ja s'ha entès amb en Charlie. Et quedaràs amb mi dues nits. Demà jo et duré i et recolliré de l'escola.

Em vaig girar a la finestra carrisquejant les dents.

—Ho sento —va disculpar-se l'Alice sense cap matís de penediment—. M'ha pagat.

—Amb què?

—El Porsche. És exactament igual al que vaig robar a Itàlia —va sospirar satisfeta—. No puc conduir-lo per Forks, però, què et sembla si comprovem quant triga a arribar a Los Angeles? M'hi jugo el que vulguis que a mitja nit podem ser a casa.

Vaig inspirar profundament.

—Em sembla que passo.

Vaig sospirar al moment que em reprimia un estremiment.

Tot i que més de pressa del compte, vam anar reduint paulatinament la velocitat. L'Alice va fer la volta al garatge. Amb un ràpid cop d'ull vaig veure l'enorme Jeep de l'Emmett, i al costat el Porsche brillant de color groc canari, i el descapotable vermell de la Rosalie.

L'Alice va sortir del cotxe amb un gràcil saltiró i es va acostar per acariciar amb la mà tot al llarg d'aquell suborn.

—És massa, oi que sí?

—Massa es queda curt —vaig rondinar, incrèdula—. Te l'ha regalat perquè em retinguis dos dies com a ostatge? —l'Alice va fer una ganyota. Al cap d'un segon ho vaig entendre tot i vaig bleixar de pànic—. És per totes les vegades que l'Edward se'n vagi, no és així?

Ella va assentir.

Vaig tancar la porta d'un cop i em vaig dirigir trepitjant fort el terra cap a casa. Ella va ballar al meu costat, sense cap mostra de penediment.

—No et sembla que s'està passant? No és fins i tot potser una mica psicòtic?

—La veritat és que no —va fer un gest desdenyós—. Sembla que no entenguis fins a quin punt pot ser perillós aquell jove home llop. Sobretot quan jo no els puc veure i l'Edward no té manera de saber si estàs bé. No hauries de ser tan imprudent.

—Sí —vaig replicar mordaçment—, ja que una festa de pijames amb vampirs és el cim d'un comportament conscient i segur.

L'Alice es va posar a riure.

—Fins i tot et faré la pedicura —em va prometre.

No estava tan malament, excepte pel fet que em retenien contra la meva voluntat. L'Esme va comprar menjar italià del bo —dut directament de Port Angeles— i l'Alice va preparar les meves pel·lícules preferides. Fins i tot hi havia la Rosalie, callada i en segon pla. L'Alice va insistir a arreglar-me els peus fins al punt que em vaig preguntar si no estaria actuant conforme una llista de tasques confeccionada a partir de la visió de les comèdies horribles de la tele.

—Fins quan et voldràs quedar llevada? —em va preguntar quan les ungles dels peus tenien un lluent color vermell de sang. El meu mal humor no va afectar el seu entusiasme.

—No em vull quedar llevada. Demà hem d'anar a l'institut.

Ella va fer una ganyota.

—De totes maneres, on dormiré? —vaig avaluar el sofà amb la mirada. Era petit—. No us podeu limitar a vigilar-me a casa?

—Si fos així, quina mena de festa de pijames seria? —l'Alice va moure el cap amb exasperació—. Dormiràs a l'habitació de l'Edward.

Vaig sospirar. El seu sofà de cuir negre era més gran que aquell. De fet, el més probable era que la catifa daurada de la seva habitació fos prou gruixuda per convertir-se en un llit excel·lent.

—No puc anar a casa almenys a buscar les meves coses?

Ella va somriure.

—Ja ens n'hem ocupat nosaltres.

—Tinc permís per trucar per telèfon?

—En Charlie ja sap on ets.

—No vull trucar-lo a ell —vaig torçar el gest—. Sembla que he de cancel·lar els altres plans.

—Ah —va cavil·lar ella—. No n'estic segura...

—Alice! —em vaig queixar amb un crit—. Vinga!

—D'acord, d'acord —va accedir mentre voleiava per la sala. Va tornar en menys de mig segon amb un mòbil a la mà—. Ell no m'ha prohibit específicament... —va mormolar mentre em donava el telèfon.

Vaig marcar el número d'en Jacob amb l'esperança que aquella nit no hagués sortit amb els seus amics. Vaig estar de sort i va contestar ell.

—Sí?

—Hola, Jake, sóc jo.

L'Alice em va observar amb ulls inexpressius durant un segon abans de girar-se i anar al sofà a seure entre la Rosalie i l'Esme.

—Hola, Bella —va respondre, sobtadament alerta—. Què passa?

—Res de bo. No podré venir dissabte.

En Jacob va romandre un minut en silenci.

—Estúpid xuclasang —va murmurar al final—. Em pensava que se n'havia anat. No pots fer la teva vida durant les seves absències o és que t'ha tancat en un taüt? —em vaig posar a riure—. Doncs jo no ho trobo divertit.

—Reia perquè no t'equivoques de gaire —li vaig aclarir—, però és que el dissabte ja estarà aquí, o sigui que això tant és.

—Aleshores, vols dir que s'alimentarà aquí a Forks? —em va demanar en Jacob, secament.

—No —vaig dissimular el meu disgust amb l'Edward, però el meu enuig no era menor al d'en Jacob—. Ha sortit de matinada.

—Ah. Bé, ei!, doncs vine ara —va dir amb un entusiasme nou—. Encara és d'hora, o si vols vinc jo a casa en Charlie.

—M'agradaria, però no hi sóc —li vaig explicar amb acritud—. Sóc una mena de presonera.

Va estar-se callat mentre ho assimilava; després va grunyir.

—Et vindrem a buscar —em va prometre amb veu monòtona, passant al plural automàticament.

Un calfred em va recórrer l'esquena, però vaig contestar amb un to lleuger i de broma.

—Mm. És... temptador. Sàpigues que m'han torturat... l'Alice m'està pintant les ungles.

—Parlo seriosament.

—No ho facis. Només pretenen mantenir-me fora de perill.

Va tornar a grunyir.

—Sé que és una niciesa, però són bona gent.

—Bona gent? —va burlar-se.

—Em sap greu això del dissabte —vaig disculpar-me—. Bé, me n'he d'anar a dormir... —al sofà, vaig afegir per dins—. Però et trucaré aviat.

—Estàs segura que et deixaran sortir? —em va preguntar, mordaç.

—No del tot —vaig sospirar—. Bona nit, Jake.

—Ja ens veurem, doncs.

De sobte tenia l'Alice al costat i m'allargava la mà per recuperar el mòbil, però jo ja estava marcant un altre número. Ella el va identificar i va avisar-me:

—Dubto que dugui el telèfon a sobre.

—Li deixaré un missatge.

El telèfon va sonar quatre cops, seguits d'un xiulet. No vaig saludar.

—T'has ficat en un embolic —vaig dir a poc a poc, emfasitzant cada paraula—, en un bon embolic. La propera vegada, els tigres de bengala et semblaran gatets domèstics en comparació amb el que t'espera a casa.

Vaig tancar el mòbil i el vaig deixar a la mà estesa de l'Alice.

—He acabat.

Ella va fer un somriure burleta.

—Això del segrest és divertit.

—Ara me'n vaig a dormir —vaig anunciar mentre em dirigia cap a les escales.

L'Alice es va enganxar darrere meu. Vaig sospirar.

—Alice, no faré el tafaner ni m'escaparé. Si estigués planejant això tu ho sabries i m'atraparies en cas que ho intentés.

—Només vull ensenyar-te on és cada cosa —va respondre amb aire innocent.

L'habitació de l'Edward era a l'extrem més allunyat del passadís del tercer pis i era difícil perdre's fins i tot si no hagués estat tan familiaritzada amb tota la casa, però em vaig aturar confosa en encendre el llum. M'havia equivocat de porta?

L'Alice va riure.

De seguida vaig entendre que era la mateixa habitació, però amb el mobiliari canviat de lloc. El sofà es trobava a la paret nord i havien enretirat lleument l'equip de música cap els prestatges plens de CD per fer espai al colossal llit que ara dominava l'espai central.

La paret sud de vidre reflectia l'escena de darrere com si fos un mirall, fent que tot semblés doblement pitjor.

Encaixava. El cobertor era d'un daurat apagat, a penes més clar que les parets. El capçal era negre, de ferro forjat i amb un disseny intricat. El meu pijama estava curosament plegat als peus del llit i a un costat hi tenia el necesser amb els articles de neteja.

—Què dimonis és això? —vaig rondinar.

—No et pensaves de veritat que et volia fer dormir al sofà, oi?

Vaig remugar inintel·ligiblement mentre m'avançava per agafar les meves coses del llit.

—Et donaré una mica d'intimitat —l'Alice va riure—. Fins demà.

Després de rentar-me les dents i de posar-me el pijama, vaig agafar un coixí inflat de plomes del llit i vaig arrossegar el cobertor daurat fins el sofà. Sabia que m'estava comportant com una ximpleta, però tant m'era. Això dels Porsches com a suborns i llits de matrimoni a cases on no dormia ningú passava de mida. En apagar els llums em vaig arraulir en el sofà, i em preguntava si no estaria massa enfadada per poder agafar el son.

Amb la foscor, la paret de vidre va deixar de ser un mirall negre que produïa la sensació de duplicar la mida de l'habitació. A fora, la llum de la lluna va il·luminar els núvols. Quan els meus ulls van acostumar-s'hi, vaig veure la difosa lluminositat que remarcava les copes dels arbres i arrancava reflexos a un meandre del riu. Vaig observar la llum platejada esperant que les parpelles em pesessin prou.

Van picar lleument a la porta.

—Què passa, Alice? —vaig xiuxiuejar.

Estava a la defensiva, ja que m'imaginava la seva reacció divertida quan veiés el meu jaç improvisat.

—Sóc jo —va murmurar la Rosalie mentre obria la porta suficientment per poder veure-li el perfecte rostre a la llum de la resplendor platejada—. Puc passar?

Desenllaç desafortunat

La Rosalie va vacil·lar amb la indecisió escrita en els seus trets encisadors.

—És clar —vaig respondre. La meva veu va ser una octava més alta del compte a causa de la sorpresa—. Entra.

Em vaig incorporar i apartant-me a un costat del sofà li vaig fer lloc. Vaig sentir un recargolament a l'estómac quan l'únic membre de la família Cullen a qui jo no agradava es va acostar en silenci per seure en l'espai lliure que li havia deixat.

Vaig intentar imaginar-me per quina raó em venia a veure, però no en tenia ni idea.

—Et fa res que parlem un moment? —em va preguntar—. No t'hauré despertat ni res per l'estil, no?

La seva mirada va anar del llit, sense el cobrellit ni el coixí, fins al sofà.

—No, estava desperta. És clar que podem parlar —em vaig preguntar si seria capaç d'advertir la nota d'alarma a la meva veu, amb la mateixa claredat amb què la percebia jo.

Va riure despreocupadament. Les seves riallades van repicar com un cor de campanes.

—L'Edward no no acostuma a deixar-te mai sola —em va dir la Rosalie—, i se m'ha acudit que aquesta seria una bona ocasió que no hauria de desaprofitar.

Què em volia explicar que no em pogués dir davant del seu germà? Em vaig enroscar i desenroscar les mans amb l'extrem de la flassada.

—Sisplau, no pensis que m'hi fico per crueltat —va implorar ella amb veu gentil. Va plegar els braços damunt del pit i va clavar els ulls al terra mentre parlava—. Estic segura d'haver ferit els teus sentiments en el passat, i no vull que es torni a repetir.

—No et preocupis, Rosalie. Sóc forta. Què passa?

Ella va riure un cop més; semblava estranyament avergonyida.

—Volia explicar-te les raons per les quals, penso, hauries de conservar la teva condició humana, i per què jo intentaria continuar sent-ho si estigués al teu lloc.

—Ah.

Va somriure davant la meva sorpresa; després va sospirar.

—T'ha dit l'Edward què em va dur cap aquí? —va preguntar alhora que assenyalava amb el dit el seu gloriós cos immortal amb un gest.

Vaig assentir lleument. De sobte, em vaig posar trista.

—Em va dir que més o menys et va passar el mateix que vaig estar a punt de patir jo, aquell cop a Port Angeles, però que a tu no et va poder salvar ningú —em vaig estremir en recordar-ho.

—De debò que és això el que et va dir? —em va demanar.

—Sí —vaig respondre perplexa i confosa—. No és així?

Va alçar la mirada i em va somriure amb una expressió dura i amarga, i abatuda, malgrat tot.

—Sí, sí, més o menys —va contestar.

Vaig esperar mentre ella contemplava a fora a través de la finestra. Semblava que intentava calmar-se.

—T'agradaria escoltar la meva història, Bella? No té un final feliç, però quina existència la té? Estaríem sota una làpida si haguéssim tingut un desenllaç afortunat.

Vaig assentir, tot i que em va fer pànic el to amenaçador de la seva veu.

—Jo vivia en un món diferent al teu, Bella. La meva societat era més senzilla. El 1933 jo tenia divuit anys, era guapa, i la meva vida perfecta.

Va contemplar els núvols platejats a través de la finestra amb una expressió absent.

—La meva família era de classe mitjana. El meu pare tenia una feina estable en un banc. Ara entenc que estava orgullós, ja que considerava la seva prosperitat com a resultat directe del seu talent i el treball dur, en comptes d'admetre el paper atorgat per la fortuna. Jo ho tenia tot ben garantit, aleshores, i a casa semblava que la Gran Depressió no fos més que un molest rumor. Naturalment veia els treballadors, els que no eren tan afortunats, però em van deixar créixer amb la sensació que ells mateixos s'havien buscat els seus propis problemes.

»La feina de la mare consistia a atendre les tasques de la llar, a mi i als meus dos germans petits, en aquest ordre. Era evident que jo era tant la seva prioritat com la seva preferida. Aleshores no ho entenia tot, però sempre vaig tenir la vaga noció que els meus pares no estaven satisfets amb el que tenien, encara que posseïssin moltes més coses que l'altra gent. Volien més, i tenien aspiracions socials... Suposo que podria considerar-los uns arribistes. Estimaven la meva bellesa com un regal en el qual hi veien un potencial molt més fort que jo.

»Ells no estaven satisfets, però jo sí. M'encantava ser la Rosalie Hale i em complaïa que els homes em miressin allà on fos des que vaig complir els dotze anys. M'encantava que les amigues sospiressin d'enveja cada cop que em tocaven els cabells. Que la mare s'enorgullís de mi i que al meu pare li agradés comprar-me vestits nous em feia feliç.

»Sabia què volia de la vida i semblava que no hi hagués cap obstacle que m'impedís obtenir-ho. Desitjava ser estimada, adorada, celebrar un casament amb tota mena de luxes, amb l'església plena de flors i caminar pel passadís central de bracet del meu pare. Estava segura de ser la criatura més bonica del món. Necessitava tant despertar admiració com respirar, Bella, o fins i tot més. Era ximpleta i frívola, però era feliç —va somriure, divertida per la seva pròpia estimació—. La influència dels meus pares era tal que només anhelava les coses materials de la vida.

»Volia tenir una casa enorme plena de mobles elegants, amb minyones per a la neteja i una cuina moderna amb cuiners. Com t'he dit, era una noia frívola, jove i superficial. I no veia cap motiu pel qual no pogués tenir tot això.

»De tot el que volia, poques coses eren realment valuoses, però n'hi havia una en particular que sí que ho era: la meva millor amiga, una noia que es deia Vera i que es va casar als disset anys amb un home que els meus pares mai no haurien considerat prou digne: un fuster. El següent any van tenir un fill, un nen bonic amb clotets a les galtes i els cabells arrissats. Va ser la primera vegada en tota la meva vida que em vaig sentir gelosa d'algú.

Em va llançar una mirada insondable.

—Era una altra època. Jo tenia la mateixa edat que tu ara, però ja em tocaven totes aquestes coses. Em moria de ganes de tenir un fill. Volia casa meva i un marit que em besés quan tornés de la feina, igual que la Vera, només que jo tenia al cap un altre tipus de casa, molt diferent.

M'era molt difícil imaginar el món que la Rosalie havia conegut. El seu relat em semblava més propi d'un conte de fades que una història real. Em vaig sorprendre en adonar-me que aquest món era molt proper a l'Edward humà, que era la societat en què havia crescut. Mentre ella romania asseguda en silenci, em vaig preguntar si el meu segle desconcertava l'Edward tant com a mi el de la Rosalie.

La noia va sospirar i continuà parlant, però aquest cop amb una veu diferent, sense cap rastre de nostàlgia.

—A Rochester hi havia una família règia, que de cognom es deien, no sense ironia, King. En Royce King era el propietari del banc on treballava el meu pare i de gairebé tots els negocis rendibles del poble. Així va ser com per primera vegada el seu fill, en Royce King II, em va veure —va prémer els llavis en pronunciar el seu nom, com si l'amollés entre dents—. Anava a fer-se càrrec del banc, per la qual cosa va començar a supervisar els diferents llocs de treball. Dos dies després, a la meva mare se li va oblidar, molt oportunament, de donar-li l'esmorzar al pare. Recordo la meva confusió quan va insistir que em posés el vestit blanc d'organdí i quan va pentinar-me allisant-me els cabells només per anar al banc a dur-li l'esmorzar.

La Rosalie va riure sense alegria.

—Com que tothom em mirava, no m'havia fixat especialment en ell, però aquella nit va enviar-me la primera rosa. Me'n va enviar un ram totes les nits del nostre nuviatge, fins al punt que la meva habitació va acabar embotida de rams i jo feia perfum de rosa quan sortia de casa.

»En Royce era ben plantat, tenia uns cabells més rossos que els meus i els ulls de color blau cel. Deia que els meus eren com violetes, i després va començar tot aquest xou de les roses.

»Els meus pares van aprovar aquesta relació, i em quedo curta. Era tot el que ells havien somiat i en Royce semblava que era tot el que havia somiat jo. El príncep dels contes de fades m'havia vingut a buscar per convertir-me en princesa. Era tot el que volia, i no menys del que esperava. Ens vam prometre abans dels dos mesos d'haver-nos conegut.

»No passàvem gaire temps els dos sols. En Royce em va explicar que tenia moltes responsabilitats a la feina i quan estàvem junts el complaïa ser vist amb mi de bracet, cosa que a mi també m'agradava. Vaig tenir vestits preciosos, i vaig anar a molts balls i moltes festes, ja que totes les portes estaven obertes i totes les catifes vermelles es desplegaven per rebre't si eres un King.

»No va ser un prometatge llarg, ja que els plans per un fastuós casament van avançar-se, cosa que em feia enormement feliç. Ja no em sentia gelosa quan parlava amb la Vera. M'imaginava els meus fills, uns nens rossos, jugant pels enormes prats de la finca dels King, i sentia compassió per ella.

La Rosalie va callar de cop i va prémer les dents, cosa que em va fer sortir de la història i m'indicà que la part més terrible estava a prop. No hi havia un final feliç, tal i com ella m'havia assegurat. Em vaig preguntar si aquesta era la raó per la qual hi havia molta més aflicció al seu rostre que al dels altres membres de la família. Potser perquè ella havia tingut a l'abast de la mà tot el que havia desitjat en el moment que se li va interrompre la vida humana.

—Aquella nit jo estava a casa la Vera —va xiuxiuejar la Rosalie. El seu rostre semblava llis com el marbre, i igual de dur—. El petit Henry era realment adorable, tot somriure i clotets... Començava a caminar solet. En anar-me'n, la Vera, que duia el nen en braços, i el seu marit em van acompanyar fins la porta. Ell li va encerclar la cintura amb el braç i li va fer un petó a la galta quan es pensava que jo no estava mirant. Això em va molestar. No tenia res a veure amb la manera com en Royce em besava, ell no es mostrava mai tan dolç. Vaig descartar aquest pensament. En Royce era el meu príncep i jo aviat seria la reina.

Costava de percebre a la llum de la lluna, però el rostre de la Rosalie, blanc com els ossos, encara em va semblar més pàl·lid que abans.

—Els fanals ja estaven encesos, perquè ja era fosc. No me n'havia adonat de l'hora que era —va continuar amb un xiuxiueig a penes audible—. També feia molt, molt de fred, tot i ser a final d'abril. Faltava una setmana per a la cerimònia i em preocupava del temps que faria mentre tornava cap a casa... Ho recordo perfectament. Recordo cada detall d'aquella nit. M'hi vaig aferrar, als records... al principi per no haver de pensar res més. I ara també, per tenir on agafar-me quan tots els records més agradables han desaparegut per sempre... —va sospirar i reprengué el fil amb un mormol—. Sí, em preocupava la meteorologia perquè no volia celebrar el casament en un lloc tancat.

»Els vaig sentir quan em trobava a pocs carrers de casa. Era un grup d'homes situats sota un fanal trencat que cridaven fortes riallades. Estaven borratxos. Em va escometre el desig de trucar al meu pare perquè m'acompanyés a casa, però em va semblar una ximpleria perquè em quedava força a prop. Aleshores, ell em va cridar.

»—Rose! —va dir.

»Els altres es van posar a riure com ximplets.

»No m'havia adonat que els borratxos anaven tan ben vestits. Eren en Royce i alguns dels seus amics, fills d'altres adinerats.

»—Aquí hi ha la meva Rose! —va cridar el meu promès al moment que esclatava amb una rialla, igual que els seus amics, tan neci com ells—. Fas tard. Estem gelats, ens has tingut massa temps esperant-te.

»No l'havia vist mai borratxo. Havia begut de tant en tant, en els brindis de les festes. M'havia comentat que no li agradava el xampany. No havia entès que preferia les begudes més fortes.

»Tenia un amic nou, l'amic d'un amic, un tipus arribat d'Atlanta.

»—Què t'he dit, John? —va gallejar mentre m'aferrava pel braç i m'estirava cap a ells—. No és més adorable que totes les teves belleses de Geòrgia?

»El tal John era un home morè de cabells negres. Em va estudiar amb la mirada com si jo fos un cavall que volgués comprar.

»—És difícil de dir —va contestar arrossegant les paraules—. Va completament tapada.

»Van riure, i en Royce també.

»De sobte, en Royce em va agafar per les espatlles i em va estripar la jaqueta, que era un regal seu, fent saltar els botons de llautó. Van escampar-se tots per la vorera.

»—Mostra'ls el teu aspecte, Rose!

»Es pixava de riure, i em va treure el barret del cap. Tenia les agulles ben subjectades fins l'arrel dels cabells, i vaig cridar de dolor, un so que va fer riure tothom.

La Rosalie de sobte em va mirar, com si s'hagués oblidat de mi. Jo estava segura que les dues teníem el rostre igual de pàl·lid, tret que jo m'hagués posat verda del mareig que tenia.

—No vull obligar-te a sentir la resta —va continuar baixet—. Em van deixar estesa al terra i ells se'n van anar de tort entre rialles. Em van donar per morta. Feien broma amb en Royce, dientli que hauria de trobar una altra xicota. Ell reia i va contestar que abans hauria d'aprendre a ser pacient.

»Vaig esperar la mort al mig del carrer. Era tant el dolor que em vaig sorprendre en notar el fred de la nit. Va començar a nevar i em preguntava per què no em moria. Ho esperava amb impaciència, perquè s'acabés el dolor, però trigava massa...

»En Carlisle em va trobar en aquells moments. Va ensumar sang i va venir a investigar. Recordo vagament haver-me enfadat amb ell quan vaig notar com em manipulava el cos en un intent per salvar-me la vida. Mai no m'havien agradat el doctor Cullen, ni la seva dona, ni el germà d'ella, o sigui l'Edward, que així es feia passar en aquella època. Em disgustava que tots tres tinguessin més planta que jo, sobretot els homes, però ells no feien vida social, per la qual cosa només els havia vist un parell de cops.

»Em pensava que em moriria quan em va alçar de terra i se m'endugué en braços. Anàvem tan de pressa que tenia la impressió que volàvem. Em va horroritzar que el suplici no s'acabés mai...

»Aleshores, em vaig trobar en una habitació lluminosa i caldejada. Vaig deixar fer tot agraint que el dolor comencés a calmar-se, però de sobte alguna cosa punxeguda em va tallar la gola, els canells i els turmells. Vaig udolar de sorpresa, pensant-me que el doctor em duia a la vida per fer-me patir més. Després una cremada em va recórrer el cos i ja no em vaig preocupar de res més. Vaig implorar a en Carlisle que em matés i vaig fer el mateix quan l'Esme i l'Edward van tornar a casa. En Carlisle va seure al meu costat, em va agafar la mà i em va dir que li sabia greu mentre em prometia que tot allò s'acabaria. M'ho va explicar tot; a vegades l'escoltava. Em va dir què era i en què em convertiria jo. No el vaig creure. Es disculpava cada cop que jo cridava.

»A l'Edward no li va fer cap gràcia. Recordo haver sentit com discutien sobre mi. A vegades deixava de cridar, ja que no m'anava gens bé.

»—En què pensaves, Carlisle? —va etzibar-li l'Edward—. La Rosalie Hale?

La Rosalie va imitar a la perfecció el to irritat de l'Edward.

—No em va agradar la manera com va pronunciar el meu nom, com si hi hagués alguna cosa dolenta en mi.

»—No podia deixar-la morir —va replicar en Carlisle en veu baixa—. Era massa... terrible, un malbaratament enorme...

»—Ja ho sé —va respondre.

»Em pensava que li treia importància. Això em va fer enfadar. Aleshores jo no sabia que ell era capaç de veure el que en Carlisle havia contemplat.

»—Era una pèrdua enorme. No la podia deixar allà —va repetir en Carlisle en veu baixa.

»—És clar que no —va acceptar l'Esme.

»—Cada dia mor algú —li va reconèixer l'Edward amb acritud—, i no creus que és massa fàcil reconèixer-la? La família King organitzarà una recerca perquè ningú no sospiti del pocavergonya del seu fill —va rondinar.

»Em va complaure que estiguessin al cas de la culpabilitat d'en Royce.

»No vaig ser conscient que ja havia quasi acabat, que jo cobrava noves forces i que per això era capaç de concentrar-me en la conversa. El dolor començava a desaparèixer-me dels dits.

»—I què en farem d'ella? —va demanar l'Edward amb repulsió, o almenys aquesta va ser la meva impressió.

»En Carlisle va sospirar.

»—Això depèn d'ella, evidentment. Potser vol seguir el seu propi camí.

»Jo havia entès prou les explicacions que m'havia donat per saber que la meva vida s'havia acabat i que ja no la podia recuperar. No suportava la perspectiva de quedar-me sola.

»El dolor va passar finalment, i ells em van tornar a explicar qui era. En aquesta ocasió els vaig creure. Vaig experimentar la set i vaig notar la duresa de la meva pell. Vaig veure els meus ulls, vermells i brillants.

»Frívola com era, em vaig sentir molt més bé en mirar-me al mirall per primera vegada. A pesar de les ninetes, era la cosa més bonica que havia vist mai —la Rosalie va riure's de si mateixa un moment—. Va haver de passar un cert temps abans que comencés a inculpar la bellesa dels meus mals, una maledicció, i desitjar haver estat... bé, lletja no, però sí normal, com la Vera. Si hagués estat així em podria haver casat amb algú que m'estimés de veritat i haver pogut criar els meus fills bonics, ja que era això, de fet, el que havia volgut des del principi. Continuo pensant que no és demanar massa.

Va estar una estona meditativa. Em pensava que s'havia oblidat un altre cop de la meva presència, però aleshores em va somriure de sobte triomfalment.

—Saps? El meu expedient està quasi tan net com el d'en Carlisle —em va dir—. És millor que el de l'Esme i mil cops superior al de l'Edward. No he tastat mai la sang humana —va anunciar amb orgull.

Va comprendre la perplexitat de la meva expressió quan li vaig preguntar per què el seu expedient estava «quasi tan» net.

—Vaig matar cinc homes —va admetre, complaguda de si mateixa— si és que es mereixen tal nom, però vaig anar ben amb compte de no escampar-los la sang, sabent que no seria capaç de resistir-ho. No volia res d'ells dins meu, ja ho veus.

»Vaig reservar en Royce pel final. Esperava que hagués conegut les morts dels seus amics i entengués el que li esperava. Confiava que la por empitjorés la seva mort. Crec que va ser efectiu. Quan el vaig capturar, s'amagava dins una habitació sense finestres, amb una porta molt gruixuda, com d'una cambra cuirassada, custodiada per dos homes armats. Ui! Van ser set homicidis... —va corregir-se a si mateixa—. M'havia oblidat dels guàrdies. Només vaig necessitar un segon per desfer-me'n.

»Tot va ser massa teatral, i la veritat és que també una mica infantil. Jo duia un vestit de núvia robat per a l'ocasió. Va cridar en veure'm. Aquella nit va cridar molt. Deixar-lo per l'últim va ser una mesura encertada, ja que em va facilitar adquirir més autocontrol i vaig poder fer que la seva mort fos molt més lenta.

Va deixar de parlar de sobte i em va clavar els ulls.

—Ho sento —va disculpar-se amb una nota de disgust a la veu—. T'he espantat, oi?

—Estic bé —vaig mentir.

—M'he deixat portar.

—No et preocupis.

—Em sorprèn que l'Edward no t'expliqués res de tot això.

—No li agrada parlar de les històries d'altres persones. Li sembla que estigui traint la confiança, ja que ell s'assabenta de més coses de les que pretén quan «escolta» els altres.

Va somriure i mogué el cap.

—Probablement li hauré de donar més crèdit. És bastant decent, oi?

—Això em sembla.

—T'ho puc assegurar —després va sospirar—. Tampoc no he estat gaire justa amb tu, Bella. T'ho ha explicat o també s'ho ha reservat?

—Em va dir que la teva actitud es devia al fet que jo fos humana. Em va explicar que t'era més difícil que als altres acceptar que algú de fora estigués al cas del vostre secret.

El riure musical de la Rosalie em va interrompre.

—Ara em sento culpable de veritat. S'ha mostrat molt més cortès del que em mereixo —semblava més afectuosa quan reia, com si hagués baixat una guàrdia que havia mantingut davant meu fins aleshores—. Quin noi més mentider!

Va esclatar a riure un cop més.

—M'ha mentit? —vaig demanar, de sobte, amb recel.

—Bé, potser és exagerat. Diguem que no t'ho ha explicat tot. El que et va dir és cert, més cert ara que no abans. Tot i així, en el seu moment... —va emmudir i rigué entre dents, una mica nerviosa—. És violent. Ja ho veus, al principi, jo estava gelosa perquè ell et volia a tu, i no a mi.

Un estremiment de terror em va recórrer el cos en sentir les seves paraules. Allà asseguda, banyada amb una llum platejada, era més bonica que res que jo hagués pogut imaginar. Jo no podia competir amb la Rosalie.

—Però tu estimes l'Emmett… —em vaig embarbussar.

Ella va afirmar amb el cap, divertida per l'ocurrència.

—No estimo l'Edward d'aquesta manera, Bella, no ho he fet mai. L'he estimat com un germà, però m'ha irritat des del primer moment que el vaig sentir a parlar, encara que m'has d'entendre... Jo estava acostumada que la gent m'estimés i ell no s'interessava per mi ni una engruna. Al principi, em va frustrar i fins i tot em va ofendre, però no vaig trigar gaire a deixar-ho córrer en veure que ell no estimava mai ningú. No va mostrar mai cap preferència, ni tan sols la primera vegada que vam trobar-nos amb totes aquelles dones del clan de la Tanya a Denali. I aleshores et va conèixer a tu.

Em va mirar, torbada. Jo només li parava atenció a mitges. Pensava en l'Edward, en la Tanya i en «totes aquelles dones» i vaig prémer els llavis fins que em van quedar com una línia prima.

—No és que no siguis guapa, Bella —va afegir, mal interpretant la meva expressió—, però et va trobar més bonica que a mi... sóc més vanitosa del que em pensava.

—Però tu has dit «al principi». Ara ja no et molesta, no? Vull dir, les dues sabem que tu ets la més bella del planeta.

Vaig riure un cop ho havia dit. Era tan obvi! Se'm feia estrany que la Rosalie necessités aquestes paraules de confirmació. Ella també va riure.

—Gràcies, Bella, i no, la veritat és que ja no em molesta. L'Edward sempre ha sigut una mica estrany —va tornar a riure.

—Però encara no t'agrado —vaig xiuxiuejar.

El seu somriure va esvanir-se.

—Ho lamento.

Vam romandre allà assegudes, en silenci, i ella semblava poc predisposada a continuar parlant.

—Em pots dir la raó? He fet alguna cosa...?

Estava enfadada per haver posat en perill la seva família, l'Emmett, una vegada i una altra? Primer en James; ara la Victoria...

—No, no has fet res —va murmurar—. Encara no.

La vaig mirar, perplexa.

—No ho entens, Bella? —de sobte, la seva veu va tornar-se més apassionada que abans, fins i tot més que quan explicava la seva trista història—. Tu ja ho tens tot, tens tota una vida per endavant... tot el que jo volia, i ho malbarataràs. No te n'adones que jo donaria qualsevol cosa per estar al teu lloc? Tu pots escollir el que jo no vaig poder escollir mai, però t'equivoques!

Amb un estremiment em vaig apartar de la feresa de la seva expressió. Vaig prémer els llavis amb força quan vaig adonar-me que m'havia quedat amb la boca oberta.

Ella em va contemplar fixament una bona estona i el fulgor dels seus ulls va disminuir. De sobte, va avergonyir-se.

—I jo que estava segura de poder parlar amb tu amb calma —va moure el cap. El torrent d'emocions semblava haver-la deixat confosa—. Suposo que només és perquè ara em resulta més dur que abans, quan era una pura qüestió de vanitat.

Va contemplar la lluna en silenci. Al cap d'uns instants em vaig atrevir a trencar el seu capteniment.

—Et cauria millor si escollís continuar sent humana?

Ella va girar-se cap a mi amb els llavis torçats en un principi de somriure.

—Potser.

—En tot cas, la teva història sí que té un final feliç —li vaig recordar—. Tens l'Emmett.

—El tinc a mitges —va somriure—. Saps que vaig salvar-lo d'un ós que l'havia atacat i ferit, i el vaig arrossegar fins a la llar d'en Carlisle, però, t'imagines per què vaig impedir que l'ós el devorés? —vaig negar amb el cap—. Els seus rínxols negres i els clotets, visibles encara que faci una ganyota de dolor, conferien a les seves faccions una estranya innocència impròpia d'un baró adult... Em recordava en Henry, el nen petit de la Vera. No volia que morís, malgrat que odiés tant aquesta vida. Vaig ser prou egoista per demanar a en Carlisle que el convertís per a mi.

»Vaig tenir més sort de la que em mereixia. L'Emmett és tot el que hauria demanat si m'hagués conegut prou bé per saber què em mancava. Ell és exactament la mena de persona adequada per algú com jo i, per molt estrany que sembli, ell també em necessitava. Aquesta part funciona millor del que podíem esperar, però estarem sols, nosaltres dos, sense ningú més. No seuré mai a la porxada, al seu costat, i ja amb els cabells blancs, envoltada dels meus néts.

Ara el seu somriure va ser amable.

—Potser tot plegat et sembla una mica estrambòtic, oi que sí? En cert sentit, tu ets molt més madura que jo als divuit anys, però d'altra banda, hi ha moltes coses que no t'has aturat a considerar amb deteniment. Ets massa jove per saber què voldràs d'aquí a deu o quinze anys, i prou inexperta per donar-ho tot sense pensar-ho abans. No et precipitis amb allò que és irreversible, Bella.

Em va donar un copet al cap, però el gest no era de condescendència. Vaig sospirar.

—Tu només pensa-t'ho una mica. No es pot desfer un cop ja s'ha fet. L'Esme va tirant perquè ens utilitza a nosaltres com a succedani dels fills que no té, i l'Alice no recorda res de la seva existència humana, per tant no ho troba a faltar. Malgrat tot, tu sí que ho recordaràs. És una renúncia molt important.

Però obtinc molt més a canvi, vaig pensar, però no vaig dir res.

—Gràcies, Rosalie. M'alegra coneixe't més per comprendre't millor.

—Et demano perdó per haver-me comportat com un monstre —va dibuixar un ampli somriure—. Intentaré comportar-me millor d'ara en endavant.

Li vaig tornar el somriure.

Encara no érem amigues, però estava segura que no m'odiava tant.

—Ara deixaré que dormis —va llançar una mirada al llit i va tòrcer la boca—. Sé que estàs descontenta perquè et manté tancada d'aquesta manera, però no li ho facis pagar car quan torni. T'estima més del que et penses. Li fa pànic allunyar-se de tu —va alçar-se sense fer soroll i va anar fins a la porta silenciosa com un espectre—. Bona nit, Bella —va murmurar mentre tancava la porta en sortir.

—Bona nit, Rosalie —vaig murmurar un segon massa tard.

Després d'això, em va costar molt adormir-me...

... i vaig tenir un malson terrible. Recorria molt a poc a poc les fredes i obscures rajoles d'un carrer desconegut sota una suau cortina de neu. Deixava un lleu rastre sangonós darrere meu mentre un misteriós àngel amb un vestit llarg vigilava com avançava amb un gest ressentit.

L'endemà al matí l'Alice va dur-me a l'institut, mentre jo, malhumorada, mirava pel parabrises fixament. No havia dormit prou i això augmentava l'enuig que em provocava que m'haguessin tancat.

—Aquesta nit anirem a Olympia o algun lloc així —em va prometre—. Serà divertit, què et sembla...?

—Per què no em tanques al soterrani i et deixes d'històries? —li vaig suggerir.

L'Alice va fer una ganyota.

—Farà que li torni el Porsche per no haver fet una bona feina. Se suposava que t'ho havies de passar bé.

—No és culpa teva —vaig murmurar; per dins no podia creure que em sentís culpable—. Ens veiem per esmorzar.

Vaig anar penosament fins a classe de llengua. Tenia garantit que el dia seria insuportable sense la companyia de l'Edward. Vaig estar emmurriada durant la primera classe, ben conscient que la meva actitud no m'ajudava gens.

Quan va sonar la campana, em vaig aixecar amb molt poc entusiasme. En Mike m'esperava a la sortida, aguantant-me la porta oberta.

—Se'n va d'excursió, l'Edward, aquest cap de setmana? —em va preguntar afablement mentre caminàvem sota una pluja fina.

—Sí.

—Et ve de gust sortir, aquesta nit?

Com era possible que encara tingués esperança?

—Impossible, tinc una festa de pijames —vaig remugar. Em va dedicar una mirada estranya mentre sospesava el meu estat d'ànim.

—Qui ...?

Rere nostre, un motor va bramar amb força en algun punt de l'aparcament. Tots els que érem per allà vam girar-nos a observar amb incredulitat com una estrepitosa moto negra arribava fins al límit de la zona asfaltada sense afluixar el gas.

En Jacob em va urgir amb els braços.

—Corre, Bella! —va cridar per sobre el soroll del motor.

Em vaig quedar clavada un segon abans d'entendre res.

Vaig mirar en Mike tot seguit, sabent que només tenia uns segons.

Fins on seria capaç d'anar l'Alice per refrenar-me en públic?

—Digues que de sobte m'he trobat malament i me n'he anat a casa, d'acord? —vaig dir a en Mike amb la veu plena d'entusiasme.

—Molt bé —va murmurar ell.

Li vaig fer un pessic a la galta i li vaig dir cridant a ple pulmó, mentre m'allunyava corrents:

—Gràcies, Mike. Te'n dec una!

En Jacob va accelerar sense deixar de somriure. Vaig saltar a la part posterior del seient, vaig encerclar-li la cintura amb els braços, aferrant-m'hi amb força.

Vaig veure l'Alice de cua d'ull, petrificada a l'entrada de la cafeteria, amb la cara contreta de fúria i els llavis frunzits, deixant entreveure les dents.

Li vaig dirigir una mirada de súplica.

A continuació vam sortir disparats sobre l'asfalt tan de pressa que tenia la impressió que em deixava l'estómac enrere.

—Agafa't fort! —va cridar en Jacob.

Amagava el rostre a la seva esquena mentre conduïa cap a la carretera. Sabia que afluixaria la velocitat quan arribéssim a la vora del territori *quileute*. L'únic que havia de fer fins aquell moment era no deixar-me anar. Vaig pregar en silenci perquè l'Alice no ens seguís i perquè en Charlie no em passés a veure...

Va ser molt evident el moment en què vam arribar a la zona segura. La motocicleta va reduir la velocitat i en Jacob es va estirar i va udolar entre rialles. Vaig obrir els ulls.

—Ho hem aconseguit —va cridar—. Com a fuga de la presó no està malament, oi que no?

—Ben pensat, Jake.

—M'he recordat de les teves paraules. Aquesta sangonera psíquica era incapaç de predir el que anava a fer. M'alegra que no hi pensessis en aquesta possibilitat, sinó no t'hagués ni deixat anar a l'institut.

—No em va passar pel cap.

Va llançar una rialla triomfal.

—Què vols fer, avui?

Vaig respondre amb una altra rialla.

—Qualsevol cosa!

Que fantàstic que és ser lliure!

Geni

Vam acabar anant un cop més a la platja, on vagabundejàrem sense rumb fix. En Jacob no cabia a la pell de satisfacció per haver ordit la meva fuga.

—Creus que et vindran a buscar? —va preguntar. Semblava esperançat.

—No —n'estava segura—. Tot i que aquesta nit es posaran fets unes feres.

Ell va escollir una pedra i la va llançar. El còdol va rebotar sobre la cresta de les ones.

—Així doncs no tornis —va suggerir de nou.

—A en Charlie li encantaria —vaig replicar amb sarcasme.

—M'hi jugo el que vulguis que no li faria res.

No vaig respondre. El més probable és que en Jacob tingués raó i això em va fer serrar les dents amb ràbia. La manifesta preferència d'en Charlie pels meus amics *quileute* era improcedent. Em vaig preguntar si opinaria el mateix de saber que l'elecció era en realitat entre vampirs i homes llop.

—Bé, i quin és el darrer escàndol de la bandada? —vaig preguntar desenfadada.

En Jacob va relliscar en aturar-se en sec i em va mirar fixament, sorprès, fins que em va fer desviar la mirada.

—Què passa? Només era una broma.

—Ah.

Mirà a una altra banda. Vaig esperar que reprengués la caminada, però semblava abstret en els seus pensaments.

—Hi ha cap escàndol? —vaig voler saber.

El meu amic va riure entre dents de nou.

—A vegades se m'oblida com és no tenir tothom ficant-se'm al cap constantment, i poder-me reservar un espai mental privat i tranquil per a mi.

Vam caminar en silenci al llarg de la platja rocosa durant uns minuts, fins que al final vaig preguntar:

—Bé, de què es tracta? Què és això que tothom que t'envolta sap?

Ell va vacil·lar un moment, com si no estigués segur de què m'anava a explicar. Després va sospirar i digué:

—En Quil està imprimat, i ja és el tercer, per la qual cosa els altres estem preocupats. Potser és un fenomen més comú del que diuen les històries.

Va posar cara de pocs amics i es va girar per observar-me. Em mirà fixament als ulls, sense dir res, amb les celles arrufades en un gest de concentració.

—Què mires? —vaig preguntar, cohibida.

Va sospirar.

—Res.

En Jacob va avançar un altre cop i, com aquell qui res, va estirar el braç i em va agafar la mà. Vam caminar callats entre les roques.

Pensava en la imatge de nosaltres caminant junts agafats de la mà, era la imatge d'una parella, sens dubte, i em vaig preguntar si no m'hi hauria d'oposar, però sempre havia sigut així entre els dos i no hi havia cap motiu per canviar-ho ara.

—Per què és un escàndol la imprimació d'en Quil? —vaig preguntar en veure que no m'explicaria res més—. Potser per què és el membre més jove de la bandada?

—Això no hi té res a veure.

—Aleshores, quin és el problema?

—És una altra de les nostres llegendes. Em pregunto quan deixarà de sorprendre'ns veure que totes són certes.

—M'ho explicaràs o ho hauré d'endevinar?

—No ho endevinaries mai. Veuràs, com ja saps, en Quil fa molt poc que s'ha incorporat a la bandada, per la qual cosa no ha passat per la llar de l'Emily.

—En Quil també està imprimat de l'Emily? —vaig preguntar panteixant.

—No! Et dic que no ho endevinaràs. L'Emily tenia dues nebodes que estaven de visita i... en Quil va conèixer la Claire.

—I l'Emily no vol que la seva neboda surti amb un licantrop? Quina hipocresia! —vaig amollar.

Malgrat tot, comprenia per què ella, entre tota la seva gent, era d'aquest parer. Vaig pensar en les enormes cicatrius que li marcaven el rostre i s'estenien braç dret avall. En Sam havia perdut el control una sola vegada mentre estava massa a prop d'ella, però va ser suficient. Jo havia vist el dolor en els ulls d'en Sam cada cop que mirava les ferides que havia fet a l'Emily. Era perfectament comprensible que ella volgués protegir la seva neboda d'aquest perill.

—Vols fer el favor de no intentar endevinar-ho? Vas desencaminada. A ella això no li preocupa, només és que, bé, és massa aviat.

—Què vols dir amb «massa aviat»?

En Jacob va estrènyer els ulls per avaluar-me amb la mirada.

—Procura no erigir-te en jutge, d'acord?

Vaig assentir amb cautela.

—La Claire té dos anys —digué en Jacob.

Va començar a ploure. Vaig parpellejar amb força quan les gotes de pluja em van picar a la cara.

En Jacob va esperar en silenci. No duia jaqueta, com de costum, i el xàfec va deixar uns reguerons de taques fosques a la samarreta negra i els seus cabells molls van començar a gotejar. Va mantenir el gest inexpressiu mentre em mirava.

—En Quil està imprimat... amb... una nena... de dos anys? —vaig dir, finalment, capaç de parlar.

—Això passa —va arronsar les espatlles. Després va ajupir-se per agafar una altra pedra i llançar-la a l'aigua de la badia—. O això diuen les llegendes.

—Però si és un bebè —vaig protestar.

Em va mirar amb un gest ombrívolament joiós.

—En Quil no envellirà més —em va recordar amb un to una mica mordaç—. Només haurà de tenir paciència unes quantes dècades.

—Jo... No sé què dir.

Vaig intentar amb totes les meves forces no ser crítica, però el cert és que estava esfereïda. Fins ara, i des que vaig saber que no tenien res a veure amb els crims que jo els imputava, res que es relacionés amb els licantrops no m'havia molestat.

—Estàs fent judicis de valor —va acusar-me—. T'ho llegeixo a la cara.

—Perdó —vaig dir entre dents—, però ho trobo absolutament repugnant.

—No és així. T'equivoques de ple —de sobte, en Jacob va sortir amb vehemència en defensa del seu amic—. He vist què sent a través dels seus ulls. No hi ha res de romàntic en tot això, no per a en Quil, encara no —va inspirar profundament, frustrat—. Que difícil que és descriure-ho!

»La veritat és que no té a veure amb l'amor a primera vista, sinó que més aviat s'assembla als moviments gravitatoris. Quan tu la veus, ja no és la Terra que et sosté, sinó ella, que passa a ser l'únic que importa. Faries i series qualsevol cosa per ella, et convertiries en el que ella necessités, tant si és el seu protector, el seu amant, el seu amic com el seu germà.

»En Quil serà el millor i el més tendre dels germans grans que mai no hagi tingut cap nen. No hi haurà criatura en aquest món més protegida que aquesta nena. Després, quan creixi, ella necessitarà un amic. Ell serà l'amic més comprensiu, digne de confiança i responsable que qualsevol altre que ella pugui conèixer. Després, quan sigui adulta, seran feliços com l'Emily i en Sam.

Una estranya nota d'aflicció va acerar la seva veu al final, quan va parlar d'en Sam.

—I la Claire, no té cap més alternativa?

—Naturalment, però, a fi de comptes, per què no escollir-lo a ell? En Quil serà el seu company perfecte, i és com si l'haguessin creat només per a ella.

Vam caminar callats durant una estona fins que vaig aturar-me per llençar una pedra a l'oceà, però em vaig quedar curta, em van faltar uns quants metres perquè caigués a l'aigua. En Jacob va burlar-se'n.

—No tots tenim una força sobrenatural —vaig remugar.

Ell va sospirar.

—Quan creus que et passarà, a tu? —vaig preguntar fluixet.

—Mai —va replicar immediatament amb veu monòtona.

—No és res que puguis controlar, oi?

Va estar-se uns minuts callat. Sense adonar-nos-en, tots dos passejàvem a poc a poc, sense gairebé avançar.

—I tu creus que si encara no l'has vista és que no existeix, oi? —li vaig preguntar amb escepticisme—. Jacob, amb prou feines has vist món, fins i tot menys que jo.

—Cert —va replicar en veu baixa—, però no veuré a ningú, Bella, tret de tu, fins i tot quan tanco els ulls i intento concentrar-me en una altra persona et veig a tu. Pregunta-ho a en Quil o a l'Embry. Els treu de polleguera.

Vaig mirar ràpidament a les roques.

Ja no passejàvem. No se sentia res més que el batre de les ones a la riba, el brogit del qual ofegava fins i tot la cantarella de la pluja.

—Potser és millor que torni a casa —vaig murmurar.

—No! —va protestar, sorprès per aquella conclusió.

Me'l vaig mirar. Estava molt angoixat.

—Tens tot el dia lliure, no? El xuclasang no tornarà, encara.

Vaig fulminar-lo amb la mirada.

—No et volia ofendre —va afanyar-se a afegir.

—Sí, tinc tot el dia, però Jake…

Em va agafar una mà i es disculpà:

—Ho sento. No ho tornaré a fer. Seré només en Jacob.

Vaig sospirar.

—Però si és això el que penses…

—No et preocupis per mi —va insistir mentre somreia amb una alegria excessiva i premeditada—. Sé el que em faig. Tu només digue'm si t'ofenc...

—No ho sé…

—Vinga, Bella. Anem a casa i agafem les motos. Has d'agafar-la amb regularitat per mantenir-te a to.

—En realitat, em sembla que m'ho han prohibit...

—Qui? En Charlie o el xucla... ell?

—Tots dos.

En Jacob va esbossar un somriure enorme, el meu somriure, i de sobte va aparèixer el Jacob que tant enyorava, rialler i afectuós.

No vaig poder evitar de tornar-li el somriure.

La pluja va minvar fins que es va convertir en boira.

—No ho diré a ningú —em va prometre.

—Excepte tots i cada un dels teus amics.

Va negar solemnement amb el cap i va alçar la mà dreta.

—Prometo no pensar-hi.

Em vaig posar a riure.

—Direm que m'he entrebancat, si em faig mal, d'acord?

—El que tu vulguis.

Vam conduir les motos pels camins de la part posterior de La Push fins que la pluja va fer-los impracticables i en Jacob va insistir que es transformaria si no menjava res aviat. En Billy em va rebre amb absoluta normalitat quan vam arribar a casa, com si la meva sobtada aparició no impliqués res més que el desig de passar un dia amb un amic. Després de menjar-nos els entrepans que en Jacob va preparar, vam anar al garatge i vaig ajudar-lo a netejar les motos. Feia mesos que no hi anava, des del retorn de l'Edward, però semblava que fos ahir. Només era una altra tarda al garatge.

—M'encanta —vaig comentar mentre ell treia un parell de refrescos calents de la bossa de comestibles—. Trobava a faltar aquest lloc.

Va somriure alhora que mirava les juntures de les planxes de plàstic del sostre.

—Sí, t'entenc perfectament. Té tota la magnificència del Taj Mahal sense els inconvenients ni les despeses de viatjar a l'Índia.

—Pel petit Taj Mahal de Washington —vaig brindar, sostenint la llauna enlaire.

Ell va entrexocar la seva amb la meva.

—Recordes el passat Sant Valentí? Crec que va ser el darrer cop que vas estar aquí, el darrer cop, quan les coses encara eren... normals.

Vaig riure.

—És clar que me'n recordo. Vaig canviar tota una vida de servitud per una capsa de bombons de Sant Valentí. No és res que es pugui oblidar fàcilment.

Les seves rialles van unir-se a les meves.

—Això està bé. Mm... Servitud. Hauré de pensar en alguna cosa bona —després, va sospirar—. Sembla que hagin passat anys. Una altra era. Una més feliç.

No hi vaig estar d'acord, ja que ara vivia un moment molt dolç, però em sorprenia veure quantes coses trobava a faltar de tots els meus dies d'obscuritat. Vaig mirar fixament al bosc obscur a través de l'obertura de la porta. Tornava a ploure, però asseguda al costat d'en Jacob al garatge, s'hi estava bé.

Em va acariciar la mà amb els dits, i digué:

—Les coses han canviat de veritat.

—Sí —vaig admetre; aleshores vaig estirar la mà per acariciar la roda posterior de la moto—. Abans en Charlie i jo ens enteníem —em vaig mossegar el llavi—. Espero que en Billy no li digui res d'això d'avui...

—No ho farà. No salta dels nervis, com li passa a en Charlie. Ei, encara no m'he disculpat oficialment per haver xerrat a en Charlie això de la moto. Tant de bo no ho hagués fet.

Vaig girar els ulls en blanc.

—Jo també.

—Ho sento molt, de veritat.

Em va mirar expectant. L'embull de cabells negres humits se li enganxava a la seva cara suplicant i el cobria pertot.

—Està bé, d'acord, et perdono.

—Gràcies, Bella!

Vam intercanviar els somriures un instant, i després la seva expressió es va tornar a enfosquir.

—Saps?, aquell dia, quan et vaig dur la moto, et volia preguntar una cosa —va dir, molt a poc a poc—, però alhora, tampoc no tenia ganes de preguntar-t'ho.

Em vaig quedar immòbil, una mesura preventiva, un hàbit de l'Edward adquirit.

—Estaves tan resoluda perquè t'havies enfadat amb mi, o anava de debò? —va preguntar amb un fil de veu.

Encara que ja sabia a què es referia, vaig fer, també amb un xiuxiueig:

—Sobre què?

Ell em va mirar fixament.

—Ja ho saps. Quan vas dir que no era de la meva incumbència si ell et mossegava —va encongir-se visiblement en pronunciar el final de la frase.

—Jake...

Se'm va fer un nus a la gola, i ni tan sols no vaig poder acabar. Ell va tancar els ulls i respirà profundament.

—Parlaves seriosament?

Va tremolar lleument. Va tancar els ulls.

—Sí —vaig murmurar.

En Jacob va exhalar, molt a poc a poc.

—Suposo que ja ho sabia.

El vaig mirar a la cara, esperant que obrís els ulls.

—Ets conscient del que significarà, això? —em va demanar, de sobte—. Ho entens, oi? Saps què passarà si trenquen el tractat?

—Marxarem abans que passi res —vaig replicar amb la veu calmada.

Quan els va obrir vaig veure-hi en el fons de tot la ira i el dolor.

—No hi ha un límit geogràfic per al tractat, Bella. Els nostres besavis només van acordar mantenir la pau perquè els Cullen van jurar que eren diferents, que no posaven en perill els humans. El tractat no té sentit i ells són com tots els altres vampirs si tornen als seus costums. Un cop establert això, i quan ens tornem a trobar...

—Però, no l'heu trencat, ja el tractat? —vaig preguntar, aferrant-me a un clau roent—. No formava part de l'acord que no diríeu a ningú això dels vampirs? Tu m'ho vas revelar. No és trencar el pacte, això?

A en Jacob no li va fer gens de gràcia que li ho recordés. El dolor de la seva mirada va recruar fins a convertir-se en animositat.

—Sí, no vaig respectar el tractat quan no creia en ell, i estic segur que ja els has avisat, per això no els concedeix cap avantatge ni res per l'estil. Un error no en justifica un altre. Si no els agrada la meva conducta, només els queda una opció, la mateixa que tindrem nosaltres quan ells trenquin l'acord: atacar, començar la guerra.

Ho presentava d'una manera que l'enfrontament semblava inevitable. Em vaig estremir.

—No ha d'acabar pas forçosament així, Jake.

—Serà així.

Les dents li van carrisquejar.

El silenci subsegüent a aquesta afirmació fou ostensible.

—No em perdonaràs, mai, Jacob? —vaig xiuxiuejar. Vaig desitjar haver-me mossegat la llengua un cop la frase ja era dita. No volia sentir la resposta.

—Tu deixaràs de ser la Bella —em va respondre—. La meva amiga deixarà d'existir. No hi haurà ningú a qui perdonar.

—Això sembla un «no» —vaig murmurar.

Vam acarar-nos l'un a l'altre durant una estona interminable.

—Aleshores, és això un acomiadament, Jake?

Ell va pestanyejar a tota velocitat i la sorpresa va consumir la ferotgia de la seva expressió.

—Per què? Encara ens queden uns quants anys. No podem ser amics fins que se'ns acabi el temps?

—Anys? No, Jake, res d'anys —vaig moure el cap i vaig forçar una rialla—. Seria més apropiat parlar de setmanes.

No vaig preveure la seva reacció.

Es va posar dret de cop i va ressonar un fort espetec quan la llauna del refresc va petar dins la seva mà. El líquid va sortir disparat esquitxant-ho tot, deixant-me xopa, com si m'haguessin ruixat amb una mànega.

—Jake! —vaig començar a queixar-me, però vaig fer silenci en veure que tot el seu cos s'estremia d'ira.

Em va llançar una mirada embogida mentre feia ressonar un gruny dins del pit. Em vaig quedar de pedra, massa atònita, incapaç de moure'm.

Tot el seu cos es convulsava més i més de pressa fins que donava la sensació que vibrés. El contorn de la seva figura va desdibuixar-se...

... i aleshores, en Jacob va prémer les dents i va parar de grunyir. Va tancar els ulls amb força per concentrar-se i el sacseig va minvar fins que només li tremolaven les mans.

—Setmanes —va repetir, amb la veu apagada.

Era incapaç de respondre-li. Continuava immòbil.

Va alçar les parpelles per mostrar alguna cosa més que ràbia.

—Et convertirà en una fastigosa sangonera en qüestió de poques setmanes! —va remugar entre dents.

Estava massa atordida per sentir-me ofesa per les seves paraules, de manera que em vaig limitar a assentir en silenci. La seva faç va adquirir un tint verdós per sota del seu habitual to vermellós.

—És clar que sí, Jake —vaig xiuxiuejar després d'un llarg minut de silenci—. Ell en té disset i jo cada dia m'acosto més als dinou. A més, quin sentit té esperar? Ell és tot el que estimo. Què més puc fer?

Jo ho havia plantejat com una qüestió purament retòrica.

—Qualsevol cosa, qualsevol altra cosa —les seves paraules van petar com la punta d'un fuet—. Seria millor que et morissis. Jo ho preferiria.

Vaig retrocedir com si m'hagués bufetejat. De fet, em dolien més aquestes paraules que no pas unes quantes bufes. Aleshores, quan l'aflicció em va travessar sencera, el meu mal geni va esclatar en flames.

—Potser tens sort —vaig replicar ombrívola mentre m'allunyava fent voltes—. Potser m'atropella un camió camí de casa.

Vaig agafar la moto i la vaig empènyer a fora, sota la pluja. En Jacob no va moure's quan vaig passar pel seu costat. Vaig enfilar-me a la moto en arribar al sender enfangat i amb un cop de peu vaig engegar-la. La roda posterior va llançar un sortidor de fang cap al garatge. Vaig desitjar que el toqués de ple.

La pluja em va calar fins els ossos mentre conduïa a corre cuita fins a casa els Cullen. Sentia com si el vent congelés les gotes sobre la meva pell i abans que hagués recorregut la meitat del trajecte ja petava de dents.

Les motos eren poc pràctiques a Washington. Vendria aquella andròmina a la primera de canvi.

Vaig empènyer el ciclomotor dins l'enorme garatge dels Cullen, on no em va sorprendre trobar-me l'Alice esperant-me enfilada al capó del seu Porsche. L'Alice va acariciar la relluent pintura groga.

—Encara no he tingut ocasió de conduir-lo.

Va sospirar.

—Perdona —vaig aconseguir pronunciar entre el petament de dents.

—Em sembla que t'aniria bé una dutxa calenta —digué de manera brusca mentre s'incorporava amb un saltiró.

—Sí.

Ella va prémer els llavis i em va estudiar el rostre amb cura.

—En vols parlar?

—No.

Va moure el cap en senyal d'assentiment, però els seus ulls lluïen de curiositat.

—Vols anar a Olympia aquesta nit?

—La veritat és que no. Puc anar-me'n a casa? —va reaccionar amb una ganyota—. Tant és Alice. Em quedaré si això t'ha de facilitar les coses.

—Gràcies.

Aquell dia me'n vaig anar a dormir d'hora i em vaig tornar a arraulir al sofà de l'Edward.

Encara era de nit quan em vaig despertar. Estava grogui, però sabia que encara no s'havia fet de dia. Vaig tancar els ulls, vaig rodar de costat. Em van caldre uns segons abans de comprendre que amb aquell moviment havia caigut de morros, però en canvi estava molt més còmoda.

Vaig incorporar-me una mica per intentar veure el meu voltant. L'obscuritat era més profunda que la del dia anterior. Els núvols eren massa espessos perquè la lluna els pogués travessar.

—Ho sento —va murmurar ell tan fluixet que la seva veu semblava que formés part de les ombres—. No et volia despertar.

Vaig tensar-me esperant l'esclat de fúria, la seva i la meva, però no hi hagué res més que la pau i la quietud de la foscor de l'habitació. Quasi podia delitar-me amb la dolçor de la retrobada, una fragància diferent de l'aroma del seu alè. El buit de la nostra separació deixava un regust amarg, del qual no n'era conscient fins que s'havia allunyat.

No van saltar espurnes en l'espai que ens separava. La quietud era pacífica, no com la calma prèvia a la tempesta, sinó com una nit clara en la qual no hi havia ni el més petit indici de temporal.

Tant m'era si jo havia d'estar enfadada amb ell. No em preocupava que hagués d'estar enutjada amb tots. Vaig estendre els braços endavant, vaig trobar les seves mans en la penombra i em vaig acostar a l'Edward, que em va abraçar i em bressolà contra el seu pit. Els meus llavis van buscar els seus recorrent-li el coll, la barbeta fins a trobar-los.

Em va besar dolçament durant uns segons i després va riure entre dents.

—Venia preparat per aguantar una ira que aplacaria els tigres de bengala, i què em trobo? T'hauria de fer enfadar més sovint.

—Dóna'm un minut per preparar-me —vaig bromejar mentre el besava de nou.

—Esperaré tot el que vulguis —van xiuxiuejar els seus llavis mentre fregaven els meus i enfonsava els dits als meus cabells.

La meva respiració es va anar fent cada cop més irregular.

—Potser al matí.

—El que tu diguis.

—Benvingut a casa —li vaig dir mentre els seus llavis freds em besaven per sota la mandíbula—. M'alegra que hagis tornat.

—Això és fantàstic.

—Mm —vaig coincidir mentre premia els braços al voltant del seu coll.

La seva mà va recórrer la corba del colze i descendí a poc a poc pel braç i les costelles per després passar pel la cintura i avançar per la cama fins el genoll, on va aturar-se, i enroscà la mà al voltant del panxell.

Vaig contenir l'alè. L'Edward mai no es permetia arribar tan lluny. A pesar de la gelor de les seves mans, em vaig sentir sobtadament acalorada. La seva boca va acostar-se al clot de la base del meu coll.

—No és per atraure la teva ira abans d'hora —va murmurar—, però, et fa res dir-me què té de dolent aquest llit perquè el rebutgis?

Abans de poder respondre, fins i tot abans de concentrar-me prou per trobar un sentit a les seves paraules, l'Edward va rodar a un costat i em va posar al damunt seu. Va sostenir-me el rostre amb les mans i el va orientar cap amunt de manera que el coll quedés a l'abast de la seva boca. La meva respiració va augmentar el volum d'una manera quasi enutjosa, però no em preocupava avergonyir-me.

—Què li passa al llit? —va tornar a preguntar—. Em sembla fantàstic.

—És innecessari —me les vaig enginyar per respondre.

Els meus llavis van perfilar-li el contorn de la boca abans que em retirés el rostre de davant seu i rodés sobre si mateix, aquest cop més lentament, per després estirar-se sobre meu, amb molt de compte per evitar que jo no hagués de suportar ni un gram de pes, però podia sentir la pressió del seu cos d'un fred marmori contra el meu. El cor em bategava amb tal força que a penes vaig sentir el seu riure esmortit.

—Aquesta és una qüestió discutible —va discrepar—. Seria difícil fer això a sobre d'un sofà.

Va recórrer el perfil dels meus llavis amb la llengua, freda com el gel.

El cap em rodava i la meva respiració es tornava escanyada i poc profunda.

—Has canviat d'idea? —vaig preguntar panteixant.

Potser havia reconsiderat totes les mesures de precaució. Potser aquell llit tenia més significats dels que jo havia suposat. El cor em dolia amb cada palpitació mentre esperava la seva resposta.

L'Edward va sospirar mentre girava a una banda; vam quedar-nos un a cada costat, descansant.

—No siguis ridícula, Bella —em va retreure amb un fort to de desaprovació. Era obvi que havia entès a què em referia—. Només intentava il·lustrar-te sobre els beneficis d'un llit que sembla que no t'agradi gens. No et deixis arrossegar.

—Massa tard —vaig murmurar—, i sí, el llit m'encanta —vaig afegir.

—Bé —vaig distingir una nota d'alegria mentre em besava al front—. A mi també.

—Però em sembla innecessari —vaig prosseguir—. Quin sentir té si no arribarem fins al final?

Va tornar a sospirar.

—Per enèsima vegada, Bella, és massa arriscat.

—M'agrada el perill —vaig insistir.

—Ja ho sé.

Hi havia un punt de rudesa a la seva veu i vaig comprendre que devia haver vist la moto al garatge.

—Jo diré què és perillós —em vaig afanyar a dir abans que pogués tocar un altre tema de discussió—; un dia d'aquests patiré una combustió espontània i la culpa serà només teva.

Va començar a empènyer-me fins que em va apartar.

—Què fas? —vaig protestar mentre m'aferrava a ell.

—Protegir-te de la combustió espontània. Si no ho pots suportar...

—Sabré arreglar-me-les —vaig insistir.

Va permetre que m'arrossegués fins al cercle dels seus braços.

—Lamento haver-te donat la impressió equivocada —digué—. No pretenc fer-te desgraciada. Això no està bé.

—En realitat, això és fenomenal.

Va respirar profundament.

—No estàs cansada? T'hauria de deixar dormir.

—No, no ho estic. No em fa res que em tornis a donar la impressió equivocada.

—Pot ser que sigui una mala idea. No ets l'única que pot deixar-se portar.

—Sí que ho sóc —em vaig queixar.

L'Edward va riure entre dents.

—No en tens ni idea, Bella. Tampoc no hi ajuda gaire que tinguis tantes ganes d'evitar el meu control.

—No et demanaré perdó per això.

—Puc disculpar-me jo?

—Per què?

—Estaves enfadada amb mi, recordes?

—Ah, això.

—Ho sento. M'he equivocat. M'és més fàcil tenir una perspectiva adequada quan et tinc aquí protegida —va augmentar la pressió dels braços sobre el meu cos—. Em torno boig quan et deixo. No crec que me'n torni a anar tan lluny. No val la pena.

Vaig somriure.

—No has localitzat cap puma?

—De fet, sí, però tot i així, l'angoixa no compensa. Lamento que l'Alice t'hagi retingut com a ostatge. Va ser una mala idea.

—Sí —vaig coincidir.

—No ho tornaré a fer.

—D'acord —vaig acceptar la seva disculpa sense problemes, perquè ja l'havia perdonat—, però les festes de pijames tenen els seus avantatges... —em vaig arraulir més a prop d'ell i el vaig besar al clot de la clavícula—. Tu pots raptar-me sempre que vulguis.

—Mm —va sospirar—. Potser et prenc la paraula.

—Aleshores, ara em toca a mi?

—A tu? —va demanar, confós.

—El meu torn de disculpa.

—Per què t'has de disculpar?

—No estàs enfadat amb mi? —vaig preguntar sense entendre res.

—No.

Semblava que ho deia seriosament.

Vaig arrufar les celles.

—No has parlat amb l'Alice abans de venir aquí?

—Sí, per què...?

—Li retiraràs el Porsche?

—Clar que no. Era un regal.

M'hauria agradat veure-li les faccions. A jutjar pel to de veu, semblava que se sentís insultat.

—No vols saber què he fet? —li vaig preguntar mentre em començava a desconcertar per la seva aparent falta de preocupació.

Vaig notar com arronsava les espatlles.

—Sempre m'interessa tot el que fas, però no m'ho has d'explicar tret que en tinguis ganes.

—Però he anat a La Push.

—N'estic al corrent.

—I m'he escapat de l'institut.

—També ho sé.

Vaig mirar cap el lloc d'on provenia la veu mentre recorria els seus trets amb les puntes dels dits en un intent d'esbrinar el seu estat d'ànim.

—D'on surt tanta tolerància? —vaig inquirir.

L'Edward va sospirar.

—He decidit que tens raó. El meu problema tenia més a veure amb el meu... prejudici contra els licantrops abans que amb qualsevol altra cosa. Intentaré ser més raonable i confiar en el teu seny. Si tu dius que és segur, aleshores et creuré.

—Vaja!

—I el més important..., no estic disposat que això sigui un obstacle entre nosaltres.

Vaig recolzar el cap sobre el seu pit i vaig tancar els ulls, totalment satisfeta.

—Bé —va murmurar com aquell qui res—, tenies plans per tornar aviat a La Push?

No vaig respondre. La pregunta va dur-me al record les paraules d'en Jacob, i vaig sentir una pressió a la gola. Ell va mal interpretar el meu silenci i la rigidesa del meu cos.

—Només és perquè jo pugui fer els meus propis plans —va afanyar-se a dir—. No vull que et sentis obligada a anticipar la teva tornada perquè jo estigui aquí esperant-te.

—No —vaig respondre amb una veu que em va ser estranya—, no tinc previst tornar-hi.

—Ah. Per mi no ho facis.

—Tinc la sensació que he deixat de ser una benvinguda, allà —vaig xiuxiuejar.

—Has atropellat algun gat? —va preguntar mig en broma. Sabia que no em volia estirar la llengua, però vaig notar una forta curiositat en les seves paraules.

—No —vaig agafar aire i vaig murmurar l'explicació d'una manera atropellada—: vaig pensar que en Jacob havia entès... No em pensava que el sorprengués —l'Edward va esperar mentre jo vacil·lava—. Ell no esperava que passés... tan aviat.

—Ah, ja —va fer l'Edward en veu baixa.

—Va dir que preferia veure'm morta —se'm va trencar la veu en dir la darrera paraula.

L'Edward es va mantenir immòbil durant uns instants fins a controlar la seva reacció; fos quina fos, no volia que jo la veiés. Després em va prémer fort contra el seu pit.

—Em sap molt de greu.

—Em pensava que t'alegraries —va murmurar.

—Alegrar-me del fet que t'hagin ferit? —va mormolar amb els llavis a prop dels meus cabells—. No crec que això m'alegri mai, Bella.

Vaig sospirar i em vaig relaxar mentre m'acomodava a la seva figura de pedra, però ell estava immòbil, tens.

—Què passa? —vaig demanar.

—Res.

—M'ho pots dir.

Es va mantenir un minut callat.

—Potser t'enfadaràs.

—Tot i així, ho vull saber.

Va sospirar.

—Podria matar-lo, i ho dic seriosament, per haver-te dit això. Ho vull fer.

Vaig riure amb poc entusiasme.

—És fantàstic que tinguis tant domini de tu mateix.

—Podria fallar —el seu to era pensatiu.

—Si la teva força de voluntat ha de flaquejar, se m'acut un objectiu millor —em vaig estirar i incorporar per besar-lo. Els seus braços em van subjectar amb força per frenar-me.

Va sospirar.

—He de ser sempre jo l'únic assenyat?

Vaig somriure en l'obscuritat.

—No. Deixa per a mi el tema de la responsabilitat durant una estona, o millor dit, unes hores.

—Bona nit, Bella.

—Espera, vull preguntar-te una cosa més.

—De què es tracta?

—Vaig parlar amb la Rosalie ahir a la nit...

Ell va tornar a tensar-se.

—Sí, ella pensava en això quan he tornat. Et va fer pensar molt a tu, oi que sí?

La seva veu reflectia angoixa. Vaig entendre que ell creia que jo volia parlar sobre les raons que la Rosalie m'havia donat per continuar sent humana. Malgrat tot, a mi m'interessava parlar d'una altra cosa molt més urgent.

—Em va parlar una mica del temps que la teva família va viure a Denali.

Es va produir una lleu desviació del tema. Això va semblar que l'agafava desprevingut.

—Ah, sí?

—Em va dir alguna cosa sobre un grup de vampiresses... i tu —l'Edward no em va respondre malgrat que em vaig esperar una bona estona—. No et preocupis —vaig prosseguir quan el silenci es va fer insuportable—, ella em va assegurar que no havies demostrat cap preferència per cap d'elles, però, ja saps, em preguntava si alguna sí que ho va fer, o sigui, si va manifestar alguna preferència per tu —ell va continuar callat—. Qui va ser? —vaig preguntar intentant mantenir un to despreocupat, però sense aconseguir-ho del tot—. O n'hi va haver més d'una?

No es va produir cap resposta. M'hauria agradat veure-li la cara per intentar esbrinar el significat d'aquell mutisme.

—Ja m'ho dirà l'Alice —vaig afirmar—. Vaig a preguntar-li ara mateix.

Em va subjectar amb més força i vaig ser incapaç de moure'm ni mig centímetre.

—És tard —digué. Hi havia una nota nova a la seva veu, potser una mica de nervis i una dosi de vergonya—. A més, crec que l'Alice ha sortit...

—No m'has de dir res de bo —vaig aventurar—, no hi ha res de bo, veritat?

Em vaig aterrir. El meu cor va accelerar-se quan em vaig imaginar la guapíssima rival immortal que mai abans no m'havia imaginat que tindria.

—Calma't, Bella —em va demanar mentre em besava la punta del nas—. No siguis ridícula.

—Ho sóc? Aleshores, per què no em dius res?

—Per què no hi ha res a dir. Ho estàs traient tot de lloc.

—Quina d'elles va ser? —vaig insistir.

Ell va sospirar.

—La Tanya va expressar un petit interès i jo li vaig fer saber molt cortesament i cavallerescament que no li corresponia. Fi de la història.

—Digue'm una cosa… —vaig intentar mantenir la veu el més tranquil·la possible—, quin aspecte té?

—Com tots nosaltres: faç pàl·lida, ulls daurats... —es va afanyar a respondre.

—… i, per tant, és extraordinàriament guapa.

Vaig notar com s'arronsava d'espatlles.

—Suposo que sí, a ulls dels mortals —va respondre amb apatia—, però, saps què?

—Què? —vaig preguntar emmurriada.

Va apropar els llavis a la meva orella i va exhalar el seu fred alè abans de contestar.

—Prefereixo les morenes.

—Això vol dir que ella és rossa.

—Té els cabells d'un color ros rogenc. No és gens el meu tipus.

Hi vaig estar donant voltes una estona. Intentava concentrarme mentre recorria el meu coll amb els llavis una vegada i una altra. Durant el tercer trajecte, finalment, vaig parlar.

—Doncs suposo que està bé així —vaig decidir.

—Mm —va xiuxiuejar arran de pell—. Ets encara més adorable quan et poses gelosa. És sorprenentment agradable.

Vaig fer una ganyota en la foscor.

—És tard —va repetir. El seu mormol semblava un cantussol. La seva veu era suau com la seda—. Dorm, Bella meva. Que tinguis dolços somnis. Tu ets l'única que m'ha arribat al cor. Sempre seré teu. Dorm, amor meu.

Va començar a taral·lejar una cançó de bressol i vaig saber que era una qüestió de temps que sucumbís, per la qual cosa vaig tancar les parpelles i em vaig arraulir al seu pit.

Objetiu

L'endemà al matí, l'Alice em va deixar a casa per continuar amb la farsa de la festa de pijames. No passaria gaire temps abans que l'Edward aparegués, oficialment, de retorn de l'excursió. Començava a estar fins al capdamunt de tants fingiments. No trobaria gens a faltar aquella part de la meva vida humana.

En Charlie va treure el cap a través de la finestra de la façana de casa quan em va sentir tancar de cop la porta del cotxe. Va saludar amb un braç l'Alice i després es va dirigir a l'entrada per rebre'm.

—T'has divertit? —em va demanar el pare.

—Sí, ha estat bé, ha estat… típic de noies.

Vaig entrar les meves coses i les vaig deixar al peu de les escales per anar a la cuina a buscar una queixalada.

—Tens un missatge —em va avisar en Charlie, rere meu.

El bloc de notes del telèfon estava sobre el marbre de la cuina, recolzat en una cassola perquè fos ben visible.

«T'ha trucat en Jacob», havia escrit en Charlie.

M'ha dit que no pretenia dir el que va dir i que ho lamenta molt. Vol que li truquis. Sigues amable i tranquil·litza'l. Semblava alterat.

Vaig fer un ganyot. No era freqüent que el meu pare expressés la seva opinió sobre els meus missatges.

En Jacob podria estar alterat, però continuaria endavant. No volia parlar amb ell. L'últim que havia sabut és que les trucades de l'altra banda no eren ben rebudes. Si en Jacob em volia morta, seria millor que s'anés acostumant al silenci.

Vaig perdre la gana, i vaig fer mitja volta per anar a guardar els meus trastos.

—No trucaràs a en Jacob? —va demanar en Charlie, que m'observava recolzat a la paret del menjador.

—No.

Vaig pujar les escales.

—Aquesta no és manera de comportar-se, Bella —em va sermonejar—. El perdó és sagrat.

—Fica't als teus assumptes —vaig murmurar prou fluixet perquè em pogués sentir.

Sabia que s'estava acumulant la roba bruta, per la qual cosa, després de rentar-me les dents i guardar la pasta dentífrica, vaig omplir el cistell de la roba i vaig desfer el llit del pare. Vaig deixar un piló amb els seus llençols a les escales i vaig anar a buscar els meus.

Vaig aturar-me al costat del llit tot inclinant el cap.

On era el meu coixí? Vaig girar en rodó, recorrent l'habitació amb els ulls, sense ni rastre de coixí. Aleshores em vaig adonar de l'ordre excessiu que s'imposava a la meva habitació. Que potser el meu jersei gris no s'arrugava als peus del llit? I hauria jurat que hi havia un parell de mitjons bruts rere el balancí, juntament amb la brusa vermella que m'havia emprovat feia dos dies i, com que l'havia trobat massa elegant per anar a l'institut, l'havia penjat al braç del balancí. Vaig fer una altra volta sencera. El cistell de la roba no estava buit, però tampoc no vessava, tal i com jo em pensava.

En Charlie havia rentat la roba? M'estranyava.

—Has fet bugada?

—Daixò..., no —va contestar amb un crit des de baix. Semblava avergonyit—. Que volies que la fes?

—No, ja me n'encarrego jo. Has buscat res a la meva habitació?

—No, per què?

—No trobo... una brusa...

—Ni tan sols hi he entrat.

Aleshores hi vaig caure. L'Alice havia vingut a buscar-me el pijama. No me n'havia adonat que s'havia endut el meu coixí, probablement perquè havia evitat el llit. Feia la impressió que ho havia netejat tot mentre passava. Em vaig avergonyir del meu desordre.

La brusa vermella no estava bruta, de manera que vaig anar al cistell de la roba bruta per treure-la'n.

Esperava trobar-la al damunt de tot, però no hi era. Vaig regirar la pila sense trobar-la. Sabia que m'estava posant paranoica, però tot apuntava que havia perdut una peça de roba, potser més d'una. Al cistell no hi havia ni la meitat de la roba que hi hauria d'haver.

Vaig desfer el llit, vaig agafar els llençols i em vaig dirigir a l'armari del safareig, recollint els d'en Charlie en passar. La rentadora estava buida. Vaig revisar l'assecadora, amb l'esperança de trobar-hi un carregament de roba neta per obra i gràcia de l'Alice. No hi havia res. Vaig fer cara de males puces, perplexa.

—Has trobat el que buscaves? —em va preguntar el pare, cridant.

—Encara no.

Vaig pujar al pis per regirar sota el llit, on no hi havia res més que borrissols de pols. Vaig buscar pel tocador. Potser ho havia deixat allà i me n'havia oblidat.

—Truquen a la porta —em va informar en Charlie des del sofà quan vaig passar fent saltirons.

—Ja hi vaig jo, no t'hi trenquessis un os, pare.

Vaig obrir la porta amb un gran somriure a la cara.

L'Edward tenia dilatats els seus ulls daurats, bufava pel nas i aprimava els llavis, deixant les dents al descobert.

—Edward? —la meva veu va aguditzar-se a causa de la sorpresa quan vaig entendre el significat de la seva expressió—. Què passa?

—Dóna'm dos segons —va posar-se un dit als llavis i va afegir molt baix—: No et moguis.

Vaig romandre immòbil al llindar i ell... desaparegué. Va moure's a una velocitat que el meu pare ni tan sols el va veure passar.

Va tornar abans que aconseguís recobrar les maneres i que pogués comptar fins a dos. Em va encerclar la cintura amb el braç i em conduí de seguida a la cuina. Va recórrer l'espai ràpidament amb la mirada, mentre em tenia ben agafada contra el seu cos com si m'estigués protegint d'alguna cosa. Vaig fer un cop d'ull al sofà. En Charlie ens ignorava de forma intencionada.

—Algú ha estat aquí —em digué a l'orella després de conduirme al fons de la cuina. Parlava amb veu forçada. Era difícil sentir-lo per damunt del centrifugat de la rentadora.

—Et juro que cap licantrop… —vaig començar a dir.

—No és un d'ells —em va interrompre immediatament al temps que negava amb el cap—, sinó un dels nostres.

El to de la seva veu deixava clar que no es referia a un membre de la seva família.

Em vaig quedar blanca.

—La Victoria? —vaig inquirir amb la veu trencada.

—No reconec l'aroma.

—Un dels Vulturis —vaig aventurar.

—És molt probable.

—Quan?

—No fa gaire, aquesta matinada, mentre en Charlie dormia. Per aquest motiu crec que es tracta d'ells, i sigui qui sigui no l'ha tocat, per tant devia tenir un altre objectiu.

—Buscar-me.

No em va contestar, el seu cos s'havia quedat immòbil, com una estàtua.

—Què esteu xiuxiuejant vosaltres dos? —va preguntar el meu pare amb recel mentre entrava a la cuina amb un bol de crispetes buit.

Em vaig sentir marejada. Un vampir m'havia vingut a buscar dins de casa mentre el meu pare hi dormia. El pànic em va aclaparar fins al punt de deixar-me muda. Vaig ser incapaç de respondre. Només vaig poder mirar-lo horroritzada.

L'expressió d'en Charlie va canviar i de sobte va esbossar un somriure.

—Si esteu tenint una discussió..., bé, no us vull interrompre.

Sense deixar de somriure, va deixar el bol a la pica i se'n va anar amb un aire despreocupat.

—Anem —va instar-me l'Edward amb determinació.

—Però..., i en Charlie?

La por em tenallava el pit i em dificultava la respiració.

Ell va cavil·lar durant uns segons, i va treure el mòbil.

—Emmett —va dir entre dents. Va començar a parlar tan de pressa que no vaig poder distingir les paraules. Va acabar de parlar al cap de mig minut; després va arrossegar-me fins a la porta del carrer.

—L'Emmett i en Jasper ara vénen —em va informar en sentir que em resistia—. Faran una batuda als boscos. El teu pare estarà segur.

Aleshores, massa esfereïda per pensar amb claredat, vaig deixar que m'arrossegués amb ell.

El gest de suficiència d'en Charlie es va convertir en una ganyota de confusió quan les nostres mirades van trobar-se, però l'Edward em va treure per la porta abans que el pare pogués dir res.

—A on anem? —no era capaç de parlar en veu alta ni tan sols a dins del cotxe.

—Anem a parlar amb l'Alice —em va respondre amb el seu volum de veu normal, però amb un to ombrívol.

—Creus que ha pogut veure res?

Va estrènyer els ulls i mantingué la mirada clavada a la carretera.

—Pot ser.

Ens estaven esperant, alertats per la trucada de l'Edward. Moure's per la casa era com moure's per un museu on tothom estava quiet com estàtues en diferents posicions que reflectien la tensió.

—Què passa? —va voler saber l'Edward quan vam entrar.

Em va sorprendre'l veure amb el punys tancats d'ira. Va fulminar l'Alice amb la mirada, que estava amb el braços fortament plegats al pit. Només va moure els llavis per respondre:

—No en tinc ni idea. No he vist res.

—Com és possible? —va bufar ell.

—Edward —li vaig dir, en senyal de reprovació. No m'agradava que li parlés amb aquest to.

En Carlisle va intervenir amb un gest tranquil·litzador.

—El seu do no és cap ciència exacta, Edward.

—Estava a l'habitació de la Bella. Potser encara hi és, Alice, esperant-la.

—Això ho hauria vist.

Ell va alçar els braços, exasperat.

—De debò? N'estàs segura?

—Ja em tens vigilant les decisions dels Vulturis, el retorn de la Victoria i tots i cada un dels passos de la Bella —va respondre l'Alice fredament—, vols afegir-hi res més? Vols que vetlli per en Charlie? O també he d'estar al cas de l'habitació de la Bella, i de casa seva, i per què no de tot el carrer? Edward, de seguida se m'escaparan coses, es crearan massa escletxes si ho intento abraçar tot.

—Tinc la impressió que això ja ha passat —li va etzibar l'Edward.

—No hi havia res a veure perquè ella no ha estat mai en perill.

—Si estaves vigilant el que passa a Itàlia, per què no els has vist enviar...?

—Dubto que siguin ells —va proferir l'Alice—. Ho hauria vist.

—Qui més hauria deixat viu en Charlie?

Em vaig estremir.

—No ho sé —va admetre l'Alice.

—Molt útil.

—Prou, Edward —li vaig demanar amb un fil de veu.

Va girar-se cap a mi amb el rostre encara lívid i les dents serrades. Em va llançar una mirada enverinada, i després, de sobte, va espirar. Va obrir els ulls i relaxà la mandíbula.

—Tens raó, Bella. Ho sento —va mirar l'Alice—. Perdona'm. No està bé que hagi descarregat la meva frustració en tu.

—Ho entenc —li va assegurar—. A mi tampoc no em fa feliç aquesta situació.

L'Edward va respirar profundament.

—D'acord, examinem tot això des d'un punt de vista lògic. Quines són les alternatives?

Va semblar que es relaxaven tots alhora. L'Alice es va calmar i es reclinà contra el respatller del sofà. En Carlisle va acostar-se a ell a pas lent i amb la mirada absent. L'Esme va asseure's al sofà i flexionà les cames per posar-les al damunt. Només la Rosalie va romandre immòbil i d'esquena a nosaltres mentre mirava pel mur de cristall.

L'Edward em va arrossegar fins el sofà, on vaig seure al costat de l'Esme, que canvià de postura per rodejar-me amb un braç. Em va prémer una mà amb força.

—Pot ser la Victoria? —demanà en Carlisle.

—No. No conec aquesta aroma —l'Edward va moure el cap—. Potser és un enviat dels Vulturis, algú a qui no coneixem...

Ara va ser l'Alice qui va moure el cap.

—L'Aro encara no ha demanat a ningú que la busqui. Això sí que ho veuré. Ho estic esperant.

L'Edward va girar el cap immediatament.

—Vigiles una ordre oficial.

—Creus que es tracta d'algú que està actuant per compte propi? Per què?

—Potser és una idea d'en Caius —va suggerir l'Edward, amb el rostre tens de nou.

—O de la Jane —va postil·lar l'Alice—. Tots dos disposen de recursos per enviar un desconegut...

—... i la motivació —l'Edward va tòrcer el gest.

—Tot i així, no té sentit —va replicar l'Esme—. L'Alice hauria vist qualsevol que pretengués atacar la Bella. Ell, o ella, no té la intenció de ferir-la; ni a ella ni a en Charlie, de fet.

Em vaig encongir en sentir el nom del meu pare.

—Tot acabarà bé, Bella —em va assegurar l'Esme mentre m'allisava els cabells.

—Aleshores, quin propòsit persegueix? —va meditar en Carlisle en veu alta.

—Verificar si encara sóc humana? —vaig aventurar.

—És una opció —va respondre en Carlisle.

La Rosalie va proferir un sospir prou fort perquè el sentís. Continuava immòbil i mirant cap a la cuina amb expectació. L'Edward semblava desanimat.

En aquells moments, l'Emmett va travessar la porta de la cuina amb en Jasper trepitjant-li els talons.

—Se n'ha anat fa vàries hores, massa —va anunciar l'Emmett, decebut—. El rastre conduïa a l'est i després al sud. Desapareixia en una vorera on el devia esperar un cotxe.

—Quina mala sort —va murmurar l'Edward—. Hauria sigut fantàstic que se n'hagués anat a l'oest. Aquells gossos haurien sigut útils almenys un cop a la vida.

L'Esme em va fregar l'espatlla en notar que tremolava.

En Jasper va mirar en Carlisle.

—Cap de nosaltres no l'identifiquem, però té —li va donar alguna cosa verda i arrugada que en Carlisle va sostenir davant seu. Mentre canviava de mans, vaig veure que es tractava d'una fulla de falguera—. Potser en coneixes l'olor.

—No, no em resulta familiar —va replicar després d'ensumar—. No és ningú que jo recordi.

—Potser ens estem equivocant, i només és una simple coincidència... —va començar a dir l'Esme, però es va aturar quan va veure les expressions d'incredulitat en els rostres de tots—. No vull dir que sigui casualitat el fet que un foraster esculli a l'atzar visitar la casa de la Bella, però sí que potser només es tracta d'un curiós. El lloc està impregnat de les nostres fragàncies. I si només es preguntava què ens feia anar per allà?

—En aquest cas, si només es tracta d'un xafarder, per què no va limitar-se a venir fins aquí? —va demanar l'Emmett.

—Tu ho faries —va replicar l'Esme amb un somriure afectuós—. La majoria de nosaltres no sempre actua de forma directa. La nostra família és molt gran, ell o ella podria estar espantat, però no ha ferit en Charlie. Potser no és cap enemic.

Simplement, un curiós. Com el James i la Victoria, al principi? Només el record de la Victoria ja em va fer tremolar, tot i que l'única cosa en què tots coincidien era que no es tractava d'ella. No en aquesta ocasió. La Victoria s'aferrava al seu model obsessiu. Aquest convidat seguia un patró diferent; era algú altre, un foraster.

De mica en mica començava a adonar-me de la gran implicació dels vampirs en aquest món, molt més del que mai m'havia arribat a pensar. Quantes vegades es creuaven els seus camins amb els dels ciutadans normals, totalment aliens a la realitat? Quantes morts, qualificades com a crims i accidents, es devien a la seva set? Estaria gaire concorregut aquest nou món quan, al final, jo en passés a formar part?

La perspectiva del meu emboirat futur em va provocar un calfred al llarg de l'espinada.

Els Cullen van sospesar les paraules de l'Esme amb diferents expressions. Vaig tenir clar que l'Edward no acceptava aquesta teoria i que en Carlisle la volia acceptar fos com fos.

—Jo no ho veig així —l'Alice va prémer els llavis—. La sincronització va ser massa precisa... El visitant va esforçar-se a no establir contacte, quasi com si sabés el que jo podia veure...

—Potser tenia uns altres motius per evitar la comunicació —va recordar-li l'Esme.

—Importa gaire qui sigui en realitat? —vaig preguntar—. No n'hi ha prou amb saber que algú m'està buscant? No hauríem d'esperar a la graduació.

—No, Bella —va saltar l'Edward—. La situació no és tan greu. Si estiguessis en perill de veritat ho sabríem.

—Pensa en en Charlie —em va recordar en Carlisle—. Imagina com li afectaria que desapareguessis.

—Estic pensant en ell! Ell és qui em preocupa! Què hauria passat si el meu visitant hagués tingut set aquesta nit? Si estic a prop del meu pare ell també es converteix en un objectiu. Si li passa alguna cosa, la culpa serà meva i només meva.

—Ni de bon tros, Bella —va intervenir l'Esme, acariciant-me els cabells de nou—. I a en Charlie no li passarà res. Hem d'anar amb més de compte, només això.

—Amb més de compte? —vaig replicar, incrèdula.

—Tot acabarà bé —em va assegurar l'Alice.

L'Edward em va prémer la mà amb força.

En estudiar tots i cada un d'aquells bonics rostres, detalladament, vaig saber que res del que jo pogués dir no els faria canviar d'idea.

Vam fer en silenci el trajecte cap a casa. Estava frustrada. Continuava sent humana malgrat que jo sabés que, en aquests moments, això era un error.

—No estaràs sola ni un segon —em va prometre l'Edward mentre em conduïa a casa en Charlie—. Sempre hi haurà algú a prop, l'Emmett, l'Alice, en Jasper...

Vaig sospirar.

—Això és ridícul. S'avorriran tant que m'hauran de matar ells mateixos, encara que només sigui per distreure's.

Em va dedicar una mirada enverinada.

—Que graciosa, Bella!

Quan vam arribar, en Charlie es va posar d'un humor excel·lent en veure, i mal interpretar, la tensió que hi havia entre nosaltres dos. Ben convençut, em va veure improvisar qualsevol cosa per sopar. L'Edward se n'havia hagut d'anar uns minuts pel que vaig suposar que seria alguna tasca de vigilància, però el pare va esperar que tornés per donar-me els encàrrecs.

—En Jacob ha tornat a trucar —va dir quan l'Edward va entrar a la cuina. Vaig mantenir el gest inexpressiu mentre li posava el plat al davant.

—Ah sí?

En Charlie va arrufar les celles.

—Sigues una mica comprensiva, Bella. Semblava molt deprimit.

—Et paga en Jacob perquè siguis el seu representant, o és que t'has fet voluntari?

El meu pare va remugar de forma incoherent fins que el menjar va silenciar les seves queixes inintel·ligibles, però, sense saber-ho, havia fet diana.

En aquell precís moment, jo tenia la sensació que la meva vida era com una partida de daus. A quina tirada em sortirien un parell d'uns? Què passaria si em passava res? Això semblava pitjor que la falta lleu de deixar en Jacob amb remordiments per les seves paraules.

En tot cas, no volia parlar amb ell mentre en Charlie rondés per allà a prop vigilant cada una de les meves paraules per tal de no cometre cap relliscada. Pensar en això em va fer envejar la relació existent entre en Jacob i en Billy. Que fàcil que ha de ser no tenir cap secret amb la persona amb qui vius!

Per tot això, m'esperaria al dia següent. Al cap i a la fi, era poc probable que em morís aquella mateixa nit, i unes dotze hores més de culpabilitat no li anirien gens malament. Potser fins i tot li convenien.

Quan l'Edward se'n va anar oficialment a la nit, em vaig preguntar qui hi hauria fent guàrdia sota el xàfec d'aigua que queia, vigilant-nos a en Charlie i a mi. Em vaig sentir culpable per l'Alice o qui fos, però tot i així vaig sentir cert consol. Havia d'admetre com n'era d'agradable saber que no estava sola, i l'Edward va tornar silenciosament en un temps rècord.

Va cantussejar fins que em vaig adormir i, conscient de la seva presència fins i tot en la inconsciència, vaig dormir sense malsons.

L'endemà al matí, el meu pare va sortir a pescar amb en Mark, el seu ajudant a la comissaria, abans que jo em llevés. Vaig decidir aprofitar el temps de llibertat per empolainar-me.

—Me'n vaig a veure en Jacob per perdonar-lo —vaig avisar l'Edward després de l'esmorzar.

—Estava segur que ho faries —va contestar amb un somriure fàcil—. Guardar rancor a algú no figura entre els teus dons.

Vaig girar els ulls en blanc, però estava encantada de comprovar que realment havia donat per acabada la seva campanya contra els homes llop.

No vaig mirar quina hora era fins després de marcar el número de telèfon. Era aviat per trucar i em va preocupar la possibilitat de despertar en Billy i en Jake, però algú va despenjar abans del segon to, per la qual cosa no devia estar gaire lluny del telèfon.

—Sí? —va respondre una veu apagada.

—Jacob?

—Bella, oh, Bella, em sap molt de greu! —va exclamar tan ràpidament que s'entrebancava de la pressa que tenia per parlar—. Et juro que no ho volia dir. Em vaig comportar com un neci. Estava enfadat, però això no és cap excusa. És el més estúpid que he dit en ma vida, i ho sento molt. No t'enfadis amb mi, sisplau, d'acord? Estic disposat a una vida de servitud, a fer tot el que tu vulguis a canvi del teu perdó.

—No estic enfadada. Ja et perdono.

—Gràcies —va rebufar—. No em puc creure que digués una estupidesa semblant.

—No et preocupis per això. Hi estic acostumada.

Ell va fer grans riallades, eufòric d'alleujament.

—Vine'm a veure —em va implorar—. Vull compensar-te.

Vaig fer una ganyota.

—Com?

—Com tu vulguis. Podem fer el salt del penya-segat —va suggerir mentre tornava a riure.

—Vaja, quina idea més brillant.

—Et mantindré fora de perill —va prometre—. No m'importa el que vulguis fer.

Una ullada al rostre de l'Edward va ser suficient per saber que no era el moment adequat, malgrat la calma de la seva expressió.

—Ara mateix no puc.

—A ell no li caic gaire bé, oi que no? —per una vegada, la seva veu reflectia més rubor que rancor.

—Aquest no és el problema. Hi ha... Bé, en aquest moment tinc un altre problema més important que un exasperant licantrop adolescent.

Vaig intentar mantenir un to jocós, però no el vaig enganyar, ja que va demanar:

—Què passa?

—Daixò...

No estava segura de si l'hi havia de dir. L'Edward va estirar la mà per agafar l'auricular. Vaig estudiar el seu rostre amb cura. Semblava força tranquil.

—Bella? —em va preguntar en Jacob.

L'Edward va sospirar i va apropar més la mà estesa.

—Et fa res parlar amb l'Edward? —li vaig preguntar amb certa aprensió—. No sé què et vol dir.

Es va produir una llarga pausa.

—D'acord —va acceptar en Jacob al final de l'interval—. Això promet ser interessant.

Vaig donar el telèfon a l'Edward amb l'esperança que interpretés correctament la meva mirada d'advertiment.

—Hola, Jacob —va començar ell amb una amabilitat impecable. Va fer-se silenci. Em vaig mossegar el llavi, intentant endevinar la possible contesta d'en Jacob—. Algú ha estat aquí, i no en conec l'olor —li va explicar l'Edward—. La teva bandada s'ha trobat amb res de nou?

Hi va haver una altra pausa mentre l'Edward assentia per a si mateix, sense sorprendre's.

—Heus aquí el quid de la qüestió, Jacob. No perdré de vista la Bella fins que no ho hagi resolt. No és res personal...

Aleshores en Jacob el va interrompre. Vaig poder sentir el zumzeig de la seva veu a través del receptor. Fossin quines fossin les seves paraules, eren més intenses que abans. Vaig intentar desxifrar-ho sense èxit.

—Potser tens raó —va començar l'Edward, però en Jacob va continuar expressant el seu punt de vista. Almenys, cap dels dos semblava enfadat.

—És un suggeriment interessant i estem disposats a negociar si en Sam se'n fa responsable.

En Jacob va abaixar el volum de la veu. Vaig començar a mossegar-me l'ungla del polze mentre intentava desxifrar l'expressió de l'Edward, que va respondre:

—Gràcies.

Aleshores en Jacob va afegir alguna cosa més que va provocar un gest de sorpresa en el rostre de l'Edward, que va respondre a la inesperada proposta:

—De fet, havia planejat anar-hi sol i deixar-la amb els altres.

El meu amic va alçar un punt la veu. Vaig tenir la sensació que intentava ser persuasiu.

—Ho consideraré objectivament —li va assegurar l'Edward—, amb tota l'objectivitat que sigui capaç.

Aquest cop l'interval de silenci va ser més breu.

—No és cap mala idea. Quan...? No, està bé. De totes maneres, m'agradaria tenir l'ocasió de rastrejar la pista personalment. Deu minuts... Doncs clar —va respondre l'Edward abans d'oferir-me l'auricular —. Bella?

Vaig agafar el telèfon a poc a poc, sentint-me una mica confosa.

—De què va tot això? —li vaig preguntar a en Jacob, una mica picada. Sabia que era una ximpleria, però em sentia exclosa.

—Crec que és una treva. Ei, fes-me un favor —em va proposar en Jacob—, procura convèncer el teu xuclasang del fet que el lloc més segur per a tu, sobretot en la seva absència, és aquí a la reserva. Nosaltres serem capaços d'enfrontar-nos a qualsevol cosa.

—Intentaràs vendre-li aquesta moto?

—Sí. Té sentit. A més, el millor seria que en Charlie marxés d'aquí també tan aviat com pugui.

—Fica-hi també en Billy —vaig admetre. Odiava posar el meu pare en el punt de mira que sempre havia estat centrat en mi—. Què més?

—Hem parlat d'un simple reajustament de fronteres per poder atrapar qualsevol que rondi massa a prop de Forks. No sé si en Sam s'ho empassarà, però mentre volti per aquí, em mantindré amb l'ull viu.

—Què vols dir que et mantindràs amb l'ull viu?

—Que no disparis si veus un llop a prop de casa teva.

—Per descomptat que no, tot i que tu no faràs res... arriscat...

Va bufar.

—No siguis ximple. Ja em sé cuidar.

Vaig sospirar.

—També he intentat convèncer-lo perquè em puguis venir a visitar. Té prejudicis. No deixis que et digui cap bestiesa sobre la seguretat. Saps tan bé com jo que aquí pots estar tranquil·la.

—Ho tindré en compte.

—Ens veiem aviat —va dir en Jacob.

—Pujaràs fins aquí?

—Exacte. Intentaré percebre l'olor del vostre visitant per poderlo rastrejar per si de cas tornés.

—Jake, no m'agrada gens la perspectiva que et posis a seguir la pista de...

—Vinga, Bella, sisplau —em va interrompre.

En Jacob va riure i després va penjar.

L'olor

Tot era massa infantil. Per quins set sous l'Edward s'havia deixat convèncer perquè en Jacob pogués acostar-se a casa? No érem ja prou grandets per aquesta mena de criaturades?

—No és que senti cap tipus d'antagonisme cap a ell, Bella, és que així resulta més senzill per a tots dos —em va dir l'Edward a la porta—. Jo estaré a prop, i tu sana i estàlvia.

—No és això el que em preocupa.

Ell va somriure i una brillantor va obrir-se pas als seus ulls murris. Em va abraçar amb força i va enterrar el rostre entre els meus cabells. Vaig sentir com el seu alè fred s'estenia pels blens quan va exhalar l'aire; se'm va eriçar la pell del coll.

—Tornaré aviat —em va assegurar.

A continuació, es va posar a riure en veu alta com si li hagués explicat un bon acudit.

—Què és tan divertit?

Però ell es va limitar a somriure i va córrer fins els arbres sense respondre'm.

Vaig anar a netejar la cuina sense deixar de remugar per dins, però el timbre de la porta va sonar abans fins i tot que s'hagués omplert la pica d'aigua. Era difícil acostumar-se a la rapidesa d'en Jacob, encara que vingués sense cotxe; tothom es movia molt més ràpid que jo...

—Entra, Jake! —vaig cridar.

Estava tan concentrada amuntegant els plats a l'aigua sabonosa que m'havia oblidat que en Jacob solia moure's amb la cautela d'un fantasma. Em vaig endur un bon ensurt quan de sobte vaig sentir-li la veu a darrere meu.

—És necessari que deixis la porta oberta d'aquesta manera?

—degut a l'ensurt, em vaig esquitxar amb l'aigua de la pica—. Oh, ho sento.

—No em fa por la gent que s'atura davant una porta tancada —li vaig contestar mentre m'assecava la part de davant de la faldilla amb un drap de cuina.

—Un a zero —va assentir.

Em vaig girar per mirar-lo amb un cert aire crític.

—És que t'és impossible anar vestit, Jacob? —vaig demanar. Un cop més en Jacob anava amb el pit nu i no duia res més que uns vells texans tallats. Em preguntava si no era perquè se sentia tan orgullós de la seva nova musculatura que no podia suportar la idea d'amagar-la. Havia d'admetre que era impressionant, però mai vaig pensar que pogués ser tan vanitós—. Vull dir, ja sé que no et constiparàs, però tot i així...

Va passar-se la mà pels cabells molls, que li queien pel front.

—És més senzill —em va explicar.

—Què és més senzill?

Va somriure amb condescendència.

—Ja és prou molest haver de portar uns pantalons curts pertot arreu, no diguem ja dur més roba. Què et penses, que sóc una mula de càrrega?

Vaig arrufar les celles.

—De què parles, Jacob?

Tenia una expressió de superioritat a la cara, com si jo no ho veiés obvi.

—Quan em transformo la meva roba no apareix i desapareix com per art d'encantament. L'he de dur quan corro. Perdona que eviti dur sobrecàrrega.

Se'm va canviar el color de la cara.

—Suposo que no se m'havia ocorregut mai —vaig murmurar.

Ell es va posar a riure i va assenyalar una tira de cuir negre, fina com un fil, que duia lligada amb tres voltes al panxell de la cama, com una turmellera. Tampoc no m'havia adonat, fins aleshores, que anava descalç.

—No té res a veure amb la moda, és que és una marranada dur els pantalons a la boca.

No vaig saber què respondre i ell em va dedicar un ampli somriure.

—Et molesta que vagi mig nu?

—No.

En Jacob es va posar a riure un altre cop i li vaig donar l'esquena per concentrar-me en els plats. Vaig esperar que atribuís el meu enrojolament a la vergonya per la meva pròpia estupidesa i no a res relacionat amb la seva pregunta.

—Bé, se suposa que m'he de posar a treballar —va sospirar—. No li vull donar cap motiu per acusar-me de fer el mandra.

—Jacob, això no és cosa teva...

Va alçar una mà per aturar-me.

—Estic aquí fent un treball voluntari. Ara, digues, on es nota més l'olor de l'intrús?

—A la meva habitació, crec.

Va aclucar els ulls. La notícia li havia agradat tan poc com a l'Edward.

—Trigaré un minut.

Vaig netejar metòdicament el plat que tenia a les mans. No se sentia res més que el frec del raspall de plàstic contra la porcellana. Vaig parar l'orella per veure si sentia res a dalt, el cruixit d'un tauló del parquet, el clic d'una porta. Res. Em vaig adonar que estava fregant el plat més temps del necessari i vaig intentar posar atenció a la feina que feia.

—Uh!

En Jacob estava a uns centímetres rere meu, clavant-me un altre ensurt.

—Ja n'hi ha prou, Jake, para!

—Ho sento. Dóna'm —en Jacob agafà el drap i va eixugar el que se m'havia tornat a mullar—. Deixa'm que t'ajudi. Tu ensabones; jo esbandeixo i eixugo.

—Bé —li vaig donar el plat.

—Bé, el rastre era fàcil de seguir. En realitat, la teva habitació fa una pudor que espanta.

—Compraré un ambientador.

El meu amic es va posar a riure. Jo vaig rentar i ell va eixugar en un agradable silenci durant uns quants minuts.

—Et puc preguntar una cosa?

Li vaig donar un altre plat.

—Això depèn del que vulguis saber.

—No pretenc ser indiscret ni res d'això. És una simple curiositat —em va assegurar en Jacob.

—D'acord, endavant.

Va fer una pausa d'uns segons.

—Què se sent en tenir un xicot vampir?

Vaig girar els ulls en blanc.

—És l'hòstia.

—Parlo seriosament. No et molesta la idea ni se't posen els pèls de punta?

—Mai.

Va quedar-se absort mentre agafava el bol de les meves mans. El vaig mirar de reüll. Tenia les celles arrufades, amb el llavi inferior sortit.

—Res més? —vaig demanar.

Va arrufar el nas.

—Bé… em preguntava… tu… ja saps… Li fas petons?

Em vaig posar a riure.

—Clar.

Es va estremir.

—Uix.

—Cadascú amb la seva història —vaig xiuxiuejar.

—No et preocupen els ullals?

Li vaig pegar, esquitxant-lo amb l'aigua dels plats.

—Però què dius, Jacob! Ja saps que no té ullals!

—Doncs ho sembla força —va murmurar ell.

Vaig serrar les dents i vaig fregar un ganivet de desossar amb més força de la necessària.

—Et puc preguntar una altra cosa? —va demanar en veu baixa mentre li passava el ganivet—. És curiositat, res més.

—D'acord —vaig respondre bruscament.

Va donar voltes i voltes al ganivet sota l'aigua de l'aixeta. Quan va parlar només va sentir-se un murmuri.

—Vas parlar d'unes quantes setmanes, però, exactament quan...? —no va poder acabar la pregunta.

—Després de la graduació —vaig respondre amb un mormol mentre observava el seu rostre amb cansament.

—Que aviat!

Va respirar profundament i tancà els ulls. L'exclamació no havia sonat com una pregunta, sinó més aviat com un lament. Tenia les espatlles rígides i se li van endurir els músculs dels braços.

Un altre cop explotaria per la mateixa notícia?

—Aauu! —va cridar.

S'havia fet un silenci tan profund a la cuina que vaig fer un salt en sentir el crit. Havia tancat el puny amb força entorn la fulla del ganivet, que va xocar contra el marbre quan li va caure de la mà; en el palmell hi tenia un tall llarg i profund. La sang va vessar-li pels dits i gotejà a terra.

—Maleït sigui! Ai! —va queixar-se.

El cap em va començar a donar voltes i se'm va remoure l'estómac en sentir l'olor de la sang. Em vaig agafar al moble de la cuina amb una mà i vaig inspirar una gran glopada d'aire; després vaig aconseguir controlar-me per poder-lo auxiliar.

—Oh no, Jacob! Oh, Déu meu! Té, embolica't la mà amb això! —li vaig donar el drap d'assecar mentre intentava agafar-li la mà. Va encongir-se i es va allunyar de mi.

—No passa res, Bella, no et preocupis.

L'habitació va començar a posar-se una mica borrosa dels contorns.

Vaig tornar a inspirar profundament.

—Que no em preocupi?! Però si t'has obert el palmell!

Va ignorar el drap que li allargava, va col·locar la mà sota l'aixeta i va deixar que l'aigua corregués per la ferida. El líquid es va envermellir i el cap em va tornar a rodar.

—Bella —digué.

Vaig apartar la mirada de la ferida per alçar-la i mirar-lo als ulls. Arrufava les celles, però tenia una expressió serena.

—Què?

—Fas cara de desmaiar-te i et faràs sang al llavi si te'l continues mossegant d'aquesta manera. Tranquil·la. Relaxa't. Respira. Estic bé.

Vaig inhalar amb la boca deixant de mossegar-me el llavi inferior.

—No et facis el valent —va girar els ulls en blanc com a resposta—. Anem. Et portaré a urgències.

Em veia perfectament capaç de conduir. Les parets semblaven més estables, ara.

—No cal —en Jake va tancar l'aixeta, va agafar el drap i es va embolicar la mà no gaire fort.

—Espera —vaig protestar—. Deixa-m'ho veure —em vaig aferrar al marbre per mantenir-me dreta per si en veure la ferida em tornava a marejar.

—És que tens un títol mèdic que jo no sé?

—Només dóna'm l'oportunitat de decidir si he de tenir un atac d'histèria per obligar-te a anar a l'hospital.

Va posar cara d'horror, però en to de broma.

—Sisplau, un atac, no!

—Doncs és el que passarà si no em deixes veure la mà.

Va inspirar profundament i després va treure l'aire a poc a poc.

—D'acord.

Vaig estendre-li una mà i ell va desembolicar-se la seva i la va posar damunt la meva. Vaig trigar uns segons en adonar-me'n. Vaig girar-li la mà per assegurar-me'n, tot i que estava convençuda que s'havia tallat el palmell. La vaig tornar a girar, fins advertir que l'únic vestigi de la ferida era una línia arrugada d'un color rosa lleig.

—Però… si et sortia molta... sang.

Va apartar la mà i em va mirar amb una expressió ombrívola.

—Em curo de pressa.

—Ja ho veig —vaig articular amb els llavis.

Jo havia vist el tall molt clarament, i també havia vist brollar-li la sang per l'aigüera. Havia estat a punt de desmaiar-me per culpa de l'olor d'òxid i sal. En condicions normals, li haurien d'haver cosit i hauria necessitat molts dies per cicatritzar bé; després, la ferida hauria trigat setmanes a convertir-se en la línia rosa brillant que ara li marcava el palmell.

Un somriure li va recórrer la boca quan va colpejar-se el pit amb el puny tancat.

—Sóc un home llop, recordes?

Vaig tenir els seus ulls clavats als meus durant un moment llarguíssim.

—D'acord —vaig fer, finalment.

Va riure davant la meva expressió.

—Ja t'ho havia dit. Vas veure la cicatriu d'en Paul.

Vaig moure el cap per aclarir-me les idees.

—És una mica diferent quan ho veus de primera mà.

Em vaig agenollar i vaig treure el lleixiu de l'armari de sota la pica. Vaig vessar unes gotes a un drap vell i vaig començar a fregar el terra. La forta olor del lleixiu va fondre la sentor del mareig que encara em pesava a la ment.

—Deixa'm que ho netegi jo.

—Té. Posa aquest drap a la rentadora, sisplau.

Quan vaig estar segura que el terra feia olor de desinfectant, em vaig aixecar i vaig netejar la pica dreta amb lleixiu. Aleshores em vaig acostar al moble de la neteja que estava al costat de la despensa i vaig posar tot un vas de detergent a la rentadora abans d'engegar-la. En Jacob em mirava amb un gest de desaprovació.

—Tens algun trastorn d'obsessió compulsiva? —em va preguntar quan vaig acabar.

Uf. Potser sí, però almenys aquest cop tenia una bona excusa.

—Som una mica sensibles a l'olor de la sang, per aquí. Estic segura que ho entens.

—Ah —va arrufar el nas un altre cop.

—És que no l'hi puc facilitar al màxim? El seu esforç ja és prou dur per ell.

—D'acord, per què no?

Vaig treure el tap i l'aigua bruta va començar a baixar pel desguàs de l'aigüera.

—Et puc preguntar una cosa, Bella?

Vaig sospirar.

—Què se sent en tenir un home llop com a millor amic? —va etzibar. La pregunta em va sorprendre amb la guàrdia baixa. Vaig riure de gust—. No et posa els pèls de punta? —em va pressionar abans que pogués respondre.

—No. Si el licantrop es porta bé —vaig matisar—, tant és.

Va desplegar un enorme somriure, amb les dents que brillaven en contrast amb la pell vermellosa.

—Gràcies, Bella —va afegir, i aleshores em va agafar la mà i quasi em va dislocar amb una d'aquelles abraçades seves que em feien petar tots els ossos del cos.

Abans que tingués temps de reaccionar, va deixar caure els braços i va fer una passa enrere.

—Uf —digué, arrufant el nas—. Els cabells et fan més pudor que la teva habitació.

—Ho sento —vaig murmurar.

De sobte vaig comprendre de què havia rigut l'Edward després d'haver mesclat el seu alè amb els meus cabells.

—Aquest és un dels desavantatges de sortir amb vampirs —va comentar en Jacob, arronsant-se d'espatlles—. T'encomana la pudor. Encara que ben pensat, és un mal menor.

El vaig mirar fixament.

—Només tu sents la pudor, Jake.

Va mostrar el seu somriure més ampli.

—Mira al teu voltant, Bella.

—Ja te'n vas?

—Està esperant que me'n vagi. Puc sentir-lo allà a fora.

—Oh.

—Sortiré per la porta del darrere —va comentar, però després va fer una pausa—. Espera un moment. Escolta, podràs venir a

La Push aquesta nit? Fem un picnic nocturn al costat de les fogueres. Hi haurà l'Emily i podràs veure la Kim... I segur que en Quil també vol veure't. El va fastiguejar bastant que ho sabessis abans que ell.

Vaig somriure. Podia imaginar-me com devia estar d'irritat, en Quil, el petit col·lega humà d'en Jacob, per haver estat anant amb homes llop, d'una banda a l'altra, sense saber en realitat què passava. Aleshores vaig sospirar.

—Està bé, Jake, la veritat és que no sé si podrà ser. Mira, les coses estan una mica tenses, ara...

—Vinga va, tu creus que algú s'atrevirà amb nosaltres sis, amb uns...?

Hi va haver una pausa estranya quan va vacil·lar al final de la pregunta. Em preguntava si tindria algun problema a dir la paraula «licantrop» en veu alta, igual com a mi sovint em costava pronunciar la paraula «vampir».

Els seus ulls negres i enormes estaven plens d'una súplica, sens dubte.

—Ho preguntaré —li vaig respondre, insegura.

Va fer un soroll al fons de la gola.

—És que potser ara també és el teu guardià? Ja saps, vaig veure aquella història a les notícies de la setmana passada, sobre les relacions amb adolescents que estableixen aquest tipus de gent controladora i abusiva i...

—Prou! —vaig tallar-lo i el vaig agafar pel braç—. Ha arribat l'hora que l'home llop se'n vagi!

Ell va riure de gust.

—Adéu, Bella. Recorda't de demanar permís.

Va sortir de pressa per la porta de darrere abans que jo trobés un objecte per llançar-li al damunt. Vaig grunyir un seguit d'incoherències a l'habitació buida.

Al cap d'uns segons que se n'hagués anat, l'Edward va caminar lentament cap a la cuina, amb gotes de pluja que brillaven com diamants en els seus cabells de color bronze. La seva mirada era cautelosa.

—Us heu barallat? —va preguntar.

—Edward! —vaig cantar llançant-me als seus braços.

—Hola, tranquil·la —va amollar una riallada i va abraçar-me—. Estàs intentant distreure'm? Funciona.

—No, no m'he barallat amb en Jacob. Almenys no gaire. Per què?

—M'estava preguntant per què l'hauries apunyalat —va assenyalar amb la barbeta el ganivet de sobre el marbre—. No és que hi tingui res en contra.

—Merda! Em pensava que ho havia netejat tot.

Em vaig apartar i vaig córrer a posar el ganivet a la pica abans de ruixar-lo amb lleixiu.

—No l'he apunyalat —li vaig explicar mentre treballava—. S'ha oblidat que tenia un ganivet a la mà.

L'Edward va riure entre dents.

—Això no té ni la meitat de gràcia del que m'havia imaginat.

—No siguis dolent.

Va agafar un sobre gran de la butxaca de la jaqueta i el va posar damunt el marbre.

—T'he agafat el correu.

—Res de bo?

—Crec que sí.

Vaig tancar els ulls amb recel en sentir aquell to de veu i vaig anar a veure. Hi havia un sobre de mida legal doblat per la meitat. El vaig desplegar, sorpresa pel pes del paper car, i vaig llegir el remitent.

—Dartmouth? És una broma?

—Estic segur que t'han acceptat. Té la mateixa pinta que el meu.

—Mare meva, Edward, però, què has fet?

—Vaig enviar el teu formulari, això és tot.

—Jo no sóc el tipus de persona que busquen a Dartmouth, i tampoc no sóc prou estúpida per creure-m'ho.

—Doncs a Dartmouth sí que pensen que ets el que busquen.

Vaig respirar profundament i vaig comptar fins a deu, lentament.

—És molt generós per part seva —vaig dir al final—. Tot i així, m'hagin acceptat o no, encara queda aquesta qüestió menor sobre la matrícula. No m'ho puc permetre i no admetré que perdis un munt de diners només perquè jo pugui aparentar que vaig a Dartmouth l'any que ve. El necessites per comprar-te un altre esportiu.

—No necessito un altre cotxe, i tu no has d'aparentar res —va murmurar—. Un any de facultat no et matarà. Potser fins i tot t'agrada. Només pensa-t'ho, Bella. Imagina't que contents es posaran en Charlie i la Renée...

La seva veu vellutada va pintar una imatge a la meva ment abans que jo pogués bloquejar-la. En Charlie explotaria d'orgull, sens dubte, i ningú a la ciutat de Forks s'escaparia de l'esclat radioactiu de la seva alegria. I la Renée es posaria histèrica d'alegria pel meu triomf, encara que després juraria que no li havia sorprès gens...

Vaig intentar esborrar la imatge de la meva ment.

—Només em plantejo sobreviure a la graduació, Edward, i no em preocupa ni aquest estiu ni la tardor que ve.

Em va tornar a abraçar.

—Ningú no et farà mal. Tens tot el temps del món.

Vaig sospirar.

—Demà enviaré el contingut del meu compte corrent a Alaska. És tota la coartada que necessito. És totalment comprensible que en Charlie no esperi que el visiti almenys fins les vacances de Nadal. I estic segura que trobaré alguna excusa per aleshores. Ja saps —vaig bromejar amb desgana—, tot aquest secret i donar-los una decepció també és una manera de fer mal.

L'expressió de l'Edward es va fer més greu.

—És més fàcil del que et penses. Al cap d'unes quantes dècades tothom qui coneguis haurà mort. Problema resolt —em vaig encongir, amb les seves paraules—. Ho sento, he estat massa dur.

Vaig mirar fixament el sobre blanc i gros, sense veure'l realment.

—Però, amb tot, he sigut sincer.

—Un cop haguem resolt tot això, sigui el que sigui el que tinguem entre mans, sisplau, consideraràs retardar el moment?

—No.

—Sempre tan a prop.

—Sí.

La rentadora va fer un cop i després tartamudejà fins a aturar-se.

—Maleïda andròmina —vaig murmurar apartant-me'n. Vaig moure l'únic drap petit que hi havia i que havia desequilibrat la màquina buida, i la vaig tornar a engegar—. Això em recorda una cosa —li vaig comentar—. Podries preguntar a l'Alice què en va fer de les meves coses quan em va endreçar l'habitació? No les trobo enlloc.

Em va mirar amb la confusió escrita a les ninetes.

—L'Alice va netejar-te l'habitació?

—Sí, clar, suposo que això és el que va fer quan va venir a buscar el meu coixí i el meu pijama per agafar-me com a ostatge —el vaig fulminar amb la mirada, amb molt de gust—. Va recollir tot el que estava escampat, les meves samarretes, els mitjons, i no sé on ho ha posat.

L'Edward va continuar perplex una bona estona i de sobte, es va posar rígid.

—Quan te'n vas adonar de les coses que et faltaven?

—Quan vaig tornar de la falsa festa de pijames, per què?

—Dubto que l'Alice agafés la teva roba, ni el coixí. Les peces que es van endur, eren coses que et posaves... tocaves... o hi dormies?

—Sí. Què passa, Edward?

La seva expressió va tensar-se.

—Feien la teva olor...

—Oh!

Ens vam mirar als ulls una bona estona.

—El meu visitant —vaig xiuxiuejar.

—Estava reunint rastres… evidències… per provar que t'havia trobat?

—Per què? —vaig murmurar.

—No ho sé. Però, Bella, et juro que ho esbrinaré. Ho faré.

—Ja sé que ho faràs —li vaig respondre mentre inclinava el cap al seu pit. Mentre estava allà recolzada, vaig sentir que el seu mòbil vibrava a la butxaca.

Va agafar-lo i mirà el número.

—Just la persona amb qui volia parlar —va remugar, i va despenjar—. Carlisle, jo... —es va interrompre i escoltà, amb el rostre tens durant uns quants minuts—. Ho comprovaré. Escolta...

Li va explicar que em faltaven peces de roba, però en sentir-lo respondre, em va semblar que en Carlisle tampoc no en tenia ni idea.

—Potser hi hauria d'anar... —va respondre l'Edward, i la veu se li va anar apagant mentre els seus ulls vagaven entorn meu—. Potser no. No deixis que l'Emmett hi vagi sol, ja saps com es posa. Almenys digues a l'Alice que es mantingui atenta. Ja ho resoldrem més tard.

Va penjar el mòbil amb un clac.

—On és el diari? —em va preguntar.

—Mm, no n'estic segura, per què?

—Vull veure una cosa. L'ha llençat en Charlie?

—Pot ser...

L'Edward va desaparèixer.

Al cap de mig segon ja havia tornat, amb més diamants als cabells i un diari moll a les mans. El va estendre a la taula, i els seus ulls van lliscar amb rapidesa entre els titulars. Es va inclinar, interessat per alguna cosa que estava llegint, amb un dit marcant els paràgrafs que més li interessaven.

—En Carlisle té raó. Sí..., molt deixat. Jove o boig? O amb ganes de morir? —va murmurar per a si mateix.

Vaig mirar per damunt la seva espatlla.

El titular del *Seattle Times* anunciava: «L'epidèmia d'assassinats continua. La policia no té noves pistes».

Era quasi la mateixa història de la qual en Charlie s'havia estat queixant feia unes setmanes: la violència pròpia de la gran ciutat havia fet pujar la posició de Seattle en el rànquing del crim nacional. Amb tot, no era exactament la mateixa història. Els números s'havien incrementat.

—Està empitjorant —vaig murmurar.

Va arrufar les celles.

—Estan del tot descontrolats. Això no pot ser feina d'un sol vampir nounat. Què està passant? És com si mai no haguessin sentit a parlar dels Vulturis. Suposo que podria ser possible. Ningú els ha explicat les normes... així que... Qui els està creant?

—Els Vulturis? —vaig demanar, amb un estremiment.

—Aquesta és la mena de coses que ells fan de forma rutinària, s'encarreguen d'aquells immortals que amenacen d'exposar-nos a tots. Sé que fa poc, fa uns quants anys, havien resolt un embolic com aquest a Atlanta, i no s'havia arribat a posar ni la meitat de candent. Intervindran aviat, molt aviat, tret que trobem una manera de calmar la situació. La veritat és que preferiria que no es deixessin caure per Seattle. Pot ser que vinguin a fer-te una visita si estan per aquí a prop.

Em vaig estremir de nou.

—Què podem fer?

—Necessitem saber més coses abans de prendre cap decisió. Potser si aconseguíssim parlar amb aquests jovenets, explicar-los les normes, potser es podria resoldre de forma pacífica —va arrufar les celles, com si les perspectives que això es complís no fossin del tot bones—. Esperarem fins que l'Alice es formi una idea del que està passant. No convé fer cap pas si no és absolutament necessari. Al cap i a la fi, no és responsabilitat nostra. Però està bé que tinguem en Jasper —va afegir, gairebé per a si mateix—. Serà un gran ajut si es tracta de neòfits.

—En Jasper? Per què?

L'Edward va somriure, misteriosament.

—En Jasper és una mena d'expert en vampirs novells.

—Què vols dir amb això d'«expert»?

—Ho hauries de preguntar a ell. Hi ha tota una història al darrere.

—Quin desastre —vaig remugar entre dents.

—Això sembla, oi que sí? Ens arriba merda per totes bandes —va sospirar—. No t'has parat a pensar mai que la teva vida seria molt més senzilla si no t'haguessis enamorat de mi?

—Potser sí, però seria una existència buida, sense cap valor.

—Per a mi —em va corregir amb suavitat—. I ara, suposo —va continuar amb un gest irònic— que em vols preguntar alguna cosa.

El vaig mirar sense entendre'l.

—Ah, sí?

—O potser no —va somriure amb ganes—. Tenia la sensació que havies promès demanar-me permís per anar a una certa festa de llops aquesta nit.

—M'has escoltat d'amagat?

Va fer una ganyota.

—Només una mica, al final.

—Doncs bé, no t'ho anava a demanar, de totes maneres. M'imaginava que ja en tenies prou amb tot aquest merder.

Em va posar la mà sota la barbeta i em va sostenir el rostre fins que va poder llegir-me els ulls.

—Hi vols anar?

—No és res de l'altre món. No et preocupis.

—No m'has de demanar permís, Bella. No sóc el teu pare, i en dono les gràcies al cel, tot i que potser ho hauries de preguntar a en Charlie.

—Però ja saps que en Charlie dirà que sí.

—Ho sé més bé que ningú, quina resposta pot donar, això és cert.

Em vaig limitar a mirar-lo fixament mentre procurava comprendre què volia que fes, alhora que intentava apartar de la meva ment les ganes d'anar a La Push per no veure'm arrossegada pel meu propi desig. Era estúpid voler sortir amb una bandada d'homes llop, enormes i idiotes, just ara, quan tantes coses temibles i incomprensibles rondaven a prop. Ara que, és clar que això mateix eren els motius pels quals hi volia anar. Escapar de les amenaces de mort, encara que només fos durant unes quantes hores i ser, per poca estona, la immadura, la irresponsable Bella que es pixava de riure amb en Jacob. Però això tant era.

—Bella —em va dir l'Edward—. Et vaig prometre ser raonable i confiar en el teu seny. Ho deia de veritat. Si tu et refies dels licantrops, jo no em preocuparé pas.

—Uau —vaig respondre, tal i com vaig fer la nit passada.

—I en Jacob té raó, almenys en això; una bandada d'homes llop deuen ser capaços de protegir algú una nit, encara que aquest algú siguis tu.

—N'estàs segur?

—Clar. L'únic...

Em vaig preparar pel que fos que anés a dir.

—Espero que no t'importi prendre algunes precaucions. Una és que em deixis que et porti fins a la frontera. I una altra, que t'emportis un mòbil, perquè em puguis trucar quan t'hagi de venir a buscar.

—Això sona... molt raonable.

—Excel·lent.

Em va somriure i no vaig aconseguir veure ni rastre d'aprensió en els seus ulls que brillaven com joies.

Com era d'esperar, a en Charlie no li va fer res que jo anés a un picnic nocturn a La Push. En Jacob va udolar d'alegria quan li vaig trucar per donar-li la notícia i en tenia tantes ganes que no li va importar acceptar les mesures de seguretat de l'Edward. Va prometre trobar-se amb nosaltres a la frontera entre els dos territoris a les sis.

Havia decidit no vendre la moto, després d'un breu debat amb mi mateixa. La tornaria a La Push, on pertanyia, i ja que no l'havia de necessitar més... Bé, aleshores, insistiria perquè en Jacob se la quedés per tal de compensar-li d'alguna manera la feina que hi havia tingut. Se la podia vendre, o donar-la a algun amic. Tant m'era.

Aquella nit em va semblar una gran ocasió per tornar la moto al garatge d'en Jacob. Tenint en compte que darrerament considerava les coses de manera tan negativa, veia que cada dia era com l'última oportunitat que em quedava. No tenia temps de deixar res per a l'endemà, per poc important que fos.

L'Edward simplement va assentir quan li vaig explicar el que volia fer, però em va semblar veure una espurna de consternació en la mirada, i vaig comprendre que a ell tampoc no li feia gens de gràcia la idea de veure'm damunt d'una moto, igual que en Charlie.

El vaig seguir cap a casa seva, on havia deixat la moto al garatge. Fins que vaig aparcar el cotxe i sortir no em vaig adonar que la seva consternació potser no es devia només a la qüestió de la meva seguretat, almenys aquesta vegada.

Al costat de la meva vella motocicleta, eclipsant-la completament, hi havia un altre vehicle. Anomenar moto aquest altre vehicle semblava poc apropiat, ja que difícilment podríem dir que pertanyia a la mateixa família. Al seu costat, de sobte, la meva tenia l'aspecte d'una andròmina.

Era gran, de línies elegants, platejada i tot i que estava completament immòbil, prometia ser un coet.

—Què és això?

—Res —va murmurar l'Edward.

—Doncs té poc l'aparença de res.

L'expressió de l'Edward era indiferent i semblava realment decidit a fer cas omís a la qüestió.

—Bé, no sabia si perdonaries el teu amic, o ell a tu, i em vaig preguntar si algun cop voldries tornar a anar en moto. Com que semblava que t'agradava anar-hi, vaig pensar que jo potser et podria acompanyar... si tu volguessis.

Es va arronsar d'espatlles.

Vaig examinar aquella preciosa màquina. Al seu costat, la meva moto semblava un tricicle trencat. Em va assaltar una sobtada sensació de tristesa quan vaig pensar que no era una mala comparació si ens fixàvem en el meu aspecte al costat del meu xicot.

—No crec que et pugui seguir el ritme —vaig murmurar.

L'Edward va posar la mà sota la meva barbeta i em va fer girar el rostre per tal de mirar-me de cara. Amb un dit, va intentar apujar-me la comissura d'un costat dels llavis.

—Seré jo qui em mantingui al teu, Bella.

—No et divertiràs gens ni mica.

—Clar que sí, sempre que anem junts.

Em vaig mossegar el llavi i per un moment m'ho vaig imaginar.

—Edward, si et pensessis que vaig massa ràpid o que perdo el control de la moto o alguna cosa per l'estil, què faries?

El vaig veure vacil·lar. Evidentment, pretenia trobar la resposta adequada, però jo sabia la veritat: se les arreglaria per trobar la manera de salvar-me abans que m'estampés contra qualsevol obstacle.

Aleshores em va somriure, va semblar que ho feia sense esforç, excepte pel gest lleuger d'estrènyer els ulls, a la defensiva.

—Això té a veure amb en Jacob. Ara ho veig.

—Només és que jo, bé, no el faig anar més lent, almenys no gaire, ja saps. Puc intentar-ho, suposo...

Vaig mirar la moto platejada, dubitativa.

—No et preocupis per això —va respondre l'Edward i aleshores va riure per treure importància a l'assumpte—. Vaig veure en Jasper com l'admirava. Potser ha arribat l'hora de descobrir una nova manera de viatjar. Al cap i a la fi, l'Alice ja té el seu Porsche.

—Edward, jo...

Em va interrompre amb un petó ràpid.

—T'he dit que no et preocupis, però, faries una cosa per mi?

—El que vulguis —li vaig prometre amb molta rapidesa.

Em va deixar anar la barbeta i va inclinar-se sobre el costat més allunyat de la gran moto per recollir uns objectes ocults amb els quals va tornar; un era negre i informe i l'altre vermell, fàcil d'identificar.

—Sisplau? —em va demanar, llançant aquell somriure murri que sempre destruïa la meva resistència.

Vaig agafar el casc vermell, sospesant-lo amb les mans.

—Tindré un aspecte ridícul.

—Què dius, estaràs estupenda. Tan estupenda que no et faràs mal —va llançar el trasto negre, el que fos, sobre el seu braç i aleshores em va agafar el cap—. Hi ha coses entre les meves mans en aquests moments sense les quals no puc viure. M'agradaria que en tinguessis cura.

—Molt bé, d'acord. I quina és l'altra cosa? —vaig demanar amb suspicàcia.

Va riure, i sacsejà una mena de jaqueta embuatada.

—És una caçadora de motorista. Tinc entès que els cops d'aire a la carretera són bastant incòmodes, encara que no me'n faig gaire a la idea.

Me la va passar. Amb un sospir profund, vaig recollir-me els cabells al darrere i em vaig posar el casc. Després, em vaig posar la caçadora. Em va tancar la cremallera mentre un somriure li joguinejava a les comissures dels llavis i va fer una passa enrere.

Em vaig sentir grossa.

—Sigues honest, oi que estic horrible?

Vaig fer una passa més enrere i va prémer els llavis.

—Tan horrible? —vaig xiuxiuejar.

—No, no, Bella. La veritat és que… —semblava buscar la paraula correcta—. Estàs... sexy.

Vaig riure en veu alta.

—Ok.

—Molt sexy, en realitat.

—Ho dius d'una manera que ja veig que me l'hauré de posar sovint —vaig comentar—, però bé, tens raó, no em queda tan malament.

Em va abraçar ben fort contra el seu pit.

—Ets una ximpleta. Suposo que és part del teu encant. Tot i que, ho he d'admetre, aquest casc té els seus desavantatges.

I me'l va treure per poder-me fer un petó.

Me'n vaig adonar poc després, mentre l'Edward em duia amb cotxe fins La Push. La situació m'era estranyament familiar encara que aquesta escena no s'havia produït mai. Vaig haver de trencar-me la closca abans de poder precisar la font del *déjà vu*.

—Saps a què em recorda això? Quan la Renée em duia a casa en Charlie per passar l'estiu. Em sento com si tingués set anys.

L'Edward es va posar a riure.

Vaig preferir no dir-ho en veu alta, però la principal diferència entre les dues situacions era que la Renée i en Charlie es duien molt més bé.

En fer un revolt a mig camí de La Push ens vam trobar en Jacob reclinat contra un lateral del Volkswagen vermell que s'havia fabricat amb ferralla i peces sobrants. La seva expressió, acuradament neutra, es va dissoldre en un somriure quan el vaig saludar des del seient del copilot.

L'Edward va aparcar el Volvo a poc més de vint-i-cinc metres i em va dir:

—Quan vulguis tornar a casa truca'm i vindré.

—No trigaré gaire —li vaig prometre.

Ell va treure la moto i la meva nova vestimenta del maleter del cotxe. M'havia impressionat molt que hi cabés tot, però és clar, les coses no eren tan difícils de manejar quan eres prou fort per fer jocs malabars amb una caravana, així que no diguem amb una petita motocicleta.

En Jacob observava, sense fer cap moviment d'apropament. Havia perdut el somriure i l'expressió dels seus ulls foscos era inescrutable.

Em vaig posar el casc sota el braç i la caçadora damunt del seient.

—Ho tens tot? —em va preguntar.

—Tot a punt —li vaig assegurar.

Va sospirar i es va inclinar cap a mi. Vaig girar el rostre per rebre un petonet d'acomiadament a la galta, però l'Edward em va agafar per sorpresa i abraçant-me amb força em va besar amb la mateixa passió amb què ho havia fet en el garatge. De seguida vaig alenar per agafar aire.

L'Edward va riure entre dents per no sé què i em va deixar anar.

—Adéu —va acomiadar-se—. Com m'agrada aquesta caçadora!

Quan em vaig girar per anar-me'n, em va semblar distingir un espurneig en els seus ulls, un gest que suposadament no podia haver vist. No sabria dir amb seguretat quin gest exactament. Preocupació, potser. Per un moment vaig pensar que era pànic, però segurament eren imaginacions meves, com, d'altra banda, era habitual.

Vaig sentir la seva mirada clavada a l'esquena mentre jo empenyia la moto cap a la línia invisible que dividia els territoris en el tractat entre vampirs i licantrops, fins arribar on m'esperava en Jacob.

—Què és tot això? —va exigir en Jacob, amb la veu cauta, inspeccionant la moto amb una expressió enigmàtica.

—He pensat que l'hauria de tornar al lloc on pertany —li vaig respondre.

El meu amfitrió ho va sospesar durant un segon; després, un gran somriure se li va estendre per tot el rostre.

Vaig saber el moment exacte que entrava en territori licantrop perquè en Jacob va apartar-se del seu cotxe i va trotar cap a mi ràpidament, creuant la distància amb tres llargues gambades. Em va agafar la moto, la va recolzar en el seu peu i em va fer una estreta abraçada.

Vaig sentir el motor del Volvo i vaig lluitar per desprendre'm d'ell.

—Prou, Jake! —vaig respirar escanyadament, quasi sense aire.

Ell es va posar a riure i em va dreçar. Em vaig girar per acomiadar-me, però el cotxe platejat ja gairebé havia desaparegut en el revolt de la carretera.

—Fantàstic —vaig comentar, deixant que la meva veu destil·lés una mica d'acidesa.

Les seves pupil·les es van dilatar amb una expressió de falsa innocència.

—Què?

—S'ha portat força bé amb tot això, no feia falta forçar la sort.

Va esclatar a riure amb més agudesa que abans. Semblava que trobés molt divertit el meu comentari. Vaig intentar trobar-li la gràcia mentre ell feia la volta al Rabbit per obrir-me la porta.

—Bella —va retreure'm finalment, encara rient entre dents, mentre la tancava—, no pots forçar el que no tens.

Llegendes

—Et menjaràs aquest entrepà? —en Paul ho va preguntar a en Jacob, amb els ulls clavats en el darrer entrepà que quedava de la gran pila de menjar que s'havien cruspit els llops.

En Jacob es va fer enrere, va recolzar l'esquena a les meves cames i va joguinejar amb la salsitxa enfilada en un ganxo al capdamunt d'un cable estirat. Les flames de la foguera llepaven la pell plena de butllofes de la salsitxa. Va llançar un sospir i es va copejar l'estómac. Jo no sabia com encara el tenia llis, ja que havia perdut el compte dels entrepans de salsitxa que s'havia cruspit després del desè, i això sense comptar la bossa extragran de patates ni l'ampolla de dos litres de cervesa sense alcohol.

—Suposo —va contestar en Jacob mandrosament—; tinc l'estómac tan ple que estic a punt de vomitar, però crec que encara me'l podré empassar —va sospirar un altre cop amb tristesa—. Encara que no el disfrutaré gaire.

Tot i que en Paul havia menjat tant com en Jacob, el va fulminar amb la mirada i va prémer els punys.

—Tranqui —en Jacob va riure—. Era broma, Paul. Apà té.

Va llançar la broqueta casolana a través del cercle de la foguera. Vaig esperar que la salsitxa aterrés primer a la sorra, però en Paul la va agafar amb suma destresa pel cantó correcte sense cremar-se.

Si continuava sortint només amb gent tan hàbil i destra em guanyaria un complex d'inferioritat en tota regla.

—Gràcies, tio —va respondre en Paul, a qui ja li havien passat els símptomes d'atac de ràbia.

El foc va crepitar i la llenya es va enfonsar una mica més damunt l'arena. Van saltar espurnes en una sobtada explosió d'un color taronja brillant contra el cel fosc. Que divertit, encara no m'havia adonat que s'havia post el sol. Per primera vegada em vaig preguntar si no se m'estava fent tard. Havia perdut completament la noció del temps.

Estar en companyia dels meus amics *quileute* havia sigut més fàcil del previst.

La meva irrupció a la festa amb en Jacob em va començar a preocupar quan aparcàvem la moto al garatge. Ell admetia que dur el casc havia sigut una gran idea i, penedit, sostenia que ho hauria d'haver pensat ell. I si em consideraven una traïdora, els homes llop? S'enfadarien amb el meu amic per haver-m'hi portat? Els espatllaria la festa?

Però quan en Jacob em va conduir pel bosc cap al punt d'encontre a dalt la muntanya, on el foc crepitava més brillant que un cel enfosquit pels núvols, tot va passar de la forma més alegre i natural.

—Hola, vampira! —em va saludar l'Embry a crits.

En Quil va fer un salt per xocar els cinc amb mi i fer-me un petó a la galta. L'Emily em va prémer la mà amb força quan vaig seure al seu costat i al d'en Sam en el terra de pedra freda.

A banda d'algunes queixes de broma, la majoria d'en Paul, demanant-me que no em posés a favor del vent per no inundar-ho tot amb la pudor de vampir, em van tractar com qui és al lloc on pertany.

No només hi havia els joves. En Billy també hi era, amb la cadira de rodes situada a la part principal del cercle. Al seu costat, en una cadira plegable, hi havia el vell Quil, l'avi d'en Quil, un ancià d'aspecte fràgil i cabells blancs. La Sue Clearwater, la viuda de l'amic d'en Charlie, en Harry, seia en una cadira a l'altre costat; els seus dos fills, la Leah i en Seth, també hi eren, acomodats a terra com tota la resta. Es veia clarament que tots tres formaven part del secret, cosa que em va sorprendre. Em va fer la impressió que la Sue havia ocupat el lloc del seu marit en el consell per la manera com li parlaven en Billy i el vell Quil. S'haurien convertit també els seus fills en membres de la societat més secreta de La Push?

Vaig pensar com en devia de ser de terrible per a la Leah seure en el cercle amb en Sam i l'Emily. El seu rostre encantador no delatava cap tipus d'emoció, però no va apartar-se en cap moment de les flames. En mirar els trets perfectes del rostre de la Leah, era impossible no comparar-los amb la cara destrossada de l'Emily. Què en devia pensar la Leah de les cicatrius de l'Emily, ara que sabia la veritat que s'amagava rere les ferides? Les consideraria una mena de justícia?

Al petit Seth Clearwater amb prou feines li quedaven vestigis de la infantesa. Em recordava molt un Jacob més jove, amb el seu enorme somriure de felicitat i la seva constitució esprimatxada i malgirbada. La semblança em va fer somriure i després sospirar. En Seth també estava condemnat a patir un canvi radical a la seva vida com tots els altres nois? Era per això que se'ls havia permès anar a la festa, a ell i a la seva família?

Hi havia tota la bandada: en Sam amb l'Emily, en Paul, l'Embry, en Quil, i en Jared amb la Kim, la noia a qui havia imprimat.

La Kim va causar-me una excel·lent impressió. Era fantàstica, una mica tímida i poc agraciada. Tenia una cara grossa, en la qual destacaven els pòmuls marcats, però els seus ulls eren massa petits per equilibrar les faccions. El nas i la boca eren excessivament grans per ser considerats bonics dins dels cànons convencionals. Els seus cabells llisos i negres es veien fins i esclarissats al vent que no havia de minvar, allà dalt del penya-segat.

Aquesta va ser la meva primera impressió, però no li vaig tornar a trobar res lleig després d'observar la manera com en Jared la contemplava.

I com la mirava!

Semblava un cec que veiés el sol per primera vegada; un col·leccionista d'art que acabés de descobrir un nou Da Vinci; la mare que veu per primera vegada el rostre de la criatura acabada de néixer.

Mirar-li els seus ulls inquisitius em va fer descobrir nous detalls: tenia la pell relluent com la seda rogenca a la llum del foc; la doble corba dels seus llavis, les dents d'un blanc espurnejant en contrast amb la negror de la nit i la longitud de les pestanyes quan abaixava les parpelles per mirar a terra.

La seva faç s'envermellia alguns cops quan es trobava amb la mirada emocionada d'en Jared i inclinava els ulls com si se n'avergonyís, per això intentava per tots els mitjans mantenir la vista apartada d'ell durant el màxim de temps possible.

En mirar-los a tots dos, vaig sentir que comprenia millor allò que en Jacob m'havia explicat sobre la imprimació: «És difícil resistir-se a aquest nivell de compromís i adoració.»

La Kim s'estava quedant adormida recolzada en el pit d'en Jared i envoltada amb els seus braços. Vaig suposar que allà s'hi devia trobar molt calentona.

—Se m'està fent tard —vaig xiuxiuejar a en Jacob.

—No comencis ara amb això —em va replicar amb un fil de veu, encara que la meitat dels presents tenia l'oïda prou fina per sentir-nos sense problemes—. Ara ve el millor.

—Què passarà ara? T'empassaràs una vaca sencera tu sol?

En Jacob va riure entre dents, amb un so baix i ronc.

—No. Aquest és el número final. No només ens hem reunit per endrapar el menjar d'una setmana sencera. Tècnicament, aquesta és una reunió del consell. És la primera vegada que en Quil hi assisteix i ell encara no coneix les històries. Bé, sí que n'ha sentit a parlar, però aquesta és la primera vegada que ho fa sabent que són veritat. Això farà que hi pari més atenció. També és la primera vegada de la Kim, en Seth i la Leah.

—Històries?

En Jacob va saltar al meu costat, i va acomodar-se en un petit cantell rocós. Em va passar el braç per l'espatlla i em va parlar a cau d'orella, una mica més baixet.

—Les històries que sempre havíem considerat llegendes —va respondre—. La crònica de com hem arribat a ser el que som. La primera és la història dels esperits guerrers.

El mormol d'en Jacob va ser quasi com la introducció. L'atmosfera va canviar radicalment al voltant del caliu del foc. En Paul i l'Embry es van redreçar. En Jared va donar uns copets suaus a la Kim i la va ajudar a dreçar-se.

L'Emily va treure un quadern d'espiral i un bolígraf. Va adquirir l'aspecte atent d'una estudiant davant una lliçó magistral. En Sam va girar-se lleument al seu costat, per quedar-se de cara al vell Quil, que estava a l'altra banda. De sobte, em vaig adonar que els ancians del consell no eren tres, sinó quatre.

El rostre de la Leah Clearwater encara era una màscara bonica i inexpressiva, va tancar els ulls, no a causa de la fatiga, sinó per concentrar-se millor. El seu germà es va inclinar endavant per escoltar els més grans amb interès.

El foc va crepitar, llançant una altra explosió d'espurnes brillants cap a la nit.

En Billy va aclarir-se la gola i, amb una veu rica i profunda, va començar la història dels esperits guerrers sense cap més presentació que el mormol del seu fill. Les paraules van fluir amb precisió, com si se les sabés de memòria, encara que no perdés ni el sentiment ni un cert ritme subtil, com el d'una poesia recitada pel seu mateix autor.

—Els *quileute* eren pocs des del principi del temps —va començar en Billy—. No hem arribat a desaparèixer malgrat l'escàs nombre que som perquè sempre ha corregut màgia per les nostres venes. No sempre va ser la màgia de la transformació, això va venir després, sinó que al principi, va ser la màgia dels esperits guerrers.

Mai abans no havia sigut conscient del to majestuós que hi havia a la veu d'en Billy Black, encara que en aquells moments vaig comprendre que aquesta autoritat hi havia estat sempre.

El bolígraf de l'Emily corria per les pàgines de paper procurant mantenir el ritme.

—En el primer temps, la tribu es va establir en aquest port i va adquirir una gran destresa en l'art de la pesca i en la construcció de canoes. El lloc era molt ric en peixos i el grup, petit; per això, de seguida hi va haver qui va desitjar les nostres terres, i com que érem pocs, no els vam poder contenir. Vam haver d'embarcar-nos a les canoes i fugir quan una tribu més gran ens va atacar.

»Kaheleha no va ser el primer esperit guerrer, però les històries anteriors a ell no han arribat fins a nosaltres. No recordem qui va ser el descobridor d'aquest poder ni com es va usar abans d'aquesta situació crítica. Kaheleha va ser el primer Esperit Cap de la nostra història. Ell es va servir de la màgia per defensar la nostra terra d'aquell mal pas.

»Ell i tots els guerrers van deixar les canoes; no en carn i os, sinó en esperit. Les dones van ocupar-se dels cossos i les ones i els homes van tornar a la terra en forma d'esperit.

»No podien tocar físicament la tribu enemiga, però disposaven d'altres formes de lluita. La tradició detalla que van fer bufar forts vents sobre el campament enemic; el vent va udolar de tal manera que els va aterrir a tots. Les històries també ens diuen que els animals podien veure els esperits guerrers i comunicar-s'hi, de manera que els van usar segons els convingué.

»Kaheleha va desbaratar la invasió amb el seu exèrcit d'esperits. La tribu invasora duia bandades d'enormes gossos de pelatge espès que utilitzaven per tirar dels trineus en el gelat nord. Els esperits guerrers van fer que els gossos es giressin contra els seus amos i després van atraure una immensa plaga de rat-penats des de les coves del penya-segat. També van usar l'udol del vent per ajudar els gossos a causar confusió entre els homes. Al final, els gossos i els rat-penats van vèncer. Els invasors supervivents es van dispersar i a partir d'aleshores van considerar el port com un lloc maleït. Els gossos es van tornar salvatges quan els esperits guerrers els van alliberar. Els *quileute* van tornar als seus cossos i amb les seves dones, victoriosos.

»Les altres tribus veïnes, la dels *hoh* i els *makah,* van signar tractats de pau amb els *quileute,* perquè no se les volien haver amb la nostra màgia. Vam viure en pau amb ells. Quan un enemic ens atacava, els esperits guerrers el dispersaven.

»Van passar moltes generacions abans de l'arribada del darrer Esperit Cap, Taha Aki, conegut per la seva saviesa i el seu tarannà pacífic. La gent vivia benaurada i feliç sota la seva protecció.

»Però hi havia un home insatisfet: Utlapa.

Un murmuri va recórrer el cercle al voltant del foc. Vaig reaccionar tard i no vaig aconseguir detectar d'on procedia. En Billy no va fer-ne cas i va continuar narrant.

—L'Utlapa era un dels esperits guerrers més forts del cap Taha Aki, un gran guerrer, però també un home cobdiciós. Opinava que la nostra gent havia d'usar la màgia per estendre el seu territori, sotmetre els *hoh* i els *makah* i erigir un imperi.

»Emperò, els guerrers compartien els pensaments quan eren esperits, per la qual cosa en Taha Aki va conèixer l'ambició de l'Utlapa, es va encolerir amb ell, el va desterrar i li va ordenar que no es tornés a convertir mai més en esperit. L'Utlapa era fort, però els guerrers del cap el superaven en nombre, així que no va tenir més remei que anar-se'n. L'exiliat, furiós, va amagar-se en el bosc proper a l'espera d'una oportunitat per venjar-se.

»L'Esperit Cap estava alerta per protegir la seva gent fins i tot en temps de pau. Amb aquest propòsit, freqüentava un recòndit lloc sagrat a les muntanyes on abandonava el seu cos per recórrer els boscos i la costa i així assegurar-se que no hi havia cap perill.

»Un dia, l'Utlapa va seguir en Taha Aki quan anava a complir els seus deures. Al principi només planejava matar-lo, però allò tenia desavantatges. El més probable seria que els esperits guerrers el busquessin per matar-lo i el trobarien abans que aconseguís escapar-se. Mentre s'amagava entre les roques observant com el cap es preparava per abandonar el seu cos, se li va ocórrer una altra estratègia.

»En Taha Aki va abandonar el seu cos en un lloc sagrat i va tornar amb el vent per tenir cura del seu poble. L'Utlapa va esperar que l'esperit del cap s'allunyés una certa distància.

»En Taha Aki va saber de seguida el moment exacte que l'Utlapa va unir-se a ell en el món dels esperits i també va adonar-se dels seus propòsits homicides. Va tornar veloçment cap al lloc sagrat, però fins i tot els vents van ser incapaços d'anar prou ràpid per salvar-lo. En tornar, el seu cos ja no hi era, i el de l'Utlapa jeia abandonat, però el seu enemic no li havia deixat cap via d'escapament, ja que havia tallat la seva pròpia gola amb les mans d'en Taha Aki.

»L'Esperit Cap va seguir el seu cos mentre baixava a la muntanya i va increpar l'Utlapa, però aquest va ignorar-lo com si només fos una mica de vent.

»En Taha Aki va veure amb desesperació com l'Utlapa li usurpava el lloc com a cap dels *quileute*. L'única cosa que va fer el traïdor durant les primeres setmanes va ser comprovar que ningú no descobria la seva impostura. Després, van començar els canvis, perquè el primer edicte de l'Utlapa va consistir a prohibir a tots els guerrers entrar en el món dels esperits. Va al·legar que havia tingut la visió d'un perill, però la veritat és que estava espantat. Sabia que en Taha Aki estaria esperant el moment per explicar la seva història. L'Utlapa també temia entrar en el món dels esperits, sabent que en aquest cas en Taha Aki reclamaria el seu cos immediatament. Així doncs, els seus somnis de conquesta amb un exèrcit d'esperits guerrers eren impossibles, per la qual cosa es va acontentar amb governar la seva tribu. Es va convertir en un destorb per a tothom, sempre buscant privilegis que en Taha Aki no havia reclamat mai, rebutjava treballar colze a colze amb els altres guerrers, i va agafar una esposa més jove, la segona, i després encara una tercera, tot i que la primera dona d'en Taha Aki encara vivia, cosa que no s'havia vist mai dins la tribu. L'Esperit Cap ho observava tot amb ràbia i impotència.

»Hi va haver un moment que fins i tot en Taha Aki va pensar a matar el seu propi cos per salvar la tribu dels excessos de l'Utlapa. Va fer baixar un llop ferotge de les muntanyes, però l'usurpador va amagar-se rere els seus guerrers. Quan el llop va matar un jove que estava protegint el fals cap, en Taha Aki va sentir una pena terrible, i per això va ordenar que el llop se n'anés.

»Totes les històries ens diuen que no era fàcil ser un esperit guerrer. Alliberar-se del propi cos era més aterridor que excitant i aquest és el motiu pel qual reservaven l'ús de la màgia per als temps de necessitat. Els viatges solitaris del cap per vigilar havien sigut una molèstia i un sacrifici, ja que estar sense cos desorientava i era una experiència terrible i incòmoda. En Taha Aki feia ja tant de temps que deambulava sense cos que estava al límit de l'agonia. Se sentia maleït i creia que, atrapat per sempre en el martiri d'aquest no-res, mai no podria creuar cap a la terra del més enllà, on l'esperaven els avantpassats.

»El gran llop va seguir l'esperit del cap a través dels boscos mentre es retorçava i feia contorsions de sofriment. Era un animal molt gros i bell entre els de la seva espècie. De sobte, el cap va sentir gelosia de l'estúpid llop que, almenys, tenia un cos i una vida. Fins i tot una existència com a animal seria millor que aquesta terrible consciència del no-res.

»I aleshores, en Taha Aki va tenir la idea que ens faria canviar a tots. Va pregar al gran llop que li fes lloc en el seu interior per compartir el seu cos, i aquest li ho va concedir. En Taha Aki va entrar al cos de la criatura amb alleujament i gratitud. No era el seu cos humà, però resultava millor que la incorporeïtat del món dels esperits.

»L'home i el llop van tornar al poblat del port formant un sol ésser. La gent va fugir espaordida i va reclamar a crits la presència dels guerrers, que van acudir a enfrontar-se amb la bèstia armats amb llances. L'Utlapa, naturalment, va romandre amagat, sa i estalvi.

»En Taha Aki no va atacar els seus guerrers. Va retrocedir lentament davant seu, parlant-los amb els ulls i intentant udolar les cançons de la seva gent. Els guerrers van començar a adonar-se que no era un animal corrent i que un esperit el posseïa. Un vell lluitador, de nom Yut, va decidir desobeir l'ordre del fals cap i va intentar comunicar-se amb el llop.

»Tan aviat com en Yut va creuar al món dels esperits, en Taha Aki va deixar el llop per parlar amb ell, i l'animal va esperar obedientment el seu retorn. En Yut va comprendre de seguida la veritat i va donar la benvinguda al veritable cap guerrer.

»En aquells moments, l'Utlapa va aparèixer per veure si havien derrotat el carnívor. Quan va descobrir que el cos d'en Yut jeia al terra sense vida, rodejat pels guerrers que el protegien, va adonar-se de tot el que estava passant. Va treure el seu ganivet i va córrer a matar en Yut abans que pogués tornar al seu cos.

»—Traïdor! —va exclamar, i els guerrers no van saber què fer. El cap havia prohibit els viatges astrals i a ell li corresponia administrar el càstig a qui desobeïa.

»En Yut va saltar dins del seu cos, però l'Utlapa ja tenia el ganivet a la seva gola i li havia tapat la boca amb la mà. El cos d'en Taha Aki era fort, i en Yut ja estava debilitat per l'edat, així que no va poder avisar els altres abans que l'Utlapa el silenciés per sempre.

»En Taha Aki va observar com l'esperit d'en Yut lliscava cap a les terres del més enllà, que a ell li estaven vedades per tota l'eternitat. Es va enutjar amb una ira superior a qualsevol altre sentiment que hagués pogut experimentar fins aleshores. Va tornar al cos del gran llop amb la intenció d'esgarrapar la gola de l'Utlapa però, quan es va unir a la bèstia, es va esdevenir un gran efecte màgic.

»La ira d'en Taha Aki era la d'un home, l'amor que professava per la seva gent i l'odi vers el seu opressor varen ser emocions massa humanes, massa grans per al cos de l'animal, així que aquest va estremir-se i en Taha Aki es va transformar en un home davant dels ulls dels sorpresos guerrers.

»El nou home no tenia el mateix aspecte que el cos d'en Taha Aki, sinó que era molt més gloriós: la interpretació en carn de l'esperit d'en Taha Aki. Els guerrers el van reconèixer a l'instant, perquè ells havien volat amb l'esperit d'en Taha Aki.

»L'Utlapa va intentar fugir, però el nou Taha Aki tenia la força d'un llop, per la qual cosa va poder capturar l'estafador i va recloure-li l'esperit abans que pogués sortir del cos robat.

»La gent va alegrar-se de comprendre tot el que havia passat. En Taha Aki ràpidament va posar les coses a lloc, va treballar un altre cop amb la seva gent i retornà les esposes a les seves famílies. L'únic canvi que va mantenir va ser el final dels viatges espirituals, coneixedor del perill ara que existia la idea de robar vides. No hi va haver més esperits guerrers.

»D'aleshores en endavant, en Taha Aki va ser més que un llop o que un home. L'anomenaven Taha Aki, el Gran Llop, o Taha Aki, l'Home Esperit. Va liderar la tribu durant molts, molt anys, perquè no envellia. Quan amenaçava algun perill, tornava a adoptar la forma de llop per lluitar o espantar els seus enemics, i així la tribu va tornar a viure en pau. En Taha Aki va tenir una prolífica descendència i molts dels seus fills, en arribar a l'edat de convertir-se en homes, també es convertien en llops. Tots els llops eren diferents entre si, perquè eren esperits llop i reflectien l'home que duien a dins.

—Per això en Sam és negre del tot —va murmurar en Quil entre dents, somrient—. Cor negre, pelatge negre.

Jo estava tan immersa en la història que em va trasbalsar tornar a la realitat, al cercle entorn les flames agonitzants. Amb sorpresa, em vaig adonar que el cercle es componia dels besnéts dels besnéts dels besnéts d'en Taha Aki. O potser més. Aneu a saber quantes generacions havien passat.

El foc va llançar una pluja d'espurnes al cel, on van ballar i tremolar, adquirint formes quasi indesxifrables.

—I què reflecteix la teva pelussa color xocolata? —va respondre en Sam entre xiuxiueigs, mirant en Quil—. La teva dolçor?

En Billy va ignorar les seves bromes.

—Alguns dels seus fills van convertir-se en guerrers d'en Taha Aki i tampoc no van envellir. Uns altres es van negar a unir-se a la bandada d'homes llop perquè no els agradava transformar-se, i aquests sí que van envellir. Amb els anys, la tribu va descobrir que els licantrops podien envellir com qualsevol persona si abandonaven els seus esperits-llop. En Taha Aki va viure un període de temps que comprenia tres vides humanes. Es va casar amb una tercera dona quan les dues darreres van morir i en ella hi va trobar la veritable companya del seu esperit, i tot i que també va estimar les altres, amb ella va experimentar un sentiment més intens. Així que va decidir abandonar el seu esperit-llop per poder morir junts.

»I així va ser com ha arribat la màgia fins a nosaltres, tot i que la història no s'acaba pas aquí...

Va mirar el vell Quil Ateara, el qual va canviar de postura a la seva cadira i estirà les fràgils espatlles. En Billy va beure aigua d'una ampolla i es va eixugar el front. El bolígraf de l'Emily no va parar i continuà escrivint furiosament en el paper.

—Aquesta és la història dels esperits guerrers —va començar el vell Quil amb la seva aguda veu de tenor—. I aquesta és la història del sacrifici de la tercera esposa.

»Molts anys després que en Taha Aki abandonés el seu esperit-llop, i essent un home d'edat avançada, van esclatar conflictes al nord amb els *makah* a causa de la desaparició de diverses joves de la seva tribu. Els *makah* van culpar els llops veïns, a qui temien i de qui desconfiaven. Els homes llop podien accedir al pensament dels altres mentre estaven amb la forma de llop, de la mateixa manera que els seus avantpassats quan adquirien la forma d'esperit, per la qual cosa sabien que cap d'ells no hi estava involucrat. En Taha Aki va intentar tranquil·litzar el cap dels *makah,* però hi havia massa por. Ell no volia arriscar-se a lluitar, perquè ja no era un guerrer en condicions de dur una tribu a combat. Per això va encomanar al seu fill llop Taha Wi, el gran, la tasca de descobrir el veritable culpable abans que s'arribés a les mans.

»En Taha Wi va emprendre una recerca per les muntanyes amb cinc llops de la bandada per veure si descobria qualsevol rastre de les noies desaparegudes. Van trobar una cosa totalment inèdita: una pudor estranya i dolça en el bosc els cremava el nas fins al punt de fer-los mal.

Em vaig encongir una mica al costat d'en Jacob. Vaig veure com una de les comissures dels llavis es torçava en un gest que somreia, i el seu braç va tensar-se al meu voltant.

—No coneixien cap criatura que fes una pudor semblant, però la van rastrejar igualment —va continuar el vell Quil. La seva veu tremolosa no tenia la majestuositat de la d'en Billy, però sí que tenia un estrany to afilat, urgent, ferotge. Se'm va accelerar el pols conforme les seves paraules van anar adquirint velocitat—. Van trobar dèbils vestigis de fragància i sang humana al llarg del rastre. Estaven convençuts de seguir l'enemic adequat.

»El viatge els va dur tan al nord que en Taha Wi va enviar de tornada al port la meitat de la bandada, els més joves, per informar en Taha Aki.

»En Taha Wi i els seus dos germans no van tornar mai més.

»Els joves van buscar els seus germans més grans, però només van trobar silenci. En Taha Aki va plorar els seus fills i va desitjar venjar la seva mort, però ja era massa vell. Va posar-se els seus vestits de dol i va anar a buscar el cap dels *makah* per explicar-li què havia succeït. El cap *makah* va creure la sinceritat del seu dol i les tensions entre les dues tribus van desaparèixer.

»Un any més tard, dues joves donzelles *makah* van desaparèixer de casa seva. Els *makah* de seguida van avisar els llops *quileute,* que van descobrir la mateixa olor dolça per tot el poble. Els llops van sortir a la caça de nou.

»Només en va tornar un. Era en Yaha Uta, el fill gran de la tercera esposa d'en Taha Aki, i el més jove de la bandada. Amb ell va dur una cosa que els *quileute* no havien vist mai abans, un estrany cadàver petri i fred trossejat. Tothom que tenia sang d'en Taha Aki a les venes, fins i tot aquells que no s'havien transformat mai en llops, van sentir l'olor penetrant de la criatura morta. Aquest era l'enemic dels *makah.*

»En Yaha Uta va explicar la seva aventura: els seus germans i ell van trobar la criatura amb l'aparença d'un home, però dur com el granit, amb les dues noies *makah.* Una ja estava morta a terra, pàl·lida i dessagnada. L'altra estava en braços de la criatura, que mantenia la boca enganxada al seu coll. Potser encara era viva quan van arribar a l'espantosa escena, però aquell ésser ràpidament li va trencar el coll i va llençar a terra el cos sense vida mentre ells s'hi acostaven. Tenia els llavis blancs plens de sang i els ulls li brillaven vermells.

»En Yaha Uta va descriure la força i la velocitat de la criatura. Un dels seus germans es va convertir en una altra víctima en subestimar el seu vigor. La criatura el va destrossar com un ninot. En Yaha Uta i el seu altre germà van ser més cauts i atacaren en equip, tot mostrant una astúcia superior en assetjar la criatura des de diferents bandes. Van haver d'arribar als límits extrems de la seva velocitat i la força de llop, cosa que no havien hagut de provar fins aleshores. Aquell ésser era dur com la pedra i fred com el gel. Van adonar-se que només li feien mal amb les dents, per la qual cosa en el curs de la lluita només van anar arrancant-li trossos de carn a mossegades.

»Però la criatura aprenia ràpid i aviat va començar a respondre a les seves maniobres. Va aconseguir aferrar el germà d'en Yaha Uta i ell va trobar un punt d'indefensió a la gola de l'ésser de gel, i el va atacar a fons. Les seves dents li van arrancar el cap, però les mans de l'enemic van continuar destrossant el seu germà.

»En Yaha Uta va esbocinar la criatura en trossos irreconeixibles i els va llançar al seu voltant en un intent de salvar el seu germà. Va ser massa tard, encara que al final la va poder destruir.

»O almenys això es va pensar. En Yaha Uta va dur les restes perquè els ancians les examinessin. Una mà tallada estava al costat d'un tros del braç granític de la criatura. Les dues peces van entrar en contacte quan els ancians les van moure amb uns bastons, la mà va arrossegar-se fins al braç, intentant armar-se de nou.

»Horroritzats, els ancians van incinerar les restes. L'aire va contaminar-se amb un gran núvol de fum asfixiant i repulsiu. Quan només en van quedar les cendres, les van dividir en petites bossetes i les van escampar molt lluny i separades les unes de les altres, algunes a l'oceà, unes altres al bosc, la resta a les cavernes del penya-segat. En Taha Aki va lligar-se una bosseta al voltant del coll, amb la finalitat de poder donar l'alarma en cas que la criatura intentés refer-se de nou.

El vell Quil va fer una pausa i mirà en Billy, que va alçar una corda de cuir lligada al coll a l'extrem del qual hi penjava una bosseta ennegrida pel pas del temps. Alguns dels oients van alenar. Probablement jo vaig ser una d'ells.

—El van anomenar el Gèlid, el Bevedor de sang, i van viure amb la por que no fos l'únic ja que la tribu només comptava amb un llop protector, el jove Yaha Uta.

»De seguida van sortir de dubtes. La criatura tenia una companya, una altra bevedora de sang, que va venir a les terres dels *quileute* clamant venjança.

»Les històries sostenen que la Dama Gèlida era la criatura més bella que havien vist els ulls humans. Semblava una deessa de l'alba quan va entrar al poble aquell matí; el sol va brillar de cop i va fer resplendir la seva pell blanca i els cabells daurats que li suraven llargs fins als genolls. El seu rostre tenia una bellesa màgica, amb els ulls negres i el rostre pàl·lid. Alguns van caure de genolls i la van adorar.

»Va demanar alguna cosa en veu alta i penetrant, en un idioma que ningú no havia sentit mai abans. La gent es va quedar atònita sense saber què respondre. No hi havia ningú del llinatge d'en Taha Aki entre els testimonis, tret d'un nen petit. Aquest va penjar-se a coll de la mare i va cridar que l'olor de l'aparició li cremava el nas. Un dels ancians, que anava de camí al consell, va sentir el nen i se'n va adonar del que passava. A crits va ordenar a tothom que fugís. Ella el va matar primer a ell.

»Només van sobreviure dos dels vint testimonis de l'arribada de la Dama Freda, i tot gràcies al fet que la sang la va distreure i va fer una pausa durant la matança per saciar la seva set. Els dos supervivents van córrer fins on era en Taha Aki, assegut en el consell amb els altres ancians, els seus fills i la tercera esposa.

»En Yaha Uta es va transformar en llop quan va sentir les notícies i se'n va anar sol a destruir la bevedora de sang. En Taha Aki, la tercera esposa, els seus fills i els ancians el van seguir.

»Al principi no van trobar la criatura, només les restes de l'atac: cossos trencats, dessagnats, tirats al llarg del camí per on havia arribat. Aleshores van sentir els crits i van córrer fins al port.

»Un grup de *quileute* havien anat fins a les canoes per buscar refugi. Ella va nedar fins a ells com un tauró i va trencar la proa de l'embarcació amb una força prodigiosa. Quan la canoa es va enfonsar, va atrapar qui intentava sortir nedant i també els va matar.

»Va oblidar-se dels nedadors que s'escapaven quan va veure el gran llop a la platja. Va nedar tan de pressa que es va convertir en una taca confosa i va arribar, molla i gloriosa, davant d'en Yaha

Uta per enfrontar-s'hi. El va assenyalar amb un dit blanc i li va preguntar alguna cosa incomprensible. En Yaha Uta es va esperar.

»Va ser una lluita molt igualada. Ella no era una guerrera, com el seu company, però en Yaha Uta estava sol i ningú no la va poder distreure de la fúria que tenia concentrada en ell.

»Quan en Yaha Uta va caure vençut, en Taha Aki va fer un crit desafiant. Va saltar endavant i es va transformar en un llop ancià, de morro blanc. Era vell, però era en Taha Aki, l'Home Esperit, i la ira el va fer fort. La lluita va tornar a començar.

»La tercera esposa d'en Taha Aki acabava de veure morir el seu fill. Ara era el seu marit qui lluitava i ella havia perdut l'esperança que vencés. En el consell havia escoltat cada paraula pronunciada pels testimonis de la matança. Havia escoltat la història de la primera victòria d'en Yaha Uta i sabia que el seu difunt fill havia triomfat en aquella ocasió gràcies a la distracció causada pel seu germà.

»La tercera esposa va agafar un ganivet del cinturó d'un dels seus fills que tenia al costat. Tots eren joves, encara no eren homes, i ella sabia que moririen si el seu pare perdia.

»Va córrer cap a la Dama Freda amb la daga alçada. Ella va somriure, a penes sense distreure's de la lluita amb el vell llop. No temia ni la dèbil humana ni el ganivet, que amb prou feines li faria una rascada a la pell. Estava disposada a descarregar el cop de gràcia sobre en Taha Aki.

»I aleshores, la tercera esposa va fer una cosa inesperada. Va caure de genolls davant la bevedora de sang i es va clavar el ganivet al cor.

»La sang va brollar entre els dits de la tercera esposa i va esquitxar la Dama Freda, que no va poder resistir l'esca de la sang fresca que abandonava el cos de la dona agonitzant, i de manera instintiva, va girar-se vers ella, durant un segon totalment consumida per la set.

»Les dents d'en Taha Aki van tancar-se entorn el seu coll.

»Aquest no va ser el final de la lluita, ja que ara en Taha Aki no estava sol. En veure morir la seva mare, dos dels joves fills van sentir una ira tan forta que d'ells van brotar els seus esperits-llop, tot i que encara no fossin homes. Van aconseguir eliminar la criatura, juntament amb el seu pare.

»En Taha Aki ja mai més no va reunir-se amb la tribu. Mai més no va convertir-se en home. Va passar-se tot un dia estirat al costat del cos de la tercera esposa, grunyint cada cop que algú intentava acostar-se-li, i després se'n va anar al bosc i no va tornar mai més.

»Amb prou feines hi va haver més problemes amb els gèlids a partir d'aquell moment. Els fills d'en Taha Aki van protegir la tribu fins que els seus propis fills van tenir l'edat necessària per ocupar el seu lloc. Mai no hi va haver més de tres llops a la vegada, perquè era un número suficient. Algun bevedor de sang apareixia per aquestes terres de tant en tant, però queien víctimes de la sorpresa, ja que no esperaven que hi hagués llops. Alguna vegada algun protector moria, però mai més no els van atacar com la primera vegada, ja que havien après a lluitar contra els gèlids i es van transmetre el coneixement dels uns als altres, de ment a ment, d'esperit a esperit, de pare a fill.

»El temps va passar i els descendents d'en Taha Aki no van tornar a convertir-se en llops quan es feien adults. Els llops només tornaven en moments esporàdics, quan un gèlid apareixia a la vora. Els gèlids venien d'un en un o en parelles i la bandada va continuar sent petita.

»Aleshores, va aparèixer un gran aquelarre i els nostres propis besavis es van preparar per lluitar-hi en contra. Tot i així, el líder va parlar amb l'Ephraim Black com si fos un home i va prometre no fer mal als *quileute.* Els seus estranys ulls grocs eren la prova que ells no eren com els altres bevedors de sang. Superaven en nombre els llops, així que no hi havia cap necessitat que els gèlids els oferissin un pacte quan en realitat els haguessin vençut lluitant. L'Ephraim va acceptar. Van romandre fidels al tractat, tot i que la seva presència va servir d'atracció perquè apareguessin d'altres bandades.

»L'augment de l'aquelarre va forçar que la bandada fos la més gran que la tribu havia vist mai —va continuar el vell Quil i durant un moment els seus ulls negres, quasi enterrats amb les arrugues de la pell que els envoltava, va semblar que s'aturaven en mi—, excepte, és clar, en els temps d'en Taha Aki —després, va sospirar—. I així els fills de la tribu tornen a carregar amb la responsabilitat i comparteixen el sacrifici que els seus pares van suportar abans que ells.

Es va fer un profund silenci que es va allargar una mica. Els descendents vius de la màgia i la llegenda es van mirar els uns als altres a través del foc amb els ulls plens de tristesa. Tots menys un.

—Responsabilitat —va bufar en veu baixa—. A mi em sembla de conya —el gruixut llavi inferior d'en Quil li sobresortia una mica.

A l'altre costat del foc, en Seth Clearwater, els ulls del qual estaven dilatats per l'afalac de pertànyer a la germandat dels protectors de la tribu, va assentir, totalment d'acord.

En Billy va riure entre dents durant uns moments i la màgia va semblar que s'esvania entre les brases resplendents. De sobte només hi havia un cercle d'amics i prou. En Jared va tirar una pedreta a en Quil i tothom es va posar a riure quan aquest va espantar-se. El mormol de les converses en veu baixa va estendre's al voltant, ple de bromes i amb naturalitat.

La Leah Clearwater va mantenir els ulls tancats. Em va semblar veure-li brillar com una llàgrima a la galta, però ja no hi tenia res quan la vaig tornar a mirar al cap d'una estona.

Ni en Jacob ni jo no vam parlar. Ell estava absolutament immòbil al meu costat; la seva respiració era tan profunda i regular que em pensava que estava a punt d'adormir-se.

La meva ment estava a anys llum d'allà. No pensava en Yaha Uta ni en els altres llops ni en la preciosa Dama Freda, ja que me la podia imaginar amb molta claredat. No, la meva ment buscava alguna cosa totalment allunyada de la màgia. Intentava imaginar-me el rostre de la dona sense nom, la que havia salvat tota la tribu, la tercera esposa.

Es tractava d'una simple mortal sense poders especials ni cap mena de do. Era més dèbil que qualsevol dels monstres que poblaven la història, però ella havia sigut la clau, la solució. Havia salvat el seu marit, els seus fills, la tribu.

M'hagués agradat que es recordessin del seu nom...

Algú em va sacsejar el braç.

—Ei, vinga, Bella —em va dir en Jacob a l'orella—. Torna.

Vaig parpellejar buscant el foc, que semblava haver desaparegut. Vaig observar la inesperada foscor, intentant veure alguna cosa al meu voltant. Vaig trigar quasi un minut en adonar-me que ja no estàvem en el penya-segat. En Jacob i jo ens trobàvem sols. Encara estava reclinada contra la seva espatlla, però no a terra.

Com havia arribat al cotxe d'en Jacob?

—Ai, Déu meu —vaig respirar entretalladament quan em vaig adonar que m'havia quedat adormida—. Quina hora és? Maleït sigui, on he guardat el meu estúpid mòbil?

Em vaig palpar les butxaques, frenètica, i no hi havia res.

—Calma, encara no és mitjanit i ja li he trucat jo. Mira, t'està esperant.

—Mitjanit? —vaig repetir estúpidament, encara desorientada. Vaig mirar cap a la foscor i se'm va accelerar el pols quan vaig entreveure la forma del Volvo, a uns vint-i-pocs metres. Vaig alçar la mà cap a la maneta.

—Té —digué en Jacob mentre dipositava un objecte petit en el palmell de la meva altra mà. Era el mòbil.

—Has trucat tu a l'Edward?

Els meus ulls ja s'havien acostumat suficientment a la foscor per veure el sobtat espurneig del somriure del meu amic.

—He suposat que podria passar una estona més amb tu si jugava bé les meves cartes.

—Gràcies, Jake —vaig respondre, emocionada—. T'ho agraeixo de veritat, i també per haver-me convidat aquesta nit. Ha sigut... —em faltaven paraules—. Hosti, ha sigut realment especial.

—I això que no t'has quedat per veure com m'empassava una vaca sencera —es va posar a riure—. Sí, m'alegro que t'hagi agradat. Ha sigut... meravellós. Tenir-te aquí, em refereixo.

Vaig llucar un moviment a la llunyania, on semblava que hi passejava una mena d'espectre la blancor del qual es retallava contra els arbres foscos.

—Vaja, no és gaire pacient, oi que no? —va comentar en Jacob, notant la meva distracció—. Vés-te'n ja, però torna aviat, d'acord?

—Segur, Jake —li vaig prometre, obrint la porta del cotxe. L'aire fred em va recórrer les cames i em va fer tremolar.

—Que dormis bé, Bella. No et preocupis per res. Estaré vigilant-te tota la nit.

Em vaig aturar, amb un peu al terra.

—No, Jake. Descansa una mica. Estaré bé.

—D'acord —va respondre, però va sonar més paternal que una altra cosa.

—Bona nit, Jake. Gràcies.

—Bona nit, Bella —em va xiuxiuejar, mentre jo m'afanyava a través de la foscor.

L'Edward em va reconèixer a la frontera.

—Bella —hi havia un alleujament considerable a la veu quan els seus braços em van estrènyer fort.

—Hola. Sento arribar tan tard. M'he quedat adormida i...

—Ja ho sé. En Jacob m'ho ha explicat —va avançar cap al cotxe i jo vaig tentinejar rígidament al seu costat—. Estàs cansada? Puc dur-te en braços.

—Estic bé.

—Et portaré a casa per acotxar-te al llit. T'ho has passat bé?

—Sí, ha sigut sorprenent, Edward. M'hauria agradat que haguessis vingut. No trobo paraules per explicar-t'ho. El pare d'en Jake ens ha explicat les velles llegendes i ha sigut... màgic.

—Ja m'ho explicaràs, però després que hagis dormit.

—No me'n recordaré de tot —li vaig contestar; i vaig badallar obrint molt la boca.

L'Edward va riure entre dents. Em va obrir la porta, em va ajudar a seure i em va posar el cinturó de seguretat.

Uns llums brillants van encendre's de sobte i ens van escombrar. Vaig saludar cap aquella llum però no podia saber si en Jacob havia vist el meu gest.

El meu pare va causar menys problemes dels esperats gràcies al fet que en Jacob també li havia trucat. Després de desitjar bona nit a en Charlie, em vaig recolzar a la finestra oberta mentre esperava l'Edward. La nit era sorprenentment freda, gairebé hivernal. Al penya-segat ventós ni me n'havia adonat; suposo que tenia més a veure amb el fet d'estar al costat d'en Jacob que ser a la vora del foc.

Petites gotetes gelades d'aigua em van esquitxar a la cara quan va començar a ploure.

Estava massa fosc per distingir res més que els cons foscos dels avets inclinant-se i gronxant-se al ritme dels cops de vent, però de totes maneres vaig forçar la vista buscant altres formes enmig de la tempesta. Una silueta pàl·lida, que es movia com un fantasma en la negror... o potser el contorn borrós d'un enorme llop, però els meus ulls eren massa dèbils.

Aleshores hi hagué un moviment sobtat en la nit, just al meu costat. L'Edward va lliscar a través de la finestra oberta. Tenia les mans més fredes que la pluja.

—Hi ha en Jacob aquí fora? —li vaig preguntar tremolant quan l'Edward em va acostar a l'abric dels seus braços.

—Sí, en alguna part. I l'Esme va camí de casa.

Vaig sospirar.

—Fa molt fred i plou a bots i barrals. És una ximpleria.

Em vaig estremir de nou i ell va riure entre dents.

—Només tu tens fred, Bella.

Aquella nit també en els meus somnis hi va fer fred, potser perquè vaig dormir als braços de l'Edward, però vaig somiar que estava a la intempèrie, sota la tempesta, el vent em feia petar els cabells a la cara i no veia res. M'estava a la cala amb forma de mitja lluna de First Beach, intentant distingir les formes que es movien amb tanta rapidesa que amb prou feines podia veure-les, en l'obscuritat i des de la vora del mar. Al principi no distingia res més que la brillantor dels llamps negres i blancs que es llançaven uns contra els altres, com en una dansa, fins que aleshores, com si la lluna hagués aparegut de sobte entre els núvols, ho vaig poder veure tot.

La Rosalie, amb la daurada cabellera molla, tan llarga que li arribava a la garreta, envestia contra un llop enorme, de morro platejat, que instintivament vaig reconèixer: en Billy Black.

Em vaig posar a córrer, però l'única cosa que vaig aconseguir va ser aquell frustrant moviment lent i pausat tan propi dels somnis. Vaig intentar cridar-los, dir-los que s'aturessin, però el vent em va privar de la veu i no vaig aconseguir proferir cap so. Vaig moure els braços enlaire, esperant captar la seva atenció. Alguna cosa va llampeguejar al meu costat i em vaig adonar per primer cop que la meva mà dreta no estava buida.

Duia un llarg ganivet, afilat, antic i de color platejat, amb taques de sang seca i ennegrida.

Vaig deixar anar el ganivet i vaig obrir els ulls de cop a la tranquil·la foscor de la meva habitació. El primer que vaig percebre era que no estava sola i em vaig girar per enterrar el rostre en el pit de l'Edward, sabent que la dolça olor de la seva pell seria el millor remei contra el malson.

—T'he despertat? —va murmurar ell. Hi va haver un soroll de paper, el de les pàgines d'un llibre obert i després un lleuger cop sord com si alguna cosa hagués caigut al parquet.

—No —vaig xiuxiuejar, sospirant contenta quan els seus braços es van prémer al meu voltant—. He tingut un malson.

—Me'l vols explicar?

Vaig moure el cap.

—Estic molt cansada. Potser demà al matí..., si me'n recordo.

Vaig sentir que s'estremia amb un riure silenciós.

—Demà al matí —va assentir.

—Què estàs llegint? —vaig preguntar, encara endormiscada.

—*Cims borrascosos* —va contestar ell.

Vaig arrufar les celles mig en somnis.

—Em pensava que no t'agradava aquest llibre.

—Te l'has deixat per aquí oblidat —va murmurar ell; la seva veu dolça em bressolava, duent-me de nou a la inconsciència—. A més, quant més temps passo amb tu, millor entenc les emocions humanes. Estic descobrint que simpatitzo amb en Heathcliff d'una manera que abans no creia possible.

—Ahà —vaig balbucejar.

Va dir alguna cosa més, en veu baixa, però jo ja estava adormida.

L'endemà al matí hi havia un cel color gris perla, molt tranquil. L'Edward em va preguntar pel somni, però no el podia precisar amb exactitud. Només recordava el fred i la meva alegria de tenir-lo allà en despertar. Em va fer un petó llarg, tan llarg que se'm va disparar el pols, abans d'anar-se'n a casa per canviar-se de roba i agafar el cotxe.

Em vaig vestir ràpidament, encara que no tenia gaire roba per escollir. Qui fos que havia saquejat el meu cabàs de la roba, havia deixat el meu vestuari força perjudicat. Estaria molt enfadada si el fet no fos tan espantós.

Estava a punt de baixar a esmorzar quan vaig veure el meu maltractat volum de *Cims borrascosos* obert a terra, on l'Edward l'havia deixat caure a la nit, mantenint-se al punt per on s'havia quedat llegint, ja que l'enquadernació havia cedit.

El vaig recollir amb curiositat mentre procurava recordar les seves paraules sobre la simpatia que sentia per en Heathcliff, per damunt dels altres personatges. Ho trobava impossible, potser ho havia somiat.

Hi havia quatre paraules que van captar la meva atenció, a la pàgina per la qual el volum havia quedat obert, i vaig inclinar-me per llegir el paràgraf amb més atenció. Parlava en Heathcliff i coneixia bé el passatge.

I aquí és on es pot veure la diferència entre els nostres sentiments: si ell estigués al meu lloc i jo en el seu, encara que l'avorrís amb un odi que convertís la meva vida en fel, mai no hauria alçat la mà en contra seva. Pots posar cara d'incredulitat si vols! Jo mai no podria haver-lo apartat d'ella, almenys mentre ella així ho hagués volgut. Però en el moment que perdés la seva estima, li hauria arrancat el cor i m'hauria begut la seva sang! Tot i així, fins aleshores, i si no em creus és que no em coneixes, fins aleshores, preferiria morir amb certesa abans que tocar-li un sol cabell!

Les quatre paraules que van captar la meva atenció van ser «begut la seva sang».

Em vaig estremir.

Sí, segurament havia somiat que l'Edward havia dit alguna cosa positiva sobre en Heathcliff. I el més probable és que aquesta pàgina no fos la que havia estat llegint. El llibre podria haver caigut obert per qualsevol pàgina.

Temps

—He vist… —l'Alice va començar amb un to ominós.

L'Edward li va donar un cop de colze a les costelles que ella va esquivar hàbilment.

—D'acord —va remugar—. És l'Edward qui vol que ho faci, però intueixo que t'ho posaré més difícil si sóc jo qui et dóna la sorpresa.

Anàvem cap al cotxe després de classe i jo no en tenia ni idea a què es referia.

—I per què no em parles en cristià? —vaig demanar.

—No siguis criatura. Sense rebequeries, eh?

—Crec que m'estàs espantant.

—Tu..., bé, tots nosaltres, tindrem una festa de graduació. Res de l'altre món, no et preocupis, però he vist que t'agafaria un atac si intentava fer una festa sorpresa —feia ballarugues d'un cantó a l'altre mentre l'Edward intentava agafar-la per despentinar-la—. I l'Edward ha dit que t'ho havia de dir, però no serà res, t'ho prometo.

Vaig sospirar profundament.

—Serviria de res intentar-ho discutir?

—En absolut.

—D'acord, Alice. Hi aniré, i odiaré cada minut que estigui allà, t'ho prometo.

—Així m'agrada! Per cert, a mi m'encanta el meu regal. No t'hauries d'haver molestat.

—Alice, però si no el tinc!

—Oh, ja ho sé, però el tindràs.

Esperonada pel pànic, em vaig trencar la closca i vaig intentar recordar si alguna vegada havia pensat a fer-li un regal per a la graduació. Així deuria haver estat, si ella ho havia pogut veure.

—Sorprenent —va intervenir l'Edward—. Com pot ser tan insuportable una micarelles com tu?

L'Alice es va posar a riure.

—És un talent natural.

—No et podies haver esperat unes quantes setmanes per dir-m'ho? —vaig preguntar enfadada—. Ara estaré preocupada més temps.

L'Alice em va mirar seriosa.

—Bella —va dir lentament—, saps quin dia és avui?

—Dilluns?

Va girar els ulls en blanc.

—Sí, dilluns... Avui és dia quatre.

Em va agafar pel colze, em va fer fer mitja volta i em va deixar davant un gran cartell groc enganxat a la porta del gimnàs. Allà, amb marcades lletres negres, hi havia la data de la graduació. Faltava una setmana exacta a partir d'aquell mateix dia.

—Som a dia quatre? Quatre de juny? N'estàs segura?

Ningú no va respondre. L'Alice va moure el cap amb pena, simulant decepció, i l'Edward va alçar les celles.

—No pot ser! Però, com és possible!

Vaig intentar comptar mentalment els dies enrere, però era incapaç d'entendre com havien passat tan de pressa.

De sobte, no vaig sentir les cames. Semblava que me les haguessin tallat. Sense saber com, a la voràgine d'aquelles setmanes de tensió i angoixa, enmig de tota la meva obsessió pel temps..., el temps havia desaparegut. Havia perdut el meu moment per revisar-ho tot i fer plans. M'havia fugit el temps.

I no estava preparada.

No sabia com fer front a tot allò. No sabia com acomiadar-me d'en Charlie i de la Renée, d'en Jacob. No sabia com afrontar el fet de deixar de ser humana.

Sabia exactament el que volia, però de sobte, em feia pànic aconseguir-ho.

En teoria, desitjava, a vegades amb entusiasme, que arribés el moment de canviar la mortalitat per la immortalitat. Al cap i a la fi, era la clau per quedar-me amb l'Edward per sempre. D'altra banda, hi havia el fet que enemics coneguts i desconeguts pretenien caçar-me. Convenia que no em quedés mirant, indefensa i deliciosa, esperant que qualsevol d'ells em capturés.

En teoria, tot això no tenia sentit...

... però a la pràctica, ser humana era tota l'experiència que jo tenia. El futur que s'estenia davant meu a partir del canvi se'm presentava com un enorme abisme fosc del qual no en sabria res fins al moment de saltar-hi.

Aquesta simple dada, la data d'aquell dia, tan òbvia que probablement l'havia reprimit de manera inconscient, ara es convertia en el moment límit que havia estat esperant amb impaciència, però a la vegada, era una cita amb l'escamot d'afusellament.

Des d'un punt molt distant, vaig percebre com l'Edward m'obria la porta del cotxe, com l'Alice xerrava des del seient de darrere i com la pluja repicava contra el parabrises. Va semblar que ell s'adonava que allà només hi havia el meu cos però no va intentar treure'm de l'abstracció. O potser ho va fer sense que jo en fos conscient.

Vam arribar a casa al final del trajecte. L'Edward em va dur al sofà i va asseure's amb mi mentre jo mirava per la finestra la tarda gris i plujosa, i intentava descobrir quan s'havia esfumat la meva decisió resoluda. Per què tenia tanta por? Sabia que la data final s'acostava, per què em feia tanta por, ara que havia arribat?

No sé quanta estona em va deixar mirar per la finestra en silenci, però la pluja desapareixia a la foscor quan al final la situació va superar-lo, em va posar les mans fredes a les galtes i va clavar els seus ulls daurats en els meus.

—Vols fer el favor de dir-me què et passa abans que em torni boig? —què li podia dir, que era una covarda? Vaig buscar les paraules adequades. Ell va insistir—: Tens els llavis blancs, parla d'una vegada, Bella.

Vaig agafar una gran quantitat d'aire. Quant temps vaig aguantar la respiració?

—La data m'ha agafat desprevinguda —vaig xiuxiuejar—. Això és tot.

Ell va esperar, amb la cara plena de preocupació i escepticisme.

Vaig intentar explicar-me.

—No estic segura de què fer, ni què diré a en Charlie, ni què... ni com... —la veu se'm va trencar.

—Aleshores, tot això no és per la festa?

Vaig fer una ganyota.

—No, però gràcies per recordar-m'ho.

La pluja tamborinava amb més força a la teulada mentre ell m'intentava llegir el rostre.

—No estàs preparada —va murmurar.

—Sí que n'estic —vaig mentir de manera automàtica, una reacció reflexa. Estava segura que ell sabria què li ocultava, així que vaig inspirar fort i li vaig dir la veritat—. Ho he d'estar.

—No has d'estar de cap manera.

Vaig sentir com el pànic ascendia a la superfície dels meus ulls mentre mussitava els motius.

—La Victoria, la Jane, en Caius, qualsevol qui hagi estat a la meva habitació...!

—Raó de més per esperar.

—Això no té cap sentit, Edward!

Va prémer les mans amb més força contra el meu rostre i va parlar amb deliberada lentitud.

—Bella. Ningú de nosaltres no va tenir cap oportunitat. Ja has vist el que va passar..., especialment a la Rosalie. Tots hem lluitat per reconciliar-nos amb alguna cosa que no podem controlar. No deixaré que et passi el mateix. Tu has de tenir l'oportunitat d'escollir.

—Jo ja he fet la meva elecció.

—Tu creus que has de passar per tot això perquè penja una espasa damunt del teu cap. Ja ens ocuparem dels problemes i jo ja et cuidaré —va jurar—. Quan tot hagi passat i no hi hagi res que t'obligui a fer-ho, aleshores podràs decidir si et vols unir amb mi, si encara en tens ganes, però no per por. No permetré que res et forci a fer-ho.

—En Carlisle m'ho va prometre —vaig xiuxiuejar, portant-li la contrària com sempre—. Després de la graduació.

—No fins que no estiguis preparada —va afirmar amb veu segura—. I per descomptat, no si et sents amenaçada.

No vaig contestar. No tenia forces per discutir; en aquells moments no podia prendre cap decisió.

—Vinga, va —em va fer un petó al front—. No et preocupis per res.

Em vaig posar a riure amb una mena de tremolor.

—Per res, tret d'una sentència imminent.

—Confia en mi.

—Ja ho faig.

Va continuar observant-me la cara, esperant que em tranquil·litzés.

—Puc preguntar-te una cosa?

—El que vulguis.

Em vaig mossegar el llavi mentre m'ho pensava i després li vaig preguntar una cosa que no tenia res a veure amb la meva preocupació.

—Què li puc regalar a l'Alice per la seva graduació?

Va riure per sota el nas.

—Diu l'Alice que li semblava que li volies comprar entrades per a tots dos per un concert.

—És veritat! —em vaig sentir tan alleujada que quasi vaig riure—. El concert de Tacoma. Vaig veure un anunci al diari la setmana passada i vaig pensar que t'agradaria anar-hi, ja que vas dir que era un bon CD.

—És una gran idea. Gràcies.

—Espero que encara quedin entrades.

—La intenció és el que compta. Ja se sap.

Vaig sospirar.

—Em volies preguntar alguna altra cosa —va continuar ell.

Vaig arrufar les celles.

—Doncs sí que files prim, tu.

—Tinc molta pràctica llegint les teves expressions. Pregunta'm.

Vaig tancar els ulls i em vaig reclinar amb ell, amagant el rostre contra el seu pit.

—Tu no vols que jo sigui vampir.

—No, no ho vull —va respondre suaument, i aleshores es va esperar una mica—, però aquesta no és la qüestió —va apuntar al cap d'un moment.

—Bé, em preocupava saber… com et senties respecte a aquest assumpte.

—Estàs preocupada? —va ressaltar la paraula amb sorpresa.

—Em diràs la veritat? La veritat completa, sense tenir en compte els meus sentiments.

Ell va dubtar un minut.

—Si responc la teva pregunta, m'explicaràs per què ho preguntes?

Vaig assentir, amb el rostre encara amagat.

Va inspirar profundament abans de dir res.

—Podries fer-ho molt millor, Bella. Ja sé que tu creus que tinc ànima, però jo no n'estic del tot convençut, i arriscar la teva... —va moure el cap molt a poc a poc—. Per mi, permetre això, deixar que et converteixis en el que jo sóc, simplement per no perdre't mai, és l'acte més egoista que em puc imaginar. Pel que a mi fa, és el que més desitjo en aquest món, però sospiro més per la teva felicitat. Rendir-me a això, em fa sentir com un criminal. És la cosa més egoista que faré mai, encara que visqui per sempre.

»És més, si em pogués convertir en humà d'alguna manera, per poder estar amb tu, no m'importa el preu, pagaria feliç.

Em vaig quedar allà asseguda, molt quieta, absorbint-ho tot.

L'Edward pensava que estava sent egoista.

Vaig sentir com el somriure s'estenia lentament pel meu rostre.

—Així que... no tens por que després no t'agradi, és a dir, quan no sigui suau, càlida i no faci la mateixa olor. Realment voldràs quedar-te amb mi quan m'hagi convertit, sense importar-te?

Ell va amollar l'aire d'un cop.

—El que et preocupa és que després no m'agradis? —va demanar. Aleshores, abans que pogués respondre, va posar-se a riure—. Bella, per ser una persona força intuïtiva, a vegades ets una mica obtusa...

Sabia que per a ell era una ximpleria, però jo em vaig sentir alleujada. Si ell realment m'estimava podria suportar qualsevol cosa... d'alguna manera. De sobte, la paraula «egoista» em va semblar bonica.

—No crec que te n'adonis que per a mi seria molt més fàcil, Bella —em va dir amb un cert eco d'humor a la seva veu—, sobretot perquè no hauria d'estar concentrat tota l'estona per no matar-te. Per descomptat, hi haurà coses que trobaré a faltar. Aquesta, per exemple...

Em va mirar als ulls mentre m'acariciava la galta i vaig sentir com la sang se m'enfilava a la cara i m'acoloria la pell. Va riure amablement.

—I el batec del teu cor —va continuar, més seriós però encara somrient una mica—. El considero el so més meravellós del món. Estic tan sintonitzat amb ell, que juraria que el puc sentir a quilòmetres de distància. Però res d'això no importa. Això —va dir, agafant-me el rostre amb les mans—. Tu. Això és el que jo vull. Sempre seràs la meva Bella, només que una mica més eterna.

Vaig sospirar i vaig deixar que els ulls se'm tanquessin satisfets, descansant entre les seves mans.

—I ara, em respondràs una pregunta, tu a mi? La veritat completa, sense tenir en compte els meus sentiments? —va preguntar.

—Clar —li vaig respondre sense dubtar, amb els ulls ben oberts per la sorpresa. I ara què volia saber?

Ell va recitar les paraules, molt a poc a poc.

—No vols ser la meva esposa.

De sobte, el meu cor va aturar-se; després, va bategar desaforadament. Vaig sentir una suor freda a la part de darrere del coll i les mans se'm van quedar gelades.

Ell va esperar, observant i avaluant la meva reacció.

—Això no és cap pregunta —vaig murmurar, al final.

Ell va abaixar la mirada, i les seves pestanyes van projectar llargues ombres sobre els pòmuls. Va deixar caure les mans de la meva cara per agafar-me la gelada mà esquerra. Va jugar amb els meus dits mentre parlava.

—Em preocupa com et fa sentir això.

Vaig intentar empassar saliva.

—De totes maneres no és una pregunta —vaig insistir.

—Sisplau, Bella.

—La veritat? —vaig demanar dibuixant les paraules amb els llavis.

—Clar. Ho podré suportar, sigui el que sigui.

Vaig inspirar profundament.

—Te'n riuràs.

Els seus ulls van flamejar mirant-me, sorpresos.

—Riure? No em puc imaginar per què.

—Mira —vaig murmurar, i després vaig sospirar. La meva cara va passar del blanc a l'escarlata, cremant de sobte pel disgust—. Prou, ja està bé! Estic segura que això et sonarà com una mena d'acudit, però és la veritat! Només és que... em fa... tanta vergonya —vaig confessar i em vaig ocultar en el seu pit un altre cop.

Es va fer una gran pausa.

—No et segueixo.

Vaig tirar el cap enrere per mirar-lo. El pudor va fer que em llancés, amb actitud bel·ligerant.

—No vull ser una noia d'aquestes, Edward. D'aquestes pageroles de poble que es queden flipant pel seu xicot! Saps què en pensaran els altres? Saps a quin segle estem? La gent ja no es casa als divuit anys! Almenys no la gent llesta, responsable i madura! No vull ser una noia d'aquestes! Jo no sóc així... —la veu se'm va apagar i va anar perdent força.

El rostre de l'Edward era impossible de llegir mentre pensava en la meva resposta.

—Això és tot? —va preguntar finalment.

Vaig pestanyejar.

—És que et sembla poc?

—No és perquè estiguis més entusiasmada per ser... immortal, que per mi?

I aleshores, encara que havia predit que ell es riuria de mi, vaig ser jo la que va tenir un atac de riure histèric.

—Edward! —vaig panteixar entre paroxismes de rialles—. Vinga! Jo sempre... he pensat... que tu eres més... més llest que jo!

Em va agafar entre els seus braços i vaig sentir que estava rient amb mi.

—Edward —vaig repetir, fent un petit esforç per parlar amb absoluta claredat—. No tinc cap interès a viure per sempre si no és amb tu. No voldria ni tan sols viure un dia més si no és amb tu.

—Bé, això em deixa tranquil —va comentar.

—Encara que... això no canvia res.

—Ja, però és fantàstic saber-ho, de totes maneres. I ara veig el teu punt de vista, Bella, ja ho crec que sí, però m'agradaria molt que intentessis veure les coses des del meu.

Ja estava més tranquil·la, així que vaig assentir intentant no arrufar les celles.

Els seus ulls daurats es van tornar hipnòtics en clavar-se als meus.

—Ja ho veus, Bella, jo sempre he sigut un noi «d'aquests»; a la meva època ja era tot un home. No anava buscant l'amor, res d'això, estava massa entusiasmat amb la perspectiva de convertirme en soldat. No pensava en res més que no fos aquesta imatge idealitzada de la glòria de la guerra que ens havien venut aleshores els reclutadors eventuals, però si jo hagués trobat... —va fer una pausa i va inclinar el cap—. Anava a dir que si hagués trobat algú, però això no seria cert, si t'hagués trobat a tu, no tinc cap dubte del que hauria fet. Jo era aquesta mena de nois que de seguida que hagués descobert que tu eres el que jo buscava hagués caigut de genolls davant teu i hauria intentat de totes les maneres possibles assegurar-me la teva mà. T'hagués estimat per a tota l'eternitat, encara que les paraules no tinguessin aleshores la mateixa connotació que ara.

Em va dedicar de nou el seu somriure murri.

El vaig mirar amb els ulls oberts de bat a bat fins que se'm van assecar.

—Respira, Bella —em va recordar, somrient; vaig agafar aire —. No ho veus, encara que només sigui una mica, des del meu punt de vista?

I durant un segon sí que ho vaig veure. Em vaig veure a mi mateixa amb una faldilla llarga i una brusa de coll alt lligada amb un gran llaç, i els cabells amuntegats damunt del cap. Vaig veure l'Edward amb un vestit molt elegant i un ram de margarides, assegut al meu costat en el balancí d'una porxada.

Vaig moure el cap i vaig empassar saliva. Estava patint un *flashback* a l'estil d'*Anna, la de Teules Verdes.*

—El cas és, Edward —vaig respondre amb la veu tremolosa, eludint la pregunta—, que en la meva ment, matrimoni i eternitat no són conceptes mútuament exclusius ni inclusius. I ja que de moment estem vivint a la meva època, potser serà millor que ens avinguem al temps, no sé si saps què vull dir.

—Però d'altra banda —va contraatacar ell—, aviat hauràs deixat enrere aquest temps. Així que, per què han d'afectar tant la teva decisió si, al cap i a la fi, només són els costums transitoris d'una cultura local?

Vaig prémer els llavis.

—Et refereixes a casar-se?

Va riure's de mi.

—No has de dir sí o no avui, Bella, però és bo entendre les dues postures, no creus?

—Així que la teva condició...?

—Segueix vigent. Jo ja entenc el teu punt de vista, Bella, però si vols que sigui jo qui et transformi...

—Txa txa txa txan, txa txa txa txan...

Vaig taral·lejar la marxa nupcial entre dents, tot i que a mi em semblava més aviat una mena de cant fúnebre.

El temps va fluir molt més de pressa del previst.

Vaig passar aquella nit en blanc, i de sobte s'havia fet de dia i la graduació em mirava cara a cara. Se m'havia acumulat un munt de material pendent per als exàmens finals i sabia que no tindria temps de fer ni la meitat de la feina els dies que em quedaven.

En Charlie ja se n'havia anat quan jo vaig baixar a esmorzar. S'havia deixat el diari a la taula, la qual cosa em va recordar que havia d'anar a comprar. Esperava que l'anunci del concert encara hi fos; necessitava el número de telèfon per aconseguir aquelles estúpides entrades. No semblava que fos un regal gaire atípic, ara que ja sabien de què es tractava, però és clar, intentar sorprendre l'Alice no havia estat una idea gaire brillant.

Volia passar les pàgines per anar directament a la secció d'espectacles, però un gran titular d'enormes caràcters negres em va captar l'atenció. Vaig sentir un estremiment de por a mesura que m'inclinava per llegir la notícia de la primera pàgina.

SEATTLE ATERRIDA PELS ASSASSINATS

Ha passat menys d'una dècada des que la ciutat de Seattle va ser el territori de caça de l'assassí en sèrie més prolífic de la història dels Estats Units, en Gary Ridgway, l'Assassí de Green River, condemnat per la mort de 48 dones.

Ara, una atribolada Seattle s'ha d'enfrontar a la possibilitat d'estar albergant un monstre encara pitjor.

La policia no considera que la recent ratxa de crims i desaparicions sigui obra d'un assassí en sèrie. Almenys, no encara. Es mostren reticents a creure que una carnisseria semblant sigui obra d'un sol individu. Aquest assassí —si és, de fet, una sola persona— podria ser responsable de 39 homicidis i desaparicions en només 3 mesos. En comparació, l'orgia dels 48 assassinats perpetrats per en Ridgway es va allargar en un període de 21 anys. Si aquestes morts fossin atribuïdes a un sol home, aleshores estaríem parlant de la més violenta escalada d'assassinats en sèrie de la història d'Amèrica.

La policia s'inclina per la teoria que es tracta de bandes criminals atès el gran nombre de víctimes i el fet que no sembla que hi hagi un patró reconeixible a l'elecció.

Des d'en Jack l'Esbudellador fins en Ted Bundy, els objectius dels assassins en sèrie sempre han estat connectats entre si per similituds d'edat, gènere, raça o una combinació dels tres elements. Les víctimes d'aquesta onada de crims van des dels 15 anys de la brillant estudiant Amanda Reed, als 67 del carter jubilat Omar Jenks. Les morts relacionades inclouen unes 18 dones i 21 homes. Les víctimes pertanyen a races diverses: caucasians, afro-americans, hispans i asiàtics.

La selecció sembla que s'efectuï a l'atzar i el motiu no sembla que sigui un altre que el mateix assassinat en si.

Aleshores, per què no es descarta encara la idea de l'assassí en sèrie?

Hi ha prou similituds en el *modus operandi* dels crims com per crear sospites. Cada una de les víctimes va ser cremada fins al punt de ser necessari un examen dental per identificar-les. En aquest tipus d'incendis sol utilitzar-se alguna mena de substància per accelerar el procés, com gasolina o alcohol; tot i així, no s'han trobat restes d'aquestes substàncies en els llocs dels fets. A més, tots els cossos sembla que els hagin llençat de qualsevol manera, sense intentar amagar-los.

Encara molt més esfereïdor és el fet que la majoria de les víctimes mostren evidències d'una violència brutal. El més destacable és l'aparició d'ossos trencats, resultat, sembla, de l'aplicació d'una força tremenda. Segons els metges forenses, aquesta violència va ser exercida abans del moment de la mort, encara que és difícil estar segurs d'aquesta conclusió, considerant l'estat de les restes.

Hi ha una altra similitud que apunta la possibilitat d'un assassí en sèrie: no ha estat possible trobar cap pista en la investigació dels crims. A banda de les mateixes restes, no s'ha trobat cap empremta ni la marca d'un pneumàtic ni un cabell aliè. No hi ha testimonis ni cap tipus de sospitós en les desaparicions.

A més, també són dignes d'anàlisi les mateixes desaparicions. Cap de les víctimes no era el que es podria considerar un objectiu fàcil. No eren vagabunds sense sostre, que s'esvaeixen amb facilitat i dels que poques vegades es denuncia la desaparició. Les víctimes s'han esfumat de les seves llars, des de la quarta planta d'un edifici d'apartaments, i fins i tot d'un gimnàs i d'una celebració de casament. El cas més sorprenent és el del boxador aficionat de 30 anys, en Robet Walsh, que va entrar al cinema amb la noia amb qui s'havia citat per veure una pel·lícula, i al cap d'uns minuts de la sessió, la noia va adonar-se que estava sola. Van trobar el seu cos a penes tres hores més tard, quan els bombers van anar a apagar un foc produït dins un contenidor d'escombraries, a uns 30 quilòmetres de distància de la sala de projeccions.

Un altre tret comú en la sèrie d'assassinats: totes les víctimes han desaparegut a la nit.

I quina és la característica més alarmant? La progressió. 6 dels homicidis es van cometre en el primer mes, 11 en el segon. Només en els darrers 10 dies ja s'han produït 22 assassinats. I la policia està en la mateixa situació del primer cos carbonitzat, molt lluny de trobarne el responsable, per ara.

Les proves són contradictòries, els fets espantosos. Es tracta d'una nova banda criminal o d'un assassí en sèrie en estat d'activitat salvatge? O potser és alguna cosa que la policia no s'atreveix ni a imaginar?

Només hi ha un fet irrefutable: una terrible amenaça cau damunt Seattle.

Vaig necessitar tres intents per llegir la darrera frase abans no em vaig adonar que eren les meves mans, que tremolaven.

—Bella?

Estava tan concentrada que la veu de l'Edward, tranquil·la i no del tot inesperada, em va fer alenar i girar-me de cop.

Es recolzava al marc de la porta, amb les celles alçades. I de sobte ja el tenia al costat, agafant-me la mà.

—T'he espantat? Ho sento, hauria d'haver trucat.

—No, no —em vaig afanyar a respondre—. Has vist això? —vaig assenyalar el diari.

Una arruga li va creuar el front.

—Encara no he llegit les notícies d'avui, però sé que s'està posant cada cop pitjor. Haurem de fer alguna cosa... de seguida.

Allò no em va agradar gens ni mica. Odiava que algú d'ells assumís cap risc, i qui fos o el que fos que hi havia a Seattle estava començant a aterrir-me de veritat. Encara que la idea de l'arribada dels Vulturis m'espantava gairebé igual.

—Què diu l'Alice?

—Aquest és el problema —va arrufar el front—. No pot veure res..., encara que hem estat prenent decisions una mitja dotzena de vegades per veure què passa. Està perdent la confiança. Sent que se li escapen massa coses aquests dies, que alguna cosa no rutlla, que potser està perdent el do de la visió.

Vaig fer uns ulls com unes taronges.

—I això pot passar?

—Qui sap? Ningú no ha fet mai cap estudi, però la veritat és que ho dubto. Aquestes coses tendeixen a intensificar-se amb el temps. Mira l'Aro i la Jane.

—Doncs, què pot anar malament?

—Crec que la profecia es complirà per a si mateixa. Estem esperant que l'Alice vegi alguna cosa per poder actuar, i ella no visualitza res perquè no farem res fins que no ho vegi. Aquest és el motiu pel qual no ens pot veure. Potser haurem d'actuar a cegues.

Em vaig estremir.

—No.

—Tens moltes ganes d'anar a classe? Només ens queden un parell de dies pels exàmens finals i dubto que ens donin matèria nova.

—Crec que puc viure un dia sense l'institut. Què farem?

—Anirem a parlar amb en Jasper.

Altre cop en Jasper. Era estrany. A la família Cullen, en Jasper estava sempre al límit, participava a les coses sense ser-ne mai el centre. Havia assumit sense paraules que en realitat estava allà només per l'Alice. Tenia la intuïció que seguiria l'Alice on fos, però que aquest estil de vida no havia estat decisió seva. El fet que estigués menys compromès que els altres era potser la raó per la qual li costava més assumir el seu lloc.

De totes maneres, mai no havia vist l'Edward sentir-se dependent d'en Jasper. Em vaig preguntar un altre cop a què es referia quan parlava de la seva «perícia». Realment la història d'en Jasper no la coneixia gaire, només sabia que venia d'algun lloc del sud abans que l'Alice el trobés. Per alguna raó, l'Edward solia evitar qualsevol pregunta sobre el seu germà més recent, i a mi aquest vampir alt i ros, amb l'aspecte pertorbador d'una estrella del cinema, sempre m'havia intimidat i no li feia mai preguntes directament.

Quan vam arribar a casa els Cullen, ens vam trobar amb en Carlisle, l'Esme i en Jasper mirant les notícies amb molt d'interès, tot i que el so era tan baix que em va semblar inintel·ligible. L'Alice seia en el darrer graó de les enormes escales, amb el rostre entre les mans i l'aspecte desanimat. Mentre entràvem, l'Emmett va treure el cap per la porta de la cuina, amb un aspecte totalment relaxat. L'Emmett no s'alterava mai per res.

—Hola, Edward. Què? Fent campana, Bella? —em va dedicar el seu ampli somriure.

—Tots dos —li va recordar l'Edward.

L'Emmett es va posar a riure.

—Ja, però ella és la primera vegada que va a l'institut. Potser es perdrà alguna lliçó.

L'Edward va girar els ulls en blanc, però, per la resta, va ignorar el seu germà preferit. Va donar el diari a en Carlisle.

—Has vist que ara estan parlant d'un assassí en sèrie? —va preguntar.

En Carlisle va sospirar.

—Dos especialistes han debatut aquesta possibilitat a la CNN durant tot el matí.

—No podem deixar que això continuï així.

—Doncs anem —va intervenir l'Emmett, ple d'un entusiasme sobtat—. Em moro d'avorriment.

Un xiuxiueig va descendir per les escales des del pis de dalt.

—Ella sempre tan pessimista —va murmurar l'Emmett per a si mateix.

L'Edward hi va estar d'acord.

—Hi haurem d'anar en algun moment.

La Rosalie va aparèixer per la part de dalt de les escales i va baixar a poc a poc. Tenia una expressió serena, indiferent.

En Carlisle va moure el cap.

—Això em preocupa. Mai no ens hem vist involucrats en aquest tipus de coses. No és assumpte nostre, nosaltres no som els Vulturis.

—No vull que els Vulturis hagin d'aparèixer per aquí —va comentar l'Edward—. Això ens dóna molt menys temps per actuar.

—I tots aquests pobres humans innocents de Seattle... —va murmurar l'Esme—. No està bé deixar-los morir d'aquesta manera.

—Ja ho sé —en Carlisle va sospirar.

—Oh —va intervenir l'Edward de sobte, tombant lleument el cap per mirar en Jasper—. No ho havia pensat. És clar, tens raó, ha de ser això. Bé, això ho canvia tot.

No vaig ser l'única que el va mirar confosa, però devia ser l'única que no el va mirar gaire enutjada.

—Crec que serà millor que els ho expliquis —va dir l'Edward a en Jasper—. Quin podria ser el propòsit, de tot això? —l'Edward va començar a passejar-se d'un cantó a l'altre, mirant el terra i perdut en els seus pensaments.

Jo no l'havia vist aixecar-se, però tenia l'Alice allà, al meu costat.

—De què parla? —li va preguntar a en Jasper—. En què estàs pensant?

En Jasper no va semblar gaire content de convertir-se en el centre d'atenció. Va dubtar, intentant interpretar cada un dels rostres que hi havia en el saló, ja que tothom s'havia mogut per escoltar el que hagués de dir, i aleshores em va mirar.

—Sembles confusa —em va dir, amb la seva veu profunda i molt tranquil·la.

No era una pregunta. En Jasper sabia el que jo sentia igual que sabia el que sentien tots els altres.

—Tots estem confusos —va grunyir l'Emmett.

—Podries tenir el detall de ser una mica més pacient —li va contestar en Jasper—. Ella també ho ha d'entendre. Ara és un dels nostres.

Les seves paraules em van agafar per sorpresa. Especialment pel poc contacte que havia tingut amb ell a partir del dia que va intentar matar-me, pel meu aniversari. No m'havia adonat que pensés en mi d'aquesta manera.

—Què saps sobre mi, Bella? —em va demanar.

L'Emmett va sospirar teatralment i es va deixar caure al sofà amb una impaciència exagerada.

—No gaire —vaig admetre.

En Jasper va mirar l'Edward que va alçar la mirada per trobar-se amb la seva.

—No —va respondre l'Edward als seus pensaments—. Estic segur que entens per què no li he explicat aquesta història, però suposo que l'hauria de sentir ara.

En Jasper va assentir pensatiu, i després va començar a arromangar-se la màniga del seu jersei color ivori amunt del braç.

El vaig observar, curiosa i confosa, intentant entendre el significat dels seus actes. Va sostenir el canell sota la làmpada que tenia al costat, molt a prop de la llum de la bombeta i va passar el dit per una marca en relleu amb forma de lluna creixent que tenia damunt la pell pàl·lida.

Vaig trigar un minut a entendre per què la forma m'era tan familiar.

—Oh —vaig exclamar, respirant profundament quan me'n vaig adonar—. Jasper, tens una cicatriu exactament igual que la meva.

Vaig alçar la mà, amb la marca amb forma de mitja lluna, més nítida contra la meva pell color crema que contra la seva, que tenia el color de l'alabastre.

En Jasper va somriure de forma imperceptible.

—Tinc un munt de cicatrius com la teva, Bella.

El rostre d'en Jasper era impenetrable quan es va arromangar la fina màniga del jersei. Al principi, els meus ulls no podien entendre el sentit de la textura que tenia la seva pell, allà. Hi havia moltes mitges llunes que es travessaven les unes amb les altres formant un patró, com si fossin plomes que, en ser totes blanques, només eren visibles quan amb la resplendor brillant de la làmpada es destacaven lleugerament les ombres del relleu, delineant els contorns. Em va costar entendre, però, que el disseny estava format per mitges llunes individuals, com la del meu canell.

Em vaig tornar a mirar la meva petita cicatriu solitària i em vaig recordar del sofriment. Vaig veure un altre cop la forma de les dents d'en James, gravada per sempre a la meva pell.

Aleshores, vaig empassar l'aire amb dificultat, i el vaig mirar.

—Jasper, què et va passar?

Neòfit

—El mateix que t'ha passat a tu a la mà —va contestar en Jasper amb la veu serena—, però mil vegades més —va amollar una rialla amarga i va fregar-se el braç—. El verí de vampir és l'únic capaç de deixar cicatrius com les meves.

—Per què? —vaig panteixar horroritzada.

Em sentia grollera, però era incapaç d'apartar la mirada de la seva pell, d'un aspecte tan subtil i a la vegada tan devastador.

—Jo no m'he criat de la mateixa manera que els meus germans d'adopció. El meu inici va ser completament diferent —la seva veu va tornar-se dura quan va acabar de parlar. Em vaig quedar amb la boca oberta, abatuda—. Abans que t'expliqui la meva història —va continuar en Jasper—, has d'entendre que hi ha llocs del nostre món, Bella, on el cicle vital dels que mai envelleixen es compta per setmanes, i no per segles.

Els altres ja havien sentit la història algun cop, per la qual cosa se'n van desentendre. En Carlisle i l'Emmett van centrar-se en la televisió. L'Alice es va moure amb cautela per seure als peus de l'Esme.

L'Edward va romandre tan absort com jo; podia sentir l'escrutini de la seva mirada damunt meu, llegint cada estremiment provocat per l'emoció.

—Si vols entendre'n la raó, has de canviar la teva concepció del món i imaginar-te'l des de l'òptica dels poderosos, dels voraços... o d'aquells la set dels quals no es sacia mai.

»Com saps, alguns llocs del món són especialment atractius per nosaltres perquè hi podem passar desapercebuts sense necessitat de massa restriccions.

»Fes-te una idea, per exemple, del mapa de l'hemisferi occidental. Imagina't un punt vermell simbolitzant cada vida humana. Amb més punts vermells, més fàcil ens és a nosaltres alimentar-nos sense cridar l'atenció, és a dir, per a qui vivim d'aquesta manera.

Em vaig estremir davant la imatge que em vaig fer a la meva ment i davant la paraula «alimentar-se», però en Jasper no semblava interessat a espantar-me ni es mostrava massa protector, com feia sempre l'Edward. Va continuar sense aturar-se.

—Als aquelarres del sud amb prou feines els preocupa ser descoberts o no pels humans. Són els Vulturis qui els fan anar drets. No temen a ningú més. Ja ens haurien descobert si no fos per ells.

Vaig arrufar les celles per la manera com pronunciava el nom, amb respecte, gairebé amb gratitud. M'era difícil acceptar la idea dels Vulturis com els bons de la pel·lícula, fos en el sentit que fos.

—En comparació, el nord és molt més civilitzat. Fonamentalment, aquí som nòmades que gaudim del dia tant com de la nit, cosa que ens permet interactuar amb els humans sense aixecar sospites. L'anonimat és important per a tots nosaltres.

El sud és un món diferent. Allà, els immortals passen el dia planejant el seu següent moviment o anticipant el dels seus enemics, i només surten de nit; i és que allà hi ha hagut guerra constant durant segles, sense cap moment de treva. Els aquelarres a penes són conscients de l'existència dels humans, o ho són igual que els soldats quan veuen un ramat de vaques en el camí. L'home només és menjar disponible, del qual s'amaguen només perquè tenen por dels Vulturis.

—Però, per què lluiten? —vaig preguntar.

En Jasper va somriure.

—Recordes el mapa amb els punts vermells? —va esperar que assentís—. Lluiten per controlar les àrees on s'acumulen més punts vermells.

»Veuràs, en algun moment, a algú se li va ocórrer que si fos l'únic vampir de la zona, diguem, per exemple, de ciutat de Mèxic, aleshores es podria alimentar cada nit dues o tres vegades sense que ningú no se n'adonés, i per això van planejar maneres per desfer-se de la competència.

»Els altres no van trigar gaire a imitar-los, uns amb tàctiques més efectives que altres.

»Però l'estratègia més efectiva va ser la que va posar en marxa un vampir força jove, que es deia Benito. La primera vegada que es va sentir parlar d'ell havia aparegut a un lloc al nord de Dallas i va eliminar els dos aquelarres que compartien l'àrea propera a Houston. Dues nits més tard, va atacar un clan molt més gran d'aliats que reclamaven Monterrey, al nord de Mèxic, i va tornar a guanyar.

—I com ho va aconseguir? —vaig preguntar amb curiositat i cautela.

—En Benito havia creat un exèrcit de vampirs neòfits. Va ser el primer a pensar-ho i al principi, això va fer que la seva força fos imparable. Els vampirs molt joves són inestables, salvatges i gairebé és impossible de controlar-los. A un neòfit se li pot ensenyar que es controli, raonant-hi, però deu o quinze neòfits junts són un malson. Es giren uns contra els altres amb tanta rapidesa com contra l'enemic. En Benito en devia estar creant contínuament de nous conforme augmentaven els enfrontaments entre ells i també perquè els aquelarres derrotats solien delmar la meitat de la seva força abans de sucumbir.

»Ja ho veus, encara que els conversos són perillosos, hi ha encara la possibilitat de derrotar-los si saps el que fas. Tenen un increïble poder físic, almenys durant el primer any i si se'ls deixa utilitzar la força, poden esclafar un vampir més vell amb facilitat, però són esclaus dels seus instints, i a més, predictibles. Generalment, no tenen habilitat pel combat, només músculs i ferotgia. I en aquest cas, la força del nombre.

»Els vampirs del sud de Mèxic van preveure el que els queia a sobre i van fer l'únic que se'ls va ocórrer per contrarestar en Benito, és a dir, van crear exèrcits de neòfits pel seu compte...

»I aleshores es va obrir la caixa de Pandora i va esclatar l'infern, i ho dic literalment, encara que no t'ho sembli. Nosaltres, els immortals, també tenim les nostres històries, i aquesta guerra en particular no s'hauria d'oblidar mai. Sens dubte, no era un bon moment per ser humà a Mèxic.

Se'm va posar la pell de gallina.

—Quan el recompte de cossos va agafar dimensions epidèmiques, la història oficial va parlar d'una malaltia que havia afectat la població més pobre, i aleshores va ser quan els Vulturis van intervenir. Es va reunir tota la guàrdia i van pentinar el sud d'Amèrica del Nord. En Benito s'havia establert a Puebla, on havia erigit de forma accelerada un exèrcit disposat a la conquesta del veritable premi: la ciutat de Mèxic. Els Vulturis van començar per ell, però van eliminar tota la resta.

»Van executar sumàriament tots els vampirs que tenien neòfits, i com que gairebé tothom n'havia utilitzat per tal de protegir-se d'en Benito, Mèxic va quedar lliure de vampirs durant un temps.

»Els Vulturis van invertir un any a deixar la casa neta. És un altre capítol de la nostra història que no hem d'oblidar, malgrat els pocs testimonis que queden per descriure què va passar. Vaig parlar amb un que havia contemplat de lluny com van caure sobre Culiacán.

En Jasper es va estremir. Aleshores em vaig adonar que mai abans no l'havia vist temorós ni horroritzat; aquell era el primer cop.

—N'hi va haver prou perquè la febre de la conquesta del sud no s'estengués i la resta del món romangués sana i estàlvia. La nostra actual forma de vida la devem als Vulturis.

»Els supervivents no van trigar a reafirmar els seus drets al sud quan els Vulturis van tornar a Itàlia.

»No va transcórrer gaire temps abans que els aquelarres tornessin a barallar-se amb noves disputes. Hi havia mala sang, si se'm permet l'expressió, i la *vendetta* era moneda corrent. Tothom tenia present la tàctica dels neòfits i alguns van cedir a la temptació d'utilitzar-la, tot i que els aquelarres meridionals no havien oblidat els Vulturis, per la qual cosa van actuar amb molt de compte aquesta vegada: van seleccionar els humans i després els van entrenar i els usaren amb més esment, així que la majoria de les vegades passaven desapercebuts. Els seus creadors no van donar motius perquè tornessin els Vulturis.

»Les batusses van continuar, però a més petita escala. De tant en tant, alguns es passaven de la ratlla i donaven peu a especulacions de la premsa dels humans; aleshores els Vulturis reapareixien per exterminar-los, però quedaven els altres, els cauts...

En Jasper es va quedar mirant les musaranyes.

—Van ser ells qui et van convertir —vaig conjecturar amb un fil de veu.

—En efecte —va admetre—. Vivia a Houston, Texas, quan era mortal. Tenia gairebé disset anys quan em vaig unir a l'exèrcit confederat del 1861. Vaig mentir als reclutadors sobre l'edat, els vaig dir que havia complert els vint i s'ho van empassar, ja que era força alt i els aparentava.

»La meva carrera militar va ser efímera, però molt prometedora. Queia bé a la gent i sempre escoltaven el que havia de dir. El meu pare deia que jo tenia carisma. Naturalment ara sé que el motiu era un altre, però, fos quina fos la raó, em van ascendir ràpidament per sobre d'homes més grans i més experimentats. A més, d'altra banda, l'exèrcit confederat era nou i s'organitzava com podia, cosa que et donava més oportunitats. A la primera batalla de Galveston, que bé, de fet, va ser més una batussa que una batalla pròpiament dita, jo era el més jove de Texas, i això sense que se sabés la meva edat veritable.

»Estava al front de l'evacuació de les dones i els nens de la ciutat quan els morters dels vaixells de la Unió van entrar al port. Vaig necessitar un dia per condicionar-los abans d'enviar-los amb la primera columna de civils que conduíem a Houston.

»Recordo aquella nit perfectament.

»S'havia fet fosc just quan vam arribar a la ciutat. Em vaig retardar prou per assegurar-me que tot el grup estava en un lloc segur; i acabada la feina vaig aconseguir un cavall jove i vaig galopar de nou a Galveston. No tenia temps per descansar.

»Quan ja duia un quilòmetre i mig vaig trobar-me tres dones que anaven a peu. Vaig donar per fet que s'havien quedat enrere i vaig saltar de la sella per ajudar-les, però em vaig quedar petrificat en contemplar els seus rostres a la tènue llum de la lluna. Sense cap mena de dubte, eren les tres dames més boniques que havia vist mai.

»Recordo com em vaig enamorar de l'extrema pal·lidesa de la seva pell, ja que fins i tot la noia de cabells negres i faccions marcadament mexicanes tenia els trets de porcellana sota la claror de la lluna. Totes semblaven prou joves perquè les consideressin noies. Sabia que no eren membres extraviats del meu grup, perquè no hauria oblidat unes beutats com aquelles si les hagués vist abans.

»—Se li ha menjat la llengua el gat —va observar la primera. Parlava amb una veu delicada i dringadissa, com el so de campanetes al vent. Tenia una cabellera rossa i la pell nívia.

»L'altra encara era més rossa, però la seva faç era d'un blanc calcari. Tenia cara d'àngel. Va inclinar-se cap a mi amb una mirada afilada i va inspirar profundament.

»—Mm! —va sospirar—. Embriagador.

»La més petita, la morena menudeta, la va agafar pel braç i va parlar apressadament. La seva veu era massa tènue i musical per sonar tallant, però aquesta semblava la seva intenció.

»—Centra't, Nettie —va instar-la.

»Sempre he tingut intuïció a l'hora de detectar la jerarquia entre les persones i em va quedar molt clar que la morena era qui duia la veu cantant. Si haguessin format part d'un exèrcit hauria dit que estava per damunt de les altres dues.

»—És ben plantat, jove, fort, un oficial... —la morena va fer una pausa que jo volia aprofitar per parlar, però va ser en va—, i encara una altra cosa... Ho percebeu? —va preguntar a les seves companyes—. És... persuasiu.

»—Sí, sí —va acceptar ràpidament la Nettie mentre s'inclinava de nou cap a mi.

»—Espera't —la va prevenir la morena—. Vull conservar-lo.

»La Nettie va fer una ganyota. Semblava que estigués irritada.

»—Fas bé si creus que et pot servir, María —va dir la rossa més alta—. Jo acostumo a matar-ne el doble dels que em quedo.

»—Això faré —va coincidir la María—. Aquest m'agrada de veritat. Aparta la Nettie, d'acord? No em ve de gust haver d'estar-me protegint l'esquena mentre em concentro.

»Se'm van eriçar els pèls del clatell tot i que no entenia ni una sola paraula del que deien aquelles belles criatures. L'instint em deia que em trobava en un greu perill i que la cara d'àngel no bromejava quan parlava de matar, però el discerniment es va imposar a l'instint, ja que m'havien ensenyat a no témer les dones, sinó a protegir-les.

»—Anem a caçar —va acceptar la Nettie amb entusiasme mentre estirava la mà per agafar la de l'altra noia.

»Van fer la volta amb una gracilitat sorprenent i es posaren a córrer cap a la ciutat. Semblava que volessin i anaven a una velocitat que els cabells flamejaven rere les seves figures com si fossin ales. Vaig parpellejar corprès tot veient-les desaparèixer.

»Em vaig girar per observar la María, que m'estudiava amb curiositat.

»Mai no havia sigut supersticiós i fins aquell moment no havia cregut mai en fantasmes ni cap altra ximpleria sobrenatural. De sobte, em sentia insegur.

»—Com et dius, soldat? —va demanar-me la María.

»—Comandant Jasper Whitlock, senyoreta —vaig balbucejar, incapaç de ser groller amb una dama encara que fos un fantasma.

»—Espero que sobrevisquis, de debò, Jasper —va assegurar amb una veu suau—. Tinc un bon pressentiment pel que fa a tu.

»Va fer una passa cap a mi i va inclinar el cap com si m'anés a besar. Em vaig quedar allà clavat encara que tots els meus instints clamaven perquè fugís de pressa i corrents.

En Jasper va fer una pausa i va estar-se una estona pensatiu, fins que al final va afegir:

—Al cap de poc dies em van iniciar a la meva nova vida.

No vaig saber si havia eliminat de la història la part de la seva conversió com a deferència a mi, o com a reacció a la tensió que es desprenia de l'Edward, tan manifesta que fins i tot jo la podia sentir.

—Es deien María, Nettie i Lucy i no feia gaire temps que estaven juntes. La María havia reunit les altres dues, totes tres eren supervivents d'una derrota recent. La María desitjava venjar-se i recuperar els seus territoris mentre que les altres dues desitjaven augmentar el que podríem anomenar els seus «barris». Estaven reunint una tropa, però ho feien amb més tacte de l'habitual. Va ser idea de la María. Ella volia una força de combat superior, per la qual cosa buscava homes específics, amb potencial, i després ens dedicava una atenció i un entrenament que no s'havien vist mai abans. Ens va ensinistrar en el combat i ens va ensenyar a passar desapercebuts entre els humans. Quan ho fèiem bé ens recompensava...

Va fer una pausa per saltar-se una altra part.

—Però la María tenia pressa perquè sabia que la força descomunal dels neòfits declinava després del primer any, a comptar des de la conversió, i pretenia actuar mentre encara conservéssim energia.

»Érem sis quan em vaig incorporar al grup de la María i quatre més es van unir a nosaltres en el transcurs de dues setmanes. Tots érem homes, perquè ella volia soldats, cosa que dificultava encara més que no esclatessin baralles entre nosaltres. Vaig tenir els meus primers enfrontaments amb els nous companys d'armes, però jo era més ràpid i més bon lluitador, per la qual cosa estava molt complaguda amb mi tot i que li molestava molt haver de reemplaçar les meves víctimes. Em recompensava sovint, i per això vaig guanyar en fortalesa.

»Ella jutjava bé els homes i no va trigar a posar-me al front dels altres, com si m'hagués ascendit, i això encaixava perfectament amb la meva naturalesa. Les baixes van disminuir dràsticament i el nostre nombre va enfilar-se fins a rondar la vintena...

»... una xifra considerable pels temps difícils que ens tocava viure. El meu do per controlar l'atmosfera emocional circumdant, tot i que encara no estava prou definit, va ser d'una efectivitat vital. De seguida, els neòfits vam començar a treballar junts com mai abans s'havia fet. Fins i tot la María, la Nettie i la Lucy van ser capaces de cooperar amb més harmonia.

»La María em va agafar afecte i cada cop confiava més i més en mi. En certa manera, jo adorava el terra que trepitjava. No sabia que existia una altra forma de vida. Ella va dir-nos que era així com funcionaven les coses, i nosaltres la crèiem.

»Em va demanar que l'avisés quan els meus germans i jo estiguéssim preparats per la lluita, i jo cremava d'impaciència per posar-me a prova. Al final, vaig aconseguir que vint-i-tres vampirs neòfits increïblement forts, disciplinats i amb una destresa sense parangó, treballessin colze a colze. La María estava eufòrica.

»Ens vam acostar cautelosament a Monterrey, l'antiga llar de la María, on ens va llançar contra els seus enemics, que només tenien nou neòfits en aquells moments i un parell de vampirs veterans per controlar-los. La María amb prou feines podia creure la facilitat amb què els vam guanyar, només quatre baixes en el transcurs de l'atac, una victòria sense precedents.

»Tots estàvem ben entrenats i vam fer el cop amb la màxima discreció, de tal manera que la ciutat va canviar de mans sense que els humans s'adonessin de res.

»L'èxit la va tornar avariciosa i no va passar gaire temps abans que la María fixés els ulls en altres ciutats. Aquell primer any va estendre el seu control fins a Texas i el nord de Mèxic. Aleshores, uns altres van venir del sud per expulsar-la.

En Jasper va recórrer amb dos dits l'imperceptible contorn de les cicatrius d'un braç.

—Els combats van ser molt intensos i de seguida molts es van preocupar pel probable retorn dels Vulturis. Passats divuit mesos, era l'únic supervivent dels vint-i-tres primers neòfits. Vam guanyar tantes batalles com en vam perdre, i la Nettie i la Lucy es van revoltar contra la María, que va ser qui va aguantar fins al final.

»Ella i jo vam ser capaços de conservar Monterrey. La cosa es va calmar una mica, tot i que les guerres no havien acabat. Es va dissipar la idea de la conquesta i va quedar la de la venjança i les renyides, ja que molts van perdre els seus companys i això entre nosaltres costa molt de perdonar.

»La María i jo vam mantenir en actiu almenys una dotzena de neòfits. Significava molt poc per a nosaltres. Eren titelles, material de rebuig que llençàvem quan ja no ens eren útils. La meva vida va continuar pel mateix camí de violència i així van anar passant els anys. Jo estava fart de tot allò molt abans que tot canviés...

»Unes dècades després, vaig fer amistat amb un neòfit que, contra tot pronòstic, havia sobreviscut els tres primers anys i continuava sent útil. Es deia Peter, em queia bé, era... «civilitzat»; sí, suposo que aquesta és la paraula adequada. Li desagradava lluitar, tot i que en sabia força.

»S'encarregava dels neòfits, era com una mena de cangur. Una feina a temps complet.

»Al final, va arribar el moment de fer una nova purga. Era necessari reemplaçar els neòfits cada cop que superaven el moment de màxim rendiment. Se suposava que en Peter m'ajudava a desfer-nos-en. Els separàvem individualment. Sempre se'ns feia la nit llarga. Aquell cop va intentar convèncer-me del potencial d'alguns d'ells, però em vaig negar a fer-li cas perquè la María m'havia donat les ordres que em desfés de tots.

»Havíem fet la meitat de la feina quan em vaig adonar de la gran agitació que aclaparava en Peter. Meditava la possibilitat de demanar-li que se n'anés i rematar la feina jo sol mentre cridava la següent víctima. Per sorpresa meva, en Peter es va posar esquerp i furiós. Confiava a ser capaç de dominar qualsevol canvi d'humor per part seva... Era un bon lluitador, però mai no va ser un rival per a mi.

»La neòfita a qui havia convocat era una dona que es deia Charlotte que acabava de complir el seu any. Els sentiments d'en Peter van canviar i els va descobrir quan ella va aparèixer. Ell li va ordenar a crits que marxés i va sortir disparat rere seu. Els hauria pogut perseguir, però no ho vaig fer. Em desagradava la idea de matar-lo.

»La María es va enfadar molt amb mi...

»En Peter va tornar de puntetes al cap de cinc anys, i va escollir un bon dia per fer-ho.

»La María estava astorada de veure el meu continuat deteriorament de l'estat d'ànim. Ella mai no se sentia abatuda i es preguntava per què jo era diferent. Vaig començar a notar un canvi en les seves emocions quan estava a prop meu; a vegades era por; altres, malícia. Van ser els mateixos sentiments que m'havien alertat sobre la traïció de la Nettie i la Lucy. En Peter va tornar quan m'estava preparant per destruir la meva única aliada i el nucli de tota la meva existència.

»Em va parlar de la seva nova vida amb la Charlotte i d'un ventall d'opcions que mai no m'hagués ni imaginat. No havien lluitat ni un sol cop en cinc anys malgrat que s'havien trobat amb altres membres de la nostra espècie al nord; amb ells era possible una existència pacífica.

»Em va convèncer amb una sola conversa. Estava a punt per anar-me'n i, en certa manera, alleujat per no haver de matar la María. Havia estat el seu company durant els mateixos anys que en Carlisle i l'Edward van estar junts, encara que el vincle entre nosaltres no fos ni de bon tros tan fort. Quan es viu per a la sang i el combat, les relacions són tènues i es trenquen fàcilment. Vaig anar-me'n sense mirar enrere.

»Vaig viatjar en companyia d'en Peter i la Charlotte durant alguns anys mentre aprenia a viure en aquell món nou i pacífic, però la tristesa no desapareixia. No entenia què em passava fins que en Peter va adonar-se que empitjorava després de cada caça.

»Vaig meditar sobre tot això. Havia perdut quasi tota la meva humanitat després d'anys de matances i acarnissaments. Jo era un malson, un monstre de la pitjor espècie, sense cap mena de dubte, però cada cop que em llançava damunt d'una altra víctima humana em venia un indici d'aquella altra vida. Quan les preses obrien els ulls, meravellades per la meva bellesa, recordava la María i les seves companyes, i el que havia vist la darrera nit que vaig ser en Jasper Whitlock. Aquest record era més fort que tota la resta, ja que jo era capaç de saber tot el que sentien les meves preses, i vivia les seves emocions mentre les matava.

»Has sentit com he manipulat les emocions de qui m'envolta, Bella, però em pregunto si alguna vegada has entès com m'afecten a mi els sentiments que circulen per una habitació. Vaig viure en un món assedegat de venjança i l'odi va ser el meu company inseparable durant el meu primer segle de vida. Tot això va començar a canviar quan vaig abandonar la María, però encara sentia el pànic i el temor de la meva presa.

»Se'm va començar a fer insuportable.

»L'abatiment va empitjorar i vaig vagabundejar lluny d'en Peter i la Charlotte. Tots dos eren civilitzats, però no sentien la mateixa aversió que jo. Ells en van tenir prou d'alliberar-se de la batalla, però estava fart de matar, de matar a qualsevol, fins i tot els simples humans.

»Tot i així, ho havia de continuar fent. Quina altra opció em quedava? Vaig intentar disminuir la freqüència de la caça, però al final tenia massa set i em rendia. Vaig descobrir que l'autodisciplina era tot un repte després d'un segle de gratificacions immediates... Encara no l'he perfeccionat.

En Jasper es trobava immers en la història, igual que jo. Em va sorprendre que la seva expressió desolada se suavitzés fins a convertir-se en un somriure pacífic.

—Em trobava a Filadèlfia i feia tempesta. Estava a l'exterior i era de dia, una pràctica amb la qual encara no m'hi sento massa còmode. Sabia que cridaria l'atenció si em quedava sota la pluja, per això vaig amagar-me en una cafeteria gairebé buida. Tenia els ulls prou foscos perquè ningú no em descobrís, però això significava també que tenia set, cosa que em preocupava una mica.

»Ella estava asseguda en un tamboret de la barra. M'esperava, naturalment —va riure un cop entre dents—. Va baixar d'un salt quan vaig entrar i va venir directa a mi.

»Això em va sorprendre. No sabia segur si em volia atacar. Aquesta era l'única interpretació que em passava pel cap a causa del meu passat, però em somreia i les emocions que emanaven no s'assemblaven a res que hagués experimentat abans.

»—M'has fet esperar molt de temps —va dir.

No havia vist que l'Alice havia tornat per situar-se rere meu un altre cop.

—I tu vas inclinar el cap, com un bon cavaller del sud, i vas respondre: «Ho sento, senyoreta» —l'Alice es va posar a riure en recordar-ho.

Ell li va tornar el somriure.

—Tu em vas allargar la mà i jo la vaig agafar sense aturar-me a buscar un significat als meus actes, però vaig sentir esperança per primera vegada en quasi un segle.

En Jasper va agafar la mà de l'Alice mentre parlava i ella va dibuixar un gran somriure.

—Només estava alleujada. Em pensava que no apareixeries mai.

Van somriure's tots dos una bona estona després de la qual ell em va tornar a mirar sense perdre l'expressió relaxada.

—L'Alice em va parlar sobre les seves visions de la família d'en Carlisle. Amb prou feines vaig donar crèdit al fet que existís aquella possibilitat, però ella em va injectar optimisme i vam anar a trobar-lo.

—Quasi ens morim de l'ensurt —va intervenir l'Edward, que va girar els ulls en blanc abans que en Jasper pogués explicar-me res més—. L'Emmett i jo ens havíem allunyat per anar a caçar i de sobte apareix en Jasper, cobert de cicatrius de combat, portant rere seu aquesta bestiola —l'Edward va donar un cop de colze molt suau a l'Alice—, que saludava a cadascú pel seu nom, ho sabia tot i volia esbrinar a quina habitació es podia instal·lar.

L'Alice i en Jasper es van posar a riure, com un duet de soprano i baix.

—Quan vaig arribar a casa, totes les meves coses estaven al garatge.

L'Alice va arronsar les espatlles.

—La teva habitació tenia més bones vistes.

Ara tots tres van riure junts.

—És una història preciosa —vaig comentar. Tres parells d'ulls em van mirar com si estigués boja—. Em refereixo a la darrera part —em vaig defensar—, al final feliç amb l'Alice.

—Ella marca la diferència —va coincidir en Jasper—. I continuo gaudint de la situació.

Però la pausa momentània no podia durar en la tensió del moment.

—Una tropa... —va xiuxiuejar l'Alice—, per què no m'ho vas dir?

Tots ens vam concentrar de nou en l'assumpte. Totes les mirades van clavar-se en en Jasper.

—Em pensava que havia interpretat els senyals incorrectament. I per què? Qui crearia un exèrcit a Seattle? Al nord no hi ha precedents ni s'estila la *vendetta*. La perspectiva de la conquesta tampoc no té sentit, ja que ningú no reclama res. Els nòmades creuen les terres i ningú no hi lluita ni les defensa

»Però he vist això abans i no hi ha cap més explicació. Han organitzat una tropa de neòfits a Seattle. Suposo que no arriben a vint. La part àrdua és la seva pobra capacitació. Qui sigui que els hagi creat es limita a deixar-los solts. La situació només pot empitjorar i els Vulturis no trigaran gaire a aparèixer per aquí. De fet, em sorprèn que no hagin arribat abans.

—Què podem fer? —va preguntar en Carlisle.

—Destruir els neòfits, i fer-ho aviat, si volem evitar que els Vulturis s'hi involucrin —el rostre d'en Jasper era sever. Ara que coneixia la seva història suposava que aquella decisió el devia pertorbar força—. Us puc ensenyar com fer-ho, encara que en una ciutat no serà gens fàcil. Els joves no es preocupen de mantenir la discreció, però nosaltres sí que ho hem de procurar. Això en certa manera ens limitarà, cosa que a ells no. Potser els puguem atraure perquè surtin d'allà.

—Potser no serà necessari —va replicar l'Edward, sorrut—. A ningú no se li ha acudit pensar que l'única possible amenaça per crear un exèrcit en aquesta zona som... nosaltres?

En Jasper va aclucar els ulls mentre que en Carlisle els va obrir, sorprès.

—El grup de la Tanya també està a prop —va contestar l'Esme, poc disposada a acceptar les paraules de l'Edward.

—Els neòfits no estan arrasant Anchorage, Esme. Em sembla que hauríem de sospesar la possibilitat de ser l'objectiu.

—Ells no ens busquen a nosaltres —va insistir l'Alice. Va fer una pausa—, o almenys... no ho saben, encara no.

—Què passa? —va voler saber l'Edward, curiós i nerviós alhora—. Què recordes?

—Llampecs —va contestar l'Alice—. No obtinc una imatge nítida quan intento veure què passa, mai és res concret, però sí que he entrevist aquests flaixos estranys. No en tinc prou per poder-los interpretar. Sembla com si algú els fes canviar d'opinió i els portés d'un curs d'acció a un altre molt de pressa perquè jo no en pugui tenir una visió completa.

—Creus que estan indecisos? —va preguntar en Jasper amb incredulitat.

—No ho sé…

—Indecisió, no —va remugar l'Edward—. Coneixement. Es tracta d'algú que sap que no podràs veure res fins que es prengui una decisió, algú que s'oculta de nosaltres i juga amb els límits de la teva presciència.

—Qui podria saber-ho? —va xiuxiuejar l'Alice.

Els ulls de l'Edward eren durs com el gel quan va respondre:

—L'Aro et coneix millor que tu mateixa.

—Però ho hauria sabut si haguessin decidit venir...

—Tret que no vulguin embrutar-se les mans...

—Potser es tracta d'un favor —va suggerir la Rosalie, que no havia obert la boca fins aleshores—. Potser és algú del sud, algú que ha tingut problemes amb les normes, algú a qui han ofert una segona oportunitat: no el destrueixen a canvi d'encarregar-se d'un petit problema... Això explicaria la passivitat dels Vulturis.

—Per què? —va preguntar en Carlisle, encara perplex—. No hi ha cap raó perquè ells...

—Sí que n'hi ha —va discrepar l'Edward en veu baixa—. Em sorprèn que hagi sortit a la llum tan aviat, ja que els altres pensaments eren més forts quan vaig estar amb ells. L'Aro ens vol a l'Alice i a mi, un a cada costat. El present i el futur, l'omnisciència total. El poder de la idea l'embriaga, però jo em pensava que trigaria molt més temps a concebre aquest pla per aconseguir el que tant desitja. I també hi ha una cosa referent a tu, Carlisle, sobre la teva família, pròspera i en augment. És la gelosia i la por. No tens pas més que ell, però sí que tens coses que a ell li agraden. Procurava no pensar-hi, però no va aconseguir ocultar-ho del tot. La idea d'eradicar una possible competència hi era. A més, després del seu, el nostre aquelarre és el més gran que hagi vist mai...

Vaig contemplar aterrida el rostre de l'Edward. Mai no m'havia dit res d'allò, encara que sabia per què. Ara m'imaginava el somni de l'Aro: l'Edward i l'Alice portant vestits negres al seu costat, amb els ulls freds i injectats de sang...

En Carlisle va interrompre el malson creixent.

—També hem de tenir en compte que s'han consagrat a la seva missió i no trencaran les seves pròpies normes. Això aniria en contra de tot pel qual lluiten.

—Sempre poden netejar-ho tot després —va replicar l'Edward amb un to sinistre—. Cometen una doble traïció i aquí no ha passat res.

En Jasper va inclinar-se endavant sense deixar de moure el cap.

—No, en Carlisle té raó. Els Vulturis no trenquen mai les normes. A més, tot això és massa barroer. Aquest... tipus, aquesta amenaça és... No tenen ni idea de què es porten entre mans. Juraria que és obra d'un novell. No crec que els Vulturis hi estiguin involucrats, però ho estaran. Vindran.

Ens vam mirar tots els uns als altres, petrificats per la incertesa del moment.

—En aquest cas, som-hi... —va rugir l'Emmett—. Què esperem?

En Carlisle i l'Edward van intercanviar una llarga mirada d'entesa. L'Edward va assentir una vegada.

—Necessitarem que ens ensenyis a destruir-los, Jasper —va exposar en Carlisle finalment amb un gest endurit, però podia veure la pena als seus ulls mentre pronunciava aquestes paraules. Ningú no odiava la violència més que ell.

Hi havia alguna cosa que em torbava i no aconseguia esbrinar de què es tractava. Estava petrificada de por, horroritzada, esfereïda, i tot i així, per sota de tot això, tenia la sensació que se m'escapava alguna cosa important, alguna cosa que tenia sentit dins del caos, alguna cosa que aportaria una explicació.

—Necessitarem ajuda —va anunciar en Jasper—. Creus que l'aquelarre de la Tanya estaria disposat a...? Cinc vampirs madurs més suposarien una diferència enorme i seria un gran avantatge comptar amb la Kate i l'Eleazar al nostre costat. Amb la seva ajuda, fins i tot seria fàcil.

—Els ho demanarem —va contestar en Carlisle.

En Jasper li va allargar el mòbil.

—Tenim pressa.

Mai no havia vist que la calma innata d'en Carlisle s'esquerdés. Va agafar el telèfon i es va dirigir cap a les finestres. Va marcar el número, es va posar el mòbil a l'orella i va recolzar l'altra mà al vidre. Es va estar contemplant el matí boirós amb una expressió afligida i ambigua.

L'Edward em va agafar la mà i em va portar fins a un sofà. Vaig seure al seu costat sense deixar de mirar-lo mentre ell observava fixament en Carlisle, que parlava molt baixet i molt ràpid, per la qual cosa costava d'entendre. Vaig sentir com saludava la Tanya i després va començar a descriure amb rapidesa la situació, massa ràpid per poder entendre res, tot i que vaig deduir que l'aquelarre d'Alaska no ignorava el que estava passant a Seattle.

Aleshores es va produir un canvi en la veu d'en Carlisle.

—Vaja —va dir amb un to més agut a causa de la sorpresa—. No ens havíem adonat que la Irina ho veia d'aquesta manera.

L'Edward va rondinar al meu costat i va tancar els ulls.

—Maleït, maleït sigui en Laurent, que es podreixi a les profunditats de l'infern on pertany...

—En Laurent? —vaig xiuxiuejar.

Em vaig quedar blanca, però l'Edward no em va respondre, centrat a llegir els pensaments d'en Carlisle.

No havia oblidat ni per un moment la meva trobada amb en Laurent a l'inici de la primavera. No se m'havia esborrat de la ment ni una de les paraules que va pronunciar abans que la bandada d'en Jacob irrompés.

«De fet, he vingut aquí per fer-li un favor a ella.»

La Victoria. En Laurent havia sigut el seu primer moviment. L'havia enviat a observar i esbrinar si era difícil capturar-me. No va enviar cap informe perquè els llops el van destrossar.

Encara que havia mantingut els vells llaços amb la Victoria quan en James va morir, també havia entaulat nous vincles i relacions, ja que havia anat a viure amb la família de la Tanya a Alaska. La Tanya, amb la cabellera d'un ros vermellós, i els seus companys, eren els millors amics que els Cullen tenien en el món vampir, pràcticament eren de la família. En Laurent s'havia estat amb ells quasi un any sencer abans de morir.

En Carlisle va continuar parlant, però la seva veu havia perdut aquella nota de súplica per fluctuar entre la persuasió i l'amenaça. Aleshores, de sobte, va triomfar l'amenaça.

—Això és inqüestionable —va respondre en Carlisle amb la veu greu—. Tenim un tracte. Ni ells l'han trencat ni nosaltres el trencarem. Lamento haver de sentir això... Naturalment, farem el que podrem... sols.

Va apagar el mòbil de cop sense esperar cap resposta i va continuar contemplant la boira.

—Quin problema hi ha? —va demanar l'Emmett a l'Edward en veu baixa.

—El vincle de la Irina amb el nostre amic Laurent era més fort del que ens pensàvem. Ella té bastant tírria als llops perquè van matar en Laurent per salvar la Bella. Ella vol... —va fer una pausa i va inclinar el cap per mirar-me.

—Continua —vaig instar-lo amb tota la calma que podia aparentar.

—Vol venjar-se. Vol esclafar tota la bandada. Ens ajudarien a canvi del nostre permís.

—No! —vaig exclamar amb la veu escanyada.

—No et preocupis —em va tranquil·litzar amb veu monòtona—. En Carlisle no ho acceptarà mai —va vacil·lar i després va sospirar—. I jo tampoc. En Laurent va tenir el que es mereixia —i va continuar, quasi amb un gruny— i encara estic en deute amb els llops per això.

—Això pinta fatal —va dir en Jasper—. Són molts fins i tot per un sol enfrontament. Els guanyem en habilitat, però no en nombre. Triomfaríem, sí, però, a quin preu?

Va dirigir la vista al rostre de l'Alice i la va apartar de seguida. Volia cridar quan vaig entendre a què es referia en Jasper.

En cas de lluita, venceríem, però no sense baixes. Alguns no sobreviurien.

Tot recorrent la vista per l'habitació vaig contemplar les faccions d'en Jasper, l'Alice, l'Emmett, la Rose, l'Esme, en Carlisle, l'Edward, els rostres de la meva família.

Declaració

—No pots parlar seriosament —vaig dir el dimecres a la tarda—. Te'n vas de l'olla!

—Em pots fotre canya —va replicar l'Alice—, però la festa no se suspèn.

La vaig mirar fixament, amb els ulls tan desorbitats d'incredulitat que em pensava que em saltarien i caurien sobre la safata del menjar.

—Vinga, Bella, tranquil·la! No hi ha cap raó per no celebrar-ho. A més, les invitacions ja s'han enviat.

—Tu... estàs... tocada del bolet —vaig remugar.

—A sobre, jo ja t'he comprat el regal —em va recordar—. Només l'has d'obrir.

Vaig fer un esforç per mantenir-me en calma.

—Una festa és la cosa més fora de lloc que podem fer ara, amb tot el merder que tenim.

—Primer de tot és la graduació, i fer una festa és tan apropiat que gairebé sembla passat de moda.

—Alice!

Ella va sospirar i va intentar posar-se seriosa.

—Ens costarà una mica posar en ordre tot el que tenim pendent. Podem aprofitar el compàs d'espera per celebrar-ho. Et graduaràs a l'institut per primera i única vegada a la vida. No tornaràs a ser humana, Bella. Aquesta oportunitat és irrepetible.

L'Edward, que s'havia mantingut en silenci durant la nostra petita discussió, va llançar una mirada d'advertència a la seva germana i ella li va fer una llengota. La seva tènue veu mai no s'havia deixat sentir per damunt del mormol de veus de la cafeteria i en tot cas, ningú no entendria el significat ocult de les seves paraules.

—Què és el que hem de posar en ordre? —vaig preguntar, negant-me a canviar de tema.

—En Jasper creu que una mica d'ajuda ens aniria bé —va respondre l'Edward en veu baixa—. La família de la Tanya no és la nostra única alternativa. En Carlisle està intentant esbrinar el parador d'alguns vells amics i en Jasper ha anat a visitar en Peter i la Charlotte. Ha sospesat fins i tot la possibilitat de parlar amb la María, però a ningú no li ve de gust involucrar els del sud —l'Alice es va estremir lleument—. No ens seria difícil convèncer-los perquè ens donessin un cop de mà —va continuar—, però ningú de nosaltres vol rebre cap visita des d'Itàlia.

—Però aquests amics... Aquests amics no són «vegetarians», oi? —vaig protestar en to de burla el sobrenom amb els qual els Cullen es designaven a si mateixos.

—No —va respondre l'Edward, sobtadament inexpressiu.

—Els fareu venir a Forks?

—Són amics —em va assegurar l'Alice—. Tot anirà bé, no et preocupis. Després, en Jasper ens ensenyarà unes quantes maneres d'eliminar neòfits...

En sentir això, una rialleta va il·luminar el rostre de l'Edward i els ulls li brillaren. Vaig sentir una punxada a l'estómac, que semblava que el tingués ple de resquills de gel.

—Quan marxeu? —vaig preguntar amb la veu apagada.

La idea que algun d'ells no tornaria m'era insuportable. Què passava si era l'Emmett, tan valerós i inconscient que mai no prenia cap precaució? I si era l'Esme, tan dolça i maternal que ni me la podia imaginar lluitant? I si queia l'Alice, tan minúscula i d'aparença tan fràgil? I si...? No podia pensar el seu nom ni la possibilitat.

—D'aquí a una setmana —va replicar l'Edward amb indiferència.

Les estelles de gel van agitar-se dins l'estómac de manera molt molesta i de cop vaig tenir nàusees.

—T'has posat de color verd, Bella —va comentar l'Alice.

L'Edward em va envoltar amb el braç i em va estrènyer amb força al seu costat.

—Tot anirà bé, Bella. Confia en mi, tranquil·la.

I una merda!, vaig pensar per dins. Confiava en ell, però era jo qui s'havia de quedar asseguda a la reraguarda, preguntant-me si la raó de la meva existència tornaria o no tornaria.

Aleshores se'm va acudir que potser no seria necessari que em quedés asseguda a esperar. Una setmana era més que suficient.

—Esteu buscant ajuda —vaig anunciar a poc a poc.

—Sí.

L'Alice va inclinar el cap en percebre un canvi de to a la meva veu. La vaig mirar només a ella quan vaig fer el suggeriment amb un fil de veu prim com un murmuri.

—Jo us puc ajudar.

De sobte, l'Edward es va enravenar i em va subjectar amb més força. Va espirar amb un xiuxiueig, però va ser l'Alice qui va respondre sense perdre la calma.

—De fet, això seria de poca utilitat.

—Per què? —vaig replicar. Detectava un matís de desesperació a la meva veu—. Vuit és millor que set i tenim temps de sobres.

—No tenim prou dies perquè ens puguis ajudar —va contestar ella amb aplom—. Recordes la descripció dels joves que va fer en

Jasper? No series bona en una lluita. No podries controlar els teus instints i això et convertiria en un blanc fàcil, i l'Edward cauria ferit en intentar protegir-te.

L'Alice va plegar els braços, satisfeta de la seva irrefutable lògica. Tenia raó. Sempre es posava així quan tenia raó. Em vaig enfonsar en el seient quan la meva fugaç il·lusió es va esvanir. L'Edward, que estava al meu costat, va relaxar-se i em va parlar a cau d'orella.

—No mentre tinguis por —em va recordar.

—Ah —va comentar l'Alice sense cap expressió al rostre, però després es va tornar malcarada—: Odio les cancel·lacions al darrer minut, i aquesta rebaixa la llista dels assistents a la festa a seixanta-cinc.

—Seixanta-cinc! —vaig fer uns ulls com unes taronges. Jo no tenia tants amics, és més, coneixia tanta gent?

—Qui ha cancel·lat la seva assistència? —va preguntar l'Edward, ignorant-me.

—La Renée.

—Què? —vaig exclamar amb la veu escanyada.

—Volia venir a la festa de la teva graduació per fer-te una sorpresa, però alguna cosa no ha anat bé. Trobaràs un missatge seu al contestador quan arribis a casa.

Em vaig limitar a gaudir de la sensació d'alleujament durant uns segons. Ignorava què podia haver-li anat malament a la mare, però fos el que fos, li ho agraïa eternament. Si s'hagués presentat a Forks just ara..., no m'ho podia ni imaginar o m'esclataria la closca.

Quan vaig arribar a casa, el llum del contestador feia pampallugues. La sensació d'alleujament va augmentar quan vaig sentir que la mare descrivia l'accident d'en Phil al camp de beisbol. S'havia enredat amb el receptor mentre feia una demostració de lliscament i s'havia trencat el fèmur, així que depenia d'ella completament i no el podia deixar sol. La meva mare continuava disculpant-se quan se li havia acabat el temps del missatge.

—Bé, ja en tenim una —vaig sospirar.

—Una? Una què? —va demanar l'Edward.

—Una persona menys de qui preocupar-se que no la matin la setmana que ve —va girar els ulls en blanc—. Per què l'Alice i tu no us preneu seriosament tot aquest assumpte? —vaig exigir saber—. És greu.

Ell va somriure.

—Confiança.

—Genial —vaig rondinar.

Vaig despenjar l'auricular i marcava el número de la Renée sabent que m'esperava una llarga conversa, però també sabent que jo no hi participaria gaire.

Em vaig limitar a escoltar i a assegurar-li cada cop que em deixava obrir la boca que no estava decebuda ni enfadada ni dolguda. Ella ara havia de pensar a ajudar en Phil perquè es recuperés de seguida, amb qui em va posar perquè li pogués dir «que et milloris», i vaig prometre que li trucaria per fer-li saber qualsevol nou detall de la graduació de l'institut. Al final, per aconseguir que pengés, em vaig veure obligada a apel·lar la necessitat d'estudiar per als exàmens finals.

El bon humor de l'Edward era infinit. Va esperar amb paciència durant tota la conversa, joguinejant amb els meus cabells i somrient cada cop que jo alçava la mirada. Probablement era superficial fixar-se en aquest tipus de coses mentre tenia tants assumptes importants en què pensar, però el seu somriure encara em tallava la respiració. Era tan guapo que en ocasions m'era extremadament difícil pensar en res més, com les tribulacions d'en Phil, les disculpes de la Renée o la tropa enemiga de vampirs. La carn és dèbil.

Quan vaig penjar em vaig posar de puntetes per fer-li un petó. Em va abraçar per la cintura i em va dur en braços fins el pedrís de la cuina, ja que jo no hauria pogut arribar tan lluny. Això va jugar a favor meu, que vaig enllaçar els braços entorn del seu coll i em vaig fondre en el seu pit fred.

Ell em va apartar massa aviat, com de costum.

Vaig fer una ganyota de contrarietat. L'Edward va riure's de la meva expressió un cop s'havia alliberat dels meus braços i cames. Es va inclinar sobre el pedrís i em va fregar les espatlles amb el braç.

—Sé que em consideres capaç d'un autocontrol perfecte i persistent, però el cert és que no és així.

—Què més voldria jo.

Vaig sospirar; ell també, i va canviar de tema.

—Demà després de l'institut sortiré de caça amb en Carlisle, l'Esme i la Rosalie —va anunciar—. Seran només unes hores i estarem a prop. L'Alice, en Jasper i l'Emmett ja se les arreglaran per mantenir-te segura si fos necessari.

—Recoi! —vaig rondinar. Demà era el primer dia dels exàmens finals i l'institut tancava a la tarda. Tenia exàmens de Càlcul i Història, els dos punts febles a l'hora d'aconseguir la graduació, per la qual cosa estaria tot el dia sense ell i sense poder fer res tret de preocupar-me—. M'emprenya que m'hagin de cuidar.

—És provisional —em va prometre.

—En Jasper s'avorrirà i l'Emmett es burlarà de mi.

—Es portaran millor que mai.

—Molt bé —vaig remugar. Aleshores se'm va acudir una alternativa als cangurs—. Saps..., no he estat a La Push des del dia de la foguera —vaig observar amb cura el seu rostre buscant el mínim gest, però només la seva mirada va tensar-se lleugerament—. Allà estaria segura —li vaig recordar.

Ho va considerar durant un moment.

—Probablement tens raó.

Va mantenir el rostre en calma, potser estava massa impertorbable per ser sincer. Vaig estar a punt de preguntar-li si preferia que em quedés a casa, però després em vaig imaginar l'Emmett prenent-me el pèl a tothora, i per això vaig canviar de tema.

—Ja tens set? —vaig preguntar mentre estirava la mà per acariciar-li la lleu ombra de sota els ulls. La seva mirada continuava sent d'un intens daurat.

—En realitat, no.

Semblava reticent a respondre, i això em va sorprendre. Vaig esperar una explicació que em va donar de mala gana.

—Volem estar el més forts possible. Potser tornem a caçar durant el trajecte amb vista al gran joc.

—Això us donarà més força?

Va estudiar el meu rostre, però només hi va trobar curiositat.

—Sí —va respondre finalment—. La sang humana és la que més vitalitat ens proporciona, encara que sigui lleument. En Jasper ha estat donant voltes a la idea de fer trampes. És un tipus realista encara que la idea no li agradi, però no la proposarà. Ja sap quina seria la resposta d'en Carlisle.

—Això us ajudaria? —vaig preguntar en veu baixa.

—Això tant és. No canviarem la nostra forma de ser.

Vaig fer mala cara. Si hi havia res que augmentés les possibilitats... Estava favorablement predisposada a acceptar la mort d'un desconegut per protegir-lo a ell. Em vaig odiar per això, però tampoc no era capaç de rebutjar la idea.

Ell va tornar a canviar de tema.

—Heus aquí la raó perquè són tan forts. Els neòfits estan plens de sang humana, la seva sang, que reacciona a la transformació. Fa créixer els teixits, els enforteix. Els seus cossos consumeixen de forma lenta aquesta energia i, com va dir en Jasper, la vitalitat comença a disminuir passat el primer any.

—Quanta força tindré?

Va somriure.

—Més que jo.

—I més que l'Emmett?

El somriure va ampliar-se.

—Sí, i fes-me el favor de fer un pols amb ell. Li convé una cura d'humilitat.

Em vaig posar a riure. Sonava tan ridícul.

Després, vaig sospirar i vaig saltar del pedrís de la cuina. No ho podia deixar per més temps. Havia de pencar de valent. Per sort, comptava amb l'ajut de l'Edward, que era un tutor excel·lent i ho sabia absolutament tot. Suposava que el meu principal problema seria la concentració durant els mateixos exàmens. Si no em controlava, seria capaç d'acabar escrivint un assaig sobre la història de les guerres dels vampirs del sud.

Vaig fer una pausa per trucar a en Jacob. L'Edward va semblar tan tranquil com quan havia trucat a la Renée i va tornar a jugar amb els meus cabells.

La meva trucada va despertar en Jacob, tot i que ja era mitja tarda. Va alegrar-se de la possibilitat d'una visita el dia següent. Els *quileute* ja tenien les vacances d'estiu i no anaven a l'escola, per això em podia venir a buscar quan em convingués. Em complaïa molt tenir una alternativa a la dels cangurs. Passar el dia en companyia d'un amic era una mica més adequat...

... però una part d'aquesta dignitat es va perdre quan l'Edward va insistir a deixar-me a la mateixa línia fronterera, com si fos una criatura que es confia a la custòdia dels seus tutors.

—Bé, com t'han anat els exàmens? —em va preguntar l'Edward durant el trajecte per donar-me conversa.

—El d'Història era fàcil, però el de Càlcul, no ho sé pas. Em sembla que el resultat tenia sentit, cosa que em fa pensar que probablement m'hauré equivocat.

Ell es va posar a riure.

—Estic convençut que ho has fet bé, però puc subornar el senyor Varner perquè et posi un excel·lent si estàs tan preocupada.

—Gràcies, gràcies, però no.

Es va posar a riure de nou, però les riallades es van aturar quan vam girar el darrer revolt i va veure aparcat el cotxe vermell.

Va sospirar feixugament.

—Passa res? —vaig demanar, ja amb la mà a la porta.

Va moure el cap.

—No.

Va mig cloure els ulls i clavà la mirada a l'altre cotxe a través del parabrises. Ja coneixia aquesta mirada.

—No llegeixis la ment d'en Jacob, d'acord? —el vaig acusar.

—És difícil ignorar algú que va fent crits.

—Ah —vaig cavil·lar durant uns segons—. I què és el que crida? —vaig demanar amb un xiuxiueig.

—Estic absolutament segur que t'ho explicarà ell mateix —va replicar l'Edward amb to irònic.

Hauria insistit més, però en Jacob es va posar a tocar la botzina. Van sonar dos tocs d'impaciència.

—És un comportament descortès —va rondinar l'Edward.

—És en Jacob.

Vaig sospirar i em vaig afanyar a sortir del cotxe abans que fes res que emprenyés l'Edward.

Em vaig acomiadar d'ell amb la mà abans d'entrar al Volkswagen i des de lluny em va semblar que els tocs de botzina o els pensaments d'en Jacob l'havien alterat de debò, però jo tampoc tenia vista de linx i m'equivocava sempre.

Vaig desitjar que l'Edward s'acostés, que tots dos sortissin dels cotxes i fessin una encaixada de mans com a amics, que fossin l'Edward i en Jacob en comptes d'un vampir i un licantrop. Em semblava que tenia a les mans dos imants obstinats que jo intentava acostar per obligar-los a actuar en contra de la seva naturalesa.

Vaig sospirar i vaig entrar en el cotxe amb en Jacob.

—Hola, Bella.

El to d'en Jake era normal, però parlava arrossegant les síl·labes. Vaig estudiar-li la cara mentre començava a ascendir per la carretera cap a La Push, conduint més de pressa que jo però força més lent que l'Edward.

En Jacob semblava diferent, fins i tot semblava malalt. Se li tancaven les parpelles i tenia la cara demacrada. Anava despentinat, amb els cabells ben enredats, i amb blens que li arribaven gairebé a la barbeta

—Et trobes bé, Jacob?

—Només una mica cansat —va aconseguir de dir abans de veure's desbordat per un badall descomunal. Quan va acabar va preguntar—: Què vols fer, avui?

El vaig contemplar durant un moment.

—Per ara —vaig suggerir—, anem a casa teva —no tenia aspecte per a gaire cosa més—. Ja anirem amb moto a la tarda.

—D'acord —va dir.

I va fer un altre badall.

Em vaig sentir estranya en no trobar ningú a casa. Aleshores em vaig adonar que considerava en Billy com una part del mobiliari, sempre allà.

—On és el teu pare?

—Amb els Clearwater. Sol passar molta estona amb ells des de la mort d'en Harry. La Sue se sent una mica sola.

En Jacob va seure en el vell sofà, no gaire més gran que un canapè, i es va moure fent cops de cul per deixar-me lloc.

—Ah, molt bé, pobra Sue.

—Sí… Ella està tenint... —va vacil·lar—. Té problemes amb els nois.

—Normal. Ha de ser molt dur per en Seth i la Leah haver perdut el seu pare.

—Ahà —va coincidir ell, amb el cap sumit en pensaments. Va agafar el comandament a distància i va fer zàping sense parar gens d'atenció. Va tornar a badallar.

—Què et passa, Jake? Sembles un zombi.

—Aquesta nit no he dormit ni dues hores, i ahir només quatre —em va dir. Va estirar els seus llargs braços lentament i vaig sentir com li petaven les articulacions mentre es flexionava. Va deixar caure el braç esquerre sobre el respatller del sofà, rere meu, i va reclinar el cap contra la paret.

—Estic rebentat.

—Per què no dorms? —li vaig preguntar.

Va fer una ganyota.

—En Sam té problemes. No confia en les teves sangoneres ni en res del que vaig parlar amb l'Edward. He fet dobles torns les dues darreres setmanes sense que ningú no m'hagi ajudat, tot i així, ell no ho té en compte. O sigui que de moment actuo sol.

—Dobles torns? I ho fas per vigilar casa meva? Jake, t'equivoques. Necessites dormir. Jo estaré bé.

—Sí, és clar... —de sobte va obrir una mica els ulls, més alerta—. Ei, heu esbrinat qui va estar a la teva habitació? Cap novetat?

Vaig ignorar la segona pregunta.

—No, encara no sabem res del meu... visitant.

—Doncs continuaré rondant per allà —va insistir mentre se li tancaven les parpelles.

—Jake... —vaig començar a queixar-me.

—Ei, és el mínim que puc fer... Et vaig oferir servitud eterna, recorda, sóc el teu esclau per tota la vida.

—Jo no vull un esclau!

No va obrir els ulls.

—Aleshores, què vols Bella?

—Vull el meu amic Jacob..., i no em ve de gust veure'l mig mort, fent-se mal per culpa d'alguna insensatesa...

—Mira-ho d'aquesta manera —em va tallar—. Estic esperant l'oportunitat de rastrejar un vampir a qui se'm permet matar, d'acord?

No vaig respondre. Aleshores, em va mirar, estudiant la meva reacció.

—És broma, Bella.

No vaig apartar la vista del televisor.

—Bé, i tens algun pla especial per a la propera setmana? Et graduaràs. Uau, que bé —parlava amb la veu apagada i en el seu rostre, prou demacrat, se li van marcar més les ulleres quan va tancar els ulls, però ara no era a causa de la fatiga sinó del rebuig. Vaig veure que aquella graduació tenia un significat especial per a ell, encara que les meves intencions actuals s'havien trastocat.

—No tinc cap pla «especial» —vaig respondre amb molt de compte esperant que les meves paraules el tranquil·litzessin sense necessitat de cap explicació detallada. No volia tocar el tema en aquells moments. D'una banda, ell no feia cara de poder dur una conversa difícil; i de l'altra, s'adonaria de tots els meus dubtes—. Bé, he d'anar a una festa de graduació. La meva —vaig fer un so de disgust—. A l'Alice li encanten les festes i ha convidat tot el poble a casa seva aquella nit. Serà horrible.

Va obrir els ulls mentre jo parlava i un somriure d'alleujament va atenuar el seu aspecte cansat.

—No he rebut cap invitació. Em sento ofès —va bromejar.

—Considera't convidat. Se suposa que és la meva festa, així que estic en condicions de convidar qui vulgui.

—Gràcies —va respondre amb sarcasme tot abaixant les parpelles un altre cop.

—M'agradaria que vinguessis —vaig replicar sense cap esperança—. Seria més divertit, per a mi, vull dir.

—D'acord, sí... —va murmurar—. Seria del tot... prudent.

Al cap de pocs segons ja roncava.

Pobre Jacob. Li vaig estudiar el rostre mentre dormia i em va agradar el que vaig veure, ja que no estava a la defensiva i havia desaparegut tot indici d'amargor. De sobte, va aparèixer el noi que havia sigut el meu millor amic abans que tota aquesta estupidesa de la licantropia s'interposés en el nostre camí. Semblava molt més jove. Era el meu Jacob.

Em vaig acomodar en el sofà per esperar que es despertés, amb l'esperança que dormís una bona estona i que es recuperés de la son endarrerida. Vaig anar canviant de canal, però no feien res potable, així que vaig deixar un programa de cuina, sabent que jo no seria mai capaç d'emular un desplegament semblant als fogons d'en Charlie. El meu amic va continuar roncant cada cop més fort, per la qual cosa vaig apujar el volum de la tele.

Estava sorprenentment relaxada, fins i tot somnolenta també. Em sentia més segura en aquella casa que a la meva, potser perquè ningú no m'havia vingut a buscar en aquell lloc. Em vaig arraulir en el sofà amb la intenció de fer una becaina, jo també. Potser ho hauria aconseguit, però era impossible agafar el son amb els roncs d'en Jake. Per això vaig deixar vagar la ment en comptes de dormir.

Ja havia acabat els exàmens finals. La majoria eren facilíssims tret del de Càlcul, en què tant podia aprovar com suspendre perquè m'havia anat pels pèls. La meva educació a l'institut s'havia acabat i no sabia com em sentia, en realitat. Era incapaç de mirar-ho amb objectivitat perquè anava massa lligat amb el final de la meva existència com a ésser mortal.

Em vaig preguntar quant temps l'Edward usaria el pretext «no mentre tinguis por». M'hauria de posar ferma d'una vegada per totes.

Pensant-ho des d'un punt de vista pràctic, sabia que tenia més sentit demanar a en Carlisle que em transformés en el moment de rebre la graduació. Forks estava a punt de convertir-se en un poble tan perillós com si fos zona de guerra. No. Forks ja era una zona de guerra, sense tenir en compte que seria l'excusa perfecta per perdre'm la festa de graduació. Vaig somriure en pensar en una raó tan trivial com aquesta per a la conversió, estúpida, sí, però tot i així, convincent.

Però l'Edward tenia raó. Encara no estava preparada.

No volia ser pràctica. Volia que fos ell qui em transformés. No era un desig racional, d'això no en tenia cap dubte. Dos segons després que algú em mossegués i el verí em corregués per les venes tant me seria qui ho hagués fet, no hi hauria cap diferència.

Se'm feia difícil explicar en paraules, fins i tot a mi mateixa, per què era tan important. Tenia relació amb el fet que fos ell qui escollís. Si m'estimava prou per conservar-me com era, també hauria d'impedir que em transformés en algú altre. Era una criaturada, però volia que els seus llavis fossin el darrer plaer que sentís; i no només això sinó que a més —el més compromès, el que no diria mai en veu alta—, desitjava que fos el seu verí el que em contaminés el cos. Això faria que pertanyés a ell d'una manera tangible i quantificable.

Però sabia que s'aferraria al pla del casament com una paparra. Estava segura que buscava forçar un retard i s'escarrassaria a aconseguir-lo. Vaig intentar imaginar-me anunciant als meus pares que aquest estiu em casava, i també a l'Angela, en Ben, en Mike. No podia. No se m'acudia què dir. Em seria més senzill explicar-los que em convertiria en un vampir. I estava segura que, almenys la meva mare, sobretot si era capaç d'explicar-li tots els detalls de la història, s'oposaria amb més vehemència al meu matrimoni que a la meva *vampirització*. Vaig fer una ganyota per dins en imaginar-me l'expressió horroritzada de la Renée.

Aleshores, durant un segon vaig tenir una altra visió: l'Edward i jo, amb vestits d'una altra època, en una hamaca d'una porxada. Un món on ningú se sorprendria de veure'm un anell al dit, un lloc més senzill on l'amor s'encarrilava d'una manera força senzilla, on un més un sumaven dos.

En Jacob va roncar i es va girar de costat. El seu braç va caure del respatller del sofà i em va prémer contra el seu cos.

Ostres tu, sí que pesava! I escalfava. Al cap d'uns moments era sufocant.

Vaig intentar sortir de sota el seu braç sense despertar-lo, però em vaig veure obligada a empènyer-lo una mica i va obrir els ulls bruscament. Es va alçar d'un bot i va mirar ansiós al seu voltant.

—Què? Què? —va preguntar, desorientat.

—Sóc jo, Jake. Em sap greu, t'he despertat.

Es va girar per mirar-me, parpellejant confós.

—Bella?

—Hola, dormilega.

—No fotis! M'he adormit? Ho sento. Quanta estona?

—Almenys unes quantes hores. He perdut el compte.

Va deixar-se caure al sofà, al meu costat.

—Vaja, Bella!, em sap molt de greu.

Li vaig passar la mà pels cabells, intentant allisar-li una mica aquell bolic.

—No ho lamentis. Estic contenta que hagis dormit una mica.

Va badallar per treure's la mandra del damunt.

—Últimament, sóc un negat. No m'estranya que en Billy es passi el dia a fora. Estic fet un pellingot.

—Tens bon aspecte —li vaig assegurar.

—Au vinga, anem a fora. Necessito que em toqui l'aire o em quedaré fregit un altre cop.

—Vés a dormir, Jacob. Estic bé. Trucaré a l'Edward perquè em vingui a buscar —vaig remenar per les butxaques mentre parlava, però vaig veure que les tenia buides—. Ostres! M'hauràs de deixar el telèfon. Em sembla que m'he deixat el meu al cotxe.

M'anava a aixecar.

—No! —va insistir en Jacob al temps que m'aferrava la mà—. No, queda't. No em puc creure que hagi perdut tant de temps.

Em va estirar per alçar-me del sofà mentre parlava i va obrir camí fins a fora, ajupint el cap en arribar al llindar de la porta. Havia refrescat força durant aquella estona. L'aire era anormalment fred per aquella època de l'any. Es devia acostar tempesta, ja que semblava que estiguéssim a febrer en comptes de maig.

El vent gelat va semblar que el posava alerta. Caminava d'un cantó a l'altre davant de casa, arrossegant-me rere seu.

—Què et passa? Només t'has quedat adormit —em vaig arronsar d'espatlles.

—Volia parlar amb tu. No m'ho puc creure...

—Doncs parla ara mateix.

En Jacob em va buscar els ulls durant un segon i després va desviar la mirada de pressa cap els arbres. Semblava que s'hagués tornat vermell, però era difícil assegurar-ho en tenir la pell tan fosca.

De sobte, em va venir al cap el que m'havia dit l'Edward quan m'havia deixat, sobre que en Jacob ja em diria què li rondava a crits per la ment. Em vaig mossegar el llavi.

—Mira, volia fer-ho d'una altra manera —es va posar a riure, i semblava que es rigués de si mateix—. D'una manera més senzilla —va afegir—, preparant el terreny, però... —va mirar els núvols—, no tinc temps per preparar res...

Va tornar a riure, nerviós, encara caminàvem, però més a poc a poc.

—De què em parles? —vaig demanar.

Va respirar profundament.

—Vull dir-te una cosa que ja saps, però crec que, de totes maneres, ho he de dir en veu alta perquè mai no hi hagi cap confusió en aquesta qüestió.

Em vaig plantar i ell va haver d'aturar-se. Li vaig deixar anar la mà per plegar-me de braços. De sobte, estava segura del que anava dir i no volia saber el que estava preparant.

En Jacob va arrufar les celles fins a projectar una ombra profunda damunt dels ulls, foscos com la gola del llop, i em va perforar amb la mirada.

—Estic enamorat de tu, Bella —va dir amb la veu ferma i decidida—. T'estimo, i vull que m'escullis a mi en comptes d'ell. Sé que tu no sents el mateix que jo, però necessito dir-te la veritat perquè sàpigues quines són les teves opcions. No m'agradaria que la manca de comunicació s'interposés en el nostre camí.

Aposta

Me'l vaig mirar durant més d'un minut sense saber què dir. No se m'acudia res.

La seriositat va abandonar-lo quan va veure la meva expressió estupefacta.

—Molt bé —va dir mentre somreia—. Això és tot.

—Jake, jo... —vaig sentir com si alguna cosa se m'enganxés a la gola. Vaig intentar aclarir-la—. Jo no puc... Vull dir, jo no... Me n'he d'anar.

Em vaig girar, però ell em va agafar les espatlles i em va fer tombar.

—No, espera. Això ja ho sé, Bella, però mira... Respon-me a això, d'acord? Vols que me'n vagi i que no ens tornem a veure més? Sigues sincera.

Era difícil concentrar-se en aquella pregunta, així que vaig trigar un minut abans de respondre.

—No, no ho vull —vaig admetre finalment.

En Jacob va esbossar un altre gran somriure.

—Però jo no et vull a prop meu per la mateixa raó que tu a mi —vaig objectar.

—En aquest cas, digue'm per què em vols a prop teu.

M'ho vaig pensar detingudament.

—Et trobo a faltar quan no hi ets. Quan tu ets feliç —vaig puntualitzar—, em fas feliç, però podria dir el mateix d'en Charlie. Ets com de la família, i t'estimo, però no estic enamorada de tu.

Ell va assentir sense immutar-se.

—Però desitges que no desaparegui de la teva vida.

—Així és.

Vaig sospirar. Ell no es desanimava.

—Aleshores, em quedaré per aquí.

—Ets un masoquista —vaig rondinar.

—Sí.

Em va acariciar la galta dreta amb les puntes dels dits. Vaig apartar-li la mà amb un cop.

—Creus que et podries comportar almenys una mica més bé? —vaig preguntar, irritada.

—No. Tu decideixes, Bella. Pots tenir-me com sóc, amb la meva mala conducta inclosa, o res...

El vaig mirar fixament, frustrada.

—Ets mesquí.

—I tu també.

Això em va frenar una mica i sense voler vaig fer una passa enrere. Ell tenia raó. Si jo no fos mesquina ni egoista, li diria que no volia que fóssim amics i que s'allunyés. M'equivocava en intentar mantenir l'amistat quan sabia que això li faria mal. No sabia què hi feia, allà, però de sobte vaig saber amb seguretat que la meva presència no era convenient.

—Tens raó —vaig xiuxiuejar.

Ell va riure.

—Et perdono. Intenta no enfadar-te gaire amb mi. En els últims temps, he decidit que no penso tirar el barret al foc. La veritat és que les causes perdudes tenen un no sé què irresistible.

—Jacob, l'estimo —el vaig mirar fixament als ulls perquè em prengués seriosament—. Ell és la meva vida.

—També m'estimes a mi —em va recordar. Va alçar la mà quan vaig començar a protestar—. Sé que no de la mateixa manera, però ell no és tota la teva vida, ja no. Potser ho va ser una vegada, però se'n va anar, i ara s'ha d'enfrontar amb la conseqüència d'aquella elecció: jo.

Vaig moure el cap.

—Ets un cas.

De sobte, es va posar seriós i em va posar la mà sota la barbeta. Em va subjectar amb fermesa perquè no li pogués evitar la seva mirada decidida.

—Estaré aquí, lluitant per tu, fins que el teu cor deixi de bategar, Bella —em va assegurar—. No oblidis que tens altres opcions.

—Però jo no les vull —vaig dissentir mentre procurava, sense èxit, alliberar la barbeta—, i els batecs del meu cor estan comptats, Jacob. El temps gairebé ja s'ha acabat.

Va abaixar les parpelles.

—Raó de més per lluitar, i lluitar dur, ara que encara puc —va xiuxiuejar.

Encara sostenia amb força el meu mentó, me'l premia amb tanta força que em feia mal. Aleshores, de sobte, vaig veure la resolució en els seus ulls i m'hi vaig voler oposar, però ja era massa tard.

—N...

Va estampar els seus llavis sobre els meus, silenciant la protesta, mentre em subjectava pel clatell amb la mà lliure, impedint qualsevol intent de fuga. Em va besar amb ira i violència. Vaig empènyer contra el seu pit sense que ell notés res. Malgrat la ràbia, els seus llavis eren dolços i es van emmotllar als meus amb una nova calidesa.

Li vaig agafar la cara per apartar-lo, en va un altre cop. En aquesta ocasió sí que es va adonar del meu rebuig, i això el va exasperar. Els seus llavis van aconseguir obrir-se pas entre els meus i vaig poder sentir el seu alè abrasador a la boca.

Vaig actuar per instint. Vaig deixar caure els braços als costats i em vaig quedar immòbil, fent els ulls grossos, sense lluitar ni sentir res, esperant que s'aturés.

Va funcionar. La còlera va esfumar-se i ell va fer-se enrere per mirar-me. Va prémer dolçament els seus llavis contra els meus una altra vegada, dues, tres. Vaig estar-me quieta com una estàtua, esperant que acabés.

Al final, em va deixar anar i es va allunyar.

—Ja has acabat? —li vaig preguntar amb veu inexpressiva.

—Sí.

Va sospirar i tancà els ulls.

Vaig tirar el braç enrere per agafar impuls i plantar-li un cop de puny amb totes les meves forces.

Es va sentir un cruixit.

—Ai, ai, ai —vaig cridar mentre saltava com una endimoniada amb la mà enganxada al pit.

Estava segura que me l'havia trencat.

En Jacob em va mirar, perplex.

—Estàs bé?

—Què carai... M'has trencat la mà!

—Bella, ets tu, qui t'has trencat la mà. Ara para de ballar i deixa-m'ho veure.

—No em toquis! Me'n vaig a casa ara mateix!

—Vaig a buscar el cotxe —va respondre amb calma. Ni tan sols tenia un blau a la mandíbula, com passa a les pel·lícules. Que trist.

—No, gràcies —vaig xiuxiuejar—. Prefereixo anar a peu.

Vaig fer mitja volta. Estava a pocs quilòmetres de la línia fronterera. L'Alice em veuria just quan em separés d'ell i enviaria algú a buscar-me.

—Deixa que et dugui a casa —va insistir en Jacob.

Va ser tan increïblement descarat que em va abraçar per la cintura.

Me'n vaig desempallegar bruscament i vaig cridar:

—Molt bé, fes-ho. Em moro de ganes de veure què et fa l'Edward. Espero que et trenqui el coll, gos pollós, imbècil, prepotent i enganxifós.

En Jacob va girar els ulls en blanc i va caminar al meu costat fins la porta del copilot per ajudar-me a entrar. Es va posar a xiular quan va entrar per la porta del conductor.

—Però... ni t'immutes? —vaig demanar, furiosa i sorpresa.

—Estàs de broma? Mai hauria pensat que m'havies donat un cop de puny si no t'haguessis posat a cridar de dolor. Potser no sóc de pedra, però no sóc «tan» tou.

—T'odio, Jacob Black.

—Això és bo. L'odi és un sentiment ardorós.

—Jo et donaré ardor —vaig replicar amb un fil de veu—. Assassinat, la darrera passió del crim.

—Au vinga va —va contestar, alegre i com si s'hagués de posar a xiular un altre cop—. Ha hagut de ser millor que besar una pedra.

—Ni a això, no s'ha assemblat —vaig respondre amb fredor.

Va prémer els llavis.

—Això ho dius tu.

—Tal com és.

Això va semblar que li molestava durant uns instants, però de seguida va animar-se.

—El que passa és que estàs enfadada. No tinc cap experiència en aquesta mena de coses, però a mi m'ha semblat increïble.

—Ecs —em vaig queixar.

—Aquesta nit te'n recordaràs. Quan ell es pensi que dorms, tu estaràs sospesant les teves opcions.

—Si em recordo de tu aquesta nit, serà perquè tinc un malson.

Va reduir la velocitat del cotxe a un pas de tortuga i es va girar per mirar-me amb uns ulls oberts i àvids.

—Només pensa en com seria, Bella —em va instar amb una veu dolça i entusiasta—. Per mi no hauries de canviar gens, saps que en Charlie seria feliç si m'escollissis a mi i jo et podria protegir tan bé com el teu vampir, potser fins i tot millor... A més, jo et faria feliç, Bella. Hi ha moltes coses que ell no pot donar-te i jo sí. M'hi jugo el que vulguis que ell no et pot besar igual que jo per por de ferir-te, i jo mai, mai no et faria mal, Bella.

Vaig alçar la mà trencada.

Ell va sospirar.

—Això no és culpa meva. Ho hauries d'haver sabut millor.

—No puc ser feliç sense ell, Jacob.

—No ho has intentat mai —va refutar-me—. Quan et va deixar, et vas aferrar amb cos i ànima a la seva absència. Podries ser feliç si el deixessis. Ho series amb mi.

—No vull ser feliç amb ningú que no sigui ell —vaig insistir.

—Mai no podràs estar tan segura d'ell com de mi. Et va abandonar un cop i pot ser que ho torni a fer.

—No ho farà —vaig replicar entre dents. El dolor del record em va colpejar com una fuetada i va fer que li volgués tornar el cop—. Tu em vas deixar una vegada —li vaig recordar amb la veu freda. Em referia a les setmanes en què va ocultar-se de mi i a les paraules que em va dir en el bosc proper a casa seva.

—No és veritat —va replicar amb vehemència—. Ells em van dir que no t'ho podia dir, que no era segur per a tu que estiguéssim junts, però mai de la vida no et vaig deixar! Solia rondar per casa teva de nit, igual que ara, per assegurar-me que estaves bé.

No estava disposada a permetre que em fes sentir malament per això en aquell moment.

—Porta'm a casa. Em fa mal la mà.

Va sospirar i va tornar a conduir a la velocitat normal, sense perdre de vista la carretera.

—Tu només pensa-hi, Bella.

—No —vaig dir amb obstinació.

—Ho faràs aquesta nit i jo estaré pensant en tu igual que tu en mi.

—Com t'he dit només si tinc malsons.

Em va somriure obertament.

—M'has tornat el petó.

Vaig respirar de forma escanyada, vaig cloure els punys sense pensar i la mà ferida em va fer reaccionar amb un deix de dolor.

—Et trobes bé? —va preguntar.

—No t'he tornat el petó.

—Crec que sóc capaç d'establir la diferència.

—És obvi que no. No t'he tornat el petó, intentava que em deixessis anar d'una maleïda vegada, idiota.

Va amollar una rialla gutural.

—Que susceptible! Jo diria que estàs massa a la defensiva.

Vaig respirar profundament. No tenia cap sentit discutir amb ell. Deformaria tot el que digués. Em vaig concentrar en la mà per intentar estirar els dits i determinar per on me'ls havia trencat. Vaig sentir fortes punxades de dolor en els artells. Vaig gemegar.

—Lamento de veritat això de la mà —va dir en Jacob; quasi semblava sincer—. Usa un bat de beisbol o una palanca de ferro la propera vegada que em vulguis pegar, d'acord?

—No et pensis que me n'oblidaré —vaig murmurar.

No entenia cap on anàvem fins que no em vaig trobar al carrer de casa.

—Per què em portes aquí?

Em va mirar sense entendre'm.

—Em pensava que m'havies demanat que et portés a casa.

—Recoi. Suposo que no em pots portar a casa de l'Edward, oi? —li vaig retreure mentre carrisquejava les dents amb frustració.

El dolor li va crispar les faccions. Vaig veure que l'afectava més que qualsevol altra cosa que pogués dir.

—Aquí és casa teva, Bella —va contestar en veu baixa.

—Ja, però és que hi viu cap metge, aquí? —vaig preguntar tot alçant la mà un altre cop.

—Ah —es va quedar pensant quasi un minut abans d'afegir—: Et duré a l'hospital, o ho pot fer en Charlie.

—No vull anar a l'hospital. És compromès i innecessari.

Va deixar que el vehicle avancés a poc a poc davant de casa sense deixar de pensar, amb un gest d'indecisió. El cotxe patrulla d'en Charlie estava aparcat a l'entrada.

Vaig sospirar.

—Vés-te'n a casa, Jacob.

Vaig baixar feixugament del Volkswagen per dirigir-me a casa. Rere meu, el motor va apagar-se i estava menys sorpresa que enutjada quan vaig descobrir en Jacob un altre cop al meu costat.

—Què faràs? —va preguntar.

—Posar-me una mica de gel a la mà, trucar a l'Edward per demanar-li que vingui a buscar-me i em porti a casa d'en Carlisle perquè em curi la mà. Després, si continues aquí, aniré a buscar una palanca.

No va respondre. Va obrir la porta de l'entrada i la va mantenir oberta per deixar-me pas.

Vam caminar en silenci mentre passàvem per davant del menjador, on en Charlie estava escarxofat en el sofà.

—Hola, nois —va saludar, inclinant-se endavant—. Quant m'alegra de veure't per aquí, Jake.

—Hola, Charlie —va contestar en Jacob amb tranquil·litat i desimboltura.

Vaig anar fins a la cuina sense dir ni piu.

—Quina mosca li ha picat? —va voler saber el meu pare. Vaig escoltar com en Jacob li responia:

—Creu que s'ha trencat la mà.

Em vaig dirigir al congelador per treure glaçons.

—Com s'ho ha fet?

Vaig pensar que en Charlie s'hauria de divertir menys i preocupar-se més com a pare.

En Jacob va riure.

—M'ha pegat.

En Charlie també es va posar a riure. Vaig fer una ganyota mentre colpejava els glaçons contra el cantell de l'aigüera. Els glaçons de gel van escampar-se dintre de la pica. En vaig agafar un grapat amb la mà bona, els vaig posar al pedrís i els vaig embolicar amb un drap de cuina.

—Per què t'ha pegat?

—Perquè li he fet un petó —va admetre en Jacob sense avergonyir-se.

—Ben fet, xaval —el va felicitar en Charlie.

Vaig serrar les dents, em vaig dirigir al telèfon fix i vaig trucar al mòbil de l'Edward.

—Bella? —va respondre al primer to. Semblava alleujat, estava encantat. Vaig sentir de fons el motor del Volvo, cosa que significava que ja era al cotxe. Fantàstic—. T'has deixat el mòbil aquí. Ho sento. T'ha portat a casa en Jacob?

—Sí —vaig remugar—. Em pots venir a buscar sisplau?

—Estic de camí —va respondre ell immediatament—. Què passa?

—Vull que en Carlisle m'examini la mà. Crec que me l'he trencada.

Es va fer un silenci a l'habitació del costat. Em preguntava quant trigaria en Jacob a fugir corrents. Vaig somriure feréstega en imaginar-me la seva inquietud.

—Què ha passat? —va demanar l'Edward amb veu apagada.

—He pegat a en Jacob —vaig admetre.

—Bé —va dir l'Edward amb veu sinistra—, encara que em sap greu que t'hagis fet mal.

Vaig riure. Ell sonava tan complagut com ho havia estat en Charlie feia uns moments.

—M'hagués agradat fer-li mal —vaig sospirar, frustrada—. No ha notat res.

—Això té solució —va suggerir.

—Esperava que diguessis això.

Hi va haver una pausa breu i ell, ara amb més precaució, va continuar parlant.

—No és propi de tu. Què t'ha fet?

—Un petó —vaig grunyir.

A l'altre costat de la línia només es va sentir el so d'un motor que accelerava.

En Charlie va tornar a parlar a l'altra habitació.

—Potser és millor que te'n vagis, Jake —va suggerir.

—Crec que em quedaré per aquí, si no et fa res.

—Tu mateix —va murmurar el meu pare.

Finalment, l'Edward va parlar.

—Continua amb tu, aquest gos?

—Sí.

—Giraré a la cantonada —va anunciar, amenaçador, i va tallar la comunicació.

Vaig sentir el so del seu cotxe accelerant per la carretera mentre penjava el telèfon, somrient. Els frens van xerricar estrepitosament quan va aparèixer de cop davant de casa. Vaig anar cap a la porta.

—Com tens la mà? —va preguntar en Charlie en passar per davant del menjador. Semblava força violent, però en Jacob, arrepapant-se al seu costat al sofà, es trobava molt a gust.

Vaig alçar el paquet amb gel per ensenyar-li.

—Inflant-se'm.

—Potser hauries d'escollir rivals de la teva mida —va suggerir el meu pare.

—Potser —vaig admetre.

Vaig anar a obrir la porta. L'Edward m'estava esperant.

—Aviam —va murmurar.

Em va examinar la mà amb tanta delicadesa i cura que no em va fer gens de mal. Tenia les mans fredes com el gel, i la meva pell agraïa molt aquest tacte tan gelat.

—Crec que tens raó, te l'has trencat —va comentar—. Estic orgullós de tu. Deus haver pegat molt fort.

—Amb totes les meves forces, però crec que no n'hi ha hagut prou.

Vaig sospirar.

Em va fer un petó a la mà amb suavitat.

—Ja me n'encarregaré jo —va prometre.

—Jacob —va cridar l'Edward amb la veu assossegada i tranquil·la.

—Vinga, vinga —va avisar en Charlie, a qui vaig sentir que s'aixecava del sofà.

En Jacob va arribar abans al vestíbul, i molt més silenciosament, però en Charlie no es va quedar enrere. I va aparèixer amb una expressió atenta i ansiosa.

—No vull baralles, entesos? —només mirava l'Edward mentre parlava—. Puc posar-me la placa si cal que la petició sigui més oficial.

—No serà necessari —va replicar l'Edward amb un to contingut.

—Per què no m'arrestes, pare? —vaig suggerir—. Sóc jo qui va donant cops de puny.

En Charlie va alçar una cella.

—Vols presentar càrrecs, Jake?

—No —en Jacob va dibuixar un ampli somriure. Era incorregible—. Ja m'ho cobraré en un altre moment.

L'Edward va fer una ganyota.

—On guardes el bat de beisbol, pare? Te l'agafaré només un minut.

En Charlie em va mirar sense alterar-se.

—Prou, Bella.

—Anem a veure en Carlisle perquè t'hi faci un cop d'ull abans no acabis al calabós —va dir l'Edward.

Em va rodejar amb el braç i em conduí fins a la porta.

—Molt bé —vaig contestar.

Ara que ell m'acompanyava ja no estava enfadada. Em sentia confortada i la mà no em feia tant de mal. Caminàvem per la vorera quan vaig sentir en Charlie rere meu.

—Què fas? Estàs boig?

—Només un minut, Charlie —va respondre en Jacob—. No et preocupis, torno de seguida.

Em vaig girar per descobrir que en Jacob feia el gest de seguirnos. Va aturar-se just per tancar la porta als nassos del meu pare, que estava inquiet i sorprès.

Al principi, l'Edward el va ignorar mentre m'acompanyava al cotxe. Em va ajudar a entrar, va tancar la porta i després va encarar-se amb en Jacob a la vorera.

Em vaig inclinar per treure mig cos per la finestra oberta. Podia veure el meu pare espiant entre les cortines del menjador.

La postura d'en Jacob era despreocupada, amb els braços plegats damunt del pit, però serrava les dents amb força.

L'Edward va parlar amb una veu tan pacífica i amable que conferia a les seves paraules un to estranyament amenaçador.

—No et mataré pas ara. Això trastocaria la Bella.

—Aix —vaig remugar.

L'Edward es va girar lleugerament per dedicar-me un somriure fugaç. Conservava la calma.

—Demà et molestarà més —va dir mentre m'acariciava la galta amb els dits; després es va girar cap en Jake—. Però si algun dia la Bella torna amb el més petit mal, tant és de qui sigui la culpa, tant és que hagi caigut, que s'hagi entrebancat o que li caigui al cap un meteorit, perquè hauràs de córrer cames ajudeu-me la resta dels teus dies. Ho has entès, gos pollós?

En Jacob va girar els ulls en blanc.

—Qui tornarà? —vaig mussitar.

L'Edward va continuar com si no m'hagués sentit.

—Et trencaré la cara si li tornes a fer un petó —va prometre amb la veu suau, vellutada i molt seriosa.

—I què passa si és ella que me'n vol fer un a mi? —va demanar en Jacob arrossegant les paraules amb un deix arrogant.

—Ja! —vaig bufar.

—Si és així, si és això el que vol, no tindré res a dir-hi —l'Edward es va arronsar d'espatlles, impertorbable—. Potser convindria que esperessis que ella ho digués en comptes de confiar en la teva interpretació del llenguatge corporal, però... tu mateix, és la teva cara.

En Jacob va esbossar un somriure burleta.

—Ho està desitjant —vaig remugar.

—Sí, així és —va murmurar l'Edward.

—Bé, i per què no t'encarregues de la seva mà en comptes d'estar furgant pel meu cap? —va etzibar en Jacob amb irritació.

—Encara una altra cosa —va dir l'Edward, parlant a poc a poc—. Jo també lluitaré per ella. Ho has de saber. No dono res per fet i lluitaré el doble d'intensament que tu.

—Bé —va grunyir—, no és bo batre's amb algú que s'ho pren a la lleugera.

—Ella és meva —va afirmar l'Edward en veu baixa, amb una veu ombrívola, no tan continguda com abans—, i no he dit que vulgui jugar net.

—Jo tampoc.

—Molta sort.

En Jacob va assentir.

—Sí, que guanyi el millor «home».

—Això sona bé, cadellet.

En Jacob va fer una ganyota durant uns segons, però de seguida va recompondre el gest i es va inclinar esquivant l'Edward per fer-me un somriure. Li vaig tornar una mirada plena d'ira.

—Espero que et milloris aviat, per això de la mà, vull dir. Lamento de veritat que estiguis ferida.

De manera pueril, vaig apartar la cara.

No vaig alçar la mirada mentre l'Edward recorria el cotxe i entrava pel cantó del conductor, per la qual cosa no sabia si en Jacob tornava cap a casa o continuava allà palplantat, mirant-me.

—Com estàs? —em va preguntar el meu xicot mentre ens allunyàvem.

—Irritada.

Va riure entre dents.

—Em referia a la mà.

Vaig arronsar les espatlles.

—L'he tinguda pitjor.

—Cert —va admetre, i va arrufar les celles.

L'Edward va fer la volta a la casa per deixar el cotxe al garatge, on hi havia l'Emmett i la Rosalie. A ella, estirada sota l'enorme Jeep, només se li veien les seves cames perfectes, inconfusibles, encara que dugués texans llargs; ell seia al seu costat amb un braç estès sota el cotxe per orientar-lo cap a ella. Vaig necessitar un moment per comprendre que ell feia la funció d'un gat hidràulic.

L'Emmett ens va observar amb curiositat quan l'Edward em va ajudar a sortir del cotxe amb molt de compte i va concentrar la mirada a la mà que duia enganxada al pit. Va dibuixar un gran somriure.

—Has tornat a caure, Bella?

El vaig fulminar amb la mirada.

—No, Emmett, he fumut un cop de puny a la cara d'un home llop.

Ell va parpellejar i després va esclatar una sonora riallada. L'Edward em va guiar, però quan vam passar pel costat dels dos, la Rosalie va parlar des de sota el cotxe.

—En Jasper guanyarà l'aposta —va anunciar amb petulància.

L'Emmett va parar de riure a l'acte i em va estudiar amb ulls calculadors.

—Quina aposta? —vaig voler saber tot aturant-me.

—Deixa que et porti amb en Carlisle —em va urgir l'Edward mentre clavava els ulls a l'Emmett i movia el cap imperceptiblement.

—Quina aposta? —volia saber, encarant-me amb l'Edward.

—Gràcies, Rosalie —va murmurar mentre m'agafava amb més força al voltant de la cintura i em conduïa a casa.

—Edward… —em vaig queixar.

—És infantil —va dissimular—. L'Emmett i en Jasper sempre estan apostant.

—L'Emmett m'ho dirà.

Vaig intentar fer mitja volta, però em va subjectar amb braç de ferro.

Vaig sospirar.

—Han apostat sobre el nombre de vegades que la cagaràs al llarg del primer any.

—Vaja —vaig fer una ganyota que intentava ocultar el meu pànic sobtat en comprendre el significat de l'aposta—. Han apostat per veure quantes persones mataré?

—Sí —va admetre ell de mala gana—. La Rosalie creu que el teu temperament dóna més possibilitats de guanyar a en Jasper.

Em vaig sentir una mica millor.

—En Jasper aposta fort.

—Se sentirà millor si et costa habituar-te. Està fart de ser la baula feble de la cadena.

—Clar, naturalment que sí. Suposo que podria cometre uns quants homicidis addicionals perquè en Jasper se senti millor. Per què no? —vaig remugar amb veu inexpressiva i monòtona. Ja em podia imaginar els titulars de premsa i les llistes de noms.

Em va prémer contra ell.

—No t'has pas de preocupar per això. De fet, no te n'has de preocupar mai més, si així ho vols.

Vaig fer un gemec i l'Edward, com que es creia que era el dolor de la mà el que em molestava, em va conduir més de pressa cap a casa.

Tenia la mà trencada, però la fractura no era res de l'altre món, només un artell amb una fissura diminuta. No volia que m'enguixessin la mà i en Carlisle em va dir que amb un cabestrell n'hi hauria prou si prometia no treure-me'l. I així ho vaig fer.

L'Edward es va arribar a pensar que estava inconscient mentre en Carlisle m'ajustava el cabestrell a la mà amb molt de compte i va expressar la seva preocupació en veu alta les poques vegades que vaig sentir el dolor, però jo li vaig assegurar que no em queixava d'això.

Com si no m'hagués de preocupar per res més després de tot el que em queia al damunt.

Les històries sobre vampirs acabats de convertir que en Jasper ens havia narrat en explicar-nos el seu passat m'havien calat endins i ara il·luminaven la notícia de l'aposta de l'Emmett. Per curiositat, em vaig parar a preguntar-me què s'hi haurien apostat. Quin premi pot interessar a qui ja ho té tot?

Sempre vaig saber que jo seria diferent. Tenia l'esperança de convertir-me en algú fort, tal i com em deia l'Edward. Forta, ràpida i, per damunt de tot, guapa. Algú capaç d'estar amb ell sense desentonar.

Havia procurat no pensar gaire en les altres característiques que tindria. Salvatge. Assedegada de sang. Potser no seria capaç de contenir-me a l'hora de no matar gent, desconeguts que mai no m'haurien fet cap mal, com el nombre creixent de víctimes de Seattle, persones amb família, amics i un futur, persones amb vides. I potser jo seria un d'aquells monstres que els robaria la vida.

Però me les arreglava força bé amb aquesta part, la veritat, perquè confiava en l'Edward, confiava en ell cegament, estava segura que no em deixaria fer res del que m'hagués de penedir. Sabia que ell em portaria a caçar pingüins a l'Antàrtida si jo l'hi demanava i que jo faria qualsevol cosa per continuar sent una bona persona, una «vampira bona». M'hauria posat a riure com una ximpleta si no fos per aquella nova preocupació.

Em podia convertir en una cosa semblant als neòfits, a aquelles imatges de malson que en Jasper havia dibuixat a la meva ment? I què passaria amb tothom qui estimava si l'únic que voldria seria matar gent?

L'Edward estava massa obsessionat amb la idea que jo no em perdés res mentre continués sent humana. Això ho trobava bastant estúpid. No em preocupava desaprofitar moltes experiències pròpies dels homes. Mentre jo estigués amb ell, què més podia demanar?

Vaig contemplar fixament el seu rostre mentre ell vigilava com en Carlisle em subjectava el cabestrell. No hi havia en el món ningú a qui jo estimés més que ell. Podia canviar mai, això?

Hi havia alguna experiència humana a la qual jo no estigués disposada a renunciar?

Fita

—No sé què posar-me! —em vaig queixar, parlant sola.

Havia fet una estesa amb tota la meva roba sobre el llit després de buidar calaixos i armaris. Vaig mirar pertot arreu amb l'esperança que aparegués alguna peça apropiada.

La meva faldilla caqui jeia en el respatller del balancí, esperant trobar el conjunt més idoni per semblar guapa i adulta, un que fos capaç de transmetre la sensació d'«ocasió especial». No tenia cap opció.

Ja era hora d'anar-me'n i encara duia posat el meu vell jersei preferit. Hauria d'assistir a la graduació amb aquell jersei si no trobava res millor, i no hi havia gaires possibilitats.

Vaig fer una ganyota amb tot aquell munt de roba apilonada al llit.

El pitjor de tot és que ja sabia exactament què m'hauria posat si encara ho tingués, la brusa vermella que m'havien robat. Vaig pegar un cop de puny a la paret amb la mà bona.

—Maleït lladre vampir! —vaig cridar.

—Què he fet? —va demanar l'Alice, que es recolzava amb gest informal a la finestra oberta, com si hi hagués estat tota l'estona. Després, va afegir amb un somriure—: *Toc, toc.*

—De debò és tan dur esperar-me que no pots ni usar la porta?

—Jo només passava per aquí —va deixar caure una capsa aplanada de color blanc damunt del llit—. He pensat que potser necessitaves roba per a l'ocasió.

Vaig observar el gran paquet que reposava a sobre del meu decebedor vestuari i vaig fer una ganyota.

—Admet-ho —va dir l'Alice—, sóc la teva salvació.

—Ets la meva salvació —vaig rondinar—. Gràcies.

—Bé, és agradable encertar-la de tant en tant. No saps com m'irrita que se m'escapin les coses, i últimament Déu n'hi do. Em sento tan inútil, tan... normal —es va encongir esfereïda amb aquesta paraula— no t'ho pots ni imaginar.

—Que no sé com és d'irritant ser normal? Au vinga.

Ella va riure.

—Bé, almenys això soluciona el robatori que ha fet el teu maleït lladre, per tant ara només em falta descobrir què passa a Seattle, perquè encara no veig res...

Tot va encaixar quan va relacionar les dues situacions en una sola frase. De sobte, vaig tenir clara quina era la interrelació que no aconseguíem establir i l'esquiva sensació que m'havia importunat durant uns quants dies. Em vaig quedar mirant-la abstreta mentre se'm congelava el gest a la cara.

—No l'obriràs? —va preguntar. Sospirà en veure que no em movia i va destapar la capsa ella mateixa. En va treure una peça sostenint-la davant meu, però jo no aconseguia concentrar-m'hi—. És preciosa, oi que sí? He escollit el color blau perquè sé que és el color que a l'Edward més li agrada que portis.

No li vaig fer gens de cas.

—És la mateixa —vaig murmurar.

—Què? —va demanar—. Si no tens res que s'hi assembli, i a jutjar pel que estaves cridant, només tens una faldilla.

—No, Alice, oblida't de la roba i escolta.

—No t'agrada?

Una espessor de desencant va ennuvolar el rostre de l'Alice.

—Escolta, no ho veus? La irrupció a casa i el robatori de les meves coses van paral·lels a la creació de neòfits a Seattle.

La peça se li va escapar dels dits i va tornar a caure dins de la capsa.

L'Alice es va concentrar ara, amb una veu sobtadament aguda.

—Què et fa pensar això?

—Recordes el que va dir l'Edward sobre usar les llacunes de la teva presciència per mantenir els neòfits fora del teu camp de visió? I després, allò que vas explicar sobre una sincronització massa perfecta i l'atenció que hi havia posat el lladre per no deixar pistes, com si sabés el que ets capaç de veure. Crec que el lladre va usar aquestes llacunes. Quines possibilitats hi ha que actuïn exactament al mateix temps dues persones que et coneixen prou per comportar-se d'aquesta manera? Cap. És una sola persona. És la mateixa persona. L'organitzador d'aquest exèrcit és qui m'ha robat.

L'Alice no estava acostumada que la sorprenguessin. Es va quedar allà clavada i immòbil tanta estona que vaig començar a comptar mentalment els segons mentre esperava. No es va moure durant dos minuts; després, em va tornar a mirar i va dir, amb veu escanyada:

—Tens raó, és clar, i quan es considera d'aquesta manera...

—L'Edward es va equivocar —vaig dir amb un fil de veu—. Era una prova per veure si funcionava. Encara que tu estiguessis vigilant, si era capaç d'entrar i sortir sense cap perill, podria fer el que li donés la gana, com per exemple, intentar matar-me... No es va endur les meves coses per demostrar que m'havia trobat, les va robar per tenir la meva aroma i fer possible que d'altres em puguin trobar.

Em va mirar sorpresa. Jo tenia raó i vaig veure que els seus ulls m'ho confirmaven.

—Ai, no —digué, articulant bé per llegir-li els llavis.

Havia esperat tant de temps perquè els meus pressentiments tinguessin sentit que vaig tenir un cop d'alleujament, malgrat que encara assimilava el fet que algú havia creat una tropa de vampirs —la mateixa tropa que havia assassinat truculentament dotzenes de persones a Seattle— amb el propòsit exprés de matarme.

En part, aquest alleujament es devia al fet que finalment ens trèiem de sobre la sensació terrible d'estar passant per alt una informació substancial...

... la part més important de la qual era d'una altra índole.

—Bé —vaig mussitar—, ja ens podem relaxar tots plegats. Al cap i a la fi, ningú no intenta exterminar els Cullen.

—T'equivoques de mig a mig si creus que ha canviat alguna cosa —va refutar l'Alice entre dents—. Si busquen un dels nostres, hauran de passar per damunt dels nostres cadàvers per aconseguir-ho.

—Gràcies, Alice, però almenys ja sabem quin és el veritable objectiu. Això ha de servir per alguna cosa.

—Potser sí —va murmurar mentre passejava d'una banda a l'altra de l'habitació.

Pom, pom, pom.

Un puny va picar a la porta.

Vaig fer un salt, però l'Alice va semblar que no ho sentia.

—Encara no estàs a punt? Farem tard! —es va queixar en Charlie, que semblava estar amb els nervis a flor de pell. Havia tingut molts problemes per vestir-se elegant.

—De seguida estic. Un minut —vaig demanar amb la veu trencada.

El meu pare va estar en silenci una fracció de segon.

—Que plores?

—No. Estic nerviosa. Vés-te'n.

Vaig sentir com els seus peus s'allunyaven pesadament escales avall.

—Me n'he d'anar —va murmurar l'Alice.

—Per què?

—L'Edward ve cap aquí, i si s'assabenta d'això...

—Vés, vés! —vaig apressar-la de seguida.

Es posaria boig si se n'assabentava. No li ho podria ocultar gaire temps, però la cerimònia de graduació no era el millor moment per emprenyar-se com una mona.

—Posa-t'ho —em va ordenar l'Alice abans d'anar-se'n a la callada per la finestra.

Ho vaig fer, em vaig vestir sense pensar, perquè estava als núvols.

Tenia pensat de fer-me un pentinat sofisticat, però era massa tard, així que me'l vaig allisar i me'l vaig lligar com qualsevol altre dia. Tant era. Fins i tot ni tan sols em vaig mirar al mirall, i no en tenia ni idea si la faldilla i la brusa de l'Alice feien bon conjunt. Això també tant era. Em vaig penjar l'espantosa toga groga de poliester per a la graduació i vaig baixar les escales de pressa i corrents.

—Estàs molt maca —va dir en Charlie una mica bruscament, fruit de l'emoció reprimida—. I aquesta brusa? És nova?

—Sí —vaig murmurar mentre m'intentava concentrar—, un regal de l'Alice. Gràcies.

L'Edward va arribar pocs minuts després que hagués marxat la seva germana. No havia passat prou temps per tal que jo pogués recompondre una imatge de calma, però no va tenir ocasió de preguntar-me res, perquè ja ens n'anàvem cap a la graduació amb el cotxe patrulla.

En Charlie havia insistit tota la setmana anterior de dur-me a la cerimònia amb el seu cotxe quan va saber que teníem la intenció d'anar-hi amb el cotxe de l'Edward. I quan volia era tossut com una mula. Jo entenia el seu punt de vista: els pares tenen certs privilegis el dia de la graduació. Vaig accedir-hi de grat i l'Edward ho va acceptar amb bon humor, tot suggerint que hi podíem anar plegats, a la qual cosa ni en Carlisle ni l'Esme no s'hi van oposar, així que el meu pare no va poder trobar-hi cap objecció convincent i hi va haver d'accedir de mala gana. Per això, ara l'Edward anava al seient de darrere del cotxe patrulla del meu pare, rere la mampara de fibra de vidre. Mostrava un gest burleta, probablement com a rèplica a l'expressió emmurriada d'en Charlie, i un somriure que s'anava fent cada cop més evident. El pare li va dirigir una mirada de cua d'ull pel retrovisor. Segurament se li havien ocorregut un parell d'agudeses que si les deia en veu alta, tindria problemes amb mi.

—Et trobes bé? —em va preguntar l'Edward mentre m'ajudava a baixar del cotxe a l'aparcament de l'institut.

—Estic nerviosa —vaig respondre, i no era cap mentida.

—Estàs preciosa.

Semblava que anés a afegir alguna altra cosa, però en Charlie, amb una maniobra que pretenia ser subtil, es va ficar entre els dos i em va passar un braç per l'espatlla.

—No estàs entusiasmada? —em va preguntar.

—La veritat és que no —vaig admetre.

—Bella, aquest és un moment important. Et graduaràs a l'institut i ara t'espera el gran món... Viuràs pel teu compte... Has deixat de ser la meva nena petita —se li va fer un nus a la gola.

—Pare sisplau —vaig protestar—, no em vinguis amb la llagrimeta.

—Qui ve amb la llagrimeta? —va rondinar—. Però, que no te n'alegres?

—No ho sé, pare. Suposo que encara no noto l'emoció, o alguna cosa així.

—M'alegro que l'Alice hagi organitzat aquesta festa. Necessites alguna cosa que t'animi.

—Clar, una festa ideal per a mi.

Va riure en sentir el to de veu i em va estrènyer per les espatlles mentre l'Edward contemplava els núvols amb un gest pensatiu. En Charlie ens va deixar a la porta del darrere del gimnàs i va fer la volta a l'edifici per anar a l'entrada principal amb tots els altres pares.

Es va armar un ciri descomunal quan la senyora Cope, de l'oficina principal de l'escola, i el senyor Varner, el professor de Matemàtiques, van intentar ordenar-nos a tots alfabèticament.

—Cullen, a les files de davant —va ordenar el senyor Varner.

—Hola, Bella.

Vaig alçar la mirada cap a la Jessica Stanley que em saludava amb la mà des del final de la fila. Somreia.

L'Edward em va llençar un petó fugaç, va espirar i se'n va anar a ocupar el seu lloc entre els alumnes el cognom dels quals començava per la ce. L'Alice no hi era. On s'havia ficat? Es perdria la graduació? En bon moment se m'havia ocorregut esbrinar el perquè de tot plegat. M'hauria pogut esperar que s'acabés tot això!

—Ei Bella, aquí! —em va tornar a cridar la Jessica.

Vaig retrocedir fins el final de la cua per situar-me rere d'ella. Si deia que tenia molta curiositat per saber per què es mostrava tan amistosa, em quedava curta. En apropar-m'hi, vaig veure l'Angela Weber cinc llocs enrere, que contemplava la Jessica amb la mateixa curiositat.

La Jess va començar a balbucejar fins i tot abans d'estar prou a prop per sentir-la.

—... al·lucinant. Vull dir que, sembla que... va ser ahir que ens vam conèixer i... ara ens graduarem juntes —quequejava—. Pots creure que... ja s'hagi acabat tot? Tinc ganes de cridar.

—Jo també —vaig murmurar.

—Tot és tan increïble. Recordes el primer dia a l'institut? Ens vam fer amigues de seguida, de seguida que ens vam veure. És flipant. Et trobaré molt a faltar ara que me'n vaig a Califòrnia i tu a Alaska. M'has de prometre que ens veurem! M'alegra molt que facis una festa. És perfecte perquè estarem una bona temporada sense veure'ns, i com que marxem tots...

No callava ni dins l'aigua. Estava segura que la sobtada recuperació de la nostra amistat es devia a la nostàlgia de la graduació i a la gratitud d'haver-la convidat a la festa, un convit que no era pas cosa meva. La vaig escoltar amb força atenció mentre em posava la toga i em descobria feliç d'haver acabat bé amb la Jessica.

Allò era un punt i final. Tant era el que digués l'Eric, el número u de la promoció, dalt de la tarima, sobre si la cerimònia de lliurament de diplomes era un nou «començament» i tota la pesca. Potser això era més aplicable a mi que a tots els altres, però aquell dia tots deixàvem alguna cosa enrere.

Tot es desenvolupava amb una celeritat tal que tenia la sensació de mantenir premut el botó «avanç ràpid» del vídeo. Esperava que nosaltres anéssim a la mateixa velocitat que ell? Impel·lit pels nervis, l'Eric parlava amb una precipitació tal que les paraules i les frases s'atropellaven les unes amb les altres i van deixar de tenir sentit. El director Greene va començar a cridar-nos un a un sense fer cap pausa entre un nom i l'altre. La primera fila del gimnàs es va afanyar a recollir el diploma. La pobra senyora Cope es mostrava molt maldestra a l'hora de passar al director el diploma correcte perquè el lliurés a l'estudiant corresponent.

Vaig observar com l'Alice, que havia aparegut de sobte, recorria la tarima amb els seus passos de ballarina per agafar el seu, amb una expressió molt concentrada. L'Edward va anar rere seu, amb un rostre confós, però no pas alterat. Només ells dos eren capaços de lluir aquell groc espantós i tenir un aspecte tan fantàstic. La seva gràcia ultraterrenal els diferenciava de la resta de gent. Em vaig preguntar com era possible que algun dia m'hagués cregut la seva farsa. Un parell d'àngels amb les ales desplegades cridarien menys l'atenció.

Em vaig aixecar del seient quan vaig sentir que el senyor Greene pronunciava el meu nom, esperant que la fila que tenia al davant avancés. Em vaig adonar de les aclamacions que es van alçar a la part posterior del gimnàs i vaig buscar fins veure en Jacob i en Charlie que, dempeus, em cridaven ànims. També vaig veure el cap d'en Billy a l'alçada del colze d'en Jake. Vaig aconseguir dedicar-los alguna cosa semblant a un somriure.

El senyor Greene va acabar de pronunciar la llista de noms i va passar a repartir els diplomes amb un tímid somriure.

—Felicitats, senyoreta Stanley —va murmurar quan la Jess va agafar el seu.

—Felicitats, senyoreta Swan —va dir mentre deixava el diploma damunt la meva mà bona.

—Gràcies —vaig xiuxiuejar.

I això va ser tot.

Vaig avançar al costat de la Jessica per posar-me amb tots els altres graduats. Ella tenia els ulls vermells i la cara plena de llàgrimes que s'eixugava amb la màniga de la toga. Vaig necessitar uns moments per adonar-me que sí, que plorava.

El director va dir alguna cosa que no vaig arribar a sentir, però tothom al meu voltant va cridar i xisclar. Tothom va llançar enlaire els birrets grocs. Em vaig treure el meu massa tard, així que em vaig limitar a deixar-lo caure a terra.

—Ai, Bella —va ploriquejar la Jess per damunt de l'estrèpit de les converses—. No em puc creure que s'hagi acabat.

—Jo no tinc la sensació que s'hagi acabat —vaig murmurar.

Em va abraçar i em digué:

—M'has de prometre que estarem en contacte.

Li vaig tornar l'abraçada. Em vaig trobar una mica incòmoda mentre eludia la seva demanda.

—M'alegro molt d'haver-te conegut, Jessica. Han sigut uns anys meravellosos.

—És veritat.

Va sospirar, es va mocar i va deixar caure els braços.

—Lauren! —va cridar mentre alçava les mans per sobre el seu cap i s'obria pas entre la massa de togues grogues. Els familiars van començar a reunir-se amb els graduats, per la qual cosa tots vam estar més premuts uns contra altres.

Vaig aconseguir veure l'Angela i en Ben, encerclats per les respectives famílies. Ja els felicitaria més tard. Vaig inclinar el cap buscant l'Alice.

—Felicitats —em va xiuxiuejar l'Edward a l'orella mentre els seus braços se m'enroscaven a la cintura. Va parlar amb la veu continguda. Ell no havia tingut cap pressa perquè jo aconseguís aquella fita en particular.

—Eh, gràcies.

—Sembla que encara no t'han passat els nervis —va observar.

—Encara no.

—Què és el que et preocupa? La festa? No serà tan terrible.

—Potser tens raó.

—A qui estàs buscant?

La meva recerca no havia sigut tan subtil com em pensava.

—L'Alice... On és?

—Ha sortit corrents un cop li han donat el diploma.

La seva veu va adquirir un to diferent. Vaig alçar els ulls per veure la seva expressió aclaparada mentre observava la sortida posterior del gimnàs. Vaig prendre una decisió impulsiva, la mena de coses que m'hauria de pensar dues vegades, encara que no ho feia gairebé mai.

—Estàs preocupada per l'Alice?

—Eh...

No volia respondre.

—De totes maneres, en què està pensant? Vull dir... Què pensa per tenir-te fora de la seva ment?

Em va clavar els ulls de seguida i els va mig cloure, amb recel.

—La veritat és que està traduint a l'àrab *L'himne de batalla de la República.* Quan acabi, es proposa fer el mateix amb el llenguatge de signes coreà.

Vaig riure, nerviosa.

—Suposo que això li mantindrà ocupada tota la ment.

—Tu saps què li preocupa —em va acusar.

—És clar —vaig dibuixar un indici de somriure—. Se m'ha ocorregut a mi.

Ell va esperar, confós.

Vaig mirar al meu voltant. El meu pare deuria estar obrint-se pas entre la gent.

—Coneixent l'Alice —vaig dir de pressa—, t'ho intentarà ocultar fins després de la festa, però, com que jo estic a favor de cancel·lar-la... Bé, no t'enfadis i actua com qui res, d'acord? Almenys ara sabem les seves intencions. Sempre és millor saber el màxim possible. No sé com, però d'alguna cosa ha de servir.

—De què em parles?

Vaig veure aparèixer el cap d'en Charlie per sobre d'altres caps mentre em buscava. Em va localitzar i em va saludar amb la mà.

—Tu tranquil, d'acord?

Va dir que sí i va serrar les dents amb un gest sever.

Li vaig explicar el meu raonament amb un xiuxiueig apressat.

—Crec que t'equivocaves del tot pel que fa als teus pronòstics. Tot té un mateix origen i crec que, en realitat, em volen a mi. És una sola persona la que ha interferit les visions de l'Alice. El robatori a la meva habitació va ser una prova per verificar si li podia buscar les pessigolles. Qui fa canviar d'opinió els neòfits i el lladre de la meva roba és la mateixa persona. Tot quadra. La meva aroma és per a ells —l'Edward va empal·lidir de tal manera que se'm va fer difícil continuar parlant—. Però, no ho veus? No és a vosaltres a qui busquen. És fantàstic... ningú no vol fer mal a l'Esme, ni a l'Alice ni a en Carlisle.

Va obrir els ulls desmesuradament i amb pànic. Estava atordit i horroritzat. Igual que l'Alice en el seu moment, veia que la meva deducció era correcta.

Li vaig posar una mà a la galta.

—Estigues tranquil —li vaig suplicar.

—Bella! —va vociferar en Charlie mentre s'obria pas a empentes entre les famílies estretament arraïmades que ens rodejaven.

—Felicitats, petita meva!

El meu pare no va deixar de cridar ni tan sols quan ja era prou a prop per poder-me parlar a cau d'orella. Em va abraçar de tal manera que l'Edward es va haver d'apartar.

—Gràcies —vaig respondre en un murmuri, preocupada per l'expressió de l'Edward que...

... no havia recuperat el control de les seves emocions. Encara tenia les mans esteses cap a mi, com si volgués agafar-me i fugir corrents. El seu control era una mica superior al meu. Escapar-nos no em semblava cap mala idea.

—En Jacob i en Billy se n'han hagut d'anar... els has vist? —va preguntar-me en Charlie.

El meu pare va retrocedir una passa sense deixar-me anar. Es mantenia d'esquena a l'Edward, probablement per excloure'l, tot i que en aquells moments ja anava bé que fos així perquè continuava amb la boca oberta i uns ulls desorbitats a causa de la por.

—Ah, sí —li vaig assegurar intentant centrar l'atenció, i també els he sentit.

—Ha sigut un bon detall per part seva, aparèixer per aquí —va dir en Charlie.

—Sí, sí.

D'acord. La idea de dir-ho a l'Edward havia sigut un desastre. L'Alice ho havia fet bé en crear un núvol de pols per ocultar els pensaments i jo m'hauria d'haver esperat a quedar-nos sols en algun lloc, potser quan fóssim amb tota la família i sense res massa fràgil a prop, com finestres, cotxes o escoles.

Veure'l així m'estava fent reviure totes les meves pors i més encara. La seva expressió ja havia superat la por i ara les seves faccions reflectien la ràbia, purament i simple.

—Bé, on vols anar a sopar? —va preguntar en Charlie—. El límit és el cel.

—Puc cuinar.

—No siguis ximple. Vols anar al Lodge? —va preguntar quasi amb avidesa.

No m'agradava gens ni mica el menjar del restaurant preferit d'en Charlie, però, què importava si, de totes maneres, no seria capaç d'empassar-me ni un mos?

—Clar, anem allà, fantàstic.

El somriure d'en Charlie es va ampliar; després, va sospirar i va tombar el cap una mica cap a l'Edward, en realitat sense mirar-lo.

—Véns, Edward?

Vaig mirar-lo amb ulls de súplica i ell va recompondre l'expressió abans que en Charlie es girés del tot per veure per què no responia.

—No, gràcies —va contestar una mica enravenat, amb el rostre sever i fred.

—Has quedat amb els teus pares? —va preguntar en Charlie, amb to molest. L'Edward sempre era molt més amable del que el meu pare es mereixia i aquella sobtada hostilitat el sorprenia.

—Exacte, si em disculpeu...

L'Edward va fer mitja volta bruscament i es va allunyar entre la gentada, cada cop més escassa. Potser es va desplaçar una mica més de pressa del compte per mantenir la farsa, habitualment perfecta.

—Què he dit? —va preguntar en Charlie amb expressió de culpabilitat.

—No et preocupis, pare —li vaig assegurar—. No té a veure amb tu.

—Us heu tornat a barallar?

—Ningú no ha discutit. No és assumpte teu.

—Tu ets assumpte meu.

Vaig girar els ulls en blanc.

—Anem a sopar.

El Lodge estava ple. Per a mi, el lloc era molt vulgar i els seus preus, excessius, però era el que s'assemblava més a un restaurant de veritat entre tots els locals del poble, per la qual cosa la gent hi anava quan havia de celebrar algun esdeveniment. Melancòlica, vaig mantenir la mirada fixa en un cap de cérvol més aviat tristot mentre el pare es cruspia unes costelles de primera qualitat i conversava per sobre el respatller amb els pares d'en Tyler Crowley. Hi havia molt de soroll. Tothom havia anat allà després de la graduació i la majoria de gent conversava entre els passadissos i amb les taules del costat, com el meu pare.

Estava d'esquena a les finestres del carrer. Vaig resistir l'impuls de girar-me i buscar qui em pogués estar mirant. Sabia que seria incapaç de veure res. N'estava tan segura com del fet que ell no em deixaria ni un segon desprotegida, no després de tot això.

El sopar es va allargar. En Charlie estava molt ocupat xerrant amb les taules del costat, així que va anar menjant a poc a poc. Jo tallava la meva hamburguesa a trossets i els ocultava als plecs del tovalló quan estava segura que el pare no em veia. Semblava que tot demanés massa temps, però quan mirava el rellotge, cosa que feia amb més freqüència de la necessària, amb prou feines s'havia mogut la busca dels segons.

Em vaig aixecar quan al final el cambrer va tornar el canvi i el pare va deixar una propina a la taula.

—Tens pressa? —em va preguntar.

—M'agradaria ajudar l'Alice a preparar la festa —vaig mentir.

—D'acord.

Es va girar per acomiadar-se de tothom. Jo vaig sortir del local per esperar-lo al cotxe patrulla. Em vaig recolzar a la porta del copilot esperant que en Charlie aconseguís posar punt i final a la improvisada tertúlia. L'aparcament estava gairebé a les fosques. Les nuvolades eren tan denses que es feia difícil determinar si ja s'havia post el sol. L'atmosfera era feixuga, com quan està a punt de ploure.

Alguna cosa va moure's entre les ombres.

La meva respiració escanyada es va convertir en un sospir quan l'Edward va irrompre entre la penombra.

Em va estrènyer amb força contra el seu pit sense pronunciar ni una paraula. Em va fixar una mà gelada a la barbeta i em va obligar a alçar el rostre per poder posar els seus llavis durs contra els meus. Vaig sentir la tensió del seu mentó.

—Com estàs? —vaig preguntar quan em va deixar respirar.

—No gaire bé —va murmurar—, però he aconseguit controlar-me. Lamento haver perdut els papers abans.

—És culpa meva. M'hauria d'haver esperat per explicar-t'ho.

—No —va dissentir—. Ho havia de saber. No em puc creure que no hagi sigut capaç de veure-ho!

—Tens massa coses al cap.

—I tu no?

De sobte, em va tornar a fer un petó sense donar-me opció a respondre. Es va retirar al cap d'un moment.

—En Charlie ve cap aquí.

—Li hauré de dir que em porti a casa teva.

—Us seguiré fins allà.

—No cal —vaig intentar dir, però ja se n'havia anat.

—Bella? —en Charlie em va cridar des de l'entrada del restaurant mentre escodrinyava les ombres.

—Estic aquí fora.

El meu pare va sortir cap al cotxe caminant a poc a poc sense deixar de murmurar contra el vici de la impaciència.

—Bé, i com ho portes? —em va preguntar mentre conduïa per l'autovia direcció al nord—. Ha sigut un gran dia.

—Molt bé —vaig mentir.

Em va calar de seguida i es va posar a riure.

—Suposo que estàs preocupada per la festa, oi?

—Sí —vaig tornar a mentir.

Aquest cop no va adonar-se'n.

—No ets de les que els agrada les festes.

—No sé de qui ho hauré heretat, això —vaig xiuxiuejar.

En Charlie va riure entre dents.

—Bé, estàs realment molt guapa. M'agradaria pensar que alguna cosa hi he aportat... Perdona.

—No siguis ximplet.

—No és cap ximpleria. Sempre em sento com si no hagués fet per tu res del que hauria d'haver fet.

—Això és ridícul. Ho has fet fantàsticament bé. Ets el millor pare del món, i... —no era fàcil parlar de sentiments amb en Charlie, però vaig perseverar després d'aclarir-me la gola—. M'alegra d'haver vingut a viure amb tu, pare. És la millor idea que he tingut mai. Així que no et preocupis, només estic experimentant un atac de pessimisme postgraduació.

Va bufar.

—Potser sí, però tinc la sensació d'haver ficat la pota en alguns punts. Vull dir... Mira la teva mà! —em vaig mirar les mans sense entendre res. L'esquerra descansava en el cabestrell negre amb tanta comoditat que amb prou feines me n'adonava. L'artell trencat ja quasi no em feia mal—. Mai se m'havia ocorregut que t'havia d'ensenyar com fotre un bon cop de puny. Suposo que en això em vaig equivocar.

—Però tu no estàs de part d'en Jacob?

—Tant és a favor de qui estigui. Si algú et fa un petó sense el teu permís, has de ser capaç de deixar clars els teus sentiments sense sortir-ne ferida. No vas ficar el polze dins del puny, oi que no?

—No, pare. Això està molt bé per part teva, encara que se'm faci estrany de dir, però no crec que unes lliçons haguessin servit de gaire. En Jacob té la cara com de formigó.

En Charlie va saltar amb una riallada.

—Pega-li als budells la propera vegada.

—La propera vegada? —vaig preguntar amb incredulitat.

—Va, no siguis gaire dura amb el noi. És molt jove.

—És odiós.

—Continua sent el teu amic.

—Ja ho sé —vaig sospirar—. La veritat és que no estava segura del que havia de fer, pare.

En Charlie va moure el cap, a poc a poc.

—Ja. El més correcte mai no és obvi. El que és vàlid per a uns no es pot aplicar a uns altres. Així que..., bona sort a l'hora d'esbrinar-ho.

—Gràcies —li vaig dir en veu baixa.

Va riure un altre cop, però després va fer una ganyota.

—Si aquesta festa es descontrola més del compte... —va començar.

—No et preocupis, pare. En Carlisle i l'Esme també hi seran. Estic segura que tu també pots venir, si vols.

El pare va fer un gest de disgust i va estrènyer els ulls per mirar la nit a través del parabrises. Les festes li agradaven tan poc com a mi.

—On és la propera sortida? —va preguntar—. Haurien de senyalitzar millor el camí fins a la casa... És impossible trobar-ho de nit.

—Just després del proper revolt, crec —vaig prémer els llavis—. Saps què? Tens raó... És molt difícil trobar-ho. L'Alice em va dir que inclouria un plànol a la invitació, però així i tot, el més probable és que tothom es perdi.

Aquesta perspectiva em va animar una mica.

—Potser sí —va dir en Charlie quan el camí va girar cap a l'est—, o potser no.

La suau i fosca gasa de la nit s'acabava on hi devia haver el camí dels Cullen. Algú havia col·locat llums intermitents en els arbres que flanquejaven l'entrada. Era impossible perdre's.

—Alice —vaig dir amb acritud.

—Uau —va fer en Charlie mentre giràvem cap el camí.

Els dos arbres del principi no eren els únics il·luminats. Cada sis metres aproximadament hi havia una balisa que ens guiava durant els cinc quilòmetres de trajecte fins arribar a la gran casa blanca.

—Ella no és de les que fa les coses a mitges, eh? —va murmurar el pare.

—Segur que no vols entrar?

—Absolutament segur. Que t'ho passis bé, filla.

—Moltíssimes gràcies, pare.

Estava rient quan vaig sortir del cotxe i vaig tancar la porta. Continuava somrient mentre m'allunyava. Després de sospirar vaig enfilar les escales a punt per suportar la meva pròpia festa.

Pacte

—Bella?

La suau veu de l'Edward va sonar a la meva esquena. Em vaig girar a temps de veure'l pujar les escales de la porxada amb la seva habitual fluïdesa de moviments. La cursa li havia despentinat els cabells. Em va abraçar de seguida, tal i com havia fet a l'aparcament, i em va fer un petó com el d'abans.

Aquell petó em va espantar. Hi havia massa tensió, una enorme desesperació en la manera en què els seus llavis van aixafar els meus..., com si temés que no ens quedava gaire temps.

No em podia permetre pensar això, no si m'havia de comportar com una persona adulta durant les properes hores. Em vaig apartar d'ell.

—Traiem-nos de sobre aquesta festa estúpida —vaig rondinar, defugint la seva mirada.

Em va posar les mans a les galtes i va esperar que alcés els ulls.

—No deixaré que et passi res.

Li vaig tocar els llavis amb la mà bona.

—La meva persona em preocupa poc.

—Per què no em sorprèn, això? —va murmurar per a ell mateix. Va respirar profundament i va dibuixar un lleu somriure—. A punt per la celebració? —va preguntar.

Vaig gemegar.

Em va obrir la porta, agafant-me ben fort per la cintura. Aleshores, em vaig quedar de pedra, durant un minut, abans de moure el cap.

—Increïble.

—L'Alice és així.

Havia transformat l'interior de la casa dels Cullen en un *nightclub*, un d'aquells locals que no sols trobar a la vida real sinó només a la televisió.

—Edward —va cridar l'Alice des del seu lloc al costat dels altaveus—, necessito el teu consell —va assenyalar amb un gest la imponent pila de CD—. Hauríem de posar melodies conegudes i agradables o educar les orelles dels convidats amb bona música? —va concloure, assenyalant una altra pila diferent.

—Deixa córrer la música selecta —li va recomanar l'Edward—, que ja ho diuen: xiula xiula, que si l'ase no vol beure...

L'Alice va assentir amb seriositat i va començar a llançar els CD «educatius» a una bossa. Vaig notar que s'havia mudat i duia una samarreta sense mànigues coberta de brillantines i uns pantalons de cuir vermell. La seva pell nua lluïa d'una manera estranya sota el parpelleig de les intermitents llums vermelles i porpres.

—Em sembla que no vaig vestida amb l'elegància que l'ocasió requereix.

—Estàs perfecta —va discrepar l'Edward.

—Més que això —va rectificar l'Alice.

—Gràcies —vaig sospirar—. De debò creieu que vindrà algú?

—No faltarà ningú —va assegurar l'Edward—. Tothom es mor de ganes de veure l'interior de la misteriosa casa dels esquerps Cullen.

—Genial —vaig protestar.

No podia ajudar en res. Tenia seriosos dubtes en pensar si un dia podria fer tot el que l'Alice feia, sense ni tan sols la necessitat de dormir i movent-me molt més àgilment.

L'Edward es va negar a apartar-se del meu costat ni un segon i em va dur amb ell quan va anar a buscar en Jasper primer i després en Carlisle per explicar-los el meu descobriment. Horroritzada, vaig escoltar en silenci els seus plans per atacar la tropa de Seattle. Estava segura que el desavantatge numèric no complaïa en Jasper, però no havien sigut capaços de fer canviar d'idea la família de la Tanya, que no estava disposada a col·laborar. En Jasper no intentava ocultar la seva angoixa com feia l'Edward. Era obvi que no li agradava jugar amb apostes tan potents.

No podria quedar-me a la reraguarda esperant que aparegués per casa. No ho faria o em tornaria boja.

Va sonar el timbre.

De sobte, de forma quasi delirant, tot va ser normal. Un somriure perfecte, genuí i càlid va reemplaçar la tensió en el rostre d'en Carlisle. L'Alice va apujar el volum de la música i després es va acostar ballant fins a la porta.

El bus suburbà havia vingut carregat amb els meus amics, massa nerviosos o intimidats per venir cadascú pel seu compte. La Jessica va ser la primera a traspassar la porta amb en Mike trepitjant-li els talons. Els van seguir en Tyler, en Conner, l'Austin, en Lee, la Samantha i per últim fins i tot la Lauren, els ulls crítics de la qual lluïen de curiositat. Tots es mostraven expectants i després, quan van entrar a l'enorme estança adornada amb aquella elegància delirant, van semblar aclaparats. L'habitació no estava buida, els Cullen estaven cadascú al seu lloc, a punt per escenificar la seva perfecta representació de família humana. Aquella nit jo tenia la sensació d'estar actuant una mica més que ells.

Vaig anar a saludar la Jess i en Mike, amb l'esperança que el to nerviós de la meva veu pogués passar per pur entusiasme. La campana va sonar abans que jo em pogués acostar a ningú.

Vaig deixar entrar l'Angela i en Ben i vaig mantenir la porta oberta en veure que l'Eric i la Katie acabaven d'arribar al peu de les escales.

No vaig tenir por en cap ocasió. Vaig haver de parlar amb tothom i continuar oferint la nota jovial pròpia de l'amfitriona. Encara que s'havia presentat com una festa oferta per l'Edward, l'Alice i jo, era inútil negar que jo m'havia convertit en l'objectiu més popular d'agraïments i felicitacions. Potser perquè els Cullen tenien un aspecte estrany sota les llums festives escollides per l'Alice. Potser perquè aquella il·luminació sumia l'estança en les ombres i el misteri, i no propiciava una atmosfera perquè les persones normals s'hi relaxessin quan estaven a prop d'algú com l'Emmett. En una ocasió vaig veure com l'Emmett somreia a en Mike per damunt de la taula del menjar. En Mike va fer una passa enrere, espantat per la brillantor que les llums vermelles arrancaven de les dents del vampir.

El més probable era que l'Alice hagués fet això a propòsit per obligar-me a ser el centre d'atenció, una posició amb la qual, segons la seva opinió, jo m'ho havia de passar perfectament. M'obligava a seguir els usos i costums dels homes per fer-me sentir més humana.

La festa va ser un èxit rotund malgrat l'estat de tensió nerviosa provocat per la presència dels Cullen, encara que potser això només afegia una nota d'emoció a l'ambient local. El ritme de la música era contagiós; les llums, quasi hipnòtiques; el menjar havia de ser bo a jutjar per la velocitat amb què va desaparèixer. L'estança estava atapeïda, però no fins al punt de provocar claustrofòbia. Semblava que hi hagués anat la classe sencera del darrer curs, a més d'alguns alumnes de cursos inferiors. Els assistents movien els cossos al ritme del compàs marcat amb els peus i tots estaven a punt de posar-se a ballar.

No era tan terrible com havia temut. Vaig seguir l'exemple de l'Alice i em vaig mesclar amb tothom i vaig xerrar amb tothom, i tothom semblava molt complagut. Estava segura que aquella festa era, amb diferència, la millor que s'havia celebrat a Forks des de feia molt de temps. L'Alice quasi gemegava de plaer. Ningú no oblidaria mai aquella nit.

Vaig fer una altra volta a la sala i em vaig tornar a trobar la Jessica, que balbucejava d'excitació, però no calia fer-li gaire cas perquè era poc probable que busqués cap resposta o comentari meu. L'Edward s'estava al meu costat, es negava a apartar-se de mi. Mantenia una mà ben aferrada a la meva cintura i de tant en tant m'acostava a ell, probablement com a reacció a pensaments que no volia sentir.

Per això, de seguida em vaig posar en estat d'alerta quan va deixar-me anar la cintura i es va començar a separar de mi.

—Queda't aquí —em va xiuxiuejar a l'orella—. Ara torno.

Va creuar entre la gent amb elegància. Feia la impressió que no havia fregat cap dels cossos atapeïts. Se'n va anar massa de pressa per donar-me l'oportunitat de preguntar-li per què marxava. Vaig estrènyer els ulls i no el vaig perdre de vista mentre la Jessica cridava amb entusiasme per sobre la música i es penjava del meu colze, fent cas omís a la meva manca d'atenció.

El vaig observar quan va arribar a la porta fosca situada al costat de l'entrada de la cuina, on les llums només brillaven de manera intermitent. Es va inclinar sobre algú, a qui em va ser impossible d'identificar per culpa dels caps dels convidats que em tapaven el camp de visió.

Em vaig posar de puntetes i vaig estirar el coll. En aquest precís moment, una llum vermella va il·luminar-li l'esquena i va fer saltar brillantines de la camisa de l'Alice, el rostre de la qual va quedar-me clar una fracció de segon. Va ser suficient.

—Perdona un moment, Jessica —vaig remugar mentre li apartava el braç del meu colze.

No em vaig aturar a esperar la seva reacció ni a verificar si la meva brusquedat li havia molestat. Vaig eludir els cossos que s'interposaven al meu camí i de tant en tant vaig donar alguna empenta, poques, per sort, ja que no hi havia gaire gent ballant. Em vaig afanyar a creuar la porta de la cuina.

L'Edward se n'havia anat, però l'Alice continuava allà, immòbil en la penombra, amb el rostre desconcertat i la mirada absent, la típica de qui acaba de presenciar un terrible accident. S'agafava al marc de la porta, com si necessités recolzar-se.

—Què passa, Alice? Què? Què has vist? —li vaig implorar ajuntant les mans amb un gest de súplica.

Ella no em va mirar, va continuar amb els ulls clavats al lluny. Vaig seguir la direcció de la seva mirada i em vaig adonar de com l'Alice captava l'atenció de l'Edward a través de l'habitació. El rostre de l'Edward era tan inexpressiu com una pedra. Es va girar i desaparegué en les ombres de sota les escales.

En aquells moments va sonar el timbre, quan ja havien passat unes hores des del darrer convidat. L'Alice va alçar la mirada amb expressió perplexa que de seguida va convertir-se en una ganyota de disgust.

—Qui ha convidat el licantrop?

Vaig fer mala cara quan em va agafar pel braç.

—Culpable —vaig admetre.

M'havia passat pel cap la possibilitat d'anular la invitació, però, qui s'havia d'imaginar que en Jacob seria capaç d'aparèixer per allà, com si res? Ni en el somni més sonat...

—Bé, doncs, en aquest cas, encarrega-te'n tu. He de parlar amb en Carlisle.

—No, Alice, espera!

Vaig intentar retenir-la pel braç, però ella ja se n'havia anat i la meva mà va tancar-se al buit.

—Merda! —vaig cridar.

Vaig endevinar què passava. L'Alice havia tingut la visió que havia esperat des de feia tant de temps i, francament, no em sentia amb ànims per suportar el suspens mentre atenia el convidat que acabava d'arribar. El timbre va tornar a sonar llargament. Algú mantenia premut el botó. Vaig actuar amb decisió. Vaig girar l'esquena a la cuina i vaig registrar amb la mirada la sala fosca buscant l'Alice.

No podia veure res. Vaig començar a obrir-me pas cap a les escales.

—Hola, Bella!

La veu gutural d'en Jacob va ressonar un moment durant el qual no sonava cap música. A desgrat meu, vaig alçar els ulls en sentir el meu nom.

Vaig fer cara de pocs amics.

En comptes d'un home llop n'havien vingut tres. En Jacob havia entrat tranquil·lament, flanquejat per en Quil i l'Embry, que semblaven molt tensos mentre miraven d'una banda a l'altra de la sala com si estiguessin entrant en una cripta embruixada. La mà tremolosa de l'Embry encara estava al pom de la porta i tenia mig cos a fora, a punt per sortir corrents.

En Jacob va saludar-me amb la mà. Estava més calmat que els seus companys, però arrufava el nas amb un gest de repulsa. També el vaig saludar amb la mà, però en senyal d'acomiadament. Després, em vaig girar per anar a buscar l'Alice. Em vaig ficar per un forat que hi havia entre l'esquena d'en Conner i la de la Lauren...

... però ell va aparèixer del no-res, em va agafar per l'espatlla i em va dur fins les ombres imperants a l'entorn de la cuina.

—Quina benvinguda més cordial! —va apuntar.

Vaig agitar la mà lliure i el vaig fulminar amb la mirada.

—Què dimonis fas aquí?

—Tu em vas convidar, no te'n recordes?

—Per si el cop de puny va ser massa subtil, per a tu, deixa'm que t'ho tradueixi: era una cancel·lació de la invitació.

—No tens gens d'esperit esportiu. A sobre que et porto un regal de graduació i tot.

Vaig plegar els braços. No em venia de gust barallar-me amb en Jacob en aquells moments. Em moria de ganes de saber en què consistia la visió de l'Alice i què hi deien l'Edward i en Carlisle. Vaig estirar el coll per buscar-los amb la mirada per un costat d'en Jacob.

—Doncs ja ho pots tornar a la botiga, Jake. I ara tinc assumptes que em demanen.

Ell em va tapar la línia de visió per requerir la meva atenció.

—No ho puc tornar a cap botiga perquè no ho he comprat. Ho he fet amb les meves pròpies mans, i he trigat bastant a acabar-ho.

Em vaig fer a un costat, sense aconseguir de veure cap membre de la família Cullen. On s'havien ficat? Vaig escrutar la penombra una vegada més.

—Vinga, va, Bella. No facis com si no hi fos!

—No ho faig —no els veia per enlloc—. Mira, Jake, ara tinc el cap a una altra banda...

Va posar la mà sota la meva barbeta per obligar-me a mirar-lo a la cara.

—Em podria concedir el privilegi d'uns segons de la seva atenció, senyoreta Swan?

Em vaig apartar per evitar que em toqués.

—No siguis enganxós, Jacob —vaig remugar.

—Perdona —va respondre de seguida, mentre alçava els braços simulant una rendició—. Perdona, de debò, vull dir, allò de l'altre dia. No t'hauria d'haver fet aquell petó. No va estar bé. Suposo que em vaig fer falses il·lusions en pensar que m'estimaves.

—Falses il·lusions... Exactament, d'això es tracta!

—Sigues amable, ja saps, almenys podries acceptar les meves disculpes.

—D'acord. Disculpes acceptades, i ara, si em perdones un moment...

—D'acord —va remugar entre dents.

Ho va dir amb una veu tan diferent que vaig deixar de buscar l'Alice i vaig estudiar-li la cara. Tenia la vista clavada a terra per amagar-se els ulls. El llavi inferior li sobresortia lleument.

—Suposo que prefereixes estar amb els teus amics «de debò» —digué amb el mateix to abatut—. Ja ho entenc.

—Ei, Jake! —em vaig queixar—. Saps que això no és just.

—Ah, no?

—Ho hauries de saber —em vaig inclinar cap endavant, alçant la mirada per tal d'establir un contacte visual. Aleshores ell va aixecar els ulls per sobre del meu cap, per evitar-me—. Jake?

Va rebutjar de mirar-me.

—Ei, m'has dit que tens una cosa per a mi, no? —vaig preguntar—. Era xerrameca? On és el meu regal?

El meu intent de simular entusiasme va ser patètic, però va funcionar. Va girar els ulls en blanc i va fer una ganyota. Vaig continuar amb la patètica farsa tot mantenint la mà oberta davant meu:

—Què, sí o no?

—D'acord —va remugar amb sarcasme, va ficar-se la mà a la butxaca del darrere dels texans i en va treure una bosseta d'una tela folgada i multicolor, ben lligada amb cintes de cuir. Me la va deixar a la mà.

—Vaja, quina monada, Jake. Gràcies!

Va sospirar.

—El regal és a dins, Bella.

—Ah.

Em vaig enredar amb les cintes. Ell va bufar i em va agafar la bosseta per obrir-la amb una senzilla estirada de la cinta adequada. Vaig mantenir la mà oberta, però ell va agitar la bossa i va deixar caure alguna cosa platejada al meu palmell. Les anelles de metall van dringar lleument.

—El braçalet no l'he fet jo —va admetre—, només el penjoll.

Subjectat a una de les anelles de plata hi havia un petit abillament tallat en fusta. El vaig sostenir entre els dits per examinar-lo de prop. Era sorprenent la quantitat de detalls enrevessats de la figura, un llop en miniatura amb un realisme extremat, fins i tot estava tallat en una fusta de tons rojos que s'assemblaven molt al color del seu pelatge.

—És preciós —vaig xiuxiuejar—. Ho has fet tu? Com?

Ell va arronsar les espatlles.

—És una habilitat que vaig aprendre d'en Billy... En sap més que jo.

—És difícil de creure —vaig murmurar mentre feia girar el llop de fusta entre els dits.

—T'agrada de debò?

—Sí! És increïble, Jake.

En Jacob va esbossar un somriure que al principi va ser de felicitat, però després l'expressió es va omplir d'aflicció.

—Bé, vaig suposar que així potser et recordaves de mi de tant en tant. Ja saps com van aquestes coses, ulls que no veuen, cor que no dol.

Vaig ignorar la seva actitud.

—Té, ajuda'm a posar-me'l.

Li vaig oferir el canell esquerre, ja que el cabestrell m'impedia moure la mà dreta. Me'l va cordar amb facilitat encara que semblava massa delicat pels seus dits grossos.

—Te'l posaràs? —va preguntar.

—És clar que sí.

Em va somriure. Era el somriure feliç que tant m'agradava de veure-li.

El vaig correspondre amb un altre somriure, però els meus ulls van tornar instintivament a l'habitació i vaig buscar algun indici de l'Edward o de l'Alice entre la gent.

—Per què estàs tan intranquil·la? —va preguntar en Jacob.

—No res —vaig mentir mentre intentava concentrar-me—. Gràcies pel regal, de veritat, m'encanta.

—Bella? —va arrufar les celles fins que una ombra li va enfosquir els ulls—. Està a punt de passar-ne alguna, oi que sí?

—Jake, jo... No, no passa res.

—No em diguis mentides, se't veu d'una hora lluny. M'hauries de dir què passa. Volem saber aquestes coses —va dir, utilitzant el plural, finalment.

Probablement tenia raó. Els llops eren una part interessada en el que estava passant, el problema era que jo no sabia exactament què ocorria.

—Ja t'ho explicaré, Jacob, però deixa'm esbrinar-ho abans, d'acord? He de parlar amb l'Alice.

Una espurna de comprensió li va il·luminar el rostre.

—La mèdium ha tingut una visió.

—Sí, just en el moment que apareixies tu.

—És sobre la sangonera que va entrar a la teva habitació? —va murmurar, mantenint el to de veu per sota de la cantarella musical.

—Hi té a veure —vaig admetre.

Va estar cavil·lant un minut abans d'inclinar el cap endavant per estudiar-me les faccions.

—Saps alguna cosa que no dius, i és important.

Quin sentit tenia tornar-li a mentir? Em coneixia massa bé.

—Sí.

En Jacob em va observar fixament durant una fracció de segon i després es va girar per atraure l'atenció dels seus germans de bandada, que encara eren a l'entrada, incòmodes i violents. Es van moure en adonar-se de la seva expressió i es van obrir pas amb agilitat entre la gent que es movia amb la flexibilitat pròpia dels ballarins. Es van posar al costat d'en Jacob amb poc menys de mig minut, sobresortint molt per damunt meu.

—Ara, explica —va exigir en Jacob.

L'Embry i en Quil van mirar alternativament el rostre del meu amic i el meu, confosos i previnguts.

—No sé pràcticament res, Jake.

Vaig continuar buscant per la sala, però ara perquè em rescatessin. Els licantrops em van arraconar en un racó en el sentit més literal del terme.

—Doncs explica'ns el que sàpigues.

Tots tres van plegar els braços alhora. L'escena tenia una mica de gràcia, encara que resultava del tot amenaçadora.

Aleshores vaig veure l'Alice que baixava per les escales. La seva pell nívia brillava sota la llum porpra.

—Alice! —vaig cridar amb alleujament.

Ella em va mirar de seguida que vaig cridar el seu nom, encara que el *xumba xumba* dels altaveus havia ofegat la meva veu. Vaig moure el braç lliure amb energia i li vaig veure l'expressió quan es va fixar en els tres homes llop que s'inclinaven damunt meu. Va arrufar les celles.

Tot i així, abans que es produís aquesta reacció, la tensió i la por ja dominaven el seu rostre. Em vaig mossegar el llavi mentre s'acostava fent els seus saltirons.

En Jacob, en Quil i l'Embry van allunyar-se d'ella amb expressions de preocupació. L'Alice em va agafar per la cintura.

—He de parlar amb tu —em va dir a cau d'orella.

—Daixò, Jake, ens veiem després... —vaig murmurar quan la situació va calmar-se.

Ell va estirar el seu braç enorme per barrar-nos el pas, recolzant la mà a la paret.

—Ei, no tan de pressa.

L'Alice va alçar els ulls per clavar-li una mirada de desorbitada incredulitat.

—Perdona?

—Digue'ns què està passant —va exigir amb un grunyit.

En Jasper va materialitzar-se literalment del no-res. L'Alice i jo estàvem contra la paret i al segon següent en Jasper estava al costat d'en Jacob, a la banda oposada a la del braç estès, amb una expressió esfereïdora.

En Jacob va retirar el braç lentament. Semblava el millor moviment possible, partint de la base que volia conservar-lo sencer.

—Tenim dret a saber-ho —va murmurar en Jacob, llançant una mirada desafiadora a l'Alice.

En Jasper es va interposar entre ells dos. Els licantrops van posar-se a punt de lluita.

—Ei, ei —vaig intervenir, afegint una rialleta lleugerament histèrica—. Això és una festa, recordeu?

Ningú no em va fer gens de cas. En Jacob va fulminar l'Alice amb la mirada mentre en Jasper feia el mateix amb en Jacob. De sobte, l'Alice es va quedar pensativa.

—Està bé, Jasper. De fet, té raó.

En Jasper no va relaxar ni gota la seva posició.

M'embargava una tensió tan forta que estava convençuda que m'esclataria el cap d'un moment a l'altre.

—Què has vist, Alice?

Ella va mirar en Jacob durant uns instants i després es va girar cap a mi. Era evident que havia accedit a explicar-ho.

—La decisió ja està presa.

—Aneu a Seattle?

—No.

Vaig notar com empal·lidia, i una forta punxada al ventre.

—Vénen cap aquí —vaig aventurar amb la veu ofegada.

Els nois *quileute* observaven en silenci, llegint l'involuntari joc d'emocions de les nostres cares. S'havien quedat clavats on eren, però tot i així no s'estaven quiets. Les mans els tremolaven.

—Sí.

—Vénen a Forks —vaig murmurar.

—Sí.

—Amb quina finalitat?

Ella va entendre la meva pregunta i va assentir.

—Un d'ells porta la teva brusa vermella.

Vaig intentar empassar saliva.

L'expressió d'en Jasper era de desaprovació. No li agradava gens debatre allò amb els homes llop, però li urgia parlar.

—No podem deixar que arribin tan lluny. I som massa pocs per protegir el poble.

—Ja ho sé —va replicar l'Alice amb el rostre sobtadament desolat—, però tant és on els plantem cara, perquè continuarem sent pocs, i sempre en quedarà algun que vindrà a registrar el poble.

—No! —vaig cridar.

El soroll de la festa va sufocar el meu crit de rebuig. Al nostre voltant, els meus amics, veïns i insignificants rivals menjaven, reien i es movien al ritme de la música, aliens al fet que estaven a punt d'enfrontar-se al perill, al terror i potser fins i tot a la mort. A causa meva.

—Alice, me n'he d'anar, he d'allunyar-me d'aquí —vaig articular amb els llavis perquè em pogués llegir.

—No servirà de res. No són rastrejadors. Vindran aquí igualment.

—Aleshores he d'anar a trobar-los —si no hagués tingut la veu tan ronca i forçada, la frase hauria sigut un crit—. Potser si troben el que vénen a buscar, marxaran sense fer mal a ningú.

—Bella! —va protestar l'Alice.

—Espera —va ordenar en Jacob amb una veu enèrgica—. Qui ve?

L'Alice li va dirigir una mirada gèlida.

—Són dels nostres. Un munt.

—Per què?

—Volen la Bella. Només sabem això.

—Us superen en nombre? Són massa per a vosaltres? —va preguntar.

En Jasper va molestar-se.

—Tenim avantatges, gos pollós. Serà una lluita igualada.

—No —el va contradir en Jacob; un mig somriure, ferotge i estrany, se li va estendre pel rostre—, no serà igualada.

—Excel·lent! —va exclamar l'Alice; tenia una nova expressió que em vaig mirar fixament, paralitzada de por. El seu rostre estava exultant i la desesperació havia desaparegut dels seus trets perfectes.

Va dedicar un ampli somriure a en Jacob, i ell l'hi va tornar.

—No tindré visions si interveniu vosaltres, és clar —va comentar, molt pagada de si mateixa—. És un problema, però, tal i com estan les coses, ho assumeixo.

—Ens hem de coordinar —digué en Jacob—. No ens serà fàcil. Aquesta continua sent una feina més per a nosaltres que per a vosaltres.

—Jo no exageraria, però necessitem ajuda, així que no farem escarafalls.

—Espera, espera, espera —els vaig interrompre.

L'Alice estava de puntetes i en Jacob s'inclinava cap a ella, tots dos amb els rostres resplendents d'entusiasme encara que arrufessin el nas a causa de les respectives olors. Em van mirar amb impaciència.

—Coordinar-vos? —vaig repetir entre dents.

—De debò creus que ens quedarem al marge d'això? —va preguntar en Jacob.

—Si ja *n'esteu* al marge!

—La vostra mèdium no hi està pas d'acord.

—Alice, nega-t'hi —vaig insistir—. Els mataran a tots.

En Jacob, en Quil i l'Embry es van posar a riure batent la mandíbula.

—Bella —va contestar l'Alice amb veu suau i tranquil·litzadora—, morirem tots si actuem per separat, junts...

—... no hi haurà cap problema —en Jacob va acabar la frase.

En Quil va tornar a riure amb entusiasme.

—Quants són?

—No! —vaig cridar.

L'Alice ni tan sols va mirar-me.

—El seu nombre varia... Ara són vint-i-un, però la xifra baixarà.

—Per què? —va preguntar en Jacob amb curiositat.

—És una llarga història —va contestar l'Alice, mirant de sobte al seu voltant—, i aquest no és el lloc adequat per explicar-la.

—I aquesta nit, més tard? —va insistir en Jacob.

—D'acord —va respondre en Jasper—. Si heu de lluitar amb nosaltres, necessitareu una mica d'instrucció.

Tots els llops van posar cara de contrarietat quan van sentir la darrera part de la frase.

—No! —vaig protestar.

—Això serà una mica estrany —va comentar en Jasper pensativament—. Mai no havia sospesat la possibilitat de treballar en equip. Aquesta ha de ser la nostra prioritat.

—Sense cap mena de dubte —va coincidir en Jacob, a qui li van venir les presses—. Hem d'anar a buscar en Sam. A quina hora quedem?

—A partir de quina hora és massa tard per vosaltres?

Els tres *quileute* van girar els ulls en blanc.

—A quina hora? —va repetir en Jacob.

—A les tres?

—On?

—A quinze quilòmetres al nord del lloc del guarda forestal de Hoh Forest. Veniu per l'oest i podreu seguir el nostre rastre.

—D'acord.

Van fer mitja volta per anar-se'n.

—Espera, Jake! —vaig cridar rere seu—. No ho facis, sisplau!

Ell va aturar-se i va fer mitja volta per somriure'm mentre en Quil i l'Embry s'encaminaven cap a la porta amb impaciència.

—No siguis ridícula, Bella. Acabes de fer-me un regal molt millor que el que t'he donat jo.

—No! —vaig tornar a cridar.

El so d'una guitarra elèctrica va ofegar el meu crit.

En Jacob no va respondre. Es va afanyar a atrapar els seus amics, que ja no hi eren. El vaig veure desaparèixer sense poder-hi fer res.

Instrucció

—Deu haver estat la festa més llarga de la història universal —em vaig queixar de camí a casa.

L'Edward no semblava que hi estigués en desacord.

—Vinga, que ja s'ha acabat —em va animar mentre m'acariciava el braç dolçament...

... ja que era l'única que necessitava que em mimessin. L'Edward estava bé, i tota la seva família també.

Tothom m'havia tranquil·litzat. L'Alice s'havia acostat per donar-me uns copets afectuosos a l'espatlla mentre llançava una mirada eloqüent a en Jasper, i ell no va parar fins que un flux de pau em va envair. L'Esme em va fer un petó al front i em va prometre que tot aniria bé, l'Emmett es va posar a riure escandalosament i es va queixar que jo fos l'única a qui permetessin lluitar amb homes llop... La solució d'en Jacob no només els havia relaxat a tots, sinó que estaven eufòrics després de les interminables setmanes de tensió. La confiança havia reemplaçat el dubte i la festa s'havia acabat amb un toc de celebració veritable...

... tret per a mi.

Ja era prou fotut que els Cullen es barallessin a causa meva. Em costava molt d'acceptar. Era més del que podia suportar, però...

... en Jacob també? No, ni ell ni els ximplets dels seus germans, la majoria més joves que jo. No eren sinó uns descomunals nens molt musculats que es ficaven en embolics com aquell qui va d'excursió a la platja. La meva seguretat no els podia posar en perill també a ells. Estava feta un sac de nervis, i això se'm notava. No sabia quant de temps resistiria la temptació de posar-me a cridar.

—Aquesta nit vindré amb tu —vaig murmurar per mantenir la veu sota control.

—Estàs esgotada, Bella.

—Creus que podré dormir?

Va arrufar les celles.

—Això serà una prova. No estic segur que la cooperació... sigui possible. No vull que estiguis al mig.

Precisament això encara em preocupava més...

—Recorreré a en Jacob si tu no em portes.

Va estrènyer els ulls. Allò era un cop baix i jo ho sabia, però no acceptava de cap de les maneres que em deixés de banda.

Va continuar sense respondre quan vam arribar a casa. Els llums del menjador estaven encesos.

—Ens veiem a dalt —vaig murmurar.

Vaig entrar de puntetes per la porta principal i vaig anar al menjador, on en Charlie dormia, escarxofat en un sofà massa petit. Roncava amb una intensitat equiparable al d'una serra elèctrica.

El vaig sacsejar per l'espatlla enèrgicament.

—Pare! Charlie! —ell va remugar sense obrir els ulls—. Ja he tornat. Et faràs mal a l'esquena si continues en aquesta postura. Vinga, és hora de moure's.

El meu pare va continuar sense alçar les parpelles després de sacsejar-lo amb força, però finalment es va despertar i es va aixecar. Vaig ajudar-lo a arribar al llit, on va caure desplomat damunt de les mantes i, sense desvestir-se, va posar-se a roncar un altre cop.

En aquestes condicions, no era probable que em busqués massa aviat.

L'Edward es va esperar a l'habitació que em rentés la cara i em canviés la roba de la festa per uns texans i una samarreta de franel·la. Em va observar amb un gest moix des del balancí mentre penjava a l'armari la brusa que m'havia regalat l'Alice.

Vaig agafar-li la mà i li vaig dir:

—Vine aquí.

Després, el vaig atraure al llit i el vaig empènyer perquè hi caigués abans d'arraulir-me aferrada al seu pit. Potser tenia raó i jo estava tan feta pols que m'adormiria de seguida, però no permetria que s'escapolís sense mi.

Em va acotxar amb l'edredó i em va agafar amb força.

—Relaxa't, sisplau.

—És clar.

—Anirà bé, Bella, ho pressento.

Vaig prémer fort les dents.

L'Edward continuava irradiant alleujament. A ningú, tret de mi, li preocupava que en Jacob i els seus amics en sortissin ferits, i menys als Cullen.

Ell sabia que estava a punt d'adormir-me.

—Escolta'm Bella, serà molt fàcil. Agafarem els neòfits per sorpresa perquè no tenen ni idea de la presència dels licantrops. He vist com actuen en grup, segons els records d'en Jasper, i de debò crec que les tècniques de caça dels llops funcionaran molt netament. Un cop s'hagin dividit i siguin agafats per sorpresa, ja no seran uns rivals per a nosaltres. Algú, fins i tot, es podria quedar a fora. No seria necessari que hi participéssim tots —va afegir per treure ferro a l'assumpte.

—És clar, serà bufar i fer ampolles —vaig murmurar amb un to apagat.

—Calla, ja veuràs com sí —em va acariciar la galta—. No et preocupis ara.

Va començar a taral·lejar la meva cançó preferida, però, per una vegada, no em va calmar.

Persones a qui jo estimava s'arriscaven per mi, bé, en realitat eren vampirs i licantrops, però tot i així els estimava. Posaven en risc la seva vida per mi. Una altra vegada. Vaig desitjar poder plantar la meva mala sort amb una mica més de precisió. Tenia ganes de sortir i clamar al cel: «És a mi a qui voleu, sóc aquí, aquí. Només a mi».

Em vaig trencar la closca per trobar una via que em permetés fer això: que la meva mala sort m'afectés exclusivament a mi. No seria fàcil i hauria de trobar el moment oportú.

No vaig aconseguir adormir-me. Els minuts van transcórrer amb rapidesa i, per sorpresa meva, encara estava tensa i desperta quan l'Edward em va incorporar per quedar-me asseguda com ell.

—Estàs segura que no prefereixes quedar-te a dormir?

Li vaig dirigir una mirada enverinada.

Va sospirar i em va alçar en braços abans de sortir per la finestra d'un salt.

Es va posar a trotar pel silenciós bosc en ombra carregant-me a l'esquena, i de seguida vaig notar la seva alegria. Corria igual que quan ho feia només per divertir-nos, per sentir el vent xocant a la cara i l'esbatec dels cabells. Era el tipus de diversió que em feia més feliç en temps no tan angoixosos.

La seva família ja l'esperava quan vam arribar a la clariana. Parlaven amb despreocupació i tranquil·litat. El retrò de les rialles de l'Emmett ressonava de manera ocasional per l'espai obert. L'Edward em va deixar a terra i vam caminar fins a ells agafats de la mà.

Era una nit sense lluna, amagada rere els núvols, per la qual cosa vaig trigar a adonar-me que estàvem a la clariana on els Cullen jugaven a beisbol. Va ser allà mateix on feia més d'un any en James i el seu aquelarre havien interromput la primera d'aquelles vetllades despreocupades. Se'm feia estrany tornar allà, com si aquella reunió fos incompleta fins que no estiguessin amb nosaltres en James, en Laurent i la Victoria. Aquella seqüència d'esdeveniments no es repetiria mai més. Potser tot havia canviat ara que en James i en Laurent no tornarien. Sí, algú havia canviat la seva manera d'actuar. Era possible que els Vulturis haguessin alterat els seus tradicionals procediments d'intervenció?

Jo en tenia seriosos dubtes.

La Victoria sempre m'havia semblat que era una força de la naturalesa. Era com l'huracà que avança cap a la costa en línia recta, implacable i inevitable, però predictible. Potser era un error considerar-la una criatura tan limitada; el més probable és que fos capaç d'adaptar-se.

—Saps què penso? —vaig preguntar a l'Edward.

Va riure.

—No —va contestar. Va estar a punt de somriure—. Què penses?

—Tots els caps estan relacionats entre si, no només dos, sinó tots tres.

—No et segueixo.

—Han passat tres coses fatals des de la teva tornada —vaig posar-hi èmfasi numerant-les amb els dits—. Els neòfits de Seattle, el desconegut de la meva habitació, i la primera de totes: la Victoria, que em va venir a buscar.

Va estrènyer els ulls. Feia la impressió que ja ho havia considerat.

—Què et fa pensar això?

—Perquè estic d'acord amb en Jasper, els Vulturis adoren les seves normes i, a més a més, de totes maneres, haurien fet una feina més ben feta *—de fet, ja seria morta si així ho haguessin vol-*

gut, vaig afegir mentalment—. Recordes quan vas seguir el rastre de la Victoria l'any passat?

—Sí —va arrufar les celles—. No ho vaig fer gaire bé.

—L'Alice em va dir que vas estar a Seattle. La vas seguir fins allà?

Va arrufar les celles encara més, fins que l'entrecella va desaparèixer.

—Sí. Mm...

—Aquí ho tens. Se li podia haver ocorregut la idea en aquesta ciutat, però ella no sap com fer-ho correctament, i per això ha perdut el control dels neòfits.

L'Edward va moure el cap.

—Només l'Aro coneix amb exactitud el funcionament de la presciència de l'Alice.

—L'Aro és qui millor ho sap, però, és que potser la Tanya, la Irina i tots els vostres amics de Denali no la coneixen bastant bé? En Laurent va viure amb elles durant molt de temps, i si va mantenir amb la Victoria una relació diguem-ne prou cordial per ferli favors, per què no li podia explicar tot el que sabia?

L'Edward va mantenir les celles juntes.

—No va ser ella qui va entrar a la teva habitació.

—I no podria ser alguna de les seves amistats? Pensa-hi, si és la Victoria qui està al darrere de l'assumpte de Seattle, està fent un munt d'amics nous, els està creant.

El seu front es va poblar d'arrugues que delataven la concentració amb què sospesava les meves paraules.

—Mm... és possible —va contestar finalment—. Continuo pensant que és més viable la hipòtesi dels Vulturis, però la teva teoria té un punt a favor: la personalitat de la Victoria. La teva conjectura encaixa a la perfecció amb la seva manera de ser. Ha demostrat un notable instint de supervivència des del principi. Potser és un talent natural. En tot cas, amb aquest pla, ella no s'hauria d'arriscar davant de cap de nosaltres, s'estaria a la reraguarda i deixaria que els neòfits causessin estralls aquí. Tampoc no correria tant de perill davant dels Vulturis. És possible fins i tot que compti amb la nostra participació. Encara que la seva tropa guanyés, no ho faria sense tenir greus pèrdues, amb la qual cosa sobreviurien pocs neòfits en condicions de testificar contra ella. De fet —va continuar pensant en veu alta—, m'hi jugo el que vulguis que ella ha planejat eliminar els possibles supervivents... Tot i així, ha de tenir algun amiguet una mica més madur, un que no sigui acabat de convertir, capaç de deixar el teu pare viu...

Va examinar el lloc amb les celles arrufades i després, de sobte, va sortir dels seus pensaments i em va somriure.

—Sens dubte és perfectament possible, però hem d'estar preparats per qualsevol contingència fins que no n'estiguem segurs. Avui estàs molt perspicaç —va afegir—. És impressionant.

Va sospirar.

—Potser només és una reacció reflexa que m'ha produït aquest lloc. Tinc la sensació de tenir-la tan a prop que em sembla que m'està mirant en aquest precís moment.

La idea li va fer carrisquejar les dents.

—No et tocarà mai, Bella.

A pesar de les seves paraules, va recórrer atentament amb la mirada els foscos arbres del bosc. Una estranya expressió li va poblar el rostre mentre escrutava les ombres. Va obrir els llavis fins a deixar les dents al descobert i en els seus ulls va cremar una llum estranya, semblant a una ferotge i indòmita esperança.

—Tot i així, no els donaré l'ocasió d'arribar tan a prop —va murmurar— ni a la Victoria ni a qui sigui que vulgui fer-te mal. Hauran de passar per damunt del meu cadàver. Aquest cop l'eliminaré jo personalment.

La vehement ferotgia de la seva veu em va fer estremir, i vaig estrènyer-li fort els dits amb els meus, desitjant tenir prou força per mantenir així enllaçades les nostres mans per sempre.

Ja érem molt a prop de la seva família, i va ser aleshores quan em vaig adonar per primera vegada que l'Alice no semblava compartir l'optimisme dels altres. Estava apartada, mirant en Jasper, que l'abraçava com si necessités donar-li escalfor. Premia els llavis amb una ganyota de contrarietat.

—Què li passa, a l'Alice? —vaig preguntar amb un fil de veu.

L'Edward va tornar a riure entre dents.

—Ara no pot veure res perquè els licantrops estan venint. Aquesta «ceguesa» li produeix molt malestar.

Encara que era el membre dels Cullen que més lluny es trobava, va sentir el xiuxiueig, va alçar els ulls i li va fer una llengota. L'Edward va tornar a riure.

—Hola, Edward —va saludar-lo l'Emmett—; hola, Bella, et deixarà participar a les pràctiques?

El meu xicot va renyar el seu germà.

—Emmett, sisplau, no li donis idees.

—Quan arriben els nostres convidats? —en Carlisle va preguntar a l'Edward.

Ell va concentrar-se uns moments i va sospirar.

—Seran aquí d'aquí a un minut i mig, però hauré de fer de traductor, perquè no confien prou en nosaltres per utilitzar la seva forma humana.

En Carlisle va assentir.

—Ha de ser dur per ells. Els agraeixo que vinguin.

Vaig mirar l'Edward amb els ulls mig closos.

—Vénen com a llops?

Ell va assentir, mostrant-se caut davant la meva reacció. Vaig empassar saliva un cop en recordar les dues vegades que havia vist en Jacob en la seva forma de llop. La primera va ser al prat, amb en Laurent, i la segona en el sender del bosc quan en Paul s'havia enfadat amb mi... Tots dos records eren esfereïdors.

Els ulls de l'Edward van brillar d'una manera poc comuna, com si se li acabés d'ocórrer una cosa poc agradable. No vaig tenir temps d'estudiar-lo a fons, ja que es va girar de pressa i corrents cap en Carlisle i tots els altres.

—Prepareu-vos, estaran a la que salta.

—A què et refereixes? —va voler saber l'Alice.

—Silenci —la va advertir; després, la va mirar de passada quan dirigia la vista en direcció a la foscor.

De sobte, el cercle informal dels Cullen es va estirar fins a formar una línia flexible a les puntes de la qual hi havia en Jasper i l'Emmett. Vaig saber que a l'Edward li hauria agradat acompanyar-los per la manera en què s'estava, inclinat al meu costat. Vaig prémer-li la mà amb més força.

Vaig intentar llucar el bosc, però no vaig veure res.

—Maleït sigui —va remugar l'Emmett en veu baixa—, heu vist mai res semblant?

L'Esme i la Rosalie van intercanviar una mirada. Totes dues tenien els ulls desorbitats a causa de la sorpresa.

—Què passa? —vaig xiuxiuejar el més fluix possible—. No veig res.

—La bandada ha crescut —em va dir l'Edward a cau d'orella.

Per què se sorprenien? És que no els vaig dir que en Quil s'havia unit al grup? Vaig aguditzar la vista per distingir els sis llops en la penombra. Finalment, alguna cosa va titil·lar en la foscor, i eren els seus ulls, més alts del normal. Havia oblidat la seva talla. Eren alts com cavalls, sense un gram de greix, tot pelatge i musculatura, i uns ullals com ganivets, impossibles de passar per alt.

Només podia veure'ls els ulls. Mentre escrutava les ombres per distingir-los millor, vaig adonar-me que hi havia més de sis parells d'ulls davant de nosaltres. *Un, dos, tres...* Vaig comptar mentalment els parells de pupil·les ràpidament. Dues vegades...

Eren deu.

—Fascinant —va murmurar l'Edward en un xiuxiueig amb prou feines audible.

En Carlisle va avançar una passa amb lentitud deliberada. Va ser un gest ple de cautela, destinat a transmetre tranquil·litat.

—Benvinguts —va saludar els llops, encara invisibles.

—*Gràcies* —va contestar l'Edward amb un to estrany i sense gràcia. Aleshores de seguida vaig comprendre que les paraules venien d'en Sam.

Vaig estudiar els ulls lluents situats en el centre de la línia de pupil·les; brillaven més alts que la resta. Continuava sent impossible distingir la figura negra del llop gegant en la foscor.

L'Edward va tornar a parlar amb la mateixa veu distant, reproduint les paraules d'en Sam.

—*Venim a sentir i a escoltar, res més. El nostre autodomini no ens permet passar aquest límit.*

—És suficient —va respondre en Carlisle—. El meu fill, en Jasper, té molta experiència en aquest assumpte —va prosseguir, fent un gest cap on era en Jasper, que estava tens i alerta—. Ell ens ensenyarà com lluitar, com vèncer-los. Estic segur que podreu aplicar aquests coneixements al vostre propi estil de caça.

—*Els atacants... són diferents a vosaltres?* —va preguntar en Sam a través de l'Edward.

En Carlisle va assentir.

—Tots ells fa poc que els han transformat, fa pocs mesos que tenen aquesta nova vida. En certa manera són com nens. Els falta habilitat i estratègia, només tenen força bruta. Aquesta nit són vint, deu per a vosaltres i deu per a nosaltres. No hauria de ser difícil. Però també pot ser que n'arribin menys. Els neòfits solen lluitar entre ells.

Un soroll sord va recórrer la imprecisa línia de llops. Era un gruny baixet, un remugament, però no aconseguia de transmetre una sensació d'eufòria.

—*Estem disposats a encarregar-nos de més vampirs, si fes falta* —va traduir l'Edward, en aquesta ocasió va parlar amb un to menys indiferent.

En Carlisle va somriure.

—Ja veurem com va tot.

—*Sabeu el lloc i el moment de l'arribada?*

—Creuaran les muntanyes d'aquí a quatre dies, ben entrat el matí. L'Alice ens ajudarà a interceptar-los quan s'acostin.

—*Gràcies per la informació. Estarem atents.*

Va ressonar un sospir abans que els ulls de la línia descendissin fins al nivell del terra gairebé alhora.

Es va fer un silenci durant dos batecs de cor, i després en Jasper es va avançar una passa cap a l'espai que quedava entre els vampirs i els llops. No em va ser difícil veure'l, ja que la seva pell brillava en la foscor com els ulls dels licantrops. En Jasper va llançar una mirada de desconfiança a l'Edward, que va assentir. Aleshores, els va donar l'esquena i va sospirar amb una incomoditat manifesta.

—En Carlisle té raó —va començar en Jasper, dirigint-se només a nosaltres. Feia la impressió que intentava ignorar l'audiència que tenia al darrere—. Lluitaran com nens. El que mai no heu d'oblidar és: primer, no deixeu que us atrapin entre els seus braços, i segona, no intenteu matar-los de cara, perquè estan preparats per això. Si els ataqueu de costat, i en continu moviment, quedaran massa confosos per poder donar una resposta efectiva. Emmett?

L'Emmett va fer una passa endavant de la línia formada pels Cullen, amb un somriure ampli.

En Jasper va retrocedir fins l'extrem nord de la bretxa entre els enemics, ara aliats. Va fer un senyal al seu germà perquè s'avancés.

—D'acord, que l'Emmett sigui el primer. El millor exemple per atacar un neòfit.

L'Emmett va fer una mirada intensa, i murmurà:

—Procuraré no trencar res.

En Jasper va dibuixar un ampli somriure.

—Amb això vull dir que ell confia en la seva força. Els seus atacs són directes. Els neòfits no intentaran cap subtilesa. Procuren matar per la via ràpida.

En Jasper va retrocedir unes quantes passes amb el cos en tensió.

—Molt bé, Emmett... Intenta atrapar-me.

No vaig aconseguir de veure en Jasper. Es va convertir en un esborrall quan l'Emmett va carregar contra ell com si fos un ós, somrient i sense deixar de grunyir. També era molt ràpid, naturalment, però no tant com en Jasper, que semblava que tingués menys substància que un fantasma i s'escorria d'entre els dits del seu germà cada cop que les urpes de l'Emmett estaven a punt d'atrapar-lo. Al meu costat, l'Edward s'inclinava endavant amb la mirada fixa en ells i en el desenvolupament de la baralla.

Aleshores l'Emmett es va quedar gelat. En Jasper l'havia atrapat per darrere i tenia els ullals a un centímetre de la seva gola.

L'Emmett va començar a maleir.

Un murmuri apagat de reconeixement es va estendre entre els llops, que ho seguien tot fil per randa.

—Un altre cop —va insistir l'Emmett, que havia perdut el seu somriure.

—Ei, ara em toca a mi —va protestar l'Edward. El vaig agafar amb més força.

—Espera un minut —en Jasper va somriure mentre retrocedia—. Abans vull demostrar una cosa a la Bella —el vaig observar amb ansietat quan va demanar a l'Alice que s'avancés—. Sé que et preocupes per ella —em va explicar mentre l'Alice entrava al cercle amb els seus aires despreocupats de ballarina—. Et vull demostrar per què no és necessari.

Encara que sabia que en Jasper mai no permetria que passés res a la seva companya, se'm feia dur mirar mentre ell retrocedia una passa i s'ajupia davant seu. L'Alice s'estava immòbil. Semblava minúscula com una nina comparada amb l'Emmett. Va somriure. En Jasper es va avançar primer i després lliscà cautelosament cap a l'esquerra.

Ella va tancar els ulls.

El cor em va bategar desbocat quan vaig veure en Jasper sotjant la posició de l'Alice.

Ell va fer un salt i desaparegué. De sobte, va aparèixer al costat de l'Alice, que semblava que no s'hagués mogut.

En Jasper va fer mitja volta i es va llançar de nou contra ella, només per caure arraulit rere seu, com la primera vegada. Ella es va mantenir amb els ulls tancats i sense perdre el somriure.

Aleshores, la vaig observar més atentament.

L'Alice sí que es movia. Els atacs d'en Jasper m'havien despistat i jo ho havia passat per alt. Ella s'avançava una passa en el moment exacte que el cos d'en Jasper sortia disparat cap al punt on era. L'Alice es movia just quan les urpes de l'atacant xiulaven en passar per on abans hi havia hagut la seva cintura.

Ell l'assetjava de prop i ella va començar a moure's més de pressa. Estava ballant! Es movia en espiral, es retorçava i es corbava sobre si mateixa. Mentre ell escometia i la buscava atrapar entre aquelles gràcils acrobàcies, sense arribar a tocar-la mai, es convertia en la seva parella de ball, en una dansa on cada gest formava part d'una coreografia. Al final, l'Alice va riure...

... i apareixent del no-res va enfilar-se a l'esquena del seu company, amb els llavis enganxats al seu coll.

—T'he atrapat —digué ella abans de fer-li un petó a la gola.

Ell va riure entre dents tot movent el cap.

—Ets un petit monstre, terrible de veritat.

Els llops van remugar de nou. Aquest cop el soroll reflectia cautela.

—Els anirà molt bé aprendre una mica de respecte —va murmurar l'Edward divertit. Després, en veu més alta, va dir—: És el meu torn.

Em va prémer la mà abans d'anar-se'n. L'Alice va venir per ocupar el seu lloc al meu costat.

—Fa fred, eh? —em va preguntar amb una expressió creguda, després d'aquella exhibició.

—Molt —vaig admetre sense apartar els ulls de l'Edward, que lliscava sense fer soroll cap en Jasper amb moviments felins i atents, com els d'un linx.

—No et trec els ulls de sobre, Bella —em va xiuxiuejar de sobte tan baix que amb prou feines la vaig sentir, tot i que tenia els seus llavis enganxats a l'orella. La meva mirada va oscil·lar del seu rostre al de l'Edward, que estava absort contemplant en Jasper. L'actitud amenaçadora de tots dos creixia a mesura que s'escurçava la distància que els separava. Les faccions de l'Alice tenien un to de retret—. Avisaré l'Edward si tens la intenció de portar a la pràctica els teus plans —em va amenaçar. Que et posis en perill no ajudarà a ningú. Què et penses, que els neòfits deixaran de lluitar si et mors? La lluita no acabaria ni per part seva ni per la nostra. No pots canviar res, així que comporta't, d'acord?

Vaig fer una ganyota i la vaig intentar ignorar.

—Et tinc vigilada —va insistir.

Durant aquells moments, els dos contendents s'havien acostat l'un a l'altre i la lluita semblava més ajustada que les anteriors. En Jasper tenia a favor seu la referència d'un segle de combats i encara que intentés actuar cenyint-se només als dictats de l'instint, l'aprenentatge el guiava una fracció abans d'actuar. L'Edward era lleugerament més ràpid, però no estava familiaritzat amb els moviments d'en Jasper. Proferien constantment grunyits instintius i s'acostaven una vegada i una altra sense que cap d'ells aconseguís obtenir una posició d'avantatge. Com que es movien massa de pressa per entendre què estaven fent, era difícil de veure i impossible d'apartar la mirada. Els penetrants ulls dels llops atreien la meva atenció de tant en tant. Tenia el pressentiment que ells ho captaven millor que jo, potser més del que convenia.

Al final, en Carlisle es va aclarir la gola. En Jasper es va posar a riure i l'Edward va erigir-se, somrient-li.

—Deixem-ho en empat —va admetre en Jasper— i anem per feina.

Van actuar per torns —en Carlisle, la Rosalie, l'Esme i després l'Emmett de nou—. Amb els ulls estrets em vaig mantenir encongida quan en Jasper va atacar l'Esme, l'enfrontament dels quals va ser el més difícil de copsar. Després de cada un, ell alentia els moviments, encara que no suficientment perquè jo els entengués, i donava noves instruccions.

—Veieu què estic fent aquí? —preguntava.

—Molt bé, just així —els animava.

—Els costats, concentreu-vos en els costats. No oblideu quin és l'objectiu. No deixeu de moure-us.

L'Edward no es deixava ni un segon de vigilar i escoltar allò que la resta no podia veure.

Se'm va fer difícil seguir la instrucció conforme les parpelles em van començar a pesar més i més. Les darreres nits no havia dormit bé i, de totes maneres, feia quasi vint-i-quatre hores seguides que no aclucava l'ull. Em vaig recolzar al costat de l'Edward i vaig abaixar les parpelles.

—Estem a punt d'acabar —em va avisar amb un xiuxiueig.

En Jasper ho va confirmar quan es va girar cap als llops, per primera vegada, amb una expressió plena d'incomoditat.

—Demà continuarem la instrucció. Sisplau, esteu convidats a venir i a observar.

—*Sí* —va respondre l'Edward amb la freda veu d'en Sam—, *aquí estarem.*

Aleshores l'Edward va sospirar, em va donar un copet al braç i es va allunyar de mi per girar-se cap a la seva família.

—La bandada considera que els ajudaria familiaritzar-se amb les nostres olors, per no cometre cap error. Els seria més fàcil si ens quedéssim quiets.

—Només faltaria —va contestar en Carlisle a en Sam—. El que faci falta.

Els llops van emetre un so gutural i fúnebre mentre s'incorporaven.

Vaig oblidar la fatiga i vaig fer uns ulls com unes taronges.

La intensa negror de la nit començava a aclarir-se. El sol s'amagava a l'altra banda de les muntanyes i encara no il·luminava la línia de l'horitzó, però els núvols ja es veien tocats de llum. De sobte, gràcies a aquesta claror incipient, em va ser possible distingir les formes i el color dels pelatges quan els llops van apropar-se.

En Sam anava al capdavant, naturalment. Era increïblement gros i negre com el carbó, un monstre sorgit dels meus malsons, en el sentit més literal. Després de veure'l, a ell i als altres llops al camp, la bandada havia protagonitzat alguns dels meus pitjors deliris nocturns.

Ara, com que els veia bé i m'era possible encaixar en l'enormitat física dels cossos aquells ulls que distingia en la foscor, en vaig poder comptar més de deu. La bandada oferia un aspecte esglaiador.

De cua d'ull vaig veure l'Edward, que no em perdia de vista i avaluava amb atenció la meva reacció.

En Sam va acostar-se a la posició d'en Carlisle, també al capdavant de la seva família, i tot el grup va seguir-lo. En Jasper es va enravenar, però l'Emmett, que estava a l'altre costat d'en Carlisle, estava somrient i relaxat.

En Sam va ensumar en Carlisle. Em va fer la impressió que arrufava el morro en fer-ho. Després es va dirigir cap en Jasper.

Vaig recórrer les dues fileres de llops amb la mirada, convençuda de poder identificar els nous membres de la bandada. N'hi havia un de color gris clar, molt més petit que la resta, que tenia el pelatge del llom eriçat com a mostra de disgust. La pelussa d'un altre tenia el color de la sorra del desert, i el seu aspecte era desmanegat i els moviments matussers en comparació amb tota la resta. Va gemegar quan l'avançament d'en Sam el va deixar sol entre en Carlisle i en Jasper.

Vaig fixar-me en el llop que anava rere el líder. Tenia un pèl marró vermellós i era més gros que els altres, i en comparació, també més pelut. Era gairebé tan alt com en Sam, el segon més gros del grup. La seva posició era despreocupada, amb una deixadesa manifesta, a diferència de la resta, que consideraven aquella experiència tota una prova.

El gran llop de pelatge vermell es va adonar de la meva mirada i em va observar amb aquells ulls negres que m'eren tan coneguts.

Li vaig tornar la mirada mentre intentava assumir el que ja sabia. Vaig notar que el meu rostre traslluïa sentiments de fascinació i meravella.

El morro de la criatura va obrir-se, mostrant les dents. Hauria sigut una expressió esfereïdora si no fos per la llengua que penjava d'un costat, dibuixant un somriure de llop.

Se'm va escapar el riure.

El somriure d'en Jacob va ampliar-se, mostrant les seves dents afilades. Va abandonar el seu lloc a la fila sense parar atenció a les mirades de la bandada i va passar trotant al costat de l'Edward i l'Alice per aturar-se a poc més de mig metre d'on estava jo. Va romandre allà quiet i va fer una ullada ràpida a l'Edward, que es mantenia immòbil com una estàtua i m'avaluava.

La criatura va abaixar les potes del davant i va ajupir el cap perquè el seu rostre no estigués gaire més amunt que el meu i així poder-me mirar bé, sospesant la meva resposta d'una manera semblant a la de l'Edward.

—Jacob? —vaig preguntar, sense alè.

La rèplica va ser un so sord i profund, molt semblant a una rialla desvergonyida.

Els dits em van tremolar lleument quan vaig estirar la mà per tocar-li el pelatge marró d'un costat de la cara. En Jacob va tancar els ulls i va inclinar el seu cap enorme damunt la meva mà. Va emetre un ronc monòton al fons de la seva gola.

La pelussera era suau i aspra alhora, i càlida al tacte. Em va picar la curiositat i vaig enfonsar-hi dos dits per saber com era la textura, acariciant el cuir cabellut allà on el color s'enfosquia. No em vaig adonar que m'hi havia acostat molt fins que de sobte, i sense cap avís, em va passar la llengua per tota la cara, des de la barbeta al naixement dels cabells.

—Ei, Jacob, bèstia! —em vaig queixar al temps de fer un salt i de pegar-li, tal i com hagués fet si hagués estat en la seva forma humana.

Mentre s'allunyava, va deixar anar un udol ofegat entre dents; ja tornava a riure.

Va ser aleshores quan vaig percebre que tothom ens estava mirant, licantrops i vampirs. Els Cullen estaven perplexos i en alguns casos fins i tot disgustats. Era difícil desxifrar els rostres dels llops, però em va fer la impressió que el d'en Sam reflectia descontentament.

I un altre tema era l'Edward, que estava amb els nervis de punta i clarament decebut. Vaig advertir que ell havia esperat una reacció diferent per part meva, com sortir corrents o posar-me a xisclar.

En Jacob va proferir un altre cop aquella rialla descarada.

La resta de la bandada havia començat a retrocedir sense perdre de vista els Cullen. En Jacob va ronsejar al meu voltant mentre observava com els seus companys se n'anaven, fins que els vam perdre de vista en la profunditat del bosc. Només dos d'ells es van quedar enrere, ocults entre els arbres, mirant en Jacob. Van adoptar una postura que irradiava ansietat.

L'Edward va sospirar, va ignorar en Jacob i se'm va acostar per agafar-me la mà.

—Estàs a punt? —em va preguntar.

Abans que pogués dir res, l'Edward es va girar cap en Jacob i li va dir:

—Encara no he esbrinat tots els detalls —va respondre la pregunta que el llop li havia formulat mentalment.

En Jacob va remugar amb ressentiment.

—És molt més complicat que tot això —va contestar l'Edward—. No et preocupis, m'encarregaré que estigui segura.

—De què esteu parlant? —vaig exigir saber.

—Només discutim estratègies.

En Jacob va fer oscil·lar el cap per mirar-nos a l'Edward i a mi abans de saltar de cop en direcció al bosc. Mentre corria, veloç com una sageta, em vaig adonar per primera vegada del tros de tela negra que duia a la pota del darrere.

—Espera! —li vaig cridar fort.

Vaig estendre una mà amb intenció de seguir-lo, però ell es va perdre entre els arbres en qüestió de segons, i els altres dos llops van marxar al seu costat.

—Per què marxa? —vaig preguntar, enfadada.

—Ja tornarà —va respondre l'Edward, resignat—. Vol poder parlar per si sol.

Vaig observar el llindar del bosc per on havia desaparegut el llop mentre em recolzava amb l'Edward. Estava al límit del col·lapse, però vaig lluitar per mantenir-me dempeus.

En Jacob va venir trotant, però aquest cop no anava de quatre grapes, sinó que corria amb les dues cames. Anava amb el pit nu i duia la cabellera enredada i despentinada. No vestia res més que els pantalons curts de color negre. Corria sobre el terra gelat amb els peus descalços i ara venia sol, encara que vaig sospitar que els seus amics s'amagaven rere els arbres.

Els Cullen s'havien situat en rotllana i feien la xiu-xiu entre ells. Encara que va defugir els vampirs, no va trigar gaire a creuar el camp.

—Molt bé, xuclasang —va dir en Jacob quan es va plantar a gairebé un metre de nosaltres; era obvi que reprenia la conversa que jo m'havia perdut—. Per què és tan complicat?

—He de sospesar totes les possibilitats —va replicar l'Edward, sense immutar-se—. Què passarà si t'atrapen?

En Jacob va rebufar davant aquesta idea.

—Molt bé, aleshores, per què no la deixem a cobert? De totes maneres en Collin i en Brady es quedaran a la reraguarda; estarà segura amb ells.

Vaig fer una ganyota.

—Parleu de mi?

—Només vull saber on planejava amagar-te durant la lluita —va explicar en Jacob.

—«Amagar-me»?

—No et pots quedar a Forks, Bella —em va explicar l'Edward amb veu tranquil·litzadora—. Saben on trobar-te, què passaria si un d'ells s'arribés a escapar?

Vaig sentir una punxada a l'estómac i em vaig quedar blanca.

—I en Charlie? —vaig dir quasi sense aire.

—Estarà amb en Billy —em va assegurar en Jacob de seguida—. Si el meu pare ha de cometre un assassinat per aconseguir que vingui a la reserva, ho farà. Segurament no caldrà arribar tan lluny. Serà dissabte, oi? Hi ha partit.

—Aquest dissabte? —vaig preguntar mentre el cap em rodava. Estava massa atordida per controlar els meus pensaments desbocats. Vaig mirar l'Edward i li vaig fer una ganyota—. Merda! Acabes de perdre't el regal de graduació.

Va riure.

—El que compta és la intenció —em va recordar—. Pots donar les entrades a qui vulguis.

De seguida se'm va ocórrer la solució.

—L'Angela i en Ben —vaig decidir immediatament—. Així, almenys, estaran lluny del poble.

L'Edward em va acariciar una galta.

—No els pots evacuar a tots —va dir amb veu gentil—. Amagar-te és una simple precaució, t'ho asseguro. Ara ja no hi ha tant problema. No són suficients per mantenir-nos massa ocupats.

—I què passa amb el pla de protegir-la a La Push? —el va interrompre en Jacob amb impaciència.

—Ha anat i vingut d'allà massa vegades —va explicar l'Edward—. El lloc està ple de la seva olor. La meva germana només ha vist venir de caça neòfits molt recents, però algú més experimentat els haurà hagut de crear. Tot això podria ser una maniobra de distracció per part de qui sigui que ho faci, ell... —l'Edward va fer una pausa per mirar-me— o ella. I encara que l'Alice ho veurà si decideix venir a treure el cap personalment, potser en aquest moment estiguem massa ocupats. No pot estar-se a cap dels llocs que freqüenta. Ha de ser un lloc difícil de localitzar, encara que només sigui per si de cas. La possibilitat és remota, però no hem de córrer cap risc.

No vaig apartar els ulls de l'Edward mentre s'explicava. Vaig arrufar les celles, cada cop més. Em va donar uns copets al braç.

—Seré el màxim de previngut —em va prometre.

En Jacob va assenyalar el fons del bosc, a l'est de la nostra posició, a la vasta extensió de muntanyes d'Olympic.

—Bé, es pot amagar allà —va suggerir—. Hi ha un milió de possibles amagatalls i qualsevol de nosaltres hi pot anar en qüestió de minuts, si cal.

L'Edward va negar amb el cap.

—L'essència de la Bella és massa evident i la de tots dos junts deixa una pista inconfusible, i seria així encara que jo la portés en braços. El nostre rastre destaca més que les altres aromes, i en conjunció amb el de la Bella, sempre cridaria l'atenció als neòfits. No estem segurs del camí exacte que seguiran, ja que ni ells mateixos encara no el saben. Si l'ensumen abans que ens trobem amb ells...

Tots dos van fer una ganyota de disgust i van arrufar les celles alhora.

—Ja veus les dificultats.

—Hi ha d'haver una manera eficaç —va murmurar en Jacob, el qual va prémer els llavis mentre contemplava el bosc.

Em va caure el cap i jo queia endavant. L'Edward em va agafar per la cintura amb un braç i va fer que em recolzés amb ell per aguantar el meu pes.

—He de dur-te a casa... Estàs esgotada, i en Charlie es despertarà aviat...

—Espera un moment —va demanar en Jacob mentre es girava cap a nosaltres—. La meva olor us disgusta, oi?

Li brillaven els ulls.

—No és mala idea —l'Edward va fer dues passes endavant—. És factible —es va girar cap a la seva família i va cridar—: Què et sembla, Jasper?

En Jasper va alçar els ulls amb curiositat i va retrocedir mig pas per posar-se al costat de l'Alice, que es tornava a mostrar descontenta.

—D'acord, Jacob —l'Edward va fer un assentiment amb el cap.

En Jacob es va girar cap a mi amb una estranya mescla d'emocions a la cara. Quedava clar que li entusiasmava el nou pla, independentment de què consistia, però continuava incòmode per la proximitat dels seus aliats i al mateix temps enemics. Després, quan ell va estendre els braços cap a mi, em va arribar l'hora de preocupar-me.

L'Edward va respirar profundament.

—Anem a veure si el meu efluvi és suficient per ocultar la teva aroma —va explicar en Jacob.

Vaig observar els seus braços estesos amb gest de sospita.

—Hauràs de deixar que et porti, Bella —em va dir l'Edward. Va parlar amb calma, però a la veu hi havia una nota inconfusible de malestar.

Vaig fer cara de pocs amics.

En Jacob va girar els ulls en blanc, va perdre la paciència i se'm va acostar per agafar-me a coll.

—No siguis criatura —va murmurar mentre m'aixecava.

Malgrat tot, igual que jo, va llançar una mirada a l'Edward, que estava serè i segur de si mateix. Aleshores, va dir al seu germà Jasper:

—L'olor de la Bella és molt més forta que la meva... He pensat que hi hauria més possibilitats si ho intentava algú més.

En Jacob es va allunyar i es va encaminar a pas veloç cap a dins del bosc. Em vaig mantenir en silenci quan l'obscuritat va embolcallar-nos. Vaig fer una ganyota, em sentia incòmoda en braços d'en Jacob. Hi havia massa intimitat entre nosaltres. Segurament, no era necessari que m'agafés amb tanta força, i no podia deixar de preguntar-me quin significat tenia per a ell una abraçada que a mi em feia recordar la darrera tarda a La Push, cosa que preferia no recordar gaire. Vaig plegar els braços, enfadada, quan el cabestrell de la mà va accentuar el record.

No vam allunyar-nos gaire. Va descriure un ampli cercle des del punt de partida, potser la meitat de llarg d'un camp de futbol, abans de tornar a la clariana des d'una altra direcció. En Jacob es va dirigir allà on s'esperava l'Edward, que ara estava sol.

—Deixa'm anar.

—No vull donar-te l'ocasió d'espatllar l'experiment —va afluixar la marxa i em va agafar més fort.

—Ets un torracollons —em vaig queixar entre dents.

—Gràcies.

En Jasper i l'Alice van sorgir del no-res i es van posar al costat de l'Edward. En Jacob va fer una passa més i em va deixar a terra, a dos metres escassos del meu xicot. Vaig acostar-m'hi i li vaig agafar la mà sense mirar en Jacob.

—I doncs? —vaig voler saber.

—Sempre que no toquis res, Bella, no imagino a ningú furgant prou a prop per distingir la teva aroma —va respondre en Jasper, amb una ganyota—, queda del tot oculta.

—Un èxit concloent —va admetre l'Alice sense deixar d'arrufar el nas.

—Això m'ha donat una idea...

—... que funcionarà —va postil·lar l'Alice amb confiança.

—Ben pensat —va coincidir l'Edward.

—Com ho aguantes, això? —em va preguntar en Jacob amb un fil de veu.

L'Edward va ignorar el licantrop i em va mirar mentre explicava la idea.

—Deixarem, bé, tu deixaràs una pista falsa cap a la clariana. Els neòfits vénen a caçar. S'entusiasmen en captar la teva essència i farem que vagin expressament on ens interessi a nosaltres. D'aquesta manera, no haurem de preocupar-nos-en més. L'Alice ja ha vist que el truc funciona. Es dividiran en dos grups quan descobreixin la nostra aroma en un intent d'atrapar-nos entre dos focs. La meitat creuarà el bosc, allà serà on la visió s'estroncarà de cop...

—Sí! —va insinuar en Jacob.

L'Edward li va dedicar un somriure sincer de company.

Em vaig sentir fatal. Com podien estar tan entusiasmats? Com suportaria que tots dos es posessin en perill?

No podia...

... i no ho faria.

—Això treu-t'ho del cap —va dir-me l'Edward de sobte, disgustat.

Vaig fer un salt, preocupada per si l'Edward havia aconseguit conèixer la meva decisió, però ell no apartava la vista d'en Jasper.

—Ja ho sé, ja ho sé —va afanyar-se a respondre ell—. En realitat, ni tan sols ho havia considerat de debò —l'Alice li va aixafar el peu—. La Bella els faria embogir si es quedava a la clariana com a esquer —va explicar a la seva companya—. No serien capaços de concentrar-se en res més que no fos ella, i això ens donaria l'oportunitat d'esborrar-los del mapa... —l'Edward li va llançar una mirada enverinada que el va fer desdir—. No ho podem fer, és clar, és una d'aquestes idees esbojarrades que se m'acuden: seria massa perillós per a ella —va afegir de seguida, però em va mirar de cua d'ull, i la seva expressió era de llàstima per haver de deixar perdre l'ocasió.

—No podem —va concloure l'Edward terminantment.

—Tens raó —va admetre en Jasper. Va agafar la mà de l'Alice i va girar-se cara a la resta—. Millor dos que tres, no? —vaig sentir que li preguntava tot anant-se'n per continuar practicant.

En Jacob el va contemplar amb un gest de repugnància.

—En Jasper considera cada moviment des d'una perspectiva militar —va dir l'Edward en veu baixa, sortint en defensa del seu germà—. Sospesa totes les opcions... És perfeccionisme, no crueltat.

L'home llop va rebufar.

S'havia abstret tant en ordir el pla que no havia estat al cas que s'acostava massa a l'Edward, situat ara a un metre escàs d'ell. Jo estava entre tots dos i era capaç de notar la tensió en l'aire, similar a l'energia estàtica; una càrrega molt incòmoda.

L'Edward va reprendre el fil de l'assumpte.

—Vindrem aquí a la tarda per deixar la pista falsa. Després, pots reunir-te amb nosaltres i conduir-la a un lloc que conec. Queda totalment apartat i és fàcil de defensar, tant és qui ataqui. Jo arribaré allà seguint una ruta alternativa.

—I aleshores què? La deixem allà amb un mòbil? —va saltar en Jacob amb un to de desaprovació.

—Tens una idea millor?

De sobte, en Jacob va adoptar un gest petulant.

—Sincerament, sí.

—Vaja..., bé, gos, la veritat és que la teva idea no està malament.

En Jacob va girar-se cap a mi de seguida, com si estigués disposat a representar el paper de bon noi i mantenir-me al cas de la conversa.

—Estem intentant convèncer en Seth perquè es quedi amb els dos més joves. Ell també ho és, però es mostra força tossut. He pensat una nova tasca per a ell: que es faci càrrec del mòbil.

Vaig intentar aparentar que l'entenia, però no vaig enganyar a ningú.

—En Seth Clearwater estarà en contacte amb la bandada mentre estigui amb la forma de llop, però, no serà un problema la distància? —va preguntar l'Edward, girant-se de cara en Jacob.

—En absolut.

—Quatre-cents vuitanta quilòmetres? —va demanar l'Edward, després de llegir-li la ment—. És impressionant.

En Jacob va tornar a fer el paper de bon noi.

—És el més lluny que hem provat mai —em va explicar.

Vaig assentir distretament, ocupada a digerir el fet que el jove Seth Clearwater ja s'hagués convertit també en un home llop, una notícia que m'impedia concentrar. Encara veia el seu somriure lluminós, tan semblant al d'un jove Jacob. Devia tenir quinze anys, com a molt, si és que ja els havia complert. El seu entusiasme davant la foguera durant la sessió del consell ara adquiria un nou significat...

—És una bona idea —l'Edward semblava reaci a admetre les bondats de la idea—. Em sentiria molt més tranquil amb en Seth allà, encara que no fos possible la comunicació immediata. No sé si hauria sigut capaç de deixar la Bella allà sola, i pensar que hem hagut d'arribar a aquest extrem... Confiar en els licantrops!

—... o lluitar amb vampirs en comptes de fer-ho en contra —va replicar en Jacob, estrafent el mateix to de repulsió.

—Bé, almenys lluitaràs contra alguns vampirs —va respondre l'Edward.

En Jacob va somriure.

—Per què et penses que som aquí?

Egoisme

L'Edward em va dur a casa en braços, ja que suposo que no hagués aguantat el viatge de tornada agafada a la seva esquena. Em devia quedar adormida a mig camí.

Quan em vaig despertar ja era al llit. Una llum esmorteïda entrava per les finestres en un angle estrany, com si s'estigués fent de nit.

Vaig badallar mentre m'estirava. El vaig buscar a les palpentes damunt del llit, però els meus dits només van trobar llençols desfets.

—Edward? —vaig mussitar.

Vaig palpar més enllà, fins a trobar una cosa freda i suau. Era la seva mà.

—Ara sí que estàs desperta de veritat? —va murmurar.

—Mm —vaig assentir amb un sospir —, que m'he despertat de mentida?

—Has estat molt inquieta, i no has parat de parlar en tot el dia.

—En tot «el dia»? —vaig pestanyejar mirant cap a la finestra.

—Ha sigut una nit molt llarga —va explicar amb to tranquil·litzador—. T'has guanyat un dia sencer de descans.

Em vaig alçar de cop. El cap em rodava. La llum que entrava per la finestra venia de l'oest.

—Ostres!

—Tens gana? —em va preguntar—. Vols esmorzar al llit?

—M'aixeco —vaig dir amb un ronc, i vaig tornar a estirar els braços—. Necessito aixecar-me i moure'm una mica.

Em va acompanyar a la cuina sense treure'm els ulls de sobre, com si temés que pogués caure. O potser es pensava que caminava com una somnàmbula.

No em vaig complicar gaire, i vaig posar un parell de llesques a la torradora. En fer-ho, em vaig veure reflectida a la superfície cromada de l'aparell.

—Bufa! Quina pinta que faig.

—Ha sigut una nit molt llarga —em va tornar a dir—. T'hauries d'haver quedat aquí dormint.

—Sí, clar. I haver-m'ho perdut tot. Has de començar a acceptar el fet que ara formo part de la família.

L'Edward va somriure.

—Potser m'hi acostumaré.

Vaig seure a esmorzar i ell es va posar al meu costat. En alçar la torrada per fer-li la primera mossegada, vaig veure com l'Edward m'estava observant la mà. Encara hi duia penjat el regal que en Jacob m'havia donat a la festa.

—Puc? —va preguntar, assenyalant el petit llop de fusta.

Vaig mastegar i empassar sorollosament.

—Clar.

Va posar la mà sota el braçalet per sostenir el penjoll damunt del palmell obert. Per un instant em va fer por, ja que la mínima pressió dels seus dits el podria convertir en estelles.

No, ell no ho faria mai. Em vaig sentir avergonyida només de pensar-ho. L'Edward va sospesar el llop uns segons i després va apartar la mà. La figura es va quedar penjant del meu canell amb un lleu balanceig.

Vaig intentar llegir-li la mirada. La seva expressió era seriosa i pensativa; tota la resta quedava oculta, si és que hi havia res més.

—Així que en Jacob Black pot fer-te regals.

No era una pregunta ni una acusació, només la constatació d'un fet. Però sabia que es referia al meu darrer aniversari i a la meva insistència tossuda perquè no volia que em fessin regals, i encara menys l'Edward. No era un comportament del tot lògic, i a més, ningú no em va fer cas.

—Tu m'has fet regals —li vaig recordar—. Saps que m'agraden els objectes fets a mà.

L'Edward va prémer els llavis.

—I què passa amb els objectes usats? Pots acceptar-los?

—A què et refereixes?

—Aquest braçalet... —va traçar un cercle amb el dit al voltant del canell—. El portaràs gaire temps?

Vaig arronsar les espatlles.

—És perquè no li vols ferir els sentiments, oi? —va insinuar amb perspicàcia.

—Suposo que no.

—Aleshores —em va preguntar, observant-me la mà mentre parlava; la va posar cara amunt i va recórrer amb el dit les venes del canell—, no creus que seria just que jo també tingués una petita representació?

—Una representació?

—Un amulet, alguna cosa que et faci pensar en mi.

—Tu hi ets sempre en els meus pensaments. No necessito recordatoris.

—Si jo et donés res, t'ho posaries? —va insistir.

—Res usat? —vaig aventurar.

—Sí, alguna cosa que jo hagués dut posada una temporada —va dir, fent el seu somriure angelical.

Vaig pensar que si aquesta era la seva única reacció al regal d'en Jacob, l'acceptava de bon grat.

—El que vulguis.

—No te n'adones de la injustícia? —em va preguntar, canviant a un to acusador—. Perquè jo sí, és clar.

—Quina injustícia?

L'Edward va estrènyer els ulls.

—Tothom pot regalar-te coses menys jo. M'hauria encantat ferte un regal de graduació, però no te'l vaig fer perquè sabia que t'enfadaries més que si te'l fes qualsevol altra persona. És injust. Com m'ho expliques, això?

—És fàcil —vaig dir, arronsant-me d'espatlles—. Per a mi, tu ets el més important del món, i el regal que em fas ets tu mateix. Això és molt més del que em mereixo, i qualsevol cosa que em donis desequilibra la balança entre nosaltres.

L'Edward va processar aquesta informació i després va girar els ulls en blanc.

—Això és ridícul. Em valores més del que valc.

Vaig mastegar amb calma. Sabia que si li deia que es passava de modèstia no em faria cas.

El seu mòbil va sonar. Abans d'obrir-lo va mirar el número.

—Què passa, Alice?

Mentre ell escoltava, jo vaig esperar la seva reacció. De sobte em vaig posar molt nerviosa, però a l'Edward no li va sorprendre el que l'Alice li explicava, fos el que fos, i es va limitar a rebufar unes quantes vegades.

—Jo també ho crec —va dir a la seva germana mentre em mirava alçant una cella amb gest de desaprovació—. Ha estat parlant en somnis.

Em vaig posar vermella. Què se'm devia haver escapat, ara?

L'Edward em va llançar una mirada furiosa en tancar el mòbil.

—Hi ha res que em vulguis comentar?

Vaig reflexionar uns instants. Atesa l'advertència de l'Alice la nit anterior, era fàcil suposar la raó de la trucada. Després, vaig recordar els somnis que havia tingut, uns somnis agitats en els quals corria rere en Jasper, intentant seguir-lo entre el laberint d'arbres per arribar a la clariana on em trobaria l'Edward. També hi havia els monstres que em volien matar, però tant m'era perquè jo ja havia pres una decisió.

També era fàcil suposar que l'Edward m'havia sentit mentre dormia.

Vaig tancar els llavis un moment, incapaç d'aguantar-li la mirada. Em vaig esperar.

—M'agrada la idea d'en Jasper —vaig dir finalment.

L'Edward va emetre un ronc.

—Vull ajudar. Necessito fer alguna cosa —vaig insistir.

—No ajudaràs gaire si et poses en perill.

—En Jasper creu que sí. I en aquesta àrea ell és l'expert.

L'Edward em va dirigir una mirada furiosa.

—No m'ho pots impedir —el vaig amenaçar—. No penso amagar-me al bosc mentre tots vosaltres us arrisqueu per mi.

Quasi se li va escapar el riure.

—L'Alice no et veu a la clariana, Bella. Et veu rondant perduda pel mig del bosc. No ens podràs trobar. Només aconseguiràs que perdi més temps buscant-te.

Vaig intentar de mantenir-me tan freda com ell.

—Això és perquè l'Alice no ha tingut en compte en Seth Clearwater —vaig dir sense alçar la veu—. I en tot cas, si ho hagués fet, no hauria pogut veure res en absolut, però sembla que en Seth hi vol ser tant com jo. No serà gaire difícil convèncer-lo perquè m'ensenyi el camí.

Un llamp d'ira li va recórrer la cara, però de seguida va respirar profundament i va recuperar el comport.

—Això hauria pogut funcionar... si no m'ho haguessis dit. Ara hauré de demanar a en Sam que doni a en Seth algunes instruccions. Encara que no vulgui, en Seth no pot negar-se a acatar aquest tipus d'ordres.

Sense perdre el meu somriure tranquil, li vaig preguntar:

—I per què li hauria de donar aquestes instruccions? I si li dic a en Sam que a mi em convé anar a la clariana? M'hi jugo el que vulguis que prefereix fer-me un favor a mi abans que a tu.

L'Edward va haver de controlar-se de nou per no perdre el comport.

—Potser tens raó, però segurament en Jacob està més disposat a donar aquestes mateixes instruccions.

Vaig arrufar les celles.

—En Jacob?

—En Jacob té el segon lloc del comandament. No t'ho ha dit mai? Les seves ordres també han de ser obeïdes.

M'havia deixat sense arguments, i el somriure que feia m'indicava que ho sabia. Vaig arrugar el front. No dubtava que en Jacob es posaria de part seva, encara que només fos aquesta vegada. I a més, en Jacob no m'ho havia explicat mai, això.

L'Edward es va aprofitar d'aquest moment de vacil·lació i va continuar amb un to suau i conciliador:

—Anit em vaig ficar a la ment de la bandada. Va ser molt millor que una telesèrie. No tenia ni idea de com en pot arribar a ser de complexa la dinàmica d'una bandada tan nombrosa. Cada individu intentant de resistir-se a la psique col·lectiva... És absolutament fascinant.

El vaig mirar furiosa: era obvi que intentava distreure'm.

—En Jacob t'ha ocultat un munt de secrets —em va dir amb un somriure sarcàstic.

No li vaig respondre, i em vaig limitar a mirar-lo fixament, aferrada al meu argument i esperant una escletxa per utilitzar-lo.

—Per exemple, et vas fixar ahir en el petit llop gris?

Vaig assentir amb la barbeta rígida. L'Edward va deixar anar una forta rialla.

—Es prenen molt seriosament totes les seves llegendes. Però resulta que hi ha coses que no hi surten i per les quals no estan preparats.

Vaig sospirar.

—Està bé, picaré l'ham. A què et refereixes?

—Sempre han acceptat, sense qüestionar-ho, que només els néts directes del llop original tenen el poder de transformar-se.

—Així que algú que no és descendent directe d'aquest llop s'ha transformat?

—No. Ella és descendent directa, fins aquí vas bé.

Vaig pestanyejar fent uns ulls com unes taronges.

—Ella?!

L'Edward va assentir.

—Ella et coneix. Es diu Leah Clearwater.

—La Leah és una dona llop? —vaig exclamar—. Com? Des de quan? Per què no m'ho ha dit en Jacob?

—Hi ha coses que no li està permès compartir-ho amb ningú. Per exemple, quants són en realitat. Com t'he dit fa un moment, quan en Sam dóna una ordre, la bandada no la pot ignorar. En Jacob procura pensar en altres coses quan està a prop meu, però després d'allò d'anit, ja no hi ha remei.

—No m'ho puc creure, la Leah Clearwater!

De sobte vaig recordar en Jacob parlant de la Leah i d'en Sam. Havia reaccionat com si se li hagués escapat quan va mencionar que en Sam havia de mirar la Leah a la cara «cada dia» sabent que havia trencat les seves promeses. També vaig recordar la Leah al capdamunt del barranc, i la llàgrima que li brillava a la galta quan el vell Quil va parlar de la càrrega i el sacrifici que compartien els fills dels *quileute*. Vaig pensar en en Billy, que passava tant de temps amb la Sue perquè ella tenia problemes amb els seus fills. I el veritable problema era que tots dos s'havien convertit en licantrops!

Mai no havia pensat gaire en la Leah Clearwater; només per compadir-la de la seva pèrdua quan en Harry va morir. Més tard, havia tornat a sentir llàstima per ella quan en Jacob em va explicar la seva història i com l'estranya imprimació entre en Sam i la seva cosina Emily li havia trencat el cor.

I ara resultava que la Leah formava part de la bandada d'en Sam, compartia els seus pensaments... i era incapaç d'ocultar els seus.

«És una cosa que tots odiem» —m'havia dit en Jacob—. «No tenir privacitat ni secrets és terrible. Tot el que t'avergonyeix queda exposat perquè tothom ho vegi».

—Pobra Leah —vaig xiuxiuejar.

L'Edward va bufar.

—Els està fent la vida impossible, a tots. No estic segur que es mereixi la teva compassió.

—Què vols dir?

—És bastant dur per ells haver de compartir tots els seus pensaments. La majoria intenta cooperar i fer la vida més fàcil. Però només que un sol membre sigui malèvol deliberadament, tothom ho pateix.

—Ella té raons de sobres —vaig murmurar, encara de part de la Leah.

—Ja ho sé —em va dir—. L'impuls d'imprimació és la cosa més estranya que he vist en la vida, i mira que he vist coses rares —va moure el cap, perplex—. És impossible descriure la manera en què en Sam està lligat a la seva Emily. O millor hauria de dir «el seu Sam». En realitat, ell no tenia cap més opció. Em recorda *El somni d'una nit d'estiu* i el caos que provoquen els sortilegis d'amor de les fades. És una mena de màgia —va somriure—. Quasi tan forta com el que jo sento per tu.

—Pobra Leah —vaig tornar a dir—. Però a què et refereixes quan dius «malèvol»?

—La Leah els recorda constantment coses en les quals ells preferirien no pensar —em va explicar—. Per exemple, en l'Embry.

—Què passa amb l'Embry? —vaig preguntar, sorpresa.

—La seva mare se'n va anar de la reserva dels *makah* fa uns disset anys, quan estava embarassada d'ell. Ella no és una *quileute,* i tothom va donar per fet que havia deixat el seu pare amb els *makah.* Però després ell va unir-se a la bandada.

—I?

—Que els principals candidats a ser el pare de l'Embry són el vell Quil Ateara, en Joshua Uley i en Billy Black. I tots ells estaven casats, en aquella època, és clar.

—No! —vaig dir amb la boca badada. L'Edward tenia raó: era com una telesèrie.

—Ara en Sam, en Jacob i en Quil es pregunten qui d'ells té un germanastre. Tots volen pensar que és en Sam, ja que el seu pare mai no va ser un bon pare, però encara hi ha el dubte. En Jacob mai no s'ha atrevit a preguntar a en Billy sobre l'assumpte.

—Ostres! Com has sabut tot això i en una sola nit?

—La ment de la bandada és hipnòtica. Tots pensen junts i per separat al mateix temps. Hi ha tant per llegir...!

L'Edward sonava quasi compungit, com qui ha hagut de deixar a mitges una novel·la just abans del moment culminant. Em vaig posar a riure.

—Sí, la bandada és fascinant —vaig coincidir—. Gairebé tant com tu quan intentes canviar de tema.

La seva expressió va tornar a ser educada: una perfecta cara de pòquer.

—He de venir a la clariana, Edward.

—No —va dir amb to concloent.

Aleshores se'm va ocórrer un rumb diferent.

No era tant que jo hagués d'anar a la clariana com que havia de trobar-me en el mateix lloc que l'Edward.

Ets cruel, em vaig dir a mi mateixa. *Egoista, egoista, més que egoista! Que ni et passi pel cap fer això!*

Vaig ignorar els meus impulsos de bondat, però tot i així vaig ser incapaç de mirar-lo mentre parlava. La culpa em mantenia els ulls clavats a la taula.

—Mira, Edward —vaig murmurar—, la qüestió és aquesta: ja m'he tornat boja una vegada. Sé quins són els meus límits. I si em tornes a deixar, no ho podré suportar.

Ni tan sols vaig alçar els ulls per veure com reaccionava, tement comprovar el dolor que li estava fent. Vaig sentir que agafava aire de cop, i després va seguir un silenci. Em mirava la fusta fosca de la taula, desitjant ser capaç de retractar-me del que havia dit. Però sabia que probablement no ho faria. I menys si funcionava.

De sobte em va abraçar, i les seves mans em van acariciar el rostre i els braços. Ell m'estava consolant, a mi. La meva culpa va passar com un terbolí, però l'instint de supervivència era més fort, i no tenia cap dubte que l'Edward era imprescindible per a la meva supervivència.

—Saps que no és el mateix, Bella —va murmurar—. No estaré lluny, i de seguida s'acabarà tot plegat.

—No puc —vaig insistir, amb la mirada encara fixa a la taula—. No suporto la idea de no saber si tornaràs o no. Per més aviat que s'acabi, no puc viure amb aquest dubte.

L'Edward va sospirar.

—És molt senzill, Bella. No hi ha cap raó perquè hagis de tenir por.

—Segur?

—Cap raó.

—No passarà res a ningú?

—A ningú —em va prometre.

—Així que no hi ha cap raó perquè jo estigui a la clariana?

—Per descomptat que no. L'Alice m'ha dit que tenen menys de dinou anys. Els farem anar com voldrem.

—Està bé. Em vas dir que era tan fàcil que algú podria quedar-se al marge —vaig repetir les seves paraules de la nit anterior—. Parlaves seriosament?

—Sí.

Estava tan clar que no sé com no em va veure a venir.

—Si és tan fàcil —vaig afegir—, per què no et quedes al marge tu?

Després d'una llarga estona de silenci, em vaig decidir a alçar els ulls per observar quina cara feia.

Tornava a posar cara de pòquer.

Vaig respirar profundament.

—Així que, una de dues: o és més perillós del que vols reconèixer, per la qual cosa serà millor que jo hi sigui per ajudar-vos, o bé serà tan fàcil que se les poden arreglar sense tu. Quina de les dues opcions és la correcta?

No va respondre.

Sabia en què estava pensant. En el mateix que jo: en Carlisle, l'Esme, l'Emmett, la Rosalie, en Jasper. I... em vaig obligar a pensar en el darrer nom. L'Alice.

Sóc un monstre?, em vaig preguntar. No del tipus que el mateix Edward creia ser, sinó un monstre de veritat, dels que fan mal a la gent. Aquesta mena de monstres que no coneixen els límits per aconseguir el que volen.

El que jo volia era que ell estigués segur amb mi. Hi havia algun límit que jo estigués disposada a sacrificar per aquest propòsit? No n'estava segura.

—M'estàs demanant que deixi que lluitin sense mi? —em va preguntar en veu baixa.

—Sí —em sorprenia parlar amb un to tan equànime quan en el fons em sentia una miserable—. Això, o que em deixis venir. Tant és, si estem junts.

Va respirar profundament, i després va espirar l'aire molt a poc a poc. Em va posar les mans a les galtes, obligant-me a mirar-lo, i em va clavar els seus ulls durant força estona. Em vaig preguntar què hi buscava i què hi estava trobant, i si la culpa era tan palpable a la meva cara com a l'estómac, que el tenia ben regirat.

Es va esforçar per contenir alguna emoció que no vaig poder llegir. Després va apartar una mà de la cara per treure's el mòbil un altre cop.

—Alice —va dir amb un sospir—. Pots venir una estona per fer de cangur de la Bella? —va arquejar una cella, desafiant-me emfasitzant la paraula «cangur»—. He de parlar amb en Jasper.

No vaig sentir res, però era evident que l'Alice acceptava. L'Edward va guardar-se el telèfon i em va tornar a mirar.

—Què li vols dir, a en Jasper? —li vaig preguntar.

—Vull discutir... la possibilitat que jo em quedi al marge.

Em va ser fàcil llegir-li la dificultat que li representava pronunciar aquestes paraules.

—Em sap greu.

I era cert. Odiava obligar-lo a fer això, però no tant com per fingir un somriure i dir-li que continués endavant sense mi. No; em sentia malament, però no fins aquest punt.

—No et disculpis —em va dir, insinuant un somriure—. No et guardis mai res del que m'hagis de dir, Bella. Si això és el que necessites... —es va arronsar d'espatlles—. Tu ets la prioritat número u.

—No em referia a això. No es tracta que escullis entre la teva família o jo.

—Ja ho sé. A més, no és això el que m'has demanat. M'has ofert les dues opcions que tu pots suportar, i he escollit la que puc suportar jo. Així és com se suposa que funciona el compromís.

Em vaig inclinar endavant i vaig recolzar el front en el seu pit.

—Gràcies —vaig xiuxiuejar-li.

—En qualsevol moment —em va respondre, fent-me un petó en els cabells—. Qualsevol cosa.

Ens vam quedar quiets una bona estona. Mentre mantenia la cara amagada contra la seva camisa, dues veuetes lluitaven en el meu interior: la bona em deia que fos valenta, i la dolenta deia a la bona que callés.

—Qui és la tercera esposa? —em va preguntar de sobte.

—Com? —Em vaig fer l'orni. No recordava haver tingut més aquest somni.

—Aquesta nit has murmurat alguna cosa sobre «la tercera esposa». Tot el que deies tenia una mica de sentit, però amb això m'he perdut del tot.

—Ah, ja. És una de les llegendes que vaig sentir a la vora del foc, l'altra nit —em vaig arronsar d'espatlles—. Se'm devia quedar gravada.

L'Edward es va apartar una mica de mi i va inclinar el cap, potser confós pel matís ominós de la meva veu. Abans que pogués preguntar res, l'Alice va aparèixer a la porta de la cuina amb cara de pocs amics.

—Et perdràs la diversió —va grunyir.

—Hola, Alice —la va saludar l'Edward.

Després em va posar un dit sota la barbeta i em va alçar la cara per fer-me un petó de comiat.

—Tornaré aquesta mateixa nit —em va prometre—. M'he de reunir amb els altres per solucionar aquest assumpte i reorganitzar-ho tot.

—D'acord.

—No hi ha gaire cosa a reorganitzar —va dir l'Alice—. Ja l'hi he explicat. L'Emmett n'està encantat.

L'Edward va exhalar un sospir.

—Ja m'ho imagino.

Va sortir per la porta i em va deixar a soles amb l'Alice.

Ella em va mirar traient foc pels ulls.

—Ho sento —em vaig disculpar una altra vegada—. Creus que això ho farà més perillós, per a vosaltres?

L'Alice va deixar anar un xiulet.

—Et preocupes massa, Bella. Tindràs els cabells blancs abans d'hora.

—Doncs per què estàs enfadada?

—L'Edward és un rondinaire quan no se surt amb la seva. M'estic imaginant com serà aguantar-lo els propers mesos —va fer una ganyota—. Suposo que, si serveix perquè mantinguis el seny, val la pena, però m'agradaria que no fossis tan pessimista, Bella. És innecessari.

—Deixaries que en Jasper actués sense tu? —li vaig preguntar.

L'Alice va fer una altra ganyota.

—Això és diferent.

—Sí, clar.

—Vés a dutxar-te —em va ordenar—. En Charlie arribarà d'aquí a un quart d'hora, i si et veu amb aquesta fila no crec que et deixi sortir una altra vegada.

Havia perdut un dia sencer. Que desaprofitat! M'alegrava saber que no sempre hauria de seguir malgastant el meu temps de vida amb hores de son.

Quan en Charlie va arribar jo estava perfectament presentable: m'havia vestit, m'havia pentinat i li estava servint el sopar a la taula de la cuina. L'Alice va seure al lloc habitual de l'Edward, la qual cosa va semblar que li acabava d'alegrar el dia.

—Hola, Alice! Com estàs, bonica?

—Molt bé, Charlie, gràcies.

—Veig que per fi has decidit llevar-te, dormilega —em va dir mentre m'asseia al seu costat. Després es va dirigir a l'Alice de nou—. Tothom parla de la festa que van fer els teus pares ahir. Suposo que encara no haureu acabat d'arreglar-ho tot.

L'Alice va arronsar les espatlles. Coneixent-la, segur que ja tenia la casa impecablement neta.

—Ha valgut la pena —va respondre—. Va ser una festa genial!

—On és l'Edward? —va preguntar en Charlie, quasi de mala gana—. Ajudant a netejar?

Ella va sospirar amb un gest tràgic. Probablement estava fingint, però ho feia tan bé que no sabia què pensar.

—No. Està amb l'Emmett i en Carlisle, fent plans pel cap de setmana.

—Una altra excursió?

L'Alice va assentir, amb el rostre apesarat.

—Sí, se'n van tots, menys jo. Sempre fem una sortida per celebrar fi de curs, però aquest any he decidit que em ve més de gust anar de compres. I cap d'ells no em vol acompanyar. M'han abandonat.

L'Alice va somicar. En veure-la tan desconsolada, en Charlie es va inclinar cap a ella i li va donar la mà sense pensar-ho, buscant alguna manera d'ajudar-la. La vaig mirar amb recel, sense saber què pretenia.

—Alice, bonica, per què no et quedes amb nosaltres? —li va oferir en Charlie—. No m'agrada la idea que et quedis sola a aquella casa tan gran.

Ella va sospirar. Alguna cosa em va aixafar el peu per sota la taula.

—Ai! —vaig protestar.

En Charlie em va mirar.

—Què passa?

L'Alice em va llançar una mirada de frustració. Sens dubte estava pensant que aquesta nit jo anava molt lenta de reflexos.

—M'he donat un cop al dit —vaig remugar.

—Ah —en Charlie va tornar a mirar l'Alice—. Bé, què hi dius?

Ella em va tornar a trepitjar, però aquest cop no tan fort.

—Daixò... —vaig dir—, la veritat és que no hi ha gaire lloc, pare. No crec que a l'Alice li vingui de gust dormir al terra de la meva habitació...

En Charlie va prémer els llavis, i l'Alice va tornar a posar un gest desconsolat.

—Potser la Bella podria venir amb tu —va suggerir en Charlie—. Només fins que tornin els teus germans.

—Oh, Bella, no et fa res? —em va preguntar l'Alice, amb un somriure radiant—. No et fa res venir de compres amb mi, oi?

—És clar —vaig assentir—. De compres. Genial.

—Quan marxen? —va preguntar en Charlie.

L'Alice va fer una ganyota.

—Demà.

—Per quan em necessites? —vaig preguntar.

—Per després de sopar, suposo —va respondre, i després es va acariciar la barbeta amb un gest pensatiu—. Tens algun pla pel dissabte? Em ve de gust anar a comprar a la ciutat, així que seria marxar tot el dia...

—A Seattle, no —va dir en Charlie, arrufant les celles.

—No, clar que no —es va afanyar a afegir l'Alice, encara que totes dues sabíem que el dissabte Seattle seria la ciutat més segura—. Estava pensant, per exemple, en Olympia...

—Això t'agradarà, Bella —va dir en Charlie, alleujat—. Vés amb ella i afarta't de ciutat!

—Sí, pare. Serà genial.

Amb unes quantes frases, l'Alice havia aconseguit preparar-me l'agenda per a la batalla.

L'Edward va arribar al cap d'una estona. No li va sorprendre que en Charlie li desitgés un bon viatge i li va dir a l'Alice que marxarien ben aviat al matí. Va dir bona nit més d'hora de l'habitual i se'n van anar tots dos.

Poc després que se n'anessin, em vaig excusar.

—Però no pots estar cansada... —va protestar en Charlie.

—Sí, una mica —vaig mentir.

—No m'estranya que t'agradi escapar-te de les festes —em va dir—. Si et costa tant recuperar-te...

Quan vaig arribar a dalt, l'Edward jeia travessat al llit.

—Quan ens reunirem amb els llops? —vaig xiuxiuejar en apropar-me a ell.

—D'aquí a una hora.

—Això està bé. En Jake i els seus amics necessiten dormir una mica.

—No tant com tu —va remarcar.

Vaig canviar de tema, perquè sospitava que m'anava a demanar que em quedés a casa.

—T'ha dit l'Alice que em tornarà a segrestar?

L'Edward va somriure.

—En realitat no ho farà.

Em vaig quedar mirant-lo, i ell va riure en veu baixa davant la meva cara de desconcert.

—Sóc l'únic que té permís per retenir-te com a ostatge, recordes? —em va dir—. L'Alice anirà de caça amb els altres —va sospirar—. Suposo que ara ja no tinc per què fer-ho.

—Així que seràs tu qui em segrestarà?

L'Edward va assentir.

M'ho vaig imaginar un moment. Sense en Charlie al pis de sota escoltant o pujant a treure el nas de tant en tant a la meva habitació. Sense una casa plena de vampirs insomnes amb el seu aguditzat sentit de l'oïda. Només ell i jo. Sols de veritat.

—Et sembla bé? —em va preguntar, preocupat pel meu silenci.

—Bé... sí, tret d'una cosa.

—Què? —em va preguntar, nerviós. Era increïble, però per alguna raó encara tenia dubtes sobre la seva capacitat de control sobre mi. Potser l'hi havia de deixar ben clar.

—Per què l'Alice no ha dit a en Charlie que marxàveu aquesta nit? —vaig preguntar.

L'Edward va riure, alleujat.

El viatge a la clariana va ser molt més distret que la nit anterior. Encara em sentia culpable i espantada, però ja no tenia tanta por i estava asserenada. Era capaç de veure més enllà del que passaria, i quasi em creia que les coses potser sortirien bé. Pel que semblava, això de perdre's la lluita l'Edward ho duia prou bé... cosa que em feia més fàcil acceptar les seves paraules quan deia que seria peix al cove: ni ell mateix no s'ho creia, no deixaria sols els seus familiars. Potser l'Alice tenia raó i jo em preocupava massa.

Finalment vam arribar a la clariana.

En Jasper i l'Emmett ja estaven lluitant; a jutjar per les rialles, era un simple escalfament. L'Alice i la Rosalie els observaven, ajaçades a terra. Mentre, a uns quants metres, l'Esme i en Carlisle xerraven amb els caps junts i els dits entrellaçats, sense parar atenció a res més.

Aquella nit era més il·luminada. La lluna brillava a través d'un fi vel de núvols, i vaig poder veure sense problemes els tres llops asseguts al marge del quadrilàter de pràctiques, separats entre si per observar la lluita des de diferents angles.

També em va ser fàcil distingir en Jacob. L'hauria reconegut immediatament, encara que no hagués alçat el cap en sentir que ens acostàvem.

—On són els altres llops? —vaig preguntar.

—No cal que vinguin tots. Amb un n'hi hauria prou per fer la feina, però en Sam no es fiava prou de nosaltres per enviar només en Jacob, encara que ell sí que volia fer-ho així. En Quil i l'Embry són els seus... suposo que en podríem dir els copilots habituals.

—En Jacob confia en tu.

L'Edward va assentir.

—Sap que no intentarem matar-lo. Això és tot.

—Participaràs, aquesta nit? —vaig preguntar indecisa. Sabia que això seria quasi tan dur per a ell com ho hauria sigut per a mi que em deixés al marge. Potser fins i tot més dur.

—Ajudaré en Jasper quan ho necessiti. Vol entrenar amb grups desiguals i ensenyar-los com actuar contra múltiples atacants.

Es va arronsar d'espatlles.

I una nova onada de pànic em va esbocinar la confiança, ja de per si escassa.

Continuaven sent inferiors en nombre, i jo ho empitjorava encara més.

Em vaig quedar mirant el camp de batalla, intentant ocultar les meves emocions.

No era el lloc més adequat on mirar, tenint en compte que estava intentant enganyar-me a mi mateixa i convèncer-me que tot sortiria bé i a la mida de les meves necessitats. Perquè quan em vaig obligar a apartar els ulls dels Cullen, d'aquell combat d'entrenament que en qüestió de dies es convertiria en una batalla mortal, en Jacob em va captar la mirada i va somriure.

Era el mateix somriure de llop de la nit anterior, amb les parpelles mig closes igual que feia quan era humà.

M'era difícil creure que feia poc els homes llop m'aterrien i eren el pitjor dels meus malsons.

Vaig saber, sense preguntar-ho, qui dels altres dos era l'Embry i qui en Quil. Sens dubte, el llop gris, més prim i amb taques fosques al llom, que seia i ho observava tot amb paciència, era l'Embry. En Quil, amb el pelatge de color xocolata en el cos i d'un marró més clar a la cara, anava fent salts, com si desitgés unir-se a aquell combat amistós. No eren monstres, ni tan sols en aquesta situació. Eren els meus amics.

Uns amics que no semblaven ni de bon tros tan indestructibles com l'Emmett i en Jasper, que es movien amb ràpids moviments de cobra mentre la lluna els banyava la pell de granit. Uns amics que, pel que es veu, no entenien el perill que corrien. Uns amics que eren mortals, que podien sagnar, que podien morir...

La confiança de l'Edward em tranquil·litzava, ja que era evident que no patia per la seva família, però em vaig preguntar si també se sentiria afectat en cas que els llops en sortissin malparats. Si aquesta possibilitat no el preocupava, hi havia cap raó per estar nerviós? La confiança de l'Edward només servia per aplacar una part dels meus temors.

Vaig intentar somriure a en Jacob, i vaig empassar saliva per desfer el nus que tenia a la gola. Però no va servir de res.

En Jacob es va incorporar amb una agilitat increïble per ser una criatura tan enorme i es va acostar trotant fins on érem, al límit de la clariana.

—Hola, Jacob —va saludar l'Edward amb cortesia.

En Jacob el va ignorar i va clavar-me els ulls. Va abaixar el cap fins a la meva alçada, com havia fet el dia anterior, va inclinar el morro i va deixar escapar un gemec sord.

—Estic bé —li vaig respondre sense esperar la traducció del meu xicot—. Només estic preocupada.

En Jacob em continuava mirant.

—Vol saber per què estàs preocupada —va dir l'Edward.

En Jacob va fer un ronc. No era un so amenaçador, sinó d'irritació. L'Edward va contraure els llavis.

—Què? —vaig preguntar.

—Creu que les meves traduccions són imperfectes. El que ha dit en realitat és: «Això és estúpid. Per què t'has de preocupar?». Ho he corregit una mica perquè ho he trobat massa groller.

Vaig somriure, però només a mitges, perquè estava massa nerviosa per divertir-me.

—Tinc molts motius per estar preocupada —vaig dir a en Jacob—. Per exemple, que uns quants llops estúpids acabin malferits.

En Jacob va riure amb un lladruc aspre.

L'Edward va sospirar.

—En Jasper vol ajuda. Pots prescindir dels meus serveis de traductor?

—Ja me les arreglaré.

L'Edward em va dirigir una mirada melancòlica, difícil d'interpretar, i després es va girar d'esquena i es va encaminar cap on era en Jasper.

Vaig seure. El terra era dur i fred.

En Jacob també va fer una passa endavant; després es va girar cap a mi i va emetre un gemec baix i gutural, mentre feia una altra passa.

—Endavant, vés-hi tu —li vaig dir—. Jo no ho vull veure.

En Jacob va tornar a inclinar el cap i, amb un sospir ronc, es va arraulir al meu costat.

—De debò, vés-hi —vaig animar-lo.

No va respondre, i es va limitar a recolzar el cap a les seves urpes.

Em vaig quedar mirant els núvols platejats; no volia veure la lluita. Ja tenia material de sobres per alimentar la meva imaginació. Una brisa va travessar la clariana, i em va produir un calfred.

En Jacob se'm va acostar i va recolzar el seu pelatge càlid contra el meu costat esquerre.

—Eh... Gràcies —vaig murmurar.

Al cap d'una estona, em vaig reclinar damunt de la seva àmplia espatlla. Així estava molt més còmoda.

Els núvols desfilaven lentament pel cel, i els seus grossos esquinçalls s'il·luminaven en passar per davant de la lluna i es tornaven a submergir en les ombres.

Distreta, em vaig dedicar a passar els dits pel pelatge que recobria el coll d'en Jacob. La seva gola roncava amb el mateix cantussol estrany que li havia sentit el dia anterior. Era un so casolà, més aspre i salvatge que el ronc d'un gat, però que transmetia la mateixa sensació de calidesa.

—No he tingut mai cap gos —vaig dir—. Sempre n'he volgut tenir un, però la Renée no els suporta.

En Jacob va riure, i el seu cos es va estremir sota els meus dits.

—No et preocupa el dissabte? —li vaig preguntar.

Va girar el seu cap enorme per mirar-me, i va girar els ulls en blanc.

—M'agradaria sentir-me tan optimista com tu.

En Jacob va recolzar el cap a la meva cama i va començar a roncar de nou. Això em va fer sentir una mica millor.

—Així que demà ens espera una bona caminada, suposo.

En Jacob va emetre un gruny d'entusiasme.

—Pot ser un passeig llarg —el vaig advertir—. El concepte de distància de l'Edward no és el mateix que el d'una persona normal.

En Jacob va fer un lladruc a tall de riure.

Vaig enfonsar més els dits al pelatge i vaig recolzar el cap en el seu coll.

Era estrany. Encara que ara en Jake tenia forma de llop, sentia que entre nosaltres hi tornava a haver una relació més semblant a la d'abans (una amistat tan senzilla i natural com el sol fet de respirar), la mateixa de les darreres vegades d'haver estat junts, mentre en Jacob era humà. Resultava curiós descobrir de nou aquella sensació que em pensava que havia desaparegut per culpa de la seva naturalesa de licantrop.

A la clariana seguien jugant a matar-se, mentre jo em dedicava a contemplar els núvols que passaven sota la lluna.

Compromís

Tot estava a punt.

El meu equipatge per a «la visita a l'Alice» d'un parell de dies ja estava preparat, i la bossa m'esperava en el seient de copilot del meu cotxe. Havia regalat les entrades del concert a l'Angela, en Ben i en Mike. En Mike hi aniria amb la Jessica, tal i com jo em pensava. En Billy havia demanat el bot al vell Quil Ateara, i havia convidat en Charlie a pescar a mar obert abans que comencés el partit de la tarda. En Collin i en Brady, els dos licantrops més joves, s'estarien a la reraguarda per protegir La Push, encara que només eren una canalla de tretze anys. Tot i així, en Charlie estaria més segur que els que es quedaven a Forks.

Jo havia fet tot el que havia pogut. Vaig intentar convèncer-me'n, i també vaig treure'm del cap la gran quantitat de factors que no podia controlar. D'una manera o altra, d'aquí a quaranta-vuit hores tot s'hauria acabat. Era un pensament quasi reconfortant.

L'Edward m'havia demanat que em relaxés, i jo ho intentaria fos com fos.

—Podem oblidar-nos de tot per una nit i pensar només en nosaltres dos? —m'havia suplicat, desfermant damunt meu tot el poder de la seva mirada—. Sembla que no tinguem mai temps per a nosaltres. Necessito estar a soles amb tu. Només amb tu.

No era una sol·licitud difícil d'acceptar, encara que una cosa era assegurar que oblidaria els meus temors i una altra fer-ho de veritat. Però ara tenia altres històries en què pensar, sabent que disposàvem d'aquella nit per a nosaltres sols, cosa que m'ajudava força.

Hi havia hagut alguns canvis.

Per exemple, jo ja estava preparada.

Preparada per unir-me a la seva família i al seu món. Així m'ho revelava la por, la culpa i l'angoixa que experimentava en aquells moments. Havia tingut ocasió de concentrar-me en aquelles sensacions —ho havia fet mentre contemplava la lluna entre els núvols, recolzada contra el cos d'un home llop—, i sabia que no tornaria a caure presa del pànic. La propera vegada que ens passés alguna cosa, ja estaria preparada. En el balanç final, pensava ser un actiu, no un passiu. L'Edward no hauria d'escollir mai més entre la seva família i jo. Seríem companys, igual que l'Alice i en Jasper. La propera vegada, jo compliria la meva part.

Esperaria a deslliurar-me del jurament per satisfer l'Edward, però no feia cap falta: estava a punt.

Només faltava un detall.

Hi havia coses que encara no havien canviat, per exemple l'amor desesperat que sentia pel meu xicot. Havia tingut molt de temps per analitzar les conseqüències de l'aposta d'en Jasper i l'Emmett, i per decidir quines coses estava disposada a renunciar juntament amb la meva natura humana, i quines no. Sabia molt bé quina experiència volia tenir abans de convertir-me en un ésser inhumà.

De manera que aquella nit teníem alguns assumptes pendents. Després de tot el que havia vist en els darrers dos anys, jo ja no creia en el significat de la paraula impossible. L'Edward hauria de recórrer a alguna cosa més que a aquest mot per aturar-me.

Per ser sincera, sabia que no seria gens fàcil, però ho volia intentar.

Considerant la decisió que havia pres, no em va estranyar gens descobrir com n'estava de nerviosa mentre conduïa el llarg trajecte fins a casa seva. No sabia com m'ho faria, i estava morta de por. En veure que conduïa tan a poc a poc, l'Edward, que anava al seient del copilot, intentava amagar un somriure. Em va sorprendre que no insistís a agafar el volant, però aquella nit la meva velocitat de tortuga semblava que no el molestava.

Ja s'havia fet fosc quan vam arribar a casa seva. Malgrat tot, el prat es veia il·luminat amb la llum que sortia per totes les finestres.

Quan vaig apagar el motor, ell ja estava obrint la porta del meu costat. Em va treure en braços, va agafar la bossa del seient del costat i se la va penjar a l'espatlla. Em va fer un petó als llavis mentre tancava la porta del cotxe amb el peu.

Sense deixar de besar-me, em va aixecar amunt per acomodarme millor entre els seus braços i em va dur a casa com si fos un nadó.

Estava oberta, la porta? No ho sabia. El cas és que havíem entrat i jo em sentia marejada. Vaig recordar que havia de respirar.

El petó no va espantar-me. No era com altres vegades, quan sentia el temor i el pànic amagats sota el seu estricte control. Ara no li sentia els llavis nerviosos, sinó ardents. L'Edward semblava tan emocionat com jo davant la perspectiva d'una nit sencera per concentrar-nos a estar junts. Em va continuar besant durant una bona estona, drets a l'entrada. Semblava menys atrinxerat que sempre, i la seva gèlida boca mostrava una apressant necessitat de la meva.

Vaig començar a albergar un cautelós optimisme. Potser aconseguir els meus propòsits no seria tan difícil com m'havia pensat.

No, em vaig dir, *sens dubte serà ben difícil, i encara més que això.*

Amb una lleu rialleta, l'Edward em va apartar una mica i em va sostenir enlaire a quasi un metre del seu cos.

—Benvinguda a casa —em va dir, amb una brillantor càlida als ulls.

—Això sona bé —li vaig respondre sense alè.

Em va deixar a terra suaument. El vaig abraçar; no estava disposada a deixar el més petit espai entre tots dos.

—Tinc una cosa per a tu —va anunciar com de passada.

—Què?

—Un objecte usat. Vas dir que acceptaves regals d'aquest tipus, oi?

—Ah, ja. Suposo que ho vaig dir.

La meva repulsa va fer riure l'Edward.

—És a la meva habitació. Pujo a buscar-lo?

La seva habitació?

—Clar —vaig contestar. Em sentia una mica tramposa quan vaig entrellaçar els dits amb els seus—. Anem.

L'Edward devia d'estar impacient per donar-me el meu no-regal, perquè no es va conformar amb la velocitat humana. Em va tornar a agafar en braços i va enfilar escales amunt pràcticament volant. Quan vam arribar al dormitori, em va deixar a la porta i va sortir disparat fins l'armari.

Encara no havia fet ni una sola passa i ja el tornava a tenir al davant. Però el vaig ignorar, vaig entrar a l'habitació directa a l'enorme llit daurat. Després vaig seure-hi, vaig recular al mig del llit i, un cop allà, em vaig arraulir abraçant-me els genolls.

—I bé? —vaig remugar. Ara que estava on volia, podia permetre'm certa resistència—. Ensenya-m'ho.

L'Edward va fer una riallada.

Va enfilar-se al llit al meu costat. El cor em bategava desbocat. Amb una mica de sort, ell ho interpretaria com una reacció davant del seu regal.

—És un objecte usat —em va recordar seriosament. Em va agafar el braç esquerre pel canell i va acariciar el braçalet de plata un instant. Després em va tornar a deixar el braç damunt la cama.

De l'anella, al costat oposat al llop, hi penjava un cristall brillant. Vaig examinar l'obsequi amb atenció. Tenia la forma d'un cor, tallat en innumerables cares que resplendien a la tènue llum de la làmpada. Vaig contenir l'alè.

—Era de la meva mare —es va encongir, amb deixadesa—. Vaig heretar d'ella un munt de quincalla com aquesta. Ja n'he regalat unes quantes a l'Esme i a l'Alice, així que, com veus, no té tanta importància.

Vaig somriure amb tristesa en veure el seu aplom. L'Edward va prosseguir:

—Tot i així, he pensat que podria ser un bon símbol. Dur i fred —va riure—. I a la llum del sol es veu l'arc iris.

—Oblides que té a veure amb una altra cosa molt més important que la duresa —vaig murmurar—. És preciós.

—El meu cor és igual de silenciós que aquest —va dir—. I també és teu.

Vaig girar el canell perquè el cristall brillés sota la llum.

—Gràcies. Per tots dos.

—No. Gràcies a tu. M'alegra que hagis acceptat un regal sense queixar-te. Et va bé, com a pràctica —va somriure, lluint les seves dents blanques.

Em vaig recolzar en ell, amagant el cap sota el seu braç i arraulint-me al seu costat. Era com abraçar-se al *David* de Miquel Àngel, tret que aquesta perfecta criatura de marbre em va prémer fort entre els seus braços.

Semblava un moment adient per arrencar.

—Podem parlar un moment? D'entrada, t'agrairia que comencessis obrint una mica la teva ment.

L'Edward va dubtar un instant.

—Ho intentaré —em va contestar a la defensiva, amb cautela.

—No trencaré cap regla —vaig prometre—. Això és estrictament entre tu i jo —em vaig aclarir la gola—. Daixò... veuràs, l'altra nit em va impressionar la facilitat amb què vam arribar a un acord. He pensat que m'agradaria aplicar aquest mateix principi a una situació diferent.

Per què m'expressava d'una manera tan rebuscada? Devien ser els nervis.

—Què vols negociar? —em va preguntar, insinuant un somriure amb la veu.

Em vaig esforçar per trobar les paraules exactes.

—Escolta a quina velocitat et batega el cor —va murmurar l'Edward—. Sembla un colibrí batent les ales. Et trobes bé?

—Estic perfectament.

—Doncs continua, sisplau —em va animar.

—Bé, suposo que primer voldria parlar amb tu sobre aquesta ridícula condició del matrimoni.

—Serà ridícula per a tu, però no per a mi. Què té de dolent?

—Em preguntava si... si es tracta d'una qüestió negociable.

L'Edward va arrufar les celles.

—Ja he cedit en el més important, a acceptar robar-te la vida en contra dels meus principis. Cosa que m'atorga el dret a demanar-te a tu certs compromisos.

—No —vaig negar amb el cap i em vaig concentrar a mantenir el meu comport—. Aquest tracte ja està tancat. Ara no estem discutint la meva... transformació. El que vull és arreglar alguns detalls.

Em va mirar amb recel.

—A quins detalls et refereixes, exactament?

Vaig vacil·lar un instant.

—Primer, aclarim quines són les teves condicions.

—Tu ja saps el que vull.

—«Matrimoni» —vaig fer que sonés com una paraulota.

—Sí —va respondre amb un somriure d'orella a orella—. Això per començar.

Em va impressionar tant que el meu comport es va desmuntar a l'acte.

—Què vols dir «per començar»?

—Bé —va dir amb aires de calculador—, si et converteixes en la meva dona, aleshores el que és meu és teu... per exemple, els diners pels teus estudis. Així que no hi hauria d'haver cap problema amb Dartmouth.

—Posats a dir bestieses, alguna cosa més?

—No m'importaria que em donessis més temps.

—No. Ni parlar-ne. Aquí sí que no hi ha tracte.

L'Edward va exhalar un llarg sospir.

—Només un any, dos com a màxim...

Vaig serrar les dents tot movent el cap.

—Següent idea.

—Això és tot. Tret que vulguis parlar de cotxes...

L'Edward va somriure en veure la cara que posava. Després em va agafar la mà i es va dedicar a jugar amb els meus dits.

—No m'havia adonat que volguessis alguna cosa més a part de convertir-te en un monstre com jo. Tinc una gran curiositat per saber de què es tracta —va parlar amb la veu tan suau que el lleu to d'impaciència m'hauria passat desapercebut si no el conegués tan bé.

Vaig fer una pausa, i vaig contemplar-li la mà damunt la meva. No sabia per on començar. Sentia els seus ulls clavats i em feia por alçar la mirada. La sang se'm va començar a enfilar a la cara.

Els seus dits gèlids em van fregar la galta.

—T'estàs ruboritzant? —va preguntar, sorprès. Jo continuava mirant avall—. Sisplau, Bella, no m'agrada aquest suspens.

Em vaig mossegar el llavi.

—Bella...

El seu to de retret em va recordar que li dolia que em guardés els pensaments.

—Em preocupa una mica... el que passarà després —vaig reconèixer, atrevint-me a alçar els ulls finalment.

Vaig notar que el seu cos es posava tens, però la veu continuava suau de vellut.

—Què és el que et preocupa?

—Tots sembleu convençuts que el meu únic interès serà exterminar tots els habitants de la ciutat —vaig respondre. L'Edward va fer mala cara en sentir les paraules que havia escollit—. Em fa por estar tan preocupada per contenir els meus impulsos violents que deixi de ser jo mateixa... I també em fa... em fa por no tornar-te a desitjar tant com et desitjo ara.

—Bella, aquesta fase no dura eternament —em va tranquil·litzar.

Era obvi que no m'estava entenent.

—Edward —li vaig dir. Estava tan nerviosa que em vaig dedicar a estudiar amb atenció una piga del meu canell—. Hi ha una cosa que voldria saber abans de deixar de ser humana.

Ell va esperar que continués, però no ho vaig fer. Estava vermella com un perdigot.

—El que vulguis —em va animar, impacient i sense tenir ni idea del que li volia demanar.

—M'ho promets? —era conscient que el meu pla d'atrapar-lo amb les seves pròpies paraules no funcionaria, però no vaig poder resistir de preguntar-li-ho.

—Sí —va respondre. Vaig alçar la mirada i vaig veure en els seus ulls una expressió fervent i una mica perplexa—. Demana'm el que vulguis.

No podia creure que m'estigués comportant d'una manera tan maldestra i estúpida. Era massa innocent; precisament, la meva innocència era el punt central de la conversa. No tenia la menor idea de mostrar-me seductora. M'hauria de conformar amb el rubor i la timidesa.

—T'estimo a tu —vaig balbucejar de forma quasi inintel·ligible.

—Saps que sóc tot teu —va somriure sense comprendre encara res, i va intentar retenir-me la mirada quan la vaig tornar a desviar.

Vaig respirar profundament i em vaig agenollar damunt del llit per abraçar-lo i fer-li un petó.

Me'n va fer un altre, desconcertat, però de bona gana. Li vaig sentir els llavis tendres, i de seguida vaig adonar-me que tenia el cap a una altra banda, que estava intentant endevinar què em passava pel cap. Necessitava una pista.

Vaig treure les mans del seu clatell i els dits trèmuls van recórrer-li el coll fins a les solapes de la camisa. Aquella tremolor no m'ajudava gaire, ja que m'havia d'afanyar i desbotonar-lo abans que ell m'ho impedís.

Els seus llavis van congelar-se, i gairebé vaig poder sentir el clac d'un interruptor dins del seu cap quan per fi va relacionar les meves paraules amb els meus actes.

Em va apartar immediatament amb un gest de desaprovació.

—Sigues raonable, Bella.

—M'ho has promès. El que jo vulgui —li vaig recordar, sense cap esperança.

—No discutirem sobre això.

Se'm va quedar mirant mentre es tornava a cordar els botons descordats.

Vaig carrisquejar amb les dents.

—Doncs jo dic que sí que ho discutirem —vaig replicar. D'una estrebada vaig descordar-me el primer botó de la brusa.

Em va agafar pels canells i me'ls va subjectar a cada costat del cos.

—I jo et dic que no —va refutar, taxatiu.

Ens vam mirar amb ira.

—M'has promès el que vulgui —li vaig retreure.

—Em pensava que era un desig vagament realista.

—De manera que tu pots demanar l'estupidesa que vulguis, per exemple, casar-nos, i jo no tinc dret ni tan sols a discutir el que...

Mentre llançava la meva diatriba, l'Edward m'agafava les dues mans amb una de seva perquè parés de gesticular, i va utilitzar la que li quedava lliure per tapar-me la boca.

—No —el seu gest era petri.

Vaig respirar profundament per calmar-me. Segons s'esvania la ira, començava a notar una cosa diferent.

Vaig trigar uns instants a admetre per què havia tornat a abaixar la mirada, per què m'havia ruboritzat un altre cop, per què se m'havia regirat l'estómac, per què tenia els ulls plorosos i per què de sobte tenia ganes de sortir corrents de l'habitació.

Era per aquella reacció tan poderosa i instintiva. Pel seu rebuig.

Sabia que m'estava comportant de manera irracional. L'Edward havia deixat clar en altres ocasions que l'únic motiu pel qual es negava a fer-ho era la meva pròpia seguretat. Malgrat tot, mai no m'havia sentit tan vulnerable. Em vaig quedar mirant l'edredó daurat que feia joc amb els seus ulls i vaig intentar desterrar la reacció reflexa que em deia que no era desitjada ni desitjable.

L'Edward va sospirar. Em va treure la mà de la boca i la va posar sota la barbeta, alçant-me la cara per tal que el mirés.

—I ara què?

—Res —vaig mussitar.

Va observar amb atenció el meu rostre durant una bona estona mentre jo intentava en va apartar-me de la seva mirada. Després va arrugar el front amb un gest d'horror.

—He ferit els teus sentiments? —em va preguntar amb consternació.

—No —vaig mentir.

Ni tan sols vaig saber com se'm va ocórrer: de sobte em vaig trobar entre els seus braços, i ell bressolava el meu cap subjectant-lo entre l'espatlla i la mà, mentre amb el polze m'acariciava la galta una vegada i una altra.

—Saps per què t'he de dir que no —va xiuxiuejar—, i també saps que et desitjo.

—Segur? —li vaig preguntar amb veu vacil·lant.

—Doncs és clar que sí, nena bonica, ximpleta i hipersensible —va deixar anar una rialla, i després la seva veu es va fer neutra—. Tothom et desitja. Sé que hi ha una cua immensa de candidats rere meu, tots maniobrant per col·locar-se en primer lloc, esperant que jo cometi un error... Ets massa desitjable per la teva pròpia seguretat.

—Qui és el ximple ara? —tenia molt clar que els adjectius «maldestra», «vergonyosa» i «inepta» no apareixien a la definició de «desitjable» de cap diccionari.

—He d'omplir una instància perquè em creguis? Et dic els noms que encapçalen la llista? Ja en coneixes uns quants, però els altres et sorprendrien.

Vaig negar amb el cap, sense apartar-me del seu pit, i vaig fer una ganyota.

—Estàs intentant canviar de tema.

L'Edward va tornar a sospirar.

—Digue'm si he fet res malament —vaig intentar sonar objectiva—. Les teves exigències són aquestes: que ens casem —era incapaç de dir-ho sense tòrcer el gest—, que et deixi pagar els meus estudis i que et doni més temps. A més, no t'importaria que el meu cotxe fos una mica més veloç —vaig alçar una cella—. Em deixo alguna cosa? És una llista considerable.

—L'única exigència és la primera —l'Edward estava fent esforços per no riure—. Les altres són simples demandes.

—A canvi, la meva petita i solitària exigència és...

—Exigència? —em va interrompre, de nou seriosament.

—Sí, he dit exigència.

L'Edward va abaixar les parpelles.

—Casar-me és com una condemna per a mi —vaig dir—. No penso acceptar si no rebo res a canvi.

Es va inclinar per xiuxiuejar-me amb veu suau:

—No. Ara és impossible. Més endavant, quan no siguis tan fràgil. Tingues paciència, Bella.

Vaig intentar mantenir una veu ferma i equànime.

—Aquest és el problema. Quan sigui menys fràgil, ja res no serà igual. Jo no seré la mateixa persona! Ni tan sols estic segura de qui seré aleshores.

—Continuaràs sent tu, Bella —em va prometre.

Vaig arrufar les celles.

—Si canvio prou per no voler matar en Charlie, o xuclar la sang d'en Jacob o de l'Angela si en tinc ocasió, què vol dir que continuaré sent la mateixa?

—Et passarà. A més, dubto que et vingui de gust beure sang de gos —va fingir estremir-se amb aquesta idea—. Encara que siguis una renascuda, una neòfita, segur que tens més bon gust.

Vaig ignorar l'intent de desviar el tema.

—Però això serà el que més desitjaré sempre, oi? —vaig dir amb un to desafiant—. Sang, sang i més sang!

—Això no és cert, i el fet que continuïs viva ho demostra —va argumentar.

—Perquè per a tu han passat més de vuitanta anys —li vaig recordar—. Estic parlant d'una qüestió física. De forma racional, sé que tornaré a ser jo mateixa... quan hagi passat un cert temps. Però pel que fa a la qüestió purament física, sempre tindré set, per damunt de qualsevol altre desig —l'Edward no va respondre res—. Així que seré diferent —vaig concloure, sense la seva oposició—. Perquè ara mateix el que més desitjo ets tu. Més que el menjar o l'aigua o l'oxigen. La meva ment té una llista de prioritats ordenada de manera una mica més racional, però el meu cos...

Vaig girar el cap per fer-li un petó al palmell de la mà.

L'Edward va respirar profundament. Em va sorprendre notar que balbucejava.

—Bella, jo... et podria matar —es va justificar.

—No crec que en siguis capaç.

L'Edward va tancar els ulls. Després va apartar la mà de la meva galta i va palpar rere seu buscant alguna cosa que jo no podia veure. Es va sentir un espetec amortit i el llit va tremolar sota nostre.

Tenia una cosa fosca a la mà, i m'ho va acostar perquè ho examinés. Era una flor de metall, una de les roses que adornaven els barrots de ferro forjat del capçal del llit. Va tancar la mà un segon, va prémer els dits amb suavitat i la va tornar a obrir.

Sense dir ni piu, em va mostrar una massa triturada i informe de metall negre. Havia adquirit el perfil del palmell, com un tros de plastilina premut al puny d'un nen. Una fracció de segon després, la massa es va esbocinar i es convertí en pols negra.

Li vaig llançar una mirada furiosa.

—No em referia a això. Ja sé la força que tens, no fa falta que destrossis els mobles.

—Doncs, què volies dir? —em va preguntar amb veu sinistra, llançant a un racó el grapat de pols de ferro, que va picar a terra amb un cop sorrenc.

Vaig intentar explicar-me, amb els seus ulls clavats en mi.

—Òbviament, no em refereixo al fet que em poguessis ferir si ho volguessis... És més important que això: és el fet que no em vols fer mal. Per això penso que no en series capaç.

Va començar a dir que no amb el cap abans que jo acabés de parlar.

—Potser no és així com funciona, Bella.

—«Potser» —vaig burlar-me—. Tens tanta idea del que estàs dient com jo.

—Exacte. Creus que m'atreviria a córrer cap risc així amb tu?

El vaig mirar als ulls una bona estona. No hi vaig veure el més petit senyal d'indecisió, i vaig comprendre que no cediria de cap de les maneres.

—Sisplau —vaig suplicar, desesperada—. És l'únic que vull. Sisplau... —vaig tancar els ulls, derrotada, a l'espera d'un rotund i definitiu «no».

Però l'Edward no va respondre de seguida. Vaig vacil·lar un moment, sorpresa en notar que la seva respiració es tornava a accelerar.

Vaig obrir els ulls, tenia la cara descomposta.

—Sisplau... —vaig tornar a murmurar. Els batecs del meu cor es van disparar. Em vaig afanyar a aprofitar el dubte que li vessava pels ulls, i les paraules em van sortir a borbolls—. No m'has de donar cap garantia de res. Si no funciona, molt bé, no passa res. Només et demano que ho intentem. Només intentar-ho, d'acord? A canvi et donaré el que vulguis —li vaig prometre atabalada—. Em casaré amb tu. Deixaré que em paguis la matrícula de Dartmouth i no em queixaré si els subornes perquè m'admetin. Fins i tot pots comprar-me un cotxe més potent, si això et fa feliç. Però només... Sisplau...

Em va envoltar amb els seus braços gelats i em va acostar els llavis a l'orella; la seva respiració gèlida em va fer estremir.

—Aquesta sensació és insuportable. Hi ha tantes coses que he volgut donar-te... I tu decideixes demanar-me precisament això. Tens idea de com n'és de dolorós negar-me si m'ho demanes d'aquesta manera?

—Doncs no t'hi neguis —li vaig dir, sense alè.

No em va respondre.

—Sisplau —ho vaig tornar a intentar.

—Bella...

Va moure el cap a banda i banda, però aquesta vegada vaig tenir la impressió que el lent lliscar de la cara i els seus llavis sobre la meva gola no era una negació. Més aviat semblava una rendició. El meu cor, que ja bategava de pressa, va adquirir un ritme frenètic.

De nou vaig aprofitar l'avantatge com vaig poder. Quan em va tornar a mirar amb un gest lent i vacil·lant, em vaig retorçar entre els seus braços i vaig buscar-li els llavis. Ell em va agafar la cara entre les mans, i em pensava que m'apartaria un altre cop.

Però m'equivocava.

La seva boca ja no era tendra; el moviment dels seus llavis transmetia una sensació del tot nova, de conflicte i desesperació. Vaig entrellaçar els dits rere el seu coll i vaig sentir-li el cos més gelat que mai contra la pell, que de sobte cremava. Em vaig estremir, però no era a causa del fred.

L'Edward no parava de besar-me. Em vaig haver d'apartar per respirar, però ni tan sols aleshores els seus llavis van separar-se de la meva pell, van lliscar cap a la gola. L'emoció de la victòria va ser un clímax estrany que em va fer sentir poderosa i valenta. Les meves mans no tremolaven; els dits van descordar-li els botons de la camisa amb facilitat i van recórrer les línies perfectes del seu pit de gel. L'Edward era tan bell... Quina paraula acabava d'utilitzar, ell? Insuportable. Sí, la seva bellesa era tan intensa que es feia quasi insuportable.

Vaig dirigir la seva boca cap a la meva; semblava tan encès com jo. Una mà seva continuava acariciant-me, amb l'altra m'aferrava la cintura i em premia contra ell. Això m'ho posava més difícil per descordar-me la brusa, però no era impossible.

Unes fredes esposes d'acer van tancar-me els canells i em van alçar les mans per damunt del cap, que de sobte tenia recolzat sobre el coixí.

Tornava a tenir els seus llavis a l'orella.

—Bella —va murmurar, amb la veu càlida i vellutada—. Sisplau, et fa res deixar de despullar-te?

—Vols fer-ho tu? —vaig preguntar, confosa.

—Aquesta nit, no —va respondre amb dolçor. Ara els llavis recorrien més lentament la meva galta i la mandíbula. La urgència havia desaparegut.

—Edward, no... —vaig començar a dir.

—No estic dient que no —em va dir en un to tranquil·litzador—. Només dic que «aquesta nit no».

Em vaig quedar pensant-hi uns instants, mentre la meva respiració començava a calmar-se.

—Dóna'm una raó convincent perquè jo entengui per què aquesta nit no és tan bona com qualsevol altra —encara em faltava l'alè, per la qual cosa el timbre de frustració de la meva veu sonava menys convincent.

—No vaig néixer ahir —l'Edward va riure en veu baixa prop de la meva orella—. Qui de nosaltres dos es resisteix més a donar a l'altre el que vol? Acabes de prometre que et casaràs amb mi, però si cedeixo als teus desigs aquesta nit, qui em garanteix que demà al matí no sortiràs corrents en braços d'en Carlisle? Està clar que jo sóc menys refractari a donar-te el que vols, per tant... Tu primera.

Vaig rebufar, i li vaig preguntar amb incredulitat:

—M'he de casar abans amb tu?

—Aquest és el tracte: o ho agafes o ho deixes. El compromís, recordes?

Em va abraçar i em va fer un petó d'una manera que hauria de ser il·legal. Massa persuasiu; era com una coacció, una intimidació. Vaig intentar mantenir la ment desperta... i vaig fracassar immediatament i completa.

—Crec que no és una bona idea —vaig panteixar quan finalment em va deixar respirar.

—No em sorprèn que ho pensis —va somriure amb gest burleta—. Tens una ment molt quadriculada.

—Però, es pot saber què ha passat? —vaig dir—. Per una vegada he pensat que aquesta nit era jo qui tenia el control, i de sobte...

—... estàs compromesa —va completar ell.

—Ei! Sisplau, no diguis això en veu alta.

—Trencaràs la teva promesa? —em va preguntar.

Es va apartar una mica per poder-me llegir la cara. S'ho estava passant de meravella.

El vaig mirar amb fúria, intentant oblidar la manera com el seu somriure m'accelerava el cor.

—La trencaràs? —va insistir.

—No! —vaig roncar—. No la trencaré. Estàs content?

El seu somriure era encegador.

—Summament content.

Vaig rebufar.

—Que no estàs contenta?

Em va fer un petó de nou, sense deixar-me respondre. Va ser un altre petó massa convincent.

—Una mica —vaig reconèixer quan em va deixar parlar—, però no perquè ens casem.

Em va tornar a besar.

—No tens la sensació que tot està capgirat? —va dir rient-me a l'orella—. Tu t'hauries de voler casar i jo no. És el més convencional.

—A la nostra relació no hi ha res convencional.

—És veritat.

Em va tornar a besar, i ho va seguir fent fins que el meu cor va bategar com un timbal i la pell se'm va enrogir.

—Escolta, Edward —li vaig dir amb un to afalagador quan va fer una pausa per besar-me la mà—. He dit que em casaria amb tu, i ho faré. T'ho prometo. T'ho juro. Si vols signo un contracte amb la meva pròpia sang.

—Això no té cap gràcia —va murmurar, amb la boca recolzada a la part interior del meu canell.

—El que vull dir és que no et penso enganyar. Em coneixes bé. Així és que no hi ha cap raó per haver d'esperar. Estem completament sols: quantes vegades passa, això? A més, estem en aquest llit tan gran i còmode...

—Aquesta nit no —va repetir.

—No confies en mi?

—És clar que sí.

Fent servir la mà que ell estava besant, vaig tirar-li la cara una mica enrere per poder-li estudiar l'expressió.

—Aleshores, quin és el problema? Saps de sobres que al final tindràs el que vols —vaig arrufar les celles i vaig afegir—: Tu sempre tens el que vols.

—Només cobreixo les meves expectatives —va respondre amb calma.

—Hi ha alguna cosa més —vaig dir, perfilant els ulls. El seu rostre estava a la defensiva, senyal que sota el seu aire despreocupat amagava algun motiu secret—. És que tu tens la intenció de faltar a la teva paraula?

—No —va prometre en to solemne—. T'ho juro, «intentarem» fer-ho. Després que et casis amb mi.

Vaig moure el cap i vaig riure amb poques ganes.

—Em fas sentir com el dolent de la pel·lícula, que es retorça el bigoti mentre intenta robar la virginitat a la pobra protagonista.

Durant un segon em va dirigir una mirada suspicaç, i de seguida va ajupir el cap per prémer els llavis contra la meva clavícula.

—D'això es tracta, oi? —se'm va escapar una rialla més de sorpresa que d'alegria—. Estàs intentant protegir la teva virginitat! —em vaig tapar la boca amb la mà per sufocar la riallada que se'm va disparar tot seguit. Aquelles paraules estaven tan passades de moda...

—No siguis ximpleta —va murmurar contra la meva espatlla—. Estic intentant protegir la teva. I m'ho estàs posant molt difícil.

—De totes les coses ridícules que...

—Deixa que et digui una cosa —em va interrompre—. Ja sé que ho hem discutit abans, però et demano que em segueixis el corrent. Quantes persones en aquesta habitació tenen ànima, i l'oportunitat d'anar al cel, o el que hi hagi després d'aquesta vida?

—Dues —vaig respondre amb decisió.

—D'acord. Potser és veritat. Hi ha moltes opinions pel que fa a això, però la immensa majoria de la gent pensa que hi ha certes normes que s'han de seguir.

—No en tens prou amb les normes vampíriques? És que també t'has de preocupar de les humanes?

—Va bé —digué, arronsant les espatlles—. Només per si de cas —me'l mirava amb els ulls mig clucs—. Naturalment, encara que tinguis raó pel que fa a la meva possible ànima, potser ja és massa tard per a la meva salvació.

—No, no és tard —vaig dir.

—«No mataràs» és un precepte acceptat per la majoria de les religions. I jo he matat molta gent, Bella.

—Només els dolents.

Es va arronsar d'espatlles.

—Potser això influeix, o potser no, el cas és que tu no has matat a ningú...

—Que tu sàpigues —li vaig dir.

Va somriure, però no va fer-me cas.

—I faré tot els possibles per mantenir-te allunyada del camí de la temptació.

—D'acord, però no estàvem parlant de cometre assassinats —li vaig recordar.

—S'aplica el mateix principi. L'única diferència és que aquesta és l'única àrea en la qual jo estic tan immaculat com tu. No puc respectar ni que sigui una sola norma?

—Una?

—Bé, ja saps que he robat, he mentit, he cobejat béns dels altres... L'únic que em queda és la castedat —va somriure amb malícia.

—Jo menteixo constantment.

—Sí, però ho fas tan malament que no compta. No s'ho empassa mai ningú.

—Espero que t'equivoquis. Si no, en Charlie no trigarà a arribar amb una pistola carregada a la mà.

—En Charlie és més feliç quan fa veure que s'empassa les teves històries. Prefereix enganyar-se a si mateix i no donar-hi massa voltes —em va dir somrient.

—Però, quin bé has cobejat, tu? —li vaig preguntar—. Ho tens tot.

—Et vaig cobejar a tu —el seu somriure es va apagar—. No tenia dret a tenir-te, però et vaig prendre de totes maneres. Ara, mira com has acabat: intentant seduir un vampir —va moure el cap amb un horror fingit.

—Tens dret a cobejar el que ja és teu —li vaig contestar—. A més, em pensava que el que et preocupava era la meva castedat.

—I ho és. Si és massa tard per a mi... prefereixo cremar a les flames de l'infern, i perdona el joc de paraules, abans que t'impedeixin entrar al cel.

—No pots pretendre que entri en un lloc on tu no hi pots estar —li vaig dir—. Aquesta és la meva definició de l'infern. De totes maneres, tinc una solució molt fàcil: no ens morirem mai, d'acord?

—Sona molt senzill. Per què no hi havia pensat?

Va continuar somrient fins que vaig amollar un irat «ahà!».

—Així que et negues a dormir amb mi fins que no ens haguem casat.

—A la pràctica, mai no podré dormir amb tu.

Vaig girar els ulls en blanc.

—Molt madur, Edward. Em referia a ficar-nos al llit.

—Bé, traient aquest detall, tens raó.

—Jo crec que amagues algun altre motiu.

Va fer uns ulls com unes taronges, amb un gest innocent.

—Un altre motiu?

—Saps que això ho acceleraria tot —vaig respondre.

L'Edward va intentar contenir el somriure.

—Només hi ha una cosa que vull accelerar, tota la resta pot esperar per sempre... Però, de veritat, les teves impacients hormones humanes són el meu poderós aliat en aquest sentit.

—No em puc creure que em facis passar per l'altar. Quan penso en en Charlie... O en la Renée! T'imagines què diran, l'Angela o la Jessica? Aix! Ja les estic veient remorejant...

L'Edward em va mirar arquejant una cella, i de seguida vaig saber per què. Què m'importava el que diguessin de mi si aviat marxaria per no tornar més? De veritat era tan hipersensible que no podia suportar unes quantes setmanes d'indirectes i miradetes de cua d'ull?

El que més em molestava era que, si jo mateixa hagués sabut que una d'elles es casava aquest mateix estiu, m'hauria posat a remorejar amb tan mala idea com les altres.

Bufa! Casar-me aquest estiu. Vaig tenir un calfred.

Sí, una altra cosa que em molestava era que m'havien educat perquè sentís calfreds només de pensar en el matrimoni.

L'Edward va interrompre les meves cavil·lacions.

—No fa falta que sigui un gran casori. No necessito tanta fanfàrria. No cal que ho diguis a ningú ni has de canviar els teus plans. Per què no anem a Las Vegas? Et pots posar uns texans. Hi ha una capella que té una finestreta per on et casen sense que hagis de baixar del cotxe. L'únic que vull és fer-ho oficial, i que quedi clar que em pertanys a mi, i a ningú més.

—No pot ser més oficial del que ja és —vaig remugar, encara que la seva descripció no m'havia semblat tan malament. L'única que se sentiria decebuda era l'Alice.

—Ja ho veurem —va somriure, complaent—. Suposo que encara no voldràs l'anell de compromís.

Vaig haver d'empassar abans de respondre.

—Suposes correctament.

L'Edward va riure en veure l'expressió del meu rostre.

—D'acord. De totes maneres, no trigaré a posar-te'l.

Me'l vaig quedar mirant.

—Parles com si ja en tinguessis un.

—I el tinc —va dir sense avergonyir-se—, a punt per posar-te'l al més petit senyal de debilitat.

—Ets increïble.

—El vols veure? —em va preguntar. De sobte, els seus ulls topazi van brillar d'emoció.

—No! —vaig exclamar. Va ser un acte reflex, i me'n vaig penedir de seguida, en veure que l'Edward s'entristia—. Bé, si me'l vols ensenyar, fes-ho —vaig intentar arreglar, serrant les dents per no demostrar el pànic irracional que em posseïa.

—No passa res —va respondre mentre s'arronsava d'espatlles—. Em puc esperar.

Vaig fer un sospir.

—Ensenya'm el maleït anell, Edward.

Va fer que no amb el cap.

—No.

Vaig estudiar la seva expressió una bona estona.

—Sisplau... —li vaig demanar tendrament, experimentant amb l'arma que acabava de descobrir. Li vaig acariciar la galta amb la punta dels dits—. Sisplau, el puc veure?

L'Edward va tancar els ulls.

—Ets la criatura més perillosa que he conegut mai —va declarar. Però es va aixecar i es va agenollar al costat de la tauleta de nit amb aquella elegància tan pròpia d'ell. Al cap d'un moment ja tornava a ser al llit, assegut al meu costat, i em va passar un braç per l'espatlla. A l'altra mà hi tenia una capsa negra, que va dipositar en precari equilibri sobre el meu genoll esquerre.

—Endavant, dóna-li un cop d'ull —em va instar de sobte.

Sostenir aquella capseta d'aspecte inofensiu em va ser més difícil del que esperava, però no volia tornar a ferir els seus sentiments, així que vaig intentar dominar el tremolor de la mà. La capsa estava folrada de setí negre. El vaig acariciar amb els dits, indecisa.

—No t'hauràs gastat massa diners? Si ho has fet, menteix-me.

—No m'he gastat res —em va assegurar—. És un objecte usat. És el mateix anell que el meu pare va donar a la mare.

—Oh —vaig fer, sorpresa. Després vaig pessigar la tapa entre el polze i l'índex, sense obrir-la.

—Suposo que serà massa antiquat —es va disculpar mig en broma—. Està tan passat de moda com jo. Te'n puc comprar un de més modern. Què et sembla un de Tiffany's?

—M'agraden les coses passades de moda —vaig murmurar mentre destapava la capsa amb uns dits vacil·lants.

Envoltat de ras negre, l'anell de l'Elizabeth Masen brillava a la tènue llum de l'habitació. La pedra era un oval gros, decorat amb files obliqües de brillants pedretes rodones. La banda era d'or, delicada i estreta, i teixia una fràgil xarxa al voltant dels diamants. No havia vist mai res semblant.

Sense pensar-ho, vaig acariciar aquelles gemmes resplendents.

—És molt bonic —vaig murmurar, sorpresa de la meva pròpia reacció.

—T'agrada?

—És preciós —em vaig arronsar d'espatlles, fingint que no m'interessava gaire—. Agradaria a qualsevol.

L'Edward va fer una riallada.

—Emprova-te'l, aviam si et queda bé.

Vaig tancar la mà esquerra instintivament.

—Bella —va dir amb un sospir—. No te'l penso soldar al dit. Només vull que te l'emprovis per veure si te l'han d'ajustar. Després te'l pots treure.

—D'acord —vaig cedir.

Quan anava a agafar l'anell, l'Edward em va aturar, va prendre la meva mà esquerra i va fer passar l'aliança al dit del cor. Després va subjectar-me la mà alçada perquè tots dos poguéssim contemplar l'efecte dels brillants damunt la meva pell. Tenir-lo posat no va ser tan terrible com havia temut.

—Et queda perfecte —va afirmar amb un to flegmàtic—. Això està bé: així m'estalvio un passeig per joieries.

En percebre la intensa emoció que s'amagava rere el to despreocupat de la seva veu, li vaig mirar la cara. A pesar que volia fingir indiferència, els seus ulls també el delataven.

—T'agrada, oi? —li vaig preguntar, suspicaç, mentre movia els dits enlaire i pensava que era una llàstima no haver-me trencat la mà esquerra.

L'Edward es va arronsar d'espatlles.

—Clar —digué, sempre amb el mateix to apàtic—. Et queda molt bé.

Me'l vaig mirar als ulls, intentant de desxifrar l'emoció que cremava rere les seves ninetes. Em va tornar la mirada, i tota simulació es va esvanir. El seu rostre d'àngel resplendia amb l'alegria de la victòria. Era una imatge tan gloriosa que em tallava la respiració.

Abans que pogués agafar aire, l'Edward em va fer un petó amb llavis exultants. Quan es va apartar per parlar-me a cau d'orella, em rodava el cap; però vaig percebre que la seva respiració era tan escanyada com la meva.

—Sí, m'agrada. No saps com m'agrada.

Em vaig posar a riure.

—Et crec.

—Et fa res que faci una cosa? —em va preguntar mentre m'abraçava amb força.

—El que vulguis.

Però em va deixar anar i es va apartar.

—El que vulguis excepte això —em vaig queixar.

Sense fer-me cas, l'Edward em va agafar la mà i em va alçar del llit. Després es va plantar dret davant meu, amb les mans damunt les espatlles i el gest seriós.

—Vull fer-ho com Déu mana. Sisplau, recorda que has dit que sí. No m'espatllis aquest moment.

—Oh, no —vaig dir bocabadada, mentre ell clavava un genoll a terra.

—Porta't bé —va murmurar.

Vaig respirar profundament.

—Isabella Swan —em va mirar a través d'aquelles pestanyes d'una longitud impossible. Els seus ulls daurats eren tendres i, alhora, abrasadors—. Prometo estimar-te per sempre, cada dia de la meva vida. Et vols casar amb mi?

Li vaig voler dir moltes coses. Algunes no eren gens agradables, mentre que altres eren més embafadores i romàntiques del que el mateix Edward hagués somiat. Vaig decidir no posar-me en evidència a mi mateixa i em vaig limitar a xiuxiuejar:

—Sí.

—Gràcies —va respondre.

Després, em va agafar la mà i em va fer un petó a les puntes dels dits abans de besar també l'anell, que ara em pertanyia.

Pistes

Em fastiguejava malbaratar part de la nit dormint, però era inevitable. Quan em vaig despertar, el sol brillava amb força a l'altre costat del finestral, i petits núvols recorrien el cel a tota velocitat. El vent sacsejava les copes dels arbres tan contundentment que semblava que havia d'arrencar el bosc d'arrel.

L'Edward em va deixar sola perquè em vestís, i jo vaig agrair disposar d'un moment per pensar. Per alguna raó, el meu pla per a la nit anterior havia sigut un desastre total, i ara havia d'assumir les conseqüències. Tot i que li havia tornat l'aliança quan em va semblar oportú per no ferir-li els sentiments, vaig notar un pes a la mà esquerra, com si encara la dugués posada i fos invisible.

Em vaig dir a mi mateixa que no calia que em preocupés tant. No faria res de l'altre món, només un viatge a Las Vegas. I estava pensant de dur una cosa millor que uns texans: un xandall. La cerimònia no podia durar gaire; un quart d'hora com a màxim, així que segurament seria capaç de suportar-ho.

I després, un cop passat el mal tràngol, l'Edward hauria de complir la seva part del tracte. El millor era que em concentrés en això i m'oblidés de la resta.

M'havia assegurat que no ho havia d'explicar pas a ningú, i jo li prenia la paraula. Per descomptat, va ser una solemne ximpleria per part meva no haver pensat en l'Alice.

Els Cullen van arribar a casa pels volts de migdia. Semblaven envoltats per una aura diferent, més seriosa i formal, que em va recordar de cop l'enorme importància del que estava a punt de passar.

L'Alice estava d'un humor pèssim, cosa estranya en ella. Vaig pensar que potser estava frustrada pel fet de sentir-se «normal», ja que les primeres paraules que va dirigir a l'Edward eren queixes relacionades amb l'experiència de treballar amb llops.

—«Crec» —va dir, fent una ganyota en pronunciar el verb que remarcava la seva falta de certesa— que hauries de ficar roba d'abric a la maleta, Edward. No puc saber on estàs exactament, ja que aquesta tarda surts amb aquell gos, però sembla que la tempesta que s'acosta serà més intensa en aquesta zona.

L'Edward va assentir.

—Nevarà a les muntanyes —el va advertir l'Alice.

—Ostres, neu! —vaig murmurar. Però, per Déu, si estàvem a juny!

—Emporta't una jaqueta —em va dir l'Alice. El seu to era hostil, cosa que em va sorprendre. Vaig intentar interpretar el seu rostre, però ella es va apartar.

Vaig mirar l'Edward. Somreia; cosa que molestava l'Alice, i a ell el divertia.

L'Edward tenia un bon equip d'acampada per poder escollir: els Cullen eren bons clients del magatzem Newton, on compraven articles per mantenir la farsa de ser humans. Va agafar un sac de plomes, una tenda de campanya petita i diversos pots de menjar deshidratat —va somriure en veure la cara de fàstic que jo hi posava—, i ho va ficar tot en una motxilla.

L'Alice va entrar al garatge mentre estàvem allà i es va dedicar a observar en silenci els preparatius de l'Edward. Ell la va ignorar.

L'Edward em va deixar el seu mòbil quan va acabar de fer la bossa.

—Truca a en Jacob i digues-li que el passarem a buscar d'aquí a una hora, més o menys. Ell ja coneix el lloc de la cita.

En Jacob no era a casa, però en Billy va prometre buscar algun altre licantrop perquè li fes arribar el missatge.

—No et preocupis per en Charlie, Bella —em va assegurar en Billy—. Per la part que em toca, està tot controlat.

—Sí, ja sé que en Charlie estarà bé —jo no podia dir el mateix sobre la seguretat del seu fill, però em vaig guardar de dir res.

—M'encantaria estar amb ells, demà —en Billy va riure amb tristesa—. Que dur que és ser vell, Bella.

L'impuls de lluita devia ser una característica pròpia del cromosoma Y. Eren tots iguals.

—Que us ho passeu bé amb en Charlie.

—Bona sort, Bella —em va desitjar—. I... desitja-ho també als Cullen, de part meva.

—Ho faré —li vaig prometre, sorpresa pel detall.

Quan anava a donar el telèfon a l'Edward, vaig veure que ell i l'Alice discutien en silenci. Ella el mirava amb els ulls suplicants, i ell la mirava amb les celles arrufades; no li devia agradar el que ella li demanava.

—En Billy us desitja bona sort.

—Molt amable per part seva —va dir l'Edward, apartant-se de l'Alice.

—Bella, puc parlar a soles amb tu? —em va dir ella.

—Em complicaràs la vida sense que sigui necessari, Alice —la va advertir el meu xicot—. Preferiria que no ho fessis.

—Això no fa per tu, Edward —li va contestar. El seu germà va fer una riallada. Devia trobar divertida alguna cosa de la resposta de l'Alice—. No és assumpte teu —va insistir l'Alice—. És cosa de dones.

Ell va arrufar el nas.

—Deixa que parli amb mi —li vaig dir a l'Edward, que no ocultava la seva curiositat.

—Tu ho has volgut —va murmurar. Va tornar a riure, mig enfadat, mig divertit, i va sortir del garatge.

Em vaig girar cap a l'Alice, preocupada, però ella no em va mirar. Encara no li havia passat el mal humor.

Va asseure's al capó del seu Porsche, amb un gest abatut. La vaig seguir al seu costat, recolzada contra el paraxocs.

—Bella... —em va dir amb un to trist. De sobte es va arronsar d'espatlles i es va arraulir al meu costat. La seva veu sonava tan afligida que la vaig abraçar per consolar-la.

—Què passa, Alice?

—És que no m'estimes? —em va preguntar en el mateix to de llàstima.

—És clar que sí, ja ho saps.

—Doncs, per què veig que vas a Las Vegas a casar-te d'amagat i sense convidar-me?

—Oh —vaig murmurar, amb les galtes enceses. Em vaig adonar que li havia ferit els sentiments i em vaig afanyar a defensar-me—. Ja saps que no suporto fer les coses amb tanta pompa. A més, ha sigut idea de l'Edward.

—Tant és de qui hagi sigut la idea. Com em pots fer això? M'ho hauria esperat de l'Edward, però de tu... no. Jo t'estimo com si fossis la meva pròpia germana.

—Alice, ets la meva germana.

—Bla, bla, bla —va fer amb un gruny.

—Molt bé, pots venir. No hi haurà gaire cosa a veure.

L'Alice continuava posant cares estranyes.

—Què? —li vaig preguntar.

—Fins a quin punt m'estimes, Bella?

—Per què em preguntes això?

Se'm va quedar mirant amb la súplica als ulls. Tenia les celles alçades com un pallasso trist i li tremolaven les comissures dels llavis. Aquella cara era capaç de trencar el cor a qualsevol.

—Sisplau, sisplau, sisplau —va xiuxiuejar—. Sisplau, Bella, sisplau, si de debò m'estimes, deixa'm organitzar el teu casament.

—Oh, Alice —vaig respondre, apartant-me d'ella—. No em facis això.

—Si m'estimes de veritat, deixa-m'ho fer.

Vaig plegar els braços.

—Això és injust. L'Edward ja ha utilitzat aquest mateix argument abans.

—M'hi jugo el que vulguis que l'Edward prefereix que et casis amb ell a la manera tradicional, encara que no t'ho hagi dit. I l'Esme... Imagina't el que significaria per ella!

Vaig fer un esbufec.

—Preferiria enfrontar-me als neòfits jo sola.

—Seré la teva esclava deu anys.

—Hauràs de ser la meva esclava un segle!

Els ulls de l'Alice van brillar d'alegria.

—Això és un sí?

—No, és un no! No ho vull!

—L'únic que has de fer és caminar uns quants metres i repetir el que digui el sacerdot.

—Ecs!

—Sisplau! —va dir, fent saltirons—. Sisplau, sisplau, sisplau, sisplau, sisplau.

—Això no t'ho perdonaré mai, Alice.

—Visca! —va cridar mentre aplaudia.

—No he dit que sí.

—Però ho faràs —va respondre fent cantarella.

—Edward! —va cridar mentre treia el cap fora del garatge—. Sé que ens estàs escoltant. Vine un moment.

L'Alice continuava aplaudint rere meu.

—Moltes gràcies, Alice —va replicar l'Edward amb to agre rere meu. Em vaig girar per parlar-li, però en veure-li l'expressió d'angoixa i preocupació a la cara vaig ser incapaç de queixar-me. El vaig abraçar tot amagant-me, ja que els meus ulls brillaven d'ira i no volia que es pensés que estava a punt de plorar.

—Las Vegas —em va prometre l'Edward a cau d'orella.

—Ni de broma —ens va contradir l'Alice amb alegria—. La Bella mai no m'ho faria. Saps, Edward? A vegades em deceps.

—No siguis mesquina —la vaig renyar—. Ell intenta fer-me feliç, cosa que no puc dir de tu.

—Jo també ho intento, Bella, només que sé molt millor que ningú què et pot fer feliç... a llarg termini. Ja m'ho agrairàs. Potser trigaràs cinquanta anys, però al final m'ho agrairàs.

—No hagués pensat mai que alguna vegada aniria contra teva, Alice, però aquest dia ha arribat.

L'Alice va deixar escapar el seu somriure d'argent.

—Bé, m'ensenyaràs l'anell o no?

No em vaig poder reprimir un escarafall d'horror quan l'Alice em va agafar la mà esquerra per deixar-me-la anar de cop.

—Mm. He vist com te'l posava. M'he perdut alguna cosa? —es va estranyar l'Alice. Es va concentrar mig segon, arrugant el front, abans de contestar la seva pròpia pregunta—. No, el casament continua vigent.

—La Bella té prejudicis contra les joies —va explicar-li l'Edward.

—I què passa si porta un diamant més? Bé, suposo que l'anell té molts diamants, però em refereixo que en porta un a...

—Prou, Alice! —la va interrompre l'Edward, mirant-la amb tanta fúria que va tornar a assemblar-se a un vampir—. Ens hem d'afanyar.

—No ho entenc. Què passa amb els diamants? —vaig preguntar.

—En parlarem més endavant —va respondre l'Alice—. L'Edward té raó: serà millor que marxeu. Heu de parar una trampa i acampar abans que esclati la tempesta —va arrufar les celles i la seva expressió va fer-se seriosa, quasi nerviosa—. No et deixis l'abric, Bella. Pressento que farà un fred impropi d'aquesta estació.

—Ja he agafat el seu abric —la va tranquil·litzar l'Edward.

—Que passeu una bona nit —ens va dir a títol d'acomiadament.

El camí fins la clariana va ser el doble de llarg que les altres vegades. L'Edward va agafar desviaments per assegurar-se que la meva aroma no apareixeria a cap lloc proper al rastre que en Jacob havia de dissimular més tard. Em va dur en braços, i es va carregar la voluminosa motxilla a l'esquena on, generalment, solia portar-me.

Ens vam aturar a l'extrem més allunyat de la clariana per deixarme a terra.

—Bé. Ara camina un tram fins al nord tocant totes les coses que puguis. L'Alice m'ha donat una imatge clara de la seva trajectòria, i no trigarem gaire a creuar-nos amb ella.

—Cap al nord?

L'Edward em va somriure i va assenyalar la direcció exacta que havia de seguir.

Em vaig endinsar en el bosc, deixant enrere la clariana i la llum blanca i diàfana d'aquell dia estranyament assolellat. Potser la visió borrosa de l'Alice l'havia confós respecte a la neu. Almenys aquesta era la meva esperança. El cel era pràcticament llis, el vent xiulava amb fúria als espais oberts. Entre els arbres bufava amb més calma però tot i així era massa fred pel mes de juny: duia una samarreta de màniga llarga i a sobre un jersei gruixut, i tenia la pell de gallina. Vaig caminar a poc a poc per anar deixant el rastre amb els dits sobre tot el que em quedava a l'abast: l'escorça rugosa dels arbres, les falgueres humides, les pedres cobertes de molsa.

L'Edward m'acompanyava, caminant en paral·lel a uns vint metres de distància.

—Ho estic fent bé? —vaig cridar-li.

—Perfecte.

De sobte, se'm va ocórrer una idea.

—Creus que això hi ajudarà? —li vaig preguntar, passant-me els dits pels cabells i deixant damunt la falguera els quatre que em queien.

—Sí, això farà el rastre més intens, però no fa falta que t'arranquis tota la cabellera, Bella. Així serà suficient.

—Me'n cauen més.

Sota els arbres regnava la foscor. M'hauria agradat caminar més a prop de l'Edward per agafar-li la mà.

Vaig deixar caure un altre cabell a una branca trencada que em tallava el pas.

—No has de deixar que l'Alice se surti amb la seva —em va dir l'Edward.

—No et preocupis per això. Passi el que passi, no penso deixarte plantat a l'altar —tenia el trist pressentiment que l'Alice se sortiria amb la seva; més que res perquè quan volia aconseguir alguna cosa no tenia escrúpols, i a més era experta a fer que els altres ens sentíssim culpables.

—No és això el que em preocupa. El meu únic desig és que tot surti com tu vulguis.

Vaig contenir un sospir. No volia ferir-li els sentiments dient-li la veritat: que en realitat no m'importava el que l'Alice volgués fer, perquè només representava un grau més de tot l'horror que ja sentia.

—Encara que se surti amb la seva, podem fer que sigui un casament íntim. Només nosaltres. L'Emmett pot aconseguir una llicència de capellà a Internet.

Em vaig posar a riure.

—Això sona millor.

El casament ja no em semblava tan oficial si l'Emmett llegia els vots, cosa que seria un punt a favor, però em costaria aguantar-me el riure.

—Veus? —em va dir somrient—. Sempre es pot arribar a un acord intermedi.

Vaig trigar una bona estona a arribar al lloc on la tropa de neòfits s'havia de creuar amb el meu rastre, però l'Edward no va perdre la paciència malgrat la lentitud del meu pas.

Em va haver de guiar una mica més al camí de retorn per assegurar-nos que passava pels mateixos llocs. Tot m'era massa semblant.

Quan ja quasi havíem arribat a la clariana em vaig entrebancar. La veia de lluny, i potser per això em vaig emocionar i, atabalada, vaig perdre peu. Abans de picar de cap contra un arbre vaig aconseguir agafar-me amb la mà esquerra, però una branqueta va trencar-se i em vaig fer un tall al palmell.

—Au! Ostres, genial —vaig rondinar.

—Estàs bé?

—Sí, sí. Queda't on ets. Em surt sang però ara mateix tallo l'hemorràgia...

No em va fer cas i es va plantar al meu costat abans que pogués acabar la frase.

—Porto una farmaciola —em va dir mentre es treia la motxilla—. Vaig tenir el pressentiment que ens faria falta.

—No és res. Em puc curar jo soleta, no cal que hagis de passar un mal moment.

—No et preocupis per això —va replicar amb tota la calma—. Aviam, deixa que t'ho netegi.

—Espera un moment. Tinc una idea.

Sense mirar la sang i respirant per la boca per evitar marejar-me, vaig prémer la mà contra una pedra.

—Què fas?

—A en Jasper li encantarà —vaig murmurar. Vaig reprendre el camí cap a la clariana, tocant tot el que tenia a l'abast de la mà ferida—. Segur que això els atraurà.

L'Edward va sospirar.

—Contén la respiració —li vaig demanar.

—Estic bé, però em sembla que t'estàs passant.

—Aquesta és la meva única missió, així que vull fer una bona feina.

Mentre parlava, vam passar pel costat del darrer arbre abans d'entrar a la clariana. Vaig fregar les falgueres amb la mà ferida.

—Doncs ho has aconseguit —digué l'Edward—. Els neòfits es posaran frenètics, i en Jasper es quedarà impressionat per la dedicació que hi has posat. Ara deixa que et curi. T'has embrutat la ferida.

—Deixa-m'ho fer a mi, sisplau.

L'Edward em va agafar la mà i va somriure tot examinant-la.

—Ja no em molesta tant com abans.

El vaig examinar atentament, buscant algun senyal d'inquietud mentre em netejava el tall. Ell continuava respirant de forma regular, amb el mateix somriure de sempre.

—Per què no et molesta? —li vaig preguntar finalment, mentre m'embenava la mà.

Es va arronsar d'espatlles.

—Ho he superat.

—Que ho has superat? Quan? Com?

Vaig intentar recordar la darrera vegada que havia hagut de contenir la respiració a prop meu. Només recordava el meu aniversari, el setembre, durant aquella festa tan desastrosa.

L'Edward va prémer els llavis; semblava que busqués les paraules adequades.

—Durant vint-i-quatre hores vaig pensar que eres morta, Bella. Això va canviar la meva manera de veure les coses.

—I també va canviar la manera com perceps la meva olor?

—En absolut. Però... creient que t'havia perdut vaig adonar-me dels meus sentiments... i les meves reaccions han canviat. Ara tot el meu ésser defuig qualsevol acció que pugui inspirar de nou aquell dolor.

No vaig saber què dir. L'Edward va riure en veure la meva expressió.

—Suposo que l'experiència pot qualificar-se d'instructiva.

En aquells moments una ràfega de vent va travessar la clariana i em va despentinar tota; un calfred em va recórrer l'espinada.

—Bé —va dir, remenant de nou la motxilla—, ja has complert la teva part —va treure'n la jaqueta d'hivern i em va ajudar a posar-me-la—. La resta ja no és a les nostres mans. Ens n'anem d'acampada!

Aquell entusiasme fingit em va fer pixar de riure.

L'Edward em va agafar la mà embenada —l'altra estava pitjor, encara amb el cabestrell—, i ens vam encaminar a l'altra banda de la clariana.

—On hem quedat amb en Jacob?

—Aquí mateix —va assenyalar cap als arbres que teníem al davant, al mateix temps que en Jacob sortia amb pas cautelós d'entre les ombres.

No m'hauria d'haver sorprès en veure'l amb la seva forma humana. No sé per què estava buscant un enorme llop castany.

En Jacob em va tornar a semblar més gran, sens dubte per culpa de les meves expectatives. Inconscientment, devia pensar que m'apareixeria el Jacob dels meus records, que era més petit i tranquil i no em posava les coses tan difícils. Tenia els braços plegats damunt del pit nu i duia una peça d'abric a la mà. Ens va mirar amb un gest inexpressiu.

L'Edward va corbar avall les comissures de la boca.

—Hi hauria d'haver una millor manera de fer les coses.

—Massa tard —vaig murmurar amb un to pessimista.

L'Edward va llançar un sospir.

—Hola, Jake —vaig saludar quan ja estàvem més a prop.

—Hola, Bella.

—Com estàs, Jacob? —va saludar-lo l'Edward.

En Jacob va estalviar-se compliments i va anar al gra.

—On la porto?

L'Edward va treure un mapa de la butxaca lateral de la motxilla i l'hi va donar. En Jacob el va desplegar.

—Estem aquí —va informar l'Edward estirant el braç per assenyalar el lloc exacte. El licantrop va recular instintivament per apartar-se, però després es va redreçar. El meu xicot va fer veure que no se n'adonava.

—I tu la portaràs per aquí —va prosseguir l'Edward, traçant un camí sinuós que seguia les línies de relleu del mapa—, fins aquí. Són uns quinze quilòmetres.

En Jacob va assentir una sola vegada.

—Quan estiguis més o menys a un quilòmetre i mig, el vostre sender es creuarà amb el meu. Segueix-lo fins el punt de destí. Necessites el mapa?

—No, gràcies. Conec la zona com el palmell de la mà. Crec que ja sé on vaig.

Semblava que a en Jacob li costava més feina que a l'Edward mantenir un to educat i cortès.

—Jo agafaré la ruta més llarga. Ens veiem d'aquí a unes hores.

Després em va mirar amb un gest trist. Aquesta part de l'estratègia no li agradava.

—Fins ara —vaig murmurar.

L'Edward va desaparèixer entre els arbres, en direcció contrària. Quan va esfumar-se, en Jacob va tornar a estar content.

—Què passa, Bella? —em va preguntar amb un somriure d'orella a orella.

Vaig girar els ulls en blanc.

—La història de la meva vida.

—Entenc —em va dir—. Una trepa de vampirs et volen matar. Com sempre.

—Com sempre.

—Bé —va afegir mentre es posava l'abric per tenir les mans lliures—. Anem.

Vaig fer una ganyota mentre m'acostava a ell.

En Jacob es va ajupir i va passar un braç per darrere els meus genolls. Les cames se'm van elevar enlaire, però abans que se m'estampés el cap a terra em va agafar amb l'altre braç.

—Idiota —vaig murmurar.

Ell es va posar a riure i arrencà a córrer entre els arbres. Duia un ritme constant, un trot que podria haver mantingut qualsevol humà en bona forma... sempre que fos en terreny pla i sense una càrrega extra de cinquanta quilos.

—No cal que corris tant. Et cansaràs.

—Córrer no em cansa —en Jacob respirava amb el ritme regular d'un atleta de marató—. A més, aviat farà més fred. Espero que l'Edward acabi d'instal·lar el campament abans que arribem.

Vaig tocar amb el dit el gruixut farciment del seu abric.

—Em pensava que tu ja no passaves fred.

—I així és. L'he portat per a tu, per si no venies prou equipada —va mirar la meva jaqueta, quasi decebut en veure que sí—. No m'agrada el temps que fa. Em posa nerviós. T'has fixat que no hem vist ni un sol animal?

—La veritat és que no.

—Ja m'ho imaginava. Els teus sentits estan massa esmussats.

No vaig fer cas del comentari.

—A l'Alice també li preocupa la tempesta.

—No és normal que el bosc estigui tan silenciós. Heu escollit la pitjor nit per anar d'acampada.

—No ha sigut del tot idea meva.

El sender que havia agafat era cada cop més dret, però no va alentir el pas. Saltava àgilment d'una roca a una altra, sense necessitat de les mans. El seu equilibri era tan perfecte que em recordava una cabra salvatge.

—Què t'hi has penjat, al braçalet? —em va preguntar.

Vaig mirar avall i em vaig adonar que duia el cor de cristall ben visible al canell.

Em vaig encongir amb un cert sentiment de culpa.

—Un altre regal de graduació.

En Jacob va fer un bufec.

—Ja m'ho ensumava, jo. Una pedra preciosa.

Una pedra preciosa? De sobte vaig recordar la frase que l'Alice havia deixat sense acabar en el garatge. Vaig mirar el cristall blanc i brillant intentant recordar el que havia comentat sobre els diamants. Podria ser que hagués volgut dir «ja portes un diamant de l'Edward»? No, no era possible. Si el cor era un diamant, hauria de pesar cinc quirats o alguna bestiesa semblant. L'Edward no hauria...

—Fa temps que no véns a La Push —em va dir en Jacob, interrompent l'inquietant rumb de les meves conjectures.

—He estat molt atrafegada —li vaig respondre—. I... de totes maneres, crec que no hi hauria anat.

En Jacob va fer una ganyota.

—Em pensava que tu eres la compassiva i jo el rancorós.

Vaig arronsar les espatlles.

—He pensat molt en l'últim cop que ens vam veure. I tu?

—No —vaig dir.

En Jacob es va posar a riure.

—O dius mentida, o ets la persona més tossuda que hi ha sobre la capa de la terra.

No volia mantenir una conversa com aquella i en aquelles condicions, envoltada per aquells braços massa càlids sense poder-los evitar. Tenia la seva cara massa a prop pel meu gust, i hagués volgut fer una passa enrere.

—Una persona intel·ligent té en compte tots els aspectes d'una decisió.

—I jo els he tingut en compte —vaig replicar.

—Si no has tornat a pensar en el... en la conversa que vam tenir la darrera vegada que em vas venir a veure, és que no és cert.

—Aquella «conversa» no és rellevant per a la meva decisió.

—Hi ha gent que fa el que sigui per enganyar-se a si mateixa.

—M'he adonat que els licantrops, en particular, tenen tendència a cometre aquest error. Creus que és genèric a l'espècie?

—Això significa que ell besa millor que jo? —va preguntar en Jacob. De sobte, s'havia posat de mal humor.

—La veritat és que no t'ho sé dir, Jake. L'únic noi a qui he besat en la meva vida és l'Edward.

—Sense comptar-me a mi.

—Jo no compto allò com un petó, Jacob. A mi em va semblar més aviat una agressió.

—Buf..., això sona molt fort.

Em vaig encongir d'espatlles. No pensava retirar-ho.

—Ja et vaig demanar perdó —em va recordar.

—I jo et vaig perdonar... quasi del tot, però això no treu que jo ho recordi d'aquesta manera.

Va murmurar alguna cosa inintel·ligible.

Durant una estona vam fer silenci; només se sentia la seva respiració rítmica i el rugit del vent a les copes dels arbres. Al nostre costat s'erigia un penya-segat faralló de pedra grisa. Vam seguir la base, que s'allunyava del bosc dibuixant una corba ascendent.

—Continuo creient que això és una irresponsabilitat —va dir en Jacob de sobte.

—No sé de què estàs parlant, però sigui el que sigui t'equivoques.

—Pensa-ho, Bella. Segons tu, en tota la vida només has besat una persona, que ni tan sols és una persona de debò, i dius que ja en tens prou. Com saps que és això el que vols? No hauries de sortir abans amb altra gent?

Mantenia la veu calmada.

—Sé perfectament el que vull.

—Aleshores no passaria res amb el sol fet de confirmar-ho. Potser hauries d'intentar besar algú més. Només per comparar... ja que el que va passar l'altre dia no compta. Em podries fer un petó a mi, per exemple. No em fa res que m'utilitzis per a un experiment.

Em va prémer contra el seu pit, de manera que el meu rostre va quedar encara més a prop del seu. Somreia de la seva pròpia gràcia, però jo no pensava córrer cap risc.

—No juguis amb mi, Jake, o et juro que quan l'Edward intenti partir-te la cara no l'aturaré.

A la meva veu hi havia un timbre de pànic que encara el va fer riure més.

—Si tu em demanes que et besi, ell no té motius per enfadar-se. No va dir que no passava res?

—Si creus que t'ho demanaré, ja pots anar esperant, Jake. Encara que siguis un home llop, te'n cansaràs.

—Doncs sí que estem de bon humor avui.

—Em pregunto per què serà.

—A vegades penso que t'agrado més com a llop.

—Doncs mira, sí, a vegades jo també ho penso. És possible que tingui a veure amb el fet que quan ets llop no pots dir ni piu.

Va prémer els llavis amb un gest pensatiu.

—No, dubto que sigui per això. Em sembla que t'és més fàcil estar a prop meu quan no sóc humà perquè així no has de fingir que no t'atrec.

Em vaig quedar amb un pam de boca oberta; però en adonar-me'n la vaig tancar i vaig serrar les dents.

Ell ho va sentir, i somrigué d'orella a orella amb un gest de victòria.

Vaig respirar profundament abans de parlar.

—No. Estic del tot segura que és perquè no pots parlar.

En Jacob va sospirar.

—No et cansaràs mai d'enganyar-te a tu mateixa? Saps de sobres que sempre em tens present al cap. Físicament, vull dir.

—Com podria algú no tenir-te present físicament, Jacob? —li vaig preguntar—. Ets un monstre gegant que es nega a respectar l'espai vital dels altres.

—Et poso nerviosa, però només quan sóc humà. Et sents més còmoda prop meu quan sóc un llop.

—Els nervis i la irritació no és el mateix.

En Jacob se'm va quedar mirant un instant. Va afluixar la marxa, i el seu gest de diversió va desaparèixer. Va estrènyer els ulls, que es van tornar negres sota l'ombra de les celles. La seva respiració, tan regular mentre corria, va començar a accelerar-se. Lentament va ajupir la cara per acostar-la a la meva.

El vaig mirar als ulls. Vaig saber amb exactitud què pretenia.

—És la teva cara —li vaig recordar.

Va deixar anar una riallada i va recuperar el ritme de nou.

—Prefereixo no barallar-me amb el teu vampir aquesta nit. Qualsevol altre moment seria més idoni perquè demà tenim molta feina i no vull deixar els Cullen amb un membre menys.

Un sobtat atac de vergonya em va mudar el rostre.

—Ja ho sé, ja ho sé —em va dir, mal interpretant l'expressió—. Creus que em guanyaria.

Em sentia incapaç de dir res. Era jo, i no en Jacob, qui els deixaria amb un membre de menys. I si algú queia ferit per culpa de la meva debilitat? O si, per contra, em mostrava valenta i l'Edward...? No ho volia ni pensar.

—Què et passa, Bella? —el seu gest va deixar de ser jocós i fanfarró, i a sota va aparèixer el Jacob que jo coneixia, com si s'hagués tret una màscara—. Si he dit res que t'ha molestat, vull que sàpigues que només feia broma. No era la meva intenció dir res que... Ei, estàs bé? No ploris, Bella —em va demanar.

M'intentava dominar.

—No ploraré.

—Què he dit?

—No és res que hagis dit, és... És culpa meva. He fet una cosa... terrible.

Em va mirar atordit, amb uns ulls com taronges.

—L'Edward no lluitarà, demà —li vaig explicar xiuxiuejant—. L'he obligat a quedar-se amb mi. Sóc una covarda fastigosa!

En Jacob va arrufar les celles.

—I creus que no sortirà bé? Penses que et trobaran, aquí? És que saps alguna cosa que jo no sé?

—No, no. No és això. És que... no puc deixar que lluiti. Si no tornés... —em va recórrer un calfred i vaig haver de tancar els ulls per defugir la idea.

En Jacob es va quedar callat. Jo vaig continuar parlant en veu baixa i sense obrir els ulls.

—Si algú en surt ferit, la culpa sempre serà meva. I encara que ningú no... M'he portat fatal. Però ho havia de fer, l'havia de convèncer perquè es quedés amb mi. Estic segura que ell no m'ho retraurà, però jo sabré sempre quines coses sóc capaç de fer —em vaig sentir una mica millor en purgar tot allò del meu interior, encara que només ho pogués confessar a en Jacob.

Ell va bufar. Vaig alçar les parpelles a poc a poc, i em va entristir veure que havia tornat a enfundar-se aquella màscara de duresa.

—No em puc creure que s'hagi deixat convèncer. Jo no m'ho perdria per res del món.

—Ja ho sé —vaig dir amb un sospir.

—De totes maneres, això no vol dir res —va començar a recular—. No significa que t'estimi més que jo.

—Però tu no t'hauries quedat amb mi, encara que t'ho hagués suplicat.

Va prémer els llavis per un instant, i em vaig preguntar si ho intentaria negar. Els dos sabíem la veritat.

—Però només perquè jo et conec millor —va respondre finalment—. Tot anirà com una seda. I encara que m'ho demanessis i jo et digués que no, sé que després no t'enfadaries tant amb mi.

—Potser tens raó. Si tot anés bé, potser no m'enfadaria amb tu. Però tot i així, el temps que estiguessis lluny jo em moriria de preocupació. Em tornaria boja.

—Per què? —em va preguntar bruscament—. Què t'importa, a tu, si em passa res?

—No diguis això. Saps de sobres el que signifiques per a mi. Em sap greu que no sigui de la manera que tu voldries, però així són les coses. Ets el meu millor amic. Almenys, abans ho eres. I encara ho ets... quan et relaxes.

En Jacob va posar aquell somriure d'abans, el que jo adorava.

—Sempre ho seré —em va prometre—. Fins i tot encara que no... encara que no em comporti com ho hauria de fer. Però, en el fons del meu ésser, sempre estaré amb tu.

—Ja ho sé. Si no, per què et penses que aguanto totes les teves bestieses?

Vam riure tots dos, però després la mirada d'en Jacob va entristir-se.

—Quan te n'adonaràs, finalment, que també estàs enamorada de mi?

—Sempre has d'espatllar un bon moment?

—No vull dir que no l'estimis a ell, no sóc burro, però es pot estimar més d'una persona a la vegada, Bella. Això passa molt sovint.

—Jo no sóc un llop tarat com tu, Jacob.

En veure que arrufava el nas, vaig estar a punt de demanar perdó pel que acabava de dir, però ell va canviar de tema.

—No estem gaire lluny. El puc ensumar.

Vaig sospirar, alleujada.

En Jacob va mal interpretar el significat del meu sospir.

—Aniria més a poc a poc, Bella, però suposo que voldràs estar sota cobert abans que això es desfermi.

Vam alçar la mirada al cel.

Per l'oest s'acostava un sòlid mur de núvols porpra, quasi negres, i el bosc se sumia en ombres al seu pas.

—Ostres! —vaig murmurar—. Serà millor que t'afanyis, Jake. Voldràs ser a casa abans que la tempesta descarregui.

—No me'n vaig a casa.

Me'l vaig quedar mirant, exasperada.

—No acamparàs amb nosaltres.

—No si ho dius al peu de la lletra, no em penso ficar a la vostra tenda. Prefereixo la tempesta abans que aquella pudor. Però segur que el teu xuclasang voldrà mantenir-se en contacte amb la bandada per coordinar les accions, així que jo, amablement, li facilitaré aquest servei.

—Em pensava que això era feina d'en Seth.

—Ell se n'encarregarà demà, durant la batalla.

Quan me la va recordar, vaig fer silenci un moment, mentre em mirava en Jacob. De sobte tornava a estar tan preocupada com abans.

—Suposo que, ja que ets aquí, no hi haurà manera de convence't perquè et quedis demà —li vaig dir—. I si em poso a suplicar-te, o t'ofereixo convertir-me en la teva esclava la resta de la meva vida?

—Sona temptador, però no. Tot i així, deu ser divertit veure't suplicar. Si vols, ho pots intentar.

—És que no hi ha res que pugui dir per fer-te canviar d'opinió?

—No. Tret que em puguis prometre una batalla millor. En tot cas, qui dóna les ordres és en Sam.

Això em va recordar una cosa.

—L'Edward em va dir una cosa l'altre dia... sobre tu.

En Jacob va alarmar-se.

—Segur que era mentida.

—Ah, sí? Aleshores no ets el segon al comandament de la bandada?

En Jacob va pestanyejar. Es va quedar blanc.

—Ah, era això?

—Per què no m'ho havies dit mai?

—Per què ho havia de fer? No és cap cosa.

—No ho sé. Per què no? És interessant. Com funciona? Com és que en Sam ha acabat sent el mascle alfa i tu el... el mascle beta?

En Jacob va riure dels termes que se m'acabaven d'ocórrer.

—En Sam és el primer, el més gran. És lògic, doncs, que tingui el comandament.

Vaig arrugar el front.

—Però aleshores, el segon no hauria de ser en Jared, o en Paul? Van ser els següents a transformar-se.

—Bé, és una mica complicat d'explicar —va fer-se l'orni.

—Intenta-ho.

En Jacob va fer un sospir.

—Té a veure amb el llinatge. Ja sé que està una mica passat de moda. Avui tant és qui fos el teu avi, però encara funciona així.

Aleshores vaig recordar una cosa que en Jacob m'havia dit fa molt de temps, abans que cap dels dos sabéssim res sobre els homes llop.

—No em vas dir que l'Ephraim Black va ser el darrer cap que havien tingut els *quileute?*

—Sí, és cert. Ell era l'alfa. Sabies que teòricament en Sam és ara el cap de tota la tribu? —va fer una riallada—. Quines tradicions més estúpides.

Vaig cavil·lar sobre això durant un instant, mirant d'encaixar totes les peces.

—Però també em vas dir que la gent escoltava el teu pare més que cap altra persona del consell per ser nét de l'Ephraim, no?

—On vols anar a parar?

—Bé, si té a veure amb el llinatge... No hauries de ser tu el cap?

En Jacob no em va respondre. Es va quedar mirant el bosc, cada cop més tenebrós, com si de sobte necessités concentrar-se per saber on anava.

—Jake?

—No, aquesta és la feina d'en Sam —va mantenir els ulls clavats en l'agrest sender que seguíem.

—Per què? El seu besavi era en Levi Uley, no? En Levi no era també un alfa?

—Només hi ha un alfa —va respondre automàticament.

—Aleshores, què era en Levi?

—Un beta, suposo —va rebufar en pronunciar el terme amb el qual l'havia batejat—. Com jo.

—Això no té sentit.

—Tant és.

—Només ho vull entendre.

En Jacob es va decidir a mirar-me, i en veure'm confosa va tornar a sospirar.

—Sí. Se suposa que jo hauria de ser l'alfa.

Vaig arrufar les celles.

—És que en Sam no ha volgut renunciar-hi

—No és això. És que jo no he volgut ascendir.

—Per què no?

En Jacob va fer un gest de contrarietat davant les meves preguntes. *Que s'aguanti,* vaig pensar, *ara li toca a ell sentir-se incòmode.*

—No volia res d'això, Bella. No volia que les coses canviessin. No em venia de gust ser un cap llegendari ni formar part d'una bandada d'homes llop, i molt menys ser-ne el líder. Quan en Sam m'ho va oferir ho vaig rebutjar.

Em vaig quedar una bona estona pensant en això. En Jacob, sense interrompre les meves cavil·lacions, va tornar a escrutar les tenebres del bosc.

—Jo em pensava que eres feliç, que estaves content amb la teva situació —li vaig dir, finalment.

En Jacob va somriure per tranquil·litzar-me.

—Sí, està força bé. A vegades és emocionant, com per exemple demà. Però al principi va ser com si m'haguessin reclutat per a una guerra que jo no sabia que existís. No em van deixar escollir. Va ser irrevocable —es va encongir—. De totes maneres, suposo que ara estic content. Havia de ser així, i a més a més, amb qui més podia confiar per prendre la decisió? No hi ha ningú millor que un mateix.

Em vaig quedar mirant el meu amic amb una inesperada sensació de respecte. Era molt més madur del que havia cregut fins aleshores. Igual com m'havia passat amb en Billy l'altra nit a la foguera, hi havia una grandesa en ell que mai no hauria sospitat.

—Jacob el cap de tribu —vaig murmurar, somrient davant el so d'aquestes paraules juntes.

Ell va girar els ulls en blanc.

En aquell moment, el vent va sacsejar amb força els arbres, tan gèlid com si baixés bufant d'una glacera. Els forts espetecs de la fusta en moure's van ressonar per tota la muntanya. Encara que la llum es debilités a mesura que aquell núvol tenebrós cobria el cel, vaig poder distingir uns petits flocs de neu que voletejaven sobre nosaltres.

En Jacob va accelerar la marxa i va concentrar tota la seva atenció al terra mentre corria a tota velocitat. Em vaig arraulir contra el seu pit per protegir-me d'aquella molesta nevada.

Al cap d'uns minuts, en Jacob va arribar al sotavent del faralló, i vam veure la petita tenda muntada contra la paret de roca, a recer de la tempesta. Els flocs queien en remolins sobre nosaltres, però el vendaval era tan intens que no deixava que reposessin enlloc.

—Bella! —va cridar l'Edward alleujat. El vam sorprendre passejant nerviosament per aquella petita clariana.

Va aparèixer al meu costat com un llamp, tan ràpid que amb prou feines el vaig veure. En Jacob es va encongir sobresaltat, i després em va deixar a terra. L'Edward no va fer cas de la seva reacció i em va abraçar amb força.

—Gràcies —va dir l'Edward per damunt del meu cap. El to era sincer—. Has anat més ràpid del que em pensava. T'ho agraeixo de debò.

Em vaig girar per observar la resposta d'en Jacob, que es va limitar a encongir les espatlles; tota la cordialitat se li havia esfumat de la cara.

—Porta-la a dins. Això es posarà pitjor: se m'estan eriçant els cabells del cap. Aquesta tenda és segura?

—Només em falta soldar-la a la roca.

—Bé.

En Jacob va alçar els ulls al cel, que ara estava completament tapat per la tempesta i esquitxat de remolins de neu. Va badar els narius.

—Em vaig a transformar —va anunciar—. Vull saber com va tot per casa.

Va penjar l'abric en una branca curta i ampla i es va endinsar en les tenebres del bosc sense mirar enrere.

Gel i foc

La tenda de campanya va esbategar sota el flagell del vent, i jo em vaig estremir.

El termòmetre queia en picat. Un fred punyent travessava el sac de dormir i la jaqueta, fins la meva pell. Estava gelada encara que anés completament vestida, fins i tot duia posades les botes de muntanya ben cordades. Malgrat tot, no semblava que servís de res. Com és que feia tant de fred? Com és que la temperatura continuava baixant? Hauria de parar en algun moment, no?

—Qui-quina hoora és? —em vaig esforçar a pronunciar; era una tasca gairebé impossible perquè les paraules se m'encallaven amb aquell petament de dents.

—Les dues —va contestar l'Edward, assegut en aquell espai tan diminut el més lluny possible de mi...

... temorós de respirar gaire a prop meu si teníem en compte que jo ja estava prou glaçada. L'interior de la tenda era massa fosc per poder distingir el seu rostre amb claredat, però la veu sonava desesperada per la preocupació, la indecisió i el desencís.

—Potser...

—No, esttic bbé, de debbò. No vull sorttir a ffora.

M'havia intentat convèncer, almenys una dotzena de vegades, perquè marxéssim d'allà cames ajudeu-me, però a mi m'aterria la perspectiva d'abandonar el refugi. Si aquí hi feia tant de fred, i em trobava a recer dels cops de vent, m'imaginava com en seria de terrible sortir corrents a l'exterior.

I a més engegaria a rodar tots els esforços fets aquella tarda. Tindríem prou temps per recuperar-nos un cop passada la tempesta? I si no afluixava mai? Era absurd moure'ns ara. Podia sobreviure tota una nit tremolant.

Em preocupava la idea que s'hagués perdut el rastre que havia deixat, però ell em va prometre que els monstres que venien el trobarien fàcilment.

—Què puc fer-hi? —em va dir, en to de súplica.

Em vaig limitar a moure el cap. A fora, sota la neu, en Jacob udolava de frustració.

—Vvés-te'n dd'aquí —li vaig ordenar un altre cop.

—Només està preocupat per tu —em va traduir l'Edward—. Es troba bé. El seu cos està preparat per suportar això.

—Eeeee.

Li vaig voler dir que tot i així se n'havia d'anar, però la idea se'm va quedar enganxada entre les dents. Em vaig esforçar, fins al punt de deixar-m'hi la llengua. Almenys, en Jacob semblava estar ben equipat per la neu, fins i tot millor que la resta de la seva banda-da, ja que tenia els pèls rogencs més gruixuts i grenyuts. Em vaig preguntar a què es deuria.

En Jacob va tornar a gemegar, en tons molt aguts, un lament que crispava els nervis.

—Què vols que faci? —va grunyir-li l'Edward, massa nerviós per anar amb delicadeses—. Que la tregui al mig de la tempesta de neu? No sé en què pots ser-nos útil. Per què no busques per aquí un lloc més calent o el que sigui?

—Esttic bbé —vaig protestar.

El grunyit de l'Edward i la interrupció de l'udol que sonava a fora de la tenda em van indicar que, pel que semblava, no havia aconseguit convèncer ningú. El vent va sacsejar amb força les robes de la capota i jo em vaig estremir al mateix ritme.

De sobte un udol va estripar el rugit del vent i em vaig tapar les orelles per no sentir-lo. L'Edward va fer mala cara.

—Això no servirà de res —va remugar—, i és la pitjor idea que he sentit en ma vida —va afegir en veu més alta.

—Segur que és millor que qualsevol de les teves idees —va replicar en Jacob; em vaig endur una gran sorpresa en sentir-li la veu humana—. *Per què no busques per aquí un lloc més calent...* —va estrafer remugant—. Què et penses que sóc? Un Sant Bernat?

Vaig sentir el brunzit de la cremallera de l'entrada de la tenda en obrir-se.

En Jacob no la va descórrer tota, però li era impossible entrar sense que per la petita obertura hi calés l'aire glacial i que uns quants flocs de neu caiguessin al terra de lona. Em vaig agitar d'una forma tan violenta que el tremolor es va transformar en una convulsió en tota regla.

—Això no m'agrada gens —va xiuxiuejar l'Edward mentre en Jacob tornava a tancar la cremallera de l'entrada—. Limita't a donar-li l'abric i surt d'aquí.

Els meus ulls s'havien adaptat prou a la foscor per poder distingir les formes. Vaig veure que en Jacob portava l'abric que s'havia quedat penjat d'un arbre al costat de la tenda.

Volia preguntar de què parlaven, però el tremolor em feia quequejar descontroladament i l'únic que em va sortir dels llavis va ser «qqquuqqquu».

—L'abric és per demà, ara té massa fred i no es podrà escalfar per si mateixa. Està gelada —es va deixar caure al meu costat—. M'has dit que necessita un lloc més calent i aquí estic jo —en Jacob va obrir els braços tot el que li va permetre l'amplària de la tenda. Com era habitual quan corria en forma de llop, només duia la roba justa, simplement uns pantalons, sense samarreta ni sabates.

—Jjjjakke, ett ccoonggelaràs —vaig intentar protestar.

—Ho dubto molt —va contestar alegrement—. Aquests dies he aconseguit arribar quasi als 43 graus, semblo una torradora. Suaràs en un tancar i obrir d'ulls.

L'Edward va rugir, però en Jacob ni tan sols el va mirar. Es va agenollar al meu costat i va començar a abaixar la cremallera del sac de dormir.

La mà blanca de l'Edward va aferrar de sobte l'espatlla d'en Jacob, subjectant-lo fort, blanc nivi contra pell fosca. La mandíbula d'en Jacob va tancar-se amb un cop audible, se li van dilatar els narius i el seu cos va defugir el fred contacte. Va reaccionar automàticament amb un cop sec de braços.

—Treu-me les mans de sobre —va grunyir entre dents.

—Primer treu les teves de sobre seu —va respondre l'Edward amb un to d'odi.

—Nnnoo lluuitteu —vaig suplicar. Em vaig tornar a estremir. Semblava que se m'havien de trencar les dents de tan fort com em petaven.

—Estic segura que ella t'ho agraïrà quan els dits se li congelin, se li tornin negres i se li trenquin —va replicar en Jacob bruscament.

L'Edward va dubtar, però al final va deixar anar el seu rival i va seure al seu racó.

—Vigila què fas —va advertir-lo amb una veu freda i esfereïdora.

En Jacob va riure entre dents.

—Fes-me lloc, Bella —va dir mentre abaixava una mica més la cremallera.

El vaig mirar indignada. Ara entenia la virulenta reacció de l'Edward.

—Nnno —vaig protestar.

—No siguis estúpida —va respondre exasperat—. És que vols perdre els dits?

Va embotir el seu cos dins el sac, en el mínim espai disponible, forçant la cremallera per tancar-la.

I aleshores vaig haver de renunciar a les crítiques, no tenia cap més objecció. En Jacob estava certament molt calentet. Em va abraçar i em va estrènyer contra el seu pit nu de manera còmoda i acollidora. La calor era irresistible, com l'aire quan has passat massa temps submergit. Es va encongir quan vaig prémer amb avidesa els meus dits gelats contra la seva pell.

—Ai, Bella, m'estàs congelant —es va queixar.

—Ho ssssenttoo —vaig quequejar.

—Intenta relaxar-te —em va suggerir mentre un altre estremiment em travessava amb violència—. Et refaràs en un minut. Encara que, és clar, t'escalfaries més de pressa si et traguessis la roba.

L'Edward va grunyir de cop.

—Només és una idea —es va defensar en Jacob—. Una simple qüestió de supervivència, res més.

—Ca-calla, Ja-jake —vaig replicar empipada, tot i que el meu cos no tenia cap intenció d'apartar-se d'ell—. Nningú nnecessitta to-tots els di-ditts.

—No et preocupis pel xuclasang —va suggerir en Jacob, pagat de si mateix—. Només està gelós.

—És clar que n'estic —va intervenir l'Edward amb la veu controlada, de vellut un altre cop, un murmuri musical en la foscor—. No tens la més petita idea de com desitjaria fer el que estàs fent per ella, gos.

—Així és la vida —va comentar en Jacob en un to lleuger, que després es va tornar amarg—. Almenys saps que ella voldria que fossis tu.

—Cert —va admetre l'Edward.

El tremolor va anar minvant i es va fer suportable mentre ells discutien.

—Ja —va exclamar en Jacob, encantat—. Estàs millor?

Finalment vaig poder articular amb claredat.

—Sí.

—Encara tens els llavis morats —va reflexionar en Jacob—. Vols que te'ls escalfi també? Només m'ho has de demanar.

L'Edward va sospirar profundament.

—Comporta't —li vaig murmurar, prement la cara contra la seva espatlla.

Es va encongir de nou quan la meva pell freda va entrar en contacte amb la seva, i jo somreia amb una certa satisfacció venjativa.

Ja m'havia temperat i em trobava còmoda dins del sac de dormir. El cos d'en Jacob semblava que irradiés calor des de tots els costats, potser perquè havia ficat tota la seva còrpora a dins del sac. Em vaig treure les botes en dues estirades i vaig prémer els dits dels peus contra les seves cames. Va fer un gruny, però després va inclinar el cap per fregar-me l'orella entumida amb la seva galta càlida.

Em vaig adonar que la pell d'en Jacob feia olor de fusta moscada, una olor molt apropiada pel lloc on ens trobàvem, al mig d'un bosc. Era esplèndid. Em vaig preguntar si els Cullen i els *quileute* no estaven carregats de romanços i de prejudicis amb tot allò dels aromes, ja que per mi, tots ells feien unes olors magnífiques.

A fora la tempesta udolava com si fos una bèstia que atacava la tenda, però ara ja no m'estremia. En Jacob estava a recer del fred, igual que jo. A més, jo estava massa cansada per preocupar-me per res, fatigada d'estar desperta fins tan tard i adolorida pels espasmes musculars. El meu cos es va relaxar lentament mentre em descongelava, de mica en mica, i després em vaig quedar ben fluixa.

—Jake? —vaig mussitar mig adormida—. Puc preguntar-te una cosa? No faig broma, d'acord? *És curiositat, res més* —eren les mateixes paraules que ell havia usat quan érem a la cuina de casa... no podia recordar quant de temps feia.

—És clar —va riure entre dents en recordar-se'n.

—Per què tens més pèl que els altres? No em contestis si et sembla una grolleria —no tenia ni idea de quines regles d'etiqueta regien en la cultura dels llops.

—Perquè porto els cabells més llargs —va contestar, divertit. Almenys la pregunta no l'havia ofès. Va moure el cap de manera que el cabells solts, que ara ja li arribaven fins a la barbeta, em van fregar la galta.

—Ah —la resposta em va sorprendre, però la veritat és que tenia sentit. Així que aquest era el motiu pel qual es rapaven, quan s'unien a la bandada—. I per què no te'ls talles? T'agrada més anar grenyut?

Aquest cop no em va respondre de seguida, i l'Edward va riure en silenci.

—Ho sento —vaig intervenir, tapant-me la boca per badallar—. No pretenia ser indiscreta. No cal que em contestis.

En Jacob va proferir un so emmurriat.

—Tant és, de totes maneres t'ho explicarà ell, així que millor que t'ho digui jo... Em deixava créixer els cabells perquè... em pensava que a tu t'agradaven més llargs.

—Oh —em vaig sentir incòmoda—. Daixò... jo... a mi m'agraden de totes dues maneres, Jake. No cal que et molestis.

Ell va arronsar les espatlles.

—De totes maneres han servit molt aquesta nit, així que no et preocupis per això.

No tenia res més a dir. Es va fer un silenci llarg enmig del qual les parpelles em pesaven cada cop més, i al final, esgotada, vaig tancar els ulls. El ritme de la meva respiració va disminuir fins a una cadència regular.

—Molt bé, reina, ara dorm —va mormolar en Jacob.

Jo vaig sospirar, satisfeta, ja gairebé inconscient.

—En Seth és aquí —va informar l'Edward a en Jacob amb un fil de veu; de sobte, vaig entendre els udols de fora.

—Perfecte. Ara ja pots estar al cas del que passa mentre jo tinc cura de la teva xicota.

L'Edward no va replicar, però jo vaig grunyir mig inconscient.

—Prou, Jacob —vaig remugar entre dents.

Aleshores tot es va calmar, almenys dins la tenda. A fora, el vent udolava embogit en passar entre els arbres. L'estructura metàl·lica es sacsejava de tal manera que era impossible aclucar l'ull. Cada cop que estava a punt de sumir-me a la inconsciència, una ratxa de vent i neu bufava tan fort que agitava les varetes metàl·liques. Em sentia fatal pel llop, el noi que s'estava a fora, enmig de la neu.

La meva ment vagava mentre esperava agafar son. Aquell lloc, petit i càlid, em transportava als primers temps amb en Jacob i vaig recordar com solien ser les coses quan ell era el meu sol, la calidesa que feia que valgués la pena viure la vida, encara que jo la tingués buida. Ja havia passat molt temps des d'aleshores, però aquí tenia en Jacob un altre cop, escalfant-me com ho havia fet abans.

—*Sisplau!* —va xiuxiuejar l'Edward—. *Si no et fa res...!*

—Què? —va respondre en Jacob entre murmuris, sorprès.

—No creus que hauries d'intentar controlar els teus pensaments? —el xiuxiueig de l'Edward sonava furiós.

—Ningú no t'ha demanat que escoltis —va mormolar en Jacob desafiador, encara que una mica avergonyit—. Surt del meu cap.

—Ja m'agradaria, ja. No tens ni idea del volum de les teves petites fantasies. És com si les estiguessis cridant.

—Intentaré baixar-les de to —va replicar en Jacob amb sarcasme.

Hi va haver una petita pausa de silenci.

—Sí —va contestar l'Edward a un pensament no expressat en veu alta, amb un murmuri tan baix que gairebé no vaig sentir—. També estic gelós d'això.

—Ja m'ho imaginava jo —va murmurar en Jacob, petulant—. Igualar les apostes fa que el joc tingui més interès, no?

L'Edward va riure entre dents.

—Somia-hi si vols.

—Ja saps, ella encara podria canviar d'idea —va temptar-lo en Jacob—. Això, tenint en compte totes les coses que jo puc fer amb ella i tu no. Almenys, és clar, sense matar-la.

—Dorm, Jacob —va remugar l'Edward—. Estàs començant a posar-me nerviós.

—Sí, crec que ho faré. Aquí s'hi està la mar de bé.

L'Edward no va contestar.

Jo ja estava massa lluny per demanar-los que deixessin de parlar de mi com si no hi fos. La conversa era d'una qualitat gairebé onírica i no estava segura de si dormia del tot o no.

—Tant de bo pogués —va replicar l'Edward al cap d'un moment, en resposta a una pregunta que jo no havia sentit.

—Però series sincer?

—Sempre pots tafanejar a veure què passa —el to burleta de l'Edward em va fer pensar que m'estava perdent algun acudit.

—Bé, tu pots entrar dins del meu cap. Deixa'm fer una ullada dins el teu aquesta nit; això seria el més just —va replicar en Jacob.

—La teva ment està plena de preguntes. Quines vols que contesti?

—La gelosia... se't deu estar menjant. No pots estar tan segur de tu mateix com aparentes. Tret que no tinguis cap mena de sentiments.

—Clar que sí —va admetre l'Edward, i no semblava gens divertit, en absolut—. Just en aquests moments ho estic passant tan malament que amb prou feines puc controlar la veu, però de totes maneres és molt pitjor quan ella està amb tu i jo no hi sóc ni la puc veure.

—Penses en això tot el temps? —va murmurar en Jacob—. No t'és difícil concentrar-te quan ella no hi és?

—Sí i no —va respondre l'Edward; semblava decidit a contestar amb sinceritat—. La meva ment no funciona exactament igual que la teva. Puc pensar en moltes coses alhora. Això significa que puc pensar sempre en tu i alhora preguntar-me si és amb tu amb qui està, quan està tranquil·la i pensativa.

Tots dos es van quedar callats durant una estona.

—Sí, suposo que ella pensa en tu sovint —va murmurar l'Edward en resposta als pensaments d'en Jacob—, amb més freqüència del que m'agradaria. A ella li preocupa que siguis infeliç. Però tu ja ho saps, això, i ho fas servir de forma deliberada.

—He de fer servir els recursos que tinc a mà —va contestar en Jacob en un xiuxiueig—. Jo no tinc els teus avantatges, com ara saber que ella està enamorada de tu.

—Això hi ajuda —va comentar l'Edward amb veu dolça.

En Jacob es va posar desafiador.

—Però ella també m'estima a mi, ja ho saps —l'Edward no va contestar i en Jacob va sospirar—. Encara que és ella qui no ho sap prou.

—No et puc dir si tens raó.

—I això et molesta? T'agradaria poder saber també què en pensa, ella?

—Sí i no, una altra vegada. Ella ho prefereix així, i encara que de vegades em torni boig, m'estimo més que la Bella sigui feliç.

El vent intentava arrencar la tenda, sacsejant-la com si hi hagués un terratrèmol. En Jacob va abraçar-me fort, protegint-me.

—Gràcies —va murmurar l'Edward—. Encara que et sembli estrany, suposo que m'alegro que estiguis aquí, Jacob.

—Si vols dir tant com a mi m'agradaria matar-te, jo també estic content de ser aquí escalfant-la, d'acord?

—És una treva una mica incòmoda, oi?

El mormol d'en Jacob es va tornar sobtadament pretensiós.

—Ja sé que et mors de gelosia, tant com jo.

—Però no sóc tan estúpid per fer-ne una bandera, d'això, com fas tu. No t'ajuda gaire en el teu cas, ja saps.

—Tens més paciència que jo.

—Potser sí. He tingut cent anys per exercitar-la. Els cent anys que fa que l'espero.

—Bé, i... en quin moment vas decidir jugar el paper del bon noi ple de paciència?

—Quan em vaig adonar del mal que li feia obligant-la a escollir. Normalment no m'és tan difícil controlar-me. La majoria de les vegades sóc capaç de sufocar... els sentiments poc civilitzats que fàcilment sento per tu. Alguns cops ella creu que pot veure el que sento, però no en puc estar segur.

—Doncs jo crec simplement que et preocupa el fet que si realment l'obliguessis a triar, no t'escolliria a tu.

L'Edward no va contestar de seguida.

—Això és cert, en part —va admetre per fi—, però només una petita part. Tots tenim els nostres moments de dubte. Bàsicament, em preocupava que ella en sortís escaldada intentant escapar-se per veure't. Quan vaig acceptar que amb tu estava més o menys segura, dins les seves possibilitats, vaig pensar que era millor no ser tan estricte.

En Jacob va sospirar.

—Jo ja l'hi he dit, tot això, però no em creu.

—Ja ho sé —va sonar com si l'Edward ho digués somrient.

—Tu et penses que ho saps tot —va remugar en Jacob entre dents.

—Jo no conec el futur —va dir l'Edward, amb la veu sobtadament insegura.

Es va fer una llarga pausa.

—Què faries si ella canviés d'idea? —li va preguntar en Jacob.

—Tampoc no ho sé, això.

En Jacob va riure baixet entre dents.

—Intentaries matar-me? —va comentar sarcàsticament, com si dubtés de la capacitat de l'Edward per fer-ho.

—No.

—Per què no? —el to d'en Jacob encara era de burla.

—Realment creus que voldria fer-li mal d'aquesta manera?

En Jacob va dubtar durant uns moments i després va sospirar.

—Sí, tens raó. Ja sé que la tens, però a vegades...

—... trobes la idea fascinant.

En Jacob va entaforar la cara contra el sac de dormir per sufocar les rialles.

—Exactament —va admetre al final.

Aquell somni era d'allò més estrambòtic. Em vaig imaginar que era el vent incessant que em murmurava totes aquelles paraules, encara que el vent, més que murmurar, cridava.

—I com seria?, vull dir el fet de perdre-la... —va demanar en Jacob després d'un tranquil interludi, i sense el més lleu rastre d'humor a la seva veu sobtadament ronca—. Com va ser quan et vas pensar que l'havies perdut per sempre? Com te'n vas... sortir?

—M'és molt difícil parlar d'això —va admetre el vampir. El licantrop va esperar—. De fet, només hi he pensat en dues ocasions —l'Edward va parlar a un ritme més lent de l'habitual—. La primera vegada, quan vaig creure que podia deixar-la, va ser gairebé... gairebé insuportable. Em pensava que així ella m'oblidaria i seria com si no ens haguéssim creuat mai. Durant uns sis mesos vaig ser capaç d'estar lluny d'ella sense trencar la promesa de no interferir mai més en la seva vida. Gairebé ho vaig aconseguir... Lluitava contra la idea, però sabia que a la llarga no venceria; havia de tornar, encara que només fos per saber com estava. O almenys això era el que em deia a mi mateix. I si la trobava raonablement feliç... m'agradaria pensar que hauria sigut capaç d'anar-me'n una altra vegada.

»Però ella no era feliç així que jo em vaig quedar. I és clar, aquesta és la manera com m'ha convençut de quedar-me amb ella demà. Fa una estona t'ho estaves preguntant, com és que m'ha convençut... doncs és això, no m'agrada que se senti innecessàriament culpable. Em recorda el que li vaig fer quan me'n vaig anar, el sofriment que li causaré si torno a deixar-la sola. Ella pateix molt pel fet de sentir-se així, però té raó. Jo mai no me'n podré fer a la idea, però tampoc no deixaré d'intentar-ho, de totes maneres.

En Jacob no va respondre durant uns moments, bé perquè estava atent a la tempesta, bé perquè estava assimilant aquelles paraules, no sabia quina raó era la correcta.

—I l'altra vegada, quan et vas pensar que havia mort? —va murmurar en Jacob amb certa rudesa.

—Sí —l'Edward ara va contestar fora de lloc—. Possiblement tu et sentiries igual, no? Tal i com ens perceps a nosaltres no et permet veure-la només com a *Bella* i res més, però és el que ella és.

—Jo no t'he preguntat això.

La veu de l'Edward es va tornar més ràpida i dura.

—No puc descriure com em vaig sentir. No tinc paraules.

Els braços d'en Jacob es van cenyir al meu voltant.

—Però tu te'n vas anar perquè no volies que es convertís en una sangonera. Volies que fos humana.

L'Edward va replicar a poc a poc.

—Jacob, des del moment que em vaig adonar que l'estimava, vaig saber que només hi havia quatre possibilitats.

»La primera opció, la millor per a la Bella, hauria sigut que no sentís això que sent tan fort per mi, que m'hagués deixat i se n'hagués anat. Jo ho hauria acceptat, encara que això no modificaria els meus sentiments. Tu et penses que jo sóc com... una pedra viva, dura i freda. I és veritat. Som el que som i és molt estrany que experimentem un canvi real, però quan passa, per exemple en el moment que la Bella va entrar a la meva vida, és un canvi permanent. No hi ha forma de tornar enrere...

»La segona opció, la que jo vaig escollir al principi, va ser quedar-me amb ella al llarg de tota la seva vida humana. A la Bella no li convenia malgastar el seu temps amb algú que no podia ser humà com ella, però era l'alternativa que jo podia encarar amb més facilitat. Sabent en tot moment que quan ella morís, jo també trobaria una manera de morir. Seixanta o setanta anys, això era realment molt poc temps... però aleshores vam veure que era molt perillós per a ella que visqués tan a prop del meu món... Semblava que tot el que podia sortir malament, ens anava malament. O bé penjava d'un fil, al damunt nostre... esperant per esclafarnos. M'aterria pensar que ni tan sols no tindria aquests seixanta anys si em quedava amb ella sent humana.

»Així que vaig escollir la tercera possibilitat, que, sens dubte, s'ha convertit en el pitjor error que he comès al llarg de la meva dilatada vida, com ja saps. Vaig triar desaparèixer de la seva vida, esperant que es veiés obligada a acceptar la primera opció. No va funcionar i gairebé ens matem tots dos a mig camí.

»Què més em queda, sinó la quarta opció? És el que ella vol, o almenys, el que es pensa que vol. Ho estic intentant retardar, que tingui més temps perquè trobi una raó que la faci canviar d'idea, però ella és molt... tossuda. Això ja ho saps. Tindré sort si ho aconsegueixo allargar uns quants mesos més. Té pànic a fer-se gran i el seu aniversari és aquest setembre...

—M'agrada la primera alternativa —va remugar en Jacob.

L'Edward no va respondre.

—Ja saps que em costa molt d'acceptar, això —va murmurar lentament—, però veig com l'estimes... a la teva manera. No ho puc negar.

»Tenint-ho en compte, crec que la primera opció encara és bona. Crec que molt probablement ella estaria bé amb aquesta opció. Al cap del temps, és clar. Ja saps, si no hagués saltat del penya-segat al març i si tu haguessis esperat sis mesos més abans de venir a comprovar... Bé, la podries haver trobat raonablement feliç. Tenia un pla entre mans.

L'Edward va riure per sota el nas.

—Potser hauria funcionat. Era un pla molt ben pensat.

—És veritat —va sospirar en Jake—, però, dóna'm un any... —de sobte va començar a murmurar tan ràpid que les paraules se li embullaven les unes amb les altres—, xucl..., Edward. Crec que la puc fer feliç, de debò. És una cap quadrada, ningú no ho sap millor que jo, però té capacitat per curar-se. De fet, s'hauria guarit abans. I podria continuar sent humana, en companyia d'en Charlie i la Renée, i maduraria, tindria fills i... seria la Bella.

»Tu l'estimes tant que veus els avantatges d'aquest pla. Ella creu que ets molt altruista, però, ho ets de debò? Pots arribar a considerar la idea que per a ella jo sigui millor que tu?

—Ja ho he fet —va contestar l'Edward serenament—. En molts sentits, tu series molt més apropiat per a ella que qualsevol altre ésser humà. La Bella necessita algú a qui cuidar, i tu ets prou fort per protegir-la, de si mateixa i de qualsevol que intenti fer-li mal. Ja ho has fet, raó per la qual estic en deute amb tu per tot el que em queda de vida, és a dir, eternament, sigui el que sigui que vingui abans...

»Fins i tot he preguntat a l'Alice si podia veure si la Bella estava millor amb tu. És impossible, clar. La meva germana no us pot veure, així que la Bella està segura de la seva elecció, de moment.

»Però no seré tan estúpid com per cometre el mateix error de la vegada anterior, Jacob. No intentaré obligar-la que esculli la primera opció un altre cop. Em quedaré mentre ella em vulgui al seu costat.

—I si al final decidís que m'estima a mi? —el va desafiar en Jacob—. D'acord, és una possibilitat molt remota, t'ho concedeixo.

—La deixaria marxar.

—Sense més ni més? Simplement així?

—En el sentit que mai no li mostraria com en seria de dur per mi, sí, però em mantindria amb els ulls ben oberts. Mira, Jacob, tu també la podries deixar algun dia. Com en Sam i l'Emily, tampoc tu no tindries opció. M'esperaria per substituir-te i em moriria de ganes que passés.

En Jacob va esbufegar.

—Bé, has sigut molt més sincer del que m'esperava, Edward. Gràcies per permetre'm entrar en la teva ment.

—Com t'he dit, i encara que no t'ho creguis, t'agraeixo que estiguis aquí aquesta nit. És el mínim que puc dir... ja saps, Jacob, si no fos perquè som enemics naturals i em pretens robar la raó de la meva existència, en realitat, crec que em cauries de meravella.

—Potser... si no fossis un fastigós vampir que planeja xuclar la sang a la noia que estimo... Bé, no, ni així.

L'Edward va riure entre dents.

—Puc preguntar-te una cosa? —va començar l'Edward després d'un moment en silenci.

—Per què ho necessites preguntar?

—Només ho puc sentir si hi penses. És simplement una història que la Bella no em va voler explicar l'altre dia. Alguna cosa sobre una tercera esposa...

—Què passa amb aquesta història?

L'Edward no va respondre res perquè estava pendent del que contava la ment d'en Jacob. Vaig sentir el seu lent xiuxiueig en la foscor.

—Què? —va demanar en Jacob de nou.

—És clar. Clar! —A l'Edward li bullia la sang—. Hauria preferit que els teus parents s'haguessin guardat aquesta història, Jacob.

—No t'agrada veure els xuclasang en el paper de dolents? —es va burlar en Jacob—. Ja saps que ho són. Abans i ara.

—La veritat és que aquesta part m'importa poc. No endevines amb quin personatge s'ha pogut sentir identificada la Bella?

En Jacob va trigar un moment a reaccionar.

—Oh, no. Aix. La tercera esposa. Ja veig per on vas.

—Per això vol estar a la clariana. Per fer el que pugui, per poc que sigui; ella mateixa ho va dir —l'Edward va sospirar—. Aquest és un altre bon motiu perquè demà no em separi d'ella. Té una gran inventiva quan vol aconseguir alguna cosa.

—Doncs mira, el teu germà d'armes l'hi va posar molt fàcil amb la seva idea.

—En Jasper no ho va fer amb mala intenció —va xiuxiuejar l'Edward intentant asserenar els ànims.

—I quant durarà aquesta petita treva? —va preguntar en Jacob—. Fins que es faci clar? O millor que esperem fins que s'acabi la lluita?

Hi va haver una pausa mentre pensaven.

—Quan claregi — van murmurar alhora, i tots dos es van posar a riure.

—Que dormis bé, Jacob —va remugar l'Edward—. Aprofita aquest moment.

Es va fer el silenci de nou, i la tenda es va quedar quieta durant uns minuts. Semblava que el vent hagués decidit que, al cap i a la fi, no ens esclafaria, i es donava per vençut.

L'Edward va grunyir per sota el nas.

—No ho deia en un sentit literal.

—Ho sento —va xiuxiuejar en Jacob—. Podries deixar-me, ja saps... deixar-nos una mica d'intimitat.

—Vols que t'ajudi a dormir, Jacob? —li va oferir l'Edward.

—Ho podries intentar —li va contestar en Jacob, indiferent—. Seria interessant veure qui en sortiria més escaldat, no?

—No em temptis gaire, gos. La meva paciència no arriba tan lluny.

En Jacob va riure entre dents.

—Si no et fa res, millor que ara no em mogui.

L'Edward va començar a taral·lejar per a si mateix, encara que més fort del normal. Vaig suposar que ho feia per ofegar els pensaments d'en Jacob, però era la meva cançó de bressol preferida i malgrat la creixent inquietud que aquesta mena de somni m'havia provocat, em vaig endinsar la inconsciència més profunda..., en altres somnis amb més sentit...

Monstre

Encara que em trobava dins la tenda, hi havia molta lluminositat quan em vaig despertar, i la llum del sol em va fer mal als ulls. Estava xopa de suor, tal com havia predit en Jacob, que roncava suaument arran de la meva orella i mantenia els braços enllaçats al voltant del meu cos.

Vaig apartar el cap del seu pit calent, gairebé febrós, i vaig sentir l'agullonada del matí fred a la galta banyada de suor. Ell va sospirar en somnis i va estrènyer inconscientment l'abraçada.

Incapaç d'afluixar-li els braços, em vaig retorçar amb força per aixecar el cap i que la meva mirada...

... es trobés amb la de l'Edward, que em contemplava amb expressió serena, tot i que el dolor en els seus ulls era inqüestionable.

—Fa gaire fred, aquí a fora? —vaig murmurar.

—No. Dubto que avui necessitis l'estufa.

Vaig intentar arribar a la cremallera, però no podia alliberar els braços. Em vaig estirar, lluitant contra el pes inert d'en Jacob, que encara ben adormit va murmurar alguna cosa i em va estrènyer amb més força.

—I si m'ajudes? —li vaig preguntar amb calma.

L'Edward va somriure.

—Vols que li aparti els braços?

—No, gràcies. Només descorda la cremallera, que m'estic morint de calor.

L'Edward va obrir el sac de dormir amb un moviment brusc i veloç.

En Jacob va caure enrere picant amb l'esquena nua el terra gelat de la tenda.

—Ei! —es va queixar, obrint els ulls de cop.

Es va inclinar, i va saltar amb instint per apartar-se del fred, just a sobre meu. Pesava tant que em deixava sense aire i no podia ni panteixar, però de cop el seu cos va alçar-se i vaig poder agafar aire. En Jacob va sortir volant contra un dels pals de la tenda, que amb l'impacte es va sacsejar tota.

Els grunyits van omplir l'aire del meu entorn. L'Edward s'ajupia davant meu; no li podia veure el rostre, però els rugits brollaven amb fúria del seu pit. En Jacob també s'havia encorbat, amb tot el cos sotragat pels espasmes de la transformació, i serrant les dents amb ferotgia. Les roques van retornar l'eco dels grunys salvatges que en Seth Clearwater emetia fora de la tenda.

—Voleu parar! Ja n'hi ha prou! —vaig cridar, incorporant-me amb malaptesa per tal d'interposar-me entre ells dos. Hi havia tan poc espai que no em va caldre estirar-me gaire per posar-los una mà al pit a cada un. L'Edward va passar un braç al voltant de la meva cintura preparat per apartar-me del mig amb una empenta—. Pareu d'una vegada! —els vaig tornar a avisar.

En Jacob es va començar a calmar quan va notar el contacte de la meva mà. Va disminuir la freqüència de les convulsions, però no va deixar d'ensenyar les dents ni va apartar els ulls enfurits de sobre l'Edward. En Seth continuava proferint el seu udol interminable, un violent contrapunt pel sobtat silenci que es va fer a dins la tenda.

—Jacob? —li vaig preguntar, i em vaig esperar fins que va relaxar els ulls i em va mirar a mi—. T'has fet mal?

—Clar que no! —va xiuxiuejar.

Em vaig girar cap a l'Edward, que m'observava amb una expressió dura i furiosa.

—T'has passat. T'hauries de disculpar.

Va obrir els ulls disgustat.

—Estàs de broma? T'estava esclafant!

—I per què l'has tirat a terra! No ho ha fet expressament, ni m'ha fet mal.

L'Edward va rondinar i va posar cara de fàstic, però després, lentament, va alçar els ulls cap en Jacob amb una mirada clarament hostil.

—Em sap greu, gos pollós.

—No ha passat res —va replicar en Jacob, amb la veu afilada i provocadora.

Encara feia fred, tot i que no es podia comparar a la gelada nocturna. Vaig plegar els braços sobre el pit.

—Vine —va dir l'Edward, recuperant la tranquil·litat. Va agafar la jaqueta de terra i em va abrigar.

—És d'en Jacob —vaig protestar.

—Ell té un abric de pells —va insinuar l'Edward.

—Si no us fa res, prefereixo el sac de dormir —en Jacob va ignorar l'Edward, i es va ficar dins del sac—. Encara tinc son. Aquesta nit no passarà a la història per ser la que millor he dormit.

—Va ser idea teva —va replicar l'Edward, impassible.

En Jacob es va arraulir, amb els ulls tancats, i va badallar.

—No he dit que no hagi sigut una bona nit, sinó que he dormit poc. Em pensava que la Bella no callaria mai.

Em va fer vergonya pensar què hauria pogut dir en somnis. Les perspectives eren horribles.

—M'alegro que us ho hagueu passat tan bé —va murmurar l'Edward.

Els ulls foscos d'en Jacob van parpellejar i es van obrir de bat a bat.

—Aleshores, vols dir que no has tingut bona nit? —va preguntar, molt pagat de si mateix.

—No ha sigut la pitjor nit de la meva vida.

—Però, almenys entra al rànquing de les deu pitjors? —va demanar en Jacob amb un gaudi pervers.

—Possiblement.

En Jacob va somriure i va estrènyer els ulls.

—Ara bé —va continuar l'Edward—, tampoc no figuraria entre les deu millors encara que hagués pogut ocupar el teu lloc. Que et quedi clar.

En Jacob va obrir els ulls amb una mirada hostil. Va seure rígidament, amb les espatlles tenses.

—Saps què? Crec que hi ha massa gent aquí dins.

—Hi estic totalment d'acord.

Vaig clavar un cop de colze a les costelles de l'Edward, però em vaig fer mal jo, segur que em sortiria un blau.

—Si de cas, ja faré una migdiada —va dir en Jacob fent mala cara—. De totes maneres he de veure en Sam.

Es va agenollar i va abaixar la cremallera de la tenda. Quan em vaig adonar que potser era l'últim cop que el veia, un dolor sobtat em va recórrer la columna vertebral i es va allotjar en el ventre. Anava a buscar en Sam per lluitar contra l'orde de vampirs neòfits assedegats de sang.

—Jacob, espera —vaig estirar el braç per retenir-lo, però ell es va desempallegar de la mà abans que pogués aferrar-lo—. Jacob, sisplau, per què no et quedes?

—No.

La negativa va ser dura i freda.

Vaig saber que el meu rostre traspuava tristesa perquè ell va espirar i amb un somriure incipient va endolcir la seva expressió.

—No et preocupis per mi, Bella. Estaré bé, com sempre —va fer un riure forçat—. A més, creus que deixaré que en Seth ocupi el meu lloc, perquè es quedi amb tota la diversió i em robi tota la glòria? Segur —va esbufegar.

—Vés amb compte...

Va sortir de la tenda abans que pogués acabar la frase.

—Deixa'm tranquil, Bella —vaig sentir que deia mentre tancava la cremallera.

Vaig parar l'orella per sentir el so de les seves passes allunyant-se, però no percebia res. Ni el vent. Només el cant matinal dels ocells en el bosc i muntanyes enllà. En Jacob es movia amb cautela.

Em vaig arraulir bé amb l'abric i em vaig recolzar a l'espatlla de l'Edward. Ens vam quedar quiets una bona estona.

—Quant temps ens queda? —vaig preguntar.

—L'Alice ha dit a en Sam que trigaran al voltant d'una hora —va respondre l'Edward amb veu ombrívola.

—Vull que estiguem junts passi el que passi.

—Passi el que passi —va assentir, amb els ulls fortament tancats.

—Ja ho sé —vaig comentar—. Jo també estic morta de por.

—No és això, ells ja saben com sortir-se'n —em va assegurar l'Edward, procurant que la seva veu sonés divertida—. Em fastigueja perdre'm la diversió, això és tot.

Un altre cop la diversió. Vaig esbufegar i ell em va passar un braç per la cintura.

—No et preocupis —em va demanar, i em va fer un petó al front.

Com si pogués fer res per no preocupar-me. Vaig arronsar les espatlles.

—Ho intentaré.

—Vols que et distregui? —va mussitar mentre m'acariciava la galta. En sentir els seus dits gèlids a la pell em vaig estremir sense voler. Amb el fred que feia no era bon moment per carícies gelades.

—Potser no és la millor ocasió —vaig replicar mentre li retirava la mà—. Hi ha altres formes de distreure'm.

—Què t'agradaria fer?

—Em podries explicar quines han sigut les teves deu millors nits —li vaig suggerir—. Em pica la curiositat.

Ell es va posar a riure.

—Aviam si les endevines.

—Has viscut massa nits, les de tot un segle, per tant de la majoria jo no en tinc ni idea... —vaig dir tot movent el cap.

—Una pista. Les millors han ocorregut des que ens coneixem.

—De debò?

—Sens dubte, i amb força avantatge.

Em vaig quedar un moment pensativa.

—Només puc pensar en les meves nits —vaig admetre.

—El més probable és que coincideixin —em va encoratjar.

—Bé, d'entrada la primera nit que et vas quedar amb mi.

—Sí, hi estic d'acord, encara que tu vas estar inconscient gairebé fins al matí.

—Tens raó —vaig recordar—. Em vaig passar la nit parlant, oi?

—Sí —va assentir.

Em vaig posar vermella tot preguntant-me què coi havia dit mentre dormia entre els braços d'en Jacob. No podia recordar què havia somiat, o si havia somiat, així que encara ho tenia més difícil per saber-ho.

—De què he parlat aquesta nit? —vaig murmurar en veu baixa.

Va fer una ganyota sense dir res, i a mi se'm va escapar un gest de dolor.

—Tan terrible ha sigut?

—No, no tant —va sospirar ell.

—Sisplau, digue-m'ho.

—Primer de tot m'has cridat, com sempre.

—Això no té res de terrible —vaig admetre amb cautela.

—Però després has començat a murmurar coses sense sentit i deies «Jacob, el meu Jacob» —vaig notar el seu dolor fins i tot en el to baix de la veu—. Al «teu» Jacob li ha encantat, aquesta part.

Vaig estirar el coll fins arribar amb els llavis a fregar-li la mandíbula. Mantenia la vista clavada a la lona del sostre, així que no li podia veure els ulls.

—Ho sento —vaig xiuxiuejar—. El distingeixo d'aquesta manera.

—Què vols dir que el distingeixes?

—Diferencio entre el doctor Jekyll i el senyor Hyde, entre el Jacob que m'agrada i el que em posa tan de mal humor —li vaig explicar.

—Ja ho entenc —va sonar una mica alleujat—. Parla'm d'una altra de les teves nits preferides.

—Quan vam tornar d'Itàlia —vaig veure que arrufava les celles—. Per a tu no?

—Sí, la veritat és que sí, però em sorprèn que estigui a la teva llista. Em pensava que tenies l'absurda impressió que jo actuava perquè em sentia culpable i que et feia por que no sortís disparat quan s'obrissin les portes de l'avió.

—Sí —vaig somriure—, però et vas quedar.

Em va besar els cabells.

—M'estimes més del que em mereixo.

Això era tan impossible que em vaig posar a riure.

—La següent va ser la primera nit després d'Itàlia —vaig continuar.

—Sí, jo també la tinc a la llista. Vas ser molt divertida.

—Divertida? —vaig objectar.

—No tenia ni idea fins a quin punt pots confondre els somnis amb la realitat. Em va costar molt convence't que estaves desperta.

—Encara no estic segura que ho estigués del tot —vaig mussitar—. Sempre m'has semblat més un somni que una realitat. Ara et toca a tu, vinga. He endevinat la teva millor nit?

—No. La meva preferida va ser fa dues nits, quan per fi vas accedir a casar-te amb mi.

Vaig fer morros.

—Aquesta no la tens a la llista?

De sobte em va venir al cap la manera com m'havia besat i la concessió que li havia arrencat, i vaig canviar d'idea.

—Sí, sí que hi és, però amb reserves. No entenc per què és tan important per a tu. Si ja em tens per sempre...

—D'aquí a cent anys, quan tinguis prou perspectiva per apreciar realment la resposta, t'ho explicaré.

—Ja t'hi faré pensar perquè m'ho expliquis... d'aquí a cent anys.

—Tens fred? —em va preguntar de forma inesperada.

—Estic bé —li vaig assegurar—. Per què?

Un ensordidor udol de dolor va estripar el silenci imperant a l'exterior abans de poder contestar. El crit va reverberar a la roca nua de la muntanya i va omplir l'aire de tal manera que se sentia arribar de totes direccions, i em va envair la ment com un tornado, estrany i familiar alhora. Estrany perquè mai abans no havia sentit un lament tan torturat, i familiar perquè vaig reconèixer la veu de seguida, vaig identificar el so i en vaig entendre el significat amb la mateixa seguretat que si s'hagués produït en el meu interior. En Jacob no era humà quan va cridar d'aquesta manera, però això no canviava res. No necessitava cap mena de traducció. Estava massa a prop nostre, i devia haver sentit totes i cadascuna de les meves paraules, que li produïren un dolor agut i agònic.

L'udol es va trencar amb un peculiar sanglot escanyat, i després va tornar el silenci, de nou. Aquest cop no ho vaig mal interpretar, i encara que les meves orelles tampoc no podien sentir com se n'anava, vaig saber que ho feia perquè ara podia notar el buit que deixava entre nosaltres.

—Sembla que a la teva estufa se li ha acabat el butà —va dir l'Edward amb serenitat—. S'ha acabat la treva —va afegir, tan baix que no podia estar realment segura del que havia dit.

—En Jacob estava escoltant —vaig balbucejar. No era una pregunta.

—Sí.

—Tu ho sabies.

—Sí.

Vaig mirar al buit, sense veure res.

—Ja vaig dir que no jugaria net —em va recordar sense perdre la calma—, i està bé que sàpiga quina és la situació.

Vaig deixar caure el cap entre les mans.

—T'has empipat amb mi? —va demanar.

—No, amb tu no —vaig remugar—. Amb mi mateixa.

—No et turmentis —em va suplicar.

—Sí —vaig admetre amb amargor—. Es veu que he d'estalviar energies per torturar en Jacob una mica més, fins la darrera gota, pobre.

—Ell sap amb què juga.

—I tu creus que això importa? —la fragilitat de la meva veu reflectia amb quin esforç intentava contenir les llàgrimes—. Tu et penses que em preocupa si és un joc net o si ja estava avisat? Li he fet mal, i cada vegada que toco aquest tema el fereixo —vaig anar alçant la veu, fins a la histèria—. Sóc una persona odiosa.

Ell em va estrènyer amb més força entre els seus braços.

—No, no ho ets.

—Sí, és clar que ho sóc! Que ets burro o què? —vaig lluitar contra els seus braços perquè em deixés anar—. L'he d'anar a buscar.

—Bella, ell ja és lluny d'aquí i fa fred.

—Tant és. No em puc quedar aquí asseguda —em vaig treure l'abric d'en Jacob, vaig moure els peus dins les botes i em vaig arrossegar cap a la porta; em sentia les cames entumides—. He de... he d'anar...

No sabia com acabar la frase, ni tampoc què anava a fer, però de totes maneres vaig obrir la cremallera de la tenda i vaig sortir a fora d'un salt.

Lluïa un matí brillant i gelat. Vaig suposar que el vent es devia haver endut la neu, era el més probable, ja que no semblava plausible que s'hagués fos amb la calor del sol naixent, que, des del sud-est, projectava els seus raigs damunt el gel que quedava. El reflex em feria els ulls, poc habituats a una llum tan intensa. L'aire era afilat, però estava totalment en calma i a mesura que l'astre rei ascendia a l'horitzó, lentament, el temps es tornava cada vegada més d'acord amb l'estació. En Seth Clearwater s'estava a l'ombra d'un avet de copa ampla, amb el cap entre les potes s'arraulia damunt una catifa d'agulles d'avet, i es feia gairebé invisible a causa de la semblança entre el color marró del seu pelatge i el de les agulles seques. El vaig veure perquè la neu es reflectia en els seus ulls oberts, que m'observaven amb cert aire d'acusació.

Vaig notar que l'Edward em seguia mentre avançava a trompades entre els arbres. No el sentia, però la llum del sol incidia damunt la seva pell i creava un arc iris que s'irradiava lluny per damunt meu. No va fer res per aturar-me fins que em vaig endinsar uns quants metres a la zona més ombrívola del bosc.

Em va agafar pel canell esquerre. Jo el vaig ignorar intentant desempallegar-me de la seva mà.

—No pots seguir-lo. Almenys, avui. Gairebé ja és l'hora. I que et perdis per aquí no ajudarà a ningú, de totes maneres.

Vaig girar el canell, fent estrebades inútils.

—Ho sento, Bella —va murmurar—. Em sap greu haver-me comportat d'aquesta manera.

—No és culpa teva. És culpa meva. He sigut jo. Ho he fet tot malament. Havia d'haver... quan ell... jo no hauria de... jo... —vaig començar a sanglotar.

—Bella, Bella.

Em va abraçar suaument i jo li vaig mullar la samarreta amb les llàgrimes.

—Hauria d'haver-li explicat... hauria d'haver-li dit... —què? És que potser hi havia alguna forma de fer-ho bé?—. Ell no hauria d'haver-ho... sabut d'aquesta manera.

—Vols que el vagi a buscar perquè puguis parlar amb ell? Encara queda una mica de temps —va murmurar l'Edward, amb la veu ofegada.

Vaig assentir amb la cara premuda contra el seu pit, sense valor per mirar-lo als ulls.

—Queda't a prop de la tenda. Tornaré de seguida.

Em va deixar anar i va desaparèixer tan ràpid que un segon després ja estava sola.

El plor se'm tornava a atapeir al pit. Avui feia mal a tothom. Per què sempre havia de fer mal a qui tenia més a prop?

No entenia per què em sentia tan malament. Al cap i a la fi, sempre havia sabut que tard o d'hora això acabaria passant, però en Jacob mai no havia tingut una reacció com aquella, no l'havia vist mai patir tant, mostrant amb tanta intensitat tota la seva angoixa. El dolor del seu crit em continuava ferint profundament dins del pit. A més, una altra tristesa acompanyava aquest dolor. La llàstima que jo sentia per en Jacob. I també la pena per haver ferit l'Edward. Per no ser capaç de deixar marxar en Jacob amb serenitat, sabent que era el més correcte, que no quedava una altra sortida.

Era una egoista, feia mal a tothom. Torturava a qui més estimava.

M'assemblava a la Cathy, el personatge de *Cims borrascosos*, encara que les meves opcions eren molt millors que les d'ella, perquè ni un era tan malvat ni l'altre tan feble. I aquí estava, asseguda, plorant per tot això i sense fer res per canviar-ho i dur les coses pel bon camí. Exactament igual que la Cathy.

No podia permetre que el que em feia mal influís en els meus propòsits. Acabava de prendre una decisió, i potser ja era massa tard, però a partir d'ara havia de fer el més correcte.

Tal vegada ja s'havia acabat tot. Potser l'Edward no aconseguia fer-lo venir. Si era així jo ho hauria d'acceptar i continuar amb la meva vida. L'Edward mai més no em veuria plorar per en Jacob Black. Els sanglots s'havien acabat. Em vaig eixugar la darrera llàgrima amb els dits, un altre cop ben freds.

Ara bé, si l'Edward podia portar-me en Jacob, li hauria de demanar que desaparegués de la meva vida i que no tornés mai més.

Per què m'era tan difícil? Em costava moltíssim més que dir adéu als meus altres amics, l'Angela o en Mike. Per què em feia tant de mal? Això no era normal, no m'hauria de fer sentir tan malament. Ja tenia el que volia. No podia tenir-los tots dos, perquè en Jacob no es conformava a ser només el meu amic. Ja era hora que abandonés la idea d'una vegada per totes. Com podia ser tan ridículament avariciosa?

M'havia de desprendre d'aquest sentiment irracional que en Jacob pertanyia a la meva vida. Ell no podia ser per a mi, no podia ser el «meu» Jacob si jo ja m'havia lliurat a una altra persona.

Vaig caminar lentament cap a la petita clariana, arrossegant els peus. Quan hi vaig arribar, parpellejant per la claredat de la llum, vaig llançar una mirada ràpida a en Seth, que no s'havia mogut del seu jaç d'agulles d'avet, i després vaig mirar al lluny per evitar els seus ulls.

Em vaig adonar que tenia els cabells embullats, recargolats en blens com les serps de Medusa. Vaig intentar pentinar-me amb els dits, però ho vaig deixar córrer de seguida. De totes maneres, a qui li importava el meu aspecte?

Vaig agafar la cantimplora que penjava al costat de la porta de la tenda i la vaig sacsejar. Va sonar un xipolleig, així que vaig descargolar el tap per fer un glop d'aigua gelada. Hi havia menjar en algun lloc, però no tenia prou gana per posar-me a buscar. Em passejava nerviosament d'una banda a una altra de la petita clariana, plena de llum, amb els ulls d'en Seth clavats damunt meu tota l'estona. Com que jo no el mirava, mentalment continuava veient-lo més com un noi que com un llop gegant. Més semblant al jove Jacob.

Vaig voler demanar a en Seth que udolés, o alguna cosa així, si sentia que en Jacob tornava, però al final no ho vaig fer. Tant era si tornava o no, de fet, a mi em seria molt més fàcil si no venia. M'hagués agradat trobar una manera per avisar l'Edward.

Aleshores, en aquell precís moment, en Seth va udolar i es va incorporar sobre les quatre potes.

—Què passa? —li vaig preguntar estúpidament.

Ell em va ignorar, va córrer fins al límit del bosc i va apuntar cap a l'oest amb el nas. Va començar a gemegar.

—Són els altres, Seth? —vaig demanar—. A la clariana?

Em va mirar i va fer un petit ganyol, després, va tornar a girar el musell en direcció a l'oest. Va tirar les orelles enrere i udolà un cop més.

Per què era tan idiota? En què devia estar pensant quan vaig enviar l'Edward tan lluny? Com se suposava que jo podia saber el que estava passant? No parlava l'idioma dels llops.

Una suor freda em va començar a resseguir la columna. I si ja s'havia esgotat el temps? I si l'Edward i en Jacob s'havien acostat massa a la zona de perill? Què passaria si l'Edward decidia unir-se a la lluita?

Em va néixer un pànic gelat a l'estómac. I si la inquietud d'en Seth no tenia res a veure amb el que passava a la clariana i el seu udol era una negació? I si en Jacob i l'Edward estaven lluitant l'un contra l'altre en algun lloc llunyà del bosc? No en serien capaços, oi?

Em vaig adonar, amb una sobtada i esgarrifosa certesa, que això és el que passaria si algun dels dos pronunciava les paraules equivocades. Vaig pensar en el tens enfrontament a la tenda, al matí, i em vaig preguntar si no havia subestimat la possibilitat d'una baralla real.

Si per aquelles coses els perdia a tots dos, m'ho havia ben guanyat.

El meu cor va quedar capturat en el fred.

En Seth va fer un lleu gruny que va sorgir del més profund del seu pit, i jo a punt vaig estar de caure de l'ensurt. Després va abandonar el lloc on estava vigilant i va tornar sota l'avet, cosa que em va calmar i irritar a la vegada: és que no tenia cap altra manera d'enviar els missatges? Els podria escriure a terra amb la pota o alguna cosa així.

L'agitació del meu anar i venir, amb totes les capes de roba que duia, m'havia fet suar de valent. Vaig llançar la jaqueta dins la tenda i vaig tornar al centre del clar.

De sobte, en Seth va alçar-se d'una revolada amb els pèls del llom completament eriçats. Al meu voltant no hi veia res sospitós, així que vaig agafar una pinya de terra per llançar-l'hi si continuava amb aquest comportament; aleshores va fer un gruny d'advertiment mentre enfilava amb cautela fins l'extrem occidental, i a mi em va guanyar la impaciència.

—Som nosaltres, Seth —va cridar en Jacob des d'una certa distància.

Em vaig voler explicar a mi mateixa per què el meu cor havia posat la cinquena just sentir-lo. Només era por per allò que havia de fer, res més. No em podia permetre sentir-me alleujada pel simple fet que hagués tornat. Naturalment, aquest sentiment no em serviria de res per al meu propòsit.

Primer de tot va aparèixer l'Edward, amb el rostre inexpressiu i tranquil. Quan va sortir de les ombres, el sol va espetegar damunt la seva pell com abans ho havia fet damunt la neu. En Seth va anar a saludar-lo, escrutant-li els ulls intencionadament. L'Edward va assentir lentament amb el cap, i la preocupació li va omplir d'arrugues el front.

—Sí, això és tot el que necessitem —va murmurar per a si mateix abans de dirigir-se al gran llop—. Suposo que no ens hauríem de sorprendre, però s'acosta l'hora. Sisplau, digues a en Sam que demani a l'Alice que intenti concretar encara més la jugada.

En Seth va assentir abaixant el cap una vegada, i a mi m'hagués agradat ser capaç d'udolar. Vaja, a ell sí que li feia cas. Em vaig girar, empipada, i vaig veure en Jacob. Estava d'esquena a mi, observant el camí per on havia arribat. Vaig esperar en silenci que es girés.

L'Edward va aparèixer al meu costat de cop i volta. Va inclinar-se per mirar-me, i en els seus ulls no s'hi veia sinó la preocupació més pura. La seva generositat era infinita. En aquests moments m'ho mereixia menys que mai.

—Bella —va murmurar l'Edward—. Ha sorgit una petita complicació. M'emporto en Seth una mica més enllà per intentar solucionar-ho —em va dir amb una veu intencionadament despreocupada—. No me n'aniré gaire lluny, però tampoc no et podré sentir. Ja sé que no vols públic i no m'importa el camí que vulguis escollir.

El dolor no va irrompre a la seva veu fins al final del tot.

No ferir-lo mai més: aquesta havia de ser la meva missió a la vida. Estava decidida a fer que aquesta mirada adolorida no apuntés mai més als seus ulls a causa meva. Jo estava massa atordida fins i tot per preguntar-li quin era el problema, i ell ja en tenia prou amb tot el que li queia al damunt en aquests moments.

—Afanya't —li vaig murmurar.

Em va fer un petó suau als llavis abans de desaparèixer bosc endins amb en Seth al seu costat.

En Jacob s'estava quiet a l'ombra dels arbres, per la qual cosa no li podia veure la seva expressió amb claredat.

—Tinc pressa, Bella —va començar amb un to avorrit a la veu—. Per què no acabes amb això d'una vegada?

Vaig empassar saliva, tenia la gola tan sobtadament resseca que no estava segura de poder articular cap so.

—Limita't a dir-ho, i acabem d'una vegada.

Vaig fer un gran glop d'aire.

—Sento ser tan mala persona —vaig murmurar—. Em sap greu haver sigut tan egoista. Voldria no haver-te conegut mai, per no ferir-te com ho he fet. No es repetirà més, t'ho prometo. Em mantindré lluny de tu. Marxaré d'aquest estat. No m'hauràs de tornar a veure mai més.

—Això no s'assembla de res a una disculpa —va replicar amb amargor.

No vaig poder elevar la veu, i em va sortir un murmuri escanyat:

—Digue'm com puc fer-ho bé.

—Què passa si no vull que te'n vagis? Què passa si vull que et quedis, encara que siguis una egoista? És que no serveix la meva opinió, si l'únic que fas és posar-m'ho cada vegada més difícil?

—No és una bona solució, Jake. Seria un error que ens continuéssim veient quan tots dos volem coses completament diferents. Això no ho millorarà. Continuaré fent-te mal, i jo odio fer-te'n —se'm va trencar la veu.

Ell va sospirar.

—Prou. No cal que diguis res més. Ho entenc.

Li volia dir que el trobaria molt a faltar, però em vaig mossegar la llengua. Això tampoc no serviria de res. Es va quedar quiet un moment, amb la vista clavada a terra, i vaig lluitar contra la necessitat imperiosa d'abraçar-lo i consolar-lo.

I llavors, va alçar el cap sobtadament.

—Bé, no ets l'única capaç de sacrificar-se —va replicar, amb la veu més forta—. A aquest joc hi poden jugar dos.

—Què?

—Jo també m'he portat bastant malament, i t'ho he posat més difícil del necessari. Podia haver-me retirat amb gràcia, al principi, però no, i també t'he fet mal.

—Ha sigut culpa meva.

—No deixaré que et carreguis totes les culpes, Bella, ni tota la glòria. Sé com redimir-me.

—De què estàs parlant? —vaig demanar.

M'espantava la lluentor fanàtica que de sobte va brillar-li en els ulls. Va alçar la mirada al cel, després, em va somriure.

—Està a punt de començar una lluita aferrissada de les bones. No seria tan difícil que jo hi sucumbís.

Les seves paraules van penetrar en el meu cervell, lentament, una a una, i se'm va tallar la respiració. Malgrat tota la meva intenció d'apartar en Jacob definitivament de la meva vida, fins aquell precís moment no em vaig adonar de fins on hauria d'enfonsar el ganivet per tal d'aconseguir-ho.

—Oh no, Jake! No, no, no —vaig cridar horroritzada—. No, Jake, no. Sisplau, no —em van començar a tremolar els genolls.

—Quina és la diferència, Bella? Això seria el més convenient per a tothom, senzillament, i ni tan sols no t'hauries de mudar.

—No! —vaig cridar—. Prou, Jacob! No et deixaré!

—I com ho evitaràs? —em va temptar amb un accent lleuger, somrient, per treure-li importància.

—Jacob, t'ho suplico. Queda't amb mi —m'hauria agenollat si hagués sigut capaç de moure'm.

—Quant? Quinze minuts, mentre em perdo una bona batussa, i perquè després m'abandonis quan creguis que ja estic fora de perill? Estàs de broma.

—No em mudaré. He canviat d'idea. Buscarem una solució, Jacob, sempre hi ha solucions per a tot, però no hi vagis!

—Menteixes.

—No. Ja saps que no sé mentir. Mira'm als ulls. Em quedaré si tu també ho fas.

El seu rostre es va endurir.

—Per ser el teu testimoni al casament?

Va passar un moment abans que jo pogués articular cap mot, i tot i així, l'únic que li vaig poder dir va ser:

—Sisplau.

—Això és el que em pensava —va replicar, asserenant la seva expressió, malgrat la lluentor turbulenta dels seus ulls—. T'estimo, Bella —va murmurar.

—T'estimo, Jacob —vaig murmurar amb la veu trencada.

Ell va somriure.

—Això ho sé millor que tu.

Es va girar per anar-se'n.

—Faré qualsevol cosa —li vaig cridar amb la veu escanyada—, el que vulguis, Jacob. No ho facis!

Ell es va aturar i va girar-se lentament.

—No crec que realment vulguis dir això.

—Queda't —li vaig suplicar.

Va moure el cap.

—No —es va aturar un moment, com si estigués prenent alguna decisió—. Me'n vaig i deixarem que ho decideixi el destí.

—Què vols dir? —vaig preguntar amb la veu ofegada.

—No faré res premeditadament. Em limitaré a lluitar tan bé com em sigui possible amb la meva bandada i deixaré que passi el que hagi de passar —va arronsar les espatlles—. Tret que tu em puguis convèncer que el que realment vols és que torni, sense ferte la desinteressada.

—Com?

—Podries demanar-m'ho —va suggerir.

—Torna —vaig murmurar. Com podia dubtar que realment era el que volia?

Va moure el cap i va somriure.

—No t'estic parlant d'això.

Vaig trigar uns segons per entendre a què es referia, i durant tota l'estona ell em va estar mirant amb la seva expressió de suficiència, ben segur de la meva reacció. De seguida que me'n vaig adonar, vaig amollar les paraules sense parar-me a considerar el preu que hauria de pagar.

—Vols besar-me, Jacob?

Els ulls li van fer pampallugues, però després els va estrènyer, suspicaç.

—Em prens el pèl.

—Besa'm, Jacob. Besa'm i queda't amb mi.

Ell va vacil·lar sota les ombres dels arbres mentre es debatia amb si mateix. Es va girar cap a l'oest, amb el llom tombat d'esquena a mi, però amb els peus clavats al mateix lloc. Encara mirava al lluny quan va avançar una passa insegura cap a mi; després en va fer una altra. Va girar-se per mirar-me, ple de dubtes.

Li vaig retornar la mirada. No tenia ni idea de quina era l'expressió del meu rostre.

En Jacob va vacil·lar sobre les puntes dels peus i va trontollar endavant, salvant la distància que hi havia entre nosaltres amb tres gambades.

Sabia que s'aprofitaria de la situació. Ho esperava. Em vaig quedar molt quieta, amb els punys tancats a cada costat, mentre ell m'agafava la cara entre les mans i posava els llavis damunt dels meus amb un entusiasme proper a la violència.

Vaig poder sentir la seva ira a mesura que amb la boca descobria la meva resistència passiva. Va posar-me una mà al clatell i em va agafar els cabells fins les arrels amb el puny ben tancat. Amb l'altra mà em va aferrar rudement l'espatlla, sacsejant-me i prement-me fort contra el seu cos. Va fer lliscar la mà pel meu braç, agafant-me el canell i alçant-me'l perquè l'abracés pel coll. Em vaig quedar quieta, amb el punys tancats, no sabia amb desesperació fins on estava disposada a arribar per mantenir-lo viu. Durant tota aquesta estona, els seus llavis, desconcertantment suaus i càlids, forçaven una resposta dels meus.

Tan aviat com es va assegurar que no trauria el braç, em va deixar anar el canell i em va abraçar per la cintura. Va posar la mà ardent a la part més baixa de la meva esquena i em va prémer contra el seu cos, obligant-me a arquejar-me.

Va parar de besar-me un moment, però jo sabia que encara no havia acabat, ni de bon tros. Va resseguir-me la mandíbula amb la boca i després va explorar tota l'extensió del coll. Em va deixar anar els cabells i va buscar l'altre braç per enfilar-lo a l'espatlla, com havia fet amb l'altre.

I llavors va tancar els braços entorn de la meva cintura i amb els llavis em va fregar l'orella.

—Pots fer-ho molt millor, Bella —va murmurar sorrudament—. T'ho estàs prenent amb molta calma.

Em vaig estremir en sentir com les seves dents se m'aferraven al lòbul de l'orella.

—Això està bé —va xiuxiuejar—. Per una vegada, deixa't anar, gaudeix del que sentis.

Vaig moure el cap mecànicament fins que em va posar una mà als cabells i em va parar.

La seva veu es va tornar àcida.

—Segur que vols que em quedi, o el que realment vols és que no mori?

La ira em va inundar com una enrampada després d'un cop fort. Això era massa, no estava jugant net.

Tenia els braços al voltant del seu coll, així que vaig agafar-lo pels cabells, ignorant el mal punyent que em feia la mà dreta i vaig lluitar perquè em deixés anar, apartant el seu rostre del meu.

I en Jacob em va mal interpretar.

Era massa fort per adonar-se que les meves mans li volien fer mal, que intentava arrencar-li els cabells d'arrel. En comptes d'ira, es pensava que em movia la passió. Es va pensar que finalment el corresponia.

Amb un panteix salvatge, va fregar-me la boca amb la seva, i amb els dits clavats frenèticament a la meva cintura.

El rampell d'ira va desequilibrar la meva capacitat d'autocontrol; la seva resposta extàtica, inesperada, em va sobrepassar completament. Si només hagués estat qüestió d'orgull m'hauria pogut resistir, però la profunda vulnerabilitat de la seva sobtada alegria va trencar la meva determinació, em va desarmar. La meva ment es va desconnectar del cos i li vaig tornar el petó. Contra tota raó, els meus llavis es van moure amb els seus d'una manera estranya, confusa, com mai abans s'havien mogut, perquè no havia de ser curosa amb ell, i per descomptat, ell no ho estava sent amb mi.

Vaig agafar-lo pels cabells, però ara per acostar-me'l bé.

El sentia per tot el cos. La llum incisiva del sol havia tornat les meves parpelles vermelles, i la calor anava bé amb la calor. Tot cremava. No podia veure ni sentir res que no fos en Jacob. La petitíssima part del cervell que conservava el seny va començar a fer-se preguntes.

Per què no ho aturava? Pitjor encara, per què ni tan sols trobava en mi el desig d'aturar-ho? Per què no volia que ell s'aturés? Què significava que les meves mans pengessin de les seves espatlles i per què m'agradava que fossin amples i fortes? Per què no sentia les seves mans prou a prop a pesar que em premien el cos contra el seu cos?

Les preguntes eren estúpides, perquè jo sabia la veritat: m'havia estat mentint a mi mateixa.

En Jacob tenia raó. Havia tingut raó des del principi. Per a mi era molt més que un amic. Aquesta era la raó per la qual em resultava tan difícil dir-li adéu, perquè estava enamorada d'ell. Jo també l'estimava molt més del que s'estima una persona, malgrat tot, no l'estimava prou. Estava enamorada, però no tant com per canviar les coses, només just per fer-nos mal. Per fer-li molt més mal del que ja li havia fet amb anterioritat.

No em vaig preocupar per res més que no fos el seu dolor. Em mereixia tota la pena que això em causés. Esperava, a més, que fos molta. Esperava sofrir de debò.

En aquest moment, semblava que ens haguéssim convertit en una sola persona. El seu dolor sempre havia estat i sempre seria el meu, i també, la seva alegria ara era meva. Sentia que aquesta alegria, i també la seva felicitat, d'alguna manera era dolor. Un dolor tangible, que cremava la pell com un àcid, una lenta tortura.

Per un etern segon, que semblava que no s'acabaria mai, un camí totalment diferent es va estendre davant les meves parpelles, que cobrien uns ulls plens de llàgrimes. Semblava que estigués mirant a través del filtre dels pensaments d'en Jacob, i veia exactament el que anava a abandonar, exactament tot allò que la nova descoberta no em salvaria de perdre. Podia veure en Charlie i la Renée mesclats en un estrany collage amb en Billy i en Sam a La Push. Vaig poder veure el pas dels anys i el significat del temps, ja que era el temps el que em feia canviar. Vaig poder veure l'enorme llop rogenc que estimava, sempre alçant-se protector quan el necessitava. En el fragment més infinitesimal d'aquest segon, vaig veure els caps inclinats de dos infants, de cabells negres, fugint de mi en un bosc que m'era molt familiar. Quan van desaparèixer, es van endur la resta de la visió.

I llavors, amb absoluta nitidesa, vaig sentir com aquesta petita part s'escindia al llarg d'una fissura en el meu cor, i es desprenia del tot.

Els llavis d'en Jacob encara eren amb els meus. Vaig obrir els ulls i m'estava mirant, meravellat amb cada detall.

—Me n'he d'anar —va murmurar.

—No.

Va somriure, satisfet per la meva resposta.

—No trigaré gaire —em va prometre—, però primer de tot...

Es va inclinar per besar-me de nou i ja no tenia cap motiu per resistir-me. Quin sentit tenia?

Aquesta vegada va ser diferent. Em va acariciar suaument el rostre, i els seus llavis, càlids, també van ser suaus, inesperadament indecisos. Va durar poc, i va ser dolç, molt dolç.

Va tancar els braços al meu entorn i em va abraçar amb seguretat mentre em murmurava a cau d'orella.

—Aquest hauria d'haver estat el nostre primer petó. Millor tard que mai.

Contra el seu pit, on ell no podia veure'm, em van brollar les llàgrimes galtes avall.

Decisió precipitada

Em vaig estirar de bocaterrosa sobre el sac de dormir a l'espera que em caigués el món a sobre. Tant de bo em colgués una allau allà mateix, ho desitjava de tot cor. No volia que ningú em veiés, ni tan sols suportaria veure'm a mi mateixa en un mirall.

No vaig sentir res. La mà freda de l'Edward va aparèixer de qui sap on i em va fregar els cabells enredats. Un calfred em va envair amb el seu contacte, i em vaig sentir més culpable que mai.

—Estàs bé? —va murmurar, amb la veu plena d'ansietat.

—No. Vull morir-me.

—Això no passarà mai. No ho permetré.

Vaig grunyir i després vaig murmurar:

—Pot ser que canviïs d'idea.

—On és en Jacob?

—Ha anat a lluitar —vaig remugar amb la cara entaforada al sac.

Se n'havia anat del campament molt content, amb un alegre «Tornaré», mentre es posava a córrer. S'havia encorbat espasmòdicament en acabar de travessar el clar, a punt de transformar-se. A hores d'ara la bandada ja estava al cas de tot. En Seth Clearwater, anant d'una banda a l'altra al voltant de la tenda, havia sigut un testimoni íntim de la meva desgràcia.

L'Edward es va quedar una bona estona en silenci.

—Oh —va exclamar, finalment.

Quan li vaig sentir el to de veu, vaig témer que l'allau no caigués prou de pressa. Li vaig clavar els ulls i vaig estar del tot segura, a causa de la seva mirada desenfocada, que estava atent a una cosa que jo no volia que sabés, i hagués preferit morir abans que la notícia arribés a les seves orelles. Vaig deixar caure el cap de nou contra el terra.

Em vaig quedar parada quan l'Edward es va posar a riure entre dents, de mala gana.

—Em pensava que era jo qui estava jugant brut —va comentar amb una rancorosa admiració—. M'ha fet quedar com el sant patró de l'ètica —em va acariciar la galta que em quedava al descobert—. No estic enfadat amb tu, amor. En Jacob és més astut del que jo hagués pensat mai, encara que hauria desitjat que no l'hi haguessis demanat, és clar.

—Edward —vaig barbotejar contra l'aspre niló del sac—. Jo... jo... això...

—Vinga, no diguis res —em va fer callar sense deixar d'acariciar-me la galta amb els dits—. No és això el que volia dir. Només volia dir que ell t'hauria besat de totes maneres, encara que tu no t'haguessis deixat enredar, i ara no tinc cap bona excusa per trencar-li la cara. I m'hagués encantat, de debò.

—Deixar-me enredar? —vaig remugar de forma gairebé incomprensible.

—Bella, realment has cregut que ell és tan noble, que hauria desaparegut en l'esplendor de la glòria només per deixar-me el camí lliure?

Vaig alçar la cara lentament fins a trobar-me amb la seva mirada pacient. Tenia una expressió amable i els ulls plens de comprensió, en comptes del rebuig que jo em mereixia.

—Sí, és clar que me l'he cregut —vaig murmurar entre dents, i vaig tombar el cap a l'altre costat. Malgrat tot, no sentia gens d'ira contra en Jacob per haver fet trampa. En el meu cos no hi havia prou espai per contenir res que no fos l'odi a mi mateixa.

L'Edward va tornar a riure, amb suavitat.

—Ets tan innocent que et costa creure que els altres puguin tenir una mica d'astúcia.

—Per què no estàs enfadat amb mi? —vaig murmurar—. Com és que no m'odies? O és que no ho saps tot, encara?

—Crec que en tinc prou amb una certa comprensió general dels fets —va comentar traient-li importància, gairebé amb humor—. En Jacob és capaç de crear imatges mentals molt reals. Crec que ha aconseguit que la seva bandada se senti tan malament com jo. El pobre Seth gairebé té nàusees, però en Sam ja l'està fent anar dret.

Vaig tancar els ulls i vaig moure el cap, sentint una profunda agonia, em refregava la cara contra el terra dur fins fer-me mal.

—Només ets humana —em va xiuxiuejar, passant lentament la mà pels meus cabells.

—Aquesta és l'excusa més penosa que he sentit mai.

—Però és la veritat, Bella, ets humana, i per més que jo voldria que no fos així, ell també ho és... Hi ha buits a la teva vida que jo no puc omplir, i ho entenc.

—Això no és cert. Ser humana és precisament el que em converteix en un ésser tan horrible. El problema no són els buits.

—Tu l'estimes —va murmurar amb dolçor.

Si intentava negar-ho em feia mal cada cèl·lula del cos.

—Però a tu t'estimo més —li vaig dir. No podia fer res més.

—Sí, ja ho sé, és clar, però... quan et vaig abandonar, Bella, et vaig deixar dessagnant-te. En Jacob va ser qui et va fer la cura per salvar-te la vida. Això us ha deixat una empremta, a tots dos. No estic segur que aquesta mena de cura s'esvaneixi així com així. I cap dels dos no és culpable per uns fets que jo vaig convertir en necessaris. Sóc jo qui ha de demanar perdó, però tot i així, aquest perdó no m'eximeix de les conseqüències.

—Ja sabia jo que trobaries alguna manera de culpar-te a tu mateix. Sisplau, no ho facis, no ho puc suportar.

—Aleshores, què vols que et digui?

—Vull que m'escupis tots els insults que coneguis i en cada llenguatge que sàpigues. Vull que em diguis com n'estàs de disgustat amb mi i que em deixaràs, i així jo em podré agenollar per suplicar-te que et quedis.

—Ho sento —va sospirar—. Però això no ho faré.

—Almenys ajuda'm a sentir-me millor. Deixa'm sofrir. M'ho mereixo.

—No —va insistir ell, en un murmuri baix.

Vaig assentir lentament.

—D'acord, tens raó. Continua comportant-te d'aquesta manera tan comprensiva. Segurament això és molt pitjor.

Es va quedar en silenci uns moments i vaig sentir com l'atmosfera es carregava amb una nova sensació d'urgència.

—És imminent —vaig afirmar.

—Sí, d'aquí a uns quants minuts. El temps suficient per dir-te una cosa més...

Vaig esperar. Quan finalment va començar a parlar, seguia fentho en murmuris.

—Jo sí que puc ser noble, Bella. Així que no t'obligaré a escollir entre els dos. Simplement, sigues feliç, i d'aquesta manera pren el que vulguis de mi, si és que vols alguna cosa, si et sembla bé. No deixis que cap dels deutes que tu et penses que tens amb mi influeixi en la teva decisió.

Vaig picar a terra amb el puny, i em vaig agenollar.

—Maleït sigui, prou d'una vegada! —li vaig cridar.

Va dilatar els seus ulls, de sorpresa.

—No, no ho entens. No ho faig perquè et sentis millor, Bella, realment és el que penso.

—Ja sé que ho penses —vaig rugir—. Però és que ja et rendeixes? No em vinguis ara amb tot això del noble sacrifici! Lluita!

—Com? —em va preguntar, i els seus ulls, de sobte, em van semblar molt antics, carregats de tristesa.

Vaig saltar a la seva falda, abraçant-lo ben fort.

—Tant m'és si hi fa fred, aquí. Tant és que ara faci pudor de gos. Fes-me oblidar tot el que ha passat, ajuda'm a oblidar-lo. Fes que no em recordi ni del meu propi nom! Lluita d'una vegada!

No vaig esperar que es decidís, ni li vaig donar l'oportunitat de dir-me que no estava interessat en un monstre cruel i despietat com jo. Vaig estrènyer l'abraçada i vaig besar-lo als llavis, freds com la neu.

—Vés amb compte, amor —va remugar sota la urgència del meu petó.

—No —vaig grunyir.

Amb dolçor, va apartar-me el rostre uns centímetres.

—No em provoquis gens.

—No ho pretenc. Has dit que podria tenir el que volgués, de tu, i vull això. Ho vull tot —vaig nuar-li els braços entorn del coll i em vaig estirar per arribar-li als llavis. Ell va inclinar el cap per retornar-me el petó, però la seva boca freda es va tornar indecisa, més indecisa com més s'intensificava la meva impaciència. El meu cos tenia les seves necessitats, i em refregava amb ell. Com de costum, em va subjectar amb les mans.

—Potser no és el millor moment, per a això —va suggerir, massa tranquil pel meu gust.

—Per què no? —vaig rondinar. No lluitaria si adoptava una actitud racional; vaig deixar caure els braços.

—En primer lloc perquè fa fred —es va inclinar per agafar el sac de dormir del terra i em va tapar com si fos una flassada.

—No comences bé —el vaig interrompre—. Primer: perquè ets massa moralista, encara que siguis un vampir.

Ell va riure entre dents.

—D'acord, en això et dono la raó. Posem el fred en segon lloc. I tercer..., bé, perquè la veritat, estimada, és que fas una pudor terrible.

Va arrufar el nas.

Jo vaig sospirar.

—En quart lloc —va murmurar, abaixant el cap arran de la meva orella—. Ho farem, Bella. Compliré la meva promesa de cor, però preferiria que no fos com a resposta a en Jacob Black.

Em vaig encongir per enterrar el rostre en el seu pit.

—I cinquè...

—És una llista massa llarga —vaig xiuxiuejar.

Es va posar a riure.

—Sí, però vols saber si lluitaré, o no?

Mentre parlava, en Seth va udolar de forma estrident a fora de la tenda.

El cos se'm va posar rígid. No em vaig adonar que havia tancat la mà esquerra en un puny i se m'havien clavat les ungles al palmell embenat, fins que l'Edward me la va agafar i em va obrir els dits amb tendresa.

—Tot anirà bé, Bella —em va prometre—. Ens hem entrenat molt, i tenim l'habilitat i l'efecte sorpresa de part nostra. Tot haurà acabat de seguida. Si realment no ho pensés així, ara estaria allà baix i tu aquí, encadenada a un arbre o on fos per evitar que facis cap bestiesa.

—L'Alice és tan petita —em vaig lamentar.

Ell va riure per sota el nas.

—Això podria ser un problema, és clar... sempre i quan hi hagués algú capaç d'atrapar-la.

En Seth va començar a gemegar.

—Passa res dolent? —li vaig preguntar.

—No, tranquil·la, només està empipat perquè s'ha hagut de quedar amb nosaltres. Sap que la bandada l'ha confinat aquí per mantenir-lo apartat de l'acció i protegir-lo. Es mor de ganes de reunir-se amb ells.

Vaig fer cara de pocs amics mirant en direcció on estava en Seth.

—Els neòfits han arribat al final de la pista, i tot funciona com si fos un encanteri, aquest Jasper és un geni. També han agafat els rastres que hi ha a la clariana, així que ara s'estan dividint en dos grups, com va predir l'Alice —va murmurar l'Edward, concentrat en algun lloc llunyà—. En Sam ens està convocant per encapçalar l'emboscada —estava tan concentrat en el que sentia que va usar el plural que feia servir habitualment la bandada.

De cop i volta, va abaixar la mirada cap a mi.

—Respira, Bella.

Vaig esforçar-me per fer el que em demanava. Podia sentir el pesat panteix d'en Seth just al costat de la tenda, i vaig intentar imitar el seu ritme regular, per evitar la hiperventilació.

—El primer grup està a la clariana. Puc sentir la baralla.

Vaig serrar les dents amb un escarritx.

Va riure.

—Puc sentir l'Emmett... S'ho està passant de meravella.

Em vaig obligar un altre cop a seguir el ritme de la respiració d'en Seth.

—El segon grup s'està preparant. Segueixen sense estar alerta perquè no ens han ensumat, encara.

L'Edward va grunyir.

—Estan parlant de tu —també va tancar les dents de cop—. Se suposa que s'han d'assegurar que no t'escapis... Molt bé, Leah! Vaja, que ràpida —va murmurar amb aprovació—. Un dels neòfits ha descobert la nostra olor i la Leah l'ha tombat just abans que pogués girar-se. En Sam l'està ajudant a desfer-se'n. En Paul i en Jacob n'han agafat un altre, però la resta s'ha posat a la defensiva. No tenen ni idea de què fer amb nosaltres. Els dos bàndols estan fintant. No, deixeu en Sam al capdavant, aparteu-vos del mig —va remugar entre dents—. Separeu-los, no deixeu que es protegeixin els uns als altres.

En Seth va ganyolar.

—Així, molt millor, porteu-lo a la clariana —va assentir l'Edward. El seu cos canviava inconscientment de postura mentre observava, posant-se en tensió i anticipant els moviments que hauria fet si hi fos present. Encara m'agafava les mans, i jo vaig entrellaçar els dits amb els seus. Almenys, ell no estava allà baix.

L'únic advertiment va ser la sobtada absència de sons.

El ritme accelerat de la respiració d'en Seth es va tallar de cop, i com que jo havia compassat la meva respiració a la seva, ho vaig notar de seguida. També vaig deixar de respirar, massa espantada per posar els pulmons en funcionament, quan em vaig adonar que l'Edward s'havia convertit en un bloc de gel al meu costat.

Oh, no. No. No.

Qui havia perdut? Ells o nosaltres? Meus, tots eren meus. Però en què consistiria la meva pèrdua?

Va passar tot tan ràpid que no vaig saber amb exactitud quan va ser, però de sobte es va alçar i la tenda queia feta esquinçalls al meu al voltant. Era l'Edward qui ho havia fet? Per què?

Els ulls em feies pampallugues, atordida sota la llum brillant del sol. En Seth era tot el que podia veure, al nostre costat, amb el seu rostre just a vint centímetres del de l'Edward. Es van mirar l'un a l'altre amb concentració absoluta durant un segon que a mi se'm va fer etern. El sol relluïa sobre la pell de l'Edward i enviava espurnes damunt del pelatge d'en Seth.

I aleshores, l'Edward va cridar imperiosament:

—Corre, Seth!

El gran llop va accelerar i va desaparèixer entre les ombres del bosc.

Havien passat dos segons, potser? A mi m'havien semblat hores. Estava tan aterrida que em van venir nàusees, tenia la certesa que la sort s'havia girat a la clariana, i alguna cosa terrible havia passat. Vaig obrir la boca per demanar a l'Edward que m'hi portés immediatament. Ells el necessitaven i a mi també. Si havia de sagnar per tal de salvar-los, ho faria. Moriria per ells, com la tercera esposa. No tenia cap daga de plata a les mans, però segurament trobaria una manera...

Però abans que pogués dir ni una sola síl·laba, vaig sentir com si m'haguessin tret tot l'aire del cos. Les mans de l'Edward no m'havien deixat anar, i sentia que ens movíem molt ràpidament, tant, que la sensació era com si estigués caient enrere.

Em vaig trobar de sobte amb l'esquena contra l'escarpada paret del penya-segat. L'Edward es va posar davant meu, amb aquella postura que jo coneixia tan bé.

L'alleujament em va recórrer la ment al mateix temps que l'estómac se m'ensorrava fins a les plantes dels peus.

L'havia interpretat malament.

Alleujament: no havia passat res a la clariana.

Horror: la crisi tenia lloc aquí.

L'Edward va adoptar una posició defensiva, mig ajupit, amb els braços lleugerament endavant, una postura que em va portar un record tan dur, que em vaig marejar. La roca a la meva esquena podria ser la mateixa antiga paret de maons d'un carreró italià, on ell s'havia interposat entre els guerrers Vulturis, coberts amb els seus mantells negres, i jo.

Algú ens venia a buscar.

—Qui és? —vaig murmurar.

Les paraules van sortir-li entre dents amb un rugit més alt del que jo esperava. Massa alt. Això volia dir que ja no hi havia escapatòria. Estàvem atrapats i tan era qui sentís la seva resposta.

—La Victoria —va contestar, escopint la paraula com si fos una maledicció—. No ve sola. Mai no ha tingut la intenció de participar a la lluita, però seguia els neòfits per observar. Quan ha percebut la meva olor, ha pres la decisió de seguir-la per pura intuïció, endevinant que tu estaries on jo estigués. I ho ha encertat. Tenies raó, darrere de tot plegat sempre hi ha estat ella, i ningú més.

La Victoria era prou a prop perquè ell li pogués escoltar els pensaments.

Em vaig sentir alleujada un altre cop. Si haguessin sigut els Volturis, tots dos seríem morts. Però amb la Victoria, no calia que moríssim els dos. L'Edward podria sobreviure. Era un bon lluitador, tan bo com en Jasper. Si ella venia sola, l'Edward es podria escapar fins a trobar la seva família, era més ràpid que ningú. Ho aconseguiria.

M'alegrava que hagués fet marxar en Seth, però clar, no hi havia ningú a qui el llop pogués demanar ajuda. La Victoria havia sincronitzat perfectament la seva actuació. Almenys, en Seth estava fora de perill; quan intentava representar mentalment l'enorme llop de color sorra, només veia un desmanegat noi de quinze anys.

El cos de l'Edward es va moure, infinitesimalment, però em va permetre saber cap a on mirar. Vaig observar les ombres fosques del bosc.

Era com si els meus malsons vinguessin a trobar-me amb la idea de saludar-me.

Dos vampirs van aparèixer lliscant lentament cap a dins la petita clariana on teníem el campament. Els seus ulls brillaven com diamants sota el sol, i ho miraven tot atentament, sense perdre res de vista.

Amb prou feines vaig poder fer una ullada al noi ros, i dic noi, perquè a pesar de la seva altura i la musculatura, potser tenia la meva edat quan el van convertir. Malgrat els seus ulls, que eren d'un vermell intens que no havia vist mai abans, i malgrat ser el que estava més a prop de l'Edward, i per tant el perill més imminent, gairebé no li vaig fer gens de cas...

... perquè a pocs metres rere seu, la Victoria va clavar-me la mirada als ulls.

El seus cabells ataronjats eren més brillants del que recordava, més semblats a les flames. No feia gens de vent, però el foc del seu rostre feia que els cabells s'agitessin una mica, com si estiguessin vius.

Tenia els ulls negres a causa de la set. No somreia, com sempre feia en els meus malsons, i premia els llavis en una línia estreta. Tenia una sorprenent qualitat felina en la manera com arraulia el cos, com una lleona que espera la mínima oportunitat per atacar. La seva mirada salvatge i inquieta fluctuava entre l'Edward i jo, però en ell no s'hi aturava mai més de mig segon. No podia apartar els ulls del meu rostre, ni jo podia apartar-los del seu.

Emanava una tensió que es podia palpar en l'aire. Sentia el desig, la passió devastadora en el gest de les seves urpes. Vaig saber el que estava pensant, gairebé com si jo pogués escoltar-li els pensaments.

Estava tan prop del que anhelava, el centre de la seva vida durant tot un any, i ara estava tan a prop...

La meva mort.

El seu pla era tan obvi com pràctic. El noi ros i gros atacaria l'Edward, i ella em liquidaria tan aviat com l'Edward estigués prou distret.

Seria ràpid, perquè no li quedava gaire temps per jocs, però també seria definitiu. Un atac del qual no seria possible recobrar-se. Un atac que ni tan sols el verí d'un vampir no podria reparar.

Em volia arrancar el cor. Potser llançaria una mà contra el meu pit, fins a esclafar-me'l. O alguna cosa semblant.

El cor em va bategar amb fúria, sorollosament, com si volgués oferir-se més òbviament com a objectiu.

A llarga distància, lluny, més enllà del bosc fosc, l'udol d'un llop va fer eco en l'aire serè. Com que en Seth se n'havia anat, no hi havia manera d'interpretar-lo.

El noi ros va mirar la Victòria de cua d'ull, esperant una ordre.

Era jove en més d'un sentit. Ho vaig suposar perquè el brillant iris escarlata no durava gaire temps en un vampir, i això volia dir que seria molt fort, però poc avesat a les arts de la batalla. L'Edward sabria com desfer-se'n. I sobreviuria.

La Victoria va projectar la seva barbeta cap a l'Edward, ordenant al noi, sense paraules, que ataqués.

—Riley —va dir l'Edward, amb veu dolça, suplicant. El noi ros es va quedar gelat, amb els ulls que li feien pampallugues—. T'està mentint, Riley —va continuar l'Edward—. Escolta'm. Et menteix de la mateixa manera que va mentir els altres que ara estan morint a la clariana. Tu saps que ella els ha enganyat, que t'ha utilitzat a tu per enganyar-los, i que cap de vosaltres no té escapatòria. És tan difícil de veure que les seves mentides també et concerneixen a tu?

La confusió es va expandir pel rostre d'en Riley.

L'Edward es va moure uns quants centímetres cap a un costat i en Riley va compensar el moviment automàticament ajustant de nou la seva posició.

—Ella no t'estima, Riley —la veu de l'Edward era persuasiva, gairebé hipnòtica—. No t'ha estimat mai. Ella fa temps va estimar algú que es deia James, i tu per a ella no ets res més que un instrument.

Quan va pronunciar el nom d'en James, els llavis de la Victòria es van retreure en una ganyota que mostrava totes les dents. Els seus ulls continuaven clavats en mi.

En Riley va llançar una mirada frenètica cap a ella.

—Riley? —va insistir l'Edward.

El noi va tornar a concentrar-se en l'Edward instintivament.

—Ella sap que et mataré, Riley. Vol que tu moris, per no haver de mantenir més la seva màscara. Sí, això sí que ho veus, oi que sí? Ja has notat la renuència en els seus ulls, has sospitat d'aquesta nota falsa que es percep en les seves promeses. Tens raó. Ella no t'estima. Tots els petons i totes les carícies no eren més que mentides.

L'Edward va moure's de nou uns quants centímetres més cap al noi, i es va apartar una mica de mi.

La mirada de la Victòria es va ajustar a l'espai que s'havia obert entre nosaltres. No trigaria més d'un segon a matar-me, i només necessitava el més petit indici per fer-ho.

En Riley també va canviar la seva posició, aquesta vegada amb més lentitud.

—No has de morir, si no vols —li va prometre l'Edward, amb els ulls fixos en els del noi—. Hi ha altres maneres de viure, diferents a la que ella t'ha ensenyat. No tot el que hi ha en aquesta vida són mentides i sang, Riley. Pots seguir un camí nou des d'ara. No has de morir per culpa dels seus enganys.

L'Edward va fer lliscar un peu cap endavant i cap a un costat. Ara hi havia mig metre entre ell i jo. En Riley es va retardar massa, una mica més del necessari per compensar l'avanç de l'Edward. La Victoria es va inclinar endavant, de puntetes.

—És la teva última oportunitat, Riley —va murmurar l'Edward.

El rostre del jove vampir mostrava una veritable desesperació mentre escrutava la Victòria tot buscant respostes.

—És ell qui menteix, Riley —va intervenir la Victoria, i se'm va badar la boca de sorpresa en sentir-li la veu—. Ja et vaig advertir sobre els seus trucs mentals. Tu saps que t'estimo.

La seva veu no era el salvatge gruny felí més idoni pel seu to i la seva postura. Al contrari, era dolça, aguda, amb un punt de soprano, gairebé com el d'un infant. El tipus de veu que s'adiu bé amb uns rínxols rossos i xiclet de color rosa. No tenia sentit que sortís emesa d'entre unes dents nues i lluents.

En Riley va serrar les dents i va quadrar les espatlles. Els seus ulls van abandonar tot tipus de confusió o de sospita i qualsevol altra mena de pensament. Es va tensar a punt per a l'atac.

El cos de la Victoria semblava que estigués tremolant de tan agotnada com estava. Les mans amenaçaven amb les urpes preparades, a l'espera que l'Edward se separés tan sols un centímetre més de mi.

Però el gruny no va sortir de cap d'ells.

Una forma semblant a la d'un mamut de color torrat va caure al mig de la clariana, llançant en Riley a terra.

—No! —va cridar la Victoria, contrariada, amb la seva veu aguda d'infant crispada per la incredulitat. A un metre i mig de mi, l'enorme llop va mossegar el cos del vampir ros, en va arrencar una bocinada i la va llançar al terra. Una cosa blanca i dura va picar contra les roques al costat dels meus peus. Em vaig apartar una mica.

La Victoria no va malgastar ni una sola mirada al noi a qui acabava de jurar el seu amor. Em tenia els ulls clavats, plens d'una ira tan ferotge que li donava l'aspecte d'estar trastocada.

—No —va repetir entre dents, mentre l'Edward començava a moure's cap a ella, bloquejant-li l'accés a mi.

En Riley tornava a estar dempeus, amb una aparença contrafeta i demacrada, però encara capaç de llançar un cop pervers a l'espatlla d'en Seth. Vaig sentir com es partia la clavícula. En Seth es va apartar i va començar a fer voltes sobre si mateix, coixejant. En Riley va estendre les mans de nou, preparat, tot i que en una semblava que n'hi faltés un tros...

A pocs metres d'aquella baralla, la Victoria i l'Edward fintaven. En realitat no feien voltes, perquè l'Edward no li permetria que s'acostés més a mi. Ella lliscava cap enrere, movent-se d'un costat a l'altre, intentant trobar un buit en la seva defensa. Ell li seguia el joc de cames amb agilitat, sotjant-la amb perfecta concentració. Començava a moure's just una fracció de segon abans que ella, llegint-li les intencions mentalment.

En Seth va envestir en Riley de costat i li va tornar a arrencar un tros de carn que va provocar un horrible i estrident alarit de dolor. Un altre gran tros blanc i pesat va caure entre els arbres amb un cop sord. En Riley va rugir de fúria i en Seth, estranyament lleuger per la seva grandària, va saltar enrere mentre el neòfit li llançava un cop amb la mà destrossada.

La Victoria es va obrir pas en ziga-zaga cap a l'extrem més llunyà de la petita clariana. Estava dividida: els peus l'empenyien cap a la seguretat, però els ulls mostraven l'ànsia de clavar-se en mi com si fossin imants, atrets per la meva sang. Podia veure com el desig ardent de matar lluitava en el seu interior contra l'instint de supervivència.

L'Edward també ho podia veure això, és clar.

—No te'n vagis, Victoria —va murmurar en el mateix to hipnòtic d'abans—. Mai no tindràs una oportunitat com aquesta.

Ella li va mostrar les dents i va xiuxiuejar en direcció a ell, però semblava incapaç d'allunyar-se de mi.

—Ja fugiràs després —va roncar l'Edward—. Tindràs temps de sobres. Això és el que fas sempre, no? Aquest és el motiu pel qual en James et retenia. Li eres útil, malgrat la teva afició als jocs mortals. Una companya amb un sorprenent instint per la fugida. Ell no t'hauria d'haver deixat. Li haguessin anat molt bé les teves habilitats quan el vam agafar a Phoenix.

Un rugit va brollar d'entre les seves dents.

—Això no obstant, tu, per a ell, només li eres útil. És de ximples malgastar tanta energia venjant algú que va sentir menys afecte per tu que un caçador pel seu gos. Per a ell només vas ser un instrument. Jo ho vaig saber de seguida.

L'Edward va esbossar un somriure tort mentre es copejava la templa amb un dit.

Amb un udol escanyat, la Victoria es va precipitar contra els arbres de nou, fintant cap a un costat. L'Edward va respondre i el ball va tornar a començar.

Just llavors, el puny d'en Riley va tocar el flanc d'en Seth, a qui se li va ofegar un gemec a la gola. Va retrocedir, amb els muscles encongits i sacsejant-se com si intentés treure's el dolor del damunt.

Sisplau, volia pregar en Riley, però no em van funcionar els músculs per obrir la boca ni per expulsar l'aire dels pulmons. *Sisplau, només és un nen.*

Per què no havia fugit en Seth? Per què no fugia ara mateix?

En Riley escurçava de nou la distància entre ells, empenyent en Seth contra la paret de roca on jo em trobava. La Victoria va semblar de sobte interessada en el pas que feia el seu company. Podia veure-la mirant de reüll, jutjant la distància entre en Riley i jo. En Seth va atacar de nou en Riley, que es va veure obligat a retirar-se, i la Victoria va xiuxiuejar alguna cosa.

En Seth ja no coixejava. Donant voltes, va topar amb l'esquena de l'Edward i el va fregar amb la cua, i els ulls de la Victòria gairebé van sortir de les seves òrbites.

—No, no m'atacarà —li va dir l'Edward, contestant la pregunta que ella havia fet mentalment i va aprofitar la seva distracció per apropar-s'hi més—. Tu ens has subministrat un enemic comú, ens has convertit en aliats.

Ella va serrar les dents, intentant mantenir l'atenció concentrada només en l'Edward.

—Mira'l de més a prop, Victoria —va murmurar-li l'Edward, estirant els fils de la concentració—. Oi que s'assembla molt al monstre que en James va rastrejar des de Sibèria?

La Victòria va fer un pam d'ulls, i després va començar a oscil·lar la mirada salvatge entre l'Edward, en Seth i jo, d'un en un.

—No és el mateix —va grunyir amb la seva veu de soprano, de nena petita—. És impossible!

—Res no és impossible —va murmurar l'Edward, amb la veu suau de vellut, mentre s'acostava a ella centímetre a centímetre—, excepte el que tu desitges. No la tocaràs mai de la vida.

Ella va moure el cap, ràpidament i entretallada, evitant els moviments de distracció, i va intentar evadir-lo, però ell es va col·locar en el lloc apropiat per tal de bloquejar-la just quan li va llegir l'estratègia en la ment. El seu rostre va fer una ganyota de frustració i després es va ajupir encara més, com una lleona, i va atacar endavant deliberadament.

A la Victoria no li mancava precisament experiència, ni era una neòfita dirigida pels seus instints, sinó que era letal. Com que jo coneixia la diferència entre ella i en Riley, sabia que en Seth no hauria durat tant si hagués lluitat contra aquesta vampira.

L'Edward també va canviar de posició, conforme es van acostar l'un a l'altre, i l'enfrontament es va convertir en una lluita entre un lleó i una lleona.

El ball va augmentar de ritme.

Una dansa similar a la de l'Alice i en Jasper a la gran clariana, una espiral borrosa de moviments, amb la diferència que aquesta dansa no tenia una coreografia tan perfecta. Cruixits i esclafits aguts reverberaven de la paret del penya-segat, quan algú era desplaçat del seu lloc. Però es movien tan ràpidament que no podia dir qui era qui cometia els errors...

En Riley es va distreure amb aquesta dansa violenta, amb els ulls plens d'ansietat per la seva companya. En Seth va atacar de nou, arrencant una altra mossegada al jove vampir. En Riley va bramar i va llançar un tremend cop de revés que va encertar de ple al pit ample d'en Seth. El seu cos enorme es va elevar més de tres metres i va xocar contra la paret rocosa per damunt del meu cap, amb una força que semblava que havia de sacsejar tot el cim de la muntanya. Vaig sentir com se m'escapava l'aire dels pulmons i vaig apartar-me just en rebotar contra la pedra i abans de caure a terra, a pocs metres d'on ara em trobava.

Se li van escapar uns gemecs ofegats entre les dents.

Em van començar a caure a sobre fragments punxeguts de roca, esgarrapant-me la pell nua. Irreflexivament vaig aferrar un tros de roca punxeguda que em va tocar el braç dret. Vaig tancar fort els dits al voltant de la pedra quan se'm van activar els meus propis instints de supervivència. Tenia el cos a punt per lluitar, sense preocupar-me de si el gest seria prou efectiu, ja que no hi havia l'opció de fugir.

Se'm va disparar l'adrenalina a la sang. Notava que l'arma em tallava el palmell i sentia les queixes de la fissura a l'artell del dit. Era conscient de tot això, però malgrat tot, no podia sentir dolor.

Darrere d'en Riley, l'únic que es veia era la flama fluctuant dels cabells de la Victòria i un esborrall blanc. Els xerrics metàl·lics i els esquinços augmentaven de ritme, igual que els panteixos i els xiuxiueigs horroritzats, la qual cosa deixava clar que el ball esdevenia mortal per a un dels dos.

Però per a qui?

En Riley va lliscar cap a mi, amb els ulls vermells brillants de fúria. Va mirar cap a les restes de roca amb pèls de color de sorra que hi havia entre nosaltres, i les seves mans, destrossades i trencades, es van tancar com urpes. Va obrir tota la boca, mostrant les dents que brillaven, preparades per esqueixar la gola d'en Seth.

Un segon flagell d'adrenalina em va travessar com un xoc elèctric, i de sobte ho vaig veure tot clar.

Les dues lluites es desenvolupaven massa a prop una de l'altra. En Seth estava a punt de perdre la seva vida i no tenia ni idea de si l'Edward guanyava o perdia. Tots dos necessitaven ajuda. Una distracció. Alguna cosa que els donés una oportunitat.

Vaig aferrar el tros de roca tan fort que un cantó es va estellar.

Seria prou forta? Seria prou valenta? Quanta força em faria falta per clavar-me l'estella al cos? Tindria prou temps en Seth per aixecar-se? Es guariria prou ràpid perquè el meu sacrifici li donés alguna oportunitat?

Em vaig arremangar el jersei amunt per exposar la pell del braç i després vaig prémer la part més afilada del fragment de roca contra la sofraja, on ja hi tenia la llarga cicatriu que em vaig fer la nit del meu darrer aniversari, quan vaig vessar prou sang per captar l'atenció de tots els vampirs i deixar-los glaçats en els seus llocs durant un moment. Vaig resar perquè tornés a funcionar. Em vaig dreçar i vaig aspirar una gran quantitat d'aire.

La Victoria es va distreure amb el so del meu panteix. Els seus ulls, que es van aturar la mínima fracció d'un segon, es van trobar amb els meus. En la seva expressió s'hi mesclava la fúria i la curiositat d'una forma estranya.

No n'estava segura, era difícil sentir un soroll així entre tots els altres que reverberaven en la paret de pedra i em martellejaven el cervell. Fins i tot els batecs del meu propi cor podrien ser suficients per ofegar-lo. El cas és, però, que durant la fracció de segon que mirava la Victòria als ulls, crec que vaig sentir un familiar sospir exasperat.

En aquest mateix segon el ball es va aturar violentament. Va passar tot tan de pressa que ja s'havia acabat abans que jo pogués seguir la seqüència exacta dels fets. Els vaig intentar captar mentalment com vaig poder.

La Victoria havia sortit volant del ball borrós i havia xocat contra un alt avet, més o menys a la meitat del tronc. Va caure a terra agenollada a punt per saltar.

Simultàniament, l'Edward, del tot invisible a causa de la velocitat, es va girar d'esquena i va agafar un desprevingut Riley pel braç. Em va semblar com si l'Edward plantés el peu contra la seva esquena i tirés cap amunt...

El petit campament es va omplir amb l'estrident udol d'agonia d'en Riley.

Al mateix temps, en Seth va saltar sobre les seves potes i em va ocultar la major part de la visió.

Però encara podia veure la Victòria. I tot i que semblava estranyament deformada, com si fos incapaç de redreçar-se completament, vaig poder veure que un somriure li travessava el rostre salvatge, el mateix somriure que apareixia en els meus somnis.

Es va ajupir i va saltar.

Una cosa petita i blanca va xiular en l'aire i va col·lidir amb ella en ple vol. L'impacte va sonar com una explosió, i la va llançar contra un altre arbre, que aquesta vegada es va partir per la meitat. Va tornar a aterrar sobre els seus peus, agotnada i preparada, però l'Edward ja ocupava la seva posició. Vaig sentir com l'alleujament em tranquil·litzava el cor quan el vaig veure dempeus i en perfecte estat.

La Victoria va apartar alguna cosa amb un cop de peu nu, i va venir fent tombarelles cap a mi, aleshores vaig veure que era el míssil que acabava d'atacar-la.

Se'm va fer un nus a l'estómac.

Els dits encara es retorçaven. Aferrat a les herbes, el braç d'en Riley va començar a moure's convulsivament per terra.

En Seth estava novament donant voltes entorn d'en Riley, mentre ell s'anava retirant. Caminava d'esquena davant el licantrop que avançava, amb el rostre rígid pel dolor. Va alçar el seu únic braç a la defensiva.

En Seth va caure sobre en Riley i el vampir va perdre l'equilibri. Vaig veure el llop que enfonsava les dents a l'espatlla d'en Riley i després estirava, saltant cap enrere de nou.

Amb un xerric metàl·lic que trepava les orelles, en Riley va perdre el seu altre braç.

En Seth va moure el cap per llançar el braç que tenia entre dents contra els arbres. El so entretallat i xiuxiuejant que va emetre sonava com una rialleta de burla.

En Riley va cridar amb un lament torturat:

—Victoria!

Ella ni tan sols es va estremir en sentir el seu nom. Els seus ulls ni tan sols van fer l'intent de moure's cap el seu company.

En Seth es va llançar cap endavant amb la força d'una bola de demolició. L'embranzida els va estampar a tots dos contra els arbres, on els xerrics metàl·lics i els crits agònics d'en Riley es confonien. Els esgarips de dolor van cessar de cop i volta, mentre que van continuar els xerrics de trituració de la matèria pètria del cos del vampir.

Tot i que no va malgastar ni una sola mirada per acomiadar en Riley, la Victoria va semblar que s'adonava que es quedava sola. Va començar a apartar-se de l'Edward amb una decepció infinita que li cremava en els ulls. Em va llançar una curta mirada de desig i després va començar a retirar-se més de pressa.

—No —va cantussejar suaument l'Edward, amb la seva veu seductora—. Queda't una mica més.

Ella va accelerar el pas i va sortir disparada cap al refugi del bosc com una fletxa.

Però l'Edward va ser més ràpid, veloç com la bala d'una pistola.

La va agafar per l'esquena desprotegida just al límit del bosc, i va concloure el ball amb un darrer i senzill pas.

La boca de l'Edward va lliscar pel seu coll com una carícia. L'estrèpit estrident dels esforços d'en Seth va cobrir qualsevol altre soroll, o no hi va haver cap so distintiu que permetés donar una clara imatge de violència. Hauria passat el mateix si l'hagués estat besant.

Després, el seus ardents flocs de cabells ja no van seguir connectats a la resta del cos. Les tremoloses ones ataronjades de la cabellera van caure a terra i van fer un bot abans de rodar cap als arbres.

Mirall

Vaig fer uns ulls com unes taronges a causa de la sorpresa, però vaig aconseguir desviar-los per no veure de prop l'objecte ovalat embolicat en flocs de cabells enredats.

L'Edward es va posar en acció una altra vegada. Va desmembrar el cadàver decapitat amb rapidesa i freda eficàcia.

No m'hi vaig poder acostar... Els peus no em responien, semblava que els tenia clavats a terra, però vaig escodrinyar tots i cada un dels seus moviments buscant alguna possible ferida. El pols es va alentir a un ritme normal un cop em vaig assegurar que no estava ferit. Es movia amb l'agilitat de sempre. Ni tan sols li vaig veure un estrip a la roba.

No va dirigir la mirada cap a la paret del penya-segat, on jo encara romania petrificada de l'ensurt, mentre apilava els membres encara tremolosos i palpitants del vampir; després els va cobrir amb pinassa. Va evitar de mirar-me als ulls, atònits, quan es va llançar com una fletxa rere en Seth.

Encara no havia passat prou temps perquè em pogués recuperar, que ell i en Seth ja tornaven a ser allà. L'Edward anava carregat amb les restes d'en Riley i en Seth duia un gran tros entre les dents —el tors. Van abocar la càrrega en el munt. L'Edward va treure's un objecte rectangular de la butxaca. Va obrir l'encenedor platejat de butà i va aplicar la flama a l'esca seca. Va encendre's immediatament, de seguida grans llengües de foc ataronjades es van enfilar cap al cel.

L'Edward va dur en Seth a una banda i va murmurar per demanar-li:

—Reuneix fins a l'últim tros.

El vampir i l'home llop van pentinar tot el campament. De tant en tant llençaven trossets de roca blanca a les flames. En Seth duia els fragments entre les dents. El cap no em funcionava gaire lúcidament, i era incapaç de comprendre per què no es transformava en home per fer servir les mans.

El vampir no va apartar els ulls de la feina.

Un cop van haver acabat, el foc furiós va enviar al cel una asfixiant fumarada púrpura. La densa columna de fum es va enroscar lentament, aparentant una major consistència. En cremar, primer se sentia com una olor d'encens, però després deixava una aroma desagradable, massa densa i massa forta.

En Seth va tornar a proferir des del fons del pit aquell so burleta.

Un somriure va recórrer el tens rostre de l'Edward, que va estirar el braç i va cloure el puny. En Seth va somriure, exhibint una llarga línia de dents afilades, i va tocar el puny de l'Edward amb el musell.

—Ha sigut un treball d'equip esplèndid —va murmurar l'Edward.

En Seth va fer una gran riallada.

Després, l'Edward respirà profundament i es va girar lentament per plantar-me cara.

Jo no comprenia la seva expressió. Actuava amb cautela com si jo fos un altre enemic, més que cautela, en els seus ulls hi llegia la por. Durant l'enfrontament amb la Victòria i en Riley no havia donat cap mostra de por... Jo tenia la ment tan esmussada i inútil com el cos. El vaig mirar desconcertada.

—Bella, estimada —va dir amb la seva veu més suau mentre avançava cap a mi, exageradament lent, amb les mans enlaire i els palmells cap endavant. Atordida com em trobava, curiosament, em feia pensar en la manera com un sospitós s'acostava al policia per demostrar-li que no anava armat—. Bella, pots deixar anar la pedra, sisplau? Amb compte. No et facis mal.

M'havia oblidat completament de l'arma tosca que empunyava. Llavors vaig percebre el dolor dels artells, a causa de la força amb què l'aferrava. Me'ls havia tornat a trencar? Aquesta vegada, en Carlisle m'enguixaria tota la mà per assegurar-se que li fes cas. L'Edward es va quedar a mig metre de mi, amb les mans enlaire i els ulls plens de por.

De seguida vaig reaccionar i em vaig recordar de moure els dits. Després, vaig deixar anar la pedra, que va picar contra terra, i vaig mantenir la mà immòbil en la mateixa posició.

Ell es va relaxar una mica quan em va veure amb les mans buides, però tampoc no es va acostar.

—No t'espantis, Bella —va murmurar—. Estàs fora de perill, no et faré mal.

La desconcertant promesa només va aconseguir confondre'm encara més. El vaig mirar fixament com si fos ximpleta, intentant entendre'l.

—Tot anirà bé, Bella. Sé que tens por, però ja s'ha acabat. Ningú no et farà mal. No et tocaré. No et faré mal —va repetir.

Vaig parpellejar amb ràbia i vaig recuperar la veu.

—Per què ho repeteixes com un lloro? —vaig fer una passa cap a ell, que va retrocedir—. Què passa? —vaig preguntar en veu baixa—. A què et refereixes?

—Tu no... —els seus ulls daurats van reflectir una confusió similar a la meva—. No em tens por?

—A tu? Per què...?

Vaig trontollar en fer una altra passa, i vaig ensopegar, probablement amb els meus propis peus, però l'Edward em va agafar a temps. Vaig entaforar el rostre en el seu pit i vaig començar a sanglotar.

—Bella, Bella, em sap molt de greu. Ja està, ja s'ha acabat.

—Estic bé —vaig respondre entre panteixos—. Em trobo perfectament, però estic al·lucinada. Necessito un moment.

Em va subjectar amb més força.

—Em sap tant de greu —repetia una vegada i una altra.

Em vaig aferrar a ell fins que vaig ser capaç de respirar tranquil·la, i després li vaig besar el pit, les espatlles, el coll, arreu de la seva anatomia on podia arribar. Lentament, vaig començar a raonar de nou.

—Et trobes bé? —li vaig preguntar entre un petó i l'altre—. T'ha ferit la Victoria?

—Estic perfectament —em va prometre mentre enterrava el rostre entre els meus cabells.

—I en Seth?

L'Edward va riure entre dents.

—Bé és poc, de fet està molt orgullós de si mateix.

—I els altres? I l'Alice? I l'Esme? I els llops?

—Tots estan sans i estalvis. La batalla s'ha acabat. Tot ha anat com una seda, tal i com et vaig prometre. La pitjor part ens l'hem endut nosaltres.

Em vaig concedir un instant per assimilar-ho, assumir-ho i pair-ho definitivament. La meva família i els meus amics estaven fora de perill. La Victoria mai més no tornaria a perseguir-me.

S'havia acabat.

Tots estaríem bé, però seguia tan confosa que no era capaç d'acceptar les bones notícies.

—Digue'm per què et pensaves que et temia —vaig insistir.

—Ho sento —va repetir, disculpant-se una vegada més. Però per què coi es disculpava? No en tenia ni idea—. Em sap greu. Jo no volia que veiessis tot això, ni que em veiessis a mi d'aquesta manera. Segur que t'he espantat.

Vaig dedicar un minut a donar-hi voltes, a tot plegat, sobretot a la vacil·lació amb què s'havia acostat, les mans enlaire, com si jo estigués a punt de sortir corrents si ell es movia massa de pressa...

—Ho dius de debò? —vaig preguntar per fi—. Tu... què? Et penses que m'has espantat? —vaig esbufegar. Bufar era magnífic. La veu no tremola ni es trenca quan esbufegues. Sonava admirablement brusc.

Em va agafar per la barbeta i va inclinar-me el rostre per poderlo examinar de gust.

—J-jo... acabo —va vacil·lar, però després va fer un esforç perquè li sortissin les paraules— acabo de decapitar i desmembrar una criatura sensible uns vint metres al teu costat. No t'ha esfereït?

Em va fer mala cara.

Jo vaig arronsar les espatlles. Arronsar les espatlles també era magnífic. Molt... desinteressat.

—La veritat és que no. Només temia que en Seth o tu en sortíssiu ferits. Volia donar-vos un cop de mà, però tampoc no hi podia fer gaire cosa...

La meva veu es va apagar en veure-li les faccions sobtadament lívides.

—Sí —va dir amb un to brusc—, el truquet de la pedra... Saps que he estat a punt de col·lapsar-me? No era precisament la millor manera per facilitar les coses.

La seva mirada fulminant em dificultava la resposta.

—Volia ajudar, i en Seth estava ferit...

—No ho estava, en Seth només fingia, Bella. Era un estratagema, i llavors tu... —va moure el cap, incapaç d'acabar la frase—. En Seth no ha vist el que feies, per la qual cosa he hagut de prendre la iniciativa. Ara està una mica contrariat perquè no pot reclamar una victòria en solitari.

—En Seth..., fingia? —l'Edward va assentir amb severitat—. Vaja.

Tots dos ens miràvem en Seth, que ens ignorava i contemplava les flames amb una actitud d'estudiada indiferència. Desbordava arrogància per cada pèl del seu pelatge.

—I jo què sabia! —vaig replicar, ara a la defensiva—. No és fàcil ser l'única persona indefensa. Espera que sigui vampir i ja veuràs! La propera vegada no em quedaré asseguda a mirar des del marge.

Una dotzena de sentiments enfrontats van voleiar pel seu rostre abans que la meva ocurrència li fes gràcia.

—La propera vegada? Preveus que aviat hi haurà una altra guerra?

—Amb la sort que tinc jo? Qui sap?

Va girar els ulls en blanc, però vaig advertir que feia una mica el taral·lirot. A tots dos ens rodava el cap de pur alleujament. Allò s'havia acabat.

O no?

—Espera, què has dit abans? —em vaig estremir en recordar què havia succeït. Què li havia estat a punt d'explicar a en Jacob? Un dolor punyent em travessava el cor dividit amb cada batec, ja que no havia deixat enrere la part més dura del dia, i jo pretenia continuar al peu del canó—. A què et referies? Alguna complicació? Has dit que estaria a prop seu. El què?

Els ulls de l'Edward van buscar els d'en Seth. Ells dos van intercanviar una mirada carregada de significat.

—I bé? —vaig exigir saber.

—No és res, de debò —es va afanyar a dir—, però ens hem d'espavilar...

Va fer el gest per carregar-me a la seva esquena, però em vaig dreçar retrocedint.

—Defineix «res».

L'Edward em va agafar el rostre entre les mans.

—Només tenim un minut, així que no t'espantis, d'acord? Insisteixo, no hi ha raó per tenir por. Confia en mi aquesta vegada, sisplau.

Vaig assentir en un intent d'ocultar el terror que m'havia entrat de sobte. Quant més era capaç de suportar abans d'enfonsar-me?

—No hi ha raó per tenir por, ja ho entenc.

Va prémer els llavis durant uns instants mentre decidia què contestar, i després va llançar una sobtada mirada a en Seth, com si ell l'hagués cridat.

—I què fa ella? —va demanar.

El llop va proferir un udol ple d'angoixa i preocupació que em va eriçar els pèls del clatell. Un silenci sepulcral va regnar durant un segon interminable. Després, l'Edward va fer un crit ofegat:

—No...!

Una de les seves mans va sortir volant darrere d'alguna cosa invisible.

—No!

Un espasme va sacsejar el cos d'en Seth, que va llançar un punyent udol d'agonia, amb tota la potència dels pulmons. L'Edward es va agenollar de seguida i va aferrar el cap del llop amb totes dues mans. El dolor li crispava el gest.

Vaig xisclar una vegada, desconcertada pel pànic, i em vaig deixar caure de genolls al seu costat. Com una ximpleta, vaig intentar apartar-li les mans del cap. Els meus palmells suats van relliscar sobre la seva pell de marbre.

—Edward, Edward!

Va fer un esforç manifest per mirar-me i deixar d'estrènyer les dents.

—Està bé. Estarem perfectament... —va callar i es va estremir una vegada més.

—Què passa? —vaig xisclar mentre en Seth udolava d'angoixa.

—Estem bé. Estarem perfectament... —va dir panteixant—. En Sam... l'ha ajudat...

Vaig comprendre que no parlava d'ell mateix ni d'en Seth quan va esmentar el nom d'en Sam. Cap força invisible no els atacava. Aquest cop, la crisi no era allà.

Estava usant el plural propi de la bandada.

Se m'havia esgotat tota l'adrenalina. No me'n quedava ni una gota. Se'm van doblegar les cames i no vaig caure perquè l'Edward va saltar per sostenir-me abans de picar contra les pedres.

—Seth! —va bramar l'Edward.

El llop estava ajupit, tens pel dolor, i semblava a punt de posar-se a córrer bosc endins.

—No! Vés directe a casa ara mateix —li va ordenar—. Has d'arribar-hi el més aviat possible!

En Seth va gemegar i va moure el cap gros d'un costat a un altre.

—Confia en mi, Seth.

L'enorme llop va contemplar els ulls torturats de l'Edward durant un moment interminable abans d'aixecar-se i posar-se a córrer entre els arbres del bosc, per on va desaparèixer com un fantasma.

L'Edward em va agafar en braços i em va bressolar amb força contra el seu pit i després va avançar com una bala per les espesses ombres, seguint un camí diferent al del llop.

—Què ha passat, Edward? Què li ha passat a en Sam? —em vaig esforçar perquè les paraules poguessin sortir per la meva gola inflamada—. On anem? Què està passant?

—Hem de tornar a la clariana —em va dir en veu baixa—. Sabíem que hi havia la possibilitat que passés. L'Alice ho ha vist a primera hora del matí, i ho ha dit a en Sam perquè ho transmetés a en Seth. Els Vulturis han decidit que ha arribat l'hora d'intervenir.

Els Vulturis.

Això era massa. El meu cap es va negar a trobar sentit a les paraules, i va fingir no comprendre-les.

Vam anar fent voltes entre els arbres. Corríem muntanya avall tan de pressa que em feia l'efecte de caure en picat, fora de control.

—No t'espantis. No vénen a buscar-nos a nosaltres. És només el contingent habitual de la guàrdia que s'encarrega de netejar aquests merders, o sigui, no és res important. Simplement fan la seva feina. Sembla que han ajustat molt oportunament el moment de la seva arribada, per descomptat, cosa que em fa pensar que ningú a Itàlia no hauria lamentat una escabetxada del clan Cullen a mans de neòfits —va parlar entre dents amb veu trista i dura—. Sabré què pensen amb certesa quan arribin a la clariana.

—Aquesta és la raó per la qual tornem? —vaig murmurar.

Seria capaç d'afrontar aquella situació? Imatges de criatures amb vestits negres van aparèixer a la meva ment, poc procliu a acceptar-les, i vaig ventar-les ràpid, però ja estava al límit de les meves forces.

—És part del motiu, però sobretot hi anem perquè serà més segur si ens unim. No tenen cap raó per castigar-nos, però la Jane és amb ells, i podria tenir temptacions si sospita que estem sols lluny de la resta. El més probable és que ella suposi que estic amb tu. En Demetri l'acompanya, per descomptat, i ell és capaç de localitzar-me si ella l'hi demana.

No volia pensar en aquest nom. No tenia gens de ganes de veure, ni que fos mentalment, aquell rostre infantil d'encegadora bellesa. Un estrany so d'ofec se'm va escapar de la gola.

—Calla, Bella, calla. Tot sortirà bé. L'Alice ho ha vist.

Si l'Alice ho havia vist, on eren els llops? On es trobava la bandada?

—I què passa amb el grup d'en Sam?

—Han hagut de fugir de pressa i corrents. Els Vulturis no respecten els tractes amb els licantrops.

Vaig notar com se m'accelerava la respiració. No podia controlar-me i vaig començar a panteixar.

—Et juro que estaran bé —em va prometre l'Edward—. Els Vulturis no reconeixeran l'olor ni s'adonaran de la seva intervenció. No estan gaire familiaritzats amb l'espècie. La bandada es troba fora de perill.

Vaig ser incapaç d'assimilar aquesta explicació. Els meus temors m'havien esquinçat la capacitat de concentració. *Estarem perfectament*, havia dit feia un moment, però en Seth havia udolat de dolor. L'Edward havia evitat la meva primera pregunta, havia distret la meva atenció parlant dels Vulturis...

Estava a prop, molt a prop de la veritat, la fregava amb la punta dels dits.

Tot passant a prop dels arbres a corre-cuita no eren sinó uns esborralls que fluïen com aigua de color jade.

—Què ha passat abans, quan en Seth s'ha posat a udolar? —vaig insistir. L'Edward va vacil·lar—. Digue-m'ho, Edward!

—Ja s'ha acabat, ja està —va respondre tan baixet que tot just vaig poder sentir-lo per sobre del vent generat per la velocitat—. Els llops no s'han conformat amb la seva part. Han pensat que els tenien tots controlats i, per descomptat, l'Alice no l'ha pogut veure.

—Digues què sisplau.

—La Leah ha localitzat un neòfit amagat, i ha sigut tan estúpida i xula que ha volgut fer una demostració... i s'ha embolicat en una lluita en solitari...

—La Leah —vaig repetir; estava massa feble per avergonyir-me de la sensació d'alleujament que em va inundar—. Es recuperarà?

—A la Leah no l'han ferit —va balbucejar ell.

Me'l vaig quedar mirant uns segons. *En Sam l'ha ajudat*, havia dit l'Edward, que en aquest instant s'havia quedat amb la mirada clavada al cel. Vaig seguir la direcció de la seva mirada. Un núvol púrpura s'enganxava a les branques dels arbres. La visió em va estranyar, perquè feia un dia especialment assolellat. No, no era un núvol. Vaig identificar la textura densa de la columna de fum, que s'assemblava a la del nostre campament.

—Edward, algú està ferit, oi? —vaig preguntar amb una veu gairebé imperceptible.

—Sí —va murmurar.

—Qui? —vaig preguntar, i ho vaig fer tot i saber la resposta, per descomptat que sí.

És clar que la sabia. Per descomptat.

Els arbres van començar a passar més lentament al nostre al voltant a mesura que arribàvem a lloc.

Ell va necessitar una bona estona abans de contestar-me.

—En Jacob —va dir.

Vaig ser capaç d'assentir una vegada.

—Per descomptat —vaig murmurar.

Vaig abandonar la poca consciència amb què em mantenia aferrada fins aquest moment.

Es va fer fosc de cop.

El contacte de dues mans gelades a la meva pell va ser la primera cosa de la qual vaig ser conscient. Eren més de dues mans. Uns braços em sostenien, algú va acariciar-me la galta amb el palmell de la mà, uns dits em resseguien el front mentre que uns altres em premien el canell.

Després, vaig ser conscient de les veus. Al principi, era un simple zumzeig, però el volum va anar pujant i ho entenia amb més claredat com si algú hagués mogut el botó de la ràdio.

—Fa cinc minuts que està així, Carlisle.

La veu de l'Edward sonava angoixada.

—Recobrarà el sentit quan estigui preparada, Edward —va respondre l'interpel·lat amb la calma i l'aplom habituals—. Avui n'ha hagut de passar de grosses. Deixem que la ment es protegeixi.

Però no tenia el pensament a recer del dolor, sinó atrapat a les seves urpes, ja que formava part de la foscor de la inconsciència.

Em sentia desconnectada del cos, com si estigués confinada en un racó de la meva pròpia ment, però sense estar al capdavant dels comandaments, i no podia fer-hi res, ni pensar. El turment era massa fort. No hi havia cap escapatòria possible.

Jacob.

Jacob.

No, no, no...

—Quant temps ha passat, Alice? —va demanar l'Edward amb la veu encara tensa, evidenciant l'escàs efecte de les paraules tranquil·litzadores d'en Carlisle.

—Cinc minuts més —la veu espurnejant i alegre de l'Alice va sonar molt distant—. La Bella obrirà els ulls d'aquí a trenta-set segons. Estic convençuda que ja ens pot sentir.

—Bella, reina, m'escoltes? —aquesta era la dolça veu reconfortant de l'Esme—. Ja estàs fora de perill, estimada.

Sí, jo ja estava fora de perill. Però és que m'importava gaire, això?

En aquests moments vaig notar uns llavis freds a l'orella, i l'Edward va pronunciar les paraules que em van permetre fugir del dolor que em tancava dins la meva pròpia ment.

—Viurà, Bella. En Jacob Black s'està recuperant mentre parlo. Es posarà bé.

Vaig trobar el camí de retorn al meu cos quan van cessar el dolor i el pànic. Vaig pestanyejar.

—Bella.

L'Edward va sospirar d'alleujament i em va fer un petó als llavis.

—Edward —vaig murmurar.

—Sí, estic aquí.

Vaig fer un esforç per obrir les parpelles i contemplar les seves pupil·les daurades.

—Està bé en Jacob?

—Sí —em va prometre.

Vaig estudiar-li els ulls amb deteniment per assegurar-me que no pretenia només tranquil·litzar-me, però eren d'una transparència absoluta.

—L'he examinat jo mateix —va intervenir llavors en Carlisle. Em vaig girar per veure-li el rostre a escassa distància. L'expressió d'en Carlisle era seriosa i tranquil·litzadora alhora. Era impossible dubtar d'ell—. La seva vida no corre perill. Es cura a una velocitat increïble, encara que les seves ferides eren bastant greus i hauria necessitat diversos dies per tornar a la normalitat, encara que mantingués constant el ritme de curació. Faré tot el que pugui per ajudar-lo quan hàgim acabat aquí. En Sam intenta ferlo tornar a la seva forma humana perquè sigui més fàcil tractarlo —en Carlisle va esbossar un lleu somriure—. Mai he anat a una facultat de Veterinària.

—Què li ha passat? —vaig preguntar amb un fil de veu—. Com són de greus les seves ferides?

El rostre d'en Carlisle va tornar a posar-se seriós.

—Un altre llop es trobava en dificultats...

—La Leah —vaig mussitar.

—Sí. S'ha posat entre ella i el neòfit, però sense temps per defensar-se, i el convers li ha trencat la meitat dels ossos.

Em vaig estremir.

—En Sam i en Paul hi han sigut a temps. Ja estava molt millor quan el duien de retorn a La Push.

—Però es recuperarà del tot?

—Sí, Bella. Les ferides no tindran efectes permanents.

Vaig respirar profundament.

—Tres minuts —va dir l'Alice en veu baixa.

Vaig esforçar-me per posar-me dreta. L'Edward va entendre què pretenia i em va ajudar a incorporar-me.

Vaig contemplar l'escena que s'oferia davant meu.

Els Cullen estaven en un ampli semicercle al voltant de la foguera. Tot i les poques flames que quedaven, la fumarada era densa, gairebé negra, i surava damunt l'herba lluent com si fos una epidèmia. El més proper a la nebulosa d'aparença gairebé sòlida era en Jasper, la pell del qual brillava al sol amb menys intensitat que la dels altres. Estava d'esquena a mi, amb les espatlles tenses i els braços lleugerament estesos. A prop d'ell hi havia alguna cosa sobre la qual s'ajupia amb summa precaució.

Estava massa atordida per sorprendre'm encara que fos una mica quan vaig entendre de què es tractava.

Al mig de la clariana hi havia vuit vampirs.

La noia es premia el cos contra les cames, enllaçades amb els braços, fins arraulir-se com una bola al costat de les flames. Era molt jove, més que jo. Devia tenir uns quinze anys, cabells foscos i complexió menuda. No em treia els ulls de sobre. Tenia les ninetes d'un vermell sorprenentment intens, molt més que el d'en Riley, gairebé refulgia. Els ulls li giraven, fora de control.

L'Edward va veure la meva expressió d'atordiment.

—S'ha rendit —em va explicar en veu baixa—. No ho havia vist mai, abans. Només en Carlisle podia acceptar l'oferta. En Jasper no ho aprova.

No vaig ser capaç de deixar de mirar l'escena que es desenvolupava al costat del foc. En Jasper continuava fregant-se l'avantbraç esquerre amb aire absent.

—Què li passa a en Jasper? —vaig murmurar.

—Està bé, però li cou el verí.

—L'han mossegat? —vaig preguntar, horroritzada.

—Pretenia estar a tot arreu al mateix temps, sobretot per assegurar-se que l'Alice no tingués feina —l'Edward va bellugar el cap—. Ella no necessita l'ajuda de ningú.

L'Alice va dedicar una llengota al seu estimat.

—Beneit sobreprotector.

De sobte, la noia jove va tirar el cap enrere i udolà amb estridència.

En Jasper va grunyir i ella va retrocedir, però va enfonsar els dits a terra com si fossin urpes i va girar el cap a dreta i esquerra amb angoixa. En Jasper va fer una passa cap a ella, que es va ajupir més. L'Edward es va moure amb exagerada tranquil·litat mentre girava els nostres cossos de tal manera que ell quedava situat entre ella i jo. Vaig treure el cap per damunt de la seva espatlla per veure la noia apallissada i en Jasper.

En Carlisle va aparèixer de seguida al costat d'en Jasper i li va posar una mà a l'espatlla.

—Has canviat d'idea, joveneta? —li va preguntar en Carlisle amb la seva flegma habitual—. No tenim gens d'interès a eliminar-te, però ho farem si no ets capaç de controlar-te.

—Com ho podeu suportar? —va gemegar la noia amb la veu alta i clara—. La vull.

Va concentrar l'encès iris vermell en l'Edward, a qui va traspassar amb la mirada fins arribar a mi. Va tornar a enfonsar les ungles a terra.

—Has de contenir-te —va insistir en Carlisle amb gravetat—. Has d'exercitar el teu autocontrol. És possible i és l'únic que ara et pot salvar.

La noia es va agafar el cap amb les dues mans, plenes de crostes de terra, i es va posar a gemegar.

Vaig sacsejar l'espatlla de l'Edward per atreure la seva atenció i vaig preguntar:

—No hauríem d'allunyar-nos-en?

En sentir la meva veu, la noia va ensenyar-me les dents i va adoptar una expressió turmentada.

—Hem de quedar-nos aquí —va murmurar l'Edward—. Ells estan a punt d'entrar a la clariana pel costat nord.

El meu cor va desbocar-se mentre examinava el límit del bosc, sense veure res més que la densa cortina de fum. Les meves pupil·les van tornar a la neòfita al cap d'uns segons de recerca infructuosa; em seguia mirant amb ulls embogits.

Li vaig sostenir la mirada durant una llarga estona. Els cabells negres tallats a l'altura de la barbeta li realçaven el rostre d'alabastre blanc. Era difícil definir les seves faccions com a belles, de tan crispades i deformades com estaven per la ràbia i la set. Els salvatges ulls vermells eren dominants, fins al punt que m'era impossible apartar-ne la mirada. Em va contemplar amb despietada obsessió. S'estremia i es retorçava cada pocs segons.

Em vaig quedar contemplant la noia, amb la boca oberta, preguntant-me si no era el mirall del meu futur.

Llavors, en Carlisle i en Jasper van començar a retrocedir cap a la nostra posició. L'Emmett, la Rosalie i l'Esme també van convergir-hi de pressa i corrents, al costat de l'Edward i l'Alice per tal de presentar un front unit, com havia dit l'Edward, amb mi en el centre, a la posició més segura.

Tenia l'atenció dividida entre la neòfita salvatge i els monstres, l'arribada dels quals era imminent.

Però encara no es veien. Vaig donar un cop d'ull a l'Edward que, al capdavant de tots, no deixava d'observar sense pestanyejar. Vaig intentar seguir la direcció de la seva mirada, però no veia res més que el fum dens i d'olor oliosa que serpentejava calmosament a poca altura, i s'alçava amb mandra per onejar damunt de l'herba.

La fumarada s'estenia cap endavant i s'enfosquia en el mig de la clariana. De sobte es va sentir una veu somorta procedent del mateix fum.

—Ahà.

Vaig reconèixer la nota d'apatia immediatament.

—Benvinguda, Jane —va saludar l'Edward amb un to distant però cortès.

Les siluetes fosques van anar apareixent d'entre la fumarada. Els contorns es van fer més nítids a mesura que s'acostaven, sabia que la Jane anava al capdavant gràcies a la capa fosca, gairebé negra, i perquè era la figura més petita en comparació a les altres, que li treien més de seixanta centímetres, encara que tot just podia distingir els seus trets angelicals sota l'ombra de la caputxa.

També m'eren familiars les quatre enormes figures embolicades amb ornaments grisos que avançaven en fila rere seu. Estava segura que coneixia el que anava en primer lloc. En Felix va alçar els ulls mentre jo intentava confirmar la meva sospita. Va tirarse la caputxa enrere lleument perquè pogués veure com em somreia i em picava l'ullet. Completament immòbil, l'Edward em mantenia al seu costat, agafats de la mà ben fort.

La mirada de la Jane va recórrer lentament els lluminosos rostres dels Cullen abans de caure sobre la neòfita, que continuava al costat del foc amb el rostre entre les mans.

—No ho entenc —la veu de la Jane encara sonava avorrida, però no semblava tan desinteressada com abans.

—S'ha rendit —li va explicar l'Edward per desfer una possible confusió, i la vampir va mirar de seguida directament als ulls de l'Edward.

—Rendit?

En Felix i una altra de les ombres van intercanviar una ràpida mirada. L'Edward va arronsar les espatlles.

—En Carlisle li ha ofert aquesta opció.

—No hi ha opcions per a qui trenca les regles —va resoldre ella, bruscament.

En Carlisle va parlar llavors amb veu suau.

—Ara està a les vostres mans. Jo no he vist que fos necessari aniquilar-la perquè s'ha mostrat voluntàriament disposada a rendir-se. A ella ningú no li ha ensenyat les regles.

—Això és irrellevant —va insistir la Jane.

—Com vulgueu.

La Jane va clavar els ulls a en Carlisle amb consternació. Va moure el cap imperceptiblement i després va recompondre les faccions.

—L'Aro tenia ganes de venir a l'oest per veure-us, Carlisle. Us envia salutacions.

En Carlisle va assentir.

—Us agrairia que li'n transmetéssiu de part meva.

—Per descomptat —la Jane va somriure. El seu rostre encara era més adorable quan s'animava. Va mirar enrere, cap al fum—. Sembla que avui heu fet la nostra feina... —la seva mirada va aturar-se a la neòfita—. Bé, quasi tota. Només per curiositat professional, quants eren? Han provocat una bona onada de destrucció a Seattle.

—Divuit, comptant-la a ella —va contestar en Carlisle.

La Jane va fer uns ulls com taronges i va contemplar les flames una vegada més; semblava que avalués les dimensions de la foguera. En Felix i l'altra ombra van intercanviar una mirada més perllongada.

—Divuit? —va repetir. La veu va sonar insegura per primera vegada.

—Tots acabats de sortir del forn —va explicar en Carlisle amb desdeny—. Cap d'ells no estava qualificat.

—Cap? —la veu de la Jane es va endurir—. Llavors, qui els va crear?

—Es deia Victoria —va respondre l'Edward, sense cap rastre d'emoció a la veu.

—Es deia?

L'Edward va inclinar el cap en direcció a l'est del bosc. La mirada de la Jane es va concentrar de seguida a la llunyania, potser a l'altra columna de fum, però no vaig apartar la vista per verificar-ho.

La Jane va mirar cap a l'est durant força estona i després va examinar la foguera que tenia al davant una vegada més.

—La tal Victoria... Es compta a part d'aquests divuit?

—Sí. Anava acompanyada d'un altre vampir, que no era tan jove com aquests, però no devia tenir més d'un any.

—Vint —va mussitar la Jane—. Qui ha eliminat la creadora?

—Jo —va contestar l'Edward.

La Jane va estrènyer els ulls i es va girar cap a la neòfita, propera a les flames.

—Ei, tu —va ordenar amb una veu molt més severa que abans—, com et dius?

La jove li va llançar una mirada feréstega a la Jane al mateix temps que va prémer amb força els llavis.

La Jane li va retornar un somriure angelical.

La neòfita va reaccionar amb un udol ensordidor. Va arquejar el cos amb rigidesa fins a quedar en una postura completament antinatural i forçada. Vaig desviar la mirada i vaig sentir la urgència de tapar-me les orelles. Vaig serrar les dents amb l'esperança de contenir les nàusees. El xiscle es va intensificar. Intentava concentrar-me en el rostre de l'Edward, tranquil i indiferent, però això em va fer recordar que ell mateix havia estat sotmès a la mirada turmentadora de la Jane, i em vaig sentir fatal. En comptes d'ell vaig mirar l'Alice, i l'Esme, que estava al seu costat, però tenien un rostre tan freturós d'expressió com el de l'Edward.

Al final, va callar.

—Com et dius? —va exigir la Jane. A la seva veu no hi sonava cap mena d'entonació.

—Bree —va respondre ella escanyadament.

La Jane va esbossar un somriure i la noia va tornar a cridar. Vaig contenir l'alè fins que va cessar el crit de dolor.

—Ella t'explicarà tot el que vulguis saber —li va dir l'Edward entre dents—. No és necessari que facis això.

La Jane va alçar els ulls, espurnejants, tot i que solien ser inexpressius.

—Ja ho sé —li va contestar a l'Edward, a qui va somriure abans de girar-se cap a la jove neòfita, Bree.

—És cert això, Bree? —va dir la Jane, una altra vegada amb gran fredor—. Éreu vint?

La noia jeia panteixant amb la cara recolzada a terra. Es va afanyar a respondre.

—Dinou o vint, potser més, no ho sé! —es va encongir, amb por que la seva ignorància no impliqués una altra sessió de tortura—. La Sara i una altra que no sé com es deia es van barallar abans d'arribar a aquí...

—I aquesta tal Victoria... Va ser ella qui us va crear?

—I jo què sé —es va estremir de nou—. En Riley mai no ens va dir el seu nom i aquesta nit no l'hem vista gens... Era fosc i ens feia mal —la Bree va tremolar—. Ell no volia que penséssim en ella. Ens deia que els nostres pensaments no eren prou segurs...

La Jane es va girar per mirar l'Edward i després es va concentrar en la Bree.

La Victoria ho havia planejat bé. Si no hagués seguit l'Edward, no hauríem sabut amb certesa si hi estava involucrada...

—Parla'm d'en Riley —va continuar la Jane—. Per què us va portar aquí?

—Ens va dir que havíem de destruir aquests estranys dels ulls grocs —va xerrar la Bree de bon grat—. Ens va dir que seria bufar i fer ampolles. Ens va explicar que la ciutat era dels vampirs dels ulls grocs i que si no ho fèiem nosaltres ens atacarien ells. Tota la sang seria nostra quan desapareguessin. Ens va donar la seva olor —la Bree va alçar una mà i assenyalà en la meva direcció—. Va dir que podríem identificar l'aquelarre gràcies a ella, que ella estaria amb ells. Va dir que ella seria per al primer que l'aconseguís agafar.

Al meu costat vaig sentir l'escarritx de dents de l'Edward.

—Sembla que en Riley es va equivocar pel que fa a la dificultat —va observar la Jane.

La Bree va assentir. Semblava alleujada perquè la conversa discorria per rumbs indolors.

—No sé què ha passat. Ens hem dividit però els altres no han tornat. En Riley ens ha abandonat, i tampoc no ha tornat per ajudar-nos, com ens havia promès. Després, tot ha sigut molt confós i ens han destrossat —es va estremir—. Tenia por i volia sortir volant. Aquest d'aquí —va continuar mentre mirava en Carlisle— ha dit que no em faria mal si deixava de lluitar.

—Ahà, però un oferiment com aquest no està a les seves mans, joveneta —va murmurar la Jane amb una veu estranyament gentil—. Trencar les regles té conseqüències.

La Bree la va mirar fixament sense entendre-ho.

La Jane va contemplar en Carlisle.

—Esteu segurs d'haver-los eliminats a tots? On són els altres?

El rostre d'en Carlisle denotava una gran seguretat quan va assentir.

—Nosaltres també ens hem dividit.

La Jane va esbossar mig somriure.

—No he d'ocultar que estic impressionada —les grans ombres rere seu van assentir per demostrar que hi estaven d'acord—. Mai no havia vist un aquelarre sortir indemne i sense baixes d'un atac d'aquesta magnitud. Sabeu si hi ha alguna cosa al darrere? Vull dir que sembla un comportament molt extrem, sobretot si considerem la pau amb què viviu aquí. Per què la clau és la noia?

Sense voler, els seus ulls van descansar damunt meu durant uns segons. Em va resseguir un calfred.

—La Victoria li guardava rancor, a la Bella —li va explicar l'Edward, impertorbable.

La Jane va esclatar en una riallada. El so era auri, com el borbolleig d'una nena feliç.

—Sembla que això és el que provoca les reaccions més fortes i desmesurades de la nostra espècie —va apuntar mentre em mirava directament amb un somriure angelical.

L'Edward es va enravenar. El vaig mirar a temps per percebre com girava el rostre cap a la Jane.

—Tindríeu la bondat de no fer això? —li va demanar, amb tensió a la veu.

La Jane es va posar a riure amb indulgència.

—Només era una prova. Pel que sembla, no li fa gens de mal.

Vaig tenir un altre estremiment, i vaig agrair que el meu organisme no hagués corregit l'error tècnic amb el qual m'havia protegit de la Jane la darrera vegada que ens vam veure. L'Edward em va agafar amb més força.

—Bé, sembla que no ens queda gaire cosa a fer. Que estrany! —va dir la Jane mentre l'apatia es filtrava una altra vegada a la seva veu—. No estem acostumats a desplaçar-nos sense necessitat. Ha sigut una llàstima haver-nos perdut la batalla. Em fa l'efecte que ha sigut un bon espectacle, força entretingut.

—Sí —va saltar l'Edward amb acritud—, i això que estàveu molt a prop. És una veritable llàstima que no hàgiu arribat mitja hora abans. Potser aleshores podríeu haver fet la vostra feina.

La ferma mirada de la Jane es va trobar amb la de l'Edward.

—Sí. Quin greu que les coses hagin anat així, oi?

L'Edward va assentir un cop per a si mateix, amb les sospites confirmades.

La Jane es va girar per contemplar la neòfita una vegada més. El seu rostre era d'una apatia absoluta.

—Felix? —va cridar arrossegant les paraules.

—Espera —va intervenir l'Edward.

La Jane va arquejar una cella, però l'Edward mirava en Carlisle mentre parlava de pressa.

—Podem explicar les regles a la jove. No sembla mal predisposada a aprendre-les. No sabia el que es feia.

—Per descomptat —va respondre en Carlisle—. Estem preparats per responsabilitzar-nos de la Bree.

La vampira es va trobar dividida entre la incredulitat i la diversió.

—No fem excepcions ni donem segones oportunitats —va replicar—. No és bo per la nostra reputació, cosa que em recorda...

—de sobte va tornar a mirar-me i el seu rostre de querubí es va omplir de sotets en somriure—. En Caius estarà molt interessat a saber que segueixes sent humana, Bella. Potser decidirà fer-te una visita.

—S'ha fixat la data —li va dir l'Alice, parlant per vegada primera—. Potser ens veurem d'aquí a pocs mesos.

El somriure de la Jane es va esvair i va arronsar les espatlles amb indiferència sense mirar l'Alice. Es va encarar amb en Carlisle:

—M'ha agradat conèixer-vos, Carlisle... Sempre he cregut que l'Aro exagerava. Bé doncs, fins una altra...

En Carlisle va assentir amb una expressió apesarada.

—Encarregueu-vos-en, Felix —va ordenar la Jane al mateix temps que assenyalava la Bree amb el cap. La seva veu sonava cada vegada més avorrida—. Vull tornar a casa.

—No miris —em va murmurar l'Edward a cau d'orella.

Era l'única ordre que tenia ganes d'obeir. Havia vist prou coses en un sol dia, i per a tota la vida. Vaig tancar les parpelles amb força i vaig girar el rostre cap al pit de l'Edward, però...

... encara hi sentia.

Va ressonar un grunyit profund i sord i després un udol agut que trepava les orelles i que ja m'era massa horriblement familiar. El crit es va apagar de seguida, i després només es van sentir els esgarrifosos sons dels espetecs i les esbocinades.

L'Edward em va acariciar les espatlles amb ansietat.

—Anem —va comminar la Jane.

Vaig alçar els ulls a temps de veure com les esquenes cobertes amb enormes capes grises es dirigirien cap als remolins de fum. L'olor d'encens va tornar a ser intens...

... recent.

Les ombrívoles vestidures es van esvair en l'espessa fumarada.

Ètica

Mil productes diferents abarrotaven la prestatgeria de la cambra de bany de l'Alice, tots eren cosmètics i maquillatge facials, per embellir l'aspecte. Vaig suposar que la majoria els havia adquirit per a mi, ja que en aquella casa tothom tenia la pell perfectament impecable. Vaig llegir les etiquetes amb sorpresa, em feia mal tot aquell malbaratament.

Vaig tenir la precaució de no mirar cap a l'enorme mirall.

L'Alice em pentinava els cabells amb moviments lents i rítmics.

—Prou, Alice —vaig instar en to apagat—. Vull tornar a La Push.

Quantes hores m'havia esperat perquè en Charlie marxés de casa d'en Billy i així poder veure en Jacob? Cada minut que havia passat sense saber si en Jake seguia respirant o no, em pesava com deu vides senceres. I ara, quan per fi estava a punt d'anar-hi per veure per mi mateixa si en Jacob encara respirava, el temps s'escapava veloç. Em faltava l'aire, com si estigués contenint l'alè mentre l'Alice cridava l'Edward, insistint que havia de tenir cura del meu aspecte, aquesta meva ridícula cara de no haver dormit prou. Em sentia tan insignificant...

—En Jacob continua inconscient —va contestar l'Alice—. En Carlisle o l'Edward t'avisaran quan es desperti. De totes maneres, has d'anar a veure el teu pare. Estava a casa d'en Billy, ha vist que en Carlisle i l'Edward tornaven de l'excursió i sospitarà perquè no t'haurà trobat a casa.

Ja tenia la meva història memoritzada i contrastada.

—Tant és. Vull ser amb en Jacob quan es desperti.

—Sé que has tingut un dia molt llarg, i ho sento, però ara has de pensar en en Charlie. No ha de saber res si vols que estigui segur, això ara és més important que mai. Sé que encara no has començat a enfrontar-t'hi, però no vol dir que puguis defugir les teves responsabilitats. Interpreta el teu primer paper, Bella, i després podràs fer el que vulguis. Ser un Cullen consisteix a ser meticulosament responsable.

Era evident que tenia raó, i era per aquesta mateixa raó, més poderosa que tota la meva por, el dolor i la culpabilitat, que en Carlisle havia sigut capaç d'instar-me a abandonar en Jacob, inconscient o no.

—Vés-te'n a casa —em va ordenar l'Alice—. Parla amb en Charlie. Explica-li la teva coartada. Mantén-lo fora de perill.

Em vaig posar dreta, i la sang em va baixar de cop fins als peus, punxant-me d'agulletes. Havia estat asseguda massa estona seguida.

—Aquest vestit et queda preciós —em va amanyagar l'Alice.

—Eh? Ah. Això... Gràcies una altra vegada per la roba —vaig murmurar, més per cortesia que per gratitud real.

—Necessitaràs una prova —va replicar l'Alice, amb els seus ulls oberts aparentment innocent—. Què és una excursió de compres a la ciutat sense un conjunt nou? Sembla que no et faci el pes, a mi em semblaria molt afalagador si algú m'ho hagués dit.

Vaig parpellejar, incapaç de recordar quina roba m'havia posat l'Alice. No podia controlar els meus pensaments ni evitar que es dispersessin a cada moment, com insectes que fugen de la llum...

—En Jacob es troba bé, Bella —va comentar l'Alice, intuint amb facilitat la meva preocupació—. No tinguis pressa. Si penses en la quantitat de morfina addicional que ha hagut d'injectar-li en Carlisle, veient com la crema de ràpid amb aquesta temperatura que té, ja et pots fer a la idea que estarà una bona estona fora de combat.

Almenys no sentia cap dolor. Encara no.

—Hi ha alguna cosa que em vulguis dir abans d'anar-te'n? —em va preguntar l'Alice amb simpatia—. Deus estar més que traumatitzada.

La vaig veure a venir i vaig intuir què atiava la seva curiositat, però jo tenia altres preguntes.

—Seré com ella? —vaig voler saber—. M'assemblaré a la Bree, la neòfita de la clariana?

Necessitava reflexionar sobre moltes coses, però no aconseguia treure'm la neòfita del cap, la vida de la qual s'havia acabat d'una forma tan brusca. El seu rostre, crispat pel desig de sang, persistia rere les meves parpelles.

L'Alice em va acariciar el braç.

—Cadascú és diferent, però sí, hi haurà certa semblança —vaig quedar-me quieta mentre intentava imaginar-m'ho—. Però se supera —em va prometre.

—Quant de temps necessitaré?

Ella va arronsar les espatlles.

—Uns quants anys, potser menys. Podria ser diferent en el teu cas. No he vist ningú que ho hagi escollit voluntàriament. Seria interessant veure com t'afecta a tu.

—Interessant —vaig repetir.

—Procurarem mantenir-te lluny dels problemes.

—Ja ho sé. Confio en tu —la meva veu era somorta.

L'Alice va arrufar les celles.

—Si et preocupen en Carlisle o l'Edward, t'asseguro que ells estaran bé. Crec que en Sam ha començat a confiar en nosaltres...

Bé, almenys en en Carlisle. Això és magnífic, per descomptat. M'imagino que l'escena es deu haver posat tensa quan en Carlisle ha hagut de curar-li les fractures...

—Sisplau, Alice.

—Ho sento.

Vaig inspirar profundament per tranquil·litzar-me. En Jacob havia començat a curar-se massa ràpid i alguns dels ossos s'havien unit malament. Ell s'ho havia pres bastant bé, però encara se'm feia difícil de pensar-hi.

—Alice, puc preguntar-te una cosa del futur?

Ella va adoptar una actitud sobtadament cautelosa.

—Ja saps que no ho veig tot.

—No és això, exactament, però algunes vegades tu sí que veus el meu futur. Per què creus que a mi no em fan efecte els poders de l'Edward, la Jane o l'Aro?

Aquesta frase s'havia anat esvaint juntament amb el meu nivell d'interès. La meva curiositat en aquest assumpte s'afeblia, superada completament per altres emocions més urgents. L'Alice, no obstant això, va trobar la qüestió molt interessant.

—Però malgrat tot, en el cas d'en Jasper, el seu do actua sobre el teu cos exactament igual que sobre el dels altres. Aquesta és la diferència, ho veus? L'habilitat d'en Jasper afecta el cos físicament. Realment et calma o t'enerva, no és una il·lusió. I jo tinc visions dels resultats de les coses, però no de les raons i els pensaments que les provoquen. Està fora de la ment, no és una il·lusió, tampoc; és la realitat, o almenys una versió. Però tant la Jane, com l'Edward, com l'Aro o en Demetri, tots ells treballen dins la ment. La Jane només crea una il·lusió, la del dolor. En realitat, no fa mal al teu cos, simplement, tu ho creus així. Ho veus, Bella? Dins la teva ment estàs fora de perill, ningú no hi pot arribar. No és estrany que l'Aro senti tanta curiositat per les teves futures habilitats.

Va observar-me el rostre per veure si seguia el seu argument lògic. Per ser sincera, tenia la sensació que les seves paraules havien començat a atropellar-se, i les síl·labes i els sons havien perdut el significat. No m'hi podia concentrar. Tot i així, vaig assentir. Feia veure que ho havia entès.

Però ella no es va deixar enganyar. Em va acariciar la galta i va murmurar:

—Tot anirà bé, Bella. No necessito una visió per saber-ho. Estàs a punt per anar-te'n, ja?

—Una cosa més. Puc fer-te una altra pregunta sobre el futur? No vull res concret, només un punt de vista general.

—Ho faré tan bé com pugui —em va dir, vacil·lant de nou.

—Encara em veus convertida en vampira?

—Ah, això és fàcil. Clar que sí.

Vaig assentir lentament, i ella va examinar-me el rostre, amb ulls insondables.

—No estàs segura de la teva decisió, Bella?

—Sí. Simplement volia saber si tu n'estaves.

—Jo estic segura en la mesura que tu ho estiguis. Ja ho saps. Si tu canvies d'opinió, canviarà el que jo vegi... o desapareixerà, en el teu cas.

Vaig sospirar.

—Però això no passarà —em va abraçar—. Ho sento. No puc posar-me en el teu lloc. El meu primer record és veure el rostre d'en Jasper en el meu futur; sempre vaig saber que ell era cap a on la meva vida es dirigiria, però sí que puc intentar comprendre't. Sento moltíssim que hagis de triar entre dues opcions igualment bones.

Em vaig treure els seus braços del damunt.

—No ho sentis per mi —hi havia persones que es mereixien compassió, però jo no era una d'elles. I no hi havia cap elecció a fer, l'única cosa que faria seria trencar-li el cor a algú—. Serà millor que me'n vagi a veure en Charlie.

Vaig conduir el cotxe cap a casa, on el pare m'esperava amb la mateixa actitud suspicaç que havia augurat l'Alice.

—Hola, Bella. Com ha anat aquesta excursió a la ciutat? —em va saludar quan vaig entrar a la cuina. Tenia els braços plegats al pit i els ulls fixos en el meu rostre.

—Molt llarga —vaig contestar amb aspecte avorrit—. Acabem de tornar.

En Charlie va comprovar quin era el meu estat d'ànim.

—Suposo que ja t'has assabentat d'això d'en Jake...

—Sí. Els Cullen ens han donat la mala notícia. L'Esme ens ha dit on eren en Carlisle i l'Edward.

—Et trobes bé?

—Estic preocupada per en Jake. Vull anar a La Push quan hagi fet el sopar.

—Ja et vaig advertir que aquestes motos eren perilloses. Espero que això et faci entendre que no faig broma amb aquest tema.

Vaig assentir mentre començava a treure coses de la nevera. En Charlie es va asseure a taula. Semblava que tingués més xerrera de l'habitual.

—No crec que t'hagis de preocupar gaire per en Jake. Algú que pot deixar anar tantes paraulotes amb tanta energia, segur que es recupera.

—Estava despert quan l'has vist? —li vaig preguntar, tot girantme per mirar-me'l.

—Oh i tant que sí, i molt. L'hauries d'haver sentit, bé, de fet, millor que no. Tinc la sensació que l'ha pogut sentir tothom a La Push. No sé d'on ha tret aquest vocabulari, però espero que no l'hagi fet servir mai davant teu.

—Però avui té una bona excusa. Com l'has vist?

—Descompost. L'han portat els seus amics. Encara sort que són nois forts, perquè aquest xaval és com un ós. En Carlisle li ha dit que té la cama dreta trencada, i també el braç dret. Sembla que s'ha aixafat tot el cantó dret en caure d'aquesta maleïda moto —en Charlie va moure el cap—. Si m'assabento que has tornat a anar amb moto, Bella...

—Tranquil, pare, no ho faré. Aleshores, creus que en Jake està bé?

—Segur, Bella, no et preocupis. Estava prou conscient per ficar-se amb mi.

—Ficar-se amb tu? —vaig repetir sobresaltada.

—Així és... entre l'insult a la mare de no sé qui i cridar el nom de Déu en va, ha dit: «m'hi jugo que avui et farà feliç que ella vulgui un Cullen en comptes de mi, oi que sí, Charlie?».

Em vaig girar cap a la nevera per evitar que em veiés la cara.

—I això no l'hi puc discutir. L'Edward és molt més madur que en Jacob pel que fa a la teva seguretat, això és cert.

—En Jacob és molt madur —vaig murmurar a la defensiva—. Estic segura que no ha sigut culpa seva.

—Quin dia més estrany el d'avui —va reflexionar el meu pare al cap d'un moment—. Ja saps, no paro gaire atenció a totes aquestes supersticions, però ha passat una cosa estranya... Era com si en Billy sabés que en Jake estava a punt de tenir un accident. Ha estat nerviós tot el matí com un gall dindi el dia abans de Nadal. M'estranyaria que hagi escoltat ni una sola paraula del que hem xerrat.

»I després, encara més estrany, te'n recordes quan el febrer i el març vam tenir tots aquells problemes amb els llops?

Em vaig ajupir per treure una paella de l'armari baix de la cuina i aconseguir un parell de segons d'avantatge.

—Sí —vaig remugar.

—Doncs espero que no tornin els problemes. Aquest matí, quan estàvem a la barca i en Billy no em feia cas, ni a mi ni a la pesca, de cop i volta, s'han sentit uns udols de llop en els boscos. Més d'un i més de dos, i noia, sonaven ben forts, com si estiguessin a tocar del poble. El més estrany de tot és que en Billy ha fet girar la barca i ha anat directe al port com si l'estiguessin cridant a ell, personalment. No m'ha ni sentit quan li he preguntat què estava fent.

»Els sons han parat just quan hem amarrat, però aleshores en Billy s'ha posat fet una fera perquè no es volia perdre el partit, tot i que encara faltava estona. Murmurava coses sense sentit, donava instruccions sobre una jugada... però si el partit era en directe i encara faltava perquè comencés! Ja et dic, Bella, d'allò més estrany.

»Bé, doncs resulta que quan ha començat el partit que no es volia perdre s'ha passat tota l'estona penjat del telèfon, trucant a la Sue, a l'Emily, i a l'avi del teu amic Quil. I no és que volgués saber res en concret, s'ha limitat a xerrar amb ells de les coses més banals.

»I un altre cop han començat els udols just a fora de la casa. No havia sentit res igual en tota la meva vida... se m'ha posat la pell de gallina. He hagut d'alçar la veu per damunt del soroll per demanar a en Billy si havia posat paranys en el pati, perquè semblava que l'animal estigués allà a prop sofrint molt.

Vaig fer un gest de dolor, però en Charlie estava tan ficat en la seva història que no se'n va adonar.

—I és clar, jo me n'havia oblidat, de tot això, fins ara mateix, perquè en aquest moment ha sigut quan ha arribat en Jake. Un minut abans, els udols t'ensordien fins al punt de no poder sentir res més, i de sobte, només se sentien les malediccions d'en

Jake que han pogut ofegar bé els udols del llop. Quin parell de pulmons que té aquest noi —en Charlie va emmudir un moment amb el gest pensatiu—. El més divertit és que, al cap i a la fi, és possible que d'aquest merder en surti alguna cosa de positiu. Mai no he cregut que algun dia poguessin vèncer aquest absurd prejudici que tenen contra els Cullen, però avui a algú se li ha ocorregut la idea d'avisar en Carlisle i en Billy s'ha mostrat d'allò més agraït en veure'l aparèixer. He pensat que s'hauria de portar en Jake a l'hospital, però en Billy ha preferit tenir-lo a casa i en Carlisle hi estava d'acord. Suposo que ell sap el que és millor. Molt generós per part seva d'oferir-se per fer visites a domicili, i en un lloc tan llunyà.

»I l'Edward ha sigut realment encantador... —va fer una pausa, com si no li vingués de gust continuar. Va sospirar i després va afegir—: Semblava tan preocupat per en Jake com tu... com si fos un dels seus germans qui estigués allà estirat. Tenia una mirada... —en Charlie va moure el cap—. És un noi decent, Bella. Intentaré recordar-me'n, encara que, de totes maneres, tampoc no et prometo res —em va somriure.

—Ja t'ho recordaré —vaig murmurar.

En Charlie va estirar les cames i va fer un ronc.

—És magnífic tornar a casa. No et pots imaginar quanta gent ha passat per casa d'en Billy, plena de gom a gom. S'hi han presentat els set amics d'en Jake, tots comprimits a la petita habitació de l'entrada... Amb prou feines s'hi podia respirar. T'has fixat mai com en són de grossos aquests nois *quileute?*

—Sí, és clar.

En Charlie em va mirar; de sobte, semblava més interessat.

—La veritat, Bella, és que en Carlisle s'ha assegurat que en Jake es pugui aixecar i passejar per aquí en poc temps. També ha dit que semblava pitjor del que era en realitat. Es posarà bé.

Em vaig limitar a assentir.

Vaig visitar en Jacob tan aviat com en Charlie se'n va anar de casa en Billy. Tenia un aspecte d'estranya indefensió. Hi havia cabestrells per tot arreu, ja que en Carlisle creia innecessari enguixarlo davant la rapidesa amb què s'estava recuperant. Tenia el rostre pàl·lid i demacrat, profundament inconscient com estava en aquell moment. Fràgil. Tot i ser tan gros, en aquell moment em va semblar molt fràgil. Potser havia sigut producte de la meva imaginació, en sumar-hi la idea que havia de trencar amb ell.

Tant de bo caigués un llamp i em partís en dos i, si pogués ser, de forma dolorosa. Per primera vegada, deixar de ser humana se'm presentava com un veritable sacrifici, com si el que anava a perdre fos massa per a mi.

Vaig deixar el plat al costat del colze del meu pare i, després de servir-li el sopar, em vaig dirigir cap a la porta.

—Daixò... Bella, et pots esperar un moment?

—M'he oblidat alguna cosa? —vaig preguntar mirant el plat.

—No, no. Només et vull demanar un favor —en Charlie va arrufar les celles i va mirar a terra—. Asseu-te, encara que no m'allargaré gaire.

Em vaig acomodar al seu costat, una mica confosa. Vaig intentar concentrar-me.

—Què necessites, pare?

—Doncs, aquesta és la qüestió, Bella —en Charlie es va posar vermell com un perdigot—. Potser és perquè avui em sento una mica supersticiós després d'estar-me amb en Billy, i és tan estrany tot plegat, però és que tinc un pressentiment. És com si... t'anés a perdre aviat.

—No siguis ximple, pare —vaig mussitar amb certa culpabilitat—. Tu vols que continuï els estudis, no?

—Només promet-me una cosa.

Em vaig mostrar vacil·lant, preparada per fer-me enrere.

—Bé...

—M'avisaràs abans de prendre alguna decisió definitiva? Abans que t'escapis amb ell o alguna cosa així?

—Pare... —em vaig lamentar.

—Parlo de debò. No et faré un espectacle, t'ho prometo, però avisa'm amb una mica d'antelació. Dóna'm l'oportunitat d'abraçar-te i dir-te adéu.

El cor se'm va encongir de cop, però vaig alçar la mà traient importància.

—Això que dius és una ximpleria, però t'ho prometo, si has d'estar més tranquil.

—Gràcies, Bella —em va dir—. T'estimo, noieta.

—Jo també t'estimo, pare —li vaig tocar l'espatlla i després em vaig retirar de la taula—. Si necessites res, estaré a casa d'en Billy.

No vaig mirar enrere quan vaig córrer cap a fora. Perfecte, just el que necessitava. Me'n vaig anar a La Push rondinant tot el camí. El Mercedes negre d'en Carlisle no estava aparcat davant de la casa d'en Billy. Això tant era bo com dolent. Òbviament, necessitava parlar amb en Jacob tots dos sols, però alhora m'hagués agradat poder agafar-me a la mà de l'Edward, com havia fet abans, mentre en Jacob estava inconscient. Era impossible, però de totes maneres trobava a faltar l'Edward, i la tarda que havia passat tota sola amb l'Alice se m'havia fet eterna. Suposo que això feia evident la meva resposta. Tenia clar que no podia viure sense l'Edward, però això no faria que tot fos menys dolorós. Vaig trucar a la porta principal amb suavitat.

—Entra, Bella —va contestar en Billy. El ronc del meu cotxe era fàcil de reconèixer.

Vaig entrar.

—Hola, Billy. Està despert? —li vaig preguntar.

—Ha recuperat els sentits fa una mitja hora, just abans que marxés el doctor. Entra. Crec que t'està esperant.

Em vaig estremir i després vaig inspirar profundament.

—Gràcies.

Vaig dubtar davant la porta de l'habitació d'en Jacob, ja que no estava segura de si havia de trucar. Vaig decidir fer-hi primer un cop d'ull, desitjant, tan covarda com sóc, que s'hagués tornat a adormir. Em sentia com si només disposés d'uns quants minuts, pocs.

Vaig obrir una mica la porta i m'hi vaig recolzar, vacil·lant.

En Jacob m'esperava amb el rostre tranquil i serè. Ja no tenia aquell aspecte ullerós i demacrat, només estava una mica pàl·lid. No hi havia cap indici d'alegria en les seves pupil·les ombrívoles.

Se'm feia difícil mirar-lo als ulls, sabent que l'estimava. Un sentiment que canviava moltes coses, més del que jo em pensava. Em vaig preguntar durant tota l'estona si a ell també se li faria difícil.

Per sort, algú l'havia tapat amb una flassada. Era un alleujament no haver de contemplar la gravetat de les ferides.

Vaig entrar i vaig tancar la porta lentament a la meva esquena.

—Hola, Jake —vaig murmurar.

No em va contestar, al principi. Em va mirar a la cara durant una bona estona. Llavors, fent un petit esforç, va transformar la seva expressió en un somriure lleugerament burleta.

—Sí, m'havia imaginat que seria alguna cosa així —va sospirar—. Avui tot ha anat decididament de fatal a pitjor. Primer, m'equivoco de lloc i em perdo la millor part de la lluita, amb la qual cosa en Seth s'enduu tota la glòria. Després, la Leah es posa a fer l'idiota per demostrar que és tan forta com nosaltres i jo he de ser l'imbècil que la salvi. I ara, això —va sacsejar la mà esquerra cap a mi, que continuava al costat de la porta, encara indecisa.

—Com te trobes? —vaig xiuxiuejar. Quina pregunta més estúpida.

—Fet pols. El doctor Ullals no estava segur de la dosi que necessitaria de sedant i ha seguit el mètode de la prova i l'error. Em sembla que s'ha passat.

—Però no et fa mal.

—No. Almenys no em sento les ferides.

Va somriure, de forma burleta, una altra vegada.

Em vaig mossegar el llavi. No seria capaç, mai de la vida, de suportar això. Per què ara que em volia morir no venia ningú a matar-me, ni a intentar-ho si més no?

La ironia va abandonar-li el rostre i els seus ulls es van omplir de calidesa. Va arrufar les celles, com si estigués preocupat.

—I tu, com estàs? —em va preguntar, i va sonar veritablement interessat—. Estàs bé?

—Jo? —el vaig mirar fixament. Potser era veritat que li havien administrat massa medicament—. Per què?

—Bé, suposava, o més aviat tenia bastant clar que, en realitat, no et faria mal, però no estava prou segur de si ho passaries malament. M'he tornat boig de preocupació, per tu, des que m'he despertat. Ni tan sols sabia si et deixaria visitar-me o no. Era una incertesa terrible. Com ha anat? S'ha portat bé amb tu? Em sabrà molt de greu si no ha anat bé. No volia que haguessis de passar per tot això tu sola. Estava pensant que si hagués estat allà...

Vaig trigar un minut a entendre on volia anar a parar. Va continuar xerrant, i cada vegada semblava més incòmode, fins que em vaig adonar del que estava dient. Llavors, em vaig afanyar a corregir-lo.

—No, no, Jake! Estic bé; en realitat, estic molt bé. No s'ha portat gens malament, gens. Ja m'hagués agradat!

Els seus ulls es van obrir amb un gest proper a l'horror.

—Què?

—Ni tan sols no s'ha empipat amb mi, ni amb tu! És tan poc egoista que fins i tot m'ha sabut greu. M'hagués agradat que em cridés, que em renyés o alguna cosa així. I de fet m'ho mereixia. En fi, que per mi ha sigut molt pitjor que si m'hagués cridat, però a ell no li importa. Només vol que jo sigui feliç.

—I no s'ha enfadat? —em va preguntar en Jacob, incrèdul.

—No. És... massa bo.

En Jacob em va mirar fixament durant un altre moment i llavors, de cop i volta, va torçar el gest.

—Bé, maleït sigui! —va grunyir.

—Què passa, Jake? Et fa mal res? —vaig moure les mans d'un cantó a l'altre inútilment, mentre buscava la seva medicació.

—No —va rondinar disgustat—. És que no m'ho puc creure! No t'ha donat un ultimàtum ni res semblant?

—Res de res..., però què et passa?

Va arrufar les celles i va moure el cap.

—M'esperava una altra mena de reacció. Maleït sigui. És millor del que em pensava.

La manera com ho va dir, encara que sonés més enfadat, em va recordar l'homenatge que l'Edward havia fet a la manca d'ètica d'en Jacob, aquell matí a la tenda. Això només significava que en Jake seguia conservant l'esperança, seguia lluitant. Em vaig estremir quan aquesta certesa se'm va clavar profundament.

—No està jugant a cap joc, Jake —vaig replicar amb calma.

—M'hi jugo el que vulguis que sí. Juga tan dur com jo, només que ell sap què té entre mans, i jo no. No em culpis si no sóc tan bon manipulador com ell, no he tingut tant de temps per aprendre'm tots els trucs.

—Ell no m'està manipulant!

—I tant que ho fa! Quan et caurà la bena dels ulls? Quan t'adonaràs que no és tan perfecte com et penses?

—Almenys, no m'ha amenaçat amb fer-se matar per aconseguir un petó —vaig contestar amb brusquedat. Tan aviat com se'm van escapar les paraules, em vaig posar vermella, disgustada—. Espera. Fes com si no hagués dit res. M'he jurat a mi mateixa que no tocaria aquest tema.

Ell va inspirar amb força. Quan va parlar, estava més tranquil.

—Per què no?

—Perquè no he vingut aquí per culpar-te de res.

—Però tens raó —va comentar amb indiferència—. Ho he fet, això.

—No et preocupis, Jake. No m'he enfadat.

Va somriure.

—En realitat, no em preocupa. Ja sabia que em perdonaries i estic content d'haver-ho fet. I ho tornaria a fer. Almenys em quedarà això. I almenys, he aconseguit fer-te veure que m'estimes. Això és el més important.

—Ah, sí? És millor que ho sàpiga?

—No creus que hauries de conèixer els teus sentiments abans no sigui massa tard i que és millor que no et sorprenguin un cop siguis una vampira casada?

Vaig negar amb el cap.

—No, no em referia a mi, vull dir si això no serà pitjor per a tu. Et serà més fàcil saber que estic enamorada de tu si de totes maneres això no canvia res? No seria millor per a tu que no en tinguessis ni idea?

Es va prendre la pregunta amb la serietat que jo pretenia i va sospesar amb cura la resposta abans de dir res.

—Prefereixo saber-ho —va decidir finalment—. Per si no ho has vist, sempre m'he preguntat si la teva decisió hauria sigut una altra en cas de saber que m'estimaves. Ara ja ho sé. He fet tot el que he pogut.

Es va sumir en una respiració agitada i va tancar els ulls.

Aquest cop, no vaig saber ni vaig voler resistir-me a l'impuls de consolar-lo. Vaig travessar la petita habitació i em vaig agenollar a terra a l'altura del seu cap, sense atrevir-me a seure al llit per por de moure'l i fer-li mal. Em vaig inclinar fins a tocar-li la galta amb el front.

En Jacob va sospirar, em va acariciar els cabells i va deixar la mà quieta.

—Ho sento molt, Jake.

—Sempre he sigut conscient que tenia poques possibilitats. No és culpa teva, Bella.

—Tu també, no, sisplau —vaig gemegar.

Es va tirar una mica enrere per mirar-me.

—Què?

—És culpa meva, i estic fins als nassos que tothom em digui el contrari.

Va esbossar un somriure, però l'alegria no li va arribar als ulls.

—Què? Em vols llençar als lleons?

—En aquests moments, crec que sí.

Va prémer els llavis, com si ponderés fins a quin punt era cert. Un somriure va recórrer el seu rostre durant uns instants i després va crispar-se amb un gest de pocs amics.

—És imperdonable que m'hagis besat de la manera que ho has fet —em va retreure—. Si l'únic que volies era que no morís, potser no calia mostrar-te tan convincent.

—No ho he sigut —vaig murmurar.

—Hauries d'haver-me dit que me n'anés, que tant t'era si em moria. Això és el que volies.

—No, Jacob —vaig gemegar mentre intentava reprimir-me les llàgrimes—. Mai de la vida!

—No estaràs plorant? —va demanar amb una veu que havia recuperat el seu to habitual.

Es va retorçar amb impaciència en el llit.

—Sí —vaig murmurar, i em vaig posar a riure sense forces, per la qual cosa les llàgrimes contingudes van vessar en abundància.

Va moure's sobre el llit i va treure la cama bona de sota la flassada com si pretengués posar-se dret.

—Què coi fas? —vaig preguntar mentre em sobreposava als sanglots—. Estira't, idiota, et faràs mal.

Em vaig aixecar i vaig empènyer-lo avall per l'espatlla intacta amb les dues mans.

Després de rendir-se, es va reclinar amb un panteix de dolor, però em va agafar per la cintura i em va atreure cap al llit, al seu costat bo. M'hi vaig arrepapar mentre intentava sufocar aquell plor estúpid sobre la seva càlida pell.

—No puc creure'm que estiguis plorant —va balbucejar—. Saps que he dit el que he dit perquè tu ho volies sentir, jo no desitjava pas fer-ho —em va acariciar les espatlles amb la mà.

—Ja ho sé —vaig inspirar profundament i entretallada mentre intentava controlar-me. Com m'ho feia per ser sempre jo qui plorava i ell qui em consolava?—. És veritat. Gràcies per dir-ho en veu alta.

—Sumo punts per fer-te plorar?

—Clar, Jake —vaig intentar somriure—. Tots els que vulguis.

—No et preocupis, nina. Tot s'arreglarà.

—Doncs jo no veig com —vaig mussitar.

Em va donar uns copets afectuosos al cap.

—Em rendiré i seré bo.

—Què? Més estratègies? —li vaig preguntar; vaig girar el cap per poder-li veure la cara.

—Potser sí —va haver de fer un petit esforç per poder riure, i després li va sortir un gest de dolor—. Però ho intentaré.

Va fer una ganyota.

—No siguis tan pessimista —es va queixar—. Creu-me una mica.

—A què et refereixes quan dius «seré bo»?

—Seré el teu amic, Bella —va contestar en veu baixa—. No et demanaré res més que això.

—Crec que ja és massa tard, Jake. Com podem ser amics si ens estimem d'aquesta manera?

Va mirar al sostre. Va mantenir la mirada fixa, com si hi estigués llegint alguna cosa.

—Potser podrem ser amics a distància.

Vaig serrar les dents, agraint que no em veiés la cara mentre intentava controlar el plor que amenaçava a superar-me. Havia de ser forta, i no tenia ni idea de com fer-ho...

—Coneixes aquella història de la Bíblia sobre un rei i dues dones que es disputaven un nen? —va preguntar de sobte, com si continués llegint en el sostre blanc.

—És clar, la del rei Salomó.

—Exacte, el rei Salomó —va repetir—, va decidir tallar en dos la criatura, però només era una prova per saber quina era la mare real per confiar-li la custòdia.

—Sí, ja ho sé.

Va tornar a mirar-me.

—No et tornaré a dividir, Bella.

Vaig entendre a què es referia. M'estava dient que ell era qui m'estimava més dels dos, i que la seva rendició ho demostrava. Vaig voler defensar l'Edward i dir-li que ell faria el mateix si jo volia, si jo l'hi permetia. Era jo qui no renunciava a res, però no tenia cap sentit iniciar un debat que només li faria més mal.

Vaig tancar els ulls, disposada a controlar el dolor perquè en Jake no carregués amb tota la pena.

Vam estar-nos callats una bona estona. Ell semblava que esperés que jo digués alguna cosa i jo em trencava el cap per saber què havia de dir.

—Puc dir-te què és el pitjor de tot? —va preguntar, vacil·lant, en veure que jo no obria la boca—. T'importa? Seré bo.

—Servirà de res? —vaig murmurar.

—Potser no, però no et farà mal.

—Aleshores, què és el pitjor de tot?

—El pitjor de tot és saber que hauria funcionat.

—Que potser hauria funcionat.

Vaig sospirar.

—No —va moure el cap—. Estic fet per a tu, Bella. La nostra relació hauria funcionat sense esforç, hauria sigut tan fàcil i natural com respirar. Jo era el camí natural pel qual hauria discorregut la teva vida... —va mirar al buit durant uns instants i va esperar—. Si el món fos com hauria de ser, si no hi hagués monstres, ni màgia...

Entenia el seu punt de vista i sabia que tenia raó. En Jacob i jo hauríem acabat junts si el món fos el lloc entenimentat que se suposava que havia de ser. Hauríem sigut feliços. Ell era la meva ànima bessona en aquell món, i ho hauria continuat sent si no s'hagués vist aombrada per una cosa més forta, una cosa massa forta que en un món racional no hauria existit mai.

Hi hauria alguna cosa semblant per a en Jacob? Una cosa que s'imposés davant d'una ànima bessona? Necessitava creure que sí.

Dos futurs i dues ànimes bessones, massa per a una sola persona, i tan injust que jo no seria l'única que en rebria les conseqüències. El turment d'en Jacob era un preu molt alt.

Em vaig arraulir en pensar el preu que hauria de pagar. Em vaig preguntar si hauria vacil·lat si no hagués perdut l'Edward ja en una ocasió i no sabés com era la vida sense ell. No n'estava segura, però aquest coneixement ja formava part de l'essència del meu ésser, no podia imaginar-me com em sentiria sense ell.

—Ell és com una droga per a tu —en Jake va parlar amb la veu pausada i amable, sense un besllum de crítica—. Ara veig que no ets capaç de viure sense ell. És massa tard, però jo hauria sigut més saludable per a tu, res de drogues, hauria sigut l'aire, el sol.

Les comissures dels meus llavis es van alçar, vaig esbossar un mig somriure.

—Acostumava a pensar en tu d'aquesta manera, ja ho saps, com el sol, el meu sol particular. La teva llum compensava de sobres les meves ombres.

Ell va sospirar.

—Sóc capaç de manipular les ombres, però no de lluitar contra un eclipsi.

Li vaig tocar el rostre. Vaig estendre la mà sobre la seva galta. Va espirar en sentir la carícia i va tancar els ulls. Va estar-se molt quiet. Durant un moment vaig poder sentir el batec lent i rítmic del seu cor.

—Digues, què és el pitjor, per a tu? —va murmurar.

—Dubto que esmentar-ho sigui una bona idea.

—Sisplau.

—Crec que et farà mal sentir-ho.

—Sisplau.

Com li podia negar res, arribats a aquell extrem?

—El pitjor seria... —vaig vacil·lar, i vaig deixar que les paraules brollessin en un torrent de debò—. El pitjor seria que ja ho he vist tot, he vist les nostres vides, i he necessitat amb desesperació estar amb tu, ho he volgut, Jake. Hagués volgut quedar-me aquí, i no moure'm mai més. Desitjava estimar-te i fer-te feliç, i no puc, i això m'està matant. És com en Sam i l'Emily, Jake, no he tingut elecció. Sempre he sabut que res no canviaria. Potser és per aquesta raó que he lluitat contra tu amb tant d'afany.

En Jacob semblava concentrat a seguir respirant amb regularitat.

—Sabia que no t'ho havia d'haver dit.

Ell va moure el cap a poc a poc.

—No, m'alegra que ho hagis fet. Gràcies —em va fer un petó al cap i va sospirar—. Ara, seré bo.

Vaig alçar els ulls. En Jake somreia.

—Així que ara et casaràs, no?

—No cal que en parlem.

—M'agradaria conèixer alguns detalls. No sé quan et tornaré a veure.

Vaig haver d'esperar gairebé un minut abans de recuperar la parla. Vaig respondre la seva pregunta quan vaig estar gairebé segura que no em fallaria la veu.

—En realitat, no és idea meva, però, sí, em casaré. Suposo que significa molt per ell. Per què no?

En Jacob va assentir.

—És cert. No és gran cosa... si comparem.

La seva veu era tranquil·la, la veu d'algú realista. El vaig mirar fixament, amb curiositat per saber com se les arreglava, i ho vaig espatllar. Els seus ulls es van trobar amb els meus durant uns segons i després va girar el cap per desviar la mirada. No vaig parlar fins que la respiració es va assossegar.

—Sí. En comparació —vaig admetre.

—Quant de temps et queda?

—Això depèn del temps que l'Alice trigui a organitzar les noces —vaig contenir un gemec en imaginar-me el que podria arribar a organitzar.

—Abans o després? —va demanar amb veu suau.

Vaig saber a què es referia.

—Abans.

Ell va assentir. Devia ser un alleujament per ell. Em vaig preguntar quantes nits s'hauria quedat sense dormir amb la idea de la meva graduació.

—Estàs espantada? —va murmurar.

—Sí —vaig replicar, també en un murmuri.

—De què tens por?

Ara, tot just podia sentir la seva veu. Va mantenir la mirada fixa en les meves mans.

—D'un munt de coses —em vaig esforçar perquè la veu sonés més desimbolta, però no vaig defugir la veritat—. Mai no he tingut una vena masoquista, per la qual cosa no busco el dolor. M'agradaria que hi hagués una manera d'evitar que l'Edward s'hagi d'estar amb mi perquè no pateixi, però dubto que n'hi hagi. També hem de tenir en compte en Charlie i la Renée, i després, molt després, espero ser capaç de controlar-me, aviat. Pot ser que sigui una amenaça i que m'hagin de treure de la circulació.

Ell va alçar els ulls amb expressió de retret.

—Tallaré les potes a qualsevol dels meus germans que ho intenti.

—Gràcies.

Va somriure amb poc entusiasme i després va fer una ganyota.

—Però no és massa perillós? Totes les històries asseguren que és molt dur, que perden el control... Alguns moren.

Va empassar saliva.

—No, això no em fa por, ximplet. És que no ho saps que no t'has de creure totes les històries de vampirs? —òbviament, l'acudit no li va fer cap gràcia—. Bé, de totes maneres, hi ha un munt de coses que em preocupen, però gairebé totes són al final.

Va assentir a contracor, i vaig saber que en això no estàvem d'acord de cap de les maneres.

Vaig estirar el coll per murmurar-li a cau d'orella, tot fregant amb la galta la seva pell ardent.

—Saps que t'estimo.

—Ja ho sé —va mussitar tot subjectant-me per la cintura—, ja saps com m'agradaria que això fos suficient.

—Sí.

—T'estaré esperant entre bastidors sempre, Bella —em va prometre mentre alegrava el to de veu i afluixava l'abraçada. Em vaig apartar d'ell amb una sensació de pèrdua, la punyent sensació que deixava enrere una part de mi, que l'abandonava aquí amb ell, en el llit, al seu costat—. Sempre tindràs un recanvi si algun dia ho vols.

Vaig fer un esforç per somriure.

—Fins que el cor em deixi de bategar.

Em va retornar el somriure.

—Aquesta és bona, potser després et puc acceptar... Potser... Suposo que això depèn de la pudor que facis.

—Vols que et vingui a veure o prefereixes que no ho faci?

—No ho sé, m'ho penso i et dic alguna cosa —va contestar—. Potser necessitaré companyia per no perdre la xaveta. L'excepcional vampir cirurgià em diu que no em podré tornar a transformar fins que em doni l'alta... Per no alterar la forma com m'ha fixat els ossos.

En Jacob va fer una ganyota.

—Porta't bé i fes el que el mani en Carlisle. Et recuperaràs més de pressa.

—D'acord, d'acord.

—Em pregunto quan serà —vaig dir—, quan la noia adequada es fixarà en tu.

—No et facis il·lusions, Bella —de sobte, la veu d'en Jacob es va tornar àcida—. Encara que, estic segur que tu et trauries un pes de sobre.

—Potser sí, potser no. Potser no voldria que fos prou bona per a tu. Em pregunto si em posaria gaire gelosa.

—Aquesta part podria ser divertida —va admetre.

—Fes-m'ho saber, si vols que torni, i vindré de seguida —li vaig prometre.

Va girar la cara cap a mi amb un sospir. Em vaig inclinar i li vaig fer un petó a la galta suaument.

—T'estimo, Jacob.

Ell va riure despreocupadament.

—I jo encara més.

Em va observar mentre sortia de la seva habitació amb una expressió inescrutable en els seus ulls foscos.

Necessitats

No havia arribat gaire lluny abans d'adonar-me que m'era impossible conduir.

Quan ja no m'hi veia gens, vaig entrar el cotxe al voral ple de sots i vaig reduir la velocitat fins a aturar-me. Em vaig esfondrar en el seient i em vaig deixar dominar per la debilitat que havia controlat a l'habitació d'en Jacob. Havia sigut pitjor del que em pensava i el desconsol que em va aclaparar em va agafar per sorpresa. Sí, havia fet bé de controlar-me per ocultar-ho a en Jacob. Ningú no m'havia de veure mai així.

Però no vaig estar gaire temps sola, només l'estona suficient perquè l'Alice em descobrís allà i els pocs minuts que ell va trigar a arribar. La porta va xerricar en obrir-se i l'Edward em va abraçar amb força.

Al principi va ser terrible, perquè hi havia una petita part de mi, molt petita, però que anava creixent, que s'empipava a cada moment i cridava per tot el meu ésser, que demanava uns altres braços. I això va ser una altra font més de culpa que va servir per condimentar la meva pena.

Ell no va dir res i em va deixar sanglotar fins que vaig començar a barbotejar el nom d'en Charlie.

—Estàs preparada per tornar a casa? De debò? —em va preguntar, dubtós.

Al final, després de diversos intents, el vaig convèncer que a curt termini tampoc no em sentiria millor. Necessitava arribar a casa d'en Charlie abans que es fes massa tard i ell truqués a en Billy.

Així que em va dur a casa, per una vegada sense arribar al límit de velocitat del meu cotxe, mantenint el braç fermament estret al meu voltant. Vaig intentar recobrar el control al llarg de tot el trajecte. Al principi em semblava que era un esforç inútil, però no em vaig donar per vençuda. Em deia a mi mateixa que era qüestió de segons —el temps just per donar una bona excusa o unes quantes mentides— i llavors podria enfonsar-me una altra vegada. Havia de ser capaç d'aconseguir almenys això. En un desesperat intent vaig buscar amb penes i treballs per tot el meu cervell una reserva de forces en alguna part.

Al final, vaig trobar la suficient energia per apaivagar els sanglots, o almenys disminuir-ne la intensitat, encara que no podia silenciar-los del tot. Les llàgrimes, però, no hi va haver manera. No hi havia cap truc que fos capaç d'ajudar-me a contenir-les, de cap de les maneres.

—Espera'm a dalt —vaig murmurar quan vam arribar a la porta de casa.

Em va abraçar encara amb més força durant un moment i se'n va anar.

Un cop a dins, em vaig dirigir en línia recta cap a les escales.

—Bella? —em va cridar en Charlie, des del seu lloc habitual en el sofà, quan vaig haver passat de llarg.

Em vaig girar per mirar-lo sense parlar. Li van sortir els ulls de les òrbites i es va posar dret d'un salt.

—Què ha passat? En Jacob...? —va demanar.

Vaig moure el cap furiosament mentre intentava trobar la veu.

—Està bé, està bé —li vaig prometre, en un to baix i tosc. I realment, en Jacob estava bé, físicament, que era tot el que de fet preocupava a en Charlie.

—Però què ha passat? —em va agafar per les espatlles, amb els ulls dilatats i plens d'angoixa—. Què t'ha passat, a tu?

Havia de tenir un aspecte molt pitjor del que em pensava.

—Res, pare. He... he hagut de parlar amb en Jacob sobre... algunes coses una mica difícils. Estic bé.

En Charlie es va calmar, però va substituir l'ansietat per la desaprovació.

—I creus que aquest era el millor moment? —em va preguntar.

—Probablement no, pare, però no he tingut cap altra alternativa, simplement ha arribat el moment d'escollir... Algunes vegades no hi ha punt mig.

Va moure el cap amb lentitud.

—Com s'ho ha pres? —no li vaig contestar res. Em va mirar a la cara un petit moment i després va assentir. Segurament aquesta resposta era suficient—. Espero que no hagis estat un inconvenient per la seva recuperació.

—Es cura ràpid —vaig barbotejar.

En Charlie va sospirar.

Vaig sentir com estava perdent el control.

—Me'n vaig a l'habitació —li vaig dir, sacsejant les espatlles per desprendre'm de les seves mans.

—Molt bé —va admetre en Charlie. Probablement s'adonava que estava al límit de les llàgrimes. Res l'espantava més que veure'm plorar.

Vaig anar cap a l'habitació a empentes i rodolons.

Un cop a dins, vaig barallar-me amb la tanca del cabestrell, intentant obrir-la amb els dits tremolosos.

—No, Bella —va murmurar l'Edward mentre m'agafava les mans—. No t'ho treguis.

Em va abraçar fort tot bressolant-me, quan els sanglots es van desbocar un altre cop.

Aquell dia, que va ser el més llarg de la meva vida, no feia més que estirar-se i tornar-se a estirar i em preguntava si s'acabaria en algun moment.

Però, tot i que la nit, implacable, també se'm va fer llarguíssima, no va ser la pitjor de la meva vida. Em vaig consolar pensant en això, i a més... no estava sola. Això també m'ajudava moltíssim.

Els esclats emocionals aterrien el meu pare. El pànic el va mantenir allunyat de la meva habitació i li va tallar d'arrel el desig d'entrar per veure com estava, encara que no vaig aclucar l'ull, i ell, probablement, tampoc no devia dormir gaire més que jo.

D'una manera insuportable, aquella nit vaig veure amb total claredat les coses en perspectiva. Vaig poder veure tots els errors que havia comès i tots els detalls dels mals que havia fet, tant els grans com els petits. Cada pena que havia causat a en Jacob, cada ferida que havia ocasionat a l'Edward, s'acumulaven en nítids munts que no podia ignorar ni negar.

I em vaig adonar que m'havia estat equivocant tot el temps, sobre els imants. No era l'Edward i en Jacob els que m'entossudia a unir, sinó aquelles dues parts de mi mateixa, la Bella de l'Edward i la d'en Jacob, però juntes no podien coexistir i mai no ho hauria d'haver intentat.

Amb això, només havia aconseguit fer molt de mal.

En algun moment de la nit vaig recordar la promesa que m'havia fet aquell matí primerenc: que no permetria mai més que l'Edward em tornés a veure plorar per en Jacob Black. El pensament em va provocar un atac d'histèria que va espantar l'Edward molt més que els sanglots, però també em va passar, com la resta, i tot va seguir el seu curs.

L'Edward va parlar molt poc; es va limitar a abraçar-me i va deixar que li embrutés la samarreta amb les llàgrimes.

Vaig necessitar més llàgrimes i més temps del que em pensava per purgar aquesta petita fissura en el meu interior. Al final, però, estava tan exhausta que em vaig quedar adormida. La inconsciència no representava un alleujament total del dolor, només un descans matusser, semblant al sopor, com si fos una medicina, que, tot i que ho feia més suportable, no arreglava res i jo continuava sent conscient de tot plegat, encara que d'alguna manera, el son em va ajudar a fer-me una idea del que havia de fer.

El matí no se'm va presentar amb una visió més alegre, però sí almenys amb un cert control, i una mica de resignació. Instintivament vaig comprendre que aquest nou esqueixament en el cor em faria mal per sempre, es convertiria en una part de mi mateixa. El temps ho curava tot, o almenys això és el que la gent sol dir en casos semblants, però a mi no em preocupava si amb el temps em curaria o no. El que m'importava era que en Jacob es recuperés i tornés a ser feliç.

No vaig sentir cap mena de desorientació quan em vaig despertar. Vaig obrir els ulls, finalment secs, i em vaig trobar amb la mirada de l'Edward, ple d'ansietat.

—Hola —li vaig dir. Tenia la veu enrogallada, així que em vaig aclarir el coll. Ell no va dir res. Em va observar, esperant que tornés a plorar—. No, estic bé —li vaig assegurar—. No tornaré a començar una altra vegada —va estrènyer els ulls davant la meva afirmació—. Sento que hagis hagut de presenciar-ho —vaig comentar—. No em sembla just per a tu.

Em va posar les mans a les galtes.

—Bella, estàs segura d'haver escollit bé? Mai no t'havia vist patir tant... —se li va trencar la veu en les últimes síl·labes.

Però ell sí que havia conegut una pena major. Li vaig tocar els llavis.

—Sí.

—No ho sé... —va arrufar les celles—. Si ho pateixes tant, com pot ser el millor per a tu?

—Edward, tinc clar sense qui no puc viure.

—Però...

Vaig moure el cap.

—No ho entens. Potser tu ets prou fort o valent per viure sense mi, si resulta que això fóra el millor, però jo mai no podria fer aquest sacrifici. He d'estar amb tu. És l'única manera en què puc continuar vivint.

Encara semblava poc convençut. No hauria d'haver permès que es quedés amb mi la nit anterior, però el necessitava tant...

—Em pots passar aquest llibre, sisplau? —li vaig demanar, assenyalant per sobre la seva espatlla.

Va arrufar les celles, confós, però me'l va donar amb rapidesa.

—Un altre cop el mateix? —va preguntar.

—Només en vull mirar un tros... per comprovar amb quines paraules ho expressa ella... —vaig passar les pàgines de pressa, i vaig trobar de seguida la que buscava. S'havia doblegat per l'angle superior, ja que havia repetit la mateixa lectura moltes vegades—. La Cathy és un monstre, però hi ha algunes coses en les quals té raó —vaig murmurar, i vaig llegir les línies en veu baixa, com si només ho fes per a mi—. «Si tot desaparegués i ell se salvava, jo podria continuar existint; i si tota la resta es conservés, i ell desapareixia, l'univers sencer es convertiria en una cosa totalment desconeguda i estranya per a mi» —vaig assentir, una altra vegada per a mi mateixa—. Sé exactament què vol dir, i també sé sense la companyia de qui no puc viure.

L'Edward em va arrencar el llibre de les mans i el va llançar netament a l'altra punta de l'habitació; va aterrar suaument amb un cop sord sobre el meu escriptori. Va encerclar-me la cintura amb els braços. Un petit somriure va il·luminar-li el seu rostre perfecte, tot i que encara se li notava la preocupació marcada en el front.

—En Heathcliff també té els seus encerts —va comentar. Ell no necessitava el llibre per recordar-se del text a la perfecció, em va estrènyer encara més entre els seus braços i em va murmurar a cau d'orella—: «No puc viure sense la meva vida! No puc viure sense la meva ànima!».

—Sí —li vaig contestar en veu baixa—. Aquesta és la qüestió.

—Bella, no puc suportar que et sentis tan malament. Potser...

—No, Edward. Ho he embolicat tot massa, i ara hauré d'aprendre a viure amb això, però sé el que vull i el que necessito... i què faré.

—I què és el que farem, ara?

Vaig somriure una mica davant la seva correcció i després vaig sospirar.

—Anem a veure l'Alice.

L'Alice estava asseguda en el primer graó de la porxada, massa nerviosa per esperar-se a dins. Semblava a punt de començar un ball de celebració, molt excitada amb les notícies que ja coneixia abans que arribéssim per comunicar-l'hi.

—Gràcies, Bella! —va cridar quan vam baixar del cotxe.

—Tranquil·la, Alice —la vaig advertir, alçant una mà per contenir la seva alegria—. T'he de posar unes quantes condicions.

—Ja ho sé, ja ho sé, ja ho sé. Tinc fins al tretze d'agost com a data límit, tens dret de veto a la llista de convidats i si em passo de la ratlla no em tornaràs a parlar mai més.

—Oh, d'acord. Està bé. Veig que ja tens clares les regles.

—No et preocupis, Bella, tot serà perfecte. Vols veure el teu vestit?

Vaig haver de respirar diverses vegades seguides. *Qualsevol cosa que la faci feliç*, em vaig repetir a mi mateixa.

—I tant.

El somriure de l'Alice estava ple de suficiència.

—Daixò, Alice —vaig comentar, mantenint un to de veu natural, serè—, quan em vas aconseguir el vestit?

Segurament l'actuació no va ser gens bona. L'Edward em va estrènyer la mà.

L'Alice va encapçalar la marxa cap a dins, pujant les escales.

—Aquestes coses requereixen el seu temps, Bella —va explicar, encara que el seu to era una mica... evasiu—. Vull dir que no estava segura que les coses prenguessin aquest rumb, però hi havia una clara possibilitat...

—Quan? —vaig tornar a preguntar-li.

—Perrine Bruyere té llista d'espera, ja ho saps —em va contestar ara, totalment a la defensiva—. Les obres mestres d'artesania no es fan de la nit al dia. Si no ho hagués encarregat amb antelació, aniries vestida amb qualsevol drap!

Em semblava que no seria capaç de donar una rèplica en condicions, ni tan sols per una vegada.

—Per... qui?

—No és un dissenyador dels importants, Bella, així que no cal que facis una rebequeria, però és que ell em va prometre que ho faria i és un especialista en el que necessito.

—No faig una rebequeria.

—No, així és —va mirar amb suspicàcia el meu rostre en calma. Així, que mentre entrava a la seva habitació, es va girar cap a l'Edward—. Tu... no entris.

—Per què? —li vaig preguntar.

—Bella —va grunyir—. Ja coneixes les regles. Se suposa que ell no pot veure el vestit fins al dia del casament.

Vaig tornar a respirar profundament.

—A mi això tant m'és, i saps perfectament que ja l'ha vist mentalment, però si és així com ho vols...

Va empènyer l'Edward cap a fora. Ell ni tan sols no li va dedicar una mirada, ja que no em perdia a mi de vista, recelós, preocupat per haver-me de deixar sola. Jo vaig assentir, esperant que la meva expressió fos prou tranquil·la per donar-li seguretat.

L'Alice li va tancar la porta als nassos.

—Magnífic! —va murmurar—. Vinga.

Em va agafar pel canell i em va arrossegar fins al seu armari, més gran que tota la meva habitació, i després em va estirar fins al racó més llunyà, on una gran bossa blanca per a roba ocupava tot un penja-robes sencer.

Va obrir la cremallera de la bossa amb un sol moviment i després la va retirar amb cura del penja-robes. Va fer una passa enrere, estirant un braç cap al vestit com si fos la presentadora d'un programa concurs.

—I bé? —em va preguntar gairebé sense alè.

El vaig admirar durant una bona estona per fer-la enrabiar una mica. La seva expressió es va tornar preocupada.

—Ah —vaig comentar, i vaig somriure, deixant que es relaxés—. Ja ho veig.

—Què et sembla? —em va insistir.

Era una altra vegada com la imatge que tenia d'*Anna, la de Teules Verdes.*

—És perfecte, clar. El més apropiat. Ets un geni.

Va fer un somriure d'orella a orella.

—Ja ho sé.

—Mil nou-cents divuit? —vaig intentar endevinar.

—Més o menys —va admetre ella, assentint—. Part del disseny és meu, la cua, el vel... —va acariciar el setí blanc mentre parlava—. Les puntes són d'època, t'agrada?

—És preciós. A ell li agradarà molt.

—I a tu també et sembla bé? —va insistir de nou.

—Sí, Alice, això crec. Em sembla que és just el que necessito. I sé que faràs una feina magnífica amb tot, però si poguessis controlar-te una mica...

Va somriure encantada.

—Puc veure el teu vestit? —li vaig preguntar.

Ella va parpellejar, pàl·lida.

—No has aprofitat per demanar el teu vestit, també? No vull que la meva dama d'honor vagi vestida amb qualsevol drap —vaig fer com si m'estremís.

Em va abraçar per la cintura.

—Gràcies, Bella!

—Com és que no ho has pogut veure? —vaig bromejar, fentli un petó als cabells punxeguts—. Però quina mena d'endevina ets tu!

L'Alice es va retirar fent ballarugues i el rostre se li va il·luminar amb entusiasme renovat.

—Tinc tantes coses a fer! Tu vés a jugar amb l'Edward. He de posar-me mans a la feina.

Va sortir disparada fora de l'habitació i va cridar «Esme!» abans de desaparèixer.

La vaig seguir al meu propi ritme. L'Edward estava esperant-me en el vestíbul, recolzat a la paret revestida amb llistons de fusta.

—Això ha estat molt bé, però que molt bé, per part teva —em va felicitar.

—Ella sembla feliç —vaig admetre.

Em va tocar la cara; els seus ulls eren molt ombrívols, ja que havia passat molt de temps des que em va deixar, i van escrutar el meu rostre minuciosament.

—Sortim d'aquí —va suggerir sobtadament—. Anem-nos-en al nostre prat.

La idea sonava bastant atractiva.

—Espero no haver d'amagar-me més, oi?

—No. El perill l'hem deixat enrere.

Mentre corria va mantenir una expressió serena, pensativa. El vent m'assotava la cara, més càlid, ara que la tempesta havia passat del tot. Els núvols tapaven el cel, segons el costum habitual.

Aquell dia, el prat tenia un aspecte pacífic, el d'un lloc feliç. Matolls de margarides puntejaven l'herba amb una explosió de blanc i groc. Em vaig estirar, sense fer cas a la lleugera humitat del terra i vaig intentar reconèixer formes en els núvols. Semblaven massa llisos, massa suaus. Sense figures, només una flassada suau i grisa.

L'Edward es va estirar al meu costat i em va agafar la mà.

—El tretze d'agost? —em va preguntar de forma casual després d'una estona de silenci afable.

—Així tinc un mes abans del meu aniversari. No vull que quedi gaire a prop.

Ell va sospirar.

—Tècnicament, l'Esme és tres anys més gran que en Carlisle. Ho sabies? —vaig moure el cap—. I això no ha suposat cap diferència entre ells dos.

La meva veu va sonar serena, un contrapunt a la seva ansietat.

—L'edat no és el que realment importa. Edward, estic preparada. He escollit la vida que vull viure i vull començar a viure-la ara.

Em va regirar els cabells.

—I el veto a la llista de convidats?

—La veritat és que tant me fa, però jo... —vaig dubtar, ja que no volia estendre'm a explicar això, encara que era millor acabar d'una vegada—. No estic segura si l'Alice se sentirà obligada de convidar uns quants licantrops. No sé si... en Jake... potser vol venir. Potser pensa que és el més correcte, o que ferirà els meu sentiments si no ve. No cal que hagi de passar per això.

L'Edward es va quedar quiet durant un moment. Vaig fixar la mirada a les branques més altes de les copes dels arbres, gairebé negres contra el gris clar del cel.

De cop i volta, l'Edward em va agafar per la cintura i em va estirar sobre el seu pit.

—Digues, per què estàs fent això, Bella? Per què ara has decidit donar carta blanca a l'Alice?

Li vaig repetir la conversa que havia tingut amb en Charlie la nit passada, abans d'anar a veure en Jacob.

—No seria correcte mantenir en Charlie al marge —vaig concloure—, i això també inclou la Renée i en Phil. I d'altra banda, també vull fer feliç l'Alice. Potser un casament així farà que tot sigui més fàcil per a en Charlie, si em puc acomiadar d'ell d'una forma apropiada. Fins i tot encara que pensi que és massa aviat, no vull escatimar-li l'oportunitat d'acompanyar-me en el passadís de l'església —vaig fer una ganyota davant les paraules que acabava de pronunciar, i després vaig inhalar un gran glop d'aire—. Almenys, el pare, la mare i els meus amics coneixeran el millor aspecte de la meva elecció, el màxim que puc compartir amb ells. Sabran que t'he escollit a tu i sabran que estem junts. També sabran que sóc feliç, estigui on estigui. Crec que és el millor que puc fer per ells.

L'Edward em va subjectar el rostre entre les mans, observantme atentament durant una bona estona.

—No hi ha tracte —va comentar bruscament.

—Què? —vaig panteixar—. T'estàs fent enrere? No!

—No m'estic fent enrere, Bella. Mantindré la meva part de l'acord, però vull estalviar-te tot aquest merder. Fes el que vulguis, però no et sentis obligada a res.

—Per què?

—Bella, ja veig el que estàs fent. Estàs intentant que tothom sigui feliç i no vull que vagis preocupant-te pels sentiments dels altres. Necessito que tu siguis feliç. No et preocupis per l'Alice, ja m'ocuparé jo de fer-la canviar d'idea. Et prometo que no et farà sentir culpable.

—Però jo...

—No. Ho farem a la teva manera. A la meva no ha funcionat. T'he anomenat cap quadrada, però mira'm a mi, com m'he comportat. M'he aferrat amb una obstinació veritablement idiota a la meva idea del que seria millor per a tu, i només he aconseguit ferir-te. Ferir-te molt profundament una vegada i una altra. Ja no confiaré més en mi. Sigues feliç a la teva manera, ja que jo sempre ho faig malament. Això és el que hi ha —va canviar de posició sota meu, quadrant les espatlles—. Ho farem a la teva manera, Bella. Aquesta nit. Avui. Com més aviat millor. Parlaré amb en Carlisle. He estat pensant que potser si et donem prou morfina no ho passaràs tan malament. Val la pena intentar-ho —va serrar les dents.

—Edward, no...

Em va posar un dit als llavis per fer-me'ls tancar.

—No et preocupis, Bella, amor meu. No he oblidat les altres teves peticions.

Va introduir els dits entre els meus cabells i va acostar lentament però a consciència els llavis contra els meus, abans que m'adonés a què s'estava referint. Què estava fent.

No em quedava gaire temps per reaccionar. Si esperava massa, seria incapaç de recordar per què havia d'aturar-lo. Ja començava a no poder respirar bé. Vaig agafar-li els braços amb les mans, estrenyent-me més contra ell, la meva boca enganxada a la seva, contestant d'aquesta manera qualsevol pregunta pendent.

Vaig intentar aclarir-me la ment, per trobar una manera de parlar. Ens vam tombar lentament i ell va quedar-se sobre meu, prement-me contra l'herba freda.

Au, vinga, tant és! S'alegrava la meva part més innoble. Tenia la ment plena de la dolçor del seu alè.

No, no, no, discutia en el meu interior. Vaig sacsejar el cap i ell va fer lliscar la boca fins al meu coll, donant-me una oportunitat per recobrar la respiració.

—Para, Edward. Atura't —la meva veu era tan feble com la meva voluntat.

—Per què? —va murmurar en el clot de la meva gola.

Vaig intentar imprimir alguna mena de resolució en el meu to.

—No vull que ho fem ara.

—Ah, no? —va preguntar, amb un somriure que se li transparentava en la veu. Va tornar a besar-me els llavis i em va ser impossible tornar a parlar. El foc corria per les meves venes, em cremava allà on la meva pell tocava la seva.

Em vaig obligar a concentrar-me. El simple gest d'alliberar les meves mans dels seus cabells i traslladar-les al seu pit, m'era un esforç enorme, però ho vaig fer. I després el vaig empènyer, intentant apartar-lo. No hauria pogut fer-ho tota sola, però ell va respondre com sabia que faria.

Es va incorporar uns centímetres per mirar-me, però els seus ulls no em van ajudar gens a protegir la meva resolució, ardents de passió com un foc negre.

—Per què? —em va preguntar un altre cop, la seva veu baixa i ronca—. T'estimo. Et desitjo. Ara mateix.

Les papallones del meu estómac em van inundar la gola, i ell es va aprofitar de la meva incapacitat per parlar.

—Espera, espera —vaig intentar mussitar entre els seus llavis.

—No serà per mi —va murmurar desesperat.

—Sisplau! —vaig panteixar.

Ell va grunyir i es va apartar de mi tombant-se un altre cop sobre la seva esquena.

Ens vam quedar allà estirats durant una estona, intentant frenar el ritme de les nostres respiracions.

—Digue'm per què ara no, Bella —em va demanar—. I serà millor que no tingui res a veure amb mi.

Tot, en el meu món, tenia a veure amb ell. Quina ximpleria esperar el contrari.

—Edward, això és molt important per a mi. I vull fer-ho bé.

—I quina és la teva definició de «bé»?

—La meva.

Es va girar recolzant-se en el braç i em va mirar fixament, amb una expressió de desaprovació.

—I com penses fer-ho bé?

Vaig inspirar profundament.

—De forma responsable. Tot al seu moment. No deixaré en Charlie i la Renée sense el millor que els puc oferir. No privaré a l'Alice de la seva diversió, si de totes maneres m'he de casar. I em lligaré a tu de totes les formes humanes que hi hagi abans de demanar-te que em facis immortal. Vull complir totes les regles, Edward. La teva ànima és molt important per a mi, massa important per prendre-m'ho a la lleugera. I en això no em faràs canviar d'opinió.

—M'hi jugo el que vulguis que sí —va murmurar amb els ulls plens de foc.

—Però no ho faràs —li vaig replicar, intentant mantenir la veu sota control—. No si saps que això és el que vull de debò.

—No estàs jugant net —em va acusar.

Li vaig fer un somriure d'orella a orella.

—Mai he dit que ho faria.

Ell em va retornar el somriure, amb una certa nostàlgia.

—Si canvies d'idea...

—Seràs el primer a saber-ho —li vaig prometre.

Els núvols van començar a deixar anar una pluja suau just en aquells moments, unes quantes gotes disperses que van caure amb cops sords a l'herba.

Vaig fulminar el cel amb la mirada.

—Et portaré a casa —em va eixugar les petites gotetes de les galtes.

—La pluja no és el problema —vaig rondinar—. Això, simplement, vol dir que és el moment de fer una cosa que serà molt desagradable i possiblement, fins i tot perillosa de debò —els ulls se li van dilatar en senyal d'alarma—. És magnífic que estiguis fet a prova de bales —vaig sospirar—. Necessitaré l'anell. Ha arribat l'hora de dir-ho a en Charlie.

Va riure davant l'expressió dibuixada en el meu rostre.

—És perillós de debò —va admetre. Va riure una altra vegada i després va regirar-se la butxaca dels texans—. Però, almenys, no caldrà fer una excursió.

Un altre cop va fer lliscar l'anell pel tercer dit de la meva mà esquerra.

On, probablement, hi estaria... durant tota l'eternitat.

Epíleg
Eleccions

Jacob Black

—Jacob, quant creus que pots trigar? —va demanar la Leah, impacient i queixosa.

Vaig serrar les dents amb força.

Com tothom a la bandada, la Leah se sabia la història sencera. Coneixia la raó per la qual havia vingut aquí, a l'altra punta del món, de la terra, el cel i el mar. Per estar sol. I ella sabia que això era el que jo volia. Simplement estar sol.

Però la Leah m'obligaria a suportar la seva companyia, fos com fos.

Tot i que estava d'allò més enfadat, em vaig sentir ple de complaença una bona estona. Si més no, ja no havia de pensar a controlar el meu temperament. Ara era fàcil, una cosa que em sortia perquè sí, amb naturalitat. Ja no ho veia tot vermell ni sentia aquella explosió de calor baixant-me per la columna. Per això li vaig contestar amb veu calmada.

—Llença't pel penya-segat, Leah —i vaig assenyalar el precipici que s'estenia als meus peus.

—Sí, segur —em va ignorar i es va eixancar a terra, al meu costat—. No tens ni idea com n'és de dur, això, per a mi.

—Per a tu? —vaig necessitar una bona estona per acceptar que ho deia de debò—. Segurament deus ser la persona més egòlatra del món, Leah. Odio haver de destrossar aquest món d'il·lusions en què vius, aquest en què el sol orbita al teu voltant, o sigui que no et diré fins a quin punt el teu problema em preocupa poc. Vés-te'n. Lluny.

—Simplement, mira-ho des de la meva perspectiva, només un moment, d'acord? —va continuar, com si no li hagués dit res.

Si ho feia per canviar-me l'estat d'ànim, va funcionar. Vaig esclatar a riure, encara que el so es tornava dolorós de forma estranya.

—Para de riure d'aquesta manera i escolta —em va interrompre bruscament.

—Si faig veure que t'escolto, te n'aniràs? —vaig preguntar, fent una ullada a la seva permanent cara de pocs amics. No estava segur d'haver-li vist mai una altra expressió.

Em vaig recordar d'abans, quan solia pensar que la Leah era maca, fins i tot bella. D'això ja feia molt de temps. Ara, ningú no pensava en ella d'aquesta manera, excepte en Sam. Ell mai no es perdonaria a si mateix, com si fos culpa seva que s'hagués convertit en aquesta harpia avinagrada.

Va arrufar encara més les celles, com si endevinés el que estava pensant. Probablement era així.

—Això em fa posar malalta, Jacob. És que no et pots imaginar pel que estic passant? A mi ni tan sols m'agrada, la Bella Swan. I tu m'has tingut aquí lamentant-me per aquesta amant de sangoneres com si jo també estigués enamorada d'ella. No t'adones que és una cosa que em fa sentir molt confosa? Anit vaig somiar que la besava! Què coi se suposa que he de fer?

—A mi tant m'és el que facis.

—No ho puc suportar més, no puc estar en el teu cap! Para de pensar en ella d'una vegada! Es vol casar amb aquella cosa. Intentarà convertir-se en un d'ells! Ja és hora que te n'adonis, xaval.

—Vols callar! —vaig rugir.

Retornar-li el cop seria una equivocació. Això ho sabia i per això em mossegava la llengua, però ho lamentaria de debò si no se n'anava. Ara mateix.

—De totes maneres, probablement ell la matarà —va observar la Leah, amb aire despectiu—. Totes les històries insisteixen en el mateix. Potser un funeral seria el millor final d'aquesta història, i no pas unes noces. Ja.

Aquesta vegada vaig reaccionar. Vaig tancar els ulls i vaig lluitar contra el sabor càlid a la llengua. Vaig empènyer i empènyer contra el foc que em baixava per l'esquena en un esforç per mantenir la meva forma actual, mentre el cos intentava just el contrari.

La vaig fulminar amb la mirada quan vaig aconseguir controlar-me de nou. Ella em mirava les mans mentre els tremolors s'anaven apagant. Somrient.

Vés a saber on hi veia la gràcia.

—Si t'atabala la confusió de sexes, Leah... —vaig comentar, amb lentitud, emfasitzant cada paraula—. Com creus que ho duem els altres mirant en Sam a través dels teus ulls? Ja és prou dur que l'Emily hagi de suportar la teva fixació. Ella tampoc necessita que els nois anem panteixant rere d'ell.

Emprenyat com estava, això no obstant, vaig sentir una certa culpabilitat en observar l'espasme de dolor que li va creuar el rostre.

Va saltar dempeus, aturant-se just per escopir-me i va córrer cap als arbres, vibrant com un diapasó.

Em vaig posar a riure ombrívolament.

—T'ho vaig dir.

En Sam s'enfadaria de valent, però mereixia la pena. La Leah ja no em molestaria més. I ho tornaria a fer si se'm presentava l'oportunitat.

Perquè les seves paraules se m'havien quedat clavades, gravades en el cervell, i em feien patir tant que amb prou feines podia respirar.

No m'importava gaire el fet que la Bella n'hagués escollit un altre. Aquesta agonia no tenia res a veure amb això. Amb aquest dolor hi podria viure la resta de la meva estúpida vida, forçada a ser massa llarga.

El que sí que m'importava era que ho anava a abandonar tot, que deixaria que el seu cor es parés i que la seva pell es gelés i que la seva ment es retorcés per cristal·litzar en el cap d'un predador. Un monstre. Un estrany.

Pensava que no hi havia res pitjor que això, res més dolorós en tot el món.

Però, si ell la matava...

Una altra vegada vaig haver de combatre la ira que m'inundava. Potser, si no fos per la Leah, hauria estat bé deixar que la calor em transformés en una criatura que podria suportar millor tota aquesta història. Una criatura amb uns instints molt més forts que les emocions humanes. Un animal que no sentiria la pena de la mateixa manera. Un dolor diferent. Almenys, hi hauria una mica de varietat, però la Leah ara estava corrent i jo no volia compartir els seus pensaments. La vaig maleir entre dents per tancar-me també aquesta via d'escapament.

Em tremolaven les mans malgrat els esforços que feia. Per què em tremolaven tant, ara? Per la ira? Per l'agonia? No estava segur contra què estava lluitant.

Havia de creure que la Bella sobreviuria, però això requeria confiança, una confiança que jo no volia sentir, confiança en l'habilitat del xuclasang per mantenir-la amb vida.

Ella es convertiria en algú diferent, i em preguntava com m'afectaria, això. Sentiria el mateix si morís, quan la veiés allà, dreta com una pedra? Com un tros de gel? I què passaria quan la seva olor em cremés el nas i disparés el meu instint d'atac i destrucció...? Com seria, això? Voldria matar-la? Seria capaç d'evitar el desig de matar-ne un d'ells?

Vaig observar com les ones avançaven cap a la platja i desapareixien de la meva vista sota la paret del penya-segat, però des d'allà les sentia batre contra la sorra. Vaig contemplar-les fins tard, fins molt després del capvespre.

Segur que seria mala idea tornar a casa, però tenia gana i no se m'acudia cap altre pla.

Vaig fer una ganyota quan em vaig tornar a posar el cabestrell i vaig agafar les crosses. Tant de bo en Charlie no m'hagués vist aquell dia, ni hagués difós la història del meu «accident de moto». Estúpids accessoris. Els odiava.

La gana em va començar a semblar magnífica en el moment d'entrar a casa i de fer un cop d'ull al pare. Alguna cosa li rondava el cap. Ho vaig veure de seguida, ja que exagerava, moventse amb una naturalitat excessiva.

També es va posar a parlar pels descosits i va estar xerrant sobre com havia anat el dia abans que pogués arribar a la taula. Mai no xerrava d'aquesta manera tret que hi hagués alguna cosa que no volia dir. El vaig ignorar tant com vaig poder, concentrant-me en el menjar. Com més ràpid m'ho empassés tot...

—... i la Sue s'ha deixat caure avui per aquí —la seva veu sonava alta, difícil d'ignorar, com de costum—. És extraordinària, aquesta dona és més dura que un ós bru. De totes maneres, no sé com aconsegueix arreglar-se-les amb la noia que té. La pobra, ja n'hauria tingut prou amb un simple llop, però és que la Leah a més, menja com una lloba.

Va riure's del seu propi acudit.

Va esperar una bona estona a veure si jo responia, però no va semblar adonar-se de la meva expressió indiferent, de mortal avorriment. La majoria de les vegades això el molestava. Volia que callés, que no digués res més de la Leah, estava intentant no pensar en ella.

—En Seth és molt més fàcil de tractar. És clar, tu també eres molt més senzill que les teves germanes, fins que... bé, tu has de carregar amb més coses que elles.

Vaig sospirar, un sospir llarg i profund, i vaig mirar cap a la finestra.

En Billy es va quedar callat durant un segon que se'm va fer una mica llarg.

—Hem rebut una carta.

Segurament aquest era el tema que havia estat evitant fins al moment.

—Una carta?

—Una... invitació de casament.

Se'm van contreure tots els músculs del cos i una espurna de calor em va recórrer l'espinada. Em vaig aferrar a la taula per mantenir les mans quietes.

En Billy va continuar com si no se n'hagués adonat.

—Hi ha una nota a dins que està dirigida a tu. No l'he llegida.

Va treure un sobre gruixut de color de vori que tenia guardat entre la cama i el braç de la cadira de rodes. El va deixar a la taula, entre tots dos.

—Potser no l'hauries de llegir. En realitat, no importa el que hi diu.

Estúpida psicologia de pacotilla. Vaig agafar el sobre de la taula. Era un paper gruixut, rígid. Car. Massa fatxenda per Forks. La targeta que hi havia a dins era massa meticulosa i formal. La Bella no hi havia intervingut gens, en l'elaboració. No hi havia cap rastre del seu gust en els fulls de paper transparent, com pètals impresos. M'hi jugaria fins i tot que a ella ni tan sols li agradava. No vaig llegir les paraules, ni la data. No m'importava.

Hi havia un tros del gruixut paper vori doblegat en dos amb el meu nom escrit en tinta negra a la part exterior. No vaig reconèixer la lletra manuscrita, però era tan fatxenda com tota la resta. Durant mig segon, em vaig preguntar si el xuclasang ho havia fet amb delectança. El vaig obrir.

Jacob,

Sé que trenco les regles en enviar-te això. Ella tenia por de fer-te mal, i no volia que et sentissis obligat de cap manera, però sé que si les coses haguessin anat diferent, jo hauria volgut tenir la possibilitat de triar.

Et prometo que la cuidaré, Jacob. Gràcies, per ella i per tot.

Edward

—Jake, només tenim aquesta taula —va comentar en Billy, mirant-me la mà esquerra.

L'agafava tan fort amb els dits que estava en perill de trencar-se de debò. Els vaig anar traient d'un en un, concentrat en aquesta única acció, i després vaig plegar les mans per evitar el risc de trencar res més.

—Bé, de totes maneres no importa —va remugar en Billy.

Em vaig aixecar de la taula, i vaig començar a treure'm la samarreta encongint les espatlles mentre em posava dret. Esperava que a aquelles hores, la Leah ja fos a casa.

—Encara és aviat —va murmurar en Billy quan vaig obrir la porta d'una empenta.

Ja corria abans d'arribar als arbres, deixant enrere una filera de peces de roba com si fossin molles de pa, com si les deixés per tornar a trobar el camí de casa. Ara m'era molt fàcil entrar en la fase de transformació. No havia de pensar, perquè el meu cos ja sabia el que hi havia i em donava el que volia abans de demanar-l'hi.

Ara tenia quatre potes i corria volant.

Els arbres es desdibuixaren en un mar fosc que fluïa al meu voltant. Els meus músculs es contreien i distenien gairebé sense esforç aparent. Podria córrer així durant dies sense arribar a cansar-me. Potser aquest cop no pararia.

Però no estava sol.

Em sap molt de greu, va murmurar l'Embry mentalment.

Podia veure a través dels seus ulls. Es trobava molt al nord, però s'havia girat i accelerava per reunir-se amb mi. Vaig grunyir i vaig aconseguir més velocitat.

Espera'ns, es va queixar en Quil. Ell es trobava més a prop, just a la sortida del poble.

Deixeu-me sol, els vaig rugir a tots.

Podia sentir la seva preocupació dins el meu cap, malgrat que intentava sufocar-la entre els sorolls del vent i els del bosc. Això era el que més odiava de tot, veure'm a mi mateix a través dels seus ulls, i ara pitjor que mai, perquè estaven plens de compassió. Ells també van veure el meu rebuig, però van continuar perseguint-me.

Una veu nova va sonar dins el meu cap.

Deixeu que se'n vagi. El pensament d'en Sam era dolç, però al cap i a la fi seguia sent una ordre. L'Embry i en Quil van frenar fins aconseguir un ritme de passeig.

Tant de bo pogués deixar de sentir-los, deixar de veure a través dels seus ulls. Tenia el cap ple a vessar de coses, però l'única manera d'evitar-ho i tornar a estar sol era recuperant la meva forma humana, tot i que aleshores no podria suportar el dolor.

Sortiu de la fase, els va ordenar en Sam. *Embry, passo a recollir-te.*

Primer una i després l'altra, les dues consciències es van esvair silenciosament. Només va quedar en Sam.

Gràcies, em vaig forçar a pensar.

Torna quan puguis. Les paraules sonaven febles, i van desaparèixer en el buit fosc quan ell també se'n va anar. Ara estava sol.

Molt millor. Ara podia sentir el lleuger cruixit de les fulles humides sota les meves potes, el batec fregadís de les ales d'un mussol sobre el meu cap, l'oceà, allà, molt lluny cap a l'oest, amb els seus gemecs quan xocava contra la costa. Sentia tot això, i res més. No sentia més que la velocitat, l'embranzida dels músculs, els tendons i els ossos, treballant junts en harmonia, mentre els quilòmetres desapareixien sota les meves potes.

Si la meva ment es quedava així en silenci per sempre, no tornaria mai enrere. Seria el primer a escollir aquesta forma davant de l'altra. Potser no hauria de tornar a sentir mai més si corria prou.

Vaig moure les potes amb més rapidesa, deixant que en Jacob Black desaparegués rere meu.

Agraïments

Seria una ingrata si no reconegués el suport de totes aquelles persones que m'han ajudat a sobreviure en el meu pacte amb una altra novel·la, per a totes, doncs, el meu agraïment.

Als meus pares, que han sigut la meva roca; no sé com se les arregla la gent que passa sense el bon consell d'un pare i l'espatlla d'una mare on poder plorar.

Al meu marit i els meus fills, que són els que ho han patit més, qualsevol altra persona m'hagués enviat a un manicomi fa molt de temps. Gràcies per no fer-ho, nois.

A la meva Elizabeth —l'Elizabeth Eulberg, una publicista extraordinària—, el millor suport que he tingut per no perdre el seny, tant a dins com a fora de la carretera. Poca gent té la sort de poder treballar tan estretament amb les seves millors amigues, i estaré eternament agraïda a les noies del Mitjà Oest per la saludable afició a menjar formatge.

A la Jodi Reamer, que continua guiant la meva carrera amb geni i diplomàcia. És un magnífic consol saber que estic en tan bones mans.

També és una meravella poder posar els meus manuscrits en les mans adequades. Gràcies a la Rebecca Davis per haver sintonitzat tant amb la història que hi ha en el meu cap i per haver-me ajudat a trobar les millors maneres d'expressar-la. Gràcies a la Megan Tingley, primer per la seva fe infrangible en el meu treball i segon per polir-lo fins fer-lo brillar.

A tota la gent de Little, Brown and Company Books for Young Readers, que han tingut cura de forma tan sorprenent de les meves creacions. He de dir que sé que hi heu posat tot el vostre amor, i ho aprecio més del que sembla. Gràcies, Chris Murphy, Shawn Foster, Andrew Smith, Stephanie Voros, Gail Doobinin, Tina McIntyre, Ames O'Neill, i molts d'altres que han convertit la sèrie *Crepuscle* en un èxit.

No em puc creure fins a quin punt sóc afortunada per haver descobert la Lori Joffs, que no sé com se les arregla per ser una lectora tan ràpida com meticulosa. Sento una veritable emoció per tenir una amiga i còmplice tan perspicaç, plena de talent i pacient amb les meves queixes.

De nou a la Lori Joffs, juntament amb la Laura Cristiano, la Michaela Child i en Ted Joffs, per crear i mantenir l'estrella més brillant de l'univers *Crepuscle* a Internet, el Twilight Lexicon. Aprecio de debò el treball tan dur que heu realitzat per construir un espai agradable on els meus fans hi puguin accedir. Gràcies també als meus amics internacionals de *www.crepusculo.es* per fer que transcendeixi sorprenentment la barrera de l'idioma. Gràcies també a la Brittany Gardener, pel seu meravellós treball en el Twilight and New Moon by Stephenie Meyer MySpace Group, un lloc per als fans tan gran que la idea de mantenir-lo al dia em deixa aclaparada; Brittany, em sorprens. A la Katie i l'Audrey per *Bella Penombra,* un lloc ple de bellesa. A la Heather, Nexus és genial. No puc esmentar aquí tots els llocs meravellosos que hi ha a Internet i els seus creadors, però moltíssimes gràcies a tots i cadascun de vosaltres.

Moltes gràcies als meus lectors no professionals, la Laura Cristiano, la Michelle Vieira, la Bridget Creviston, i la Kimberlee Peterson, per les seves inestimables aportacions, pel seu entusiasme i els seus ànims.

Tots els escriptors necessiten una llibreria independent i amiga; em sento agraïda a Changing Hands Bookstore, els meus seguidors a la meva ciutat natal de Tempe (Arizona), i especialment a la Faith Hochhalter, pel seu brillant gust literari.

Estic en deute amb els déus del rock *Muse*, per un altre dels seus inspiradors àlbums. Gràcies per continuar creant la meva música favorita. També em sento agraïda a totes les altres bandes de la meva *playlist* (llista de reproducció) que m'han ajudat en els meus bloqueigs d'escriptor i als meus nous descobriments, *Ok Go, Gomez, Placebo, Blue October* i *Jack's Mannequin.*

I per sobre de tot, un gràcies descomunal a tots els meus fans. Estic fermament convençuda que són els més atractius, intel·ligents, fascinants i dedicats de tot el món. M'agradaria poder-vos donar, a cada un, una gran abraçada i un Porsche 911 Turbo.